W0005020

Esteban hatte sich als junger Mann ein anderes Leben erträumt, ist aber in der Familienschreinerei hängengeblieben. Anders als sein sozialistisch strenger Vater will er wie alle anderen auch sein Stückchen vom großen Immobilienkuchen. Und als sein Vater alt und nicht mehr handlungsfähig ist, investiert er das im Familienbetrieb erarbeitete Geld in eine Baufirma. Doch die Firma geht pleite und mit ihr die Schreinerei. Insolvenz, die Mitarbeiter stehen auf der Straße, auch die kolumbianische Pflegerin des alten Vaters kann nicht mehr bezahlt werden. Doch Esteban ist auch mit siebzig noch ein vitaler Mann. Und er ist Realist. Eine Perspektive für die Zukunft sieht er nicht – und zieht die Konsequenzen.

RAFAEL CHIRBES wurde 1949 in Tabernas de Valldigna in Südspanien geboren. Er verließ früh den Ort seiner Kindheit und lebte u.a. in Salamanca, Madrid und Barcelona, später einige Zeit in Paris und Marokko. Er studierte Neuere Geschichte und interessierte sich für Film, Malerei und Architektur. Er arbeitete zunächst als Literatur- und Filmkritiker für verschiedene Zeitschriften. Wenn Chirbes nicht auf Reisen unterwegs war, lebte er in einem Dorf zwischen Valencia und Alicante. 2015 verstarb er in seinem Geburtsort.

Rafael Chirbes

AM UFER

Roman

Aus dem Spanischen
von Dagmar Ploetz

btb

Die Originalausgabe erschien 2013 unter dem Titel
»En la orilla« bei Editorial Anagrama, Barcelona

Die Veröffentlichung dieses Buches erfolgte mit freundlicher Unterstützung des Ministerio de Educación, Cultura y Deporte de España

Verlagsgruppe Random House FSC® N001967
Das für dieses Buch verwendete FSC®-zertifizierte
Papier *Lux Cream* liefert Stora Enso, Finnland.

1. Auflage
Genehmigte Taschenbuchausgabe Januar 2016,
btb Verlag in der Verlagsgruppe Random House GmbH, München

Umschlaggestaltung: semper smile, München
Umschlagabbildung: Michael Trevillion/Trevillion Images
Druck und Einband: GGP Media GmbH, Pößneck
UB · Herstellung: sc
Printed in Germany
ISBN 978-3-442-74910-2

www.btb-verlag.de
www.facebook.com/btbverlag
Besuchen Sie auch unseren LiteraturBlog www.transatlantik.de

F…tez comme des ânes débâtés; mais permettez-moi que je dise le mot f…tre; je vous passe l'action, passez moi le mot.

DIDEROT, Jacques le fataliste et son maître

I
DER FUND

26. Dezember 2010

AHMED OUALLAHI IST DER ERSTE, der das Stück Aas sieht.

Seit Esteban die Schreinerei geschlossen hat, vor gut einem Monat, geht Ahmed jeden Nachmittag in La Marina spazieren. Sein Freund Raschid nimmt ihn im Auto bis zu dem Restaurant mit, in dem er als Küchenjunge arbeitet, und von dort aus läuft Ahmed zu Fuß ans andere Ende der Sumpflagune, wo er seine Angelrute aufstellt und das Netz auswirft. Er fischt gerne im Sumpfland, fern von Gaffern und Polizisten. Wenn um halb vier die Restaurantküche schließt, macht sich Raschid auf die Suche nach ihm, und dann essen sie zusammen im Schatten des Röhrichts an einem auf dem Gras ausgebreiteten Tischtuch. Freundschaft verbindet sie, aber zugleich erweisen sie sich gegenseitig einen Dienst. Denn sie teilen sich die Benzinkosten für Raschids alten Ford Mondeo, ein Schnäppchen für knapp tausend Euro, das sich als Reinfall erwies, weil der Ford, sagt Raschid, das Benzin so gierig säuft wie der Deutsche sein Bier. Von Misent bis zu dem Restaurant sind es fünfzehn Kilometer, hin und zurück schluckt das Auto also drei Liter. Bei fast 1,30 pro Liter heißt das vier Euro täglich allein an Kraftstoff, also hundertzwanzig im Monat, abzuziehen von knapp tausend Euro Lohn, das ist die Rechnung, die Raschid für Ahmed aufmacht (wahrscheinlich übertreibt er ein bisschen), derzufolge dieser dem Freund zehn Euro die Woche für Fahrtkosten hinblättert. Fände er wieder Arbeit, würde er den Führerschein machen und sich einen eigenen Wagen leisten. In der Krise findet man leicht Gebrauchtwagen und Lieferautos zum Spottpreis, wobei offenbleibt, welche Macken sie haben, Autos, die abgestoßen werden mussten, bevor die Bank sie holte, Kleintransporter von Firmen, die pleitegingen, Caravans, Lieferwagen: Schnäppchenzeit für diejenigen, die im Abschwung noch ein paar Euros investieren können. Du weißt natürlich nie, was für böse Überraschungen dich erwarten: unmäßiger Benzinverbrauch, Ersatzteile, die binnen kurzer Zeit fällig werden, Extras, die schon kaputt sind, wenn man sie einmal scharf anschaut. Das Billige kommt manchmal teuer, knurrt Raschid, während er auf das Gaspedal tritt. Das war jetzt ein halber Liter. Er beschleunigt erneut. Noch ein halber Liter. Sie lachen. Die Krise macht sich überall bemerkbar. Nicht nur bei denen ganz unten. Auch die Firmen gehen pleite oder krebsen herum. Raschids Bruder arbeitete für einen großen Baumarkt mit sieben Lastern und ebenso vielen Fahrern. Das war vor vier Jahren. Heute sind alle gekündigt, und die Laster stehen auf dem asphaltierten Parkplatz hinter dem Lager. Fällt ein Transport an, heuert man stundenweise einen selbständigen Fahrer an, der die Arbeit mit seinem eigenen Laster erledigt, bar bezahlt wird, soundsoviel die Stunde, soundsoviel der Kilometer, und danach belauert dieser Fahrer wieder däumchendrehend sein Handy, bis zum nächsten Auftrag. Ahmed und Raschid überlegen sich, ob das nicht ein Geschäft wäre, gebrauchte Autos zu kaufen und in Marokko wieder zu verkaufen.

Das Restaurant, in dem Raschid arbeitet, liegt am Ende des Boulevards von La Marina, eigentlich eine Landstraße, die parallel zum Strand hinter der ersten Gebäudereihe verläuft und sich von Misent aus etwa zwanzig Kilometer erstreckt, durch die Siedlungen bis hin zum ersten Ablaufkanal des Sumpfgeländes. Ahmed wandert dann etwa einen Kilometer den Straßengraben entlang, bis er zu seinem Angelplatz kommt. Er hat die Rute geschultert, das Netz um den Bauch unter die Jacke des Trainingsanzugs gebunden, und auf dem Rücken trägt er eine Art Kiepe. Vor drei Jahren gab es auf dieser Strecke noch unzählige Baustellen. Auf beiden Seiten der Landstraße lagen zahllose Schutthaufen, dahinter Bauten in unterschiedlichen Stadien. Da waren die Leergrundstücke, auf denen sich die

Baumaschinen erst sammelten; auf anderen rissen die Bulldozer den Boden auf und förderten rötlichen Schlamm; dann wieder füllten Betonmischmaschinen gerade die Fundamente auf, da waren Pfeiler, aus denen Armiereisen ragten, Streben und Eisengitter, daneben Paletten mit Ziegelsteinen, Sandhaufen, Zementsäcke. Überall waren Maurerkolonnen unterwegs. Auf einigen Grundstücken war der Bau selbst beendet, doch noch von Gerüsten bedeckt, auf denen Maler herumwieselten, während gleich nebenan Trupps in der Erde wühlten, Gärten anlegten und Bäume pflanzten – alte Ölbäume, Palmen, Pinien und Johannisbrotbäume –, dazu jene Büsche, die in den Reiseführern als typisch für die ornamentale mediterrane Flora beschrieben werden: Oleander, Jasmin, Geißblatt, Nelken, Rosen, sowie Beete mit aromatischen Kräutern: Thymian, Oregano, Rosmarin, Salbei. Das Netz der kleineren Landstraßen in der küstennahen Zone hatte den ständigen Verkehr der Laster zu ertragen, die all die Palmen, dicken Johannisbrotbäume und hundertjährigen Ölivenbäume heranschafften, die kaum in die riesigen Transportkübel passten. Die Luft war erfüllt vom metallischen Kreischen jener Lastwagen, die Materialien, Selbstlader, Schuttcontainer ankarrten, und dem Getöse der Tieflader mit den Löffelbaggern und den Betonmischmaschinen. Das Ganze vermittelte den Eindruck eines emsigen Bienenhauses.

Heute, an diesem sonnigen Morgen, wirkt alles ruhig und einsam, kein Kran durchbricht die Linie des Horizonts, kein metallisches Kreischen durchdringt die Luft, kein Pfeifen, kein Hämmern belästigt das Ohr. Als sie zum ersten Mal, nachdem Ahmed arbeitslos geworden war, zusammen im Auto fuhren und Ahmed sagte, er begleite ihn zum Restaurant, weil er bei den Bauten in La Marina Arbeit suchen wollte, lachte sein Freund nur. Arbeit? Du könntest allenfalls als Totengräber für die Selbstmörder arbeiten, spottete Raschid. *Ma keinch al jadima. Oualó.* Es gibt keine Arbeit, nichts. Keine einzige Baustelle in La Marina, nicht mal eine halbe. In den guten Zeiten ließen sich dort die Hilfsarbeiter den Wochenlohn auszahlen und tauchten nicht mehr vor Ort auf, weil man ihnen woanders bessere Konditionen geboten hatte. Jetzt hängen an den Balkonen abwiegelnde Schilder. Jemand, der Arbeit sucht, ist zum lästigen Insekt geworden. ALLE STELLEN FÜR GÄRTNER- UND INSTANDHALTUNGSARBEITEN BESETZT. WIR SUCHEN KEIN PERSONAL. ANFRAGEN UNERWÜNSCHT steht auf dem Schild an dem Apartmentgebäude neben dem Restaurant. Allenthalben die roten oder schwarzen Lettern: ZU VERMIETEN ZU VERKAUFEN FREI ZU VERMIETEN MIT KAUFOPTION EINMALIGE GELEGENHEIT VIERZIG PROZENT RABATT, darunter jeweils eine Telefonnummer. Im Radio reden sie Morgen für Morgen von der geplatzten Immobilienblase, von der galoppierenden Staatsverschuldung, von Risikozuschlägen, dem Zusammenbruch der Sparkassen, von notwendigen Kürzungen im Sozialbereich und Reformen im Arbeitsrecht. Das ist die Krise. Die Zahl der Arbeitslosen in Spanien übersteigt 20 Prozent und kann im nächsten Jahr auf bis zu 25 Prozent steigen. Viele der Migranten leben von Arbeitslosenunterstützung, wie bald auch er, vermutlich in ein paar Tagen, im Arbeitsamt war ihm, nachdem er etliche Formulare ausgefüllt und mehrmals Schlange gestanden hatte, gesagt worden, bis zur ersten Rate werde es noch ein Weilchen dauern. Vor fünf oder sechs Jahren hatte jedermann Arbeit. Der ganze Bezirk eine einzige Baustelle, es sah so aus, als werde kein Zentimeter Grund unbetoniert bleiben. Heute hat die Landschaft etwas von einem verlassenen Schlachtfeld oder einem Waffenstillstandsgebiet. Der Boden mit Unkraut bedeckt, Orangenhaine, die zu Bauland wurden; ungepflegte Obstbäume, viele von ihnen verdorrt; Gartenmauern, die Stücke von Nichts umschließen. Als er nach Spanien, in diese Gegend kam, waren die meisten Hilfsarbeiter am Bau seine Landsleute – auch er fand dann seine ersten Jobs auf Baustellen; später tauchten die Ecuadorianer, Peruaner, Bolivianer und Kolumbianer auf. Jetzt gehen die Marokkaner nach Frankreich, nach Deutschland, und die Lateinamerikaner kehren in ihre Länder zurück, obwohl sie inzwischen die beliebtesten Arbeitskräfte sind. Die Unternehmer vertrauen ihnen schon von der Sprache, der Religion und Mentalität her. Dazu kommt, dass seit 2004, seit den Attentaten von Madrid, jeder Verdacht weckt, der aus Marokko kommt (die Mehrzahl der mutmaßlichen Bombenleger waren ja auch Marokkaner) oder etwas mit Islam oder Islamismus zu tun hat. Ahmed meint, dass die Marokkaner selbst dazu beitragen, dieses Misstrauen zu vertiefen und alles schwieriger zu machen. Seine Freunde unter den Maurern, die noch vor ein paar Jahren mit den spanischen Kollegen aus der Kolonne tranken, rauchten und den Joint teilten, erklären sich heute als praktizierende Moslems, weisen gekränkt die Literflasche Bier zurück, die bei der Mittagspause umgeht, und kommen nach Feierabend nicht in die Bar. Sie kommen auch nicht zum Betriebsessen oder verlangen ein Halal-Menü. Einige fordern, dass die Arbeitszeiten dem Ramadan angepasst werden. Hamak und Jamak. Esel und Irre, nennt Ahmed sie. Mohren und Christen kommen nur in Kontakt, um auszumachen, wer wen in den Arsch fickt. Sonntagnachmittags, wenn die Straßen von Olba leer sind, weil die Leute beim Familienessen oder am Strand sind, laufen die Marokkaner allein auf und ab, setzen sich auf die Poller des Bürgersteigs oder auf die Leitplanke der Landstraße nach Misent. Ahmed streitet sich mit seinen Landsleuten, die im Ramadan von den Vorarbeitern fordern, dass die Mittagspause ausgelassen und dafür früher Schluss gemacht wird. Ihr Scheißmarokkis seid verrückt, hatte sich einer der Zuständigen beschwert, als Ahmed eine Partie Türen bei der Baustelle von Pedrós abladen wollte. Ich geh selbst nicht zur Messe, will von den Pfaffen nichts wissen, und jetzt verlangt ihr von mir, dass ich im Ramadan faste. Was sag ich dem Kranführer, dem Baggerfahrer oder Betonmischer? Sie sollen nichts essen, schließlich kriegen sie ja abends was zu Hause? Sie sollen keinen Tropfen, nicht einmal Wasser, trinken, während sie in praller Sonne bei weit über dreißig Grad und siebzig Prozent Luftfeuchtigkeit schuften? Ahmed diskutiert mit seinen Kumpels. Als ob die Nasranis uns nicht schon genug auf dem Kieker hätten und ihr euch wünschen würdet, dass sie uns endlich zum Teufel schicken, sagt er zu Abdelhak, der die anderen Freunde in der Wohnung überredet hatte, nicht mehr mit den Spaniern Bier zu trinken; meidet die Unreinen, sagte der. Wenn er sich aufregte, versicherte er, der Tag werde kommen, an dem sie sähen, welche Farbe das Blut aus dem Hals der Nazarenerschweine habe. Sie brauchen uns, argumentierte Abdelhak, und solange sie uns brauchen, müssen sie uns ertragen, und wenn sie uns nicht mehr brauchen, schütteln sie uns ab, auch wenn wir noch so sehr ihr Vaterunser beten und den Daumen beim Kreuzschlagen von der Stirn zur Brust springen lassen.

Abdelhak hatte die Bomben von Atocha gefeiert. Sagte, Allahs Antlitz sei nun deutlicher am Himmel zu erkennen. Er machte seine Waschungen, betete Richtung Mekka und bereitete sich ein Lamm-Mechoui, das er in eine weiße Gandora gekleidet verspeiste. Alles sehr zeremoniös: Er feierte die Märtyrer und die Rache. Schaut es euch an, sagte er mit Blick auf den Fernsehschirm, während er an der Haschischzigarette saugte, da fließt es, das ungläubige Blut. *Bismillah.* Im Fernseher war verbogener Stahl zu sehen, Gestalten, die herumtapsten, die blutigen Hände vor dem Gesicht. Wenn Ahmed mit Raschid allein war, schimpfte er auf Abdelhak: Siehst du? Die Nasrana brauchen uns nicht mehr, also werden sie zuallererst auf die verzichten, die ihnen das Leben schwer machen. Da behalten sie lieber die Kolumbianer und Ecuadorianer. Abdelhak lässt doch blasphemische Sprüche ab. Wie kann jemand behaupten, Allahs Antlitz zu erblicken? Das ist die größte Blasphemie, die ein Moslem von sich geben kann. Aber Abdelhaks Augen leuchten auf, als sähe er es tatsächlich. Ein wildes, zufriedenes Gesicht. Er redet genau wie einer dieser fanatischen Prediger, Propheten der Rache: Heute trampeln die Nazarener auf uns herum, wir putzen ihre vollgeschissenen Klosetts, servieren ihnen in den Bars ihre ekelhaften Weine, bauen ihnen ihre Häuser, in denen sie Unreines essen und ohne Waschungen vögeln, sich den Samen nicht von der Vorhaut spülen, und unsere Frauen machen ihre Betten, ziehen die unreinen Laken glatt, doch der Tag ist nah, da wir sie mit einer Kette um den Hals auf allen vieren spazieren führen. Sie werden vor unseren Haustüren bellen, als das, was sie sind: Hunde. Und sie werden es sein, die mit ihrer Zunge unsere Pantoffeln polieren. Sie haben unsere muslimischen Brüder in Schiffen nach Amerika gebracht, mit Stricken gefesselt, angekettet, in Käfigen, wie sie die Pferde transportierten und die Ziegen, Hühner und Schweine. Die schwarzen Muselmänner waren für die weißen Yankees nichts als Arbeitstiere. Es kommt die Stunde, da wir beweisen werden, dass wir Männer sind, die für das Ihre zu kämpfen wissen. Ahmed hält dagegen: Gibt es etwa keine reichen Muslims? All diese Scheichs am Golf. Und sind die reichen Muslime nicht noch schlimmer als die reichen Christen? Im Übrigen waren die Sklavenjäger in Afrika meistens Araber. Muslime, die Muslime zu Sklaven machten. Abdelhak schüttelt den Kopf, empört sich: Alles Lügen der Ungläubigen. Ahmed hat Fernsehberichte darüber gesehen, er weiß, dass es wahr ist. Von einem Ende Afrikas zum anderen waren die arabischen Menschenfleischhändler gefürchtet, ebenso wie in Indien, Indonesien und im südlichen China. Denen war egal, welche Religion die Eingefangenen hatten, egal ob sie Christen, Muslime, Animisten, Hindus oder Buddhisten waren, jegliches Fleisch war gut, um damit die Käfige in den Lagerräumen der Schiffe zu füllen. Und was sagst du zu den osmanischen Khediven? Die waren beim Foltern noch brutaler als die Christen. Und was ist mit unseren Königen? Sind wir nicht hier, weil der verstorbene Hassan und dessen Sohn Mohamed, mitsamt Familie, uns vertrieben haben? Wir dienen den Christenhunden, weil unsere Hunde noch tollwütiger sind, uns die Zähne noch tiefer ins Fleisch schlagen. Hier behandelt man uns wie Dienstboten, daheim hat man uns wie Sklaven behandelt. Die Menschen, die menschliche Gattung, alles derselbe Dreck, egal an welchen Gott sie glauben oder zu glauben vorgeben. Wir alle kommen aus einer Möse. Du glaubst doch nicht, dass Allah die reichen Säcke aus Fez oder Marrakesch segnet, die mit großem Tamtam aus Mekka zurückkehren, ein Hupkonzert mit ihrem importierten Mercedes veranstalten, nur damit alle mitbekommen, dass sie sich die Pilgerschaft haben leisten können und sich von nun an Hadschi nennen dürfen? Glaubst du etwa, dass die besser dem Koran genügen? Weil sie sieben Mal die Kaaba umrundet haben, sieben Mal über die Hügel von Al-Safa und Al-Marwa gelaufen sind und aus dem Brunnen von Zam Zam getrunken haben? Ich laufe siebzig mal sieben Mal am Tag von hier nach da, um mir mein täglich Brot zu verdienen. Und trinke das salzige Wasser aus dem Brunnen, in den mein Schweiß geflossen ist. Und diese da demütigen unsereins von ihrem Luxushotel in Mekka aus, behaupten, die besseren Muslime zu sein, nur weil sie die Reise zahlen können und wir nicht. Pilger in der ersten Klasse Boeing – und überzeugt davon, vor dir, der du ein armer Schlucker bist, ins Paradies zu kommen. Gibt es in Allahs Paradies etwa auch Reiche und Arme, Leute, die im Mercedes vorfahren, und andere, die für sie die Klosetts putzen? Was ist das für eine Scheißreligion? Und das soll der Islam sein? Ich wette drauf, Abdelhak, dass diese Pilger schneller in der Hölle landen als die Christen. Darauf kannst du Gift nehmen.

Ahmed hat sich gut einen Kilometer von der Stelle entfernt, wo Raschid ihn am Morgen abgesetzt hat. Zwei Nutten stehen an der Abzweigung zum Sumpf und schauen ihn argwöhnisch an, so kommt es ihm zumindest vor. Er weiß nie, ob ihn wirklich alle Welt scheel ansieht, weil er Marokkaner ist, oder ob er sich da nur selbst hineinsteigert und überall Misstrauen wittert. Er wird mit Raschid neben dem Weiher auf der Wiese essen, über die er gerade läuft. Bevor er von zu Hause weg ist, hat er Tee getrunken, Brot mit Öl gegessen, eine Tomate und eine Dose Sardinen; für den Tag hatte er zwei harte Eier, eine kleine Portion Saubohnen und panierte Lammkoteletts in eine Box gepackt, aber die Box hat er leider im Kofferraum von Raschids Auto vergessen (ich weiß nicht, warum du überhaupt etwas mitbringst, bewahr das doch fürs Abendessen auf, ich hole etwas aus der Küche, gutes Essen, sagt Raschid immer wieder.) Das Restaurant, für das er arbeitet, steht in allen Reiseführern, es gehört zu den besten in Misent, aber Ahmed ekelt sich ein wenig vor diesem wer weiß wie geschlachteten Fleisch, er mag lieber das, was er sich beim Halal-Metzger kauft und selbst zu Hause zubereitet, er mag traditionelles Beldi-Essen, deshalb packt er sich jeden Tag etwas ein, auch wenn er dann doch das isst, was Raschid mitbringt. Heute vermisst er schon länger seine Lunchbox. Er hat Hunger, schaut auf die Uhr. Raschid wird wie immer ein paar Tupperwares mitbringen, darin einwandfreie Speisen, die den Gästen aber nicht mehr serviert werden dürfen, dazu Obst oder Gemüse, das er klaut oder das man ihm gibt, weil es einen kleinen Makel hat. Das Licht wird allmählich matter, brüchiges Winterlicht, das alles, was es berührt, vergoldet. Der Spätnachmittag bietet Sanftes: die Wasseroberfläche, das Schilf, die fernen Palmen, die Bauten, die er gerade noch in der Ferne sieht, alles wird nach und nach golden; sogar der Ausschnitt des Meeres, das er von einer Düne, die er hochgeklettert ist, betrachtet, zeigt sich nicht mehr intensiv blau, sondern irisiert ebenfalls honigfarben. Er zündet eine Zigarette an, um den Hunger zu betäuben. Er beschließt, die Zeit bis zur Rückkehr des Freundes zu nutzen, und geht, nachdem er die Zigarette ausgeraucht hat, zurück zu der Stelle der Lagune, wo er die sorgfältig mit Steinen gesicherte Angelrute hat stehen lassen. Er wirft das Netz, das er um den Bauch befestigt hatte, und betrachtet die spiegelnde Wasseroberfläche, auf der die Insekten mit ihren dünnen Beinchen geometrische Zeichnungen hinterlassen. In den Korb packt er zwei mittlere Meeräschen und eine eher kleine Schleie. Kein schlechter Tag, das Abendessen für heute ist gesichert.

Als er sich vorbeugt und wieder das Netz auswerfen will, hört er ein Bellen und Knurren: Nur wenige Meter weiter weg machen sich zwei Hunde ein Lumpenbündel streitig, bellen sich gegenseitig an. Ahmed hebt einen Stein vom Boden, schwenkt drohend die Hand, während er den Hunden mit der anderen den Stock zeigt, den er stets dabeihat, wenn er ins Sumpfgelände geht. Die Hunde schauen nicht einmal zu ihm hin. Sie sind damit beschäftigt, sich anzuknurren, einander die Zähne zu zeigen. Er wirft den Stein. Das Geschoss trifft den Rücken des größeren Tiers, ein Deutscher Schäferhund mit verdrecktem Fell, bei dem man, als er den Kopf bewegt, ein Halsband blinken sieht: einer dieser Hunde, die von Touristen zu Ende der Saison zurückgelassen werden und dann monatelang verwildert herumstreunen, bis sie schließlich vom Tierfängerdienst eingesammelt werden. Als der Stein ihn trifft, winselt der Hund auf und entfernt sich hinkend, was der andere sogleich nutzt, um sich die umkämpfte Beute zu sichern und damit im Gebüsch zu verschwinden. Der Stein hat den Schäferhund am Rücken getroffen, aber der Hund hinkt nicht wegen dieses Schmerzes, sondern weil er mit dem einen verletzten und verkrusteten Hinterlauf nicht auftreten kann. Ahmed vermutet, dass er von einem Wagen angefahren oder in ein Fangeisen geraten ist, sich vielleicht auch in Stacheldraht verfangen hat. Er läuft schwerfällig, und zur Schwerfälligkeit kommt noch sein misstrauisches Verhalten. Während er sich entfernt, schaut er sich ein paar Mal um, als wolle er sich davon überzeugen, dass der Mensch nicht hinter ihm her ist und ihn auch nicht erneut strafen wird. Ein verschreckter, hinkender Hund, doch Ahmed fürchtet, dass er das Bild des Angreifers im blutunterlaufenen Spiegel seiner Augen bewahrt, warum sollte der Hund nicht auf Rache sinnen? Die demutsvolle Haltung straft die Angriffslust Lügen: Der Hund duckt den Kopf, während er mit seinem unregelmäßigen Trott wieder die Flucht aufnimmt. Die Haltung signalisiert Angst, Unterwürfigkeit, ein Tier, das man geschlagen hat, das man hat leiden lassen. Ahmed durchschauert ein Gefühl, in dem sich Mitleid mit Unbehagen mischt, Unbehagen vor etwas Trübem, auf das die Schwären und das Hinken verweisen. Da ist Ekel vor dem Schmutzigen, aber auch Angst vor Grausamkeit, vor der Grausamkeit eines rachsüchtigen Hundes und der Grausamkeit des Menschen oder der Menschen, die ihn malträtiert haben. Bei dem Tier sind Hautfetzen zu sehen, bloßgelegtes, blutverkrustetes Fleisch, Spuren, die auf alte entzündete Wunden hinweisen oder aber auf irgendeine Hautkrankheit. Der andere Hund, kleiner, aber gefährlicher aussehend, hat ein glänzend schwarzes Fell. In seiner Überraschung über die Reaktion des Schäferhundes auf den Steinwurf lässt er bei der Flucht ins Gebüsch das faulige Stück Fleisch, das er sich gerade geschnappt hat, fallen, holt es sich aber gleich wieder zurück. Er hält sich im Röhricht versteckt, nur der Kopf mit den aufmerksam funkelnden Augen schaut heraus, das Stück Aas hängt aus seiner Schnauze. Ahmed, der zu dem Bündel, um das sich die Hunde balgten, neugierig hingesehen hat, betrachtet es nun mit wachsendem Entsetzen, da er in der schwärzlichen Masse bekannte Formen wahrnimmt: Obgleich halb verwest und stellenweise vom Fleisch befreit, ist eine menschliche Hand zu erkennen. Die Neugier drängt ihn, weiter hinzusehen, den Ekel und den Schreck zu besiegen, die seinen Blick von diesem Ding abziehen wollen. Ahmed möchte zugleich sehen und nicht sehen. Er droht dem schwarzen Hund mit dem Knüppel, und der weicht ein Stück zurück. Das Tier knurrt, und obgleich es sich rückwärts ins Gesträuch bewegt, funkelt es ihn wütend an, lässt die Beute nicht los, es sind – jetzt ist sich Ahmed ganz sicher – die Überreste einer Hand. Genau in dem Augenblick, da er sich dessen, was er sieht, sicher ist, weicht sein Blick ab – wieder will er sehen und zugleich nicht sehen – zu ein paar im Schlamm halb versunkenen Haufen in mehreren Metern Entferung, rechts von der Stelle, wo vorhin die Hunde waren. Die Haufen weisen ihn auf die Quelle des Gestanks hin, den er schon seit einer Weile in der Luft verspürt und den er jetzt umso intensiver wahrnimmt. Zwei der Haufen, die halb im Wasser liegen und mit einer Schlammkruste bedeckt sind, lassen menschliche Umrisse erkennen. Der dritte könnte zu einem versehrten Körper gehören oder aber zu einem, der halb im Sumpf versunken ist, es könnte sich aber auch um einen Tierkadaver handeln, einen Hund, ein Schaf, ein Schwein. Sobald er die Leichen als solche erkannt hat, weiß Ahmed, dass er sofort von hier verschwinden muss. Dies gesehen zu haben macht ihn zum Komplizen von etwas, durchdringt ihn mit Schuld. Sein erster Impuls ist wegzurennen, das würde ihn aber noch verdächtiger machen: Er beginnt, zügig zu gehen, streift die Schilfblätter beiseite, die ihm ins Gesicht schlagen. Immer wieder schaut er nach rechts und links, ob da jemand ist, der ihn gesehen haben könnte, aber er entdeckt niemanden. Es ist unwahrscheinlich, hier auf einen jener englischen oder deutschen Touristen zu stoßen, die am Rande der Landstraße walken, überzeugt davon, etwas für ihre Gesundheit zu tun, während sie all den Dreck schlucken, der aus den Auspuffen von Autos und Lastern quillt; man wird auch kaum einer der mageren Gestalten begegnen, die eher an Junkies als an Sportler erinnern und auf den Pfaden entlang der Wassergräben und Orangenhaine joggen: Diese ganze Fauna, die durch die Plantagen streift und sich dabei verschiedener Varianten der Fitnesstherapie befleißigt, kommt nicht ins Sumpfgelände.

Er entfernt sich in aller Eile, kann aber nicht der Versuchung widerstehen, noch ein paar Mal auf das verweste Stück Fleisch zurückzublicken, Sehnen und Knochen, mit denen der schwarze Hund wieder hingebungsvoll herumspielt, unter den Augen des Schäferhunds, der nach seiner kurzen Flucht zurückgekehrt ist und ihn aus wenigen Metern Entfernung beobachtet. Ahmed schaut aber vor allem zu den schlammbedeckten, halb im Wasser versunkenen Haufen hinüber. Bei seiner überstürzten Flucht bleibt ihm dennoch Zeit, hinter einer der Dünen und halb vom Gesträuch verdeckt die ausgebrannten Reste eines Wagens zu entdecken, was das plötzlich Unheimliche des Orts noch verstärkt. Ihm stockt der Atem. Er schnappt nach Luft, spürt das schnelle Pochen in der Brust, in den Schläfen, an den Handgelenken, ein Summen im Kopf. Irgendwann mal hat Esteban ihm erzählt, dass Verbrecher in den zähen Wassern des Sumpfs die Waffen versenken, mit denen sie eine Straftat begangen haben. Er läuft und schaut, kann aber nicht seine Augen beherrschen, sie scheinen sich verselbständigt zu haben, bewegen sich, ohne dass er Richtung und Fokus bestimmen könnte. Sie bewegen sich hierhin und dorthin, zwingen ihn zurückzuschauen. Er schaut wider seinen eigenen Willen, der Blick richtet sich jetzt allerdings nicht mehr auf die Haufen, auch nicht auf die Hunde, sondern auf die Schatten, die hinter dem Röhricht zu lauern scheinen, in den Biegungen des Weges, in den Wellentälern der Dünen. Das Spiel von Schatten und Gegenlicht verwirrt ihn bei jedem Schritt, erzeugt Formen, in denen er Menschen erahnt. Er glaubt sich überwacht. Von den Dünen aus, vom Weg aus, von dem Schilf hinter der Lagune aus, sogar an den Hängen der fernen Berge vermutet er Personen, die diese Szene beobachten. Er hat den Verdacht, heute Vormittag, als er an der Staatsstraße entlangging, die Aufmerksamkeit der Autofahrer auf sich gelenkt zu haben, auch die der Nutten, die gesehen haben, wie er in den Weg zum Sumpfgelände abbog, die der Kinder, die vor den Hütten spielten, an denen er am Ende des Boulevards von La Marina vorbeigegangen ist, und in eben dem Augenblick, als er sich am liebsten aus der Erinnerung all dieser Menschen löschen würde, fällt ihm ein, dass er in seiner Hast die zwischen den Steinen befestigte Angelrute, das Netz im Wasser und den Korb am Ufer vergessen hat. Er kann seine Sachen nicht dort liegen lassen, für einen Ermittler wäre es ein Leichtes, Angelrute und Netz zu identifizieren; besonders die Angelrute, auf der wahrscheinlich noch das Etikett des Sportgeschäfts klebt, in dem er sie vor sieben, acht Monaten gekauft hat, damals, als er mit Esteban zu angeln begann, also rennt er durch das Röhricht wieder zurück zu dem Ort, den er gerade verlassen hat (jetzt hat er wirklich Angst, er zittert am ganzen Leib), das Schilf mit seinen scharfen Rändern peitscht ihm ins Gesicht, an die Wangen und Lider, verletzt ihn. Schiebt er es beiseite, spürt er die scharfen Blattränder in den Handflächen. Sobald er die Angelrute geholt hat, muss er wieder auf die Landstraße, denkt er, an die Stelle, wo er sich mit seinem Freund verabredet hat; andererseits wäre es eine Dummheit, dort am Ende des Weges neben dem Straßengraben zu sitzen und wie üblich zu warten, damit würde er für Indizien sorgen, die gegen ihn sprechen, ja, Indizien, so denkt er bereits, als nähme er einen Teil der Schuld auf sich. Er entscheidet, dass er dort nicht warten kann, er kann aber auch nicht verschwinden, nicht dass der Freund ihn am Ende auf dem Sumpfweg sucht und später dann das Auto wiedererkannt wird, wenn die Ermittlungen aufgenommen werden, was zweifellos geschehen wird (nein doch, in diesen versteckten Winkel kommt niemand, sagt er sich), wobei man dann den fünfzehn Jahre alten Ford Mondeo identifizieren würde: Er fällt einfach auf in seinem jämmerlichen Zustand, mit den zerbeulten Türen und dem angefressenen Lack und der mit einem Draht befestigten hinteren Stoßstange. Außerdem ist da ja noch das ausgebrannte Fahrzeug, das am Dünenhang ziemlich leicht zu sehen ist, und irgendjemand wird die Verschwundenen melden, man wird nach ihnen fahnden, obwohl, wer weiß, wer diese Leichen sind. Vermutlich Immigranten wie er selbst, Leute, die nur kurz hier waren, Mafiosi, an denen eine alte Rechnung beglichen wurde: Marokkaner, Kolumbianer, Russen, Ukrainer, Rumänen. Vielleicht ein paar Nutten, die von ihren Luden erdrosselt wurden und nach denen keiner fragt.

Er beschließt, auf der Landstraße Richtung La Marina zu laufen, vertraut darauf, dass Raschid ihn vom Auto aus sehen wird. Auch wenn er wollte, könnte er nicht stillstehen. Er geht ein paar Schritte Richtung Misent, dann kehrt er hastig wieder um, schaut unruhig auf die vorbeifahrenden Autos, wartet auf das von Raschid, als wäre das Auto des Freundes eine Zuflucht: Sich hineinsetzen und wegdämmern, die Arme ausgestreckt, die Atmung kontrolliert, den Kopf an die Kopfstütze oder ans kalte Glas des Fensters gelehnt, Entspannung bis zum Verschwinden: Er bedient sich des psychologischen Mechanismus, dank dessen Kinder sich unsichtbar fühlen, wenn sie die Hand vor die Augen halten – wenn du nicht siehst, wirst du auch nicht gesehen. Es sich neben dem Fahrer auf dem Sitz des Mondeo bequem zu machen ist der Beweis dafür, dass er nichts mit dieser verwesten Hand zu tun hat, mit den stinkenden, halb im

Schlamm versunkenen Bündeln, mit dem Blech des ausgebrannten Autos. Nachdem er sich in Raschids Mondeo bis zum Verschwinden entspannt hat, wird er, ein paar Kilometer weiter, an der Kreuzung mit dem Boulevard von La Marina, die Scheibe runterlassen, sich aus dem Fenster beugen und im scharfen abendlichen Fahrtwind sicher sein, nichts gesehen zu haben. Er wird einer mehr sein von den Tausenden von Menschen, die sich Tag für Tag über die Staatsstraße 332 bewegen, Menschen, die sich eine Zeit lang auf dieser besonders befahrenen Strecke ballen, um sich dann in den Kapillaren zu den kleinen Dörfern zu verlieren oder die Fahrt bis in irgendeinen Winkel Europas fortzusetzen. Kurzfristig denkt er, dass er ja keinem erzählen muss, was er gesehen hat (nicht einmal Raschid, der, sobald er neben ihm sitzt, merken wird, dass ihm etwas widerfahren ist. Warum hast du nicht bei der Abzweigung auf mich gewartet? Du wirkst ja so niedergedrückt, ist irgendwas passiert?), dennoch muss er alles so bald wie möglich jemandem erzählen; bevor er es nicht erzählt hat, wird er sich nicht beruhigen, erst wenn er die Angst teilt, wird er sich von ihr lösen können. Er nähert sich dem Ende des Weges, wird langsamer in seinem Lauf, bis er schließlich in einen normalen Schritt fällt. Er bleibt einen Augenblick stehen und wirft die gefangenen Fische aus dem Korb in den Straßengraben, sie ekeln ihn, er stellt sich vor, wie sie mit gierigen Mäulchen am Aas knabbern. Er könnte speien. Die Lagune, die bei seiner Ankunft wie eine flüssige Stahlschicht wirkte, zeigt jetzt etwas zart Sanftes, den Widerschein von altem Gold. Funkelndes Kupfer an den Wasserrippen, die der Wind aufwirft.

2
BEGEHUNG DER SCHAUPLÄTZE

14. Dezember 2010

ICH HABE MEINEN VATER vor den Fernseher gesetzt, vor den Western, der jeden Morgen im Digitalkanal gebracht wird. Der Alte sitzt sprachlos vor dem Getümmel der Pferde, ihrem Wiehern, dem Geschrei der Indianer und den knallenden Schüssen: Ich weiß, er wird sich nicht bewegen, bis ich zurück bin. Nach dem Western kommt ein Film über Terroristen, grimmige Araber geben gutturale Laute von sich, dazu Untertitel, die keiner auf dem Schirm lesen kann; oder auch ein Krimi, in dem die Polizei schwarze oder südamerikanische Drogenhändler verfolgt, unter großem Aufgebot von Autos, die kreischend aus den Kurven schlittern, zusammenstoßen und schließlich von einer Eisenbrücke in die Tiefe stürzen. Der Alte wird weiter die Augen starr auf den Fernseher richten oder sie vielleicht dösend schließen, was aufs Gleiche hinauskommt. Tatsächlich blickt er mit eben dem Interesse auf die Badezimmerwand, wenn ich ihn wasche, oder auf die Zimmerdecke, wenn ich ihn ins Bett lege. Wichtig ist nur, dass er nicht versucht aufzustehen und dabei stürzt. Um das zu verhindern, setze ich ihn in den großen, niedrigen Sessel, in dem sein Körper versinkt und aus dem er, selbst wenn er wollte, nicht hochkäme, es fehlt ihm die Kraft, sich auf die Füße zu stellen; damit er nicht fällt, binde ich außerdem noch ein Laken um seine Brust und die Rückenlehne des Sessels, achte darauf, dass es ihn nicht drückt. Ich vergewissere mich, dass er den Oberkörper vor und zurück bewegen kann. So ist es gut, es drückt doch nicht, oder?, sage ich, um etwas zu sagen, frage, um etwas zu fragen, denn seit Monaten spricht der Alte nicht mehr, und man weiß auch nicht recht, ob er guckt; sehen kann er noch, denn er schließt die Augen, wenn ich mich mit einem starken Licht nähere oder ihm das Gesicht zu einer Glühbirne hindrehe, und er geht auch mit dem Kopf mit, wenn ich langsam meine Hand vor seinen Augen bewege; hören kann er auch, aber es ist nicht sicher, ob er etwas versteht: Wenn ich ihn anschreie oder hinter ihm ein lautes Geräusch ist, zuckt er zusammen und sein Blick ist angstvoll. Er hat aufgehört zu sprechen, nachdem man ihn operiert und den Tumor aus der Luftröhre entfernt hat. Er kann nicht reden, aber er könnte schreiben, schriftlich seine Wünsche äußern, durch Gesten etwas verständlich machen, aber auch das tut er nicht. Er zeigt nicht das geringste Bedürfnis, sich mitzuteilen. Die Ärzte haben ihn getestet, den Kopf gescannt, und sie sagen, sein Hirn sei nicht beschädigt, sie können sich nicht erklären, was mit ihm los ist. Das Alter. Über neunzig. Er hat sich in eine Gliederpuppe verwandelt. Nicht dass ich an dem interessiert wäre, was er mir erzählen könnte, dabei verbringe ich mehr Zeit damit, ihn zu beobachten, seitdem Liliana nicht mehr kommt und ich die Schreinerei geschlossen habe. Ich betrachte ihn, studiere ihn, mache Lernübungen, die kaum Erfolg versprechen, keinerlei praktischen Nutzen haben. Das Menschenleben ist die größte ökonomische Verschwendung in der Natur: Wenn du gerade mal anfangen könntest, aus all dem, was du gelernt hast, Nutzen zu ziehen, stirbst du. Und jene, die nachkommen, beginnen wieder bei null. Aufs Neue dem Kind das Laufen beibringen, es zur Schule schicken, auf dass es einen Kreis von einem Quadrat unterscheidet, Rot von Gelb, das Feste vom Flüssigen, das Harte vom Weichen. Das hat er mir beigebracht. Das Leben als Verschwendung. Es so hinzunehmen. Er war immer schlau, der Alte, so schlau wie hinterfotzig. Er brachte mir das bei, und ich wiederholte es Liliana gegenüber, womöglich nur aus sentimentaler Verlogenheit heraus. Ich packe meinen Krempel zusammen. Es ist Zeit, den Kiosk abzubauen, sagte ich zu ihr. Sie darauf: Es ist nie zu spät, etwas Neues kennenzulernen. Ich werde euch beiden einmal einen guten Sancocho zubereiten, das ist so wie ein Cocido bei euch, nur dass wir in den Eintopf Gemüse geben, das ihr kaum verwendet oder nicht einmal kennt, Arakacha, Maiskolben, Yucca, Gemüsebananen, und das Ganze bekommt die Duftnote von frischem Koriander, dieses Kraut, das ich hier so vermisst habe, bis ich es im kolumbianischen Internetcafé und in den muslimischen Läden gefunden habe. Eine Art duftender Petersilie. Wir Lateinamerikaner essen das, und die Marokkaner auch. Ich kauf es fast immer im marokkanischen Gemüseladen, dem neben dem Halal-Metzger, denn der liegt auf meinem Weg. Das Fleisch würde ich dort nie kaufen. Wer weiß schon, wo sie diese Lämmer, diese Ochsen geschlachtet haben. Ich hab im Fernsehen eine Reportage gesehen, da hieß es, in Spanien gebe es massenweise geheime Schlachthöfe, die arbeiten für die Muslime, anscheinend muss man die Tiere mit dem Blick nach Mekka schlachten, das sind so Manien, jedem das Seine. In derselben Sendung wurde gezeigt, wie sie in den Chinarestaurants die Enten aufbewahren, du lieber Himmel, der Kühlschrank stank wohl schlimmer als verfaulter Hund, da stehen einem ja die Haare zu Berge, Sie können sich gar nicht vorstellen, was der Reporter dort gesehen hat. Aber ich sprach ja vom Koriander, den ihr kaum kennt oder verwendet, ihr versteht ja auch nicht wirklich etwas von Früchten: Mangos, Papayas, Corossols, Guaven, Uchovías, Maracujas, Guanabanas, Drachenfrüchte; die Auyamas laufen bei euch unter Kürbis. Jetzt werden diese Früchte hier langsam bekannt, weil sie auch in die Supermärkte kommen; soviel ich weiß, habt ihr bisher nur ein knappes Dutzend Früchte gegessen, und die schmecken fad, haben kaum Aroma: Äpfel, Bananen und Birnen und wenig mehr; diese Ananas, die aus Costa Rica gebracht werden, schmecken nach nichts und werden nach drei, vier Tagen im Kühlschrank faulig. Nein, nein, lachen Sie nicht, ich hab nämlich recht. Ich bin mir auch ganz sicher: Sie haben in Ihrem Leben noch keine gute Ananas gegessen. Eine reife Ananas, eben erst gepflückt, genau auf dem Punkt, mit ihrem süß duftenden Aroma und ihrem Honigsaft. Jeden Abend ihre Stimme, während ich ihn vor dem Sofatisch zurechtsetze, auf den ich die Wachstuchdecke gelegt habe und später den Teller mit dem Gemüse und das Tellerchen mit dem Omelette stellen werde, wie sie es bis vor ein paar Tagen gemacht hat. In seiner Behinderung bestimmt der Alte immer noch mein Leben, erlegt mir Tätigkeiten auf, prägt meinen Zeitplan, mein Tageslauf ist auf ihn ausgerichtet: Mehr oder weniger erreicht er eben das, was er sein ganzes Leben lang erreicht hat. Früher gelang ihm das, indem er seine Autorität ausspielte; jetzt erreicht er es mit seinem Schweigen und seiner Ungeschicklichkeit. Er ist der Kranke, der sich nicht selber helfen kann, jetzt ist er nicht mehr autoritär, stattdessen fordert er Barmherzigkeit ein; ich, sein Dienstbote, weil er mir leidtut. Seitdem ich denken kann, hat er uns alle in den Dienst seiner schwankenden Stimmungen gestellt. Sein Leben dagegen hat immer nur ihm gehört. Er hat sich so verhalten, wie es – der Verfassung gemäß – dem König zukommt: ohne Verantwortung, oder so, wie es manche Künstler pflegen, heute protestiere ich, morgen spreche ich nicht, übermorgen buhle ich um Aufmerksamkeit, und am Tag darauf ertrage ich keinen fremden Blick. Wenn ich es mir jetzt überlege: Ja, er hatte die Mentalität eines Künstlers. Als er jung war, hatte er einer werden wollen. Er las gerne Romane, aber auch Bücher über Geschichte, über Kunst und Politik. Er holte sie sich aus der Stadtbibliothek. Freitagnachmittags wusch er sich, zog ein weißes Hemd und sein Jackett an und ging dann zum Büchertausch in die Bibliothek. Sonntagnachmittags, wenn in der gesamten Nachbarschaft der Lärm von der Fußballübertragung aus den Radios schallte, herrschte bei uns die Stille: Mein Vater las am Fenster, nützte das Nachmittagslicht. Später ließ er die Jalousie runter und schaltete die Stehlampe an, die neben dem damals einzigen Sessel des Hauses stand, und bliebt dort in sein Buch vertieft bis zum Abendessen sitzen, kehrte danach wieder zu seiner Lektüre zurück. Eine Künstlerseele. Als junger Mann wollte er Bildhauer werden – später sollte ich das werden –, aber die Kriegswirren machten seine Hoffnungen zunichte. Meine habe ich ganz alleine erledigt. Der von ihm für mich erwählte Beruf hat mich nie interessiert. Ich habe es gerade mal ein paar Monate an der Kunsthochschule ausgehalten. Mein Großvater und er haben mehrere der Möbel im Haus geschreinert und in einem Stil gestaltet, der schon damals passé war, denn in der republikanischen Zeit und kurz davor, Ende der Zwanziger und Anfang der Dreißiger, wählten die Leute vage an Art déco erinnernde Designs aus dem Katalog, während die beiden, die in der Politik doch so revolutionär waren, ihre Möbel im Stil der Renaissance fertigten, mit Schnitzereien, wie sie in Dokumentarfilmen über Salamanca an den Fassaden der dortigen Gebäude zu sehen sind: Grotesken, Medaillons, Akanthusblätter. Obsolete Möbel schon am Tag ihrer Entstehung, aber, das kann ihnen keiner absprechen, von großer Kunstfertigkeit. Sie verliehen dem Haus Würde und Gediegenheit zu einer Zeit, in der es kaum genug zu essen gab. Eher eine Sache der Berufsehre als der Verschwendung.

Als der Alte richtig verpackt ist, gehe ich hinunter zum Schuppen im Hof und hole mir das Sarasqueta-Gewehr, den Patronengürtel und Gummistiefel und rufe den Hund in einem Ton, aus dem er entnehmen kann, dass er in den Wagen soll. Ich rufe und halte die Tür des Geländewagens offen, er springt hinein und legt sich auf den Hintersitz, beobachtet aber weiter mit wachen Augen meine Bewegungen. Er ist ein braves Tier, ein guter Jagdhund, vor allem aber ein guter Kamerad, der beste. Er legt sich in meiner Nähe in der Werkstatt nieder und verbringt so die toten Stunden, und wenn ich mich im Wohnzimmer in den Sessel setze, kommt er und drückt seinen Kopf an meinen Schenkel, als wolle er mir sagen, er stehe zur Verfügung, ich könne mich auf ihn verlassen. Ich habe nie erlebt, dass er zu irgendjemandem aggressiv gewesen wäre oder Anstalten gemacht hätte zu beißen. Knurren, das tut er, wenn irgendjemand – meistens die Katze der Nachbarin – seinem Fressnapf nahe kommt. Die Gefräßigkeit scheint sein einziger Fehler zu sein, aber die gehört ja wohl zu einem gesunden Tier. Egal wo ich mich hinstelle oder setze, er legt sich neben mich auf den Boden und achtet auf meine Bewegungen, bleibt aber ganz ruhig, bewegt nur den Schwanz oder kommt mal, um an meinem Bein vorbeizustreifen, oder er stellt sich auf die Hinterläufe, stützt die Vorderpfoten auf meinen Bauch (Ganz ruhig, oder willst du mich umwerfen?), er schaut mich an und bellt ein paar Mal, das ist seine Art, mit mir zu sprechen, Aufmerksamkeit einzufordern. Genauso bellt er, wenn er sieht, dass ich mich mit jemandem unterhalte oder ins Handy spreche, bei solchen Gelegenheiten wird sein Bellen impertinent. Er ist eifersüchtig. Wenn ich ihn zum Jagen mitnehme, rennt er vor mir her, dreht aber ständig den Kopf zu mir um, damit ja nicht der Kontakt zwischen Mann und Hund abreißt. Manchmal rast er auf einmal los, eine Beweglichkeit, über die ich immer noch staune (welche Harmonie der Glieder beim Lauf, diese wellenförmige Bewegung des Rückens). Hechelnd kommt er zurück, manchmal mit dem Tier im Maul, das ich gerade abgeschossen habe.

Der Hund liegt hinten im Geländewagen, ich drehe den Zündschlüssel, und sofort springt der Motor an, obwohl ich schon seit einigen Tagen nicht gefahren bin. So wie Tom ein guter Hund ist, ist der Toyota ein gutes Fahrzeug. Im Sumpfgelände habe ich unvergessliche Augenblicke mit ihm erlebt, ich habe ihn in klebrige Schlammfelder gesenkt, ich bin mit ihm durch sumpfiges Wasser gefahren, im Treibsand oder, im Winter, am Strand entlang, über den Streifen Sand, auf dem die Wellen heranschäumen. Stets ist er überall ohne Schwierigkeiten wieder rausgekommen, er hat mich nie im Stich gelassen. Das ist ein ganz besonderes Gefühl, wenn ich das Lenkrad greife, es streichle. Ich freue mich an dem Wagen von dem Augenblick an, wenn ich beim Öffnen der Tür das Leder der Sitze rieche, auf die ich meinen Hintern fallen lassen werde. Ich fahre gerne: Ich streiche über das Lenkrad, und mich überkommt Schwermut, ich beginne ihn zu vermissen, ich denke, dass sich die Freude an dieser Berührung bald verflüchtigt haben wird. Das zu wissen lässt eine Welle von Leid in meiner Brust hochsteigen, meine Augen werden feucht. Das Leben, die reinste Verschwendung, wie mein Vater sagte. Ja, alter Scheißer, ja. Das deine ist inzwischen vielfache Verschwendung, da nimmst du es mit all unseren Leben auf. Bevor ich den Wagen anließ, sah ich im Rückspiegel die aufmerksamen Hundeaugen und dachte mir, es ist ein Jammer, dass die Weisheit, die aus ihnen spricht, mit uns verschwindet, zu den Abfällen in unserem höchsteigenen Mülleimer gehört. Auch das Leben der Haustiere scheint sich nicht ökonomischen Renditeüberlegungen anzupassen. Mit allem, was du weißt, mein Hundchen, mit dem, was du gelernt hast, so behände sich deine Beine auch im Lauf bewegen und so harmonisch sich dein Rücken biegt, die Erfahrung, mit der du witterst und die Beute findest, und die Gewissenhaftigkeit, mit der du sie mir bringst – auch du wirst dich von alldem verabschieden müssen (wirst nicht mehr Teil davon sein). Was will man machen. Ich denke es, und das ist der einzige Moment, da ich, den Zündschlüssel in den Fingern und den Blick starr in den des Hundes versenkt, zaudere und weinen möchte. Dieser Scheißkerl. Der Hund.

Der Mais wird gemahlen, dazu gibt man die roten Bohnen mit einem Lorbeerblatt, erhitzt den Hogo, sie wissen schon, diese süßscharfe Tomatensoße, dann schält man die Bananen und reibt die Yucca. Lilianas Stimme. Sie werden staunen, wie gut das schmeckt. Die Augen des Hundes. Von der Werkstatt aus biege ich in die Landstraße, die am Strand von La Marina entlangführt, ich fahre an den Apartmentblocks und an dem Grün vorbei, das sich hinter den Gartenmauern ausbreitet, Palmen, Bougainvilleen, Jasmin, Thujen – der ganze Katalog der Gärtnereien unserer Gegend –, bis zu der Kreuzung mit der Staatsstraße 332. Beide Straßen treffen in einer Landschaft aufeinander, die nach schäbigem Vorort aussieht: verlassene Gemüsegärten, Unkraut und Schutt, auf dem nach den Regenfällen im Herbst Gras gewachsen ist, der charakteristische Dekor jener Zonen, die während des gerade vergangenen Immobilienbooms kurz davor waren, als Bauland ausgewiesen zu werden, und jetzt in so etwas wie einem juristischen Limbus verharren, scheinbar Niemandsland, auf dem inzwischen mehrere Hütten stehen, wahrscheinlich von Leuten aus Osteuropa errichtet, oder von Marokkanern, die als Hilfsarbeiter in der Landwirtschaft arbeiten und in der Gegend herummarodieren auf der Suche nach Alteisen, gebrauchten Haushaltsgeräten, alten Möbeln, Kupfer – was immer sie abschleppen oder klauen können: Sie lassen alles mitgehen, reißen Rohre heraus, Bewässerungsmotoren, Kabel; sie kapern Traktoren, tonnenweise Obst und lassen sogar ganze Obsthaine verschwinden. Kein Einzelfall: Ein Landwirt kommt zu seiner Plantage und entdeckt, dass seine Orangenbäume allesamt abgesägt wurden, um sie als Brennholz zu verkaufen. Ganz in der Nähe der Hüttensiedlung gehen zwei Schrotthändler ihrer Arbeit nach und häufen Altmetall auf; das Gelände ist übersät mit versehrten Autokarosserien, Kühlschränken, Waschmaschinen und alten Klimaanlagen. Und das alles ein paar hundert Meter entfernt von Neubausiedlungen, die auf den großen Schildern an der Landstraße als luxuriös gepriesen werden. Den Leuten scheint das egal zu sein; solange man ihnen nicht den Müll über die Gartenmauer wirft und der faulige Geruch nicht ihre Terrasse erreicht, kann die übrige Welt im Dreck versinken.

Dort, wo die beiden Landstraßen sich vereinen, säumen etwa zwei Dutzend Nutten den Straßengraben und lassen sich von der Wintersonne belecken. Sie sitzen auf Plastikstühlen vor dem Röhricht oder spazieren auf dem Seitenstreifen hin und her: Sie lackieren sich die Nägel, schauen in das Spiegelchen der Puderdose, rauchen, spielen Patience auf wackeligen Plastiktischchen, zeigen in ihren Tangas Schenkel und Schinken und lassen die Titten aus den aufgeknöpften Jäckchen schauen, obwohl die Strahlen der Dezembersonne nicht gegen die Feuchtigkeit des Geländes ankommen – ein Schlammfeld zwischen Strand und Sumpf – und auch nicht die Kälte mildern, die mit dem heutigen Mistral die Krallen zeigt. Die Frauen, die sich nicht hingesetzt haben, spazieren nervös hin und her, gerade einmal ein paar Meter in jede Richtung, als befänden sie sich nicht an der Landstraße, sondern in einer Zelle (die eine oder andere hat diese kreislauffördernde Übung wohl auch im Gefängnis gelernt). Sie gestikulieren, machen die Beine breit oder bücken sich, um die Hinterbacken in Richtung Fahrbahn auszustellen, aufgescheucht durch den Lärm eines LKW-Motors oder das Hupen, das ihnen ein Fahrer widmet. Sie ziehen sich das Kleid bis über die Brüste hoch, zeigen den nackten Körper den Lastwagenfahrern, den einsamen Insassen der Kleintransporter, auf deren Türen die Logos der Botendienste, der Schlossereien, Glasereien oder Hauslieferanten stehen; Schenkel und Brüste wie weißer oder gelblicher Marmor, daneben rosige Leiber oder Fleisch in der Farbe von Milchkaffee, schwarzem Kaffee oder, wie man früher sagte, von Ebenholz leuchten unter dem gebrochenen Licht des Morgens: ein Musterbuch aller Rassen (auch wenn nur selten eine Asiatin dabei ist – eine kleine Chinesin, Thailänderin oder Kambodschanerin –, aber es gibt sie schon, natürlich), am üppigsten vertreten allerdings die Frauen aus Osteuropa, Weibsbilder mit weißem, bläulich schimmernden Fleisch, das Licht auszustrahlen statt zu schlucken scheint. Es gibt reichlich Frauen aus Afrika, und auch an Lateinamerikanerinnen mangelt es nicht, obwohl letztens weniger Brasilianerinnen zu sehen sind, dabei waren sie die Ersten, die sich an der Landstraße aufgestellt hatten. Sieht ja so aus, als ob es dem Schwellenland jetzt besser geht, die Mädels werden, so Gott will, ihr Geschäft in Rio oder São Paulo aufgemacht haben, ein eigener Frisiersalon, eine Boutique für Kleider oder Schuhe. Und dann kündigt sich mit der Olympiade in Brasilien ja auch ein sattes Geschäft an. Ich fahre an den Frauen vorbei, schau kaum nach ihnen. Die eine oder andere kenne ich, habe sie schon mal am selben Ort gesehen. Eine Ukrainerin, die ich vor Monaten gefickt habe, blickt auf den Geländewagen, als ich vorbeifahre, sie hat mich zweifellos erkannt, aber heute sehe ich nicht weiter hin. Ein Blick aus dem Augenwinkel und weiter. Ich suche keinen Sex. Ich suche nach einem Drehort, einer Bühne. Oder, besser gesagt, ich werde jene Bühne begutachten, die ich schon ausgewählt habe, ich mache eine Tatortbegehung, wie es in den Polizeinachrichten heißt, die Beamten inspizieren den Ort, wo ein Verbrechen begangen wurde. Ich gehe zu dem Ort zurück, an den ich meine erste Erinnerung habe, den mir mein Onkel gezeigt hat und nach dem sich mein Vater offensichtlich immer gesehnt hat, wohin er sich einst verziehen wollte, was ihm nicht gelang: eine zweite Chance, der Briefträger, Papa, auch diesmal hat er mindestens ein paar Mal geläutet. Hast du den Film nicht gesehen? Schmutzig, wie alles in dieser Welt. Ich entsinne mich, die Protagonisten vögeln eingemehlt auf dem Küchentisch. Das Leben selbst. Das Thema des Films ist der Egoismus jener, die für Geld und Lust verraten und töten, ewig die gleiche Geschichte, langweilig. Das Leben ist schmutzig, Lust und Schmerz schwitzen, scheißen, stinken. Das hat der Alte in unvergleichlichen Schulen gelernt, im Krieg (ein Krieg unter Nachbarn, wohlgemerkt), auf den Polizeistationen, im Gefängnis. Was man an solchen Orten unter derartigen Umständen eben zu sehen und zu riechen bekommt. Hör schon auf. Wie auch immer, wenn mir etwas unter die Flinte kommt (und das ist im Sumpf immer der Fall), werde ich meine Treffsicherheit prüfen. Niedere Jagd, klar. Deshalb habe ich die Sarasqueta mitgenommen. Sie hat ihren Platz bei dieser Probe verdient. Sie ist ein Schlüsselgegenstand, spielt eine entscheidende Rolle bei dem Ausgang des Stücks. Wenn ich von Jagd spreche, denke ich an größere Vögel. Nicht an Bordsteinschwalben, die gehören nicht ins heutige Tagesprogramm. Du fickst wir rammeln ich lecke ohne Gummi, von hinten für dreißig Euro, von vorne für zwanzig. Auch auf diesem Gebiet gibt es nicht viel Neues, seitdem der Mann Mann ist. Der Mann, ein Zweifüßler, der Fotzen kauft. Keine schlechte Definition. In Drachmen Sesterzen Dublonen Pfund Mark Dollar Rubel. In Euro. Fotzenkäufer, Arschmieter, doch ich will keine zusätzliche Verwirrung stiften durch das Vermischen der Expeditionen; es scheint mir angemessen, mir an einem Tag wie heute eine gewisse Ordnung aufzuerlegen. Am Vorabend der liturgischen Feiern ist Einkehr geboten:

der Schmerz der Sünden, Beichte und Buße. Das Ziel, die Besserung, kann man in diesem Fall vernachlässigen. Keine Zeit, rückfällig zu werden. Vor der Weihnacht kommt der Advent; vor Ostern die lange Fastenzeit. Gestrenge Tage der Kontemplation und Abstinenz als Vorbereitung auf das Fest. Lasst uns beginnen. Vertreiben wir die Begierden, weg mit den Stimmen und den Mündern, die sie uns einflüstern, Tür und Tor, durch die sich die Glut des Begehrens nährt: die samtige Stimme, die Verführung des Klangs, die Weichheit der Lippen, das Gift des Singsangs: die Maispastetchen mit Ei, die frittierten Bananentaler, die mit Erdnusspaste und Hühnerfleisch gefüllten Teigtaschen, der Reis mit Bohnen und Schweinerippchen, den wir im Caucatal zubereiten. Sie wissen ja gar nicht, Don Esteban, was für eine gute Küche wir haben. Ihr Spanier glaubt immer, dass wir Kolumbianer etwas wild und ungeschliffen sind. Da hast du recht, Liliana, ihr habt keinen guten Ruf bei den Provinzlern von Olba, aber die schreckt auch alles, was sie nicht selbst haben entstehen sehen und auch vergehen sehen wollen. Hinzu kommt, was Zeitungen, Radio und Fernsehen bringen – nicht gerade hilfreich für eine positive Meinungsbildung: die Guerilla, die FARC, paramilitärische Trupps und Drogenklans, das Kartell von Cali und das von Medellín, die Waffenschieber, der Handel mit diesem und jenem, das Rauschgift, das in einer Fracht Ananas verschoben wird, in Konservendosen, in Holzbalken, Koks, der Kinderkleidchen und Ballettschuhe verseucht. Ja, da haben Sie recht, Don Esteban, aber wir Kolumbianer sind nicht alle so, wir sind nicht alle Guerilleros oder Drogenhändler. Gibt es etwa keine Diebe, Mörder, Dealer und Terroristen unter den Spaniern? Schießen sich hierzulande etwa nicht die Leute nieder, und gibt es nicht auch hier Kokainlabors? Und was den Terrorismus betrifft: Wie viele Menschen sind bei den Attentaten in Madrid gestorben, das muss man auch mal sehen, das Böse ist überall, und so wird es auch mit dem Guten sein, aber das findet man nicht so leicht, besonders wir Frauen tun uns da schwer, ihr Männer habt immerhin eure Freunde, unsere Freundinnen sind eher Rivalinnen. Aber klar gibt es auch hier schlechte Menschen, Liliana. Da ist ihre Stimme und dieser Streifen Fleisch, der zwischen Jeans und Bluse hervorlugt, ganz unpassend in Fastenzeiten: Es ist, als bewege sie sich gerade mal einen Meter vor mir, sie spiegelt sich in der Windschutzscheibe, die Farbe der Haut, die Tönung, so weich bei der Berührung, die Haut drängt sich zwischen meine Hand und das Lenkrad. Warm, zart, von trügerischer Süße. Aber ich muss die Bühne für die Aufführung vorbereiten, sage ich mir. Es ist weder der Tag noch der Ort für solche Gedanken. Manchmal, wenn ich bei einem Jagd- oder Angelausflug ins Sumpfgelände ein Mädchen als Begleitung bezahlt hatte, spürte ich in mir die Erregung, die sich aus der geteilten Intimität im Schweigen des Schilfs speiste; und die Begierde ging mit mir durch, wenn ich wahrnahm, wie die Furcht der Frau wuchs, je weiter wir auf kaum erkennbaren Wegen vorstießen (Wo bringst du mich hin, fragen sie dann mit einem gewissen Beben in der Stimme, während ich mich frage, warum dem Sex die Angst immer eine zusätzliche Würze zu verleihen scheint, du beginnst das Ritual als Suche nach dem Licht und endest im Labyrinth der Finsternis, du suchst den Marmor des Fleisches und verkommst im Schlamm der Ausscheidungen), erregend der Verkehr der Geschlechter im verwobenen Pflanzengemach: befriedigend, zweifellos, Lust und Angst vermischt, eine höchst taugliche Kombination. Aber nach dem Akt fühlte ich mich dort schmutziger und schuldbeladener, als wenn ich ihn irgendwo anders vollzogen hatte. Mit irgendwo anders meine ich das Zimmerchen mit den verhängten Fenstern und dem matten Licht, das manchmal rötlich, manchmal rosa oder auch von einem diffusen Blau ist; der Hintersitz im Auto, nächtlich, gespensterhaft, die Beine beben neben der offenen Autotür. Ficks, die diese dem Menschentier offenbar eingeborene postkoitale Traurigkeit verschärfen. Wenn ich es hier trieb, im Sumpf, ging es mir um ein Gefühl von Freiheit, dennoch kam es mir danach so vor, als hätte nicht nur ich mich beschmutzt, ein Gefühl, das sich gewöhnlich nach meinen Geschlechtskontakten in diesen Zimmern mit dem spärlichen Licht einstellt (wieder daheim, mildere ich es mit einer kräftigen Dusche, mit Seife und hartem Schwamm, und zum Abschluss noch ein großzügiger Sprühregen von Duftwasser); es kam mir vielmehr so vor, als sei der Ort selbst beschmutzt worden – nur mit einer Frau war das nicht so –, was ziemlich paradox ist, hat der Sumpf für die nahen Ansiedlungen doch stets als verwahrloster Hinterhof fungiert, wo alles erlaubt war und jahrzehntelang Schmutz und Abfall landeten. Erst mit dem Naturschutz und der Ökologie-Mode hat dieser Raum eine symbolische Bedeutung gewonnen, und die Zeitungen sowie das lokale Fernsehen sprechen von der großen grünen Lunge des Gebiets (der andere Blasebalg, die mächtige Lunge, die schnaubt und grollt und zornig wird und uns alle sauber wäscht, ist das Meer), sie bezeichnen den Sumpf als Zufluchtsort autochthoner Arten und als bevorzugten Nistplatz der Zugvögel. Bis vor zehn Jahren etwa hat Bernal, der Teerpappe herstellt, den Produktionsausschuss seiner Fabrik in die tieferen Wasserlöcher geschüttet. Alle Welt wusste es, aber keiner kam auf den Gedanken, ihn anzuzeigen. Ungestraft. Bernal ist eben ganz der Vater, er wirkt nur zivilisierter. Kein Witz. Sein Vater, Eigner mehrerer Fischerboote, ließ in den Vierzigern mindestens eine unbequeme Leiche verschwinden, er lud sie auf ein Fischerboot, band ihr einen Stein ans Bein und kippte sie über Bord in das riesige, barmherzige Grab des Kanals von Ibiza, dort wo das Wasser zwischen Festland und Insel am tiefsten ist: Ebenda fischt man die besten Garnelen und den roten Thunfisch, der angeblich vom Aussterben bedroht ist. Eine Leiche: organisches Material, jede Menge Nährstoffe. Das Meer säubert alles. Das Meer wäscht alles, spuckt es wieder aus oder verdaut es, reinigt es mit Salz und Jod – Nutzung und Wiederverwertung. Es gilt als gesund, ganz anders als der Sumpf, der von den Anwohnern schon immer scheel angesehen wurde als Ort der Keime und Ansteckungen, stehendes Gewässer, dem zu misstrauen ist, das, erwärmt von der Frühlingshitze, verdirbt und sich bis zu den Regenfällen im

Herbst nicht erneuert. Das Meer reinigt, bringt frischen Sauerstoff, der Sumpf zersetzt. Wie der Krieg, das Kommissariat und das Gefängnis. Nicht wahr, Vater? Verwesung und Gestank. Die Sümpfe sind nicht gut weggekommen: Fieber, Malaria, Dreck. Die Römer haben Gebiete wie diese aus wirtschaftlichen und gesundheitlichen Gründen trockengelegt, ich hab es in den Reportagen gesehen: um Rom herum war nichts als Sumpf, voller Krankheitskeime, wie unser Sumpf, der Marjal, Perlen aus dem Sumpfcollier des Mittelmeers, ein feuchter Streifen, der, immer wieder unterbrochen, die Küsten säumt, die Bauern haben noch bis vor Kurzem die Lagunen der Zone entwässert und aufgeschüttet – der Hunger nach bestellbarem Boden. Blasco Ibáñez hat über diese Art der Landgewinnung zur agrarwirtschaftlichen Nutzung geschrieben; heute meint man, sie sei für die Umwelt extrem schädlich gewesen. Dank ihrer haben aber so viele Menschen in diesem Gebiet leben können. Wer nicht den Roman gelesen hat, kennt bestimmt die Fernsehserie. Ich hab das Buch gelesen: Irgendwo zu Hause liegt noch das Exemplar, das mein Großvater vor dem Bürgerkrieg gekauft hatte (etwa ein halbes Dutzend Bücher hat in einer der Kisten, die meine Großmutter vergraben hatte, den Krieg überlebt; ich glaube nicht, dass es sehr viel mehr Bücher im Haus gegeben hatte), und ich habe auch die Serie vor ein paar Jahren gesehen. Die Meeresküste ist kein gastlicher Ort gewesen, und sie war, sieht man von einigen Vorgebirgen ab, auch unbewohnt, bis man vor einigen Jahrzehnten, egal wo, zu bauen begann. Man muss gar nicht weiter als Misent gucken, da gibt es Neubausiedlungen am Strand, die heißen La Laguna, Las Balsas (die Tümpel), Saladar (Salzteich) oder El Marjal, und dann beklagen sich die Bewohner, dass ihnen bei den herbstlichen Wolkenbrüchen Jahr für Jahr die Häuser volllaufen. Wie kann man aber auch einen Bungalow an einem Ort solchen Namens kaufen. Die Namen der Orte bewahren die Erinnerung an das, was diese einmal waren. Schlammfelder, Tümpel, Sümpfe, Lachen zur Salzgewinnung. Mein Vater hatte für Leute, die sich Ferienhäuser und Apartments in jenen, dem Sumpf abgerungenen Gebieten kauften, nur Verachtung übrig. Eigentlich hat er alle verachtet, die, vom Ruf des Meeres angelockt, in unsere Gegend gekommen sind. Strolche. Abenteurer. Spekulanten. Die Küste ist ein Ort des Verderbens, pflegte er zu sagen. Das Meer spült den Abfall an und zieht den Abschaum her. Das war schon immer so: Scharlatane, Hütchenspieler, Schlägertypen. Obwohl, heutzutage, wo das Menschentier das am wenigsten geschützte Wesen der Schöpfung ist, würden die Ökologen wahrscheinlich die Taten von Bernal junior noch viel unverzeihlicher finden als die des Seniors, da die größte Sünde schon immer die Zerstörung des Ewigen gewesen ist (Sünden wider den Heiligen Geist werden nicht vergeben), und das Ewige ist in unserer materialistischen Gesellschaft nicht mehr Gott, weshalb dem menschlichen Körper auch nicht der Respekt gezollt wird, der ihm sicher war, solange er noch als Tempel des Heiligen Geistes galt. Jetzt ist die Natur das große Sanktuarium des Göttlichen: Wasser und Schlamm mit Teer, Dachpappe, Glasfiber und krebserregendem Asbest zu kontaminieren – was Bernal junior getan hat – erscheint uns weit verwerflicher als die Morde, die Bernal senior zu verantworten hat. Wirft man eine Leiche ins Meer, tut man der Umwelt einen Gefallen, Nahrhaftes, an dem die Fische mit ihren kalten Mäulchen knabbern. Für die Absolution der Pistolenhelden, die aus Straßengräben Gräber machten und die Friedhofsmauern mit Kugeln durchsiebten und die Fische auf offener See fütterten, hat die Transición gesorgt, es waren wohl lässliche Sünden, dagegen die Sünden wider die Umwelt, sie verjähren nicht, da ist kein Richter, der die Sünder freisprechen könnte. Machen wir uns nichts vor, ein Mensch ist nicht groß was wert. Es gibt sogar so viele davon, dass die Regierungen nicht wissen, was sie mit ihnen machen sollen. Sechs Milliarden Menschen auf dem Planeten und nur sechs- oder siebentausend bengalische Tiger, wer also ist mehr auf Schutz angewiesen? Entscheide, wem mehr Fürsorge gebührt. Ja, du hast die Wahl. Ein Schwarzer, ein Chinese, ein Schotte, die sterben, oder ein wunderschöner Tiger, dem ein Jäger nach dem Leben trachtet. Der Tiger mit seinem in unvergleichlichen Farben gemusterten Fell und seinen funkelnden Augen ist so viel schöner als ein alter Kerl mit Krampfadern wie ich. Welch Unterschied in der Haltung. Wie elegant der eine und wie schwerfällig der andere. Sieh dir an, wie beide gehen. Steck sie im Zoo in zwei benachbarte Käfige. Vor dem Käfig des Alten sammeln sich die Kinder, um darüber zu lachen, wie er sich flöht oder sich zum Kacken hinhockt; vor dem des Tigers reißen sie staunend die Augen auf. Es ist vorbei mit dem Blendwerk, dass der Mensch das Zentrum des Universums ist. Schon wahr, bei einem Menschentier können wir die Gesten, die Gesichter und die Stimmen unterscheiden, und das stimuliert unsere Sympathie, aber wir verstehen auch die Mimik einer Hauskatze, eines Hundes, mit denen wir zusammenleben, und befrachten sie mit Gefühl. Da sind dann noch die Stimmen, und man wundert sich, wie sehr die Stimmen einen binden: Helfen Sie mir doch bitte, die Laken zu falten. Nein, nicht so, drehen Sie es auf die andere Seite. Ich lache, weil ich Sie mit diesen ungeschickten Pratzen sehe, verzeihen Sie, ich meine, es sieht so aus, als könnten Sie den Stoff beim bloßen Zupacken zerreißen. Was ich mit Pratzen meinte, ist, dass Sie sehr kräftige Hände haben, keine hässlichen Hände, im Gegenteil, Sie haben sehr hübsche Hände, Männerhände, viril eben. Wir drehen den Stoff ein paar Mal um, bevor wir uns einig sind, in welche Richtung wir das Laken zusammenlegen wollen. Die Hände berühren sich in dem Augenblick, da ich ihr das schon gefaltete Wäschestück überreiche, und sie berühren sich erneut, als sie mir das Kopfkissen reicht, während sie den Bezug auseinanderfaltet. Ach ja, die Kartoffeln. Wissen Sie, wie viele Sorten Kartoffeln wir bei uns haben? Ihre Haut, ihre Poren verströmen diese Hitze, in der man die Nacht über dann weichgekocht wird.

Da sind ein paar Frauen (zwei davon Mädchen, ich glaube kaum, dass sie schon achtzehn sind) dort an dem Weg, in den ich zum

Sumpf hin abbiege, ein Gebiet, wo das Schilf bis hin an die Straße wächst. Sie stehen da und quatschen, sie versperren die Durchfahrt, halten mich zweifellos für einen Freier. Ich stoppe kurz vor ihnen, um sie nicht niederzuwalzen. Sie bewegen die Zunge von einem Mundwinkel zum anderen, sie lachen, fahren sich mit der Hand zwischen die Schenkel, wobei mich die eine ein wohlbeschnittenes blondes Fellchen sehen lässt, während sie mit dem Ellbogen die andere anstößt und lacht, mit dem Finger auf mich zeigt, sie sagt vielleicht, schau mal, der Alte. Ein alter Spanner. Ein widerlicher alter Bock. Dieser unerfreuliche Gedanke geht zumindest mir durch den Kopf, ich drücke auf die Hupe und aufs Gaspedal. Der Geländewagen startet mit einem aggressiven Knurren, woraufhin sie eiligst davonstieben. Da stehen sie nun, fuchteln mit den Händen, werfen mir einiges auf Russisch oder Rumänisch an den Kopf, ich schätze – dazu muss man nicht allzu schlau sein –, ich soll mich verpissen. Trotz der düsteren Vermutung (dieser verfickte alte Bock, mächtig stolz auf seinen sechzigtausend Euro teuren Geländewagen: das haben mir ihre Blicke zurückgespiegelt) ist es den Mädels gelungen, mich zu erregen, und ich steuere den Rest der Strecke mit der linken Hand auf dem Hosenschlitz. Der Schwanz reckt sich, als er das Gewicht der Hand spürt, während ich die Nutten im Rückspiegel nach einer Biegung des Weges aus dem Blick verliere. Nur noch Grün. Die Straßendecke (um es mal so zu nennen) ist der reine Schlamm, durchbrochen von tiefen Schlaglöchern, in denen nach dem Regen das Wasser steht. Ich fahre sehr langsam. Bei der ersten Kreuzung biege ich links ab in einen Weg, der bis zum Fluss führt, oder wie immer man diesen flüssigen Arm nennen will, der zusammen mit fünf oder sechs weiteren im Norden das Kanalsystem ausmacht, durch das der Sumpf ins Meer abläuft. Ich halte kurz vorm Wasser auf dem Grasstreifen der Böschung. Das Vergnügen, das es mir bereitet, mich auf diese teuflischen Wege zu begeben, besteht zum großen Teil darin, dass ich weiß, hier werde ich weder auf die Guardia Civil noch auf ihre Umweltabteilung stoßen, auch nicht auf die grünen Patrouillen vom Staat oder der Autonomiebehörde, nicht einmal auf andere Fischer oder Jäger: Niemand begibt sich auf diese vom Unkraut überwachsenen Pfade (der Marjal ist zum Landschaftsschutzgebiet erklärt worden, aber niemand überwacht oder pflegt ihn: null Etat), keiner kennt das komplizierte netzartige Raster, das man jedes Mal wieder neu im Gedächtnis rekonstruieren muss, da es zusammen mit jenen, die es genau kannten und halbwegs begehbar hielten, verschwunden ist. Ich kenne diese Landschaft seit über sechzig Jahren. Ich bin allein hier gewesen und in Begleitung von Francisco, Álvaro, Julio und in letzter Zeit auch mit Ahmed. Ich habe nie aufgehört, dieses Gebiet aufzusuchen, seitdem mein Onkel Ramón mich ein, zwei Mal die Woche mitnahm, um hier ein Blässhuhn, eine Schnepfe oder vielleicht eine Rouenente oder eine sogenannte Moschusente, bei den Franzosen als Barbarieente bekannt, zu schießen, allesamt Tiere, die dafür sorgten, dass der häusliche Eintopf, bestehend aus Reis – dem unvermeidlichen lokalen Getreide –, etwas Spinat, ein paar Kartoffeln, einer Handvoll weißer Bohnen, etwas Mangold oder ein paar Artischockenstielen, um die geschätzte Proteinzugabe bereichert wurde, und zwar durch Fleischsorten, die auf dem Markt als Luxusgüter galten, obwohl die Mehrzahl der Bauern, statt selbst die Jagdbeute zu verzehren, sie an Restaurants oder an Verteiler verkaufte, die sie an die Metzgereien in Valencia lieferten. Die Proteine aus dem Sumpf bezahlten solche minderer Qualität, die auf dem Markt zu bekommen waren: Speckschwarten, Innereien, Chorizos und Blutwürste. Sagen Sie doch mal, wie viele Kartoffelsorten gibt es hier? Wir haben dort über tausend, heißt es, und was haben die alle für Namen, *pastusa, tuquerreña, mambera* … Ihr wisst nur ganz wenig von dort. Im Fernsehen wird doch nur über Kolumbien gesprochen, wenn was mit dem Drogenhandel ist oder die Guerilla ein Massaker verübt hat.

Ich habe mich auf den Wegen im Sumpfgelände bewegt, seit ich mich erinnern kann. Mein Onkel hat mich den Umgang mit dem

Gewehr gelehrt, als ich gerade mal elf oder zwölf war (damals reiften wir Kinder schnell; mit neun oder zehn halfen wir auf dem Feld, beim Bau, in den Werkstätten). Der Rückstoß meines ersten Schusses warf mich fast um und hinterließ einen Bluterguss an meiner Schulter. Wie man sich vorstellen kann, hatte ich nicht getroffen, und so wandte ich mich dem Onkel voller Scham zu. Ich dachte, er würde sich über mich lustig machen, aber nein, er lachte nicht, wie ich befürchtet hatte, sondern strich mir mit der Hand über den Kopf, strubbelte mein Haar und sagte: Du hast soeben die Macht erhalten, Lebendiges zu töten, eine eher erbärmliche Macht, die wahre Macht – und die hat niemand, nicht einmal Gott, das mit Lazarus glaubt doch keiner – wäre, etwas Totes wieder lebendig zu machen. Das Leben zu nehmen ist leicht, das kann jeder. Das wird tagtäglich überall auf der Welt praktiziert. Du musst nur die Zeitung aufschlagen. Sogar du kannst das, jemandem das Leben nehmen, vorausgesetzt, klar, du verbesserst ein wenig deine Treffsicherheit (da lächelte er dann doch und kniff spöttisch die lebhaften, grauen Augen zusammen, denen die gute Laune ein Spinnennetz kleiner Falten beigegeben hatte). Dem Menschen, der es geschafft hat, riesige Gebäude zu errichten, ganze Berge verschwinden zu lassen, Kanäle auszubaggern und Brücken über das Meer zu schlagen, ist es nicht gelungen, die Lider eines Kindes, das gerade gestorben ist, wieder zu heben. Er sagte mir: Manchmal ist das Massigste und Schwerste am leichtesten zu bewegen. Riesige Steine auf der Ladefläche eines Lasters, Loren, beladen mit schwerem Erz. Aber sieh mal, das, was du in dir trägst, was du denkst, was du wünschst, das, was scheinbar gar nichts wiegt, das kann sich kein noch so kräftiger Kerl über die Schulter werfen und an einen anderen Ort tragen. Kein Lastwagen kann es bewegen. Jemanden, der dich verachtet oder dem du gleichgültig bist, dazu zu bringen, dich zu lieben, ist weit schwieriger, als ihn mit der Faust niederzuschlagen. Männer schlagen aus Ohnmacht. Sie glauben, dass sie mit Gewalt das erreichen können, was sie nicht fähig sind, mit Zärtlichkeit und Intelligenz zu erreichen.

Solche Sachen muss er von meinem Großvater gelernt haben, der sich die Romane der Russen aus der Volksbibliothek in Misent (in Olba gab es noch keine Bibliothek) holte, zu der er mit dem Fahrrad fuhr. Er zog für diese Fahrten seinen Sonntagsstaat an, die Aufschläge der Hosen sorgfältig mit den Klammern zusammengehalten. Ebenso habe ich es Jahre später freitagnachmittags bei meinem Vater gesehen, obwohl es damals schon keine Volksbibliothek mehr gab und in der Stadtbibliothek wohl kaum mehr viele russische Bücher verblieben waren. Die Männer meiner Familie liebten diese Romane. Sie brachten sie nach Hause, bis der Krieg zu Ende war (und mit ihm das Leben meines Großvaters), Evangelien eines Verhaltenskodex, der sich ihrer Meinung nach durchsetzen sollte, die Macht der Massen, die Chronik der Arbeiterepopöe. Russisch meinte die Sowjetunion, Mutter aller Arbeiter der Welt. Mit Francisco haben wir oft über die Kraft gesprochen, mit der das Russische mehrere Generationen von Spaniern erleuchtet hat (obgleich für die Onkel, Großeltern und Eltern von Francisco dieses sowjetische Licht sie eher im Gegenlicht erreicht hat: als blendende Bedrohung). Heute sagst du russisch, und jeder denkt an das Schlimmste: Erpressung, Mafia, Frauenhandel, generell an den Handel mit Menschenfleisch, das, wie es einem bei Tierherden geht, aus der Ferne gesehen wie ein einziger Körper aussieht, aber, wenn du es vor dir hast, in seiner Individualität leuchtet, herrliche Leiber in den Clubs an der Landstraße, für nur vierzig oder fünfzig Euro stehen sie dir zur Verfügung. Das Sowjetische. Der Klassenkampf. Mein Vater hat sich immer geweigert, die Schreinerei zu vergrößern. Wir nehmen die Aufträge an, die wir erledigen können. Nicht mehr. Wir leben nicht von der Arbeit anderer, sondern von unserer eigenen. Wir beuten niemanden aus. Nur Álvaro. Aber Álvaro gehört zu uns, sagte er, sein Vater hat mir geholfen, als ich mit ihm im Gefängnis war, und er war solidarisch, als ich entlassen wurde. Álvaro war für meinen Vater ein Sohn, ein Grad von Verwandtschaft, mit dem ich mich nicht unbedingt brüsten konnte. Bei mir hieß es, nimm, pack an, trage, hebe. Er rief mich nie bei meinem Namen, sagte nie mein Sohn zu mir, so wie ich Liliana meine Tochter genannt habe: Warum kaufen Sie die Glühbirnen beim Eisenwarenhandel für zwei Euro, wo die beim Chinesen nur dreißig Cent kosten? Wieso kaufen Sie die Mülltüten im Supermarkt, wenn das Päckchen bei den Chinesen doppelt so viele Tüten enthält und immer noch billiger ist? Ich bringe sie Ihnen das nächste Mal mit, denn so bezahlen Sie einfach zu viel. Du hast recht, Liliana, du kannst besser einkaufen als ich. Ihr Frauen achtet mehr auf Wirtschaftlichkeit. Ihr schaut euch die Preise an, rechnet, soundso viele Cents mehr oder weniger, Entfernungen, gespartes oder verschwendetes Benzin, Inhalt, ob zwölf oder fünfzehn Tüten in einem Päckchen sind, ihr schaut nach den Angeboten, steckt die Rabattmarken ein, sammelt Punkte.

Wir haben mehr als ein Wildschwein gejagt, erlegten es mit dem Gewehr, das er unter einer Bodenklappe in der Werkstatt verbarg. Mein Onkel hat nie einen Waffenschein bekommen: Obwohl er zu jung gewesen war, um im Krieg zu kämpfen, zahlte er für die politische Ausrichtung der Familie. Als er heiratete und aus dem Haus zog, schenkte er das Gewehr mir (ich habe meine Hirschkuh eingefangen, hoffentlich schmückt sie mich nicht mit allzu vielen Enden, sagte er lachend und küsste seine Frau) sowie auch die Angelgerätschaften für die Fischarten im Sumpfgelände, die, wer weiß ob weniger schlüpfrig als die vom Meer, auf jeden Fall aber unserem Budget entsprachen, da wir kein Boot unser Eigen nannten, mit dem wir im Meer Netze auswerfen konnten, wie es einige unserer Nachbarn aus Olba taten, die ihre Schiffchen im nahen Hafen von Misent festmachten. Der Marjal war so etwas wie ein Fischteich: Sandgarnelen, Steinbeißer, Frösche, Schleien, Barben. Aale und Glasaale. Wir fingen die Glasaale, aber wir aßen sie nicht, meine Großmutter fand sie eklig: den Eimer mit diesem köchelnden Getier, das für sie zu den Würmern gehörte, stemmte der Onkel ihr lachend vors Gesicht, und mein Vater, der in einer Ecke der Küche auf einem Steinbänkchen saß, beobachtete die Szene: Lass die Mutter in Ruh, siehst du nicht, dass es sie ekelt?, wobei sich seine maskenhaft starren Züge fast in einem Anflug von Lächeln erweichten. Wir fischten sie, um sie einem Händler zu verkaufen, der Kontakte nach Bilbao hatte; wir haben damit ein gutes Geschäft gemacht. Die Glasaale wurden vor Weihnachten teuer bezahlt, erst sehr viel später habe ich erfahren, was für Preise diese Viecher, die meine Großmutter als widerwärtige Würmer bezeichnete, in jener Jahreszeit wirklich erzielten. Bei Unwetter oder Sturmflut kamen vom Meer die Wolfsbarsche herein. Heute sind diese Grenzgänger unter den Fischen kaum noch in den Kanälen des Sumpfgeländes zu finden. Mein Onkel witterte sie, mit geradezu geheimnisvoller Präzision. Ich sagte, er habe eine gute Nase, in Wahrheit aber hatte er einen gesunden Menschenverstand. Ein Ordnungssystem im Kopf, ein Raster: jede Art, Süßwasser oder Salzwasser, jedes Tierchen – egal in welcher Umgebung, das gilt übrigens auch für die Vögel, und wenn du es genau wissen willst, sogar für die Menschen – erfordert eine eigene Kunst und einen eigenen Köder, einen bestimmten Ort und eine bestimmte Gelegenheit, erklärte er mir, während er den Angelhaken bediente. Das waren Worte, mit denen ich zunächst nichts anfangen konnte: Der Fischer, der daran scheitert, den richtigen Köder anzubringen, hat nicht begriffen, wie die Fische denken, ein Angler, ein Jäger muss sich selbst in seine Beute verwandeln, so denken wie sie. Der wahre Angler, der echte Jäger, verliebt sich deshalb in sein Opfer: Er lauert sich selbst auf. Und er empfindet Mitleid mit dem Opfer, mit sich selbst. So, so musst du den Angelhaken halten, nein, heute werden wir nicht wie sonst das Mehl verwenden, heute habe ich diesen Teig mitgebracht, riech mal dran. Du findest ihn eklig? Das riecht faulig? Die Fische lieben diesen Geruch. Die Krabben auch. Alles verwest, auch wir werden einmal verwesen und dann noch sehr viel übler stinken als diese Fischchen. In vielen, vielen Jahren wirst auch du verwesen. Genau das, die Verwesung, das schätzen die Fische. Wenn du erst mal erwachsen bist, wirst du merken, dass sie auch darin den Menschen gleichen. Glaub ja nicht, du wirst davor bewahrt bleiben, nach totem Hund zu stinken, Esteban. Am Ende riechen wir alle so. Ganz wie ein Arzt jedem Kranken seine eigene Medizin verordnet, so bot Onkel Ramón jedem Tier seine eigene Lockspeise und lehrte mich, wie ein Fisch zu denken, wie ein Aal, wie eine Stockente, während ich die Lockspeisen des Lebens kennenlernte. Du wirst verfaulen, Kleiner. Und du wirst stinken. Wie jedermann. Sieh nur, welche Schönheit, die Farbe, die Zeichnung des Gefieders am Hals der Ente. Aber sie ist tot.

Seitdem sind sechzig Jahre vergangen. Genug, um das Netz kleiner Adern wahrzunehmen, die an den Beinen des einstigen Jungen emporklettern. Sie bilden ein Bindewerk, das in der Höhlung unter dem Fußspann sich zu einer dunklen Masse verdichtet; schuppige Haut an Armen und Brust, die jetzt die gelbliche Farbe alten Elfenbeins haben, Flecken im Gesicht, auf dem Handrücken, dazu der Geruch des Alters, der Schweiß ranziger Milch, Liliana, eine Aura aus Rost und Urin. Der Körper ist nicht länger eine Gewissheit, sondern Zweifel, Verdacht. Das Vertrauen darauf, dass der nächste Tag kommt, obwohl du weißt, dass der nicht besser wird. Geht die Färbung des linken Fußes nicht schon vom Blauen ins Schwarze über? Bei den Alten werden die Füße manchmal brandig und müssen amputiert werden.

Nach den strikten Regeln meines Onkels stirbt jede Beute ihren eigenen Tod, in einem Ritual, so präzise, dass es ans Religiöse streift. Schließlich und endlich hat weder er noch mein Vater noch mein Großvater, keiner in diesem Haus, eine andere Religion gehabt als die Unterwerfung unter die Gesetze, die ihnen die Natur auferlegte oder der Beruf diktierte (vielleicht ist die Schreinerei mehr als die meisten anderen Berufe eine Verlängerung der Natur: Ein Mann dringt, mit einer Axt bewaffnet, in einen Wald ein und verwandelt mit seinen Händen und seinem Werkzeug die Natur in ein zivilisiertes Gebrauchsgut), im Inneren aber bewahrten sie diese anderen

Gesetze, die sie im bürgerlichen Leben vermissten (jene, von denen die alten russischen Bücher kündeten, für ein Leben, nach dem sie gestrebt hatten und in dessen Sturm sie erstickt waren). Von den Gesetzen der Natur erlernten sie die Grundbegriffe. Ihr Trachten nach Gerechtigkeit und einem harmonischen Leben in Gemeinschaft wurde durch den Bürgerkrieg abgebrochen. Beim Großvater mit ein paar Kugeln vor einer Mauer außerhalb von Olba (es war nur ein Schuss, Esteban, ins Genick, warum sollten sie Munition verschwenden), am nächsten Morgen fand man ihn mit fünf anderen vor der Friedhofsmauer liegen, an jener Stelle, wo der Friedhof an die Felsen grenzt (das Summen der Wespen an jenem Frühlingsmorgen wies auf die Leiche hin, im Genick hatte er das Brandmal des Schusses). Bei meinem Vater war ein solches Trachten in eineinhalb Jahren Krieg, drei Jahren Gefängnis sowie der nachfolgenden Ausgrenzung erstarrt. Zeit genug, um es zu entstellen, zu verderben. Wie die Fische oder der menschliche Leib, so sterben auch die Hoffnungen und stinken dann, verpesten die Umwelt. Mein Onkel war noch in der Pubertät gewesen, zwei verschreckt blickende Augen, durch die diese düsteren Bilder in ihn eindrangen. Mein Vater hat sich nie über die Ausgrenzung beschwert, dazu war er zu stolz. Auf den Gedanken, dass er seine Ansprüche aufgegeben hatte, ist er nie gekommen (wir leben nicht davon, andere auszubeuten, sondern von unserer Arbeit: dieser Satz rettete ihn), aber er hat uns für die ihm gesetzten Grenzen verantwortlich gemacht. Zersetzte, vergorene Ideale, auch hier Verdacht auf Verwesung: Gerechtigkeit eher als Strafe denn als Balsam. Er gab vor, über allem zu stehen, lauerte geduckt darauf, dass die schwierigen Zeiten vorübergingen, als könne sich sein eigenes Leben im Schwebezustand halten; die Anstrengung, die er aufbringen musste, um das selbst zu glauben, geriet ihm zur kräftigenden Nährlösung, auf dass ihn die Außenwelt nicht zerbreche. Das glaubte er. Doch er war schon gebrochen, hatte eine Deformation, so etwas wie einen monströsen Leistenbruch. Aber man darf nicht das Maß an Energie geringschätzen, das vonnöten ist, sich selbst eine Lüge zu erzählen und dazu dauerhaft zu stehen. Er hat das geschafft. Er hatte diese Beständigkeit, diese Willenskraft. Seit seiner Entlassung aus dem Gefängnis war ihm nach und nach ein Panzer gewachsen, auf den die Außenwelt vergeblich trat. Der Panzer hat ihn geschützt, gab seinen Idealen Obdach (Álvaros Vater war der Einzige, der mir geholfen hat, als ich aus dem Gefängnis kam, Álvaro ist wie ein Sohn für mich, der Sohn meines besten Freundes; mir gegenüber sagte er nicht Genosse, er wusste, dass dieses Wort in meinen Ohren seinen Wert einbüßte), und sicher hat er sie bis zum Schluss bewahrt, aber so wie einen Wein, der im Fass einen Stich bekommt. Ich sage, er hat sich abgeschottet, aber das stimmt nicht, er hatte die Antennen immer auf ein mehr oder weniger fernes Außen gerichtet: Er lebte nicht außerhalb der Welt, sondern gegen die Welt, und in ihr waren seine Frau und seine Kinder eingeschlossen, die er, wie ich annehme, unglücklich gemacht hat, wenn denn überhaupt jemand einem anderen Glück oder Unglück bescheren kann.

Gestern, wie jeden Abend, bin ich runter zur Bar gegangen, um eine Partie zu spielen. Erst Domino und dann die Revanche mit einem Kartenspielchen. Wir spielen als Partner, Justino – gelegentlich auch Partner von Pedrós – und ich, der Geschäftspartner von Pedrós, dem dieser einen Stein an den Hals gebunden hat, so wie es einst der Vater von Bernal – der heute mit Francisco zusammen spielt – es mit den Leichen zu tun pflegte, die er in den Kanal von Ibiza warf. Nach dem Domino – das Verliererpaar zahlt den Kaffee – spielten wir ein paar Partien Tute um den Wein, und just da sagte Justino, dass es bei Pedrós' Firmen, der Eisenwarenhandlung, dem Geschäft für Haushaltsgeräte und den Büros, eine Intervention gegeben habe.

»Intervention? So wie bei den Banken oder den EU-Staaten? Was soll das bedeuten? Haben sie ihm die schwarzen Männer geschickt?«, fragt Francisco.

Darauf Justino: Man hat ihm die Lieferwagen und die Laster abgeschleppt; die Materialien im Bauladen konfisziert, sie haben ihm die Läden geschlossen und versiegelt, sogar die Schneidbrenner haben sie beschlagnahmt. Und sie haben ihm einen Baustopp verordnet und die Baustellen abgeriegelt. Offensichtlich ist er aus Olba verschwunden, er hat sich in Luft aufgelöst, keiner weiß, wo er ist. Die Gläubiger sind auf der Suche. Da hat so mancher geschworen, ihn fertigzumachen, und ich nehme an, dass sich eine Reihe von Geschädigten zusammengetan hat, um ein paar mafiöse Moldawier oder Ukrainer zu bezahlen, die bereit sind, den gesamten Planeten abzusuchen, bis sie Pedrós haben.

»Mann, Justino, du gibst dich aber europäisch. Das mit der Intervention gilt für den gemeinsamen Markt gegenüber den PIGS. Das mit Pedrós heißt seit jeher, hier wie in China, Pfändung. Du meinst, er ist pleite, dass sie ihn gepfändet haben«, rückt Francisco das Ganze zurecht. »Das wusste ich schon, wir wissen es alle, oder etwa nicht?«

Ich wartete schon seit Tagen darauf, dass das Thema aufgebracht und ich damit angesprochen sein würde. Aber bis heute nichts als Schweigen. Auch jetzt fragt mich keiner, ob mich die Pleite von Pedrós irgendwie betrifft, dabei wissen sie doch – weil ich geschwätzig damit geprahlt habe –, dass ich für die Schreinerarbeiten des neuen Bauträgerprojekts zuständig bin, oder war. Zum Glück habe ich nie jemandem erzählt, dass ich auch sein Partner beim Bau bin, dass ich in die Häuser von Pedrós meine Ersparnisse gesteckt und Hypotheken aufgenommen habe. Das schien das Rentabelste und, warum nicht, Sicherste zu sein. Das immerhin habe ich verschwiegen, aber sie müssen es erfahren haben, solche Sachen sickern durch, Pedrós selbst kann es ausposaunt haben, bei Essentreffs, am Tresen, bei geselligen Runden. Höchstwahrscheinlich haben sie über das Thema gesprochen, bevor ich dazukam. Carlos, der Leiter der Sparkasse in Olba, wird es angesprochen haben, als er den täglichen Kaffee in der Bar gegenüber seiner Filiale trank. Er wird hier beim Kartenspiel eine Bemerkung fallen gelassen haben. Ich glaube nicht daran, dass er das Dienstgeheimnis wahrt. Er wird es ausplaudern, und – dann schon ohne Scheu – streuen, wenn die Stunde der Gläubiger geschlagen hat; in dem Moment, wenn die Sparkasse nicht länger ein Geschäft mit mir macht, sondern sich ein Loch auftut. Wenn sie mich nicht gefragt haben, dann nur deshalb, weil sie es wissen; im Übrigen hat Álvaro bestimmt verbreitet, dass die vorläufige Schließung der Schreinerei nicht, wie das Schild behauptet, das ich zum gegebenen Zeitpunkt ans Tor gehängt hatte, wegen Renovierungsarbeiten erfolgt und alles Weitere bekannt gegeben wird. Mit siebzig fängt man nicht an zu renovieren, und man erwartet auch keine Bekanntgaben außer denen, die einem das Herz, das Kolon oder die Prostata übermitteln. Die skandalöse Plombierung, die von der Polizei vor ein paar Tagen vorgenommen wurde, stellt die Vorläufigkeit in Abrede. Es ist offensichtlich, dass ich nicht deshalb jeden Morgen mit dem Einkaufsbeutel zum Markt gehe, weil ich pensioniert bin und entschieden habe, mich lieber nicht in irgendeinem Kurort zu entspannen oder an die Riviera der Mayas zu reisen. Klar, sie wissen Bescheid, wahrscheinlich wissen sie sogar sehr viel mehr als ich, Klatsch und Tratsch über das, was Pedrós mit meinem Geld angestellt hat; wohin meine Beteiligung geflossen ist. Der Mülleimer. Bestimmt wussten sie schon seit geraumer Zeit von seiner Pleite, sie wussten es früher als ich. Der Gehörnte ist immer der Letzte, der es erfährt, und kennt dementsprechend kaum Einzelheiten von den Perversionen, die seine Frau mit ihrem Liebhaber treibt. Aber diese Hunde können eben ungerührt warten, bis ich so weit bin und zusammenbreche und beichte. Bis ich eines Tages in den Armen meines Kindheitsfreunds losflenne und alles auspacke, ihm mein Herz öffne: Lieber Francisco, Pedrós zieht mich mit in den Abgrund seiner Pleite. Du musst mir helfen. Rette mich. Tröste mich doch wenigstens. Das soll ich sagen. Oder mich mit Justino besaufen und ihm – stotternd und mit pelziger Zunge – offenbaren, was jedermann längst weiß: dass man bei mir gepfändet hat und dass ich mit einem Fuß im Gefängnis stehe, und ihn schluchzend bitten, mich nicht zu vergessen, nicht zu verlassen, er soll mich hinter Gittern nicht allein lassen: Bring mir Tortilla-Plätzchen und Ducados-Zigaretten, irgendwann mal am Wochenende. Ja doch, Esteban, mach dir keine Sorgen, ich komme mit der Plastikdose und einer Kartoffeltortilla in Alufolie, ich werde gemeinsam mit den Zigeunerinnen Schlange stehen, mit den Straftätern aus dem Osten und den Müttern der Junkies aus gutem Hause, die sich das Gesicht halb mit dem Foulard verdecken und sagen, nein, nein, mein Mann und ich, wir stehen nur hier wegen unseres Sohnes, der arme Junge, ein jugendlicher Wirrkopf, schlechte Gesellschaft, Drogen. Wir sind nicht wie diese Leute hier in der Schlange, und ich habe gleich gesehen, dass auch Sie ein Mann von Niveau sind. Man sieht Ihnen an, dass Sie diesen Ort zum ersten Mal betreten (ich lache, der unschuldige Justino, ha!), ich sage Ihnen, was Sie machen müssen, nein, Sie müssen sich nicht bedanken. Und mit gesenkter Stimme: Kaum zu glauben, was sich hier versammelt. Man bekommt es mit der Angst zu tun. Zigeuner, Rumänen, Kolumbianer, italienische Mafiosi, russische. Alles Gesindel. Das sieht man meilenweit, dass Sie nicht dazugehören. Ich erkläre Ihnen, wie sie vorgehen müssen: Die Kleidung in eine große Mülltüte, eine von den schwarzen. Und Nahrungsmittel und Toilettengegenstände in einen Plastikeimer. Die kann man bei den Zigeunerinnen an der Ecke kaufen. So etwas erwarten die Schweinehunde. Sie haben es nicht eilig damit, den Gefangenen, den sie schon im Voraus verurteilt haben, zum Singen zu bringen. Aber – alt an Jahren hat viel erfahren – mit der Zeit habe ich es gelernt, mich bei Verhören gut zu schlagen, schon der Klassiker sagt ja, ein Nein, das dich rettet, ist nicht weit vom Ja, das dich verdammt – ungefähr so; ich werfe den drei Spielern einen raschen Blick zu, und die drei schauen unbewegt auf den Kartenfächer in ihrer Hand. Du kommst heute spät, Esteban, sagt Francisco. Wir haben inzwischen einen Tute angefangen, um die Zeit totzuschlagen. Und Justino: Komm her, wir beenden das Spiel und beginnen mit dem Domino. Alle kennen die Nachricht, das mit Pedrós ist vor zwei Wochen rausgekommen, heute allerdings erreicht den Spieltisch die Nachricht von seinem Verschwinden; und das Schild habe ich vor fast zwei Monaten an die Werkstatt gehängt. Die Plomben wurden vor zehn Tagen angebracht. Aber hier geht es darum, die Einzelheiten zu genießen, die Apfelsine nicht wegzuwerfen, bevor man gewissenhaft allen Saft ausgepresst hat. Ich spüre, wie sie mich leicht mit den Fingern drücken, mal sehen, ob die ersten Tropfen herausdringen. Sie wissen, sie haben noch Zeit genug, stark zu drücken, ordentlich zu melken oder mich in den Elektrowolf zu stecken. Keine Hast, nicht drängeln. Wie Francisco gesagt hat, hier wie in China heißt das Pfändung (und die Pfändung ist nur das Vorspiel, das man am leichtesten beichten kann). Jede Banderilla, die sie Pedrós setzen, wird heute Abend am Ende mir im Rücken schmerzen. Ich bin der eigentliche Adressat. Eine Rückenmarksanästhesie, das wär's: Ich schließe die Augen. Fertig. Der Stich tut weh, aber danach bist du sediert, ruhig. Sollen sie doch sagen, was sie wollen. Die Geburt kann beginnen. Komme, was da wolle. Francisco lächelt, als er das Wort Pfändung sagt. Er steht drüber: Was ihn nicht betrifft, nimmt er auf die leichte Schulter. Und tatsächlich betrifft ihn nichts, was für uns wichtig sein könnte. Das sagt Justino, der es Francisco neidet, dass er ihm die Starrolle abgenommen hat, die er selbst so viele Jahre gespielt hat. Francisco kommt in die Bar, um sich Notizen zu machen, Lokalkolorit zu tanken, mit dem er seinen Büchern Authentizität gibt, Pinselstriche fürs Genrebild, Redewendungen, Gesten, Farbigkeit, Ambiente. Er studiert unsere Essens- und Trinkgewohnheiten, die einst die seinen waren, unsere Gepflogenheiten und Traditionen. Er betreibt Ethnologie mit uns, er fragt uns, zu welchem Zeitpunkt der Zubereitung unsere Mutter Paprika zur *all-i-pebre*-Sauce für den Aal getan hat, ob es sich empfiehlt, den Reis für die Paella anzurösten, ob es einen besonderen Namen für die geflochtenen Kiepen oder die Weidenkörbe – ich weiß es selbst nicht mehr – gibt, in denen die Muskatellertraube geerntet wurde. Mein Freund Francisco: Er muss es selbst wissen. Seine Familie besaß einen Weinberg und sogar Anteile an der Mosterei. Er hätte seinen Vater fragen können, nicht nur nach den Körben, sondern auch danach, wie die Familie zu dem Weinberg und den Anteilen an der Mosterei gekommen ist. Er hätte herausfinden können, was aus den Besitzern aus Vorkriegszeiten geworden ist. Um diese Episode aus dem Leben unserer Gemeinde zu rekonstruieren, hätte er nur seinen Vater mit dem Vater des hier anwesenden Bernal zusammenbringen müssen und sie plaudern lassen. Da kommt ein Kochbuch *mar y montaña* zusammen, wie die auf Meer- und Berg-Ingredienzien spezialisierten Köche sagen, die er zu frequentieren pflegte und die er vielleicht immer noch frequentiert, wenn er aus Olba verschwindet. Sein Vater: die Zutat der Berge. Der von Bernal: die des Meeres. Jammerschade, das Versäumte. Sie nicht auf eine lange Sitzung zusammengebracht, ihnen keinen Kaffee und keinen Wein hingestellt und sie nicht zum Sprechen gebracht zu haben, auf dass sie die Anekdoten aus jenen alten Zeiten austauschen. Das wäre tatsächlich Ethnologie im Reinzustand gewesen. Beide sind seit geraumer Zeit verstorben. Für Francisco ist das abendliche Treffen in der Bar Castañer eine Anekdote, während für uns die Bar und all das hier ein unentbehrlicher Teil unseres Lebens ist, gewesen ist. Für ihn eine exotische Landschaft – und wir gehören anthropologisch gesehen zu seinen traurigen Tropen, Figuren aus einem Genrebild: Er betrachtet uns, wie die Anthropologen ein Zeltdorf betrachten, eine Düne in der Wüste, die Pyramide, den Mohren mit Turban und das Kamel; den amazonischen Urwald und seine bäuchigen Ureinwohner im Lendenschurz, oder den Kannibalen, der den Knochen des verspeisten Missionars quer durch die Nase oder als Haarschmuck trägt. Auch für mich war die Bar Castañer eine Zeit lang nicht mehr die einzige Zuflucht, ich wollte das Zeltdorf für immer verlassen, vielleicht wie er irgendwann zurückkehren, als Gelehrter mit Fotoapparat, Schmetterlingsnetz und Tonband. Als ich zurückkam, war ich davon überzeugt, dass meine

Heimkehr nur provisorisch sein würde. Ich wollte Kraft vor dem großen Sprung schöpfen, doch stattdessen habe ich es mir auf einer weichen Fleischmatratze bequem gemacht, und aus dem Provisorium wurde Dauerhaftes. Nachdem die Matratze mir abhandenkam, musste ich viele Jahre lang auf dem Boden schlafen. So etwas kommt vor, es passiert vielen Leuten: Man glaubt, in einer vorübergehenden Situation zu leben, dabei lebt man einfach nur sein Leben, das, was einem zugefallen ist, oder das, was man sich ausgesucht hat: Olba, bis zum letzten Atemzug.

Im Laufe all der Jahre habe ich es mehrmals verlassen und bin mehrmals zurückgekehrt, nicht das Zeltdorf, sondern das Lokal, es hat Phasen gegeben, in denen ich die Bar nicht betreten habe, nach einer gewissen Zeit jedoch bin ich dann immer auf ein Spielchen zurückgekehrt, eine aufregende tägliche Reise, die mich gegen Abend von der Isolation in der Schreinerei erlöst, von der Calle San Ramón, wo ich ja auch wohne, durch die Calle del Carmen, dann Calle de la Paz, Paseo de la Constitución (früher General Mola), und schon bin ich da, wie an so vielen Abenden in so vielen Jahren, in der Bar Castañer, dem Unterschlupf. Der schützende Schleier des Tabakrauchs, der heute, wie die Damen von einst, verschwunden ist. Jetzt kann man drinnen nicht mehr rauchen. Obwohl nach inzwischen vielen Monaten der Prohibition der Geruch des Nikotins verflogen ist, der Wände und Tische imprägnierte, sind doch andere Bestandteile des Duftstoffs, der mich einlullt, geblieben: der Geruch von Frittieröl, von feuchter Wolle, nach Blaumann und Unterhemd mit Hosenträgern, beide verschwitzt, der Geruch von schalem Bier und saurem Wein. Diese Gerüche erlauben mir, mein Nest wiederzuerkennen, mich darin zurückzulehnen und die Karten zu mischen. In letzter Zeit habe ich mir angewöhnt, jeden Abend herzukommen. Dies alles hinter sich zu lassen war der Wunsch eines hirnlosen jungen Mannes, der am Ende doch hier blieb und sich mittlerweile in einen hinfälligen Alten verwandelt hat, ohne die Zeit der Reife durchlaufen zu haben, ich glaube, ich habe mich der

Reife, dem Älterwerden verweigert, indem ich mich einfach gehenließ, ich war auf den Geschmack gekommen, die Dinge werden sich schon von allein regeln, kommt Zeit, kommt Rat. Das Ergebnis: Ich würze mein Alter mit der Pfändung, ein aufregender Engpass, der den letzten Schluck wie Angostura abtönt. Ich werde mich verabschieden, bevor sie das Übel beim Namen nennen (denn erkannt haben sie es schon, ein ansteckendes Übel, das man in Schach halten muss), bevor sie mir irgendwann das Glöckchen des Leprakranken um den Hals hängen. Ihnen entwischen, wenn sie schon das Holz für den Scheiterhaufen aufgeschichtet, die Waffen entsichert haben; keine Beute, die sie ins Visier nehmen könnten. Sie sollen auf die Fresse fliegen. Endlich bin ich bereit für den Abschied: verbranntes Öl Kaffee Bier Anislikör Wein und feuchte Wolle. Abschied von dem mit Kippen überfüllten Aschenbecher, den sie vor den Eingang gestellt haben und den wir Raucher dann und wann aufsuchen, um uns die Beine zu vertreten oder mit einem Zigarettchen zwischen den Lippen einen Zug sauberer Winterluft einzuatmen.

Doch nun spricht Justino:

»Jetzt braucht er nicht mehr Geld für die Rundfunkreklame ausgeben oder beim Fußballspiel in der Loge erscheinen, oder die Abendessen mit dem Vorstand und den Spielern präsidieren, den lebendigen Kräften, die den großzügigen Erbauer der neuen Umkleideräume samt Duschen und Warmwasser ehren, den Mann, der unserer Stadt die Stufensitze in der Südkurve geschenkt hat. Derzeit übernehmen die Gläubiger die Werbekampagne kostenlos für ihn. Er wollte doch nichts lieber, als dass man über ihn redet, das hat er geschafft, schließlich hat er eine Menge Leute hängen lassen: Lieferanten, Kunden, da ist das Baumaterial, das er sich hat zahlen lassen, aber nicht geliefert hat, hoffnungsfrohe Eigentümer, die ihr Apartment angezahlt und damit den Kürzeren gezogen haben, georderte Materialien, die in den unfertigen Häusern bereits verbaut sind. Er ist abgehauen, wer weiß wohin, nach China, Brasilien. In irgendein halbwegs zivilisiertes Land, mit dem kein Auslieferungsabkommen besteht.«

Francisco mischt sich ein:

»Davon dürfte es nur noch wenige geben, ich sehe schwarz für unseren Freund. Ich kann mir nicht vorstellen, dass Pedrós mit Pistole, Tropenhelm und einer Flasche Autan nach Afrika zieht. Er ist als Abenteurer nicht der physische Typ, um es mal so zu sagen, er ist zivilisierter, kosmopolitisch, sein Ding ist der urbane Tourismus: Hotel in der Innenstadt und Must de Cartier.«

Bernal:

»Mit Schengen und dem Muffensausen, das die Banker in der Schweiz bekommen haben, ist es nicht mehr so leicht, das Geld zu vergraben, es ist schwer, ein geruhsames Depot zu finden, ein Pantheon, in dem es sanft ruhen kann. Schwer auch, den Besitzer des Geldes verschwinden zu lassen. Da gibt es Methoden, zweifellos. Fürs Geld gibt es die bestimmt, gigantische Sickergruben, in denen tagsüber all diese Knete getarnt wird, die nachts von hier nach dort fließt: zwischen Drogenhändlern, arabischen Scheichs, den Financiers in London und New York, den Besitzern von Ölquellen, den Kunden der Kunstauktionen, zwischen all jenen, die wirklich reich sind. Um dich selbst verschwinden zu lassen, gibt es immer noch die Option Pitanguy, irgendein Magier der Plastischen Chirurgie, der dein Gesicht verändert und deine Fingerkuppen mit denen einer unbekannten Leiche austauscht, irgendein Toter aus der Dritten Welt, dem zu Lebzeiten nie die Fingerabdrücke abgenommen wurden. Es gibt sicher hundert Millionen von dieser Sorte.«

»Hier nebenan haben sie einen Drogenhändler erwischt, der sich Haut von seinen Zehen an die Finger hat machen lassen, um neue Fingerabdrücke in den Pass zu bekommen. Das habe ich mir nicht ausgedacht. Es stand in der Zeitung.« Justino merkt man an, dass er das Thema beherrscht.

»Ich kann mir nicht vorstellen, dass sich Pedrós und seine Frau in derartige Abenteuer stürzen, sie leben ganz nach ihrer Art, als bequeme Bourgeois, obwohl, man weiß nie. Die Not verpflichtet«, sagt Francisco.

Und Bernal:

»Ist doch nicht gerade lustig, Reichtum anzuhäufen, um es dann in einer Zelle zu genießen, umgeben von Psychopathen, Frauenmördern, russischen Schlägertypen und Strichjungen mit 22er Schwanz.«

»Wer weiß, worauf das hinausläuft«, fragt sich Francisco, der die Gelegenheit nutzt, um eine Lektion in Humangeografie zu geben: »Wenn ich mich recht erinnere, gehört Indonesien zu den Ländern, die kein Auslieferungsabkommen mit Spanien haben, und dort kann man sein Geld wirklich genießen: Frauen, Juwelen, gutes Essen. Die Insel Bali gehört zu Indonesien. Prominente feiern dort gern ihre Hochzeit. Schalen mit Früchten und Blumen auf den Häuptern wunderschöner Mädchen (und wenn du sie nicht winzig und dunkelhäutig magst, kannst du immer noch auf das Angebot an speckigen Australierinnen zurückgreifen, die dort ihren Urlaub verbringen), Strände mit Kokospalmen, gute Diskotheken. Allerdings ist das zu naheliegend, die von den Gläubigern angeheuerten Killer würden sie finden. Diese Bulgaren etwa, Spezialisten für Spurensuche und Bestrafung.«

»Das sind nicht Bulgaren, sondern Moldawier. Die Moldawier sollen die Schlimmsten sein, die Grausamsten«, stellt Justino abermals sein obskures enzyklopädisches Wissen unter Beweis.

Kurz schießt mir der Gedanke durch den Kopf, ob ich nicht selbst mit dieser Sozietät der Verfolger in Kontakt treten sollte, um für meinen Anteil zu kämpfen. Aber dazu ist es zu spät, denke ich. Der Weizen ist gemahlen und das letzte Glas ist eingeschenkt. Zeitweise vergesse ich das und stelle weiter Überlegungen an, als hätte ich nicht Stunden, sondern noch Jahre vor mir. Beim Reden mischt Justino fantasievoll die Karten, wie ein Zauberer oder ein Falschspieler, was er ja auch ist, obwohl er sich zu diesen Abendstunden als bescheidener Rentner gibt, wie wir es fast alle tun, auch Francisco und seit Neuestem selbst ich: nichts als Theater. Das Geld, das er dann nachts bei den geheimen Partien – wenn er die Maske ablegt und die Fangzähne zeigt – auf den Tisch legt, um die Rivalen einzuschüchtern, hat in den Sechzigerjahren Großeltern in der Schweiz und in Deutschland gehabt (D-Mark und Schweizer Franken haben Pesetas hervorgebracht, die zu Euros wurden, drei monetäre Generationen). Er hat das Geld angehäuft mit den Provisionen, die er dafür bekam, dass er dank mafiöser Kontakte den Emigranten Arbeitsverträge samt Aufenthaltserlaubnis verschaffte. Er verschickte die Männer hier aus der Gegend und setzte sie in der Ferne als Straßenfeger, Kellner, Maurer, Straßenarbeiter ein, er allein weiß wie und mit welchen Handlangern. Er steckte sie in Baracken im alpinen Eis, wo sie sich den Arsch abfroren, wenn sie ihm nicht noch die Kohle oder das Öl für den Ofen zahlten, und zusätzlich zu dem, was sie ihm im Voraus für die Fahrt und die Lohnsteuerkarte gezahlt hatten, strich er noch zwanzig bis dreißig Prozent des Lohns als Schutz- und Wohngeld ein. Worüber ich mich wirklich wundere, ist, dass die Überlebenden jener Expeditionen ihn noch heute grüßen, auf ein Glas einladen und meinen, dass er sich für sie eingesetzt hat. Ein gerissener Kerl, ein Fuchs, sagen sie noch immer, vierzig Jahre danach. Stell dir vor, es ging immerhin um das anspruchsvolle Deutschland und um die Schweiz, ein Land, das sich so pingelig mit Emigranten anstellte. Er brachte es fertig, dich unter einer Decke über drei Grenzen zu schleusen, gab dir dann und wann einen Schluck Weinbrand zum Aufwärmen, solange du im Kofferraum bleiben musstest oder den Kühlraum mit den für den Export bestimmten galicischen Seehechten teiltest; und wenn du dann ankamst, hattest du alle Papiere und fingst am nächsten Tag an zu arbeiten. Die Geschädigten reden mit andachtsvollem Respekt über ihn, sie haben, so scheint's, immer noch nicht begriffen, dass sie Sklaven in den Händen eines Menschenhändlers waren; allerdings verändert sich die Geschichte, wenn der dankbare Mensch erst mal drei oder vier Glas über den Durst getrunken hat. Dann verdreht sie sich in ihr Gegenteil, und das ist der Augenblick, wenn das Foto des Kannibalen sichtbar wird: unser lokaler Hannibal Lecter. Das Raubtier. Hier in Olba hat er später mehr oder weniger das Gleiche gemacht, Varianten des Sklavenhandels: Er karrt Männer in Kleintransportern zu Arbeitsstellen, die er ihnen beschafft, und behält dafür zwanzig oder fünfundzwanzig Prozent ihres Lohns ein. Das ist nur ein Beispiel. Ein proteischer Typ, der auf allen Klaviaturen klimpert: Landwirtschaft, Bauwesen, Import-Export, Finanzen. Und er setzt alle Berufszweige ein: Kolonnen für die Orangenernte, Trupps von Maurern, Elektrikern, Installateuren, Brigaden von Fahrern. Mal ganz abgesehen vom *white-collar*-Segment: Zöllner und Hafenbeamte, Kommissare, Rechtsanwälte, Notare, Gemeinderäte, Bürgermeister. Aus allen macht er Personal für sein Dienstleistungsunternehmen, das selbstredend nicht gesetzlich gemeldet ist. Wie auch immer, ein Held im Kampf gegen die Arbeitslosigkeit, er denkt sich immer etwas aus, auf dass die anderen arbeiten. Wo immer er hinkommt, er schüttet Arbeit aus. Das Kassieren, das übernimmt er selbst, über die Entlohnung kann man später sprechen. Wenn du ihn triffst, wenn du stehen bleibst und mit ihm redest, hat er sofort auch etwas für dich, hör zu, dich wollte ich sowieso sprechen, kannst du mir nicht einen Gefallen tun? Ein prima Kandidat für den Posten des Ministers für Soziales. Vor Jahren kam er in die Bredouille, weil er anscheinend ohne Auftrag Gespensterkolonnen von Orangenpflückern in Haine schickte, die ihm nicht gehörten. In ein Paar Stunden machten die Pflücker unerlaubt ganze Reihen von Bäumen leer, woraufhin unser Lecter das geklaute Obst an Grossisten verkaufte, die es nicht so genau mit der Herkunft der Ware nahmen; oder er lagerte sie selbst ein und vertrieb sie in halb Europa, eingeschlossen die ehemaligen Ostblockländer, verpackt mit Etiketten, die jemand für ihn fälschte oder stahl, oder die ihm die Grossisten selbst für einen kleinen Betrag überließen unter der Bedingung, das niemand etwas von der Zusammenarbeit erfuhr. Ich weiß nicht mehr genau, wie das damals war und ausging. Aber er stand kurz davor, in Fontcalent hinter Gitter zu kommen, oder man hat ihn sogar eingebuchtet, wie einige behaupten, etwas in der Richtung. Er war jedenfalls eine Zeit lang verschwunden, und es kursierten unterschiedliche Gerüchte über seine Abwesenheit. In unserer Umgebung wimmelt es von Unternehmern mit längeren Aufenthalten im Limbus, in angeblichen Kurzentren: Knast, Entzugsklinik für Alkohol- oder Kokainsüchtige. Verschiedene Arten des Rückzugs, das stressige Geschäftsleben bringt so etwas mit sich. Ich weiß, dass Ahmed ihn von jenen Geschäften her kennt, er hat eine Weile als Obstpflücker gearbeitet, bevor er als Maurer beschäftigt wurde und dann zu mir in die Schreinerei kam, und ich habe bemerkt, dass er ihn jedes Mal, wenn wir auf ihn treffen, mit einer besonderen Neigung des Kopfes begrüßt; diese Marokkaner kennen sich bestens mit den Schiebungen bei den Straßenmärkten aus, den krummen Geschäften mit Obst, Kleidung, auch im Alteisen-*bisnes* und mit den Motorbootrouten für die Schokakoka über das Alborán-Meer zu irgendeiner unserer Buchten sowie mit den Internet-Anzeigen von Gigolos und Strichjungen; auch sie, die Marokkis, bilden im diffusen Grenzbereich zum Lumpenproletariat komplexe Dienstleistungsunternehmen, wenn auch mit einer sicherlich bescheideneren Gewinnmarge. Sie konkurrieren – nicht immer freundschaftlich – mit den Zigeunern; die Könige all dieses Handels sind heute allerdings die Rumänen, Bulgaren, Polen, Georgier und Litauer, also vor allem diese fluktuierende Menge, die wir als ehemaligen Ostblock bezeichnen, Spezialisten in Kupfer, hochpreisigen Autos, Einbruchdiebstählen mit Mauerdurchbruch oder gleich mit Heckbaggern (ja, die sind sehr nützlich, um Geldautomaten mit Stumpf und Stiel auszureißen oder gut verankerte Safes herauszubrechen), vor allem aber sind sie Experten im Einsatz von unverhältnismäßiger Gewalt: Die Typen sind fähig, zwei Rentnern den Schädel einzudrücken, damit sie ihnen das Versteck der fünfzig Euros verraten, mit denen sie bis ans Ende des Monats zu kommen hofften.

Immer noch redet der Sklavenhalter:

»Keiner will ein Leben wie alle anderen haben, keiner will, dass in seiner Todesanzeige steht: Er wurde geboren, lebte, arbeitete, vermehrte sich und starb, also trachten die Menschen danach, aufsehenerregende Dinge zu vollbringen, absurde Dinge, schwere, mühsame Dinge, die zu tun sie sich weigern würden, wenn sie ihnen denn in einem Arbeitsvertrag auferlegt würden. So ist es. Seit die Welt besteht. Tomás Pedrós dachte, dass er wie der Corte Inglés wachsen könnte oder wie Inditex oder Mercadona, oder wie dieser Bañuelos, der hier abgesahnt hat und jetzt, glaube ich, wie ein Verrückter in Brasilien baut – in seinem Fall ging es darum, emsig wie ein bösartiger Tumor zu wachsen.« Etwas davon, von einem bösartigen Tumor, hatte auch Justino selbst, wie die Tumore wuchs er in der Stille und im Dunklen. Wir lachen, auch ich, obwohl ich befürchte, dass sie mir ansehen, wie gezwungen mein Lachen ist, ich fühle mich wie der letzte Dreck.

»Auf den Putz hauen, überall die Finger drin haben«, sagt Bernal sanftmütig, und ich glaube, er blickt mich dabei von der Seite an, oder ist das jetzt meine Paranoia?

Nun lädt Justino nach:

»Der Mensch als seines Glückes Schmied. Die Filme aus den Fünfziger- und Sechzigerjahren, sogar noch die von heute, tragen solch vergiftete Botschaft in sich. Die Saga der Kennedys, die der Obamas. Pedrós stand darauf, auf diesen ganzen Quatsch von der Freiheit des Individuums, von Wille und Anstrengung, dem Sieger, der seine überschüssige Energie im Spa und auf dem Paddle-Platz ausschwitzt, wo er sich mit anderen Siegern trifft, die ihm dabei helfen, seinen Weg zu gehen dank eines Netzes von Beziehungen, und das heißt dann Synergie. Er war sehr ehrgeizig, aber auch einfallsreich. Und ein Mythomane. Sein erster Fetisch: er selbst. Er flirtete gerne und stellte sich auch gern zur Schau.«

»Die Zeiten waren dafür wie geschaffen«, schließt Bernal.

Justino korrigiert:

»Nicht alle sind in die Falle getappt.«

Natürlich nicht: Unser Lecter stellt sich nicht gern zur Schau. Er ist kein Schmetterling, sondern ein Nachtfalter: Er bewegt sich zwischen nächtlichen Schatten, wo das Böse funkelt und die Dämonen der Finsternis ihr Lager haben, Hilfsarbeiter, die schmutzige Kohle in unsere Albträume schaufeln. Justino Lecter deckt zu, vertuscht, versteckt. Sein Leben ist ein Rätsel, man muss das, was hinter seinen Worten hervorkriecht, erraten, er ist ein Orakel des Trüben, eine Sibylle des Klebrigen: Er verbirgt die Wahrheit mit Lügen und die Lügen mit Halbwahrheiten. Man hat immer den Eindruck, von ihm betrogen zu werden; wenn er dir sagt, was für ein schöner Tag, und mit dem Finger auf die Sonne zeigt, kannst du sicher sein, dass es sich um ein Manöver handelt, um dich von dem, was gerade auf Bodenhöhe passiert, abzulenken. Obwohl er seine Vorsichtsmaßnahmen ergreift und sich vor dem Finanzamt schützt – er vermeidet alles, was protzig wirken könnte –, wissen wir alle, dass er ein Geheimleben führt und sich im Schatten weit über seinen angeblichen Verhältnissen bewegt. Ich spreche nicht von seinen Uhren und Ketten, auch nicht davon, dass seine Frau wie eine wandelnde Juwelierauslage ausschaut, das ist alles Katzengold, der Finger, mit dem er auf die Sonne deutet; ich rede von Grundstückstransaktionen, von Überschreibungen, von Fincas, die auf den Namen eines Neffen, eines Schwagers, der Schwiegereltern oder von Rentnern eingetragen sind, die an Alzheimer oder Altersdemenz leiden und deren Unterschriften man gefälscht hat, wehrlose Strohmänner, die es sich nicht einmal in der größten Verwirrung träumen lassen würden, Besitzer von Apartments, Ladenlokalen, Import-Export-Firmen, Orangenplantagen und Baugrundstücken wie jenen zu sein, die, dank Justino, im Grundbuch auf ihren Namen eingetragen sind; undurchsichtige Geschäfte, von denen man zufällig andere flüstern hört. Und dann ist da das periodische Verschwinden, seine mysteriösen Aufenthalte im Limbus, Reisen, über die du nichts Näheres erfährst, von denen du aber – wie schon gesagt – vermutest, dass sie in irgendeinen Kurort führen, in eine exklusive Klinik, wo man Arthritis, Diabetes, Cholesterin und den erhöhten Blutzuckerspiegel bekämpft, Reisen, von denen seine Feinde dann behaupten, es seien Gefängnisaufenthalte in Fontcalent oder Reisen zu irgendeinem kitzligen Geschäft (Thailand, Kolumbien, Mexiko), um den Transport von kaum legalen Substanzen zu koordinieren, Reisen, von denen, wenn erst mal Gras darüber gewachsen ist, seine Eitelkeit dann doch das eine oder andere enthüllt, an einem Abend, an dem er zwei Gläser getrunken hat und du allein mit ihm bist und er dir von einem Club in Paris erzählt, wo es Pärchentausch gibt (du warst doch nicht etwa mit deiner Frau dort?, frage ich. Er: Bist du verrückt? Das erledige ich ganz allein), einem Lokal in Miami (ach, dieses konfuse Miami, das diejenigen, die etwas bewegen, so sehr schätzen), in dem du am Rezeptionsschalter mit dem Dollar für den Eintritt deine gesamte Wäsche abgeben musst (ja, ja, sogar die Unterhose, er lacht, und das Suspensorium: der derbe Humor schlägt zu; Portemonnaie und Uhr kommen in einen Safe mit Geheimcode), und bevor du an den Tresen kommst und dir einen Whisky bestellst oder ein Gläschen Champagner, ist da der Salon mit den Sofas, die Pools, der Wellnessbereich mit seinen Jacuzzis und Saunas und dann das gewundene Labyrinth kleiner Zimmer mit Betten *variated size*, das Omnium eingeschlossen. Solche Geheimnisse rutschen ihm mal so raus, ein Anekdötchen, aus Angeberei, aus Selbstverliebtheit, es geht mit ihm durch. So etwas zu erzählen macht ihn in den Augen des Gesprächspartners anders, macht ihn interessant, ein Mensch mit Brüchen, erhöht ihn vor meinen Augen, denen eines langweiligen Schreiners, der in den letzten vier Jahrzehnten nicht weiter gereist ist als ins Sumpfgebiet oder in irgendein Zimmerchen vom Ladies, der aber in seiner fernen Jugend durchaus herumgekommen ist in der Welt, ihm also als Komplize dienen kann (du weißt, wovon ich spreche, Esteban, du warst beweglich, hast was erlebt in deinen jungen Jahren, auch wenn du jetzt nicht mehr aus dem Haus gehst – stimmt das eigentlich, dass du auch in den Puff nur gehst, wenn ich dich hinschleppe? Du bist doch Junggeselle, musst keinem Rechenschaft ablegen), es lässt sein Ansehen in seinen eigenen Augen wachsen, denn das Ansehen inter nos festigt sich durch Anekdoten, die ihm wie ein lästiger Pups so rausgerutscht sind, die er aber dosiert, weiß er doch, dass es sich um Nachrichten handelt, die wie die Grippe übertragen werden, jedoch diffus genug sind, dass sie ihn nicht in Schwierigkeiten mit den einschlägigen Behörden bringen können: Es heißt, er sagt, ich hätte gesagt. Damit die Leute etwas erfahren, genügt es zu sagen: Das bleibt aber unter uns, erzähl es ja keinem weiter.

»Das habe ich dir erzählt? Was du nicht sagst. Das muss mir so rausgerutscht sein, wie viel haben wir denn in der Nacht getrunken? Ach, ich muss mich da bessern, weniger trinken, mir die Zunge abbeißen, bevor ich das Haus verlasse. Ich bitte dich, erzähl es ja keinem weiter.«

Angeblich blau wie eine Haubitze, ist es wieder mit ihm durchgegangen, und er hat mir flüsternd – sein Mund an meinem Ohr – die Auster in Champagner beschrieben, die er in Monte Carlo vernascht hat (ich sag dir nicht, wozu ich dort war, sagt er, und macht es noch geheimnisvoller, und ich, klagend: Also hör mal, du steckst mir ja die Zunge ins Ohr – wische seinen Speichel ab). Er brüstet sich damit, in jener Nacht ein solches Dusel beim Roulette gehabt zu haben, das Flittchen war Russin, und ihr klebte das Glück offensichtlich an den Nippeln, sie steckte sich die Jetons in den Ausschnitt, rieb sie an den Titten, und dann blieb die Kugel auf seinem Feld stehen; danach erzählt er mir über die Fahrt von Monte Carlo nach Paris in ihrem BMW-Cabrio (*la douce brise de la Provence sur mes joues, la huître au vent*: Klar trug sie keinen Slip, sie fuhr, meine Hände arbeiteten an ihrem Objekt) und von dem Viertelkilo Kaviar, das sie im Kaspia, an der Place de la Madeleine, gleich neben Fauchon, gekauft hatten und in einem Zimmer des Lutetia aßen (noch mehr Champagner, noch mehr Austern), am Boulevard Raspail: das Hotel enttäuschend. Die Möbel, das Bad, das Zimmer mit den staubigen Winkeln, alles aus der Zeit gefallen, hier in Spanien werden die Hotels besser instand gehalten, und die Preise sind weit bescheidener. Es müsste von Grund auf renoviert werden, sagt er. Bestimmt hat Justino dem Geschäftsführer angeboten, die Renovierung durchzuführen (seine Architekten, seine Maurerkolonnen, seine Innenausstatter würden das Lutetia in ein Schmuckkästchen verwandeln), hat seine Visitenkarte auf den Schreibtisch fallen lassen und dafür eine Flasche Champagner gratis bekommen, auch wenn es schwierig ist, den Franzosen was abzuluchsen. *Radins.* Ach der Champagner, den ich aus der russischen Pflaume getrunken habe, war ein Krug Millesimé, so etwas Leckeres, so rauchig, so stark – hast du den mal probiert? Frag deinen Freund Francisco. Er weiß Bescheid, er soll dir die Meinung des Fachmanns, des Verkosters sagen. Mir schmeckt eben der am besten, und ich kenne mich mit Champagner besser aus, als du denkst, also ziemlich gut. Der Krug ist – wie würde es dein Freund Francisco ausdrücken? – streng, elegant, herrschaftlich. Und er begeistert sich weiter an den Details: Kennst du dieses französische Gemälde, *Der Ursprung der Welt* heißt es? Kennst du es? Dieser behaarte Vordergrund. Genauso war die Szene, das, was ich vor Augen hatte, das ursprüngliche schwarze Loch – in diesem Fall rosig und blond –, aus dem alles kommt und in das alles dringt – ich streichelte es mit den Zähnen, mit der Zungenspitze, steckte die Zunge in diesen dichten Wald und berührte die Genesis, nein, nein, sie trug es nicht rasiert, eine ordentliche Mähne, gepflegt, gestutzt, aber doch eine Mähne, ich mag das Haar zwischen den Beinen einer Frau, blondes, seidiges Fell, es lässt das Ding aussehen wie ein zartes, scheues Tierchen, das du streicheln, anknabbern möchtest, ein in die Enge getriebenes Kaninchen, würden wir sagen; *la chatte*, das Kätzchen, sagen die Franzosen: Ich habe den ersten Schöpfungstag mit einem Schlückchen Champagner vernascht und auch das Ende der Welt, ich habe mir die Welt von Anfang bis Ende einverleibt, habe die Zunge in dieses andere einziehbare und leicht gebräunte Loch gesteckt, wo alles endet, von dem aus man aber die Ausgrabung im umgekehrten Sinne beginnen kann, als Reise vom Schatten ins Licht. Ich habe mit meiner Zunge in der süßen Versitzgrube gegraben, ich habe mit dem Rammbär am Ort gegraben, in dem – hélas – andere zuvor hitzig gegraben hatten. Eine Luxusdirne. Aber ich habe mich in jener Nacht dem Alpha und dem Omega genähert. Habe den Anfang und das Ende durchbohrt.

Er schwatzt, lacht, greift mit seinen Pranken dein Jackenrevers, reißt daran, spuckt dir seinen Speichel auf die Hemdbrust, ins Gesicht, und du säuberst dich, ohne dass er sich angesprochen fühlt. Und du willst ihn gern fragen, wann war denn das? Und warum hast du es mir nicht damals erzählt? Aber nein, schon hast du die haarige Pranke auf der Schulter, und sein Gesicht liegt zwischen seiner Hand und dem Stück deines Halses, den die Hand frei lässt, an der Stelle, wo der Vampir zubeißt, und du spürst seinen heißen Atem, das Kitzeln seiner beweglichen Zunge, seinen klebrigen Speichel, und die Mädchen am Tresen schauen schon zu uns hin, vermuten wohl, dass einer von ihnen demnächst ein flotter Dreier blüht.

Den Vögeln auflauern, wenn sie bei Tagesanbruch auffliegen, die Wildschweine erwarten, die im Morgengrauen von den nahen Bergen zum Trinken an die Wasserlöcher kommen, das Geräusch des Schilfs, das sich biegt oder bricht, wenn sie herantrotten. Seit fast einem Jahrhundert sind in dem Schuppen im Hof Angelgerät und Jagdutensilien untergebracht: ein paar Gewehre, Ladestöcke, Gurte und Patronentaschen, Gummianzüge und Gummistiefel, Ruten, Netze und Reusen in unterschiedlichen Formen und für unterschiedliche Zwecke, die hier in der Gegend je nach Verwendung einen eigenen Namen bekommen: jedem Tier seinen Tod; jedem Gerät seinen Namen: *ralls*, *mornells*, *gamberas* und *tresmalls*. Es handelt sich um eine richtige kleine Sammlung, die man in einer der Jagdsendungen im Fernsehen zeigen könnte: *Pfeil und Angelschnur*,

Grenzrain und Uferlandschaft, so oder ähnlich heißen die, es käme aber auch eins jener anderen Formate in Frage, die eher dagegenhalten, ausgestrahlt von den spießigen Sendern der Autonomiebehörde oder dem nicht minder spießigen staatlichen Canal 2, die heißen dann *Umwelt, Blauer Planet, Territorien* oder *Unsere Traditionen* und zeigen mit ehrfurchtsvoller Scheinheiligkeit jene Landschaften, die der Mensch angeblich noch nicht zerstört hat, und erinnern an alte bäuerliche Gebräuche; oder aber sie stellen irgendein ethnologisches Museum vor, das Geräte für den Ackerbau, fürs Dreschen, zum Beschneiden der Bäume, Mühlenräder, Ölpressen und alte Lastkarren sammelt, Fernsehberichte, die sich bemühen, das, was ich gekannt habe, als Paradies schlechthin vorzuführen oder zumindest in einen wunderbaren Naturpark zu verwandeln. Am Ausgang von Olba bordeten die Abflussgräben über die Rambla und übertrugen Infektionen in die nahen Häuser, die auf einem Gebiet gebaut waren, das die wolkenbruchartigen Herbstregen überschwemmten. Als Kinder spielten wir zwischen Müllhaufen, standen bis zu den Knien im Morast, wo es von Moskitos und Ratten wimmelte, zwischen Resten von Tierkadavern, alten Lumpen, eingetrockneten Exkrementen, schmutzigen Matratzen und blutverschmiertem Verbandszeug, an dem alles mögliche Getier knabberte. Wir suchten dort Reste von Comic-Heften, Bilder von Fußballern oder Filmschauspielern, lose Blätter von Illustrierten, Filmplakate, zugeschnittene Zelluloidstreifen, ausrangiertes Werkzeug, das uns als Spielzeug diente, fanden einen Kreisel, eine kaputte Puppe, ein beschädigtes Papppferd, einen löchrigen Ball, den wir wie einen Fahrradschlauch mit einem Gummipflaster reparierten oder sonst auch in schlappem Zustand kickten. Besonders schätzten wir die Fläschchen fürs Penizillin, das neue Medikament zur Bekämpfung der Tuberkulose und der Geschlechtskrankheiten, Fläschchen, die uns als Behälter für winzige Schätze dienten. Meine Mutter geriet immer außer sich, wenn sie bei mir, versteckt im Federmäppchen oder in der Schultasche, eines dieser Glasfläschchen mit von der

Spritze durchstochenem Gummipfropfen entdeckte, in denen ich Insekten für meine Sammlung aufbewahrte. Sie war davon überzeugt, dass diese Fläschchen jene Krankheit, die sie angeblich heilen sollten, erst ins Haus brachten. Wer weiß, wer das angefasst hat, Schwindsüchtige, ansteckende Leute, schmeiß das sofort weg. Ich musste mich von den Fläschchen trennen, trotz meines Protestes und obwohl ich erklärte, wie nützlich sie mir seien und wie sorgfältig ich sie gereinigt hätte (was nicht immer stimmte), und ich weinte, wenn die Mutter sie mit einer brüsken Handbewegung über die Stallmauer warf und verschwinden ließ. In den Fluss und in die Wasserlöcher im Sumpf wurden alte Möbel und unbrauchbare Gegenstände geworfen, ebenso der Dreck, der nach der Säuberung des Stalls anfiel, auch die toten Tiere, in der Hoffnung, dass der Schlamm sie schluckte, sie von der nächsten Flut weggeschwemmt oder von den Fischen und sonstigem Getier skelettiert würden. In meiner Liebhaberei, die man heute als ethnologisch bezeichnen würde, habe ich die Gerätesammlung des Onkels bewahrt und erweitert. Francisco, der uns oft bei unseren Streifzügen durchs Sumpfgelände begleitet hat, wollte nie einen Schuss abgeben, packte aber durchaus zu, wenn es darum ging, die Netze auszulegen und die Angelrute zu halten, wurde sehr aufgeregt, wenn er an der Angelschnur das Zerren eines Fisches spürte; Waffen und Jagdutensilien hingegen betrachtete er als Teil eines Museums der Folter. Zu mir sagte er:

»Ich verstehe einfach nicht, wie ihr auf ein harmloses Tier schießen könnt.«

»Das ist genauso grausam, wie das Netz auszulegen oder die Angelrute zu werfen. Für mich ist ein Fisch wehrloser und verdient mehr Mitleid als ein Wildschwein.«

»Das mit den Fischen ist immerhin weniger aggressiv.«

»Wie kannst du so was sagen: mit durchbohrtem Maul an einem Angelhaken hängen, dann der lange Todeskampf beim Ersticken im Korb – uff! Die armen unschuldigen Tierchen«, spottete ich.

»Die Fische sind Kaltblüter, für die man nicht so viel Empathie aufbringt, aber wenn du ein Säugetier in seinem Blut sterben siehst, dann meinst du, dass da ein Wesen stirbt, das dir gleicht und dessen Körper, wenn du ihn häutest, beunruhigende Ähnlichkeiten zu dem eines Menschen, zu deinem eigenen, zeigt.«

»Versuch doch mal, die Agonie eines Insekts durch die Lupe zu beobachten. Da wirst du entdecken, wie schrecklich das ist: diese Konvulsionen, wie es sich windet, wie es das Mäulchen aufreißt und schließt, die verzweifelte Hektik, mit der es die Beinchen bewegt. Ich versichere dir, das ist grauenhaft.« Damals hatten wir beide noch keinen Menschen sterben sehen, auch wenn ich einige Blicke auf die Agonie meiner Großmutter erhascht hatte.

Francisco sagte *menschlich* – ein menschliches Wesen – und ließ damit eine barmherzige Note anklingen, meinte vielleicht die Seele, die wir angeblich in unserem Inneren tragen, *menschlich* ist ein Wort mit einer hohen emotionalen Wirkung. Er verstand es, dem Wort seine Geltung zu verschaffen. Heute, wo wir mehr als einen Todeskampf begleitet haben, erscheint uns die Ähnlichkeit noch verstörender. Und ich sage *uns*, obwohl ich nicht aufgehört habe, auf die Jagd zu gehen, und Francisco das alles inzwischen nicht mehr abstößt. Mit dem Alter wächst das Wissen um das Unangenehme im Leben, und es schwindet – wahrscheinlich ein Mechanismus, der dieses Wissen erträglich macht – unsere Sensibilität. Die Kriege, die Massaker, sind meistens Angelegenheiten von gegerbten Kerlen, die Jungen aber handeln wie schlichte Bauern, die von arthritischen Fingern auf dem Spielbrett verschoben werden. Was sie im Krieg sehen, nimmt ihnen die Unschuld, verleiht ihnen die Fähigkeit, in die Fußstapfen ihrer Väter und Großväter zu treten. Kreisen, kreisen, nichts als kreisen, und das macht die Welt schon seit Jahrtausenden. Und so sind sie plötzlich alt, sind selbst zu den Fingern geworden, die Spielfiguren verschieben. *Gira il mondo, gira, nello spazio senza fine*, sang Jimmy Fontana in jenen Jahren. Ich habe meine Großmutter sterben sehen (heimlich, ich lugte durch die halb offene Tür ins Zimmer, ein entstelltes Wesen, das immer weniger wurde und vor sich hin wimmerte. Ich war sechs oder sieben), ich habe meine Mutter sterben sehen, Onkel und Tante mütterlicherseits, meinen Onkel Ramón, meinen Bruder Germán, allesamt lagen sie wie wehrlose Hasen zitternd in ihren Betten, ich habe gesehen, wie sie nach Luft schnappten und zuckten, genau wie ich es bei den Hunden gesehen habe, die mir weggestorben sind, das dünn gewordene Fell, der gleiche stoßweise zischelnde Atem. Francisco hat Leonor monatelang sterben sehen, ein Tier, von der Krankheit ausgezehrt, ungeachtet der Bemühungen von Ärzten und Angehörigen; ihr Todeskampf muss ein Vermögen gekostet haben, die Flüge nach Houston, die Behandlung in Privatkliniken hier und dort. Zur Zeit beobachte ich die endlose Agonie meines Vaters, der zum jetzigen Zeitpunkt schon ohne große moralische Skrupel bei der Jagd erlegt werden könnte.

Aber wir waren Anfang zwanzig. Ich erwiderte:

»Mein Vater hat die Jagd gehasst, verständlich, nach allem, was er im Krieg erlebt hat, aber mein Onkel Ramón und mein Großvater haben gejagt, um etwas zu essen zu haben.« Meinen Großvater haben sie am Ende erlegt (Genickschuss), aber das war bei einer nutzlosen, grausamen Jagd, damals sprachen wir noch nicht von jenen Dingen, wussten nicht einmal davon, ich dachte, mein Großvater sei bei einem Unfall gestorben. Das ist die Ernährungskette, bei der man nicht nach Sinn und Bedeutung fragen muss, Grausamkeit vor der Schuld. Es ging ums Überleben. Nun, da die Not sich verflüchtigt hat, sind wir korrumpiert, raffiniert geworden, und nichts besitzt mehr diese Dringlichkeit oder Notwendigkeit, die schon die Absolution in sich trägt. Wir debattieren darüber, ob die Jagd, da sie nicht mehr lebensnotwendig ist, nun eine Lust ist, eine Liebhaberei, ein Vergnügen oder ein Laster – oder einfach ein in den Genen eingelagerter Todes- und Tötungstrieb, irgendeine Feder im System, die uns antreibt, uns auch weiterhin von jenen zu befreien, die nicht so sind wie wir …

»Unglücklicherweise befreien sich die Leute allzu oft mit Fleiß von denen, die ihnen ähnlich sind.«

»Klar. Und du befreist dich von dir selbst, weil du dir allzu ähnlich bist. Lach nicht, Francisco. Du bringst dich um, weil du bist, wer du bist, und nicht der, der du gerne wärst, du gibst dir die Kugel, weil du dich nicht erträgst. Aus reinem Hass. Um zu widerstehen – am Leben zu bleiben –, braucht man eine gehörige Portion Idealismus. Die Fähigkeit, sich was vorzumachen. Es überleben nur diejenigen, die es schaffen zu glauben, dass sie sind, was sie nicht sind.«

»Willst du mir einreden, dass ihr Jäger eine Schuld sucht, die ihr euch aufladen könnt, wenn dazu längst keine Notwendigkeit mehr besteht? Eine nachträgliche Zahlung für die Unschuld eurer Vorfahren?«

»Von einem unschuldigen Menschen zu sprechen ist ein Oxymoron – heißt das nicht so? Zwei Worte zusammenbringen, die sich eigentlich widersprechen, und damit eine fremdartige Wirkung erzielen. Das hast du mir beigebracht. Oxymoron. Ein lärmendes Schweigen, ein unschuldiger Mensch. Das eine taugt für die Dichtung, das andere für Soziologie, Religion oder Politik. Unsere Urahnen aßen faulige Überbleibsel, Reste von dem, was die wilden Tiere erlegt und nur halb vertilgt hatten. Es fehlte ihnen an Fähigkeiten, weder konnten sie rennen und springen wie ihre Beute, noch waren sie ausgestattet, um einen Hirsch anzufallen und ihm die Reißzähne in die Halsschlagader zu treiben. Dafür aber trugen sie das Böse in sich: Sie dachten sich Fallen und Listen aus. Die ich heute noch zum Jagen und Fischen benutze. Aber bis dahin machten sie den Hunden und Geiern die Fleischreste streitig. Ich sehe keine Unschuld, nirgends. List und Falschheit. Aber, was soll ich dir sagen, Francisco. Nicht immer suchen wir uns das Ratsamste aus. Es gibt auch negativen Egoismus, der Wunsch nach dem, was uns zerstört. Vielleicht liegt darin das Beste von uns. In dieser Verunsicherung. Unserer Zerbrechlichkeit. Wir Menschen sind sonderbare

Tiere, wir denken mit einer anderen Logik als wir fühlen, und allzu oft steht das, was wir fühlen, dem, was wir brauchen, entgegen; Liebe, Leidenschaft – das sind die Gefühle –, oder warum nicht, der Hass, sie können unseren Ruin bedeuten, wir wissen das und gehen ihm dennoch entgegen, können gar nicht anders, und keiner kann erklären, warum das so ist.«

Ich konnte mit ihm über so etwas sprechen. Über die Anziehungskraft, mit der Leonor als Magnet an mir zerrte – jedem seine eigene Falle –, aber ich hatte ihr versprochen, das Geheimnis zu wahren. Wir sahen uns heimlich. Ich hatte Madrid und die Kunstakademie verlassen und war entschlossen, in dem Bereich zu arbeiten, in dem ich nie hatte arbeiten wollen: als Schreiner in der Werkstatt meines Vaters, und nicht einmal mir selbst wollte ich eingestehen, dass sie es war, die mich hier festhielt, meinen Ehrgeiz aufsog. Tatsächlich war die Arbeit eine Nebensächlichkeit ohne Bedeutung. Ich hasste die Schreinerei, aber das war für mich kein Problem, da stand ich drüber. Ich hielt mich für besser. Es erschien mir albern, die Regeln der Ästhetik zu lernen, die man uns an der Akademie einzutrichtern suchte, wozu sollte das gut sein; unbedeutend, was Francisco an der Philosophischen Fakultät studierte, seine Diskussionen über Politik, Kunst und Theologie, die Suche nach der Botschaft, die Filme und Bücher enthielten, Pipifax für Halbwüchsige, ich aber war in etwas Richtiges verwickelt, ein Thema für Erwachsene, für das es sich lohnte, was auch immer zu arbeiten und sogar meinen Vater zu ertragen: der Eifer eines Mannes, der Strategien entwickelt, um über eine Frau zu verfügen, eine Frau, die sagt, mehr, mehr, fick mich mehr. Es ging darum, wie die Erwachsenen eine Arbeit zu machen, die einem nicht gefiel; eine Frau zu haben, die dich begehrt, die nicht deine nette Art, deine Intelligenz begehrt, sondern dein Fleisch, denn so funktioniert das Begehren bei Erwachsenen. Zumindest glaubte ich das damals. Und das war meine Vorstellung von Reife. Während Francisco von Plato, Marx oder Antonioni redete, ein kindisches Blablabla, hatte ich eine Frau, die mir gehorchte, die mich anflehte: Ja, so, ich will dich tief drinnen spüren. Das war kein Geschwätz über den Sinn oder die Wahrheit des Lebens. Dieses Fleisch besitzen, es vor dem Begehren der anderen zu verteidigen, wissen, dass es dir zur Verfügung steht und anderen verboten ist. Ein Mann sein. Der Ruf der urzeitlichen Horde.

»Gott gibt aber …«

»Das mit Gott kam ziemlich viel später, als deine Opas sich schon seit Jahrtausenden gegenseitig in den Kochtopf steckten und dem Nachbarn das Mark aussaugten, Finger und Zunge im Loch des Knochens. Ich glaube, man lutscht an einem Schwanz, weil man nicht das Knochenmark auslutschen kann. Reste von Kannibalismus. Denk doch, wie wir beim Vögeln zubeißen, wir sagen, putz mich weg, wie ich dich verputze« – ich machte mich insgeheim über ihn lustig, es war wie ein Spiel, ich labte mich daran, dass er solche Worte hören musste – mach mich alle –, denn ich kannte ihren Klang, wenn sie aus meinem Mund in ihr Ohr drangen. Und er erzählte mir von Gott und von einem bewegenden Buch, das er gerade gelesen hatte.

»Ich meine, Gott gibt keinem das Recht, eines seiner Geschöpfe, und sei es das unbedeutendste, leiden zu lassen«, beharrte Francisco, eher Mystiker als Anthropologe. Als Ursprung sah er nicht so sehr die Horde, sondern einen trauten Familienkreis. Papa und Mama, die Kleinen tollen im Schatten der üppigen Bäume, Oma und Opa betrachten die Szene, und ein Süppchen köchelt sanft vor sich hin (besser nicht fragen, was darin gart). Er hatte sich der JEC oder der HOAC angeschlossen, einer der christlichen Jugendgruppen, die in jenen Jahren angesagt waren. Bei ihm zu Hause konnte man, dank des Strickwarengeschäfts, des Kolonialwarenladens (als der Tourismus einsetzte, wurde daraus eine Supermarktkette), den Orangenhainen und den Muskatellerweinbergen, vor allem aber dank des väterlichen Falange-Ausweises, der so viele Türen öffnete – das Blauhemd, das er nach Kriegsende spazieren führte –, sich den

Luxus leisten, die notwendigen Proteine, die bei Tisch serviert wurden, einzukaufen, statt sie jagen zu müssen. Wenn Geld zu etwas nütze ist, dann dazu, deinen Nachkommen Unschuld zu erwerben. Nicht schlecht. Das ist nicht wenig. Es befördert dich aus dem Reich des Tierischen ins Reich der Moral. Dem Geld sei Dank, waren die Treibjagden auf die widerständigen Maquis im Bergland und im Sumpfgebiet bei den Bernals ins Vergessen gesunken: jene Monate, in denen der Vater seinen glänzenden Hispania in den Dienst der Gruppe stellte (das war wirklich eine Meute, ein Überbleibsel der Urhorde). Der graubekittelte Angestellte des Kolonialwarenladens polierte die Karosserie, bevor Don Gregorio Marsal, der Besitzer, einstieg und den Chauffeur für die falangistischen Patrouillen gab, die sich überall herumtrieben. Sie tauchten urplötzlich auf, sperrten die Straßen, prüften die Ladung der Eselskarren, schlugen die Karrenführer, verfolgten die Radfahrer, die ein paar Sack Reis oder Zucker und eine Kanne Öl für den Schwarzmarkt dabeihatten. Sie beschlagnahmten Waren, verlangten Papiere und schlugen die Schieber, die Betrunkenen, die Unglücksraben zusammen, die nicht rechtfertigen konnten, warum sie zu dieser Stunde auf der Landstraße waren; auch solche, die verdächtig waren, früher Mitglied einer der Parteien der Volksfront gewesen zu sein, und das Pech hatten, gerade vorbeizukommen. Mein Onkel hat mir davon erzählt und, ziemlich viel später, auch mein Vater, aber mich langweilten diese Geschichten. Ich hatte keinen Sinn für die Epopöe des Widerstands, die sie mir nahebringen wollten. Vor allem mein Vater. Das unheimliche schwarze Auto fuhr nachts mit abgeschalteten Scheinwerfern herum und hielt vor irgendeinem Haus, durch die offenen Autofenster drang das Gelächter hinaus in die heiße Nacht. Sommer 1939. Die Schüsse in die Luft als Visitenkarte der Meute, krachend lösten sich Brocken aus einer Mauer, wo die Nachbarn dann am nächsten Morgen die Einschusslöcher sehen konnten. Ein Wagen für Schlächter. Es riecht nach Aas. Aber das ist die schmutzige Phase, die so oder anders bei jeder ursprünglichen Akkumulation unvermeidlich ist. Damit die Pflanze wächst, muss erst mal Dung her. Diese Jagdausflüge hatten nicht die jugendliche Unbesonnenheit, die all die Witzchen und das feuchtfröhliche Gelächter nahelegten, da wurde mit kühler Berechnung eine Maut erhoben, um weiter wachsen zu können, Rituale des Übergangs, Etappen in der Entwicklung einer neuen Unternehmergeneration: Nach diesen Scharmützeln begannen sich die Gesichtszüge des Kolonialwarenhändlers zu runden, erwarb der Kurzwarenhändler diesen jovialen Blick, diesen freimütigen Ton, die Autorität der Gesten (mit mir legt sich keiner an), das zufriedene Lächeln, das seine wulstigen rosa Lippen auseinanderzog. Es hat eben alles auch seine gute Seite. Das Geld hat, neben tausend anderen Vorzügen, auch eine reinigende Wirkung. Und eine Vielfalt nährender Eigenschaften. Es macht die Äuglein froh, rundet die Bäckchen, fördert diese Art, mit ausgestreckten Beinen und der Zeitung in den Händen im Sessel zu sitzen. Es verleiht dir diese unbefleckten Hände, die aus den gestärkten weißen Manschetten herausragen. Jetzt bist nicht mehr du es, der nachts herumzieht. Du engagierst Hilfsarbeiter und Dienstboten, die für dich die Beute stellen, abmurksen und häuten und damit die notwendige Zutat für den sonntäglichen Eintopf oder die Paella heranschaffen. So ging es schon immer in den guten Familien zu: nicht der Hausherr verpasst dem Kaninchen den tödlichen Schlag, nicht die Herrin stößt das Messer in den Hühnerhals und rupft das Tier, dieweil zwischen ihren Beinen der Trog mit den Semmelbröseln steht, damit das Blut ordentlich aufgesogen wird, aus dem die Klöße für die Suppe gemacht werden. Bei den Herrschaften sind die Tiere schon immer gegart angekommen, serviert auf einem Tablett, über dem sich eine silberne Kuppel erhebt, oder im tönernen Schmortopf, zugerichtet und zerlegt bis zur Nichtkenntlichkeit und gerade deshalb in trügerischer Unschuld lecker. So wurde es immer gehalten, und so ist es noch heute; wir selbst haben binnen weniger Jahre diesen privilegierten Status erreicht, frönen dem Sinnentrug, dass wir alle Herren sind: in fernen Fabrikhallen stehen die Arbeiter und töten, häuten, zerlegen und zerkleinern die Tiere, die wir erst konsumieren, wenn sie ausreichend aseptisch wirken: rosafarbene Schnitzel, die eher nach Lachs als nach Färse aussehen dank jener Substanzen, die man hinzufügt, damit das Fleisch attraktiv fürs Auge bleibt und nicht braun wird (ja, attraktiv, ein zerstückelter Kadaver, zerlegt wie nach einer Explosion): Haxen, Koteletts und T-Bone-Steaks, Entrecotes, Lammschultern; Hühnerbrüstchen und -schenkel, in eine kleine Polyurethanschachtel gepackt und mit Klarsichtfolie umwickelt, so makellos wie nur möglich, immerhin handelt es sich um einen kleinen Sarg für etwas, das eines gewaltsamen Todes gestorben ist. In der Fleischabteilung des Supermarkts verschwinden die Blutspuren nicht ganz, wir registrieren sie, schauen aber darüber hinweg. Wir bemühen uns, die Zeichen nicht zu entziffern, damit der zerlegte Kadaver uns nicht unheimlich wird; wir stecken ja auch gut weg, was im Fernsehen gezeigt wird, diese Kerle, die auf einer staubigen Straße herumliegen, alle viere von sich gestreckt, Palmen im Hintergrund. In der Unterschicht (der wir in den letzten Jahren glaubten entronnen zu sein) ist kein Raum für metaphysische Diskussionen über die Grenzen des Menschen, wenn er sich ein Recht über andere Tiere nimmt. Es ist, wie es ist. Das Reich der Moral zeigt sich nirgends. Du bist unten, weil du dich nicht weit genug vom Tier entfernt hast. Bei denen von unten geht es eher um Arbeitsstrategien, Methoden, Handhabungen, die bei geringerer Energieverschwendung die Effizienz erhöhen. Sie bewegen sich mit solchen Überlegungen auf der Ebene der Technik: man will nur bessere Ergebnisse bei weniger Mühe. Empirismus: Wie muss man der Ente die Flügel festbinden, damit sie stillhält, wenn du sie schlachtest; auf welche Weise muss man dem Kaninchen den Handkantenschlag in den Nacken verpassen, damit es auf Anhieb stirbt; in welchem Winkel ist dem Schwein das Messer an die Gurgel zu setzen, damit der Blutstrahl direkt in den Kessel trifft, den die Metzgersfrau mit klein gehackten Zwiebeln und Paprika für die Herstellung der Blutwürste bereitgestellt hat.

Kein halbwegs intelligenter Reicher widmet sich der Tötung. Sie sind keine Psychopathen. Müssen sie auch gar nicht. Dafür, zum Töten und für die Psychopathien, haben sie ihre Angestellten.

Er schmetterte Franciscos Überzeugungen ab (Gott billigt nicht, dass man irgendeinem seiner Geschöpfe Leid zufügt), als könnte die Vernunft etwas gegen den Glauben ausrichten. Damals wusste ich noch nichts von den Treibjagden seines Vaters, von dessen sehr eigenem Begriff von der Großwildjagd; ich wusste noch nicht einmal, wie mein Großvater gestorben war und dass mein Vater drei Jahre im Gefängnis gesessen hatte und ich während seiner Abwesenheit geboren wurde. Über alles, was mit dem Bürgerkrieg zu tun hatte, weihte mich erst eine Weile später Onkel Ramón ein.

»Dein Vater war immer dagegen, dass du etwas davon erfuhrst, bevor du volljährig warst. Die da – er meinte dich und deine Geschwister – haben nix damit zu tun. Die werden es schon noch erfahren. Ich werde ihnen zeigen, wie die Dinge waren.« Später dann versuchte mein Vater mir darüber zu erzählen, aber seine Geschichten interessierten mich nicht mehr besonders, der dünne Faden, der uns verband, war gerissen. Jedenfalls ging keiner dieser Fakten in meine Diskussionen mit Francisco ein. Sie waren mir nicht bekannt, und wir diskutierten eher auf der Ebene der Metaphysik als auf jener der Geschichte – die meinen Vater in der Zange hielt –, sie erschien uns als etwas zu Naheliegendes, es mangelte ihr an Poesie: schlecht gelüftete, übel riechende Zimmer, unter dem Bett der Nachttopf, in den der Opa nach dem Einlauf sein Geschäft verrichtet hatte, über dem Kohlebecken wurden Lavendel und Zucker verbrannt, das sollte den Gestank aus dem Krankenzimmer vertreiben, und der Müllkübel stank nach fauligen Innereien. Das war unsere jüngste Geschichte. Was wir zu Hause gesehen und gerochen hatten, was wir waren und wem wir entkommen wollten. Da waren die Orte besser, wo die Worte sich frei nach deinem Willen bewegen und das Blut nicht riecht, weil es mit Tinte gedruckt ist. Die Geschichte dagegen nimmt dich in Beschlag, zwingt dich, einem bereits vorhandenen Drehbuch zu folgen, und das interessierte mich nicht. Also entgegnete ich Francisco:

»Wie kannst du so was sagen, du hast doch die Bibel gelesen. Gott gewährt nicht nur das Recht zu töten, sondern vertreibt sich auch die Zeit damit, Zwietracht zwischen den Menschen zu säen, auf dass sie sich untereinander töten. Seit Anbeginn aller Dinge, in der Genesis: Kain. Merk dir noch ein paar Beispiele: Moses, der erste Anhänger der gewaltsamen Befreiung, zögert nicht, den Führer zu ermorden, der sein Volk unterjocht; der ehebrecherische David, die grausame Salome, oder diese von den Feministinnen so gefeierte Scharfrichterin Judith, sie enthauptet den galanten Holofernes, der nichts anderes getan hat, als ihre Schönheit zu bewundern, sie mit seinen besten Schätzen zu beschenken und ihr die köstlichsten Speisen aufzutragen, und es ihr zudem, wie wir nach so vielen Stunden allein zu zweit in dem luxuriösen Zelt vermuten, ordentlich besorgt hat. So zahlst du es mir? Ich verströme in dir den Samen des glorreichsten Generals der Assyrer, was viele Frauen als größtes Geschenk empfänden, die Möglichkeit, einen Erben meines Ruhms zu gebären, und du köpfst mich dafür. Diese Frau war nicht heroisch, es mangelte ihr einfach an Dankbarkeit. Und an Erziehung: Das sind doch keine Manieren, so benimmt man sich doch nicht bei einem Abendessen, noch behandelt man so einen Gastgeber, der dich mit offenen Armen empfangen hat (das passte nie so gut). Wo es schon als unhöflich gilt, bei einer Einladung zu sagen, dass es einem nicht schmeckt, was soll man dann dazu sagen, wenn jemand den Hausherrn tötet? Was für eine Benimmfibel soll man mit solchen Beispielen schreiben? Die Bibel. Die Mutter aller Ungezogenheit.«

»Das ist doch der Gott des Alten Testaments… Aber warum setze ich mich überhaupt mit dir auseinander. Geh doch zum Teufel«, sagt Francisco, verzieht die Lippen zu einem aufgesetzten Lächeln, öffnet und schließt dabei die rechte Hand, als winke er zum Abschied. »Du bist in Blödelstimmung und verarschst mich nur.«

»Die heldenhafte Geschichte der Judith, die mörderische Geschichte der Judith, die traurige Geschichte der Judith, ganz nach Belieben. Die Ideologie setzt die Adjektive.«

Die Geschichte von Judith und Holofernes ist, sagen wir mal so, eine von Adjektiven entblößte Aussage. Was meinst du, Liliana? Ihr wisst ja gar nicht, was eine gute Kartoffel ist. Wenn Sie hier auf den Markt in Olba gehen, oder auf den in Misent, der ja ziemlich viel größer ist, oder in die Supermärkte Eroski oder Mercadona, wie viele Sorten Kartoffel finden Sie da? Rote und weiße, das war's, oder alte und neue Ernte, nichts mehr, bei uns gibt es an jedem Straßenstand die ganze Bandbreite von Sorten, und jede davon ist mehr oder weniger für das eine oder andere Rezept geeignet, und manchmal gibt es auch ein Rezept, in dem man drei oder vier unterschiedliche Sorten verwenden muss, weil manche zergehen und den Eintopf verdicken, andere wiederum fest bleiben, bis man sie mit den Zähnen oder mit der Gabel zermalmt. Ich gebe ja zu, in Ihrem Land geht alles geordneter zu, es ist ruhig, weitgehend, wenn auch immer weniger, aber langweilig ist es auch, die Dinge sind nicht sehr farbig, wenig Abwechslung, und die Leute, die sind nicht übel, auch wenn nicht alle nett sind, uns Kolumbianer nennen sie Neger, auch wenn wir keine sind, in Kolumbien gibt es ein paar Neger, wie hier in Spanien auch, hier sind die Straßenhändler Schwarze, sie kommen von außerhalb, und auch bei uns wurden die Schwarzen von woanders herangeschafft. Sie kamen aus Afrika, wie die Schwarzen hier. Wir Kolumbianer aber sind Amerikaner, doch hier sagt man Neger zu uns und *conguitos*, da gab's wohl vor Jahren eine Fernsehwerbung, da waren bäuchige Kaffeebohnen zu sehen, schwarz und mit Beinchen, vielleicht sogar mit kolumbianischem Sombrero. Aber nein, Liliana, wenn die Conguitos hießen, dann sollten die aus Afrika sein, aus dem Kongo, verstehst du, Kakao- oder Kaffeebohnen aus Afrika und nicht aus Kolumbien. Egal, aber jetzt nennen sie uns Kolumbianer Conguitos, das weiß ich von meinem Mann, als er auf dem Bau arbeitete, da nannte man ihn so, diese *conguitos*, diese Panchitos, diese Schwarzen, diese Neger. Das ist, weil die Leute keine Ahnung und kein Gedächtnis haben, Liliana. Und mein Mann konnte an manchen Tagen drüber lachen, und an anderen wurde er wütend, sagte, er werde dem, der ihn so nannte, eine Flasche über den Kopf ziehen. Klar, wütend wird er, wenn er getrunken hat, ein, zwei Gläser zu viel, dann führt er sich so auf; sonst ist er sehr gut zu haben, aber wenn er getrunken hat, brüllt er, bis er müde wird, und geht dann ohne Abendessen ins Bett; nach einer Weile schläft er und schnarcht wie ein kleines Tier, um nicht zu sagen – Sie müssen entschuldigen – wie ein Schwein. Ich hätte gerne, dass er Ihnen ähnlich wäre, so ruhig, so höflich, Sie würden doch nie brüllen oder drohen. Da bin ich mir sicher. Man heiratet ja wie benommen, die Jugend, die Illusionen, als Verehrer zeigen die Männer ja nur ihr Bestes, nur Gutes, und auch das ist manchmal nur vorgespielt. Erst nach der Hochzeit lernt man den anderen richtig kennen. Die alten Frauen wussten es, das war schon immer so, sagten sie, so ist das Leben, aber wir Jungen geben nichts darauf; wenn wir uns verlieben, sind wir blind und wollen nicht auf die Stimme der Erfahrung hören, wir sind so dumm, dass wir uns für die allerersten Verliebten der Welt halten, als hätten wir das mit der Liebe erfunden. Sie, Don Esteban, sind etwas Besonderes, hätten Sie geheiratet, wäre Ihre Frau bestimmt nicht enttäuscht gewesen, ein Jammer, dass Sie nicht geheiratet haben, die Ehe hätte Ihrer Frau bestätigt, dass sie mit einem guten Mann zusammenlebt, der für mich fast so etwas wie ein Vater ist, mehr als ein Vater, denn mein Vater hat sich überhaupt nicht um uns gekümmert, um mich und meine Geschwister; im Gegenteil, er schickte uns arbeiten, und von unserem Verdienst nahm er uns so viel wie möglich ab, um es dann alles in der Kneipe mit seinen Freunden zu versaufen. Manchmal kam er drei, vier Tage nicht nach Hause, Sie können sich vorstellen, in welchem Zustand er dann heimkam, der Kopf war dumpf, die Kleidung zerrissen, er roch nach Frau, war angekokst, und das ganze Geld war weg. Sie sind so ein Vater, wie ihn jeder gern hätte, auch der andere, der alte Herr, obwohl er nicht spricht, so hochgewachsen, so schlank, er muss in seiner Jugend sehr gut ausgesehen haben, und das sage ich nicht, weil Sie gedrungener, fülliger sind, jeder Mensch auf seine Art, aber er hat eine gute Erscheinung, und da sitzt er, so schweigsam, dass man nicht wissen kann, was er am Ende denkt, ich glaube, auch er muss ein sehr guter Mensch gewesen sein, sehr höflich, das merkt man schon an seiner Haltung, an seiner Präsenz, und wenn der Arme auch kein Wörtchen sagen kann, liest man ihm die guten Gedanken an den Augen ab, schon wie er guckt. Man merkt ihm die Güte an. Ihr müsst eine gute Familie gewesen sein. Ein Jammer nur, dass die Mama nicht mehr da ist, aber klar, wenn sie noch lebte, wäre sie so alt wie der alte Herr, das gute Alterchen, also ist es besser, dass die Mama nun ruht, nicht wahr? Das hat sie sich bestimmt reichlich verdient. Sie wird droben im Himmel darauf warten, dass ihr euch zu ihr gesellt.

Was wollen diese Leute, was, glauben sie, kann ein Mann tun, wenn der Kühlschrank leer ist. Im alltäglichen Trott bist du an die Kinder, an die Frau gebunden; wären sie nicht, würdest du jede Menge Verrücktes tun, aber ich glaube auch, dass es dann, wenn dir das Wasser erst mal bis zum Hals steht, in diesem hochprekären Moment, genau umgekehrt ist: Es sind gerade Frau und Kinder, die dich dazu treiben, Verrücktes zu begehen, vor dem sie dich früher abzuhalten schienen. Diejenigen, die dich gerettet haben, ziehen dich ins Verderben. Du verlierst dich, und sie sind schuld. Du bist dazu fähig, mit vorgehaltenem Gewehr den Metzger im Viertel auszuplündern, um ein paar Hühnerbrüstchen, Hühnerknochen für die Brühe, Markknochen und ein Stück Wade für den Eintopf in den Kühlschrank zu stecken; Würstchen, Hamburger, Käseecken, Joghurt; Ariel für die Waschmaschine, Windeln für die Kleine. Ich weiß nicht, was ich gegen euch, die ihr alles habt, tun könnte; ich habe ein Gewehr im Haus. Die Papiere sind in Ordnung, der Waffenschein, im Urteil wird das Delikt unerlaubter Waffenbesitz nicht auftauchen, Totschlag, Mord, Raubüberfall, Hinrichtung, das alles kann da auftauchen, aber nicht unerlaubter Waffenbesitz, denn, ja-

wohl meine Herren, ich habe einen Waffenschein. Erlaubter Waffenbesitz. Das war mein Vetter, der hat mich überredet, den Schein zu beantragen, er wollte, dass ich ihn zur Jagd begleite, in einem Jagdrevier in La Mancha, an dem er beteiligt war, das war in der Nähe von Badajoz, zwischen Lupiana und Arroba de los Montes (nein, das sagt dir sicher nichts, es sind kleine Dörfer, die sich auf der Landkarte verlieren), damals konnte ich mir das erlauben, das und noch mehr, die Reisen, das Gewehr, ein paar Rebhühner schießen, einen Hasen, ein Wildschwein. Einmal haben wir an einer Drückjagd auf Wildschwein und Hirsch teilgenommen, das war auf einer Finca, durch die du drei, vier Tage laufen konntest, ohne an ein Ende zu kommen. Ich mochte das, mit ihm im Lieferwagen wieder heimfahren, wir rochen nach Schlamm, nach Gras, nach feuchtem Haar, dazu der Blutgeruch der Tiere und unser Schweiß, die ganze Fahrt über nach Wildschwein riechen an diesen kalten, klaren Wintertagen, und an diesen anderen, nebligen, mit Nieselregen, der Geruch nach bitterem Kaffee, nach Cognac, nach Carajillo (wir machten auf der Strecke drei oder vier Mal halt); manchmal haben wir aber auch nach Nutte gerochen, weil wir bei einem Club an der Landstraße gehalten haben, in der Nähe von Albacete; nach Hause kommen, Schuhe ausziehen, das Wild aus dem Rucksack holen, und dann ab unter die Dusche, damit die Frau nicht am Hals oder zwischen den Beinen den Lippenstift und das Make-up der Nutte riecht, dieses penetrante Parfüm, das die Luder benutzen, ohne daran zu denken, dass die meisten von uns verheiratet sind und unsere Frauen schon von Weitem Nutten wittern. Man konnte wirklich nicht meckern. Esteban hat mich das ein oder andere Mal mit ins Sumpfgelände genommen: Komm doch mit, Julio, wir machen uns einen schönen Vormittag, essen dann zusammen, und mit etwas Glück bringen wir einen Aal oder eine Wildente heim; aber das war nicht dasselbe, der Marjal ist matschig und bedrängend, übel riechend, während man auf jenen Ländereien, ein Hügel nach dem anderen bis zum Horizont, Freiheit atmete. Damals lebten wir. Ich entfaltete mich. Wir konnten uns die jetzige Scheiße überhaupt nicht vorstellen, man weiß heute schon gar nicht mehr, wen man um Geld angehen soll, es ist beschämend, da anzukriechen, und dass die Bekannten bleich werden, wenn sie dich kommen sehen, und klammheimlich die Straßenseite wechseln, weil sie fest damit rechnen, dass du sie, wie schon vor zwei Wochen, anpumpen willst. Das lastet alles schwer auf einem, den ganzen Tag versuchst du dieses und jenes, drehst und wendest alles, überlegst dir, wie du mit den vierhundert Euro Familienhilfe und den sechshundert, die deine Frau verdient, über die Runden kommen sollst, die Rechnung will nicht aufgehen, immer sind da mehr Ausgaben als Einnahmen, so sehr du auch um ein Gleichgewicht bemüht bist, wie soll ich davon die Bücher und die Schulsachen für die Kinder bezahlen, die sind dieses Jahr auf siebenhundert angestiegen, dann die Winterkleidung, denn die vom letzten Jahr ist zu klein geworden oder zerschlissen, die Schuhe, die Versicherung fürs Auto, die Hypothek auf das Haus, die Steuern, das Ganze wird zum allnächtlichen Albtraum, als die Dinge gut liefen, hast du gar nichts davon bemerkt, sobald sie schlecht laufen, gibt es nur ein einziges Thema: Wie ist der Kühlschrank zu füllen. Erst wenn du ruiniert bist, stellst du fest, dass man jeden Tag essen muss, so ein Schwachsinn. Klar. Das weiß jeder. Was du unter normalen Umständen nicht einmal bemerkst, wird, wenn du keinen Euro in der Tasche hast, zum großen Abenteuer: Je-den-ver-damm-ten-Tag-muss-ge-gess-en-wer-den: Man muss die Schüssel in die Mitte des Tisches stellen, und die Kinder müssen ihr Saftfläschchen mit in die Schule nehmen und das Brötchen mit Mortadella oder einer Dose Thunfisch, diese kleine runde Blechdose, die kleinste, darin ein paar Fasern oder Bröckchen Fisch, die kaum reichen, das Brot zu bedecken; und es geht nicht etwa um heute, sondern um jeden Tag, denn sie brauchen jeden Tag einen Pausenimbiss und ein Abendessen. Und die Kleine bekommt jeden Morgen frische Windeln. Ich lege mich ins Bett und glaube zu ersticken, ich richte mich auf, schlage um mich und schreie. Meine Frau erschrickt. Was ist denn mit dir los? Ich dachte, ein Einbrecher, aber nein, ich nehme die Ängste des Tages mit in den Schlaf, denn das, was gar nichts war, hat sich zu vier täglichen Problemen ausgewachsen, für die man sich etwas einfallen las-

sen muss: Frühstück, Mittagessen, Pausenimbiss, Abendessen. Du bettelst: Könntest du ein bisschen was für mich lockermachen? (wendest dich an einen, der nicht schnell genug die Straßenseite hat wechseln können, als er auf dich traf). Ich kann einfach nicht die Brotstange und die kleinen Saftkartons für die Kinder kaufen. Und sie können doch nicht ohne nichts in die Schule. Mir bricht das Herz, wenn ich höre, wie sie zu meiner Frau sagen: Mama, es ist kein einziger Joghurt mehr da, es gibt keine Wasserkekse und auch keine Madeleines. Ich schleiche mich auf Zehenspitzen aus dem Haus, schließe vorsichtig die Tür, damit sie nicht knarrt, ich steig ins Auto (Obacht mit dem Benzin, der Tank ist fast leer, wann kann ich wieder tanken), fahre bis zum ersten freien Feld und fang an zu heulen. Ich heule ganz für mich allein. Über die Kinder, die Saft verlangen, und meine Frau, die mich anschreit, ob ich vielleicht vorhabe, etwas zu tun, weil sie das nicht mehr aushält; ich kann keine Wunder wirken, sagt das Miststück, um mich aufzumuntern, als sei dieser Zustand meine Schuld. Heb den Hintern vom Sofa. Das andere Mädchen: Mama, schau mal, der Tete hat das ganze Brot aufgegessen, jetzt kannst du mir kein Pausenbrot mehr machen. Und sie nehmen zur Schule Leitungswasser im Fläschchen mit, von dem sie ja nicht das Etikett abziehen sollen, damit sie vortäuschen können, Mineralwasser zu trinken, weil das gesünder ist, während die anderen Kinder ihren Ananas- oder Orangensaft trinken oder das Mehrfruchtgetränk, das mit Vitaminen und Calcium und was weiß ich noch angereichert ist, jeder kleine Karton mit angereichertem Saft kostet im Supermarkt fast einen Euro. Wie soll ich das bezahlen, wenn es nicht mal für Kartoffeln reicht. Schon seit drei Monaten, seit Esteban uns keinen Lohn mehr zahlt, dürfen sie, wenn ich die Stütze kassiere, den Saft für dreißig Cent mitnehmen, aber oft reicht es nicht mal für den: Leitungswasser mit dem Lanjarón-Etikett oder mit ein paar Tropfen ausgepresster Orange, wenn es denn ein Fläschchen mit dem Etikett von Zumosol ist.

Und wer es nicht auf die andere Straßenseite schafft, nachdem er dich erkannt hat, den überfällst du skrupellos: Gib mir, was du kannst, was auch immer, du weißt ja, ich würde nicht drum bitten, wäre ich nicht in der Lage, in der ich bin, ich hab dir immer alles Geliehene zurückgegeben, aber gerade jetzt. Und das Opfer wühlt nervös in der Tasche, als steche ihm eine Messerspitze in die Seite. Und sie sticht. Ich steche ihn. Ich kann leider nicht, ich habe nichts, ich. Und ich weiß, was er sagen will: Das hier ist ein Raubüberfall, ich aber tu so, als merkte ich nichts davon. Der Mann holt ein zerknittertes Fünf-Euro-Scheinchen hervor und reicht es mir. Ich hab nicht mehr dabei, sagt er, während er sich eilig davonmacht, als könnte er sich bei einer Berührung die Lepra der Armut holen. Er entfernt sich, ohne den Dank abzuwarten, vielen Dank, sage ich. Er hält nicht inne, als ich ihm sage, dass ich ihm die fünf Euro zurückgeben werde; sobald ich kann, bekommst du sie zurück, sage ich jetzt lauter, und entschuldigend sagt er aus der gewonnenen Distanz: Ich bin auch ziemlich blank, hab wirklich nicht mehr dabei, so verteidigt er sich. Er wendet das Gesicht ab und wird rot wie eine Tomate: Ihm ist es peinlicher als mir, aber ich kann dennoch kein Gefühl der Dankbarkeit aufbringen, du Sack, denke ich, obwohl der Mann ja wirklich nicht verpflichtet war, mir den zerknitterten kleinen Schein zu geben, den er mir gegeben hat. Du Sack, wiederhole ich leise, und ich sage es, weil er lebendig ist, weil er mir einen Schein geben kann, den er übrighat, weil er sicherlich noch weitere – viele oder wenige – in der Geldbörse hat, die er hastig in der Tasche versenkte (er hatte mit gekrümmter Hand die Öffnung abgedeckt, damit ich nicht sehen konnte, was drinsteckte), ohne das zu zählen, was er noch zu Hause hat und das, was vermutlich auf der Bank liegt. Verfluch-ter-al-ter-Sack, denk ich für mich. Aber, Julio, wo ist denn dieses Gefühl, das dir die Priester, die Lehrer und die guten Eltern in der Kindheit beigebracht haben und das sie Dankbarkeit nannten? Nein, ganz ehrlich, Dankbarkeit fühle ich nicht. Ich spüre sie nicht in mir und glaube auch nicht, dass sie in der Welt vorhanden ist. Ich habe nie gedacht, dass ich so etwas erleben würde, niemand hat uns an so etwas herangeführt, niemand uns darauf vorbereitet. Jetzt vermisse ich, was ich damals vielleicht nicht ausreichend geschätzt habe: kalte Morgen, an denen der Nebel sich nach und nach vom Boden löste, wie ein Tuch in den Bäumen schweben blieb, in den Talsohlen über dem Fluss der haftende Geruch der Zistrose, der Nachgeschmack von Anis auf der Zunge, während man zwischen dem Gesträuch voranschreitet, diese trockene Kälte, die einem den Mund reinigt, die Lungen, die Nase. Ich habe an Recycling-Kursen für Langzeitarbeitslose oder für Menschen, die bereits die Familienstütze ausgeschöpft haben, teilgenommen, Kurse, die, statt dich in irgendeinem Fach auszubilden, vorgeben, einen Anreiz zu bieten, eine Ablenkung auf dieser Strecke der Reise, die dich in den schwarzen Raum der Nicht-Zukunft hineinführt, Ausdruck eines grausigen Pessimismus: Sie lehren dich, wie du einen Lebenslauf aufsetzen und dich darin selbst präsentieren sollst, um die Aufmerksamkeit jener zu wecken, die Personal aussuchen; oder wie du den Gebrauch des Handys in Hinblick auf die Arbeitssuche optimieren kannst (ja, sie sagen, optimieren); wie du an Fahrkosten sparen kannst, wenn es darum geht, die Bewerbungen bei den Firmen einzureichen, und wie man die für die Einreichungen benötigte Zeit verkürzen kann, indem man sich zuvor nach Plan eine Route austüftelt, und dann, schon auf dem Gipfel der Mutlosigkeit angelangt, erklären sie dir, wie du eine ausgewogene Diät mit den Lebensmitteln hinbekommst, die du von der Caritas kriegst, das Päckchen Makkaroni, das Päckchen Reis, die Kichererbsen, die Tomatendose, der Zucker, wie man mit etwas Fantasie auch aus diesen wenigen Zutaten einen abwechslungsreichen Speiseplan entwickeln kann. Eine gesunde mediterrane Ernährung. Ich habe in den Werkstätten des Bezirks nach Arbeit gesucht und gesagt, dass ich in einer Schreinerei gearbeitet hätte. Aber du, bist du Schreiner?, fragen sie dann, worauf ich erkläre, dass ich in den letzten Monaten für Esteban gearbeitet habe, allerdings schwarz, und dass ich keine Arbeitslosenunterstützung mehr bekomme, das ist vorbei, jetzt beziehe ich Arbeitslosenhilfe, aber mit vierhundertfünfundzwanzig Euros kommt man nicht weit. Du hast also Esteban geholfen, bei was denn? Als was hast du gearbeitet? Hast du vermessen? Holz geschnitten? Warst du an den Sägen beschäftigt? An den Hobelmaschinen? Der Drehbank? An der Fräsmaschine? Der Bohrmaschine? Oder an der Schleifmaschine?

Kannst du Holz zusammenfugen, verzapfen, verkehlen, mit Kranzleisten versehen? Kannst du eine Blockverfugung machen? Ließ Esteban dich das Werkzeug benutzen? Die Maschinen anwerfen? Nein, stimmt's? Du machtest für ihn den Fahrer, hast dem Marokkaner beim Ein- und Ausladen geholfen, hast die Werkzeuge herangetragen, die Esteban forderte, und manchmal wusstest du nicht einmal, wie die hießen, und brachtest sie durcheinander, und er schrie dich an, nannte dich Trottel, weil du ihm das eine für das andere brachtest. In einem Dorf bleibt doch nichts geheim. Warum hast du dann versucht, mir was vorzumachen? Du bist kein Schreiner. Was du gemacht hast, kann jeder machen. Du warst Estebans Botenjunge. Hab ich doch gesagt, hier weiß man alles. Ein Dorf. Aber fragen Sie doch Esteban, ob er Klagen hat, ob ich nicht ein guter Arbeiter war. Ja, ja, das glaube ich ja, aber wenn ich jemanden brauche, dann ist das ein Schreiner. Zum Ein- und Ausladen habe ich Leute genug. Und recht hat er, es war nicht nötig, vor ihm herumzukriechen und ihm das vom Arbeitslosengeld und der Sozialhilfe zu erzählen, in Olba ist bekannt, dass ich Esteban darum gebeten habe, mich schwarz zu beschäftigen, weil ich Arbeitslosengeld bekam und das nicht verlieren wollte, weil ich mit dem Lohn, den man mir in der Schreinerei bot, nicht die Raten für die Wohnung und das Auto hätte zahlen können, und dann lief das Arbeitslosengeld aus, und jetzt habe ich nur noch Sozialhilfe, und wie soll ich mit den vierhundertfünfundzwanzig Euro und den sechshundert, die meine Frau heimbringt, die Raten für die Wohnung und die Bücher und die Kleidung für die Kinder zahlen, und das Licht und das Wasser und das Gas und das Benzin, nur gut, dass ich endlich das Auto abbezahlt hatte, sonst hätten sie es mir bereits gepfändet, und wenn ich sage, dass ich die letzten Monate in einer Schreinerwerkstatt gearbeitet habe, wenn ich mich auf den Weg mache, Arbeit zu suchen, dann habe ich nicht einmal ein Papier, mit dem ich das nachweisen kann, ist aber auch nicht nötig, denn sie wissen Bescheid, alle, die mit mir reden, wissen es, denn hier in Olba kennen wir uns alle, wie gesagt, ein Dorf, aber sie denken, es geschieht mir recht, weil ich schwarz gearbeitet habe, bedenken da-

bei nicht, dass ich mit dem, was Esteban mir in der Schreinerei zahlte, meine Wohnung nicht abzahlen konnte, aber die Leute sind neidisch, damals sagten sie, du kassierst ja doppelten Lohn, als würde ich davon Millionär, es freut sie, wenn sie dich am Boden sehen, und es stört sie, wenn du versuchst, den Kopf zu heben, dann trampeln sie auf dir rum, damit du wieder untergehst, sie schubsen dich, damit du wieder in das Schlammloch fällst, aus dem du dich gerade herauszuarbeiten schienst.

Wenn ich aus der Werkstatt komme, bei der ich mich beworben habe, frage ich mich, wie die Leute so grausam sein können, so unhöflich. Da muss man schon sehr skrupellos sein, um einem verheirateten Mann mit drei Kindern so etwas zu sagen, dabei kennt man ihn ja nicht wirklich. All deine Mankos sagen sie dir ins Gesicht. Wie soll ein Mann, ein Arbeiter, da sein Selbstgefühl wieder aufbauen. Was sind das für Typen, die dich überhaupt nicht kennen, dich aber als unbrauchbar einstufen, mit dir spielen, eine verängstigte Maus in den Krallen fetter Katzen. Sie schauen dir nach, wenn du aus der Werkstatt gehst, die Zigarette im Mund, die Hände in den Taschen, den Mund in einem halben Lächeln verzogen. Sie suchen nicht, kriechen nicht, müssen sich nichts pumpen. Es sind diejenigen, die den Sack mit dem Brot der anderen haben, und jene die den Brotsack haben, waren schon immer grausam. Darin liegt ihr Stolz. Auf dem Wissen, dass die Mägen der anderen leer oder voll sein können, ganz nach ihrem Willen, bauen sie ihre Macht auf, daher kommt ihr halbes Lächeln, die Zigarette zwischen die Lippen geklemmt.

Für den Onkel war es ein großes Geschenk meines Großvaters, wenn er auf dessen Schoß sitzen und die Briefmarken mit Spucke auf den Brief kleben durfte, in dem jener bei einem Zulieferer etwas für die Werkstatt bestellte. Der Großvater ließ ihn die Marke aufkleben und nahm ihn an der Hand mit zu der Postfiliale, er hob ihn hoch, damit er an das offene Löwenmaul reichte, das als Briefkasten diente, und den Brief hineinwerfen konnte. Das war ein erbliches Vergnügen, denn der Onkel machte mir nachmittags oft eben dieses Geschenk. Wenn ich aus dem Kindergarten kam, setzte er mich auf seinen Schoß und vor drei oder vier Briefumschläge und den schrumpfenden Bogen der Briefmarken, die ich an der perforierten Kante ablöste, vorsichtig, damit sie nicht einrissen. Ich trennte eine Marke ab, zog sie über die feuchte Zunge, klebte sie sorgsam auf die rechte obere Ecke des Umschlags und schlug mehrmals mit der Faust darauf. An den süßlichen Geschmack des Klebstoffs und die Schwermut, wenn ich mich von diesen bunten Papierchen trennen musste, weil sie in den Briefkasten wanderten, erinnere ich mich an diesem leuchtenden Morgen genau. Warum legst du nicht eine Sammlung von denen an, die mit der Post zu uns kommen?, schlug er mir vor, aber es kamen zu wenige Briefe in die Schreinerei, als dass ich davon eine Sammlung hätte anlegen können, und bei den wenigen, die von Zulieferern oder der Sparkasse kamen, waren die Marken von der Stempeltinte verschmiert.

»Diese gestempelten Briefmarken, auf denen das Datum und der Ort der Einlieferung stehen, werden aber von vielen Sammlern besonders geschätzt«, betonte er.

Mein Onkel Ramón ließ mich die Briefmarken aufkleben, er schenkte mir einen hölzernen Rollwagen und einen lebenden Vogel, dem als Leine eine Schnur ans Bein gebunden war, er nahm mich mit zum Jahrmarkt und schoss für mich an einer Bude einen Spielzeuglaster aus Blech. Hebe ich den Blick, sehe ich hinter den angespitzten Blättern des Röhrichts die kahlen Berge: bläuliche Steinhaufen, auf denen gerade mal ein kleiner Pinienwald wächst; in niedrigeren Lagen ist die Terrassierung mit Olivenbäumen besprenkelt, hie und da der Fleck eines Johannisbeerbaums. Dieselbe Landschaft, die ich mit ihm betrachtet habe. An diesem kalten Morgen spüre ich auf der Zunge den süßlichen Geschmack des Klebgummis.

Es war, als er aus dem Krieg kam, da hatte sich mein Vater überlegt, im Sumpfgelände versteckt abzuwarten, bis die schlimme Zeit vorbei war, aber meine Mutter überredete ihn, ins Rathaus zu gehen und sich zu stellen.

Seit den Tagen, in denen meine Mutter ihn darum bat, sich zu stellen, die Großmutter hingegen verlangte, er solle abhauen, sich verstecken, wo niemand ihn fände, betrachtete diese meine Mutter mit Argwohn. Ein dunkles Gefühl machte sich in ihr breit: Aus dem egoistischen Wunsch heraus, ihn bei sich zu haben, zögere meine Mutter nicht, sein Leben zu gefährden. Während er im Gefängnis saß, entwickelte sie die fixe Idee, dass die Schwiegertochter, nachdem die revolutionären Emotionen erstickt waren, den Fehltritt bereue, die republikanische Hochzeit vor den Genossen, den Sohn, der bereits anfing durchs Haus zu trappeln – Germán, mein großer Bruder –, und jenen, der ihr in die milcharmen, mangelernährten Brüste biss, ich, ein Kind, das ihr Mann nicht einmal kannte, weil die Schwiegertochter es monatelang nicht zu den Besuchen im Gefängnis mitnahm und vorbrachte, es sei für so eine schwere und unsichere Reise zu klein und zu zart. Ich möchte den Kleinen all dem nicht aussetzen, weiß der Himmel, was uns im Zug zustoßen könnte oder an der Gefängnispforte. Die beiden Frauen nahmen den Ältesten mit, aber nicht immer. Oft blieb der auch bei ihren Eltern. Meine Großmutter glaubte, dass sie gerne den Ehemann gegen einen anderen ausgetauscht hätte, der vielleicht besser gerüstet war, sich den anbrechenden Zeiten zu stellen. Schließlich und endlich waren diese standesamtlichen Ehen jetzt wertlos, null und nichtig. In der Beziehung der beiden Frauen lag etwas Undurchsichtiges, das mir nie jemand erklärt hat. Die Großmutter war argwöhnisch, und sie konnte meine Mutter nicht wirklich lieb gewinnen, ein linkisches Mädchen, einfallslos, das ihre ganze Energie ins Putzen, Waschen und Kochen steckte, dabei immer muffig und weinerlich, weil mein Vater weg war und sie der herrischen Schwiegermutter ausgeliefert. Die Großmutter verlangte von dieser kleinen Frau eine andere Stärke. Der Streit zwischen den beiden Frauen über das, was mein Vater machen sollte, hatte sie entzweit. Solange die Großmutter lebte, war die in jenen Tagen entstandene Distanz nicht überwunden worden. Dein Vater hat sich gestellt, um ihrem Streit nicht länger zuhören zu müssen, scherzte mein Onkel, als er mir Jahre später davon erzählte.

Er stellte sich und verbrachte fast drei Jahre im Gefängnis, das Urteil lautete Todesstrafe, die aber dann in eine Haftstrafe umgewandelt wurde. Er hatte seine Haut gerettet, aber er fühlte sich als Deserteur eines Heeres, das nur in seinem Kopf existierte, die gespensterhafte Armee derjenigen, die das getan hatten, was er hätte tun wollen: Kämpfer, die sich nicht ergeben hatten, die es über die Grenze geschafft hatten oder sich in die Berge absetzten, um sich dem Maquis anzuschließen, oder die im Sumpfgelände blieben und ein paar Jahre lang vom Jagen und Fischen lebten. Das hatten einige aus dem Dorf gemacht, harmlose Robinsone, denen es im Übrigen nicht gut ergangen war bei dem erzwungenen Leben in Pfahlbauten: Sie holten sich die Malaria, die Wunden infizierten sich, jeder Kratzer führte in dieser Umgebung zu Tetanus, was sie zu schrecklichen Todeskämpfen verurteilte, sie litten unter den ausufernden Treibjagden der Guardia Civil, die sie wie die Kammerjäger verfolgten und dafür sogar die Vegetation in Brand setzten. Bis nach Olba drang der Lärm der berstenden Rohre im Feuer und ein klebriger Rauch, der die Tiere im Sumpf erstickte. Es wurde Benzin gesprüht, damit sich das Feuer über die Röhrichtfelder ausdehnte und auch das Buschwerk, das oft zu schwimmenden Inseln gehörte, verbrannte. Nicht alles davon war der Repression geschuldet. Da war auch ein Teil Geschäft dabei. Mit dem Vorwand, jene Unglückseligen zu fangen, wurde die Trockenlegung der Lagunen vorangetrieben, die Verlandung gefördert, sodann verschenkte man sumpfiges Land an Kameraden und Exkombattanten mit der Erlaubnis, es zu entwässern und zu bebauen. Man verließ sich auf die Habgier, um Freiwillige für die Razzien zu mobilisieren. Fincas wie Dalmau und La Citrícola gingen aus dieser Verteilung hervor. Die Exportfirma Dalmau entstand nach Rodungen auf dem sumpfigen Grund, den man General Santomé zugesprochen hatte, dieser war nicht viel mehr als ein einfacher Soldat, befördert wegen seiner Verdienste im Krieg (und, wie ich nach und nach erfuhr, verantwortlich für wahllose Erschießungen in der Nachhut, für Genickschüsse wie jenen, der meinen Großvater traf, für das Abfackeln von Gehöften mitsamt ihrer Bewohner: kleine Bauern, die beschuldigt wurden, den Flüchtlingen Nahrung, Kleider, Decken gegeben oder einfach mit ihnen eine Zigarette geraucht und geredet zu haben), und La Citrícola erhebt sich auf einer einstigen Lagune, die sie zur Trockenlegung Pallarés überlassen hatten, ein Blauhemd, das – Pistole im Halfter – das ganze Gebiet schikanierte, bis weit in die Sechzigerjahre hinein, als die Finca dann von den Erben übernommen wurde, die, ein Zeichen der Zeit, sich weit diskreter benahmen, wenngleich sie sich nicht weniger habgierig bei ihren Geschäften zeigten, die längst von ideologischen Spinnweben befreit waren: Geld im Reinzustand, ohne die Verpackung von Aufrufen, patriotischen Sermonen oder Waffengeklirr. Die programmierten Angriffe auf den Sumpf waren eine Mischung aus militärischer Strategie, politischer Rache und ökonomischen Beutezügen. Das perfekte Unwetter, wie heute die Spießer sagen, wenn sie ausdrücken wollen, dass die Bedingungen für irgendeine Katastrophe nicht besser sein könnten. Wenn die Guardias einen der Flüchtlinge fingen, stellten sie seine Leiche aus, fuhren sie auf der Ladefläche irgendeines Kleinlasters durch die Straßen des Dorfs. Die Anwohner stellten sich stolz hinter die verwesenden Körper und ließen sich fotografieren. Irgendjemand muss diese Fotos noch haben, sie gleichen jenen, die Jäger nach einer Treibjagd auf Wildschweine machen lassen. Das erlegte Wild zeigte schwarze Flecke auf den Backenknochen, der Stirn, auf dem Hemd, zwischen den Hosenbeinen. Das waren die Nachtmahre, die meinen Vater verfolgten. Die Treiber jener Jagdpartien hat er jahrelang im Visier gehabt, wobei er sich auf Informationen stützte, die ihm seine Frau, die Kinder und vielleicht noch ein geheimer Informant beibrachte. Unsere Worte ernährten ihn. Inzwischen weiß ich, dass Worte nähren. Auch ich hab es gelernt: Ich kann Ihnen einen guten Sancocho mit Huhn zubereiten, in dem Laden bei dem Internetcafé kann man alle Zutaten kaufen, sie verkaufen auch Yucca und Yamswurzel, all das, was man früher in euren Geschäften nicht bekam, jetzt aber, seitdem es diesen Telefon- und Lebensmittelladen an der Ecke gibt, kommt man sich vor wie in Manizales, Medellín oder Popayán: man kann jetzt ein ordentliches Gericht mit Gemüsebananen zubereiten, Arakachas, die Pipián-Teigtaschen – ich koch Ihnen das hier, sobald Sie wollen. Sagen Sie bloß nicht, dass Ihnen diese Küche, die Sie nie probiert haben, nicht schmeckt. Probieren geht über studieren. Und vielleicht schmeckt es ja auch Ihrem Vater, Ihr Papa muss ein sehr sanfter Mensch gewesen sein, er erinnert mich sehr an meinen Opa.

Er wurde wütend, wenn er hörte, dass es meinem Onkel in Misent gut erging. An Arbeit mangelt es nicht, die Touristen kaufen Apartments, Chalets, Türen werden gebraucht, Fensterrahmen, Fensterläden, erzählte mein Onkel, während er sich einen Schuss Cognac in den Kaffee goss, und mein Vater sagte, hier ist soweit alles beim Alten geblieben: in Olba sind wir Süßwassermenschen. Und Süßwasser zieht nur die Moskitos an. Er spottete: Du fischst jetzt wohl in Salzwasser. Ich weiß ja, du hast dein Angelgerät für den Marjal dem da überlassen (er sagte nicht, meinem Sohn oder Esteban, nicht einmal, dem Jungen: dem da). Wenn du uns mal wieder besuchen solltest, bring uns doch einen Zackenbarsch, einen Streifen gesalzenen Thunfisch oder ein paar Streifenbarben mit. Wenn er von Salzwassermenschen sprach, meinte er nicht die Fischer im Hafen von Misent, die immer eine arme Randgruppe geblieben sind (hast du das vergessen, Leonor? Bei Sturm lief das Meerwasser in die Häuser, die keine Toiletten, keinerlei Komfort hatten), er meinte jene, die von dem Magnet Küste, von dem Zauber des Meeres angezogen wurden, der zu all dem Betrieb und der ganzen Spekulation in den letzten Jahrzehnten geführt hat, zu einer Invasion, an der mein Onkel nun Anteil hatte. Misent. Das Meer brachte im 20. Jahrhundert die ersten Touristen nach Misent – ein paar betuchte Bürger, Familien mit aristokratischem Gehabe –, so wie es in den Jahrhunderten zuvor Kaufleute, Abenteurer und Schmuggler (das Meer als Quelle der Gewalt) gebracht hatte, Eindringlinge, vor denen sich die Süßwassermenschen schützen mussten, sie waren gezwungen, die Küste mit Wachtürmen und Festungen zu bestücken, die sich inmitten der Sumpflandschaft erhoben, das ungewisse Meer als Metapher für moralische Zweideutigkeit: die Kasinos von Misent, die Bordelle, die Kneipen und die Cafés, sie zogen die Seeleute an, die an den Pollern des Hafens anmachten, und auch die kleinen Bauern aus den Dörfern im Inland zu Ende des 19., Anfang des 20. Jahrhunderts. Sie deckten sich in den Geschäften ein, ließen sich in den Arztpraxen abhören, unterzeichneten Dokumente beim Notar und frequentierten Cafés, Kasinos, das Roulette – bis die Bombardements im Bürgerkrieg den Hafen auf Jahrzehnte unbrauchbar machten und Misent zur toten Stadt wurde: Es legten keine Schiffe mehr an, die Holz und Zement löschten und dafür Rosinen und Feigen, Orangen, Pampelmusen und Granatäpfel luden, in knallig bunt bemalten Holzkisten, darin die Früchte, gewickelt in zartes Seidenpapier, ihren Platz und ihre Ordnung fanden. Nach wie vor kamen die bourgeoisen Familien zur Sommerfrische und hatten ihre Cafés an der Avenida Orts, es handelte sich aber noch nicht um Invasoren, die Sommerfrischler waren so etwas wie Gäste, sie wohnten in eleganten Villen, deren Fassaden Stuckgesimse zierten, hinter hohen Gartenmauern, bedeckt von Jasmin, Nachtjasmin und Glyzinien, mit Blick auf die Weinberge, gelegen auf den Hügeln, die sich aus der Ebene erheben. Für jene Leute war das Meer nur eine blaue Borte am Horizont, sie gehörten nicht zu dieser Invasionswelle, die später kam: Zehntausende von Spinnern (ja, Spinner, so hat er sie genannt, Spinner, Bekloppte), die sich Apartments am Meeresufer kauften; wer hat denn je am Ufer gewohnt, sagte er, am Ufer haben immer die ärmlichsten Häuser gestanden, von Fischern und Leuten ohne Beruf, und dann natürlich die Lagerschuppen der Kaufleute, denen nichts anderes übrigblieb, als am Ort des Geschehens zu sein, und die Kneipen und Pensionen für Matrosen und Huren. Ich sehe die Dinge ein wenig so, wie er sie sah, und in diesem Maremagnum scheint mir der Sumpf der einzige Nukleus für den Fortbestand einer zeitlosen Welt, zugleich verletzlich und energiegeladen, sie hält sich im Zentrum des schrumpfenden Flickenteppichs – grünes Chagrinleder – aus Orangen- und Pampelmusenhainen, Obstplantagen und Gemüsegärten, die dank eines komplizierten Grabensystems vom Sumpf trinken. Natur nennen wir Formen der Künstlichkeit, die der unseren vorausgingen, wir nehmen uns nicht die Zeit zu erkennen, dass Landschaften nicht ewig sind, sie waren und sind, wie wir, dazu verdammt, einmal nicht mehr zu sein, und das geht zuweilen auch schneller als bei uns. Davon kann ich Zeugnis ablegen. Man muss sich nur ansehen, was in den letzten zwanzig Jahren geschehen ist. Aber was hast du denn? Nichts, nein, lassen Sie nur, machen Sie sich keine Gedanken, es ist nichts, ich weine nicht; oder doch, ja, ich weine, Don Esteban, ich weine, aber wegen nichts und wieder nichts, das ist meine Sache, das sind meine Sorgen, mit denen ich Sie wirklich nicht belästigen darf, es sind meine Angelegenheiten, meine Probleme. Aber beruhig dich doch, Kindchen, sag mir, was dich bedrückt. Hör auf, bitte. Sag mir, woher diese Tränen kommen, nur ruhig, atme mal durch, so, hier hast du ein Taschentuch, wisch die Tränen ab, so, zeig mal dein Gesicht, komm, heb es noch ein wenig, lass mich mal machen, siehst du, jetzt ist es besser, na so was, schon gut, ganz ruhig, du bist so hübsch, wenn du lächelst, und wirst hässlich, wenn du weinst, aber das ist nicht wahr, du wirst überhaupt nicht hässlich, hübsch bist du immer, aber ich mag dich nicht traurig sehen, zeig her, ich komm noch mal mit dem Taschentuch, verzeihen Sie, verzeihen Sie diese Vertraulichkeit, aber nein doch, keine Sorge, du kannst den Kopf an meine Schulter legen, ja, so, lehn dich nur an, wenn dich das beruhigt, entspann dich, was hast du nur für eine kleine Hand, schau mal, wenn du sie neben meine legst, sieht sie wie ein Spielzeug aus, eine Puppenhand, schau her, wenn ich meine Hand drum herumlege, sieht man nichts mehr von ihr, sie verschwindet, so mag ich's, du lachst wieder, mit diesen wunderbaren Augen, du hast winzige Händchen, schau, leg sie auf meine, ha, ha, und wenn ich meine schließe, sind deine weg, sie liegen in meinen Händen, du hast kleine Hände, aber große Augen. Entspann dich. Alles geht vorüber, kein Leid währt ewig, kommt ein Unglück über dich, dann denk, die Dinge kommen nicht, um zu bleiben, sie gehen vorüber, das ist das Leben, Geburt und Tod, weiter und weiter, nichts steht still, alles geht, wir gehen, meine Mutter vor über zwanzig Jahren und Onkel Ramón, wie lange ist es her, dass Onkel Ramón gestorben ist? Er, der zu spät kam, um am Krieg teilzunehmen, dem meine Großmutter Klapse gab, während sie ihn an ihre Hüfte drückte, als die Faschisten ins Haus kamen: Seht ihr denn nicht, dass er noch ein Kind ist?, sagte sie, er, der spät heiratete, früh verwitwete und keine Kinder hatte, obwohl ich oft denke, er hat doch ein Kind gehabt, einen Sohn, mich, so wie er für mich fast ein Vater war. In seinen letzten Jahren kam er zurück nach Olba, er hatte die Schreinerei in Misent geschlossen, als seine Frau starb: Alles erinnert mich an sie, ich ertrage weder die Werkstatt noch das Haus, noch die Hafenkais, auch nicht die Cafés und die Geschäfte und die Bankfilialen an der Avenida Orts. Schuld gab er einem Gott, an den er nicht glaubte. Die Menschen, sagte er, können dir das ganze Leben versauen, aber, wie die Mystiker versichern, sie lassen dir die Ewigkeit, da kannst du ausruhen oder auf ihre Toten scheißen. Jeder Mensch hat eine besondere Art der Bosheit, und du kannst dich darauf einstellen (er sprach von den Menschen wie von den Fischen oder Wildschweinen, für jeden seinen eigenen Köder am Angelhaken, jedem seine eigene Gier, jedem seine eigene Falle). Ich fürchte nicht die Menschen, ich fürchte, dass es Gott gibt. Der hat sich das Böse für jeden Einzelnen von uns ausgedacht, das Böse in uns, das nach außen drängt, um alles zu verbiegen. Ich möchte nicht wissen, aus was dieser göttliche Kopf besteht, noch was dieser heilige Hintern scheißt, Mars, die Sonne, Jupiter und der Mond, nichts als Kackfladen, und wir und die Ratten und die Kakerlaken sind übel riechende Spritzer.

An manchem Abend bat er mich, ihn im Auto zu den Nutten zu begleiten. Dort ging er mit einer von ihnen ins Zimmer hoch, zog sich aber nicht einmal aus: Wie soll ich mich ausziehen, mit all diesem sackenden Fett (er nahm weiter zu, als Witwer war er gefräßiger geworden, immer kleiner schauten die Augen zwischen Fettkissen hervor) und den hervorspringenden Venen. Er hob das Hosenbein an und zeigte mir seine Krampfadern, freier Blick auf die ganze Farbpalette von Hellblau zu Marineblau bis hin zu Lila und Schwarz. Er zahlte, setzte sich auf das Bett, betrachtete die nackte junge Frau eine halbe Stunde lang, streckte die Hand aus, um sie zu berühren, gerade mal ein Streicheln, und ging dann wieder unsicher die Treppe hinunter, tastete sich Halt suchend an der Wand entlang. Auf der Heimfahrt blickte ich aus den Augenwinkeln zu ihm hinüber und sah diesen Glanz über Lid und Wange hinunterlaufen. Wie konnten diese beiden Männer Brüder sein, hier dieser sinnliche Mensch, der in seinem Alter die Lust des Fleisches im bloßen Anblick suchte und mit dem Leben rang, weil er es so sehr liebte, und mein Vater, diese düstere Fledermaus, der ganze Wochen nicht aus dem Haus ging und die Fenster halb geschlossen hielt, damit das Licht der Sonne ihn nicht verletzte. Nichtsdestoweniger, mit diesem Mangel an Sinn, den das Universum vorzuführen beliebt, ist derjenige, der voller Leben war, als Erster gestorben, während der andere weiter versauert: Derjenige, der über sechzig Jahre lang sein Desinteresse am Leben gezeigt hat, fault lebendig vor sich hin und steckt mit seiner Bitterkeit alles an, was ihn umgibt.

Auch mein großer Bruder Germán und ich ähnelten uns nicht: Varianten ein und desselben biblischen Themas, Kain und Abel, Schatten und Licht, obwohl in diesem Fall ich die überlebende

Fledermaus bin und er an einem aggressiven Lungenkrebs gestorben ist (er war Nichtraucher). Gleich von Anfang an hat er gesagt, dass er nicht Schreiner werden wollte. Er hatte was für die Mechanik übrig, baute gern Teile in Autos und Motorräder ein. Obwohl er sich zunächst mit aller Kraft dagegen gewehrt hatte, gab mein Vater schließlich nach und half ihm dabei, eine Autowerkstatt aufzumachen, die schließlich in den Händen seiner Frau und ihrer Brüder verblieb, kein schönes Ende und kein vorbildliches Nachspiel. Schwer verständlich, warum dieses so sehr verliebte Mädchen, Laura (der Vater hat ihr diesen Namen wohl nach dem gleichnamigen Film gegeben, sie war sieben oder acht Jahre jünger als Germán), das meinen Bruder immer am Arm nahm, ihn abküsste, die fröhliche, hilfsbereite junge Frau, die beim Kochen und Tischdecken hilft, sorgsam in allen Details des Haushalts, immer aufmerksam für alle familiären Nöte, die meiner Mutter kleine Geschenke bringt und sie Mama nennt und meinem Vater Küsschen gibt und ihn Papa nennt, die es geschafft hat, dass er nicht knurrt, wenn er an seiner Wange ihre Lippen spürt, sogar gerührt ist über das Paar Socken oder den Pullover, den sie ihm gerade geschenkt hat, fleißig, aufopferungsvoll, dass ausgerechnet sie es war, die alle Beziehungen zu unserer Familie abbrach, sobald Germán gestorben war. Sie war nicht einmal besonders nett zu ihrem kranken Mann, seitdem sie wusste, dass es sich um einen tödlichen Krebs handelte. Bei allem, was uns, ihre angeheiratete Familie, anging, wurde sie von einer kühlen Teilnahmslosigkeit befallen. Germán wurde mehr von meiner Mutter als von ihr gepflegt, die sich die letzten Tage beim Grundbuchamt, den Banken, dem Notar, der Anwaltskanzlei herumtrieb, um alles festzuzurren, sie ließ meinen Bruder Dokumente unterschreiben, als er schon nicht mehr den Federhalter halten konnte. Sogar meinen Vater beorderte sie zu sich, auch er sollte eine Reihe von Papieren unterschreiben. Wegen der Kinder, rechtfertigte sie sich. Am Ende gehörten ihr die Werkstatt und das Haus, die mein Bruder mit dem väterlichen Geld aufgebaut hatte. Mehrere Jahre lang musste mein Vater noch die fälligen Wechsel zahlen. Ja nun, was war dann diese sanfte Stimme gewesen (die Schwägerin ähnelte nicht der ranken Gene Tierney, die in dem Film die Laura spielt; sie war klein, mollig und hatte ein sehr fröhliches Gesicht), diese Hyperaktivität im Haushalt, wenn sie bei uns zum Essen waren, wie eifrig sie den Tisch deckte, das Tischtuch streckte und bügelte, in der Küche half, so liebenswürdig war sie, die kleine fleißige Ameise, die zu meinen Eltern Mama und Papa sagte und meinen Bruder abküsste, ihm den Kragen des Hemdes zurechtrückte und ihm auf den Hintern klopfte oder sich an seinen Bauch schmiegte oder ihre Finger zwischen die seinen steckte und ihm berückt in die Augen schaute. Alles Theater? Sind wir alle Schauspieler, die irgendwann ihre Rolle satthaben und das Kostüm abwerfen? Oder kann man sagen, dass es echte Menschen gibt? Aber was ist das, was bedeutet das, echte Menschen? Und wenn das nichts bedeutet, nichts ist, was hat dann das Leben für einen Sinn? Was wird aus uns, wenn es solche Menschen nicht gibt? Man neigt zu der Ansicht, dass sich das wahre Gesicht der Menschen in Momenten der Entscheidung zeigt, auf Messers Schneide, wenn sie an ihre Grenzen kommen. Das ist der Moment für Helden und Heilige. Und, schau an, das menschliche Verhalten pflegt in solchen Situationen weder vorbildlich noch ermutigend zu sein. Die Gruppe, die sich mit den Ellbogen vorwärtsdrängt, um zuerst an den Kartenschalter für ein Konzert zu kommen; die Zuschauer, die einander bei der Flucht aus dem brennenden Theater niedertrampeln und über die Schwächsten hinwegeilen, das Kind, das welke Fleisch des Greises unter den Sohlen der blicklos Flüchtenden, aufgespießt von den Pfennigabsätzen der abendlich elegant gekleideten jungen Damen; die ehrbaren Bürger der Stadt, Frauen inbegriffen, egal ob aus wohlhabender oder Arbeiterfamilie, da gibt es keinen Unterschied, die mit den Rudern wütend auf die Köpfe der Schiffbrüchigen schlagen, die ins übervolle Rettungsboot wollen. Rette sich, wer kann. Ja, ja, wir wissen schon, Vater, dein Standpunk in der Welt ist leicht zu behaupten, das Leben übernimmt es, dir Tag für Tag recht zu geben. Die große Menschenfamilie. Von den zwei Enkeln, die dir dein ältester Sohn geschenkt hat, haben wir nie wieder etwas gehört: verschwunden. Dann und wann weinte meine Mutter ihnen nach: Ich habe Enkel, aber es ist, als hätte ich keine. Diese schamlose Person (jetzt war sie schamlos, nicht mehr Tochter, ach, Tochter, ich hab dir eine Dose mit Kroketten beiseitegelegt, die könnt ihr euch abends zu Hause frittieren, die Kinder mögen sie am liebsten frisch und schön warm), diese schamlose Person, sagte meine Mutter, hat sie mir weggenommen (die Enkel). Sie hat sie gestohlen. Wie sie alles gestohlen hat, was unserem Sohn gehörte. Wie sie das, was uns gehörte, gestohlen hat.

Die Kinder meiner Schwester haben den zweiten Aufguss der Mütterlichkeit, für den bei den Frauen die Enkel sorgen, in ruhigere Bahnen gelenkt. Diese Enkel hatte sie – wenn auch weit weg in Barcelona. Sie kamen zu Besuch. Über ihre Tochter sprach sie nicht schlecht, aber ich weiß, es schmerzte meine Mutter, dass sie selbst nie nach Barcelona eingeladen wurde. Sie taten es nicht. Entweder, weil ihnen die Alte lästig war und sie nicht recht wussten, was sie mit ihr in der Stadt anfangen sollten, oder weil – wie Carmen sagte – das Haus wirklich sehr klein war. Die Mutter sah das als Lieblosigkeit an, sie litt, zugleich war das aber auch anregend. Zu leiden zerstreute sie, es gab der Zeit Sinn und Halt; und es erlaubte ihr zu klagen, ihre Bitterkeit auszuschütten: die Kinder, dort; und sie, die Großmutter, hier, in vierhundertfünfzig endlosen Kilometern Entfernung. Sie schickte ihnen mit der Post selbst gestrickte Pullover, kaufte ihnen Jacken, die meine Schwester, so glaube ich, an arme Leute, an Nachbarn in Not, weitergab, dörfliche Pullover, altmodische Strick- und Windjacken, niemand, der nur ein klein wenig ambitioniert war, konnte sich in einer Großstadt so kleiden. Germáns Kinder sah sie nie wieder, nicht einmal zu ihrer Beerdigung sind sie gekommen, ich weiß nicht mehr, ob sie zu dem Zeitpunkt, als Mutter starb, noch in Misent wohnten, wohin mein Bruder nach der Hochzeit gezogen war und wo er die Werkstatt aufgemacht hatte.

Jetzt jedenfalls leben sie nicht mehr dort. Schon vor Jahren hat meine Schwägerin Haus und Werkstatt verkauft – die Werkstatt ging an einen Bruder von Leonor –, erneut geheiratet und die Kinder mitgenommen, ich glaube, nach Madrid. So bin auch ich ihnen nie begegnet. Ich denke, sie werden sich unserer erinnern, sobald sie hören, dass der Alte tot ist und ich keine Erben hinterlasse. Sie werden darauf vertrauen, sich mit dem Rest der Familie zusammenzusetzen, um sich an der Hinterlassenschaft gütlich zu tun. Sie, die Enkel, und die Kinder der Enkel, wenn sie denn welche haben, aber irgendeinen wird es schon geben, und die Kinder und Enkel von Carmen (von Carmens Enkeln weiß ich nur, dass es sie gibt, aber sie hat sie nie hergebracht, ich kenne nur Fotos). Und wer ist schuld? Die Schwiegertöchter, du weißt ja, wie Schwiegertöchter sind. Lumpenpfanne nennt man das Gericht, bei dem man die Reste des Eintopfs vom Vortag brät. Genau das werden Germáns Leute speisen, Lumpen. Sie werden ihre Onkel und Tanten kennenlernen: den Windhund Onkel Juan (der nach mir geboren ist), der von irgendeinem Ort der Welt anreisen wird, um sich mit ihnen beim Notar zu treffen; Tante Carmen und die Vettern und Neffen aus Barcelona, glücklich darüber, einander zu sehen, werden sie sich alle küssen, werden Telefonnummern, Adressen austauschen, alle sind sie gut gelaunt, optimistisch in Erwartung des Geldes aus der Kontenauflösung, aus dem Verkauf von Haus und Schreinerei, ein fantastischer Baugrund, zentral gelegen, auch wenn man heute gar nicht daran denken darf, ihn zu verkaufen, wer will das heute schon, ist doch alles im Angebot, Schnäppchenzeit. Immerhin freuen sie sich über den Schätzwert des Grundstücks am Montdor, an dem Hang, an dem ich mir nie ein Haus bauen werde, allerdings befinden sich auch dort oben die Preise im freien Fall: nur noch ein Drittel dessen, was vor sechs Jahren bezahlt wurde, aber auch heute noch ein schönes Sümmchen; über den Gemüsegarten, den mein Vater bis vor ein paar Jahren gepflegt hat und der heute als Stadtgebiet ausgewiesen ist, aber dennoch wie alles andere kaum zu verkaufen ist.

Selbst beim Sterben hat der Alte keine gute Hand gehabt, werden sie scherzhaft in der kleinen Trauerhalle sagen, der Sarg mit Papas Leiche ist hinter dem Vorhang versteckt, den jemand schamhaft zugezogen hat, denn es ist nicht angenehm, ihn anzuschauen, obwohl die vom Bestattungsunternehmen exzellente Arbeit geleistet haben. Ein Griesgram ist unser Vater das ganze Leben gewesen, eine Verdrusswurzel, wird sie sagen, die sein Lieblingskind war. Und Juan, der Windhund-Onkel: ein Geizhals, ein Egoist – sich der vielen Male erinnernd, da er den Vater um Hilfe bat, und der sich taub stellte. Sie, die überlebenden Geschwister, die Neffen und Nichten, die Kinder und Enkel von Carmen und von Germán wird die Habgier ein paar Stunden lang zusammenführen, bis sie entdecken, dass die Schubladen im Haus leer sind, nichts mehr auf den Konten ist, die Grundstücke, das Haus und die Werkstatt nicht mehr in Familienbesitz: Dann naht überstürzt das Ende der Verbrüderung, sie werden die Familienbande ersetzen durch die Vertragspapiere einer Gesellschaft mit beschränkter Haftung, die zu gerichtlichen Zwecken gegründet wird, und durch den Beschluss einer Umlage zur Bezahlung des Anwalts (einen guten Anwalt, wird einer von ihnen sagen, vermutlich Germáns Witwe. Den allerbesten, denkt dran, es geht gegen die Banken, die Geschichte ist heikel), es gibt Streit mit Bruder Leichtfuß, dem zwangsläufig alles zu teuer ist, was die Schwester aus Barcelona und deren Nachkommen vorschlagen (aus solchen Gründen ist sicher auch der Mann dabei, du willst da doch nicht etwa alleine hin, bei so einem Geschäft sehen vier Augen mehr als zwei), auch die Witwe des Bruders, der seit Jahrzehnten in einem Grab in Misent ruht, seine Kinder und möglichen Enkel. Und wenig später, nachdem das Thema gedreht und gewendet ist, wird nach den ersten Geplänkeln die große Schlacht ausbrechen, das familiäre Waterloo, Rückkehr zum natürlichen Urzustand der Menschheit, alle gegen alle und mit allen Mitteln, kein Erbarmen und keine Unterschiede, Bruder gegen Bruder, Schwager gegen Schwager, Onkel gegen Neffen, Enkel gegen Großeltern, Vettern, die übereinander herfallen und den jeweils anderen verschlingen wollen, denn die Aussichten, etwas zu bekommen, sind sehr bescheiden (wir dürfen nicht vergessen, dass es gegen die Banken geht, eine zähe Angelegenheit), auch wegen mangelnder Erfolge bei den gerichtlichen Eingaben, und das trotz der hohen Honorarrechnung des Anwalts (ihr habt nicht den genommen, den ich als den besten vorgeschlagen hatte, weil die Umlage nicht so viel hergab, kleinlich, selbst wenn es ums Geldverdienen geht; ihr habt diesen gewählt, der am Ende teurer war und sich als Gauner und Pfuscher erwiesen hat, wird die Tussi von Germán klagen), dazu die unvermeidlichen Verdachtsmomente, dass ein Teil der Familie mit dem Anwalt unter einer Decke steckt und die anderen ausschalten will; und erneut die Fortführung des großen Familienkrieges mit anderen Mitteln und auf anderen Schlachtfeldern, die kaltfeuchten Ardennen, das staubige El-Alamein. Und als sie dann schließlich eingesehen haben, dass das einzige, was sie erben können, Schulden sind und sie eine absolute Ruine verteidigen (jetzt gleicht die Inszenierung eher Monte Cassino im Mai 1944, eine verwüstete Landschaft, in der nur noch heruntergebrannte Mauern, stinkende Leichen und ein halbes Dutzend Moribunde zu sehen sind), kommt es zur Auflösung der GmbH und zu einer Trennung ohne Groll. Da verteilt der leichtfüßige Bruder, wer weiß was noch geschehen mag, einen Schwung Küsse, wer weiß, ob er ihnen nicht doch noch mal was abluchsen kann, ein Darlehen, einen Vorschuss, einen Restaurantbesuch oder einen Platz am Esstisch und ein warmes Bett, jetzt wo er alle Anschriften, vor allem aber die Telefonnummern und die Mailadressen hat, die Katzenklappen, durch die sich in unseren Zeiten die Eindringlinge einschleichen; wie gesagt, ein Schwung Küsse und lasst uns wie Geschwister auseinandergehen, ohne Groll. Es bleibt die Hoffnungslosigkeit, das verlorene Ansehen der Familie, auf die man so viel gesetzt hatte, dass man einen Augenblick meinte, es sei unerlässlich, sich dann und wann zu treffen, nur um die Wärme der Zugehörigkeit zum Klan zu verspüren: Damit es weder in Madrid, wo ihr wohnt, noch in Barcelona, wo wir leben, stattfindet, könnten wir uns doch einmal im Jahr irgendwo auf halbem Weg treffen, in Zaragoza, in Teruel, das Kloster dort, das Monasterio de Piedra, ist doch wunderbar, nicht wahr, Pedro? (Das ist Carmen, sie richtet eine rhetorische Frage an ihren Mann.) Wir waren vor ein paar Jahren dort und haben den Wasserfall Cola de Caballo gesehen, er sieht wirklich wie ein Pferdeschwanz aus, ich sag's ja, alles wunderbar; uns einmal im Jahr sehen und zusammen fein essen (man ging noch davon aus, dass die Reste der Beute auch dafür reichen würden). Kaum zu glauben, so viel Egoismus zwischen Geschwistern, zwischen Cousins, Blut von unserem Blute, so wird, zurück in Barcelona, meine Schwester Carmen den engsten Freunden vorjammern. Ich kann nicht glauben, dass alles so kleinlich und schäbig ist, wird sie, die Barmherzige, Engelhafte klagen. Das war kein lehrhaftes Schauspiel für die Jungs. Oder etwa doch? Es kann nicht schaden, wenn sie allmählich lernen, wie das Leben so spielt.

Sollen sie doch tun, was sie wollen. Geschwister. Ein harter Verlust bis jetzt (Tod bedeutet immer Härte), der von Germán, und zwei weniger plötzliche Verluste, zwei Fluchten eher, abgefedert, nach und nach, klammheimlich: die von Carmen und Juan, verwandte Schatten, die sich in der Ferne bewegen, ohne dass ihre Strahlungswärme uns wohltuend erreichen könnte: Juan sendet von seinem vermutlich aufregenden Nomadenleben nur selten Signale aus, aber vielleicht ist er über die Jahre auch ruhiger geworden. Die Zeit domestiziert uns alle, sie beruhigt, sediert, wiegt uns sanft ein, bis wir eingeschlafen sind. Das letzte Mal hat uns Juan vor drei oder vier Jahren angerufen, er wollte uns erzählen, dass er eine Immobilienagentur in Málaga habe oder etwas im Baugewerbe. Irgend so etwas teilte er mir mit. Alles bestens, alles bestens, sagte er und hatte den Tonfall eines Haarwuchsmittelvertreters. Ich erzähle es dir später genauer. Vater soll an den Apparat kommen. Aber Vater wollte nicht, er wedelte mit der Hand, als wolle er eine Wespe verscheuchen. Vater ist gerade nicht hier, sagte ich zu Juan, er ist raus, einen

Spaziergang machen, und kommt spät zurück. Was ist los?, beklagte er sich. Will er nicht an den Hörer? Ich antwortete nicht. Schweigen. Er räusperte sich: Hol euch doch, hörte ich noch, bevor er den Hörer auflegte, gerade als ich ihn meinerseits auflegen wollte, weil es mich null interessierte, wer, wann und wo uns holen sollte. Seitdem: Schweigen. Ich bin überzeugt, auch das war eine Lüge, weder Málaga noch Immobilien, und *alles bestens* schon gar nicht. Der Kerl hat in seinen mehr als sechzig Lebensjahren nichts Wahres gesagt. Er kann an jedwedem Ort sein, in Coruña, in Bilbao oder in Bangkok, er mischt und verteilt Karten in irgendeiner Runde im Nebenzimmer einer Spielhölle an der Landstraße, die Kippe im Mund und eine kleine Linie auf dem Waschtisch, die ihn erwartet, wenn er mit der Partie fertig ist; vielleicht schneidet er gerade seine Zehennägel in einer Gefängniszelle, oder er stemmt die Ellbogen gegen eine Matratze bei dem mühsamen Versuch, einer internationalen Puppe ein Stöhnen abzuringen. Oder er ist gerade an dem Tag aus der Haftanstalt gekommen und ruft an, weil er ahnt, dass er schon morgen in eine andere eingeliefert wird und die Gunst der Stunde nutzen muss, in der er in eine Telefonzelle kann und auch genug Münzen hat, um zu organisieren, wer ihm die Kaution bezahlt, die für die Entlassung aus dem neuen Gefängnis nötig sein wird. Das letzte Mal kam er mit einer Ukrainerin zu uns, die er, wie er sagte, geheiratet hatte (sie war etwa dreißig Jahre jünger als er), aber auch das stellte sich als Lüge heraus, weder eine Hochzeit noch eine feste Partnerschaft, nicht einmal eine halbwegs stabile Beziehung: Es war eine Nutte, die ihm ein paar Tage zuvor über den Weg gelaufen war, sie ein Luder, er ein Gauner, er benutzte sie als Lockspeise für seine Raubzüge, was sich gerade anbot, das inbegriffen, was er mit uns vorhatte. Er brachte sie zu uns, und das falsche Ehepaar setzte sich ein paar Monate lang im Haus fest: Schmeißfliegen, die um uns herumsummten, dabei ständig das Wort Geld im Mund führten, denn Geld war das, was sie wollten, mein Bruder sagte, Geld für etwas, das ihm eine stabile Grundlage verschaffen würde und uns allen Reichtum. Jedoch, um dieses fabelhafte Geschäft anzugehen, sei erst mal Liquidität vonnöten, Cash. Die wollen die Knete bar auf die Kralle – sagte er zu meinem Vater und mir –, um den großen Coup auf den Weg zu bringen, es sei ja bekannt, dass sie einem bei der Bank keinen Kredit ohne Bürgschaft geben, er wollte also unser Geld als Munition auf den Banktresen legen, als Sicherheit für den Sack mit knisternden Scheinen, den man ihm dafür aushändigen würde. Ihr streckt es vor (das ›ihr gebt es mir als Vorgriff aufs Erbe‹ war schon vergessen; der Trick mit der Unterzeichnung einer Verzichtserklärung hatte nicht funktioniert). Oder, noch einfacher, ich rühre euer Geld nicht einmal an, ihr hinterlegt es auf der Bank als Termingeld, bis ich das, was ich von der Bank bekomme, zurückgezahlt habe. Eine Art Garantie, die keine Garantie ist, denn ihr bekommt ja Zinsen dafür, eigentlich dasselbe, was ihr jetzt schon macht, vermute ich, denn ihr werdet ja Geld angelegt haben, nicht wahr, jedermann hat Termingeld. Was ich euch vorschlage, ist ganz unkompliziert, und ihr müsst euch nicht von eurem Geld trennen, geht kein Risiko ein. Es ist eine Art von Avalkredit, der euer Geld nicht in Gefahr bringt. Der Geruch des Geldes – man weiß, dass Geld in der Nähe ist, aber nicht genau, wo und wie man drankommt – muss auch die anderen Sinne stark beeinträchtigen, ich weiß nicht, wie er sich Hoffnung darauf machen konnte, auch nur einen Cent beim Alten lockerzumachen, der sich doch nie etwas abluchsen ließ. Kein Taschenspielertrick, kein Hütchenspiel, kein Griff an die Weichteile, keiner hat ihm je was aus der Tasche gezogen, weder mit guten Worten noch mit Bitten oder Drohungen. Nicht einmal das nahende Ende machte meinen Vater großzügig. Was will der Scheißalte denn mit der Knete? fragte mein kleiner Bruder, wollte mich zum Komplizen machen, als hätten wir beide dieselben und nicht gegenteilige Interessen, was du bekommst, verliere ich und umgekehrt: wieder Kain und Abel, die langweilige Geschichte. Wann und für was will er es denn ausgeben, im Jenseits wird schließlich kein Papiergeld angenommen. Außerdem, trieb er den Witz auf die Spitze, ist er Kommunist und glaubt nicht an ein anderes Leben. Ich stellte mich dumm: Du siehst ja, wie er mich hält, bei Brot und Wasser; vergaß dabei aber nicht, mein Feld zu bestellen: Ich glaube übrigens nicht, dass er wirklich so viel Geld hat. Er: Aber die Schreinerei läuft doch gut, oder? Pfff, schnaubte ich, als wollte ich damit sagen, soso lala. Natürlich konnte Juan uns das Geld nicht mit geheuchelter Zuneigung entlocken. Weder dem Alten noch mir, der ich ihm in jenen Monaten nicht mal etwas für Zigaretten gab, wenn er mich mal morgens darum bat. Er bettelte, lass mir doch bitte fünfhundert Pesetas für Zigaretten da, für einen Kaffee oder ein Bierchen, wir haben keinen Cent. Mir geht es ähnlich, wehrte ich mich. Ich gab ihnen nichts, sah sie aber rauchen (die Ukrainerin rauchte noch mehr als er) und Bier in La Amistad trinken, der Bar gegenüber, und manchmal im Taxi aus Misent zurückkommen. Ich wollte über ihre Aktivitäten, über die Quellen ihrer Einkünfte lieber nicht Bescheid wissen. Zumindest fehlte es ihnen nicht an Essen. Wenn es ihnen passte, aßen sie bei uns. Das schon. Darin ist mein Vater strikt gewesen, ein guter Vater. Das Essen zu Hause ist für die ganze Familie da, für alle die gleiche Portion Reis, Mangold, Hundshai, die gleichen Weißfische, das gleiche Stück Tortilla für jeden, der eins wollte. Keinerlei Luxus, aber ordentliche Ernährung. Egalitarismus. Jeder nach seinen Fähigkeiten und jedem nach seinen Bedürfnissen. Marx im Urzustand. Aber darüber hinaus, über den Nahrungsbereich hinaus, hat, solange ich denken kann, keiner dem Alten auch nur einen Cent aus der Tasche gezogen. Seine Methode ist einfach: Er zeigt es dir nicht, das Geld, er spricht nicht davon, rechnet nicht damit, man muss davon ausgehen, es existiert gar nicht, hat, seit er denken kann, nicht existiert (wir sind weder Ausbeuter noch Spekulanten). Und das machte Juan verrückt, das Wissen, dass es existieren musste, irgendwo lag, er es aber nicht orten konnte. Er ging davon aus, dass etwas Geld – wie viel auch immer, wenig oder viel – da sein musste, er witterte es und das trieb ihn zur Verzweiflung: Der Hund erregt sich, wenn er den Urin des Hasen riecht, das Fell, und er wittert sogar das Blut, das sein kleines Herz schlagen lässt, findet aber nicht den Eingang zum Bau, in den das Tier geflüchtet ist. Er hechelt, knurrt, scharrt, er bellt, der Hund. Mir waren die Koordinaten des Baus bekannt, und ich sah den Eingang, schaffte aber auch keinen Schritt in die Höhle. In Wahrheit war der Hase nicht besonders groß, ein kleineres Tierchen, aber es schützte sich nicht nur in einem Bau, sondern in dreien: CAM, Banco de Santander und Banco de Valencia. Soviel ich wusste, kein Cent im Haus, nichts von abgesperrten Schubladen oder einem Safe hinter einem Bild. So etwas wie die Heilige Dreieinigkeit: Es war ein und dieselbe Knete, aber ihre blasse Ausstrahlung drang aus drei unterschiedlichen Bankhäusern, dort wurden die Rechnungen der Zulieferer bezahlt, die Schecks der Kunden eingereicht und die Licht- und Wasserrechnungen sowie die städtischen Gebühren beglichen. Und unser Vater war der Einzige, der Zugang zu den Konten hatte. Er legte an und löste auf. Als ich mir vor zwei Jahren bei der Bank die Summe holte, die ich brauchte, um Partner von Pedrós zu werden, und wenig später den Rest, um mich breiter in der Gesellschaft aufzustellen, erfüllte mich der Gedanke mit Schrecken, dass mein Vater sowohl die Vernunft wie die Sprache zurückerlangen könnte, um mich Dieb zu schimpfen. Wobei meinen Zugriff als Diebstahl zu bezeichnen sprachlich nicht eben präzise ist. Man sollte es besser Restitution nennen, oder Vorschuss, oder auch Abtragung all dessen, was er mir schuldet, historische Schuld nennen es jetzt die Politiker aus den Autonomien, wenn sie vom Staat größere Transferleistungen fordern. Auf einem anderen Blatt steht, dass ich mich geirrt oder zu viel riskiert habe, was sollte ich tun, wie hätte ich denn handeln sollen, wer sah schon voraus, was dann kam; dass etwas, das nach Aufschwung, nach einem steigenden Ballon aussah, bald darauf Luft verlieren und zu Boden sinken würde, um dort in Feuer aufzugehen. Ich wollte dieses schmale Kapital, das er so viele Jahre zusammengehalten hatte, fetter werden sehen, unser spezielles Luftgefährt sollte vom Boden abheben, es sollte neben den anderen fliegen, die ich stolz am Himmel schweben sah, das Geld gehörte mir ebenso sehr wie ihm, die Frucht unserer Arbeit in der Schreinerei; es sollte schneller zunehmen, um mir ein würdiges Ende zu garantieren. Es ging darum, die Euthanasie zu bezahlen, für mich wie für ihn, für uns beide, den Ruheort, die Pflege zu finanzieren (Hilfe bei Abhängigkeit, nennen es die Sozialdemokraten, die mein Vater so ausdauernd gehasst hat), die palliative Behandlung; das Geschäft mit Pedrós sollte einen Anabolika-Effekt haben, unsere schlaffen Konten etwas mit Muskeln durchsetzen. Das war alles, aber es war mein und sein Geld, unser beider Geld. Der Hase war ich, ich war mein Urin und mein Fell, ich witterte und jagte mich selbst. Ich habe mich geschossen und die Beute verloren. Nichts zu machen.

Mein Bruder: Wenn euch keines der Modelle, die ich vorschlage, überzeugt, gebe ich mich damit zufrieden, dass ihr mir einen Aval unterschreibt, der so formuliert ist, dass die Banken nie ihre Finger nach euch ausstrecken können. Ich weiß, wie man das macht, insistierte er unermüdlich – ein Aval, der den Ball an jemand anderen abgibt, eine ganze Lawine von Avalkrediten, er war bei seinem Thema. Ich habe einen Freund in Barcelona, der schon eine Reihe dieser Mogelverträge aufgesetzt hat, bei denen sich die Banken später die Haare raufen, weil sie so was unterschrieben haben: So bettelte er, versuchte uns hinters Licht führen, wann je hat man schon falsche Wechsel einer Bank untergeschmuggelt. Die Banker können dich reinlegen, aber du nicht sie. Und er nervte weiter: Noch nie habe ich um etwas gebeten. Das war auch so eine seiner Lügen: von klein auf hat er nichts anderes getan, als zu bitten. Er bat. Auf jede Art und Weise, mit jedwedem Vorwand, in jeder Tonlage: verführend, drohend, bettelnd, flehend. Er bat um etwas, seit er sprechen gelernt hatte, und davor bat er mit Gesten. Er holte es sich bei meiner Mutter, solange die lebte; damals, ich war ein Halbwüchsiger, hatte er auch bei mir dann und wann Erfolg (nicht viel, ich habe nie viel gehabt: etwas für Süßigkeiten, fürs Kino, als er klein war, für Zigaretten und ein Bierchen, als er sich zu rasieren begann); meiner Schwester hat er auch was abgezogen (aber das Miststück ist zäh, da musst du schon hart melken, und doch kommt nur wenig aus der kleinlichen Zitze), er versuchte es bei den Nachbarn, bei den Freunden, und wir kapierten nie ganz, wie ihm das Geld zwischen den Fingern zerrann, derartig schnell. So klein und schon so verschwenderisch, ein echter Taugenichts, ein Strolch. Mit zwölf ortete er das Versteck, wo meine Mutter das Geld aufbewahrte, und kaufte sich davon ein Rennrad, das man schnell in den Laden zurückbringen musste, wo er es bar bezahlt hatte. Man wollte es nicht zurücknehmen, weil er den Sattel bereits zerkratzt hatte.

Bei jenem Besuch, seiner letzten Gelegenheit, erzählte er uns nicht nur von diesem sagenhaften Geschäft, sondern klagte ein paar Tage später auch darüber, dass er älter werde und sich *unbedingt* eine Wohnung kaufen müsse, etwas Eigenes, um nicht im Alter mit nichts auf der Straße zu stehen, das macht mir Angst, kein Heim zu haben, zu den Suppenküchen zu gehen und in den Herbergen der Caritas zu schlafen, oder schlimmer noch, in Kartons gepackt unter einer Arkade oder bei den Geldautomaten einer Bank, nichts als ein Stück hartes Brot und ein Karton Wein gegen den Frost. Es lag Furcht in seinen Augen, es zerriss einem das Herz. Nur eine kleine Wohnung, das Notwendigste. Er wollte sich eine Arbeit suchen und sich in unserer Nähe zurückziehen. Ich schlug ihm vor: Hier im Haus gibt es freie Zimmer, und du könntest in der Werkstatt arbeiten. Aber nein, das war nicht das, was er wollte: eine klitzekleine Wohnung für mich allein, sagte er und legte in das klitzeklein seine ganze Zärtlichkeit. Mein Vater aß weiter, sah auf seinen Teller, der Löffel voller Hühnchenreis machte einen Augenblick in der Luft halt, der väterliche Blick fiel auf den Minutenzeiger der Wanduhr: Juans Torpedo hatte kein Schiff getroffen. Er änderte seine Strategie. Ein anderer Tag: Jetzt wollte er etwas mieten, das sei ihm genug. Er hatte ein kleines Apartment gesehen, winzig, aber in einem dritten Stock und hell, Wohnzimmer und Küche in einem, ein Schlafzimmer mit Bad, das allerdings mit einer ordentlichen Badewanne ausgestattet, ein Schnäppchen, die Eigentümer verlangten weniger als nichts, wenn man kaufen wollte, und eine lächerliche Summe, wenn wir uns für die Miete entschieden, einen kleinen Nachteil gebe es allerdings, sie verlangten eine hohe Kaution; diese Summe und die Miete für die ersten vier oder fünf Monate, bis er sich hier eingerichtet und eine Arbeit gefunden hätte, das erbat er sich von uns, auf dass er sich seinen großen Wunsch erfüllen könne: eine Hütte für sich. Das neue Torpedo zischt los, der Löffel hängt in der Luft, der Vater blickt auf die Uhr, und wieder, oje, Wasser. Das Schiff schifft unberührt auf sicherem Kurs durchs Meer. Mein Vater führt den Löffel mit der Safranbrühe und den Reiskörnern zum Mund, und man hört ihn lauter als sonst schlürfen. Das glüht ja, sagt er. Und wenn er das sagt, ist davon auszugehen, dass er die Reisbrühe meint. Einige Tage später war Juan auf Bodenniveau angelangt, nun wollte er etwas unten kaufen, oder noch besser, mieten, ein Ladenlokal, ein kleines Lager. Wir befinden uns nicht mehr im dritten Stock (die ruhige, kuschelige kleine Wohnung mit der ordentlichen Badewanne), sondern im Erdgeschoss; die ökonomische Aktivität ist mehrere Stockwerke abgesunken, hat nun Bodenkontakt, als er bemerkt, dass der Vater auch diesmal nur auf den Löffel und die Uhr blickt, ich hingegen die Augenbrauen hochziehe und mit ihnen so etwas wie ein ironisches Fragezeichen bilde. Endlich war er so weit, das große Projekt seines Lebens zu verwirklichen. Er hatte sich in den letzten Wochen überall umgetan, er hatte viel herumgestrampelt, aber, heureka, das Wunder war geschehen (er sprach zu meinem Vater von einem Wunder, der unterbrach um einige Zehntelsekunden die Reise des Löffels zum Mund, er hat nie an Wunder geglaubt, verdammt noch mal, Marx, die Republik und der Klassenkampf): Er könne eine Autovertretung aufmachen. Alle Papiere der Stadtverwaltung waren in Ordnung, die Einwilligung des liefernden Fabrikanten lag vor, die Papiere bezüglich des Selbstbehalts mussten nur noch unterschrieben werden, aber, auch dafür, es ist verrückt, brauchte er, ja so ist das, eine gewisse Summe Geld. Nicht viel, die Kaution und drei Monate Miete im Voraus und die Hinterlegung sowie die Avalkredite für die Autos aus dem Haus Hyundai. Er merkte, dass das ziemlich viel mehr als das war, was er für die Kaution des Apartments erbeten hatte, tausend oder zweitausend Mal mehr, aber, klar, es handelte sich um etwas Wichtiges, nicht um ein Darlehen, auch keine Bürgschaft, vielmehr um ein Familiengeschäft, das kurzfristigen Gewinn versprach, einen Gewinn, den er selbstverständlich mit uns teilen würde. Alles gerecht geteilt, tatsächlich bin ich dabei der Angestellte und ihr die Kapitalisten. Wir würden den leidigen Kredit, den wir aufnehmen müssten, alsbald zurückzahlen können und sodann das Sparschwein bedienen. Geld, argent, dinero, money, flus. Das brauchte er, das würden wir zurückzahlen und ab dann unter uns aufteilen, und in den freien Minuten wären wir glücklich. Alle Gässchen führten zum selben Ort. In den Hasenbau, wo zum Teufel hat sich das Miststück versteckt, ich riech es doch. Er verlangte nicht viel und nicht wenig. Nach ein paar Tagen ein neuer Kurswechsel, während die Ukrainerin das Messer im Suppenkloß versenkte, sich ein Stück in den Mund steckte und sagte, gut, wirklich sehr gut. Und das heißt auf Spanisch *pelota*? In der Ukraine gebe es so etwas Ähnliches, dafür hatten sie ein sehr viel längeres Wort und auch noch ein etwas kürzeres. Aber er blieb an seinem Ball, was eben ginge, was erübrigt werden könne. Der Hase mit seinen schnellen Läufen, seinen nervösen Lippen, hinter denen die Schaufelzähne zu sehen sind, den sympathischen Ohren und den Pfoten, mit denen er sich die Schnauze kratzt. Man hatte ihm, so erzählte er uns, die Hyundai-Konzession für den ganzen Bezirk angeboten – offensichtlich hatte er privilegierte Beziehungen zum Land der aufgehenden Sonne –, und er durfte sich diese Gelegenheit nicht entgehen lassen. Er sagte es mit aller Dreistigkeit, als käme ich nicht oft genug an der Hyundai am Ausgang von Misent vorbei. Wenn ich irgendetwas anzuliefern habe und da entlangfahre, sehe ich die japanischen Gebrauchtwagen in der Sonne glänzen, ihre Unterteile schmoren in der Abstrahlung des Asphalts, ich lese die Schilder mit den Preisen in knallroten Zahlen und die Lockrufe, EINZIGARTIGE GELEGENHEIT, in schrillen Farben auf den Dächern der Gebrauchtautos, DAS MEGAANGEBOT DES JAHRES. Die Neuwagen werden im Inneren des Gebäudes verwahrt, hinter den großen getönten Scheiben, dort stehen sie, frisch, beschützt von der Klimaanlage, und hier natürlich fein säuberlich aufgereiht, schimmernd, und sagen: Nimm mich, wenn du kannst. Nimm mich mit auf eine Spazierfahrt für fünfundzwanzigtausend.

Nie ist in diesem Haus so viel über Geschäfte geredet worden wie in jenen Tagen zur Essenszeit. Das kleine Esszimmer mit der Anrichte und den geschnitzten Stühlen, ein Werk meines Großvaters oder meines Vaters oder von allen beiden, an der Wand die Nussbaumrahmen mit den sepiafarbenen Fotos, darauf untergehakte Paare, sie drückt den Brautstrauß mit beiden Händen, er drückt ihren Arm; die alte Jugendstillampe mit dem grünen Glas, die Vitrine mit den chinesischen Tässchen, sie waren der Schatz meiner Mutter, und wenn sie etwas wert gewesen wären, hätte Juan schon längst versucht, sie zu verkaufen. In diesem Esszimmer fand mehr Wirtschaftsaktivität statt als im Cristal de Maldón, dem Restaurant von Leonor Gelabert, wo, wie Francisco erzählte, Staatssekretäre für Wirtschaft, Finanzen, Bauwesen und sogar der eine oder andere Minister speisten (Leonor, du bist ohne Abschied gegangen. Das eine und das andere Mal). Mieten, kaufen, verkaufen, Hypotheken aufnehmen, übertragen, aufbauen, gestalten, in Umlauf bringen, lagern, bürgen, zeichnen, unterschreiben. Das waren ein paar Monate lang die Gesprächsthemen beim Essen, bis mein Vater genug davon hatte, dass ihm die Reisbrühen, die Paellas, Suppen, Fische, Kroketten, Tortillas und Frikadellen, da stets mit vielen Bündeln von Scheinen garniert, mit Wechseln, die demnächst ausgestellt würden, und mit Hunderten von Quadratmetern garniert, zu mieten oder zu kaufen, mit oder ohne Ablöse, auf den Magen schlugen, sodass er eines Tages, nach dem Kaffee und der Toskana-Zigarre, die er sich nach dem Essen gönnte, ihm und der Ukrainerin die Koffer vor die Tür stellte. Dort, an der Schwelle, fanden sie ihr Gepäck vor, als sie spätnachts heimkamen. Die Koffer vor der Tür und die Tür abgeschlossen und für den Fall der Fälle auch noch mit beiden Riegeln und dem steckenden Schlüssel gesichert. Der Alte wird sich vermutlich gedacht haben, dass, selbst wenn die Koffer stundenlang auf dem Bürgersteig standen, gut erreichbar für jeden Passanten, keinerlei Gefahr bestand, irgendetwas von Wert zu verlieren. Kein Bargeld, keine Scheckbücher oder Kreditkarten, auch keine Bankbürgschaften oder Kaufverträge, kein zusammengerolltes, handsigniertes Gemälde, auch kein Schmucketui mit Brillantarmband und einer Brosche, Smaragden in Weißgold gefasst, aus dem Haus Piaget. *Oualou*, würde Ahmed sagen. *Rien de rien.* Nichts. Abgetragene Kleider, von der Waschmaschine halbherzig umgewälzt, da an Seife gespart wurde. Juan und die Ukrainerin hatten sich nach dem Essen in ihrem Zimmer eingeschlossen und brüllten sich an, mein Vater saß wie jetzt vor dem Fernseher, hatte aber auf dem Tischchen neben dem Sofa sein Gläschen Cognac stehen, die Tasse Kaffee und den Aschenbecher. Er führte das Gläschen zum Mund und stellte es zurück neben den Aschenbecher, genau dorthin, wo heute sein Glas Milch steht, bevor ich ihn ins Bett bringe. Er hat das Gläschen ein paar Mal nachgefüllt und trank ganz langsam, wie um Kraft zu schöpfen. So war es jeden Nachmittag, bevor um vier wieder die Werkstatt geöffnet wurde. Sie warfen sich Beleidigungen an den Kopf, er schien sie nicht zu hören, aber sein Gesicht wurde an jenem Tag immer grauer, die Haut über den Backen angespannter, die Backenknochen spitzer. Ich kannte das gut, so zeigte sich bei ihm der Zorn. Als nach einer Weile die Barrow-Bande – unsere Familienversion von Bonnie and Clyde – das Haus verließ, stand er auf, ging in das Zimmer, das sie besetzt hatten (das mit dem Ehebett, in dem er bis zum Tod meiner Mutter geschlafen hatte, das den Kindern verbotene Sanktuarium, wenn er BBC und Pirenaica hörte; ich kann mir immer noch nicht erklären, warum er ihnen erlaubt hat, sich dort breitzumachen), sammelte selbst die Kleider zusammen und stopfte sie irgendwie in die Koffer und Taschen, murrend und schnaufend (dieses profanierte Ehebett, der Geruch des Parfüms, der die leichte Spur von Orienthölzern, den Duft meiner Mutter, der noch im Zimmer hing, verdrängte – ich glaube, die Vorstellung von einer Entweihung hatte ihn plötzlich und mit ganzer Wucht getroffen). Du hast damit nichts zu tun, geh schon mal runter in die Schreinerei, das Gitter muss hochgezogen werden, sagte er zu mir, als er sah, wie ich, an den Türrahmen gelehnt, ihn beobachtete. In diesem Haus habe ich nie mit etwas zu tun gehabt. In der Werkstatt steckte ich mir eine Zigarette an, nicht im kleinen Büro, sondern in der Werkstatt, ich saß auf dem Boden, den Rücken an den Holzschneider gelehnt. Mein Vater wollte nicht, dass jemand dort rauchte, da ist das Sägemehl, die Sägespäne, der Leim, Lacke, Farben, wir arbeiten mit brennbaren Materialien, man raucht zu Hause, auf der Straße, man kann im Büro rauchen, hinter der Glaswand, aber nicht in der Werkstatt, obwohl er selbst sich, die Zigarre im Mund, von hier nach dort bewegte, allerdings, zugegeben, sie war meistens schon ausgegangen. Das hier würde nicht mal brennen, wenn du es in Benzin steckst, knurrte er, während er mit dem Zeigefinger auf die Zigarre klopfte, um die eigene Inkonsequenz zu rechtfertigen. Inzwischen hatte er das Gepäck des Pärchens hinausgebracht und warf es vor die Tür. Er schloss die Tür von innen ab, ließ den Schlüssel stecken und schob die beiden Riegel vor. An diesem Nachmittag kam er nicht zur Arbeit und wollte auch nicht mit mir abendessen. Nachts hörte ich von meinem Zimmer aus, wie eine Weile am Schloss herumgekratzt wurde. Dann war die Stimme meines Bruders zu hören, in verschiedenen Tonlagen und Registern: erst war es ein Geflüster; daraufhin begann er nach uns zu rufen, erst sanft, mit großer Zärtlichkeit, dann irritiert, später brüllend; er klagte, fluchte, Herrgottscheiße, er spuckte Schimpfwörter aus, in einem Crescendo, das in einem langen und lauten Schlagzeug-Solo an der Tür gipfelte, es waren wohl wiederholte Fußtritte. Dann: die Stille der Nacht, das Krikri einer Grille, der Motor eines Autos, das ferne Bellen eines Hundes. Die friedliche Nacht von Olba.

Das war das letzte Mal, dass ich Juans Stimme live hörte. Seitdem haben wir nichts mehr von ihm gehört. Kein Brief, keine Postkarte, nur der mysteriöse Anruf aus Málaga vor drei oder vier Jahren (sieben oder acht Jahre nach der Räumung), als er mir erzählte – er wird schon gewusst haben warum, vielleicht wollte er nur überprüfen, ob der Alte noch lebte, oder ob er schon vorbeikommen konnte, um das Erbe einzusammeln –, wie gut es ihm mit seiner neuen Firma ginge, die mit dem Immobiliengeschäft zu tun hatte (oder direkt mit dem Baugewerbe? Ich weiß nicht mehr genau). Mein Vater hatte ja nicht den Telefonhörer nehmen wollen, den ich ihm reichte, als ich Juans Stimme hörte. Seine letzten Worte: Hol euch doch. Er sagte nicht: Hol ihn doch. Er bezog mich in seine Verwünschung mit ein. Aber ich bin davon überzeugt, dass er, sobald der Alte tot ist, hier auftauchen wird, um seinen Teil des Erbes einzufordern, den wir ihm damals vorstrecken sollten: Bei seiner Rückkehr wird er überzeugt davon sein, dass das Erbe wie ein Bulimiker in einer Amikomödie weiter zugenommen hat (er hat immer das geglaubt, was ihm zupasskam, was er sich wünschte, nie hat er sich nach dem Realitätsprinzip gerichtet), da für sein fieberndes Hirn die Schreinerei ein fabelhaftes Geschäft war – zumal in den Zeiten des Booms – und dass sich irgendwo im Keller, an dem Ort, den er gewittert, aber nicht gefunden hatte, die Goldbarren stapeln, die nach Serien geordneten Bündel mit den lila Scheinen, die Aktienpapiere. Er hat nur noch ein paar Stunden, um diesem Irrglauben anzuhängen. Kurz vor dem überstürzten Abschied des gescheiterten Räuberpärchens hatte ich übrigens Gelegenheit, die Ukrainerin nackt zu sehen. Das war an einem Vormittag, als er schon aus dem Haus gegangen war. Olena – so hieß sie angeblich – kam und lehnte sich an den Rahmen meiner Zimmertür, gekleidet (um es so zu nennen) in einen durchsichtigen Morgenmantel. Sie trug keine Unterwäsche, nur dieses offene Mäntelchen, ein rosa Nippel schaute hervor und der rötliche Schatten ihres Geschlechts zwischen den sehr, sehr weißen Schenkeln, die der Tüll, oder was immer das für ein zartes Gewebe war, nicht abdeckte. Sie bat mich um eine Nagelschere. Sie wird gewusst haben wofür. Denn sie trug die Nägel lang und gelackt, sowohl an den Händen wie an den Füßen. Vielleicht um einen Niednagel abzuschneiden, das könnte sein, aber ich bin ziemlich sicher, dass mein Bruder sie geschickt hat, eine weitere Variante seiner Bettelei, ihre Erscheinung als Angebot einer Sozietät. Ich dachte mir, das Mäntelchen, der Nippel und der von weißem Marmor umgebene rötliche Schatten sollten eine Einladung an mich, den Bruder, darstellen, sich der Bande anzuschließen und Hilfe zu leisten beim Suchen der Schatztruhe, es ging um die Aufnahme eines neuen Partners in die Firma. Warum war Juan denn so früh aufgestanden, hatte sich alleine aufgemacht und den rothaarigen Glanz zur Verfügung gestellt, da sie doch sonst immer zusammen loszogen und er die Trägerin eben dieses Glanzes bewachte. Kein Zweifel, so war es: ein interfamiliärer Geschäftsvorschlag. Ich habe die Beteiligung an dieser Firma – wer weiß, ob Aktiengesellschaft oder mit beschränkter Haftung –, die durch den Tüll zu erahnen war, zurückgewiesen. Dafür habe ich jetzt keine Nagelschere mehr, Olena hat sie mir nicht zurückgegeben.

Ich konnte es nicht fassen, als ich ihn drei oder vier Mal nach Luft schnappen sah, die Pfoten zitterten wie Espenlaub, und allmählich, indes er ruhig wurde, umgab ihn Blut, ich rief nach ihm, als könnte ich ihn so zurückholen, doch nein, nach einer Reihe von Krämpfen, blieb das Maul offen und die Zähne schauten hervor, ein bedrohlicher Anblick. Ein gefühlloses Geschöpf, so schien es mir, unbekannt und grausam. Als sei durch den Tod seine wahre Natur zum Vorschein gekommen. Plötzlich kannte ich ihn nicht mehr, konnte ihn nicht mehr mögen. Ich wollte ihn nicht mehr streicheln, nicht einmal ansehen. Die Augen glasig, die Eckzähne spitz, diese Starre, die sich ganz schnell sei-

ner bemächtigt hatte. Ein Fleischfresser, der mir nur noch Angst und Kummer einflößte und sehr viel Ekel. Er war es einfach nicht mehr. Ich wandte den Blick ab. Ich weiß nicht, warum die Leute unbedingt die Leichen ihrer geliebten Wesen sehen wollen, sie sind es doch nicht mehr, sind ihnen auch nicht mehr ähnlich. Dann prägt sich für immer dieser letzte Anblick ein, kehrt zurück, wenn du überhaupt nicht darauf gefasst bist, und beschädigt die Erinnerung an das Vorherige, an die Zeit, als du dieses Wesen liebtest; als es wunderbar war, ihn hin und her rennen zu sehen, und du ihn streicheln wolltest und vor Rührung sogar hättest weinen können, wenn er dich hingebungsvoll anblickte. Der Fahrer des Autos hatte nicht einmal angehalten. Womöglich habe er gar nicht bemerkt, dass er ihn angefahren hatte, hieß es, er war doch so klein. Das mag stimmen, aber ich glaube eher, er hat sich ohne Rücksicht davongemacht. Ich konnte mich nicht abfinden, die Nachbarinnen mussten mich ins Gesundheitszentrum bringen, weil meine Nerven nicht mitmachten. Dort bekam ich eine Spritze. Ich konnte nicht aufhören zu weinen, mein kleines Hundchen, so lebensfroh, und jetzt ein steifer Lumpenhund.

Ich bin so allein, meine Kinder leben weit weg und haben sich wirklich nicht groß um mich gekümmert, kommen nur selten zu Besuch, und mein Eheleben, das gibt's eigentlich gar nicht. Mit meinem Mann spreche ich kaum, nicht einmal jetzt, wo man ihm bei der Schreinerei gekündigt hat und er den ganzen Tag zu Hause rumhängt. Er setzt sich vor den Computerschirm, schaltet sich ins Internet und reagiert unwirsch, wenn ich ihn anspreche, ihn bitte, mich zu Lidl oder zu Mercadona zum Einkaufen zu begleiten. Álvaro, komm doch mit, dann kommst du auf andere Gedanken, wirst ein bisschen munter. Geh du, ich hab keine Lust. Und was hab ich, seitdem man mich für dauerhaft arbeitsunfähig erklärt hat und ich den Job aufgeben musste? Was für ein Leben? Die Fahrten ins Krankenhaus sind am Ende die einzige Abwechslung. Das Wartezimmer, in das man sich setzt, bis die Tür zum Behandlungszimmer aufgeht, oder zu dem Zimmerchen, in dem das Blut abgenommen wird, oder dieses andere Zimmer, wo an der Wand ein Bett steht, das keiner benutzt, und wo ich auf die Sintrom-Kontrolle warte, nachdem ich gefragt habe, wer der Letzte ist. Es ist eine Abwechslung, ja, das klingt komisch, ich gehe ja nicht zum Vergnügen zum Arzt, ich gehe zur Sintrom-Kontrolle (wenn Sie der Letzte sind, dann komme ich nach Ihnen), aber ich mag es, jeden Monat auf die gleichen Gesichter zu treffen, die zum gleichen Zweck wie ich kommen, und bei jedem Besuch kommt der eine oder andere Neue dazu. Es gibt auch Gesichter, die verschwinden und nach denen ich lieber nicht frage, es ist ja bekannt, dass in Krankenhäusern auch Leute verschwinden, deshalb ist es ja so eine Freude, jemanden wiederzutreffen, den du drei, vier Monate lang nicht mehr gesehen hast. Das sind Menschen, die du immer mal wieder siehst, mit denen du nicht seit vierzig Jahren zusammenlebst, Leute, die du gerne siehst, weil sie neu in deinem Leben sind, ich weiß nicht, ob das verständlich ist: Auch wenn du ihnen vielleicht schon seit ein paar Jahren im Gesundheitszentrum begegnest, ist das kein täglicher Umgang, der sich abnutzt, es ist ein Lächeln, ein Gruß; und nach wiederholten Zusammentreffen vielleicht eine Frage, ob alles in Ordnung ist, irgendeine Bemerkung, dass es jetzt ungewöhnlich heiß für die Jahreszeit ist, und wir wissen ja, was Hitze für uns, die wir etwas mit dem Herzen haben, bedeutet, weil die Begegnungen sich nur über die Wartezeit erstrecken, vermutest du, dass diese Person etwas in sich trägt, eine Geschichte, mit der sie dich eines Tages erstaunen könnte, oder dass sie von irgendetwas, das zu dir gehört, angenehm überrascht sein könnte, dass sie in dir etwas entdeckt, das all jene, die mit dir zusammen gelebt haben, nicht zu entdecken fähig waren. Man kann sich gar nicht vorstellen, wie belebt die Krankenhäuser sind, bis man sie nicht aufzusuchen beginnt, der Trubel durch die Fälle für die Ambulanz, das stundenlange Warten auf den Bänken in den Gängen, das Klappern des Schuhwerks der Krankenschwestern, sie schwatzen und lachen und lassen eine Duftspur zurück, wenn sie an dir vorübergehen, ein Duft, der nicht nach Alkohol oder Arznei riecht, der Duft einer gesunden Frau; und wie dankbar du dafür bist, wenn du zwischen all den Leuten einem Bekannten begegnest, den du vor langer

Zeit aus den Augen verloren hattest. Anfangs hatte mich noch Álvaro zur Untersuchung begleitet, er verdrückte sich für eine Weile aus der Schreinerei und holte die Arbeit dann nach, indem er länger blieb. Jetzt komme ich alleine. Ich bin so froh, den Führerschein zu haben, ich habe ihn nur gemacht, um einkaufen zu fahren und für die Arztbesuche, denn für die Arbeit habe ich ihn ehrlich gesagt nie gebraucht. Ich hatte es satt, von ihm abhängig zu sein, denn Álvaro ist so schrecklich ungesellig. Jedes Mal, wenn ich mit jemandem ein Schwätzchen hielt, wurde er böse, für ihn ist das alles Quatsch. Das Warten langweilte ihn, er stand vom Sessel auf, kratzte sich den Hals, hier muss man ja den ganzen Tag verbringen, sagte er laut, wenn eine Krankenschwester bei uns vorbeiging, als wäre das Mädel schuld an der Vergabe der Termine. Seit der Thrombose machte ich mir Sorgen darum, was aus dem Tier wird, wenn ich einmal nicht mehr da sein sollte, mein Mann würde sich natürlich nicht darum kümmern, ihm nicht das Trockenfutter kaufen und die Kiste sauberhalten, in die er kackt, wer könnte sich um ihn kümmern, mein armer Kleiner. Er ist – nein, er ist nicht, er war – so alt und krank wie sein Frauchen, es machte mir Kummer, ihn zurückzulassen, aber sieh an, das Hundchen ist vor mir gestorben, hat seine Fröhlichkeit mitgenommen und einen großen Teil der meinigen. Ich bin es, die allein zurückgelassen wurde.

Ich hab ihn in Zeitungspapier gewickelt und mich bemüht, nicht wieder auf die drohenden Zähne zu schauen, die der Tod freigelegt hat, ich steckte ihn in einen Plastikbeutel, bis ich ihn dann zu Hause in eine Holzkiste legte, die Álvaro vor längerer Zeit für sein Werkzeug gebaut hatte, aber nicht benutzte. Ich dachte, er würde mich schelten, wenn er das sah, er könnte beleidigt sein, weil ich die Kiste, die ihm egal war, dem toten Hund schenkte, sofort würde die Kiste ihm als Kunstwerk erscheinen, etwas mit großer Sorgfalt Gearbeitetes, das ich geringschätzte. Ich hörte ihn geradezu schon klagen: Alles, was ich mache, ist für dich Dreck. Es kam nicht so. Er sagte nichts zu der Kiste, spottete aber, weil ich neben die kleine Leiche die Dinge gelegt hatte, mit denen der Hund gern spielte, den Ball, den Plastikknochen, auch das Deckchen, auf dem er schlief, und das Mäntelchen, das ich ihm anzog, wenn ich im Winter mit ihm Gassi ging. Ich dachte, die Dinge würden ihm Gesellschaft leisten. Die Kiste mit dem Hundchen und seinen Sachen habe ich den ganzen Tag über im Wohnzimmer gehabt, bis spät in der Nacht, dann begruben wir ihn unter dem Magnolienbaum auf der kleinen Plaza in der Nähe unseres Hauses. Ich habe Álvaro gezwungen, nach Mitternacht mit mir rauszugehen, trotz aller Proteste (das ist doch alles unsäglich, der Hund da eingesargt), und wir haben heimlich gegraben, achteten darauf, dass uns die Polizei und die Nachbarn nicht sahen. Du bist verrückt. Aber wenn sie uns erwischen, wird es leider heißen, ich sei auch verrückt, grummelte er, aber leise, kein Geschrei, auch kein Geschimpfe, denn er wusste, ich würde das nicht ertragen. Nicht in jener Nacht. Ich war zu erregt und zu traurig, auch zu grimmig. In jener Nacht war mir egal, was er sagte. Wichtig war nur, meinen Hund so nah zu haben, wie ich ihn jetzt habe.

Ich spreche mit ihm. Allein, nachts, im Schlafzimmer, ich habe sein Foto auf dem Nachttisch, neben dem meiner Kinder, aber ich spreche auch oft nachmittags zu ihm, wenn ich mich auf die Bank bei dem Magnolienbaum setze. Und im Frühling, wenn sich diese großen Blüten wie aus roher Seide öffnen, werde ich daran denken, dass er da drunterliegt und mir noch nach seinem Tod mit seiner Kraft Freude macht. Ich denke: Die Erinnerung an dich macht mich froh, für mich ist es, als ob du unsterblich wärest, denn du begleitest mich, solange ich lebe, du bist unsterblich, weil ich lebe, und du stirbst, wenn ich sterbe, keine Minute früher. Tatsächlich werden wir beide zur selben Zeit sterben. Mein Mann sagt, ich hab einen Schatten, aber ich weiß nicht, warum es für uns so feststeht, dass nur Menschen eine Seele haben, warum machen wir so einen scharfen Unterschied, was hatte er nur für Augen, und wie er mich damit ansah, ein bisschen Seele muss so ein Geschöpf haben, eine kleine, zarte Seele, bestimmt hat es die. Wie fröhlich er mich empfing, wenn ich mit Einkäufen beladen heimkam, wie er mir meine Küsschen zurückgab, er streichelte mir das Gesicht mit seiner kleinen rosa Zunge, ein fröhlicheres Kind als die meisten, denen ich in

Olba begegne, mit ihren über den Hintern gerutschten Jeans, die Unterhose gut sichtbar, den iPod im Ohr, oder im Park auf diesen lauten Brettern rollernd, ohne Rücksicht auf die Alten, die da vielleicht auf den Bänken sitzen. Ein bisschen Seele muss so ein Tier haben, die Freude in seinen Augen, die Trauer, die Angst – sind das etwa nicht Erscheinungsweisen der Seele? Und wenn er keine Seele hatte, wenn er jetzt schon nirgendwo mehr ist, tröstet er mich doch, für mich ist er weiterhin da, zumindest habe ich jemanden, den ich ansprechen kann. Ich schäme mich, das zu sagen, aber ich erlebe es so, besonders seitdem Álvaro nicht mehr zur Arbeit geht und den ganzen Tag auf dem Sofa rumliegt und an Bierdosen rumnuckelt, jetzt ist er aufs Bier gekommen, er, der immer einen Wein vor dem Mittagessen und einen vor dem Abendessen trank, schluckt jetzt eine Dose Bier nach der anderen, der säuerliche Geruch hängt überall in der Luft, und er tippt auf seinem Computer herum und schaut Fernsehen. Ich verstehe ja, dass er sich fehl am Platze fühlt. Es muss hart für ihn sein, sich an die neue Situation zu gewöhnen, schließlich war die Schreinerei sein Leben, andererseits, wünschte er sich nicht, damit aufzuhören? Sagte er nicht, dass wir, wenn er erst mal in Rente sei, in einem Wohnwagen leben und von Ort zu Ort ziehen würden, ein Leben auf freier Flur? Mit dem, was uns beiden bleibt, könnten wir das schaffen, die Wohnung verkaufen, den Wohnwagen kaufen, das, was übrig bleibt, als Termingeld anlegen und weit wegfahren, ich mit meiner Gesundheitskarte in der Tasche. Solange bete ich zu meinem Hund, er soll uns von allem Übel erlösen, das auf uns zukommen könnte, wenn Álvaro so weitermacht.

Meine Schwester Carmen kommt schon seit Jahrzehnten nicht mehr zu Besuch, wie sie es früher ein paar Mal im Jahr tat, dabei die Kinder und manchmal auch den Mann mitbrachte. Sie ist nur für einen Blitzbesuch aufgetaucht, als mein Vater operiert wurde. Als ihre Kinder klein waren, machten sie es sich hier den Sommer über bequem, auch wenn sie außer zum Schlafen keinen Fuß ins Haus setzten; den Tag über verbrachten sie am Strand und den Abend auf der Terrasse einer der Eisdielen an der Avenida Orts in Misent. Ihr Mann stieß zu ihnen, wenn die Textilfabrik ihm freigab, gewöhnlich in der zweiten Augusthälfte. Das Haus füllte sich mit Stimmen und vielfarbigem Krimskrams von der Sorte, die bei Kindern zu finden ist: kleine Plastikautos und -flugzeuge, Tütchen mit Bonbons oder getrockneten Früchten, Kaugummis, die unter der Ablage über dem Waschbecken klebten, Schwimmflügel, Gummiflossen und Taucherbrillen mit Mundteil und Schnorchel, die zum Ärger meines Vaters auf den Stühlen in der Diele lagen. Wisst ihr denn nicht, dass das Salz den Lack anfrisst und das Holz beschädigt? Solche Dinge gehören raus, man lässt sie auf der Terrasse. Sie bereiteten Unannehmlichkeiten, zweifellos; aber sie belebten auch das Haus, welches das restliche Jahr über so still und geradezu düster wirkte, besonders seit meine Mutter gestorben war, sie hatte bis in ihre letzten Jahre die Gewohnheit beibehalten, Liedchen zu trällern, während sie den Boden schrubbte, die Polstermöbel ausklopfte und im Hof die Wäsche aufhängte – *La Bienpagá*; *Picadita de viruelas*; *Angelitos negros*; *Rocío, ay mi Rocío.* Wenn sie sich in einem Sommer verspäteten, oder damals, als sie nicht kamen, weil sie nach Galicien gefahren waren, schickte Carmen wenigstens Fotos, damit wir mitbekamen, wie die Kinder heranwuchsen (mit den Jahren waren das dann die Fotos der Enkel, die sie nie herbrachte, schuld daran, wie gesagt, waren die Schwiegertöchter), ich nehme an, mein Vater und ich sollten uns in die Bilder verschauen, immerhin, ich war der unverheiratete Onkel, den die Kleinen beerben sollten. Aber das mit der bildlich vermittelten Liebe, das gibt es nicht mehr, das gehört in andere Zeiten. Die Könige bekamen ein Bildnis ihrer künftigen Gattin und hatten Jahre Zeit, sich zu verlieben, bis die Dame eines Tages leibhaftig vor dem Tor des Palastes auftauchte. Die Indianos, die Spanier in Übersee, heirateten irgendein armes Mädel, mit dem sie Fotos und Briefe getauscht hatten, das überquerte dann, fügsam und ängstlich, den Ozean, hin zu einem unbekannten Gatten, bei dem vermeintlich weniger Elend herrschte als zu Hause. Noch Mitte der Fünfzigerjahre war in Olba von dem einen oder anderen Fall die Rede: Ein Mädchen, das der Armut entkommen wollte, fiel einem unbekannten, angeblich reichen Emigranten in die Arme, der sich dann als ein heruntergekommener und grausamer Habenichts erwies. Heute halten wir es für selbstverständlich, dass man, um jemanden lieb zu gewinnen, sich an diesen Menschen gewöhnen muss, mit ihm zusammenleben, er muss zum Alltag gehören und vermisst werden, wenn er nicht da ist. Und, wie gesagt, von meiner Schwester, meinem Schwager und den Kindern war gerade mal samstags und sonntags, wenn mein Vater und ich später aufstanden, beim Frühstück etwas zu sehen. Unter der Woche sah ich meine Neffen nur nachts, sie schliefen zusammen in dem Bett neben dem meinen, ich musste das Zimmer mit ihnen teilen. Solange sie im Haus waren, empfand ich sie als lästig, aber wenn sie wieder wegfuhren, vermisste ich sie. Mit dem Internet haben sich ja teilweise die alten Gewohnheiten der Fernliebe wieder eingestellt, die jungen Leute – und auch die reiferen – zeigen einander Fotos zum Scharfwerden, das ist meine Möse, das ist mein Schwanz, NEUNZEHN ZENTIMETER, und sie schreiben sich Schweinkram, erregen sich und wichsen, alles zur gleichen Zeit, sehen einander auf dem Computerschirm (Hast du eine Webcam?) oder auf dem des Mobiltelefons, ungefähr so wie früher (immer das Gleiche: Text und Fotos, die Menschheit hat seit Jahrtausenden keine andere Art der Präsentation erfunden, einst schickten sich die Erbprinzen ein Ölbild, ein Medaillon mit Bildnis und legten ein Begleitschreiben bei, wie ich sage: Text und Fotos), nur jetzt geschieht das Zug um Zug. Um solcherlei Dinge zu schreiben, musstest du vor ein paar Jahren noch ein Marquis de Sade sein oder zumindest Casanova. Auf dem Foto ist nicht mal ihr Stupsnäschen zu sehen oder sein pomadisiertes Toupet. Manchmal klinke ich mich selbst in solche Chats ein und gebe mich als ein anderer aus, Anwalt (36), 1,82, 78 kg, morbide; Architekt, Junggeselle, 40 Jahre alt, sucht Sex; gelegentlich spiele ich auch eine Frau und flirte mit vier Blödmännern herum, die versichern, dass ich sie ganz geil mache, sie könnten sich sogar in mich verlieben. Und so stößt man erneut auf ihre Botschaften, sobald man die Adresse öffnet, selbst noch nach Monaten. Sie vermissen dich. Ich weiß schon, dass du nichts von mir willst, klagen sie. Ich stelle mir vor, dass sie leiden, und das haben sie verdient. Wenn du diejenigen nicht wirklich kennst, mit denen du seit Jahrzehnten zusammenlebst, wie sollst du dann jemandem vertrauen, der sich hinter einem Schirm versteckt. Es läuft mehr oder weniger ähnlich ab: Angesichts dessen, was du über deine Titten und deinen Arsch erzählst, weiß ich, dass du mir gefallen wirst; außerdem spüre ich jedes Mal, wenn eine Nachricht von dir kommt, eine seltsame Nähe: zwei Wesen, die sich verstehen, verwandte Seelen. Ich schick dir zwei Fotos von meiner Rute, auf dem einen sieht man sie geschrumpft, nicht schlecht, was sagst du? Die Eichel schaut ein wenig aus der Vorhaut, als Kind wurde ich wegen einer Phimose operiert, und man hat mir das Vorhautbändchen und etwas Haut weggeschnitten; hast du Lust, meinen Pimmel so zu lecken? Auf dem anderen ist er steif. Ganz ordentlich, was? Magst du ihn? Diese dicke, glänzende Eichel sucht nach deiner Tür. Wird sie ihr geöffnet? Oder muss sie die mit einem Stoß aufbrechen? Mein Schwanz kommt bis zum Schaft herein. Ich möchte, dass du ihn tief drinnen spürst. Von meinem Arsch schicke ich kein Foto, weil ich nicht weiß, wie ich den mit dem Handy aufnehmen soll. Ich müsste jemand darum bitten, ihn zu knipsen, doch wen? Er ist jedenfalls fest und sitzt hoch. Die Brust, du siehst ja, alles Muskeln, eine Tafel Schokolade. Wenn du mir ein Foto von deinem Gesicht schickst, schicke ich dir eins von meinem. Und kann ich dann auch erfahren, wo du wohnst? Du sagst, hier in dieser Provinz, aber nicht, ob in der Hauptstadt oder in einem Dorf. Warum willst du mir nicht den Namen des Orts verraten? Warum so geheimnistuerisch, vertraust du mir nicht? Am Ende kommt heraus, dass du meine Nachbarin bist. Das ist die Kommunikationsmechanik. Mit Varianten: Wenn du dich statt als muskulöse Männerbrust in den besten Jahren als junges Mädchen präsentierst, eine Halbwüchsige mit Zitronenbrüstchen, beginnt im Chat ein Gesurr reifer Ehemänner und lauernder Päderasten. Na, wie jung bist du denn, sicher machst du dich jünger, du bist doch älter als neunzehn, Vierzehnjährige sprechen nicht so wie du, oder vielleicht bist du einfach arg frühreif. Hast du dir schon einen ordentlichen Schwanz reingesteckt, oder ist deine kleine Möse noch verschlossen? Dir hat man sicher schon alle Löcher genagelt, du Sau. So was, eine vierzehnjährige Schlampe. Kaum zu glauben. Soll ich dir ein Foto von meinem Pflaumenbaum schicken, kleine Nutte? So ein Ding hast du sicher noch nicht gesehen (und den unmäßigen Pflaumenbaum holen sie sich dann aus einer der schweinischen Websites). Falls man sich aber als reife Frau ausgibt, gehen die Anträge der erregten Jüngelchen ein, die Zugang zu der, wie sie meinen, Weisheit einer fernen Zukunft suchen. Der Fetisch Erfahrung. Wenn man mich fragt, hat das alles wenig mit Liebe zu tun, auch wenig mit Sex. Das ist reines Blabla. Wenn du ficken willst, suchst du dir das, worauf du Bock hast, eine Nutte oder, wenn du auf Männer stehst, eben einen Kerl, aber du verbringst nicht den Tag damit, dich mit kleinen Botschaften aufzugeilen. Und das mit der Liebe, oder wie immer man es nennt, ist etwas ganz anderes: Solange wir das nicht im Alltag schaffen, einander allmählich kennenzulernen, Tag für Tag und über Jahre hinweg, wie soll das dann auf einen Schlag bei dem Mösenfoto funktionieren, wenn du gerade beim Frühstück den Milchkaffee schluckst. Sex beiseite, schau dir doch an, ich verbringe bereits 67 oder 68 Jahre mit meinem Vater (seitdem er aus dem Gefängnis entlassen wurde) und habe ihn immer noch nicht lieben gelernt. Die meiste Zeit über habe ich gewünscht, ihn aus den Augen zu verlieren, nur manchmal habe ich geglaubt, ihn zu verstehen, und die Momente, in denen es zu einer gewissen Verbundenheit kam, sind gezählt: Ich war nicht der Sohn, den er gern gehabt hätte, und kaum je habe ich bei ihm diese Energieübertragung wie bei meinem Onkel gespürt, wenn er mich zur Jagd in den Sumpf mitnahm, wenn er mich auf seine Knie setzte, damit ich eine Briefmarke auf einen Umschlag klebte, oder als er mir zum Spielen die Holzkarre baute, Geschenkkatalog der Armen: ein Bambusrohr zwischen den Beinen ist ein Pferd, auf dem du galoppierst; ein Vogel mit einer Schnur ums Bein ein Freund, ich sprach mit dem Tierchen und fütterte es mit Brotstückchen, in Milch getunkt, und als der Vogel eines Morgens verschwunden war, erlebte ich das als Verrat, als böswilliges Verlassen und weinte bitterlich. Der Vogel war vermutlich gestorben, und meine Mutter hatte ihn verschwinden lassen, bevor ich ihn sah, sie hatte dabei aber nicht bedacht, dass es viel schlimmer ist, wenn dich jemand ohne jede Erklärung verlässt, beunruhigender als der Tod selbst, der ja kein Willensakt ist, nicht eine Entscheidung des Subjekts – zumindest in den meisten Fällen –, sondern etwas, das einem widerfährt; handelt es sich jedoch um eine bewusste Entscheidung, dann löst diese unendlichen Schmerz bei den Zurückgelassenen aus, Gewissensbisse, ist es doch eine Flucht vor ihnen, ein Verlassen, eine Strafe. Was haben wir getan, dass er beschloss, uns zu verlassen? Es hat ihm doch nichts gefehlt, er konnte doch nicht behaupten, nicht geliebt zu werden, klagt die Witwe, ich habe ihn doch wie einen Fürsten behandelt, der beste Bissen, der beste Sessel, die Fernbedienung. Warum nur hat er diesen Koller bekommen und sich umgebracht? Das wird mein Problem nicht sein. Leonor, Liliana: Vögel auf der Flucht. Der neue Schmerz überdeckt den der alten Wunden.

Was mein Vater mir beigebracht hat. Zu Hause: Halt das Besteck richtig, du hast doch zwei Hände; kannst du die Tür nicht leise schließen? Was pinnst du da für Scheißplakate an die Wand, du ruinierst sie ja mit den Reißzwecken, die sieht ja bald wie ein Sieb aus. Bei der Arbeit: So führt man eine Säge nicht, du wirst dir noch die Hand abschneiden, am Ende habe ich gar einen Krüppel zum Sohn, einen Klotz am Bein, es wird langsam Zeit, dass du das Leimen lernst und nicht mehr so eine Sauerei anrichtest. Immer in rauem Ton (wer nicht geschunden wird, wird nicht erzogen: Schinderei, immer die Spur des Geschundenen), stets stellte er meinen Mangel an Geschicklichkeit heraus und deckelte damit, das vor allem, meine Zukunftserwartungen, so wie das Leben die seinigen gedeckelt hatte. Was die Sieger nach dem Krieg mit ihm gemacht hatten, ließ er an mir aus, dem einzigen Sohn, den er zur Hand hatte. Ich kann nicht sagen, dass ich ihn je lieben lernte. Ich habe dafür gezahlt, nicht die Erwartungen zu erfüllen, die er in mich gelegt hatte. Wie der Selbstmörder, der sich tötet, weil er sich selbst nicht akzeptiert, hasste er mich wahrscheinlich, weil ich, auch wenn ich scheinbar sein genaues Gegenteil war (weder wollte ich Künstler werden, noch teilte ich seine politischen Interessen), ihm doch am ähnlichsten war. Mit einem anderen Körper, er war hochgewachsen, hatte ein kantiges Gesicht, große Augen, einen gewissermaßen dramatischen Ausdruck, der durch den intensiven Blick und die tiefen Falten entstand, die seit Jahrzehnten sein Gesicht durchfurchen. Ich vermute, dass er die Frauen anzog. Die mögen solche Typen, bei denen sie ein reiches Innenleben vermuten. Liliana sagt, dass er mit über neunzig immer noch gut aussieht, und wenn sie das Hochzeitsbild auf der Anrichte sieht, bekräftigt sie: Er war ein wirklich gut aussehender Mann. Aber im Grunde sind er und ich ein und dasselbe. Der gleiche Pessimismus. Die gleiche Überzeugung, dass der Mensch ein zusammengeflickter Sack voll Dreck ist. Ich glaube, dass diese Vorstellung meine postkoitalen Depressionen verstärkt. Der Verdacht, dass mich der Schmutz anzieht; dass ich einen dieser fauligen Säcke angetatscht habe, etwas von meinem Dreck darin entleert habe. Ich frage mich, warum ich den dienenden Part übernommen habe. Da wir doch gleich sind, hätten wir Partner sein müssen oder zumindest Rivalen unter gleichen Bedingungen. Die Gründe sind schwer zu finden: die findet man nicht, wie man Herz, Leber und Milz findet, wenn man eine Leiche öffnet. An die Ängste, die Wünsche reicht das Seziermesser nicht heran. Aber, ehrlich gesagt, ich finde es auch nicht weiter schlimm, jemanden nicht zu lieben, was heißt schon lieben. Die meisten Leute leben zusammen, ohne etwas zu vermissen; dazu kommt es erst, wenn wir in Romanen davon lesen oder so was im Kino sehen. Ich glaube, die Tatsache, dass wir zunächst gar nicht wissen, was das ist, legt nahe, dass es sich womöglich um etwas handelt, das nicht in uns steckt, sondern das uns eingetrichtert wird oder das wir übernehmen. Ich glaube, es war ein alter französischer Philosoph, der schrieb, dass, sagt man der Marquise, wie sehr man sie liebt, wie sehr man ihre Intelligenz schätzt und die Harmonie, die sich in ihren Bewegungen ausdrückt, wie sehr man ihre geistreichen Einfälle bewundert und ihre exquisite Sensibilität, man eigentlich sagen will, dass man ganz verrückt danach ist, sie von vorne und hinten und wie eine Hündin zu ficken. Das ist nicht so falsch. Wir verwechseln Sympathie oder Mitgefühl mit der Begierde, wir glauben beschützen und wiegen zu wollen, dabei wollen wir tatsächlich eindringen und bezwingen. Aber auch das ist nicht wahr. Ich habe Liliana mein Kind genannt, ich habe sie beschützen wollen, und das war etwas anderes, eine andere Sprache. Was auch immer der französische Philosoph dachte: Es ist die Sprache, die die Dinge an den einen oder den anderen Ort rückt. Sie erhöht sie oder erniedrigt sie. Gut zu sprechen erhöht, veredelt. Ich sage zu Liliana dasselbe, was mein Vater zu seiner vielgeliebten Carmen sagte. Mein Kindchen, mein liebes Kind, sagte mein Vater und küsste sie. Du gehst so weit fort, Kindchen. Nach Barcelona. Du lässt uns so allein. An jenem Tag sah ich ihn schluchzen. Das einzige Mal. Diese Worte können nicht kontaminiert sein. Wissen Sie, dass die Blüte des Kaffeestrauchs ebenso süß riecht wie die des Orangenbaums? Sie sieht ihr auch ähnlich, weiß, sternenförmig: Orange, Jasmin, der Nachtjasmin, den ihr Galan der Nacht nennt, oder diese mit den ganz kleinen bunten Blüten, die Wunderblume, alles Duftpflanzen. Aber ich glaube, die Kaffeeblüte ist die delikateste unter ihnen. Wir drüben nennen den Kaffee *tinto*, aber für euch ist Tinto ein Rotwein. Ihr Vater erinnert mich an meinen Großvater, ich könnte Ihnen nicht sagen warum, vielleicht wegen des ernsten Gesichts oder den ein wenig traurigen Augen. Ihr Vater muss ein guter Mann gewesen sein, ein Jammer, ihn in diesem Zustand zu sehen. In seinen Augen liegt Güte. Was weißt du schon, Liliana. Du weißt über deine Sachen Bescheid, über dein häusliches Leid, von dem ich auch ein wenig weiß, weil du mir davon erzählt hast. Ein Leid, das mich bewegt, als wäre es mein eigenes, das in mir das Bedürfnis weckt, dich zu umarmen, die lauen Tränen zu trinken, die über deine Wangen gleiten. *Piel canela.* Nein, du kennst das Lied nicht, du bist zu jung, schwarze Augen, Haut wie Zimt, mir geht's um dich, um dich, nur ganz allein um dich, so heißt es da. Du bist meine einzige Tochter. Ich habe keine andere. Zumindest keine, von der ich wüsste, die ich anerkenne. Ich hatte ein Kind, aber das ist nicht mehr als ein Blutklümpchen geworden. Was wollen Sie denn damit sagen, Don Esteban? Du lachst? Das sehe ich gerne, Liliana, dass du lachst, nicht wie neulich. Neulich war ich eben so fertig, weil ich für die Kinder nicht mal was zu essen hatte. Die Fächer im Kühlschrank weiß, glänzend, sie hatten nichts zu tragen, die Gemüseschublade leer. Die Firma hat meinem Mann immer noch nicht den Lohn ausgezahlt, ein Glück, dass Sie uns etwas geliehen haben, ich weiß nicht, was wir sonst gemacht hätten. Ich kenne deine Probleme, Liliana, für mich bist du wie eine Tochter, und ich bin der Vater, dem du alles erzählen musst. Was du erlebst, was du träumst, was du wünschst. Du wirst es mir schon zurückgeben, wenn du kannst. Geld ist nichts. Schlimmer noch, Geld ist das, was alles vergiftet, zerstört, ein schlechter Vater, ein Stiefvater, der aber – so ist das nun mal – viele scheinbar unvereinbare Leben zusammenführt. Das ist eine seiner guten Eigenschaften. Es hat noch andere. Man könnte sagen, es ist ein Stiefvater, der seinen Kindern alle Launen erfüllt. Er verzieht sie. Und ohne diesen Kitt, was gäbe es da alles für kaputte Familien, haltlose Existenzen. Aber nein, sie haben Wechsel zu bedienen, Rechnungen zu zahlen, Verpflichtungen nachzukommen, und so bleiben sie zusammen, bis dass der Tod sie scheidet, ganz wie sie es geschworen haben; es kommt allerdings häufig vor, dass solche Menschen nichts anderes im Kopf haben, als sich tagtäglich zu streiten und einander das Leben schwer zu machen, eine Situation, die sie, da andauernd, auch für sicher halten, weshalb sie vor jeglicher Veränderung zurückschrecken. Groll ist eine gute Methode, sich eine sichere Begleitung zu verschaffen; wenn man sich Abend für Abend Beleidigungen an den Kopf schleudern kann, sorgt das für Stabilität. Die Leute überlegen es sich: Was tun? Allein bleiben? Hörst du sie reden, scheint das für sie das Allerschlimmste zu sein: Allein zu bleiben. Einsamkeit. Verlassenheit. Traurige Worte, bedrohlich. Schrecklich: Du wirst schon sehen, wie es ist, als Junggeselle alt zu werden. Sie machen mir Angst. Sie sagen: Wenn du so weitermachst, bleibst du allein. Furchterregend, allein zu sterben, wie ein Hund, sagen sie. Das Unglück schlechthin; klar, man muss sterben, jedermann muss sterben, aber, bitte schön, begleitet, nicht wie ein Hund. Allein zu sterben, ist verheerend, geradezu schamlos, es offenbart einen Mangel des menschlichen Wesens (menschliches Wesen, so würde Francisco sagen, der Ausdruck greift ans Herz), der muss vertuscht, im Halbschatten verschummert werden, hinter dem Wandschirm verborgen, den man im Gemeinschaftssaal des Hospitals auffährt, wenn etwas Unschönes mit dem Kranken gemacht wird. Andererseits könnte man auch sagen, dass allein zu sterben ein gewisses Maß an Präpotenz ausdrückt, etwas, das man als Hoffart bezeichnen könnte. Man muss teilen, sagen sie, das heißt, um Liebe betteln, um Mitleid, die Begleichung alter Rechnungen einfordern: Ich hab dich aufgezogen, dich ernährt, gekleidet, hab dir geliehen, gemacht, gegeben. Jetzt bist du dran. Nimm den Schwamm und das Feuchttuch und reib dieses fleckige Fleisch ab, gib mir etwas von dem zurück, was ich dir gegeben habe. Bezahle etwas von dem, was du mir schuldest. Der Erfolg eines Lebens wird mit einem gut abgeschlossenen Lebenszyklus, wie man es nennt, gleichgesetzt und läuft darauf hinaus, alle um dein Bett zu versammeln. Sie in deinen Dienst zu stellen, ganz, ganz viele zu haben, die bereit sind, dir mit dem Feuchttuch den Arsch abzuwischen. Je mehr, desto besser. Als sei die Intensivstation eine Weihnachtsfeier, zu der die ganze Familie herbeieilt, der bewegende Moment, in dem Eltern, Kinder, Enkel, Vettern, Nichten und Neffen *Stille Nacht* singen und die Schellenschwinger mit den Kaffeelöffelchen an den Anisflaschen schaben und die Hirten die Schnarrtrommel spielen, als wärst du gar nicht da mit deinen Schläuchen, deinen Sonden und deiner Sauerstoffmaske und den Nadeln, die dich durchlöchern, ein heiliger Sebastian oder dieser arme Stier von Tordesillas, den alle Tölpel des Städtchens Lanzen schwingend verfolgen. Was bedeuten dir in einem solchen Augenblick die anderen? Werden auch sie mit Lanzen und Banderillas traktiert? Oder handelt es sich – erneut das Reich der Ökonomie – nur darum, nicht vor leerem Theatersaal etwas so Erschütterndes wie eine Agonie aufzuführen. Die Vorstellung rentabel gestalten. Großzügig die Sitzplätze verteilen für die Teilnahme am Übertritt, ein Spektakel mit Hochspannung und praktischem Nutzen für die Tour des Lebens. Die Energie der letzten Momente rentabel einsetzen. Dabei allein oder begleitet zu sein erscheint ihnen entscheidend für den Sinn ihres Lebens. Verwandte und Nachbarn sollen die Blutergüsse, die blauen Flecke, die Hautblutungen und die unzähligen kleinen Wunden sehen, die durch jene spitzen Apparaturen hervorgerufen werden, über diesen intravenösen Zugang, der dich durchbohrt und dir den Handrücken schwarz färbt, über den man dir Serum und Gifte zuführt; über die Sonden, Kanülen, die Dränagen, mit denen irgendeinem Teil deines Körpers schleimige Flüssigkeiten entzogen werden; die Saugnäpfe auf der Brust an jenen Stellen, wo die Krankenschwester mit dem Rasierapparat die Haare entfernt hat, was Streifen von blässlicher Haut hinterlassen hat, das Wirrwarr der Kabel und Schläuche, die von überall ausgehen, sogar vom Daumen; der Ventilator, den sie dir in die Nase oder gleich in eine Perforation am Hals gesteckt haben, das schimmernde Metall der Tragen und der Tropfe, die Plastikbeutel mit ihren beunruhigenden Flüssigkeiten, Seren und Lösungen, die direkt ins Blut gehen, diese ganze gewaltige Investition in sanitäre Produkte.

Die Besucher betrachten den kaum erkennbaren Sterbenden (wie dünn er doch geworden ist, die schlechte Hautfarbe: seine Haut ist ganz grau, da kommt er nicht heil wieder raus), und quasi nebenbei bewundern sie die technische Entwicklung, den Fortschritt des Krankenhaussystems in der Abteilung für letale Fälle, mit ehrfürchtigem Schauder blicken sie auf die komplexen Apparaturen. Diesen ungeheuren Zuwachs an Erfahrungen wirfst du über Bord, wenn du es allein erlebst und erleidest. Meine Mutter redete auf mich ein: Bevor ich sterbe, würde ich dich so gerne verheiratet sehen, mit einem netten Mädchen, das dich liebt und pflegt, wenn dir etwas zustößt. Du musst bedenken, mein Sohn (ich war der »mein Sohn« meiner Mutter, so wie Carmen die »meine Tochter« meines Vaters war), dass du heute vor Kraft strotzt, weil du jung und gesund bist, die Jugend denkt nur an das Heute, sieht nicht, dass auch die Blätter des Kalenders fallen. Du lachst, aber wenn es so weit ist, wirst du sehen, wie sehr man einer Stütze bedarf. Wie man mit den Jahren immer mehr Zärtlichkeit braucht. Jemanden, der bei dir ist und dir im letzten Augenblick die Hand hält (was soll man bei einem Sterbenden schon anderes halten). Und wenn du sie so sprechen hörst, die Leute, deine Mutter, bekommst du es mit der Angst zu tun, und du siehst dich – in der Tat – im Bett, kannst nicht aufstehen, siehst, wie du dich an die Stuhllehnen klammerst, um dich durchs Haus zu bewegen, wie du dich an den Wänden abstützt, um zur Toilette zu gelangen, durchtränkt von ranzigem Altersschweiß; oder du bekommst keine Luft, weil du dich an etwas verschluckt hast, an einem halb zerkauten Stückchen Tafelspitz, einem Schluck Wasser, Brotkrumen, oder an einer der Pillen, die du schluckst gegen Bluthochdruck, zur Blutverdünnung, gegen das Cholesterin, gegen die Überzuckerung; du erstickst an deinem eigenen Speichel: Du hustest, schnappst nach Luft, und da ist niemand bei dir, der deinen Rücken klopft oder dir die Finger in den Mund steckt und dir hilft, das, was da feststeckt, loszuwerden, jemand, der die 112 wählt oder dich in ein Auto steckt und mit dir zum Hospital oder zum nächsten Gesundheitszentrum rast. Die Einsamkeit, Liliana, das ist das Schlimmste, meinen die Leute. Was soll ich sagen. Möglicherweise ist sie das sogar, denn schließlich und endlich ist die Einsamkeit – wie die Nacktheit, die Unterernährung, die Hitze oder die Kälte – nur eine weitere Erscheinungsform des wahren Übels, ein Übel, das es zu bekämpfen gilt, grauenvoll, das jeder Mensch mit ein klein bisschen Verstand um jeden Preis vermeiden muss: die Armut, ja, Liliana, das ist das einzig wahrhafte Übel seit Anbeginn der Welt, dir brauche ich das nicht zu erzählen, du weißt Bescheid. Vor was bist du geflohen, wem wolltest du entkommen, als du hierherkamst. Der Philosoph sagte: Ich bin ich und meine Lebensumstände. Gut gesagt. Stell dir also vor, Ich ist das Geld, das dir erlaubt, deine Lebensumstände zu finanzieren; fehlt das Geld, stehst du mit einem leeren Ich da, eine bloße Hülle ohne jeden vernünftigen Umstand: Da verlässt dich diese hilfreiche Hand, die dir auf den Rücken klopfen wollte, damit du das halb gekaute Stück Hühnchen ausspucken kannst, das dir gerade die Glottis verschließt (nein, das sage ich nicht wegen dir, Liliana, wie kommst du nur darauf, ich meine das im Allgemeinen, ich weiß doch, du würdest mich nie verlassen); wenn du es aber hast, wenn du Geld hast, kannst du für die Begleitung zahlen, einen Pfleger, eine Krankenschwester. Du kannst für die Pediküre zahlen, eine Person, die dir bis ganz zuletzt die Verhornungen behandelt und dir die Fußnägel schneidet – eine Aufgabe, die dir immer schwerer fällt – und sie dir feilt, damit sie sich nicht biegen und ins Fleisch bohren, ein zartfühlender Fachmann, der sich deinen Hühneraugen widmet und diese gefährlichen Schwären an der Fußsohle behandelt, die bei erhöhtem Blutzucker chronisch zu werden drohen, und wenn sie nicht weggehen oder sich gar ausbreiten, können sie brandig werden und eine Amputation des Fußes erforderlich machen; mit Geld kannst du dir einen Masseur leisten und einen Friseur, der dich im Bett rasiert und dir die Haare schneidet, einen Dealer aus der Pharmabranche, der dir die effektivsten Beruhigungsmittel besorgt, mit denen du vor der Zeit den Himmel berühren, die himmlischen Glöckchen hören und die weichen Flügel der Engel bestaunen kannst (weißt du eigentlich, dass in einer Kirche hier in der Nähe eine Feder des Erzengels Michael verehrt wird?), und du kannst dir ein Model leisten (verzeih die brutale Sprache, Liliana), das dir einen runterholt. Und das alles in einem komfortablen Haus oder in einer Luzerner Klinik, ein lichtdurchflutetes Zimmer mit Blick auf den See, auf die grünen Wiesen, auf die Milkaschokolade-Kühe und den Schnee des Kilimandscharo, und du liegst auf einer weichen viskoelastischen Matratze (heißen die so?), auf der du vor dich hin stirbst wie beim Fünf-Uhr-Tee, wenn du Engländer bist, oder bei einem Mittagsbierchen zu Calamari nach römischer Art, wenn du aus meiner Gegend kommst, die ganze Szene bei idealer Temperatur, programmiert in der Klimaanlage. Und mit der letzten Tablette bekommst du ein Gläschen Champagner. Aber du bist so ernst geworden, nein, du darfst das nicht so verstehen, dass man den zahlt, der einen pflegt, ihn kauft, sei nicht gekränkt, wie gesagt, ich meine damit nicht dich, du bist etwas ganz anderes für mich, du bist mein Kindchen, das, was meine Schwester Carmen für meinen Vater war, du bist etwas ganz Besonderes für meinen Vater und mich, für uns beide: du gehörst zur Familie, eine mehr, unsere nachgeborene Tochter, die Familie, das sind wir drei, zwei traurige alte Säcke und ein Mädchen, das Leben ins Haus bringt, ich hör dich so gerne singen, wenn du putzt, wenn du die Wäsche aufhängst, du erinnerst mich an meine Mutter, ich höre gern das Radio, das du dir zum Bügeln in der Küche anstellst, und ich glaube, meinem Vater gefällt es ebenfalls, auch wenn wir ihn nicht mehr fragen können, er ist nicht mehr präsent, mach nicht so ein trauriges Gesichtchen, da will ich dich am liebsten umarmen und dein Kinn mit Zeigefinger und Daumen heben, damit du mir in die Augen schaust. So, schau mich an. Aber, Don Esteban, Sie wissen doch, auch wenn ich keinen Cent dafür bekäme, ich würde Ihnen beiden immer Gesellschaft leisten. Sie haben ja gesehen, dass mir das alles nichts ausmacht: Ich kann ihn waschen, ihn füttern, was auch immer kann ich für Ihren Vater tun, und das gilt auch für Sie. Solange ich lebe, werden Sie immer eine Pflegerin, besser gesagt, wenn Sie erlauben, eine Freundin haben. Wissen Sie, ich hab das gerne, wenn Sie mich Tochter nennen. Ich weiß, Liliana, ich weiß, komm schon, gib mir ein Küsschen und mach kein trauriges Gesicht mehr. Was, du weinst schon wieder? Ich liebe Sie beide eben genauso wie meine Eltern, das heißt, wie meine Mutter, denn mein Vater hat mir die Liebe, die ich für ihn empfand, aus dem Leib geprügelt. Aber Liliana, sprechen wir etwa von Liebe? Dem Wort musst du misstrauen. Nein, sei nicht beleidigt, ich sag es nicht wegen dir, aber es ist besser zu sagen, dass wir das Leben des anderen respektieren, weil wir einander gernhaben, nicht weil wir uns lieben. Wir verschwenden keinen Gedanken daran, was irgendwann künftig zwischen uns passieren könnte. Das unterscheidet lieben von gernhaben. Wir sind von heute und leben heute diesen Augenblick, den wir teilen wie das Bedürfnis, gemeinsam zu weinen, weil wir einander verstehen, und morgen wird man sehen. Nein, nein, Don Esteban, morgen und übermorgen und überübermorgen, bis zu Ihrem Tod können Sie auf mich zählen. Ihr seid meine Familie. Auch wenn ich nichts bezahlt bekäme, ich käme dennoch. Schließlich und endlich ist Geld Scheiße. Ich weiß schon, mein Kindchen, aber schau, Liliana, meine Schwester Carmen, die geliebte Tochter meines Vaters, sein Lieblingskind, sein Augapfel, ruft nicht mal mehr an. Seinerzeit war sie ganz Liebe, und jetzt, was ist jetzt? Nichts. So ist es, die Vielgeliebte ist heute gar nichts mehr. Eine Fremde. Schlimmer als eine Fremde, denn für eine Fremde kannst du am Ende ein Gefühl entwickeln, hier ist es aber umgekehrt, hier ist ein Feuer erkaltet, und ein Feuer, das erkaltet, hinterlässt Rußflecken auf dem Boden, und die sind nicht zu entfernen. Als sie meinen Vater an der Luftröhre operierten, war sie gerade mal die allernötigste Zeit daheim. Am Tag der Operation hat sie im Krankenhaus an seiner Seite geschlafen, und am nächsten Morgen sagte sie, sie könne nicht länger bleiben: Jetzt ist er ja außer Gefahr, jetzt muss er sich erholen, bestimmt wird er morgen, allenfalls übermorgen entlassen, heutzutage versuchen sie, die Kranken so früh wie möglich wieder loszuwerden; mit den neuen Operationstechniken, minimalinvasiv, bleiben kaum Spuren von der Wunde, auch keine Narben, sie erholen sich in wenigen Tagen. Und das war schon ihr Beitrag an Liebe. Bye, bye. Das Übrige, die Pflege, die schlaflosen Nächte, weil er keine Luft bekam, der Turmix, um ihm Pürees zu bereiten, die er kaum schlucken kann, die Waschmaschine, die Dusche, das An- und Ausziehen, das Windelnwechseln, all das blieb dem überlassen, der ihn nicht liebte und auch nicht geliebt wurde, der ihn auch nicht gerngehabt hat oder hatte, der ihn nicht gernhat. Es war die bloße Fortführung der Arbeit in der Schreinerei, die Funktionsweise der Gesellschaft. Da siehst du, dass die unternehmerischen Zwänge engere Bande als die der Liebe sind. Wechselnde Erscheinungsformen des Stiefvaters Geld. Sie hat wiederholt am Telefon geweint, wenn ich ihr erzählte, dass unser Vater allmählich nur noch dahinvegetiere. Er sprach nicht, schien auch nicht zu verstehen, und man musste alles für ihn machen, ihn waschen, füttern, ins Bett legen und aus dem Bett heben. Wie traurig. Sie weinte. Sie hatten einander lieb. Es war wirklich mitleiderregend. Es machte einen fertig. Dieses telefonisch übermittelte Geheule. Selbst mir kamen die Tränen, dabei bin ich nicht besonders weinerlich. Aber herkommen, das tat sie nicht: Nur die Tränen kamen. Für den Fall, dass ich sie nicht durchs Telefon hindurch wahrnahm, falls sie die nicht über fast fünfhundert Kilometer Kupfer- oder Glasfaserkabel, die uns trennten, vermitteln konnte, stockte sie beim Sprechen, seufzte, schwieg eine kleine Weile, räusperte sich, nahm das Gespräch wieder auf, mit noch heiserer Stimme (klare Hinweise, sie weinte, ein Knoten im Hals, Kummerseufzer): Du musst dir jemanden suchen, allein wirst du das nicht schaffen, die Pflege, die Werkstatt, Kochen, Geschirrspülen, die Waschmaschine anstellen, die Wäsche aufhängen. Aber klar, das werde ich nicht schaffen, klar auch, dass ich mir jemanden suchen muss. Darüber aber, wer diesem Jemand (der dann du geworden bist) die acht Euro pro Stunde zahlt, oder ob man eine Festanstellung anvisieren sollte, um den ganzen Tag abzudecken, und wie teuer das dann käme, darüber verlor sie kein Wort. Seufzer, großes Leid. Sie verhielt sich so, als sei es geschmacklos, den Schmerz mit Finanziellem zu beflecken, Kindesliebe mit Geld zu mischen, das Ausmaß der Liebe an einem mickrigen ökonomischen Beitrag zu messen. Nein, nein, die Liebe hat keinen Marktwert. Sie ist innig, leise. Frei von Zwängen. Über Geld haben wir nicht gesprochen. Vor Monaten dann, als bei ihm die Bronchien blockiert waren und er in die Notaufnahme musste und man ihn wieder an die Sauerstoffflasche anschloss und er erneut eine Woche im Krankenhaus war, habe ich sie angerufen, mehr um sie ein wenig zu ärgern, denn mit irgendeiner Art von Unterstützung rechnete ich nicht, und wie vermutet, gab es nichts als Ausreden: der Mann, die Kinder, das Geld, alles hatte sich gegen sie verschworen. Sie bemühte sich nicht einmal mehr zu weinen. Eine Litanei von Hindernissen, ich bin schon ganz hysterisch, ein andermal erzähl ich's dir in aller Ruhe, was ich für ein Chaos um mich habe, eine Baustelle, das alte Rohrsystem wird ausgetauscht, und du weißt ja, dass Pedro (mein Schwager) voll in der Arbeit steckt und mir nicht hilft, mir gar nicht helfen kann, und so muss ich mich mit Klempnern und Maurern herumschlagen, darauf achten, dass sie nicht pfuschen, und dann der ganze Dreck, den sie reintragen, und was sie von uns verlangen, wie wir das zusammenkratzen sollen, ist mir noch schleierhaft. Kurzum, bei uns ist Carmen nicht aufgetaucht. Die Arme, hatte ja selbst so viel am Hals. Nach sechs oder sieben Tagen rief sie an, und bevor ich noch etwas sagen konnte, kam sie mir zuvor: Es geht ihm doch besser, nicht wahr (bei dieser Gelegenheit war die Stimme hell, hoffnungsfroh, morgenfrisch: die Stimme eines sonnigen, klaren Morgens – ein Wintermorgen wie heute mit diesem strahlend blauen Himmel, der über dem Sumpfgelände schwebt –, eine frische Brise pustete jeden Schatten der Tragödie hinweg)? Und wieder: Hast du jemanden gefunden, der sich um ihn kümmert und ihn pflegt? Du kannst ihn nicht sauber und seine Wäsche in Schuss halten, ihm das Essen kochen. Sie sorgte sich um den Alten, und sie sorgte sich um mich. Das muss man anerkennen. In der Tat, ich konnte ihn nicht sauber halten, auch nicht an Hemden und Hosen die Knöpfe wieder annähen, die er sich, sobald er nervös wurde, weil ich nicht bei der ersten herrischen Geste, beim ersten Knurren heraneilte, mit Prankenschlägen abriss; wahrscheinlich war ich nicht einmal fähig, mich selbst sauber zu halten, und das bereitete ihr schlaflose Nächte. Sie bot mir die Lösung: Stellt jemanden an, der für euch sorgt. Wie lieb von ihr. Lass uns jemanden anstellen, der dafür sorgt, dass wir sauber und wohlgenährt sind. Ist doch ganz einfach. Sie geht davon aus, dass ich in allen familiären Angelegenheiten der Begünstigte gewesen bin, ich hatte ein Haus zur Verfügung, ich hatte meine Arbeit geerbt, und, das vor allem, ich hatte höchstwahrscheinlich Bankvollmachten. Auch darum hat sie, die Großherzige, sich Sorgen gemacht, sie sagte: Wenn es Papa so schlecht geht, wird man etwas organisieren müssen, damit man später keine Probleme mit den Banken hat, nicht dass sie am Ende die Sparguthaben einfrieren, wir müssen es so hinkriegen, dass wir Geschwister gleichermaßen Zugang zu den Konten haben. Ich lachte: Willst du, dass Juan zeichnungsberechtigt ist? Nein, das nicht, auf keinen Fall, er würde die Konten in einer Woche leer räumen, sagte sie hastig. Nein, nicht wir sollten uns die Tasche füllen, die Konten sollten gut gefüllt sein mit grünen, gelben und violetten Scheinen. Und dann sollten wir halbe-halbe machen, wenn es darum ging, diese Menge an Papier abzuheben – die Konten leer zu räumen, wie Carmen es ausdrückte. Da sind aber noch die Kinder und wahrscheinlich auch Enkel von Germán, seine Witwe. Auch sie müssten Zugang zu den Konten haben. Wir können nicht beide allein darüber disponieren. Das wäre unangemessen, sogar illegal.

Sie geht vor allem davon aus, dass Vater sein Geld verbraucht, das, was er hat, was er übrighat, und dass ich mit von diesem Kapital zehre. Und da verstehe ich Carmens Ärger, ihr Missfallen, ihre Vorsorge. Der Nachtisch ist nicht lecker, das Ende vom Lebensbankett ist nicht eben süß, aber von Liebe soll hier keiner sprechen. Verstehst du, Liliana? Niemand erfreut es, im Flur einem Zombie zu begegnen, einem, der mit starrem Blick den Fernseher anglotzt oder der, wenn du ihn ins Bett legst, weiter mit offenem Mund die Decke anstarrt, ein echter Zombie wie aus einem Horrorfilm, der mit dem falschen Gebiss klappert, wie die Totenschädel in der Geisterbahn, und es mit der Zunge vorschiebt, damit man die in rosa Plastik eingelassenen Ersatzzähne sieht, ein Zombie, der gierig isst und (das ist das Unangenehmste: Tamagochi-Zombie) auch noch mehrmals am Tag Stuhlgang hat (wenn nicht Durchfall dazukommt). Sie wird wie Juan, wie die Witwe und die Kinder von Germán an jenem Tag auftauchen, an dem er als Leiche endlich stillhält und es darum geht, den Schatz, der unter dem Totenschädel liegt, zu verteilen. Dann werden sie kommen, um die Konten zu überprüfen, werden die Besitzurkunden für die Werkstatt und das Wohnhaus einsehen wollen, auch die des bebaubaren Gemüsegartens und des Grundstücks von Montdor, dort hätte ich mir gerne ein Häuschen gebaut, um mich mit Hund Tomás zurückzuziehen: Nur wir beide spazieren über die Felder, er trottet mir voraus, bleibt aber alle paar Augenblicke stehen, um auf mich zu warten, genau wie bei unseren Ausflügen in den Sumpf: So werden wir beide älter. Er ist vier Jahre alt, er hätte bis zum Schluss an meiner Seite sein können. Er hat noch zehn, zwölf Jahre zu leben, das heißt, er hatte; jetzt bleiben ihm so viel wie uns beiden. Und ein bisschen Gemüse anbauen, die Obstbäume pflegen, in einem Weidenkorb die Mispeln einsammeln, die Pfirsiche, Pflaumen, die Äpfel und Quitten, mit vielfarbigen Früchten die Tischmitte schmücken, mit jenen Früchten, die wir laut Liliana hier nicht haben, sie in eine Schüssel legen, eine Obstschale auf der Wachstuchdecke, und wenn du die Tür öffnest, schlägt dir der Duft der reifen Früchte entgegen. Sie werden kommen, werden vor dem Notar vom Pflichtteil sprechen und ein Flugticket für die Heimkehr buchen, überzeugt davon, sich das jetzt leisten zu können mit dem, was sie bei der Rauferei herausholen (daher fürchtet und argwöhnt die haushälterische Carmen leergeräumte Konten, verkaufte Immobilien), sie werden in einem guten Restaurant in Misent speisen und in einem Hotel mit Meerblick übernachten. Ich stell mir Juan mit einer seiner russischen Puppen vor, wie er mit einem guten Ribera del Duero anstößt und mit französischem Champagner, er sagt, einmal ist keinmal, lass uns die Suite nehmen; sein Eifer, sich die Quelle des Reichtums durch die Finger rinnen zu lassen, noch bevor die Hände nass geworden sind, und damit seinem großen Lebensprojekt, seit er denken kann, treu zu bleiben: mit vollen Händen das zu verschleudern, was andere zusammengetragen haben. Zwei oder drei Nächte Hotel (seit Mama nicht mehr ist, deprimiert mich das Haus des Alten: Das ist die barmherzige Ausrede für die Hotelreservierung). Und während dann die Papiere beim Notariat und den Banken fertig gemacht werden, kommt es zum Abendessen im Restaurant und zur Flugbuchung. Die Lebenden nähren und mästen sich auf Kosten der Toten. Das liegt im Wesen der Natur. Man muss sich nur die Tierreportagen im Fernsehen angucken, Riesenvögel, die mit dem Schnabel an den Eingeweiden des Opfers zerren, sich darum balgen; die Löwin, die ihre Klauen ins blutige Fleisch des Zebras schlägt. Aber man muss sich nicht mal raus in die Natur bemühen, die Gondeln in den Supermärkten – ja, die nennt man hier so, obwohl es eigentlich Regale oder Stellagen sind –, also, die Gondeln sind trostlose Friedhöfe: Schultern vom toten Lamm, Knochen und Steaks vom kraft Bolzenschuss erlegten Ochsen, Innereien der abgemesserten Kuh, Filet vom per Stromstoß liquidierten Schwein – gepackt in Schachteln, die aus den Resten gefällter Bäume fabriziert werden. Wir leben von dem, was wir töten. Leben vom Töten oder von dem, was uns tot serviert wird: Die Erben vertilgen die Reste des Vorgängers, und das nährt sie, stärkt sie für den Flug. Je mehr Aas vertilgt wurde, desto höher und majestätischer der Flug. Und desto größer natürlich die Eleganz. Nichts, was außerhalb der Naturgesetze läge.

Wenn ich heimkomme, wird er vor dem Fernseher sitzen, in einer absolut nicht voraussehbaren Laune, die Demenz ist wie eine bipolare Störung, an manchen Tagen schlummert er, schnarcht, den Kopf auf die Brust gesenkt, an anderen scheinen zwei Nadelspitzen in seinen Augen zu stecken, als stände er unter Drogen: Er tritt um sich, wenn er mich sieht, bewegt den Kopf wild hin und her, wimmert oder grunzt und trommelt mit den Fäusten auf meine Brust, versucht, mich ins Gesicht zu schlagen. Wie auch immer, er muss aus dem Sessel gehoben, von dem Laken befreit werden, ich muss den Knoten aufbekommen, das Essen aufwärmen, auf den Tisch stellen, auf die Teller geben, heute gibt es spät Essen, Vater, genieße die Stunden, die dir noch bleiben; auch wenn du es nicht merkst (oder vielleicht doch), es ist ein herrlicher Tag, die Natur verabschiedet uns im Sonntagsstaat, der Winter hat sich für uns als Frühling verkleidet, und der Mann von der Wettervorhersage kündigt für morgen einen ebenso klaren und sonnigen Tag an. Genieße das Gemüse: das Tellerchen mit dem Kartöffelchen, etwas Mangold, einer Artischocke, sehr gutes Gemüse, gesunde Nahrungsmittel, die Artischocke ist harntreibend, der Mangold herzstärkend; ein Glück, dass der Markt von Olba obwohl klein, doch gut sortiert ist und die Erzeugnisse des nahen Anbaugebiets, die man an den Ständen kaufen kann, ergänzt werden durch Importe und Dosenware, die in den Verkaufshallen der Region angeboten werden; vorgestern habe ich mir die Verpackung der getrockneten Früchte angesehen, die ich neben dir beim Fernsehen knabberte – Exotencocktail, stand auf dem Etikett –, und es stellte sich heraus, dass die Erdnüsse aus China kamen, der Mais aus Peru, die Rosinen aus Argentinien, und nur von den Mandeln war anzunehmen, dass sie aus Spanien stammten: ein echter Weltbürger, ein Kosmopolit, dieser Verpacker von Knabberzeug, wie winzige Buchstaben anzeigten, die ich trotz aufgesetzter Brille kaum entziffern konnte, es handelt sich um ein Unternehmen hier in der Nähe, in Alcasser oder Picassent, ein Dorf aus der Huerta, ich weiß nicht mehr, welches. Ehemalige Dörfer aus der Obst- und Gemüseregion, Dörfer aus der ehemaligen Obst- und Gemüseregion, die nun statt Bohnen, Tomaten und Saubohnen Plastikverpackungen herstellen für den Vertrieb von Früchten, die in zehn- oder zwölftausend Kilometer Entfernung angebaut und geerntet wurden. Umgeben von den Schlafsiedlungen des Industriegebiets. Orte voller Menschen, auf die es nicht ankommt, verlassene Fabrikhallen, geschlossene Lagerschuppen, Betonesplanaden, auf denen Skater geräuschvoll zwischen leeren Dosen und kaputten Flaschen entlanggleiten. Das Verpackungslager der Trockenfrüchte, gelegen in einem dieser trostlosen Gewerbegebiete, versammelt Energien aus fünf Kontinenten, die in Form von Saubohnen, Erdnüssen, Macadamias, gerösteten Kirchererbsen oder Maiskörnern daherkommen. Welche Orte haben diese Früchte nicht gesehen, bevor sie in der kleinen Plastiktüte landeten, in welchen Lagerhallen von welchen Häfen wurden sie untergestellt, und wie lange hat es gebraucht, bis sie hier ankamen; was für eine Gesellschaft hatten diese Säcke, neben welchen anderen Waren hat man sie aufeinandergehäuft? Ananas mit Kokainfüllung, Holz aus den Tropen, vielleicht Edelhölzer, die das Aroma ihrer Harze beigesteuert haben, weshalb die Macadamianüsse einen Hauch von Zeder verströmen, ein erfahrener Weinprüfer wie Francisco würde auf das Harz der Ellioti-Kiefer tippen. Und einmal hier in Spanien angelangt, neben welchen anderen Frachtgütern wurden sie aufbewahrt? Welche anderen Aromen haben sie auf ihrer langen Reise aufgesogen? Kerosin? Acrylfarbe? Kautschuk? Rattenurin? Gummi, Lacke, Rattenexkremente und Dieselöle: die Gerüche unserer zeitgenössischen traurigen Tropen. Der Angestellte der Verpackungsfirma, die ihre Türen an einem Nicht-Ort, der vormals ein Gemüsegarten war, öffnet und schließt, ist umgeben von Säcken aus anderen Nicht-Orten an allen vier Winkeln der Welt und steckt in die Tüte ein kleines Häufchen von jedem Sack, ein wenig Sonnenblumenkerne, ein wenig geröstete Kichererbsen, Nüsse, Pistazien, Makadamias, ein paar Rosinen noch, und nach beendeter Auslese stempelt und vakuumiert er die Tüte, vereint alles zu einer heterogenen, weltläufigen und multikulturellen Familie, die innerhalb des Plastiks glücklich zusammenlebt. Auf der Außenverpackung wird jedes Produkt wieder individualisiert unter der Überschrift Zutaten, gedruckt im Fliegenschiss-Format, das mich zwingt, erneut die Brille aufzusetzen. Die Größe der Schrift kann mich nicht abschrecken, denn ich schaue gerne nach, woher die Sachen stammen, die ich mir aus dem Regal (das sie Gondel nennen) hole und in den Einkaufswagen lege, vom Einkaufswagen ins Auto und vom Auto in den Kühlschrank und dann in meinen Mund. Ich will das kennen, was ich esse, was in mir wohnen und meine Intimität teilen wird. Die Empfindung von Ferne, Fremde bei den Produkten weckt, ob du es willst oder nicht, Misstrauen: Das ist normal (soll ich das in meinen Körper stecken?), weiß der Teufel, was es in den Ursprungsländern für eine hygienische Kontrolle gibt oder nicht gibt, andererseits finde ich es auch aufregend, zu wissen, dass meine Zähne die Frucht einer Pflanze zermalmen, die jemand an einem Ort angebaut, gedüngt und abgeerntet hat, den ich niemals betreten werde. Während ich den Geschmack genieße, stell ich mir die Gesichter der Erntehelfer vor: Mandel- oder Schlitzaugen, olivfarbene, gebräunte Haut, die aufmerksamen Augen der Frauen, wenn sie die Frucht entkernen, sie gehören mir in diesem Moment exklusiv: Ich habe die Aufmerksamkeit ihrer Augen gekauft, die Bewegung ihrer Hände, den Schweißtropfen, der zwischen ihren Brüsten hinunterrollt, während sie in dem Schuppen mit dem Zinkdach arbeiten. Mit jeder Frucht, jedem Kern, jeder Beere gehören mir ihre Wohnungen: Häuschen aus Rohrgeflecht mit Wellblechdächern, Bambushütten; der Geruch nach Pipiángerichten (die Gerichte, die Liliana in ihrer 55-Quadratmeter-Wohnung zubereitet, die sie kocht, isst und die ihre Kinder und ihr Mann essen), nach Kokosnuss, Galgantwurzel, die Wälder oder Urwälder, die jene Orte umgeben, in denen die Sammler meiner Vorspeise wohnen. Das – Augen, Haut, Landschaften, eine ungeheure Vegetation – ist es, was ich esse, was meinen Gaumen erfreut und mich nährt. Neulich fiel mir auf, dass in den Gondeln der Obstabteilung vom Mas y Mas, obwohl damals September war, also der Glanzmonat der zuckersüßen und duftenden Muskatellertrauben der Region, weiße Trauben aus Argentinien lagen (aber ist in unserem September nicht Frühling in Argentinien? Gibt es Frühlings-Weintrauben?). Keine Ahnung, was das für eine Sorte war, dicke, goldgelb glänzende Beeren, fade im Geschmack; und das Bund grünen Spargels trägt fast immer die Bauchbinde aus Papier, die ihren peruanischen Ursprung beglaubigt; an Peru denkst du eigentlich nie, ein Land, über das in der Bar gewöhnlich nicht geredet wird, an das kein Schwein denkt, aber dann liest du den Aufdruck auf der Bauchbinde, und schon stößt du darauf. Dort steht geschrieben, Ursprungsland: Peru. Du fragst dich, ob man den grünen Spargel einst von Europa nach Peru gebracht hat oder ob er dort seit jeher angebaut und von den Inkas auf ihren Festmahlen verspeist wurde, die sie zwischen diesen riesigen Steinbrocken, bekannt aus den Fernsehreportagen über Cuzco und Machu Picchu, abhielten? Was ist zuerst da, das Huhn oder das Ei? Und auf der Theke liegt dieser ganz frische Fisch, der hier zu haben ist: Bevor du ihn kaufst, bei der Auswahl, musst du gründlich die winzige Schrift auf dem Schildchen studieren, so klein, dass der Kunde möglichst über die Herkunft hinwegsieht, Schildchen, auf denen aber auch in bestens lesbaren Ziffern der Preis steht: 6,50 8,50 9,25 14,35, Nordatlantik Südatlantik Pazifik Arktisches Meer Chile Indonesien Peru Ekuador Indien; Ausladehafen: Marín Vigo Burela Mazarrón. Du lieber Himmel, was haben diese Seehechtschwänze für Wege hinter sich gebracht, und die steifen kleinen Seeteufel, die hindustanischen Garnelen? Für uns, Vater, wähle ich den Fisch, der vermutlich der frischeste ist, weil er in nahen Gewässern gefangen und an einem unserer Häfen angelandet wurde, obgleich die hiesigen Fischer – wobei sie, glaube ich, die andalusischen mit ihrem Märchen von den kleinen Bratfischchen und den Seezungen aus dem Golf von Cádiz nachmachen – seit einiger Zeit ihre Fänge spezifizieren: aus der Bucht von Misent, von Calpe, Peñíscola oder Alicante; und diese Fische, die angeblich hier gefangen wurden, werden mit extra großen Schildern ausgezeichnet – ROTBARBEN AUS DER BUCHT VON MISENT, KRABBEN AUS DER BUCHT VON DENIA, ZACKENBARSCH AUS DER BUCHT VON ALICANTE –, und schon kosten sie sehr viel mehr, also gibt es plötzlich nur noch Buchten, in denen Wildfische grasen, weshalb du und ich mehr dafür zahlen sollen. Kauft Fisch, der garantiert aus unseren Gewässern kommt. So heißt es in der offiziellen Fernsehwerbung, als hätte der Fisch seine Gesundheitskarte, wie wir Zweibeiner sie bei uns tragen müssen, und zahlte seine Steuern beim Finanzamt der Autonomiebehörde. Klippenfische, *mavra, loro, negrito, roig, furó* und wie sie alle heißen. Und das Öl zum Frittieren, köstlich, sollte aus der Sierra de Mariola kommen, oder nein, besser aus der Sierra de Espadán, wie die Karaffe, die ich noch zu Hause stehen habe – die letzte. Also los. Das ist deine Arbeit: Iss. Schluck deine Tabletten – ich habe meinen Chemiecocktail schon beim Frühstück zu mir genommen; für dich sechs am Morgen, davor das mirakulöse Omeprazol (ein so billiges und effektives Medikament könnte von den Sowjets, so wie du, Vater, sie dir erträumtest, erfunden worden sein), vier mittags und vier (oder fünf?) am Abend, setz dich aufs Klosett und gib dir ein bisschen Mühe, das kann ich nicht für dich machen, drücken, aber schön mit der Ruhe, wir haben alle Zeit der Welt, nicht nervös werden, bleib ruhig, aber drück weiter, ja?, entspannt, aber drücken, nicht dass ich dir ausgerechnet am letzten Abend einen Einlauf machen muss. Und wenn du die Arbeit hinter dir hast, die Aufgabe erledigt ist, dann guck Fernsehen und mach keinen Ärger. Nicht gerade heute. Obwohl, zum Essen muss ich dich nicht ermuntern, der Appetit ist geblieben. Du hast ihn in all den Monaten nicht verloren. Das ist eine deiner Widersprüchlichkeiten: wenig Lust zu leben, aber große Lust zu essen.

Wie willst du mir das erklären? Du wirst wiederkäuend sterben, lässt dabei die falschen Zähne knarren, mahlen. Ein kleiner Schuss rohes Öl auf die Kartoffeln und die grünen Bohnen, ich weiß, das schmeckt dir, hat dir dein ganzes Leben geschmeckt. In diesen goldenen Tropfen ist die Sonne des Mittelmeers konzentriert, die Gesundheit, das Leben. Seit einigen Jahren leben wir alle in der Überzeugung, dass jeder Tropfen Öl vor Gesundheit birst, Lebenshoffnung in sich trägt, es ist der Balsam, mit dem sich die griechischen Athleten und die römischen Patrizier einsalbten, mit dem die Kirche ihre Moribunden salbt, die Frucht jenes heiligen Baumes – wie junge Ölbäume sind deine Kinder rings um deinen Tisch, o Herr, singen die Katholiken bei der Messe. Sie sagen es im Radio, im Fernsehen. Die gefährlichen Fette sind andere: Margarine, tierische Fette, Butter, Vollmilch; und das Öl von Sonnenblumen, Erdnüssen, Palmen, Mais oder Soja, jene Öle, die heutzutage diese armen Schwarzen zu sich nehmen, die sich, wie wir im Fernsehen sehen, mit Riesenärschen, wabblig wie Sahnepudding, durch die Straßen von New York schleppen; traurige schwarze Vollweiber, Nilpferde auf zwei Beinen, deren Schenkel sich beim Gehen aneinander wund reiben; elefantenartige weiße Loser, übel riechende Alkoholiker mit blauroten Nasen und einem Netz von violetten Adern im Gesicht, Typen, die drauf und dran sind, Arbeit und Heim zu verlieren oder sie schon verloren haben und zum Heer der Aufgegebenen gehören, Leiber, die im Bus nicht Platz nehmen können, weil ihr Gesäß nicht in den Sitz und der Wanst nicht in die Lücke bis zur Lehne des Vordersitzes passt, sosehr sie auch die Beine öffnen, damit er sich auf den Schenkeln niederlässt, eine vergebliche Strategie zur Optimierung von Raum, Individuen, die in unförmigen Trainingshosen stecken und dem Fernsehmoderator erklären, dass die Bank sie aus ihrer Wohnung getrieben hat, weil sie die Wechsel nicht zahlen konnten, die sie unterschrieben hatten, als sie noch einige Kilos weniger wogen und noch zur Arbeit gehen konnten. Komm schon, Vater, nimm was von diesem Omelette, das die

Luft mit dem Bratduft ehrlichen Olivenöls schwängert. Cholesterin von der guten Sorte, sagen die Wissenschaftler, damit das Blut ungehindert durch die Adern fließt. Das heilige Abendmahl, das letzte Abendmahl. In den meisten Häusern von Olba hing es im Esszimmer als Relief in Metall oder Keramik oder als Stich nach dem Gemälde von Juan de Juanes. Jesus mit seinen zwölf Aposteln, der Verräter sitzt schräg vor der Tafel, hält den Beutel mit den Münzen hinter seinem Rücken. In unser Haus hat derlei Plunder nie Eintritt gefunden, siehst du, es gibt doch Dinge, für die ich dankbar sein muss.

Gleich werde ich ihn wieder in den Sessel setzen (diesmal ist es nicht nötig, ihn mit dem Laken festzubinden, ich bin ja da, um ihn zu bewachen), und dann gibt's noch ein Weilchen Fernsehen: Er schläft ein, nach dem Essen schläft er gewöhnlich bis zur Jause. Heute wird der Arme spät zu Mittag essen, Mittagessen und Jause werden fast zusammenfallen, aber ich habe hierherfahren müssen, weißt du, in diesen Schlamm, zu diesem Röhricht, diesem stehenden Gewässer. Ich wollte die Bühne inspizieren, den dubiosen oder widersprüchlichen Duft des Bühnenbilds atmen, vor dem wir unser Stück inszenieren. Ebenso wie jene, die diese exotischen Früchte anbauen, ihre Umgebung aus Kokospalmen, Kaffeesträuchern und Bambushainen haben, haben auch wir unsere eigene Umgebung, unser fauliges, aber belebendes Sumpfland, und ich möchte sehen, ob am Vorabend der Premiere alles richtig läuft, es ist ja zugleich die Derniere (sagt man nicht so auf Französisch? *La première* und *la dernière.* Etwas ist hängen geblieben von meinen Pariser Tagen und von der Oberschule, das Alpha und Omega der Griechen habe ich auf jenen Reisen gelernt, die du mitfinanziert hast, zu einer Zeit, als wir noch etwas voneinander erwarten konnten, Bildungsreisen eines Künstlers, ganz so wie früher, nicht wahr? Obligatorisch die Italienreise, die ich nicht unternommen habe. Donatello Della Robbia und Michelangelo, um den Sohn, der das werden soll, was du nicht werden durftest, auf den Geschmack zu bringen. Erstaufführung und einzige Vorstellung: Dünen, Röhricht, Schilf und Binsen, die Wasserkresse, die beim Tümpel wächst, aus dem das reine Wasser quillt, das Frauenhaar, das geschützt im Dämmerlicht des Wasserlochs hochklettert, blaue und gelbe Schwertlilien, es fehlt nur der arme Onkel Ramón, aber ganz ruhig, keine Sorge, wir werden ihn sehen, an einem dieser Tage werden wir auf ihn stoßen, wenn wir erst einmal an jenem Ort wandeln, wo nicht mehr Tage und Nächte aufeinander folgen, wo nichts Erwähnenswertes, das in Büchern aufgeschrieben wird, passiert (es gibt keine Geschichtsschreiber, die darüber berichtet hätten): Er wartet dort auf uns, ungeduldig, du wirst schon sehen, und du, du wirst endlich an den Ort zurückkehren, wo du uns fast aus den Augen verloren hättest, um deine Würde zu bewahren. Die Wahl war für dich hart und glasklar: Du musstest dich entscheiden, für uns oder für die Würde, und du hast dich großzügigerweise für uns entschieden –, für die, die schon da waren und die noch kommen sollten –, du hast den Schatz deiner Würde geopfert, obwohl du davon überzeugt warst, dass diese Großzügigkeit, mit der du uns ausgezeichnet hattest, eine Art von Verrat an den Deinen war, du hast deine Großzügigkeit gehasst, konntest folglich auch nicht diejenigen lieben, die davon begünstigt wurden. Ich schulde dir etwas für diesen Bruch, auch wenn ich zu diesem Zeitpunkt noch nicht einmal geboren war. Ich muss dafür zahlen. Ich gebe dir das zurück, was wir dir genommen haben, keine Sorge, ich werde dir die Quote Würde zurückerstatten, die du mir damals geschenkt hast, wenn das – der unbezahlbare Schatz der Würde – überhaupt etwas ist, und wenn man denn das, was man verloren hat, zurückgewinnen kann: einen Fuß, ein Bein, einen Arm, das Gesicht, heutzutage kann man sie jenen, die ihrer verlustig gegangen sind, rückimplantieren, handelt man denn schnell genug, und wenn nicht, kann man sie rekonstruieren, das macht Dr. Cavadas aus Valencia, aber du kannst das, was du verloren hast, nicht zurückgewinnen, und wie sollte man es wieder aufbauen, nach so vielen

Jahren ist es längst verwest. Aber ich werde dich von den übernommenen Verpflichtungen befreien, jenen, die dich daran gehindert haben, ein ganzer Mann zu sein: uns zu ernähren, zu kleiden, zu erziehen, das Spinnennetz, in dem deine Biografie kleben blieb, aber denk jetzt nicht dran, wozu auch, es ist zu spät. Ich fürchte, wir haben eh keine Zeit, irgendetwas zu reparieren, wie sehr wir es auch versuchen. Nimm und trink, sage ich und reiche ihm das Glas lauwarme Milch (Vorsicht, verbrenn dich nicht), er greift es fest mit beiden Händen und führt es zum Mund, er grapscht nach dem Päckchen mit den Keksen und schlingt sie in sich hinein, bis ich es weglege. Die werden dir nicht bekommen, sage ich und weiß nicht, ob er mich versteht, er umklammert das Päckchen, als ich es ihm wegnehmen will, klagt: eine Art von taubem Muhen, ein Wimmern, die knochigen Finger halten die Verpackung fest.

Wir wissen alle, dass die Welt sich aufspaltet in das, was ich bin, und das, was das Übrige ist. Der große existenzielle Spalt. Die ganze Geschichte der Philosophie kreist um dieses Thema, und es ist etwas, das wir für gegeben halten, von unseren ersten Wahrnehmungen an. Es gehört zu dem unentbehrlichen Gepäck fürs Leben, aber für dich ist das Leben nichts anderes gewesen als Kampf zwischen dem Ich, deinem Ich, und den Übrigen, die zu einer Gesellschaft von Komplizen gehörten, eine schuldige Familie, aus der du dich ausgeschlossen fühltest. Du hast dich kaum geirrt, fast alle sind Komplizen gewesen, waren es. Du hattest sie vor dir, kniend in der Messe, furchtsam vor den Autoritäten buckelnd, mit zitternder Stimme auf die Fragen des Kommissars antwortend, ein Stimmchen wie von einer ängstlichen alten Frau, und, das vor allem, sie stürzten sich wie ein Wolfsrudel auf die Reste der Gefallenen, fraßen sie ohne jede Scham auf. Sie denunzierten einander, um aus ihrer Polizeiakte die Erinnerung an das halbe Dutzend Jahre zu löschen, in denen sie mutig laut herausgesagt hatten, was sie dachten, drängelten sich nun bei den Versteigerungen der beschlagnahmten Güter. Du hast deine Nachbarn mit der Trikolore gesehen in den Jahren der Republik, auch noch in den ersten Tagen des Militäraufstands, als sie noch überzeugt waren, den Krieg zu gewinnen, und du hast sie bei deiner Rückkehr gesehen, als alles vorbei war: Zum Denunzieren standen sie Schlange vor dem Rathaus, brachten eilfertig die Schlägertrupps auf die richtige Fährte, raunten ihnen zu, in welchem Versteck, in welchem Landhaus, auf welchem Speicher, in welcher Scheune, in welcher Berghöhle oder in welchem Winkel des Sumpfgeländes man den Flüchtigen, der einen interessierte, finden konnte. Jede Information war wertvoll, um die eigene Haut zu retten. Plötzlich war es nicht mehr ihr Stolz, die Faust zu heben, die Internationale zu singen und ein dreifarbiges Tuch zu schwenken. Jetzt war man darauf stolz, ein halbwegs neues Jackett zu tragen (das blaue Hemd wagten sie noch nicht, riskierten sie doch, zusammengeschlagen zu werden: Du? Du wagst es, das heilige blaue Hemd zu tragen, das José Antonio mit seinem Blut rot gefärbt hat?), maßvoll ungezwungen mit dem lokalen Führer der Bewegung, dem Kommandanten der Guardia Civil zu reden; stolz darauf, dass deine Frau, bedeckt mit einer schwarzen Spitzenmantilla, vorne in der Kirche, in einer der ersten Reihen, bei der Zwölf-Uhr-Messe, beim Hochamt, niederkniet (langsam, erhobenen Hauptes watschelnd, legt sie die kurze Strecke zwischen ihrem Haus und der Kirche zurück, damit man sie auch ja sieht, die Mantilla bedeckt ihr Haar, die Hände halten das Gebetbuch, um das der Rosenkranz geschlungen ist). Ich bin ein Mann und habe Hosen an, sagten sie bei jeder Gelegenheit, grüßten aber ängstlich den Kasper von der Falange, der sich den Krieg über versteckt gehalten hatte – eben einer von der fünften Kolonne –, und reihten sich mit Informationen über das inzwischen in Olba Geschehene im Hofstaat der Sieger ein. Sie zogen die Mütze und beugten den Kopf, wenn ein Stadtrat vorbeiging oder die Streife von der Guardia Civil, und sie küssten dem Priester die Hand. Männer wie Stiere beugten das Rückgrat und drückten ihre Lippen auf das weiche Händchen von Pater Vicente, lächelten ihn wie Betschwestern an. All jene, die nach Francos Tod dann aus Speichern, Koffern, aus Löchern, gegraben in den Fußboden oder in den Stall, Fotos hervorholten, Schnappschüsse aus den Zeiten des Stolzes, und dafür jene vergruben, zerstörten oder verschwinden ließen, aus denen die späteren Schäbigkeiten und Komplizenschaften abzulesen waren. Wie sie sich darum stritten, das Traggestell des Heiligen auf den Prozessionen zu schultern; jener, der gerade mal heil davongekommen war und dem Pfarrer eine Kiste Orangen brachte (die süßesten der Saison, schleimt er) und sich anbot, die Reparaturen im Gemeindehaus gratis zu erledigen, mit gesenktem Kopf neben einer Säule der Messe folgend, die Baskenmütze zusammengerollt in den Händen. Jener, der auf einer der ersten Bänke bei den religiösen Feiertagen eifrig im Messbuch las und *Garten der Mönche* von Manuel Azaña im Küchenofen verbrannt hatte.

Auch wenn du nicht wie vorgesehen im Sumpfgelände geblieben bist, warst du keiner von denen. Du bist in deinem Bau geblieben. Andere machten das auch. Sie haben gelebt, als hätten sie nicht gelebt. Sie zählten nicht, gehörten nicht zu ihrer Zeit. Sie starben nach und nach, ohne eine Existenz gehabt zu haben. Sie liefen hastig über die Bürgersteige, drückten sich an die Mauern, beobachteten die anderen aus den Augenwinkeln, abweisend. Sie blieben zu Hause und schmorten schweigend in der eigenen Traurigkeit. Du bist Teil dieser Schattenlegion, ebenso mit Würde beschwert wie bar jeden Einflusses. Kaum bist du aus dem Gefängnis, notierst du dir Feiglinge und Verräter. Bereitest den nächsten Akt vor. Schreitest deine Truppen ab. Du schätzt die Truppenstärke. Bittest meine Mutter, meinen Onkel darum, dir von diesem und jenem zu erzählen: ob sie den Kopf beugen, ob sie, wenn sie Leuten der Falange auf der Straße begegnen, stehen bleiben und sie begrüßen; du schickst mich, damals sieben oder acht Jahre alt, aus, um zu überprüfen, ob dieser oder jener zur Prozession kommt, ob er das Gestell trägt, ob er barfuß kommt und Ketten um die Fußgelenke hinter sich herschleift oder ob er das violette Büßerhemd trägt. Idiot, sagt er, wenn ich das bestätige. Idioten, was soll man von Männern denken, die sich ohne zu mucken anhören, was hoch von der Kanzel einer predigt, der doch nur sagt, was ihm gerade durch den Kopf geht, weil er weiß, dass niemand ihm widersprechen kann. Was ist denn das für eine Idee vom Gemeinwohl, gestandene Männer, die das Maul halten und heftig mit dem Kopf nicken, wenn der Priester redet: über gebärende Jungfrauen, Fischer, die alle Sprachen der Welt sprechen, Tote, die auferstehen, Teufel, die mit ihrem Dreizack die aufspießen, die in einem Topf schmoren oder auf dem Rost braten. Und sie halten den Mund. Sind wir denn nicht mehr richtig im Kopf? Du hättest mal die Versammlungen zu Zeiten der Republik sehen sollen, sagst du, die Treffen im Tivoli-Kino oder auf dem Rathausplatz: Alle schrien zur gleichen Zeit, fielen einander ins Wort, packten sich am Jackenrevers. Plötzlich schweigst du. Merkst, dass du mit mir sprichst. Bemerkst womöglich meine Abwehr. Du sprichst nicht mit einem Genossen, nicht einmal mit deinem ältesten Sohn, der dir nach dem Mund redet und dich dann doch verrät, sondern mit diesem anderen Sohn, den deine Geschichten langweilen, und du denkst: Er ist daran schuld – der Sohn, die Kinder, die Frau, bei dieser Frage macht er keine Unterschiede –, dass du hier bist, in der Werkstatt, im Haus, eine Fortführung des Gefängnisses – und das war es. Über Jahre sprach das Überwachungskommando bei ihm vor, er durfte das Städtchen nicht verlassen, musste sich wöchentlich auf dem Revier der Guardia Civil melden, und um sich zu wehren, um widerstehen zu können, widmete er sich der Entzifferung jener Zeichen, die angeblich darauf deuteten, dass etwas bevorstand. Die anderen hatten eine Schlacht gewonnen, aber der Krieg war noch nicht zu Ende. Nachdem er aus dem Gefängnis gekommen war, machte er einsame Spaziergänge um den Montdor. Um die da ja nicht zu sehen, klagte er. Später verkroch er sich daheim, wahrscheinlich, weil man nicht umhinkam, die zu sehen. Er ging nur aus beruflichen Gründen aus dem Haus. Er ging nicht in die Bar, weil er nicht auf die Blauhemden stoßen wollte, die sich bei jeder Karte, die sie auf das grüne Spieltischchen knallten, aufs Pistolenhalfter klopften, wo sie die Waffe mit der Perlmutt-Verblendung stecken hatten, wollte auch nicht auf jene Leute stoßen, die über deren Witze lachten, das waren eben jene, die, sobald die Vorzeichen sich änderten, wieder die Fotos herzeigten, auf denen sie, bevor sie sich wie Hündchen vor den Karren des Siegers spannen ließen, junge Republikaner gewesen waren. Weiß der Teufel, wo sie die Fotos versteckt hatten, die Mütze mit der Troddel auf der Stirn, die Fahne, die auf den Schwarz-Weiß-Bildern nicht ihre Farbe zeigt, von der man aber weiß, dass sie rot, gelb und violett war, die Faust in die Höhe gereckt. Achtzigerjahre: Wenn du die Gesichter der Kinder der Nachkriegsopportunisten auf den Wahlplakaten siehst, knurrst du: Auf was bildet der sich was ein. Sein Vater und sein Großvater hätten reich werden können, wenn sie eine Metzgerei aufgemacht hätten. Sohn und Enkel von Schlächtern, was will der uns beibringen?, sagst du zu mir.

Obwohl ich mich nie für deine politischen Obsessionen erwärmen konnte, gebe ich zu, ein paar Zentiliter dieses Giftes habe ich geerbt: Vom Menschen nur das Schlimmste erwarten, der Mensch, eine Dungfabrik in verschiedenen Phasen des Herstellungsprozesses, ein schlecht zusammengenähter Sack voll Dreck, sagtest du, wenn du schlechter Laune warst (tatsächlich sagtest du: ein Sack voll Scheiße). Aber ich habe meinem Pessimismus wenigstens keine gesellschaftliche Dimension gegeben. Ich habe ihn für mich behalten. Ich habe meine Enttäuschungen erlebt, ohne mir einzubilden, dass sie zum Untergang der Welt gehörten, ich habe vielmehr mit der Überzeugung gelebt, dass alles, was mich betrifft, mit meinem Verschwinden aus der Welt sein wird, da es ja nur eine Manifestation meines innersten Kerns ist. Ein ersetzbares Wesen unter Milliarden von ersetzbaren Wesen. Genau das trennt uns. Du hattest die Fähigkeit oder die Gabe, deinen Lebenslauf als Teil des großen Weltengemäldes wahrzunehmen, überzeugt davon, dass in den Wechselfällen deines Schicksals ein Teil der Tragödien der Geschichte enthalten sind, da ist die heutige, die sich in der Gerüchteküche und den Schäbigkeiten von Olba spiegelt, aber auch die alte Geschichte von Treulosigkeit und Verrat im Krieg, sowie jene Geschichte, die Tausende Kilometer entfernt von hier aufgeführt wird, und jene, die Jahrhunderte zurückliegt. Es bewegen dich die Kriege, die in den Bergen Afghanistans geführt werden, an irgendeinem Ort in Kolumbien: Dein Leiden ist überall, im Kern jedes Unglücks, ganz so wie für die Christen der Leib Christi in jeder einzelnen Hostie und in allen zusammen steckt, der ganze Leib, geschmeidig und kraftvoll, in den zerbrechlichen Brotteilchen, die Tag um Tag den Gläubigen in jedweder Kirche der Welt gespendet werden, derselbe ganze und identische Leib in den Hostien, die Jahrhundert um Jahrhundert ausgeteilt wurden. Wie im Fall der Kirchgänger bestätigt mir deine Haltung, dass es die Lüge ist, die am besten dem Zahn der Zeit standhält. Du hältst dich an die Lüge und hältst sie hoch, ohne dass sie Schaden nähme. Die Wahrheit indes ist unbeständig, sie zersetzt sich, löst sich auf, entgleitet, flieht. Die Lüge ist wie das Wasser, farblos, geruchlos und geschmacklos, der Gaumen nimmt es nicht wahr, aber es erfrischt uns.

Eine Sekte ohne Mitglieder oder Komplizen: Du, du allein, und deine Genossen, so allgegenwärtig und unsichtbar wie der Leib Christi in den Hostien, Golems nach dem Maß der eigenen Wünsche. Du zelebrierst deine Riten daheim: das kleine verglaste Büro in der Werkstatt, der Schuppen im Hof, die Einsamkeit deines Zimmers, wo du auf einem kleinen Toilettentisch das Radio stehen hast. Fünfziger-, Sechzigerjahre. Du presst das Ohr an das Gitter des Apparats, der auf eine kaum wahrnehmbare Lautstärke eingestellt ist. Du hörst die Nachrichten über Spanien bei der Londoner BBC, bei Radio Paris, Radio Pirenaica: um das Geräusch abzudämmen, deckst du ein Handtuch über den Apparat und deinen Kopf, keiner von uns darf das Zimmer betreten, wenn du Nachrichten hörst; in der Schreinerei, unter der Werkbank, an einer nicht einsehbaren Stelle (ich entdecke sie beim Spielen, als ich auf dem Boden herumrobbe) klebst du Fotos von der Pasionaria auf oder das bärtige Gesicht von Marx, die du aus irgendeinem alten Buch oder einer Zeitschrift ausgeschnitten hast. Es vergeht noch viel Zeit, bevor ich erfahre, wen du da an einem nicht zugänglichen Ort bewahrst, so wie die Höhlenmaler von Altamira die Abbildungen ihrer Fetisch-Tiere. Und auf den Rückseiten des Kalenders, der im Holzlager hängt, notierst du seit der Rückkehr aus dem Gefängnis mit Bleistift die Daten, die du für entscheidend hältst auf dem Weg zur Wiederherstellung solcher Verhältnisse, bei denen du nicht mehr als halbierter (wie seit der Entscheidung, dich zu stellen), sondern erneut als ganzer Kerl auftreten könntest. Du hast diese Kalenderblätter mit den Notizen zwischen deinen Papieren aufbewahrt, so wie ich mir vorstelle, dass du für diese kommende Normalität, für den Tag, an dem die Zeit der Finsternis enden würde (jene Jahre, die uns in ein Nichts verwandelt hatten), auch deine Gattenliebe, die Gefühle, die väterliche Zuwendung, das Verständnis glaubtest aufsparen zu können, ebenso wie die Solidarität, die du nie praktiziert hast, oder deren Ausdruck ich nicht habe wahrnehmen können (deine Solidarität war eine künftige, die nie zum Zuge kam, ein Vogel ohne Ast, auf dem er sich hätte niederlassen und sein Nest bauen können). Vor geraumer Zeit habe ich einige dieser Kalenderblätter gefunden. Du hattest sie ganz unten in einer der im Büro gestapelten Kisten aufbewahrt. Botschaften aus der Vergangenheit, Futterplatz künftiger Zuneigung, Vorzeichen des Fests der Solidarität. Auf dem Blatt vom August 1944, gerade ein paar Monate nachdem du die provisorische Freiheit erlangt hattest, schriebst du: *Warschauer Aufstand; am 25ten nimmt die Division Leclerc, kommandiert von unserem Landsmann Amado Granell – einem R aus Burriana* (R meinte zweifellos Republikaner) – *Paris ein und die spanische T* (T, klar, das ist die Trikolore) *weht auf dem Triumphbogen.* Und mit Rotstift geschrieben, breiter Strich und Großbuchstaben, zornig, würde man meinen: *MAN GEWINNT DRAUSSEN, WAS MAN DRINNEN VERLIERT.* Vier Jahre zuvor war ich geboren worden (du musst mich in jenen letzten Tagen des Bürgerkriegs gezeugt haben, als du dir noch nicht sicher warst, ob du dich stellen solltest), ich weiß, du saßt im Gefängnis und konntest meine Geburt nicht in einen deiner Kalender eintragen, aber Juan und Carmen sind später geboren, 1944 und 1947, und sie waren dir keinen Eintrag wert, ihre Geburt schien dir offensichtlich nichts anzukündigen, du sahst in ihnen keine Hoffnung, also auch keine Hoffnung für sie, so wie du wohl auch in mir keine Hoffnung gesehen hast. Auf die Rückseite eines der Kalenderblätter vom darauf folgenden Jahr stand: *13. Februar, die Russen nehmen Budapest ein*; auf einem anderen: *13. April, sowjetische Truppen besetzen Wien*; auf dem nächsten: *2. Mai, DIE NAZIS KAPITULIEREN IN BERLIN VOR DEN SOWJETS.* 1949 dann: *1. Oktober, Mao Tse Tung* (damals schrieb man ihn so) *ruft die Volksrepublik China aus.* 1959: *8. Januar, Fidel Castro zieht in Havanna ein. Auf welcher Seite steht er? Auf ihrer oder auf unserer? Kommt Zeit, kommt Rat.* Du hattest angefügt: *Die Zeit, die verdammte Zeit, wie schnell sie doch vergeht, zwanzig Jahre ist das alles her und mir ist, als sei es gestern gewesen; und wie langsam sie vergeht, jeder Tag wird mir zu einem Jahrhundert. Batista zieht ab* (nichts Abwertendes; du schreibst nicht der Scheißbatista, nicht einmal Diktator Batista: Du musst vorsichtig sein mit dem, was du schreibst, diese Papiere bergen ein Risiko in sich, sie könnten in falsche Hände fallen und offenbaren, dass der Virus nicht tot ist, sondern nur schläft; mich wundert, dass du es wagst, die Pronomina wir und sie, unsere und ihre zu verwenden, die damals eine eindeutige und gefährliche Bedeutung hatten). 1968: *Russische Panzer besetzen Prag. Was ist da los????? Ich verstehe das nicht. Ich könnte heulen.* Deine Schrift auf der Rückseite der Kalenderblätter mit den kolorierten Landschaften, Gemälden von Velázquez und Murillo, spanischen Kathedralen oder Soubretten, Fußballspielern oder Toreros. Geheime, sterile Notizen, dazu verdammt, an der Wand klebend vor sich hin zu modern, ich kann mir allerdings auch deine klammheimliche Freude vorstellen, weil das, was im kleinen Büro zu sehen war – die harmlose Trivialität jener Drucke –, deinen Stolz verbarg: Das Übel schlief nicht einmal, es arbeitete heimlich still und leise, aber unermüdlich. Der harte Kern war unbeschädigt, weder die Jahre im Gefängnis noch das Vakuum, in das dich später die Nachbarn bannten, hatten ihn zu schmelzen vermocht. Der alte Maulwurf grub in den Nächten, das glaubte er zumindest, denn in Wahrheit veränderten oder nährten diese Blätter nichts, außer dir konnte sie ja auch keiner lesen. Wir wussten nichts von ihrer Existenz. In der Einsamkeit von Olba, die dich zu melancholischen Spaziergängen übers Land verurteilt (wenn ich mich mit jemandem treffe, mache ich ihn doch verdächtig, rechtfertigtest du dich; ich glaube, du ertrugst einfach keinen. Und dein Genosse? Der Vater von Álvaro?), du päppelst dich selbst mit diesen Notizen auf: Sie sind die Nährstoffe, die es dir erlauben zu widerstehen, bis dein Tag kommt. *Wie schnell die Zeit vergeht, und wie langsam,* das hattest du geschrieben, *jeder Tag wird mir zu einem Jahrhundert.* Die Zeit. Während sie schnell die Erinnerung an das Schreckliche tilgte, brachte sie andere Spielarten des Unheilvollen hervor. Wie gesagt: keinerlei Anmerkung über uns, deine Frau, deine Kinder; nicht einmal deine Mutter und deine Geschwister tauchen hier auf. Auf diesen Kalenderblättern werden wir nicht geboren, haben auch nicht Geburtstag, leiden an keiner Krankheit und kommen auch nicht in die Schule; deine Mutter stirbt in diesen Jahren, 1950 oder 51, aber das taucht nicht auf. Wir sind keine Erwähnung wert, wir sind nicht Teil des weltweiten sozialen Fortschritts, wir rühren keinen Gott, wir stehen außerhalb dieses universalen Systems von Schmerz, Ungerechtigkeit und Widerstand, wir gehören nicht zu der Legion der verwandelten Leiber, der bleichen Genossen, am Horizont zu erahnen. Wir reichen auch nicht an die großen Ideen heran, von denen sie sich nähren. Wir sind das Private, das Erbärmliche, das, was dich fesselt und am Boden hält, an der Grenze zum Tierreich: Geboren werden, essen und koten, arbeiten, sich vermehren. Und auf welch triste Weise man sich vermehrt, es stellt einen auf eine sehr niedrige Stufe der Spezies. Das Sterben: auch nicht gerade eine filmreife Szene, da ist wieder diese Nähe zum Tier, eine Rückkehr, die deine Wahrnehmung bestätigt. Alles, was du weißt und gelernt hast, löst sich in nichts auf. Wesen ohne öffentliche Bedeutung, Individuen, die wie die Blätter im Herbst fallen. Andere werden in ein paar Monaten hervorsprießen und sie ersetzen, und es wird keinen Unterschied geben zwischen diesen und jenen.

Als Francisco das Haus der Civeras kaufte und instand setzte, hat er die Schreinerarbeiten nicht mir anvertraut. Er wollte einen Restaurator. Die Maurer hatten die Mauern bearbeitet und den Stein der Fassade in all seinem Glanz ans Licht gebracht, die Pfosten und Türstürze waren aus jenem porösen Meeresgestein gebaut, das man Tosca oder Tuff nennt, und die Eingangstür und die Balken – beide aus Elliotikiefer – sahen nach der Arbeit des Kunsttischlers und Restaurators wie neu aus. Sie hatten die Esszimmermöbel aufgearbeitet (du kennst dich doch mit solchen Hölzern nicht aus, das ist ein Ensemble, dass jeden Antiquitätenhändler verrückt machen würde und einen Saal im Museum für sich beanspruchen könnte), und die ganze Batterie von frei stehenden und eingebauten Schränken, Toilettentischen, Nachttischchen, Betten, Wandschränken, Regalen und Simsen, die über das ganze Haus verteilt waren. Es handelte sich um Möbel aus Nussbaum, Kirsch, Linde, Palisander oder Jakaranda, geradezu ein Katalog von Formen und Materialien, dazu die gesamten Türen von Küche, Salon, Vestibül, alles war im Preis des Hauses inbegriffen, alles, sie haben nicht ein Brett mitgenommen, komm, ich zeig's dir, sie haben sogar dieses Vertiko dagelassen, schau nur, und das Tischchen hier mit den Intarsien, da ist Elfenbein eingelegt. Die Handwerker haben das Haus in einen Zustand versetzt, als sei es gerade erst bezogen worden; eigentlich haben sie es noch verbessert, weil wir besseren Lack verwendet und die Übermalungen abgetragen haben, die, vor zwanzig oder dreißig Jahren in mieser Qualität ausgeführt, das Holz beschädigten und zerfraßen, wir haben sämtliches Holz gegen Milben behandelt, wir haben einen kleinen Herd von Holzwurmbefall festgestellt und ihn ausgemerzt. Die Geschwister konnten einander nicht riechen, und sie haben das Haus auf einen Schlag verkauft, um gar nicht erst in einen Dein-Mein-Streit zu verfallen, sie wollten Geld auf die Hand und alles auf einmal: Denk nur, was sie hier hätten rausholen können, wenn alles ordentlich verkauft worden wäre, bei Versteigerungen, an Antiquitätenhändler, aber nein, sie haben die Option Fort mit Schaden vorgezogen. Sie haben weniger Geld bekommen, dafür aber nicht vor den jeweils anderen im Streit zu Kreuze kriechen müssen: Sie haben für ihren Stolz bezahlt, eine äußerst kostspielige und altmodische Ware. Im Übrigen ist auf dem Wege auch noch irgendeine andere Liegenschaft zwischen den Falten der Soutanen verloren gegangen. Wie in vielen Häusern wurden die Testamente hier nicht von Notaren, sondern von Priestern aufgesetzt, und ein Teil jenes Besitzes gehörte einer frömmelnden Tante, die ihn der Kirche vermachte, so stellte sich die Güterverteilung als ziemlich ruinös für die Familie dar, religiöse Vorurteile, menschliche Vorurteile, eine Beziehung des Geldes zum Transzendenten erweist sich stets als hinderlich. Nun gut, Kleinkram bei alten Familien, die schon seit Jahrzehnten im Absterben begriffen sind. Francisco hat mich dorthin mitgenommen, um mir das Haus mit all diesen Handwerksarbeiten, die heute keiner mehr macht, und die laufenden Restaurationsarbeiten zu zeigen. Das Haus kannte ich, ich war ein paar Mal dort, um kleine Reparaturen mit meinem Vater zu erledigen, es ging um einen Wandschrank in der Küche und um Wäscheschränke im Bügelzimmer, und es war schon endlos her. Geradezu furchtsam hatte der Vater auf jene Möbel im Dienstbotenbereich geschaut. Er zitterte förmlich, führte die Arbeit nur zögernd aus, hatte Angst, irgendeinen Fehler zu begehen, und das bei einem Auftrag, der zweifellos der wichtigste war, den er bisher bekommen hatte. Beziehungsweise der, den er von dem wichtigsten Auftraggeber, dem Vater der Civeras, bekommen hatte. Beides. Selbst im

Dienstbotenbereich atmete alles, was uns umgab, Noblesse. Die Küchenschränke und die der Speisekammer waren aus Lindenholz, und die in der Küche waren mit geometrischen Schnitzereien verziert. Er sollte ein paar einfache Türen unter dem Waschbecken reparieren sowie die eines Wandschranks und einige der Wäscheschränke mit Blumenmuster im Bügelzimmer renovieren. Es waren für ihn keine Routinearbeiten, und was die Schränke anging, erforderten sie bestimmte Fähigkeiten. Arbeit für einen Kunsttischler. Er war aber beunruhigt. Obwohl er es vor mir verbergen wollte, nahm ich doch seine Nervosität wahr. Bei unserer Ankunft, als uns ein Dienstmädchen in den hinteren Teil des Hauses führte, zeigte er mir auf dem Weg, indem er das Kinn hob, die Verglasungen, die Verzierungen an den Geländern, die feinen Arbeiten an dem eichernen Handlauf, die geschnitzten Kopfstützen, aber auch die filigranen Schmiedeeisegitter, die Balkone, die Arbeit aus buntem Glas und Eisen am Erker. Er hatte feuchte Augen. Nach der Mittagspause dann bat er mich, ihn nicht wieder zu begleiten: Du störst doch nur, sagte er, aber ich wusste, ich sollte nicht seine Unfähigkeit oder seine Angst vor der eigenen Unfähigkeit bemerken. Das entsprach nicht dem, was er mir erzählt hatte, es schienen nicht jene Hände zu sein, die befähigt waren, den Tisch im Büro zu schnitzen mit seinen Medaillons, den menschlichen Figuren, den Grotesken, nicht die Geschicklichkeit desjenigen, der Bildhauer hatte werden wollen.

Ein halbes Jahrhundert später habe ich dieses Haus wiedergesehen: Ich ging durch den Salon, die Küche, die Schlafzimmer, erinnerte mich an manches, an anderes nicht, erkannte einiges wieder, sah anderes zum ersten Mal, da wir damals nur den Bereich des Hauses betreten hatten, wo wir arbeiten sollten, und die Durchgangszimmer und Flure, die dahin führten. Zwei Schreinern, oder einem Schreiner und seinem Helfer, zeigt man nicht das Haus, man macht nicht die Runde, die man mit Gästen zu machen pflegt. Man sagt ihnen, das hier ist in dem und dem Zustand und ich möchte es gerne so und so haben. Bei diesem Besuch jetzt bat mich Francisco um meine Meinung zur Restaurierung, die gerade durchgeführt wurde, erklärte mir, dass es sich um Stücke handele, die sich heute keiner mehr leisten könne, Museumsstücke, großartig. Er lud mich ein, die Kanten der Tische und Kredenzen zu streicheln, Türen und Schubladen zu öffnen, damit ich mich von der perfekten Verarbeitung überzeugen konnte, von der Präzision der Montage, das sind Möbel, die hundert Jahre auf dem Buckel haben, wiederholte er, Türen, die genau schlossen, und Schubladen, die ein Jahrhundert nach ihrer Herstellung mühelos auf- und zuglitten. Er hatte den einzigen Restaurator und Kunsttischler ausfindig gemacht, den es in unserer Gegend noch gibt: Er arbeitet mit schonenden Naturölen, er rekonstruiert wundersam all das, was beschädigt, verfault, gesprungen, zerfressen oder kaputt ist, ich habe Arbeiten von ihm gesehen, die man nur bewundern kann, Kassettendecken aus dem 15. Jahrhundert in einem Palast in Valencia, Vertikos aus der Renaissance. Hier hat er, wie du siehst, wahre Wunder gewirkt, dabei hat sich das, was im Haus ist, im Allgemeinen prächtig konserviert, es ging nur darum, es zu säubern und so zu behandeln, dass die Hölzer optimal geschützt sind, du musst diesen Mann kennenlernen, obwohl er nicht hier in Olba wohnt, hier gibt es keinen mehr, der solche Arbeiten macht, dieser hier wird nicht nur aus Valencia und Barcelona angefordert, sondern auch aus Paris und sogar aus Italien, wo es die Besten in diesem Beruf gibt, dabei sagt der Mann, er habe keine große Lust zu reisen: Ich reise nur, weil ich mich gerne solchen Herausforderungen stelle. Er ist ein ganzes Stück älter als wir. Um die achtzig, schätze ich, aber er hält sich wie ein Jüngling. Und denkt nicht daran, sich zur Ruhe zu setzen. Er zeigt mir seine Hände, sie zittern nicht. Hager, nichts als Muskel, der am Knochen klebt, und dennoch schultert er eine Holzbohle, die ich wohl kaum stemmen könnte. Er sagt: Ich arbeite mit Hölzern, die drei Mal so alt sind wie ich, und die gehen immer noch ihrer Aufgabe nach, nehmen Wäsche oder Geschirr auf, tragen Dächer, dreihundert Jahre sind sie alt und erfüllen immer noch ihre Pflicht, warum sollte ich mit achtzig in Pension gehen, wo doch meine Materialien dreihundert Jahre aushalten? Ich verwahre mich dagegen, dass sie überlegen auf mich herabschauen, sich besser dünken als ich. Er lacht und trinkt einen Schluck Wein, ein Gläschen zum späten Frühstück, eins zum Mittagessen, eines zum Abendessen. Das hat noch nie jemandem geschadet. Und nach dem Abendessen ein Schlückchen Cognac.

Ich konnte ihm nicht übelnehmen, dass er diesen Mann angeheuert hatte. Es war nur logisch, den Besten zu wählen, jemanden, der auf der Höhe dessen stand, was zu restaurieren war, das Haus verdiente es; bei aller Freundschaft, die uns verband, er sprach von einer Welt, die ich nicht kannte, die mein Vater angestrebt hatte, wie er sagte, die mein eigenes Interesse aber erst gar nicht geweckt hatte, ich habe das seinerzeit verschmäht, ich bin als Schreiner ein Quereinsteiger, ich habe Alltagsarbeiten verrichtet, ich war ein Kleinunternehmer ohne Ehrgeiz, ich habe keinen anderen Anspruch gehabt, seitdem ich bewusst auf meine Ambitionen verzichtete, um eine Zukunft zu akzeptieren, deren Grenzen mit denen der Werkstatt und dem schützenden Schatten meines Vaters übereinstimmten. Das ABC des Schreinerhandwerks: Ich habe schneller und mit besserem Werkzeug gearbeitet als ein Heimwerker, wahrscheinlich jedoch mit kaum besseren Ergebnissen, ich war nicht in der Lage, mir kompliziertere Aufgaben vorzunehmen. Wenig anspruchsvolle Aufträge korrekt erfüllen, das war's, Fenster, Türen, Schränke, Regale, alles primitiv, funktional, Brett gegen Brett oder Brett in Brett eingepasst, ohne weitere Raffinesse; und dann die Zimmermannsarbeiten für den Bau. Eine Akkordarbeit, nichts Filigranes. Das blieb bis ganz zum Schluss so. Ich weiß nicht, ob ich es bedauere, nichts Höheres angestrebt zu haben. Hätte ich es, wäre meine Bitterkeit vielleicht noch größer, sie wäre von jener Galle durchtränkt, die meinen Vater sein Leben lang beherrscht und mit der er seine ganze Umgebung vergiftet hat. Ich kann nicht behaupten, dass ich die Firma verloren habe, weil ich etwas Besseres wollte, dass ich auf Sieg gesetzt hatte und besiegt wurde. Nein, die Ausrede habe ich nicht, brauch sie auch nicht. Ich habe auf Sieg gesetzt, um zu überleben, um ein Auskommen zu haben. Oder um mir einen besseren Tod zu bereiten. Das Ziel war kein berufliches: das Haus, das ich mir auf dem Berg bauen wollte, eher eine Berghütte; die Spaziergänge mit dem Hund, die Jagd im Sumpfgelände. Ich habe nicht einmal wegen meiner eigenen Unzulänglichkeit verloren, sondern weil Tomás Pedrós die Erwartungen nicht erfüllt hat, weil er mich da reingezogen hat oder ich mich hineinziehen ließ oder hineingezogen werden wollte. Er setzte immer auf Sieg, sein ganzes Leben lang, er ist jünger, er wird das hinter sich lassen und dann weiter aufs Gelingen setzen. Er hatte schon mal eine Firma, Ende der Achtziger, mit der er viel Geld verdiente und die er, laut Bernal, abgestoßen hat. Er hat seinen Partner gerupft und im Stich gelassen, sagt er. Dieser Version zufolge hatte Pedrós – nachdem er das Geld einige Zeit in der Kühltruhe überwintern ließ – das Startkapital für das Eisenwarenlager und konnte gleich auf Expansion setzen: das Geschäft, sein Eintritt als Sozius in das Abfallunternehmen, die ersten Bauträgerprojekte. Man munkelte, er hätte das große Los gezogen oder einen Coup gelandet, von einer seiner Reisen etwas mitgebracht; dass er als Bote für Guillén gearbeitet hatte, von dem wir alle wissen, woher er das Geld hat. Für mich hingegen war das mit Pedrós der Tropfen, der das Fass zum Überlaufen brachte. Jetzt sehe ich das ganz klar. Er hat sich mit mir zusammengetan, weil er wusste, dass er sich auf ein risikoreiches Spiel eingelassen hatte. Er war sich nicht sicher, ob es mit diesem Immobilienprojekt vorangehen würde, es ging ihm also nicht darum, die Gewinne zu verteilen, falls denn die Kugel auf der Glücksnummer liegen blieb, sondern darum, die Verluste zu minimieren, falls, wie es naheliegend war, die Kugel auf eines der glücklosen Fächer fiel. Sein Einsatz war mein Scheitern, ein Glied mehr in der Kette der nichtbezahlten Aufträge der letzten zwei Jahre: bei den Schreiner- und Zimmermannsaufträgen für seine Fincas forderte er rasche Verarbeitung und minderwertige Materialien, Türen und Paneele aus Spanplatten, gepresste Sägespäne zwischen zwei dünnen Furnierplatten; das Edelste, mit dem man arbeitete, war die frisch geschlagene und nicht gelagerte Kiefer, schnell zusammengehämmert. Aber was erzähl ich da, so haben doch alle gearbeitet, Aufträge, um sich über Wasser zu halten und Kunden zu bezirzen, die sich, weil sie nicht mit Picke und Schaufel arbeiten, zur Mittelklasse zählen, dabei aber die tristeste Unterschicht unserer Tage darstellen. Das Projekt von Pedrós sollte mir erlauben, das Elternhaus und die Werkstatt zu verkaufen, unter uns Erben den Erlös zu verteilen, um dann wie die Raubvögel auseinanderzustieben, mit eben der Haltung, welche die Civeras an den Tag gelegt hatten: ein für alle Mal all das hier abwickeln, was schon allzu lange währt, und mit dem, was ich durch den Schachzug erhalten würde (ja, Schachzug), und mit den Ersparnissen, die ich vor dem Falkenauge versteckt hatte, wollte ich ein Haus in den Bergen bauen, um mich dort mit dem Hund und mit ein paar Werkzeugen zurückzuziehen, ich hätte anfangen können, das Kunsttischlern als Liebhaberei zu betreiben, und wenn dabei auch nur ein schwerer, altmodischer Tisch herausgekommen wäre mit Grotesken und Medaillons im archaischen Stil der Frührenaissance, wie der Tisch, den mein Großvater angefertigt hat, oder mein Vater, oder beide gemeinsam.

Während er sich mit einem schnellen, trockenen Schlag des Kreuz-Ass entledigt, mischt sich Francisco ein, der Pedrós noch nie mochte, weil er wohl meint, dass dieser ihm sowohl am Tresen wie in der örtlichen Gesellschaft einen Teil der Rolle stiehlt, die er ganz für sich beansprucht; er vervollständigt die Argumentation des Freibeuters Lecter (in diesen Zeiten kommt es zu kuriosen Reisegemeinschaften):

»Die Werbung im Radio und im lokalen Fernsehen, die Geschäftsführung beim Fußball, die Präsidentschaft in der Festekommission. Gier. Dieser Mann ist ein Vielfraß, er wollte sich alle Löffel auf einmal in den Mund stecken. Bei chinesischen Banketts stellen sie alle Schüsselchen hin, sie werden gleichzeitig serviert, aber du nimmst eine nach der anderen von dem Drehtablett, eine Art Roulettespiel, bei dem du nach deinem Geschmack kombinieren kannst. Aber du steckst das alles nicht gleichzeitig in den Mund. Der Eisenwarenhandel, der Laden für Elektrogeräte, die Bauträgerfirma, die Teilhabe an der Gesellschaft für Abfallbeseitigung und an der Wasserkläranlage: dieser Mann hat – oder hatte – mehr Abteilungen als das Kaufhaus Corte Inglés.«

»Er hat das genutzt, was er in der Sprache der großen Konzerne Synergien nannte, um sich an allen Fronten durchzusetzen; wenn man hinzurechnet, dass er überall mitmischen, dabei sein und im Gesellschaftsleben glänzen will, dann kommt da ein Sprengsatz heraus, der jeden Augenblick in die Luft gehen kann: Neid ist eine gefährliche Sache. Ragt ein Kopf zwischen allen anderen hervor, will jedermann ihn abhacken; wenn einer als Erster im Marathon rennt, wird es immer einen Zuschauer geben, der bereit ist, ihm ein Bein zu stellen. Was will man machen, ob es der Herr oder die Natur war, wir sind nun mal so gemacht. Die Leute ertragen es nicht, wenn sie einen wie Schaum hochsteigen sehen. Je mehr Beziehungen du knüpfst und je mehr Freunde du dir suchst, desto mehr Feinde machst du dir und desto emsiger strickst du an deinem Untergang. Ich weiß nicht, ob er es darauf angelegt hatte, Bürgermeister oder Abgeordneter zu werden. Da war kein Stadtrat, den er nicht in der Tasche hatte, dem er keine Gefälligkeiten erwiesen hat, nicht zum Essen eingeladen und mit Champagnerkistchen beschenkt hätte oder mit Kleingeld von irgendeinem Geschäft geschmiert, in den Puff mitgenommen oder aber eine Kreuzfahrt bezahlt hätte. All das ist nützlich von einem Tag zum anderen, am Ende jedoch löst es sich in Luft auf, der Stadtrat wechselt, oder ein neuer Kumpan mit mehr Möglichkeiten taucht auf, und dann sind Zeit und Geld verloren, und du fragst dich, wofür das Ganze. Brot für heute und

Hunger für morgen«, schließt Bernal, der immer auf den anderen eifersüchtig gewesen ist.

Justino winkt ab, obwohl Francisco und Bernal fast das Gleiche wie er gesagt haben. Er versucht, seine Position zu differenzieren, indem er die Nuancen in den Vordergrund rückt. Stolz auf seinen eigenen Stolz, will er nicht immer Francisco recht geben, er muss zeigen, dass er ein eigenes Urteil hat, da muss doch keiner aus Madrid kommen, um uns zu erklären, wie die Dinge hier laufen:

»Hätte er Politiker werden wollen, hätte er sich zur Wahl gestellt. Aber man hat mehr Macht und mehr zu bestimmen, wenn man hinter der Bühne agiert, frei, ohne von irgendeiner Partei kontrolliert zu werden, nicht im Fokus von Journalisten und Politikern, von deren Kämpfen und Missgunst, und die Fäden der Marionetten im Schatten führt« – der Sklavenhalter ist vernünftig geworden, der Arbeiterhändler oder der Mehrwertabschöpfer der Arbeitskraft, wie ihn in seiner Jugend Francisco definiert hätte, sein Partner beim Kartenspiel heute Abend in der Bar eines Städtchens, wo man, zumindest bei Tage, höchstens um eine Runde Kaffee, Wein oder Anislikör spielt. Nachts, bei geschlossenen Türen, wird die Sache etwas ernster, da tauchen auf dem Tisch Hunderteuroscheine auf oder ein Gutschein für ein paar Drinks und eine Nummer im Lovers oder Ladies, die den Betrag für die Runden am Tresen ums Hundert- oder Tausendhafte übersteigen. Aber zu diesen Stunden ist Francisco schon nicht mehr in der Bar. Aschenbrödel ist heimgekehrt, bevor die Kutsche zum Kürbis geworden ist, und er hat auch kein Schühchen auf dem Weg verloren, er verkriecht sich früh in seinen Bau zum Lesen und Schreiben, das erzählt er mir zumindest:

»Die Nacht – kein Lärm, kein Anruf, keiner der auf die Haustürklingel drückt. Das ist die beste Zeit des Tages«, sagt er, als ob seine Nacht nicht ebenso von Gespenstern bevölkert wäre wie die jedes Menschen, der die siebzig erreicht hat. Der Muskel schläft, der Ehrgeiz wacht. Francisco, an seinem Schreibtisch aus Palisanderholz sitzend, füllt die Seiten oder tippt in den Rechner, schreibt den Roman oder die Memoiren, die ihm das Ansehen verschaffen sollen, das er in der Hektik der vergangenen Jahre nicht hat erreichen können. Weinverkostungen, Buchbesprechungen, Restaurantkritiken, alle zwei Wochen das brillant geschriebene Editorial, der sechsseitige Artikel über irgendein Weingebiet, mindere Arbeiten, die nicht die Tür zu jenem Nachruhm öffnen, den die Ehrgeizigsten für sich beanspruchen, ein Leben nach dem Leben, auch um den Preis, sich Nerven und Gesundheit in schweren Nachtschichten am Schreibtisch zu ruinieren, und dann die Wutanfälle, weil die Genialität, die man anstrebt, sich nicht einstellen will auf Fertig, los! Mit siebzig erscheinen spät in der Nacht nicht die genialen Ideen, sondern die Leichen aus dem Keller. Denn welche ist schon ordentlich verscharrt? Keine einzige. Immer schaut irgendein Glied heraus. Mit jeder einzelnen Person hast du, man weiß nicht warum, eine Rechnung offen, die gezahlt werden muss. Allen hast du irgendetwas angetan, was du nicht solltest, oder du hast etwas nicht getan, was du hättest tun sollen. Ich weiß Bescheid. Aber der tagblinde Francisco wird kaltblütig genug sein, ihnen entgegenzutreten, er dürfte das haben, was mir immer gefehlt hat, hat es wohl seit jeher gehabt. Er wird sich mit den einen gegen die anderen Geister verbünden und wird mit seinen Bündnissen richtig liegen. Er ahnt, auf welche Seite die Münze fallen wird. Wenn es Nacht wird, sperrt er sich in seinem Haus ein. Er sagt, er arbeitet, aber ich glaube, die Klausur bedient, über die Altersmüdigkeit hinaus – wer will sich in diesem Alter noch die Nacht um die Ohren schlagen –, sein Image. Er sieht sich sehr vor, nicht draußen in die dunklen Löcher zu fallen, die spät in der Nacht drohen, sogar in einem Dorf wie Olba: die Spiele, die in der Bar bei verschlossenen Türen bis zum Sonnenaufgang dauern, die Gläser, die nie leer werden und immer wie ein und dasselbe aussehen, das Glas wieder voll (noch eins? Aber das sind dann schon neun, oder gar zehn?), die glitzernden Theken im Ladies, das Fleisch, elektrisch blau, wo es doch weiß oder rosig oder golden sein müsste, wenn es sich von den trügerischen Punktstrahlern entfernt,

Fleisch, das du stundenweise kaufen kannst, und davor schützt sich Francisco, tut so, als ob ihm seine eigenen Abgründe genug sind, seine Einsamkeit in Askese, er zieht sie vor oder erträgt sie besser, sagt er; im Übrigen – das sage ich – achtet er sorgfältig auf sein Prestige als Verkoster edlerer Laster. Er erspart sich einiges, indem er sich nicht von dem Vulgären anstecken lässt, das sich an Orten breitmacht, die zu solchen Stunden offen sind, das Gelächter, das Schulterklopfen, die schlüpfrigen Witze, die Obszönitäten, das Gedränge und Gestoße. Wenn er sich schon als junger Mann von diesem Ambiente, das die Freunde seines Vaters frequentierten, fernhielt, dann jetzt umso mehr: Er hätte gleich den Ruf eines geilen alten Bocks weg. Ist doch so, wenn die anderen dir auf die Schulter klopfen und dir unter Gelächter den Hintern peitschen, dir dabei zugucken, wenn du die Ukrainerin befummelst oder die Rumänin leckst, und die Beule an der Hose offenbart, dass du einen Ständer bei diesem Fleisch bekommen hast, ist ja auch sehr ansehnlich, zart, überaus angenehm zu berühren, kostet gerade Mal vierzig Euro die halbe Stunde und ist von Klempnern, Maurern und Emigranten aus Lateinamerika oder Schwarzafrika begrapscht worden. Das heißt, sehr tief fallen. Verträgt sich überhaupt nicht mit seinem Bild eines Verkosters der großen weiten Welt. Er wäre nicht Francisco, würde er sich so verhalten. In seinen jungen Jahren spielte er sich vor mir auf, brachte eine in Folie gewickelte Kokskugel aus Madrid mit. Er schnitt sie auf einem kleinen Spiegel, den er aus dem Handschuhfach holte und auf seinem Bein neben der Gangschaltung platzierte. Eine morbide Stimmung machte sich im Fahrzeug breit, das auf freiem Feld stand. Im Wageninneren funkelt das Mondlicht auf den weißen Linien, die im Spiegel phosphoreszierend blenden. Die zweideutige Intimität, etwas Verbotenes zu teilen, aber auch der Kosmopolitismus von Francisco und meine kosmopolitische Sehnsucht (Cocaine, Heroine, David Bowie, Lou Reed und Velvet Underground: Er brachte mir Poster und Platten mit), das Ritual, die Klumpen zu zerhacken und mit der Kreditkarte die Linien zu trennen, aus einem Fünftausendpesetenschein das Röhrchen zu rollen, wir beide allein in der Nacht, das war fast so morbide wie Sex, wie eine Unbekannte in der Toilette der Diskothek zu reiten, dabei mit irgendeinem Körperteil gegen die Tür ohne Riegel zu drücken, damit keiner sie öffnet; oder sie auf freier Flur zu bumsen, gegen den Stamm eines Johannisbrotbaums, dessen breite und wohlbelaubten Zweige diskret vor dem schamlosen Scheinwerfer des Monds schützen. Er beugt seinen Körper zu mir hinüber; führt seinen Arm, seine Hand, die das Spiegelchen hält, an meinen Augen vorbei, ich soll es ablecken, bevor er es wieder ins Handschuhfach legt, einen Augenblick lang spüre ich den Druck seines Ellbogens in meinem Magen, dann den Stich des Unterarmknochens auf meinem Schenkel, wir sind eng befreundet, zwei Freunde, denen der Koks Lust macht zu reden, zu reden und weiterzureden, bis ein verwischter rosiger Pinselstrich am Horizont erscheint, etwas Übermenschliches, das über dem Schwarz des Meeres emporwächst, das seinerseits zu Milch und Silber wird, bevor es ins Blaugoldene wechselt, dies alles durch die blutverschmierte Scheibengardine Tausender Insekten, die an der Windschutzscheibe kleben. Manchmal hatte er ein Silberlöffelchen für dich, um dich zu bedienen, wie der Held eines Romans, den wir damals lasen. Ein Dandy, fern und faszinierend. Seine Gegenwart stand für den Aufstieg in einer Welt, durch deren Keller ich mich mit ihm ein paar Jahre zuvor, als wir zusammen reisten, bewegt hatte, Reisen, die für mich der Prolog von etwas sein sollten und dann zum Epilog für alles wurden, als ich mich in einem Netz verfing, das eine Spinnerin von Träumen – eher feuchten Wünschen – namens Leonor ausgelegt hatte. Nicht so für ihn. Für ihn waren es Ausflüge auf dem Rücken der Gans, mit der er dann den Flug über die Welt antrat, ganz wie Nils Holgersson aus der Geschichte, die wir als Kinder lasen. Aber wir wollen beim Thema bleiben: Er fügte dem Bildungsroman seines Lebens neue Kapitel an. Ab und zu kam er nach Olba, und bei jedem Besuch hatte ich den Eindruck, dass er mir gegenüber gewachsen war, ich sah ihn gewissermaßen aus der Untersicht, eine Technik, die Rialp uns in seinen Büchern als charakteristisch für Orson Welles erklärte, so hatte dieser seinen Citizen Kane ins Riesenhafte transponiert, ein Trick, um eine Figur zu vergrößern: Francisco überzeugte mich mit seiner Höhe, erdrückte mich, ein Wechselspiel von Schuss und Gegenschuss in den Dialogen, tatsächlich aber von Aufsicht (er) und Untersicht (ich). Ganz wie du meinst, Francisco, du kommst von außerhalb, ich bin das ganze Jahr hier, wir machen das, was du möchtest, was du gerne sehen oder kennenlernen willst, ich kenn das alles auswendig, für mich ist es nicht weiter aufregend, auch nicht der Sternenhimmel und der Duft der Orangenblüten, die Sachen, die du angeblich so sehr vermisst, wenn du weg bist. Für mich ist es das tägliche Brot. Ich folgte ihm, und zugleich ertrug ich ihn nicht, weil ich das Bild von mir nicht ertrug, das er mir zurückspiegelte. Er schaffte es, dass ich wie ein Lamm dem Hirten folgte, wie die Entenküken, die hinter jedwedem bewegten Gegenstand hinterherwatscheln, der für sie zur beschützenden Mutter wird. Folgsam kokste ich neben ihm, trank am Tresen, dieweil ich ihm zuhörte, stieg meinen Vorsätzen zum Trotz zu den Zimmern im Nuttenclub hoch, er voran, ich hinterher, vor uns die beiden Nutten. Er hatte sich nicht wie ich auf einem jener Wege, die, wie im Sumpf, unter Unkraut verschwinden, verloren. Er war weiterhin dabei, uns zu verlassen. Ich hätte zeigen müssen, dass ich eine eigene Persönlichkeit, ein eigenes Urteil hatte, und sei es, dass ich Nuancen in den Vordergrund stellte, wie es Justino bei Diskussionen zu tun pflegt. Also, ich rede gerade vom Anfang der Achtzigerjahre. Ich hatte mich schon seit Langem im Sägemehl verkrochen, acht oder zehn Jahre, in denen ich nichts erwartet hatte. Leonor war nicht mehr mein, war es nie gewesen. Die Gans-Frau, die so flog, wie es ihr passte, und aus dem Zeitvertreib Kalkül machte, hatte den abgeschüttelt, der auf ihr ritt. Heute ist Kokain nicht mehr gesellschaftsfähig, damit hantieren nur junge Kerle, die von der Oberschule ab- und auf den Bau gegangen sind und jetzt keine Arbeit haben: Geh zum

Abort, alles bereit. Mir wird natürlich nichts angeboten, mein Alter, das Image eines seriösen Mannes, obgleich die Tatsache, dass ich Junggeselle und allein bin, mich mit einer gewissen Aura von Boheme umgibt: Diese jungen Kerle wissen nichts von meiner Vergangenheit, das interessiert sie auch nicht, in kleinen Städtchen ist das Zusammenleben gedeihlich, weil man periodisch Schichten des Vergessens über das Vergangene schüttet; täte man das nicht, wäre das Leben unerträglich; wie jeder Alte meiner Generation bin ich für sie ein starres Bild, keine Entwicklung, verfestigtes Sediment. Wir Alten erreichen ein Stadium der Zeitlosigkeit, wir sind ein unveränderlicher Zustand, nicht ein sich wandelndes Wesen, man geht davon aus, dass es keine Zwischenetappen zwischen dem Altern und dem Sterben gibt, auch wenn von dem einen bis zum anderen Jahrzehnte vergehen. Du wirst alt und dann stirbst du; sehen sie zufällig ein Bild von dir in ihrem Alter – vier davon hängen im Büro an der Wand, auf dem einen reicht meine Mähne bis zu den Schultern –, dann staunen sie darüber, dass du ihnen so ähnlich siehst. Cool, du hattest ja lange Haare, und der Nicki ist wieder total in. Auf dem Foto trage ich tatsächlich einen Nicki, auf den lang, hell und glatt das Haar fällt; und daneben ist eins, auf dem ich ein weites, weißes Leinenhemd trage, offen, und auf der Brust die Kette mit den Haifischzähnchen zu beiden Seiten des Anhängers, ein Kreis mit einem großen A in der Mitte – schau an, ein Hippie; und auf diesem, da bist du am jüngsten, achtzehn? zwanzig?, da hast du das Haar und den Anzug wie die Beatles, mit geschlossenem Kragen. Diese Jacken sind wieder modern. Damals nannten wir das Maokragen, nach dem Mann, der in China die Revolution gemacht hat und eine Uniform mit Stehkragen trug. Du weißt nicht, wer das ist? Hast du ihn denn noch nie im Fernsehen gesehen? Krass, du sahst ja wie Leonardo DiCaprio aus, das willst wirklich du sein? Dick bist du geworden. Und wie das dein Gesicht verändert hat. Und das Haar, hattest wirklich eine ordentliche Matte, und jetzt der Glatzkopf. Klar, mein Junge, was glaubst denn du, dass ich immer dieses Pfannkuchengesicht und einen Trommelbauch gehabt habe? Das Schlimme ist, dass die meisten von denen, die damals Ketten aus Haifischzähnen oder Muscheln hatten und Maokragen trugen, gestorben sind oder getötet wurden oder jetzt in Rente sind und Enkel oder Urenkel haben und mit Blutzucker, Triglyceriden, Cholesterin, drei Bypässen, einem Schrittmacher, Krampfadern, Prostata und Arthrose kämpfen. Oder sie liegen nach Mitternacht noch wach, grübeln darüber, ob die Chemotherapie den Darmkrebs besiegen wird oder nicht. Alterchen wie ich, Pfannkuchen, aufgeschwemmte Blutwürste, aber auch Doubles für Dracula in einem B-Movie, graue oder gelbliche Magerkeit, senkrechte Falten übers ganze Gesicht; Toupet auf der Glatze, Scharten im Gesicht, ein unproportioniertes falsches Gebiss und graue Haare. Zerstückelte Prostatas, die Spuren der Bestrahlung eingekerbt in den glanzlosen Blick, in diese geschärften und verschreckten kleinen Augen, stets auf der Hut, nicht dass sie dem Tod doch noch in die Arme laufen. Gesichter von gemarterten Menschen, die in den Mühlen der zeitgenössischen Medizin dem Ungeheuerlichen begegnet sind.

Der reife Franciso verschmäht die kleinen Laster von Olba, er fällt nicht so tief, gerade mal den einen oder anderen Gin Tonic, blauer Bombay Saphire oder ein Citadelle, den der Wirt der Bar Castañer für ihn parat hält. Er hat die beiden halb vollen Flaschen seitwärts auf dem Regal stehen, nur für ihn, er ist der Einzige, der danach fragt. Die anderen verlangen Larios, Gordons, und die eigenwilligsten, Tanqueray. Francisco: ein Gin Tonic mit Citadelle, nur wenig Gin, als Medizin gegen den hinterhältigen Blutdruckabfall am Abend, die Unterzuckerung; aber keine größeren Kaliber – Poker, Nutten und Drogen: verboten. Er kraust sein altersschwaches Hasenschnäuzchen, wenn er irgendeine Bemerkung von den alten Knackern (die Nutten, das Spiel) oder von den jungen Spunden hört (das Puder, die Grasfluppe, die Maria wächst gut in dieser sonnigen Gegend, ein begünstigtes Klima, die Jungen pflanzen sie für den eigenen Verbrauch, sechs oder sieben Pflänzchen auf dem

Hof, auf der Dachterrasse); anzunehmen, dass er Besseres zu tun hat, oder dasselbe auf einem höheren Niveau, Premium-Qualität, nicht zu vergleichen mit dem, was in den Zimmerchen mit Rumänin geboten wird, enthaart kraft Rasierklinge oder Wachs, weil sie die Lasertechnologie noch nicht kennt oder sich die nicht leisten kann. Zimmerchen mit Spielzeugjacuzzis. Ich frag mich immer, wie die Wannen im Lovers diese mächtigen Leiber aufnehmen sollen, die sich an die Theke des Klubs lehnen, Kerle von neunzig, hundert, hundertzehn Kilo oder noch mehr, stämmige Bauern, robuste Maurer, fettleibige Lastwagenfahrer, Mechaniker, sesshafte Angestellte von Immobilienfirmen oder Banken, Fettärsche, Weichärsche, Hängeärsche, breithüftige Leute, Kerle, die wie die Glocken hin und her schwanken: das physiologische Modell der mediterranen Amphore, das man sich als weiblich vorstellt, tatsächlich aber unisex ist. Ich kenne viele breithüftige Hurenböcke, wer weiß, was das auf sich hat. Ich glaube nicht, dass diese mächtigen Leiber in die Miniwannen passen. Klar, meiner passt kaum rein. Statt in dem Becken mit den Druckdüsen zu planschen, werden sie sich auf das Bidet hocken, so wie ich das dort tue, du sitzt auf dem Pferdchen (bedeutet das französische Wort Bidet nicht so viel wie Pferdchen oder Halfter? Ich muss da noch mal im Schulwörterbuch nachschauen), während sie dir die Rute und das Arschloch mit Antiparasitenseife abreibt, damit sich die Filzläuse, die dort nisten, auf die Flucht machen; das kleine Jacuzzi-Becken ist reiner Dekor, um die Session zu verteuern, eine Spiegelung von Luxus, in Reichweite der Hungerleider. Du zahlst dafür, bekommst es, aber die Bedienung ist so kompliziert, dass du nicht viel davon hast. Ein andermal, sagst du dir, nächstes Mal oder in ein paar Monaten, wenn die Diät, die mir der Arzt verordnet hat, um das Cholesterin, die Bluttfettwerte herunterzubekommen, Erfolg gehabt hat. Er hat mir gesagt, dass ich knapp fünfzehn Kilo abnehmen und viele fettlos gebratene Hühnerbrüste und Salat essen soll, sonst naht die Katastrophe, die Arterien und das Herz werden platzen wie eine wohlgefüllte Piñata. Schließlich und endlich bin ich zum Ficken hergekommen. Baden kann ich auch zu Hause. Nein, Francisco kommt nicht zu diesen Orten. In Olba wird dein Bild angekratzt bei jedem falschen Spielzug, die Figur verliert Kontur, und schon gibt es keine Möglichkeit mehr, sie wiederherzustellen; mein Jugendfreund, die Lokaleminenz: Als wir hier noch Wein von der Kooperative von Misent tranken und die Paellas bei irgendeinem Imbiss bestellten, war er Journalist in Madrid, bei einer Zeitschrift mit nationaler Verbreitung, Vinofórum, und er war Miteigentümer eines angesagten Restaurants. Als Besitzerin war seine Frau eingetragen (man weiß ja nie, sie hatten sich für Gütertrennung entschieden), und dank kastilischer Unternehmer aus Valladolid und Salamanca wurde er deren Partner bei ein paar kleinen, romantischen Hotels, inklusive Weinkellerei, alles mit einem Hang zum Mittelalterlichen, bis in die Namen hinein, da gibt es so manchen mittelalterlichen Franquisten, der in diesem Scheißland wie die Made im Speck sitzt, erklärte er, ich könnte dir Sachen erzählen, und dann redete er von den Hängen in Burgund und von dem Corton-Charlemagne, alles Weißwein, weil der Kaiser blond war und Rotwein seinen Bart befleckte; und von der Romanée Conti, dem Médoc und dem Château Latour. Er erklärte dir die Vorzüge von *botrytis cinerea*, diesem nebligen Schimmelpilz, der die Weine von Sauternes versüßt; und er belehrte dich über die Dekantierungszeit, die jede Flasche erfordert: ein Experte für Weine und Autor von Kochbüchern und Reiseliteratur. Die Römerbriefe des Apostel Paulus interessierten ihn nicht mehr, ebenso wenig wie der Moraltheologe Miret Magdalena; und das Zweite Vatikanische Konzil war ihm piepegal, er erinnerte sich schon gar nicht mehr daran (Wann war denn das? – in den fernen Sechzigern), auch nicht an Karl Liebknecht und Rosa Luxemburg, die er noch Jahre zuvor gelesen und erörtert hatte. Über die wir beide an so vielen Abenden diskutiert hatten. Er erzählte mir vom Apostel Paulus, ich war aber schon damals nicht gläubig, hatte da schon mehr, wenn auch nicht viel, für die deutschen Revolutionäre übrig: deren Abenteuer waren spannender, wenn mich auch etwas der rote Faden der Politik, der sich durch alle Wechselfälle ihres Schicksals zog, störte; das war eher etwas für meinen Vater. Francisco hätte sicher etwas davon gehabt, mit ihm zu diskutieren, wenn denn mein Vater dazu bereit gewesen wäre, aber der konnte Francisco nicht verzeihen, den Vater zu haben, den er hatte, und ich war schon immer allergisch auf Helden und Heilige, ich fühlte mich nicht in der Lage, solchen Beispielen zu folgen, darüber haben Francisco und ich gesprochen, damals haben wir heiß diskutiert, nicht nur hier, auch in Paris, London, in Ibiza, in den Monaten, die meine große Flucht gedauert hat, mein erregender Indian summer, der in Leonors Netzen endete. Danach die vierzig langen Winterjahre. Diese Leute aus der Weimarer Republik gehörten für Francisco zur Familie (er hatte sich bei jenen eingereiht, die dem Jäger Gregorio Marsal eine willkommene Beute gewesen wären), vertraut war auch die Landschaft, der eisige Kanal, in den die sozialdemokratischen Genossen sie mitunter hatten werfen lassen. Wir wussten besser über ihre Schicksale Bescheid als über das, was unsere Großväter erlitten hatten. Mir hatte man kaum etwas vom Ende meines Opas erzählt, alles nur halb ausgesprochen, als gewusst vorausgesetzt, ich wusste noch nichts von dem Genickschuss, ein paar hundert Meter von unserem Haus entfernt, aber ich wusste von den revolutionären Leichen, die im eisigen Wasser der Spree trieben (wenn man von Verbrechen und Deutschland spricht, ist immer Nacht und Nebel, und das Wasser muss eisig sein: sogar Marx spricht in seinem Manifest von eiskaltem Wasser, das bei ihm das der kapitalistischen Berechnung ist, daran kann ich mich noch erinnern). Ich glaube auch nicht, dass Francisco von der Jagdleidenschaft seines Vaters in den Vierzigerjahren gewusst hat. Wir waren ja schon Anfang der Achtziger. Und mit anderen Themen beschäftigt. Es ging nicht mehr um Gefängnisse, noch um Leichen, die im trüben, kalten Wasser der Flüsse trieben, es sei denn als Kapitel eines Abenteuerromans, so etwas wie die Erlebnisse des Michael Strogoff an den Wassern des Jenissei, Abenteuer, deren Held Francisco hätte sein wollen, während ich meine Rolle auf die des Neugierigen beschränkte, der davon in irgendeinem Buch las. Ist es denn Sünde, keine Lust auf Revolution zu haben, nicht in der Geschichte schürfen zu wollen? Obwohl er, nach vielem Herumtasten, auch nicht auf die Geschichte oder auf den Kampf des Proletariats setzte. Er suchte sich andere, anheimelndere Räume für sein Abenteuer aus, während ich dann sogar darauf verzichtete, über solche Dinge durch Bücher zu erfahren (immer noch besser das Buch des eigenen Lebens). Schließlich und endlich schien die positive Option, nicht zu zerstören, sondern von dem, was ist, das Beste zu wählen – eine Entscheidung, die ihn damals beschäftigte und die er dann auch traf –, besser zu seiner sozialen Herkunft zu passen oder zum Status seiner Familie, oder, genauer noch, zu den Bestrebungen und Vorspiegelungen den Status seiner Familie betreffend; im Städtchen wurde dieser Status als eher hoch eingeschätzt, wenn auch als nicht ganz eindeutig; vom Ursprung jener Position (Falange-Papa: Pistole, Durchsuchungen, Schwarzmarkt, Sprünge über Felsbrocken, hinter zerlumpten, hungrigen Vogelscheuchen her) sprach man lieber nicht mit den fünf oder sechs traditionsreichen Familien mit ererbtem Vermögen in Olba, den sogenannten guten Familien seit jeher, die ihre Güter und ihren Status ohne großes Aufhebens und geschmacklose Übertreibungen bewahrt hatten; bei den Neureichen aber kam das von den Marsals vorgeführte Gaukelspiel an, Don Gregorio hier und Don Gregorio dort, das Dienstmädchen servierte mit Häubchen, wenn Gäste kamen, das schluckten die Emporkömmlinge aus der Nachkriegszeit und auch jene, die in den Sechzigern reich geworden waren, Leute, die sich in gewisser Weise als seine Nachfolger betrachteten und in ihm gespiegelt sahen – waren sie doch den Weg gegangen, den Don Gregorio Marsal gleich nach dem Bürgerkrieg eingeschlagen hatte: die zweite Generation der Plünderer, einige von ihnen Kinder derjenigen, die mit der Hundemeute mitrannten, der auch Marsal, an Bord seines Hispania, angehörte, Vorarbeiter, Kleinstbürger, Gesindel, gerade erst zu Geld und zu einem Waffenschein gekommen, nicht dass so ein Halunke ins Haus kommt und mir das Schwarzgeld aus dem Safe räumt. Die Kinder – noch unbedarfter – haben die spanischen Farben am Schlüsselbund und am Uhrenarmband, dazu stets einen Neger- oder Marokkanerwitz auf den Lippen, überzeugt davon, dass dieser Kasernenjargon für Klasse bürgt, arme Ignoranten, sie merken nicht einmal, dass dies der Eingang für die Hofnarren ist. Die Marsals gelten etwas bei den lokalen Bauunternehmern, auch bei denen, die mit Baumaterialien handeln, Farben oder Eisenwaren verkaufen, den Kneipenbesitzern, bei all den Neuankömmlingen, die in den letzten dreißig Jahren darin wetteiferten, größere Faschos als ihre Vorgänger zu sein: die Sprösslinge der Kriegsgewinner: Suárez an die Wand. Carrillo–Paracuellos. Die Gräueltaten der Republikaner. Hitler hat das Judenmorden nicht zu Ende gebracht. Das ist die Prägung ihres Klassensiegels. Sie suchen Don Hinz und Don Kunz auf, beide sehr regimekonform, Brüder des Generals der Luftstreitkräfte oder des Obersten der Guardia Civil, und noch größer die spanische Flagge am Schlüsselbund, wenn sie das Auto starten, und als Handyklingelton tönt dir mitten beim Essen im Restaurant in voller Lautstärke die spanische Hymne entgegen, und sie stecken das *Cara al sol* in den CD-Player, sobald du in den Geländewagen gestiegen bist, ganz zu schweigen von der Tarnkleidung, die sie in diesem doch stark urbanisierten Gebiet anlegen, und ihrer Lust an Waffen, die sich als Jagdpassion verkleidet. Das war nicht mal von ferne Franciscos Welt, als er von hier verschwand, wäre es auch nicht geworden, wenn er hier geblieben wäre. Ganz im Gegenteil. Diese Leute waren sein Albtraum, der unsichere Boden, auf dem er sich bewegte, diejenigen, die seine Schande ans Licht brachten, die Leiche im Keller, die jedes neuere Vermögen belastet. Genau deshalb ist er fort, er floh vor dieser Umgebung, er war nicht bereit, durch die Tür der Clowns zu kommen, Komparse zu sein, und nichts anderes waren am Ende sein Vater und dessen Kumpanen gewesen, sie hatten für die Unterhaltung von Gouverneuren, Pseudoparlamentariern und hochrangigen Militärs hergehalten, die auf Besuch in der Region waren. Sie tischten ihnen Paellas auf, *all-i-pebres*, luden sie zu Bootsfahrten ein, damit sie auf die imposanten Klippen von Misent sehen konnten, während sie sich einen Garnelenkopf in den Mund schoben (der Kopf ist das Leckerste, mein General), und nahmen sie mit in die Klubs mit den besten Schwalben. Als er nach und nach etwas von der Familiengeschichte erfuhr, spuckte er auf die Jugendbilder seines Vaters, die dieser im Büro hängen hatte, Blauhemd mit Koppel, das spinnenartige Emblem auf die Brust gestickt – achtete aber darauf, die Spuckspuren zu beseitigen, bevor sein Alter hereinkam –, und hatte keine Freude an der bronzenen Büste von José Antonio, die der Vater als Briefbeschwerer benutzte. Die Freunde hielt er von diesem Sanktuarium fern, das die Reliquien der Erbsünde bewahrte. Ich glaube, mir war es als Einzigem gestattet, diesen Raum zu betreten, den er als unehrenhaft ansah, weil er die finsteren Ursprünge von Don Gregorio Marsal dem Älteren offenbarte. Sein Sohn verabscheut dieses Arbeitszimmer, weil er in eine andere Welt entfleucht ist, in der er, wie ein Astronaut, die Schwerelosigkeit genießen kann, nichts, was ihn an den Boden der jüngsten Geschichte und deren Vulgarität fesselt. Die Tute-Partien, bei denen Don Gregorio die kleine Pistole im Halfter sehen ließ, die Kitschmusik, die Mama, die Kroketten brät, der Nachttopf unter dem Bett, der Einlauf für den Opa, all das ist getilgt; er genießt es, nicht in den Staub und Schmutz des Ursprungs steigen zu müssen, er lebt in der Schwerelosigkeit, in der man sich in der günstigsten Form wieder zusammenbauen kann. Seine neue Welt: die Crépinettes und die Crème Parmentier, Foie gras aus dem Périgord und Poularden aus Bresse, die goldenen Wälder Frankreichs im Herbst, die Weinberge mit ihren roten Laubranken, die unter der schwachen Oktobersonne an irgendeinem Ort im Burgund aufleuchten. Ich, wie auch alle anderen, habe ihm in jenen Jahren – die Achtziger hatten Einzug gehalten – mit offenem Mund gelauscht. Sein Hasenschnäuzchen erschnupperte in einem Glas einen ganzen Obstladen: Kirsche, Pfirsich, Pflaume; ein Holzlager: Zeder, Eiche; einen Kolonialwarenladen: Honig, Zucker, Kaffee; einen untergegangenen Garten: da ist ein Hintergrund aus Wasserpflanzen, Seerosen in klarem, stehendem Wasser. Als wisse er nicht, dass Lilien und Seerosen, wie alles, was im Sumpf wächst, nach faulem Fisch riechen. Ess- und Trinkkultur, Kenntnis der Haute Cuisine. Abends dann in meinem Zimmer kramte ich in den mageren Bücherregalen auf der Suche nach einem Buch von der Luxemburg, von Gramsci oder von Marx und entdeckte, dass sie auch mir, wer weiß wie, abhandengekommen waren. Kein einziges war zu finden. Ich kam auch nicht darauf, was ich mit ihnen angefangen hatte. Das Nächstliegende: Ich las sie, weil Francisco sie mir lieh. Oder vielleicht habe ich sie auch gar nicht gelesen. Ich habe über sie geredet, ohne sie je aufgeschlagen zu haben. Sie lagen in der Luft. Ein dichter, mitteleuropäischer Dunst, Nacht und Nebel und das eiskalte Wasser überschwemmten das Hirn und überdeckten die Erinnerung an diese Etappe, die ich aufgab, als ich meine Rückkehr nach Olba beschloss, sowie an eine epische Erzählung, die ich nie als meine eigene empfunden hatte. Auch in meinem Fall hatte die Vergangenheit aufgehört zu existieren, sobald ich zur Schreinerei zurückgekehrt war. Ich ertrug die stets mysteriösen Anspielungen meines Vaters auf Dinge, die sich ereignet hatten, nicht. Zunächst begriff ich sie nicht; sodann langweilten sie mich. Und schließlich fand ich sie widerwärtig. Er dachte sich, dass ich das Schreinerhandwerk aus einer Art von Berufung heraus aufgenommen hatte, und dann hatte er es eilig, mir davon zu erzählen, dass er Teil dieser epischen Erzählung sei, aber ich war nicht bereit, ihm zuzuhören. Ich sagte ihm: Der Groll lässt dich nicht leben. Das ist vorüber, Schluss aus und vorbei, kapier es doch endlich. Wie Francisco hatte auch ich einen Planeten der Schwerelosigkeit betreten. Leonor brachte mich zum Schweben und ließ mich dann fallen. Etwas habe ich aus all dem gelernt, über die Phase der Wiedereingewöhnung, diese Zeit des Druckausgleichs, welche die Taucher brauchen, um wieder an die Oberfläche zu kommen, obwohl, damals habe ich vor allem gelitten, ganz fürchterlich gelitten, sie war in allem, was ich ansah, anfasste: Es war keine Liebe, die Liebe dauert nicht so lang, es waren schon einige Jahre vergangen, es musste eher Groll sein, der Groll hat kein Verfallsdatum, sie fliegt davon und rettet sich, und ich geh ihretwegen vor Anker und steh nun allein da, rudere mit den Armen im Schlamm und verdamme mich, es ist ungerecht, ich halt das nicht aus, du gemeines Stück, abends komme ich nach Hause, manchmal voller Wut, andere Male möchte ich einfach nur losheulen, doch immer mit Alkohol abgefüllt. Ich dachte an alles, was ich verpasst hatte, weil ich nicht den Mut gehabt hatte, von hier wegzugehen. Ich hätte mich von den deutschen Märtyrern und den eisigen Kanälen befreien können, ohne mich gleich wieder zu Hause einzunisten: mein Vater und die Werkstatt. Francisco hat es gemacht, er hat sich von ihnen allen befreit, und das obwohl er einen Glauben hatte, den ich nie kennengelernt habe. Mein Vater war ein Liebknecht für den Hausgebrauch, und ich hatte mich mit ihm zusammen eingesperrt, oder trieb, erschlagen mit ihm, in einem eisigen Kanal. Gemeinsam trieben wir dahin, doch mein Planet war mit dem seinen nicht zu vergleichen. Säge, Hammer, Stecheisen, Drehbank, Drillbohrer, die Rufe meines Vaters, die Rufe der Tute-Spieler in der Bar, das zwanghafte Trinken, das Münzenzählen am Wochenende, mal sehen, ob ich genug zusammengespart habe, um mir ein halbes Stündchen im Lovers zu genehmigen, vierzig Jahre in einer Welt, die so schäbig und rau war wie eine Feile, vulgär und mies, derweil tummelt sich meine Jugendliebe, die nicht Mutter meines Kindes sein wollte, mit meinem besten Freund in einem Paradies, das bevölkert ist von getrüffelten Truthähnen, Poularden, Blutenten a la Rouennaise, polyglotten Menschenwesen und Hotelzimmern mit Blick auf den Genfer See. Ich fühlte mich wie ein ungeschickter Astronaut, ausgesetzt auf unwirtlichem Meteorgestein, während die Mannschaft des Raumschiffs weiter ihrem Ziel entgegenfliegt, einem unbekannten blauen Planeten, von Vegetation bedeckt und mit Seen gesprenkelt, wo lockende Nymphen und lüsterne Faune wohnen. Fehlender Ehrgeiz, Konditionierungen des Milieus. Ich dachte: Ich bin Eigentümer meiner Entbehrungen. Mein einziges Eigentum ist das, was mir fehlt. Das, was ich nicht fähig bin zu erreichen, was ich verloren habe, das habe ich, das ist wirklich mein Eigen, das ist die Leere, die ich bin. Ich habe, woran mir mangelt. Und ich spürte unendliches Mitleid mit mir und einen Groll, der sich manchmal wie Hass auf sie anfühlte, falscher Hass (nein, nein, gehasst habe ich sie, glaube ich, nie, sie erregte mich, wenn ich sie sah, ich begehrte sie, begehrte sie bis zum Ende, sie war für mich die einzige Frau) und falscher Hass auf Francisco, der sich auf meinen Vater ausdehnte (was ist mit ihm? Habe ich ihn gehasst? Hasse ich ihn noch immer?), oder umgekehrt, Liebe durch Abwesenheit. Sie waren Kopf und Zahl derselben Münze, das, was sich mir unerreichbar anbot, war die eine Seite, und auf der anderen war eingeprägt, was mir verweigert wurde: Francisco führte mir vor, was ich hätte sein können, und die Tiefe dieses Nichts, das zu meinem einzigen Eigentum geworden war, führte mir mein Vater vor, er rieb mir unter die Nase, was ich nicht sein würde: da war die Werkstatt, die möblierte Wohnung, in der kein Platz war, den ich mein Eigen hätte nennen können, die Käfige mit den Distelfinken, die ich seit Mutters Tod versorgte, die Samstagnachmittage in dem Zimmerchen mit den Postern von Deep Purple, Jimi Hendrix und Lou Reed, die allmählich vergilbten und die ich schließlich von der Wand riss; das samtige Fleisch, bläulich oder rosig beschienen am Tresen eines Klubs, der im Laufe der Jahre den Ort wechselte, den Namen wechselte und doch der gleiche blieb, die halb zugewachsenen Wege durch den Marjal, der Geruch nach nassen, fauligen Pflanzen, die Federn eines Blässhuhns, in eine schlammige Flüssigkeit getaucht und klebrig von Blut, der dampfende Dunst, der aus dem Fell eines hechelnden Hundes steigt. Das meinige, bevor das Wort mein nur noch die Lücke für das Verlorene wurde, waren die zwei, drei Eskapaden ins Abenteuer hinein gewesen, die Francisco rentabel zu gestalten wusste und die ich verschwendet hatte. Bei all diesen Gelegenheiten waren wir zusammen, besser gesagt, immer war Francisco die treibende Kraft: ein paar Monate in Paris, wahrscheinlich aus dem einzigen Grund, weil man, um das Leben groß zu leben, oder um auf ein großes Leben zu setzen, schon immer nach Paris hat gehen müssen; ein Aufenthalt in London, weil damals die Avantgarde in London war, Op und Pop, das was in war, wurde dort ausgeheckt; einige Monate in Ibiza, vor dem Auftauchen der Hippies, wo es aber schon ein paar Leute gab, die Marihuana anbauten und, wer weiß wie, Peyote aus Mexiko oder Guatemala herbrachten und Meskalin mit religiöser Inbrunst und nach den Lehren des Hexers Castaneda schluckten. Laila buk köstliche Hanfkuchen, danach lachten und weinten wir in Erinnerung an irgendetwas Fernes, und am Ende fand man ein Kuschelplätzchen an einem freien Busen. Ja, ich glaube, sie hieß Laila, aber ganz sicher bin ich mir nicht mehr. Ob ich andere Sorgen hatte, weiß ich nicht. Von diesen Eskapaden kam ich stets zurück, und zwar regelmäßig – ich wüsste nicht zu sagen, warum – leicht angeekelt und (da weiß ich schon, warum) völlig blank. Im Stierkampf würde man sagen, dass ich Stalldrang hatte, ich pferchte mich ein, suchte den Bretterzaun, ohne dass jemand mich dazu trieb, das Heim zog an mir, die Krippe; wenn du mich fragst, zog der mütterliche Uterus an mir, und Leonor hat ihn mir geboten: Was ist Sex anderes als der Wunsch, sich in diese rosig weiche Höhle zurückzuziehen und einzugattern: in jemand anderen einzudringen, durch irgendeine der Öffnungen, der Wunsch, wieder dort zu sein, in der finsteren Höhlung, schön warm, geschaukelt im Fruchtwasser, gewiegt in Schleim. Uterus-Qualitäten hatten auch gewaschene Hemden, gebügelt und gefaltet in der Kommode, die Unterwäsche blitzte vor Weiß (mütterlich die Lauge, das Stück Seife Marke Lagarto, das Waschblau, wie die Wäsche an der Leine flattert auf der sonnigen Dachterrasse unter der blauen Kuppel des Himmels, ich sehe, rieche sie, der Reistopf, wie sich's gehört, mit Bohnen, weißen Rüben, Mangoldstängeln, Schweinepfoten und -ohren sowie Blutwurst, steht heiß und saftig und zur rechten Zeit auf dem gedeckten Tisch). Dennoch mache ich noch heute meinen Vater für meine wiederholte Rückkehr verantwortlich. Das ist die Version, die ich den anderen erzählte, nicht denen aus dem Dorf, denen habe ich nichts erzählt, wozu auch sollte ich ihnen einen Grund für Witze oder Kritik liefern, denn etwas anderes hätte ich damit nicht erreicht, in Olba ist es keine gute Idee, Wahrheiten zu verbreiten, aber den Freunden, die ich dort draußen kennenlernte, von denen ich mit einigen noch eine Weile in Briefkontakt stand oder ab und zu mit ihnen telefonierte (was wohl aus ihnen geworden ist? Fast fünfzig Jahre ist das her, und doch kann ich mich noch an sie erinnern. Wie viele von ihnen sind jetzt bereits nur Lumpen und Knochen?) und die eine Zeit lang Freunde gewesen waren, mit denen ich in Paris einen Café Calva nah der Bastille trank, gegenüber einer Bushaltestelle in die Peripherie (Vitry, Ivry, Maisons-Alfort, Vincennes), oder ein Pint Bier in Candem; jene, mit denen ich mich in den paar Monaten an der Akademie der Schönen Künste traf und die ich danach nie wiedersah, ich habe mir diese Geschichte auch immer wieder selbst erzählt, der Kummer über das, was hätte sein können und nicht war: Ich erzähle mir, dass mein Vater mich an die Schreinerwerkstatt band, mir die Flügel stutzte, wie die Bauern den Hausenten, damit sie nicht losfliegen, wenn sie von hoch oben von jenen Zugvögeln gerufen werden, die vom Sumpfgelände aus Richtung Norden migrieren (die Biologen legen ihnen jedes Jahr Ringe an und stellen fest, dass sie nach England, Russland, Schweden ziehen, Ururenkel jener Vögel, die den Nils Holgersson meiner Kindheit transportiert haben), Padre Padrone, der mich dazu verdonnerte, bei ihm zu bleiben, da die anderen Brüder entflogen waren. Einer inzwischen weit entfernt vom nebligen Ziel irgendeines Zugvogels: Germán weilte seit wenigen Monaten im Land der Nimmerwiederkehr. Carmen war gerade nach Barcelona entfleucht, fast noch ein Kind, sagte mein Vater mit Tränen in den Augen – das einzige Mal, dass ich ihn weinen sah –, und der Dritte, der Verwandlungskünstler Juan, wer weiß schon, wo der sich aufhält, von hier nach da. Wir waren eine Vogelfamilie, flatterhaft, migratorische Kinder des Sumpfes. Ich bin zum Prinzip der Sesshaftigkeit zurückgekehrt. Die Beharrlichkeit meines Vaters hatte seit dem Tod meines älteren Bruders etwas Herrisches bekommen. Seine Besitzansprüche. Er wollte mich hier, bei ihm, er wollte einen Gehilfen und einen Erben haben, der seiner Arbeit einen Sinn gab (versuch es doch wenigstens, Schreiner zu werden, hatte er gesagt), ich sollte seinem Leben einen Sinn geben. Eine Schreinerei nur für ihn allein entlarvte sein futuristisches Gerede, seinen Egoismus, als wäre das, was er aufrechterhielt, nur für ihn allein. Wenn er nicht für jemanden arbeiten konnte, die Zukunft von jemandem sicherte, hatte sein Leben keinen Sinn, sein Verrat (nennen wir es mal so, da er selbst es dafür hielt) hätte dann nur ihm allein genützt. Dann wäre er kein Märtyrer gewesen, sondern ein Feigling, ein eingekreister Stier mit Stalldrang, wie ich es gewesen bin. Meine Mutter bot ihm ein zu kleines Terrain, um seine Autorität auszuüben. Er fühlte sich zu wichtig, um nur über eine ängstliche kleine Frau zu herrschen, von der er nie so recht wusste, ob sie ihn liebte oder nicht, und der ihre Familie, wohlhabende Bauern, nie die überstürzte standesamtliche Heirat mit einem halbwüchsigen Schreiner verzieh, der ihr ein Kind gemacht hatte und selbst nur Sohn eines armen, roten Schreiners war. Er musste seine Befehlsgewalt ausdehnen. Der Tod meines Bruders hat mich an die Werkstatt gefesselt, obwohl jener nie hatte bleiben wollen, oder vielleicht auch gerade deshalb, weil er nicht hatte bleiben wollen und es am Ende mit Krankheit und Tod bezahlte. Das ist die offizielle Version. Nicht schlecht, der Tod fesselte mich an die Werkstatt, klingt nach sowjetischer Tragödie oder der sozialen Variante eines Westerns von Sergio Leone. Die Schuld an meinem Versagen habe ich bis heute nicht abwerfen können, obwohl ich gespürt habe, dass ich biologisch ein Sklave auf der Suche nach einem Herrn bin, ich weiß nicht, ob diese Folgsamkeit in meinen Genen liegt oder ob sie mir mit der Milch, die ich gesaugt habe, übertragen wurde. Würdiger Sohn meiner Mutter, der Königin der Seufzer, bei der die Tränen herabrollen, so als solle sie keiner sehen, damit aber alle wissen, dass sie weint, die schnelle Bewegung mit dem Taschentuch zu den Augen, sie scheint der Vertuschung zu dienen, während diese Geste ihre Tränen doch zum unbestrittenen Star des Augenblicks macht, sei es bei einem Abschied, einer Diskussion, einem Streit, weil einem Befehl nicht gehorcht oder ein Wort zu laut ausgesprochen wurde. Sogleich Tränen. Seufzer. Und als Kontrapunkt der wachsende Zorn meines Vaters. Ich habe oft gedacht, ob meine Großmutter vielleicht recht gehabt hatte mit ihren Zweifeln, ob es denn wirklich Liebe war, als sie ihn drängte, sich zu stellen, ja, auch ich habe es oft gedacht, denn diese mit falscher Scham vorgezeigten Tränen und die Vorwürfe dienten dazu, das Schlechteste aus ihm herauszuholen, den wenigen Stolz, der ihm noch blieb, herunterzustutzen. Sein unkontrollierter Zorn, wenn er sie weinen sah, das Türenschlagen, und dann stundenlang die angespannte Stille, wenn er sich in der Werkstatt oder in dem Zimmerchen, das er sein Büro nannte, verkroch; sie weinte, und er wurde wütend, und danach muss er seine Brutalität gehasst oder ganze Tage Selbstmitleid verspürt haben, er verachtete sich, sah bestätigt, dass sein Leben ein Irrtum gewesen war. Und in diesem Klima, oder in dem Schweigen, das nach ihrem Tod einzog, verliefen meine knapp fünfzig Jahre Schreinerdasein, ich versuchte, die Seiten der Vergangenheit zu löschen, sie leer zu machen, meine Gewohnheiten und meine Ansprüche denen der anderen anzupassen, das reine Nichts, der Anis am Mittag, das Spielchen am Abend, ein paar Mal im Monat das Lovers oder das Ladies (vor dem Lovers war es El Rincón, und davor Caricias, wie ich schon sagte, es wechselte den Namen und den Ort, war aber dasselbe Lokal). Achtziger-, Neunzigerjahre, Ende des 20. Jahrhunderts, 21. Jahrhundert, immer allein, auf der Hut vor Zeugen, manche halten mich für schwul, keine Freundin, keine Geliebte, keine Nutten, ich weiß, was einige hinter meinem Rücken erzählen; mit anderen klebte ich an ein und derselben Bartheke – sie halten mich für einen lasterhaften Sonderling. Die Werkstatt, das Essen mit meinen Eltern, dann das Essen ohne meine Mutter, wir beide, mein Vater und ich, allein, wir wechselten kein Wort, bewegten uns zwischen den Maschinen, den Arbeitsplatten, reichten uns das Werkzeug: eine Handbewegung, ein Befehl, nimm das, das hier muss vor Feierabend fertig sein, morgen wird es dem Kunden gebracht, halt mal das Brett; im Haus drei geschlossene Zimmer, und das meine mit zwei Betten, eines davon leer (Onkel Ramón schlief darin, als meine Geschwister noch hier wohnten), außer dann wenn meine Schwester mit ihren Kindern auftauchte und das Bett für die Kinder in Beschlag nahm; die restliche Zeit über war ich der Rest dessen, was eine Familie gewesen war. Anfangs las ich und hörte Platten; mein Vater schlief seit dem Tod meiner Mutter im Nebenzimmer (warum in diesem und nicht in dem am anderen Ende des Ganges, das er mit seiner Frau geteilt hatte? Oder in dem von meiner Schwester Carmen, das ebenfalls weiter entfernt ist? Warum liegt er auf der Lauer, Wand an Wand, horcht auf mein Stöhnen, das Knarren des Betts, verwandelt es in Schuld?), er klopfte an die Wand, jedes Mal wenn ich den Plattenspieler etwas lauter stellte. Ich lese schon seit Jahren nicht mehr, höre auch keine Platten, aber ich höre nach Mitternacht die Sendungen für einsame Herzen, Verlassenheit, unbefriedigender Sex, kaputte Liebe, fürchterliche Krankheiten, unheilbar, das, was es so gibt, die Welt zeigt sich bei Nacht von ihrer harten Seite. Das Radio fängt sie so ein und möchte sie erweichen oder dass wir sie wieder weich wahrnehmen, und während ich diesen ganzen Katalog des Unglücks, bonbonsüß verpackt, höre, denke ich Nacht für Nacht an die Menschen, die ich gekannt und nie wiedergesehen habe; von einigen weiß ich gerade noch die Namen, keinen könnte ich wiederfinden, uns verbindet kein gemeinsamer Bekannter, nichts, Menschen, die im großen Sack verschwanden, ich denke an jene, die gegangen sind – welche von ihnen? Wie viele? –, und daran, dass ich selbst bald gehen werde und dass, wenn ich weg bin, niemand sich ihrer erinnern wird, niemand sich meiner erinnern wird. Keiner denkt an mich in diesen Stunden vor dem Morgengrauen. Ich selbst bin Stoff für solche Rundfunksendungen. Sich selbst wie einen Schatten zu spüren, durch den man gehen kann, mangelnde Dichte, einer, der nicht wie die anderen ist, sich aber bemüht, so zu sein, derjenige, der das sein will, was die anderen nicht mehr sein wollen; ein Fremder in einem Haus, das nie das meinige war, weder im Grundbuch noch in der Nutzung: die Türen haben sich nicht dann geöffnet und geschlossen, wann ich es wollte, der Ärger meines Vaters, wenn ich in meinen jungen Jahren spät heimkam: Das hier ist kein Gasthaus, das nächste Mal schläfst du auf der Straße; es wurden nicht die Bilder oder Poster aufgehängt, die mir gefielen, mein Zimmer war eine Höhle, bewacht von den gefletschten Zähnen des schnüffelnden Hundes: Die Türen der Schlafzimmer werden nicht abgeschlossen, wir leben nicht unter Dieben. Nimm den Dreck von der Wand: ein paar politische Plakate – Dreck nannte er das; sie entsprachen doch seinen Vorstellungen, bei mir aber hielt er das für ahnungslos und leichtfertig, was es war –, ein paar Poster von Musikbands, die mir Francisco nach und nach mitbrachte: Crosby, Stills & Nash, die Rolling Stones, Bowie, Lou Reed, Janis. Wie Bernal sagt, wenn ihm jemand mit Problemen kommt: Was klagst du, der Herr ist barmherzig und hält uns am Leben. Was habe ich zu klagen, ich bin über siebzig und relativ gesund. Wie viele wären das gerne. Ein bisschen Cholesterin, Blutdruck und Puls eher hoch, ebenso die Blutfettwerte, aber das hat jeder in meinem Alter, wenn er das Glück hat, nicht etwas viel Schlimmeres zu haben. Was mir widerfährt, was mir widerfahren ist, habe ich mir selbst zuzuschreiben. Ich lästere über Francisco, und tatsächlich mag ich ihn nicht mehr so, wie ich ihn als Kind und in der Jugend mochte, ich weiß nicht, wann ich begann, Ressentiments zu entwickeln, das war vor Leonor, da bin ich sicher; aber jetzt beneide ich ihn auch nicht mehr, wie ich ihn so lange beneidet habe: Ich erkenne an, dass er sich getraut hat. Klar, er hatte ein solideres Fundament als ich. Zwischen Eskapade und Eskapade hatte er Zeit, Philosophie zu studieren, den einen oder anderen Rechtskurs zu belegen, und dann Journalismus. Er hat es gelernt zu denken und zu schreiben und Geschäfte nach den Regeln der Zunft abzuwickeln, Regeln, die man, wenn man oben sein will, beachten muss. Ich bin mit ihm mitgelaufen, an seiner Seite, bin ihm wie ein kleiner Hund gefolgt, meine Abenteuer aber waren vergeudet, die reine Verschwendung, ich glaubte, die Zeit zu verbrennen, dabei verbrannte ich selbst. Wenn du nicht weißt, wo du hin willst, ist kein Weg der rechte. Ich merkte nichts davon, aber ich fraß den kargen Proviant auf, den die Vorsehung mir in den Rucksack gelegt hatte. Andererseits darf man nicht vergessen, dass sein Turbo von dem erstklassigen Benzin angetrieben wurde, das ihm seine Eltern einfüllten. Da war das Geld, das er so sehr zu hassen vorgab, wir beide zu hassen vorgaben, und es gab manche diskrete Empfehlung. Das sind keine Kleinigkeiten. Man darf diese Details nicht weglassen, soll die Geschichte glaubwürdig werden. Aber darüber hinaus, oder vielleicht auch deshalb, hatte er ein Projekt. Reisen, Vögeln, Drogen, Kino, Musik, über dieses und jenes mit den einen und den anderen diskutieren, das gehört alles zur ursprünglichen Kapitalakkumulation, wie Marx das nannte. Für seinen Vater waren das die nächtlichen Jagden gewesen, die Ausflüge mit den Autoritäten zu den Klippen von Misent und an die Theken der Nachtclubs. Die Methoden hatten sich verändert, aber der Mechanismus funktionierte nach wie vor. Sogar dieses Spucken auf das Bild des Falange-Vaters gehörte zu seinem Bildungszyklus. Es galt, das Fundament zu legen für dieses Unternehmen in der Potenz, das Francisco Marsal gewesen ist. Und das ist gewiss noch ein Stück leichter, wenn deine Akkumulation nicht wirklich die ursprüngliche ist, sondern ein Zuwachs in der zweiten Generation, denn dein Vater hat bei seiner Akkumulationsarbeit und in seiner eigenen Entwicklungsphase Dinge getan, die weit weniger erbaulich waren als deine Aktivitäten, er hat dir erspart, mit Dung zu arbeiten, was sein muss, will man eine Plantage anlegen; ein kleines, bereits bestehendes Kapital in der Hinterhand zu haben gibt einem diese Perspektive von Kontinuität, es multiplizieren sich die Synergien; es ist eben das Kapital, das du nicht zusammenbekommst, wenn du von einem Job zum anderen springst, von einer Gelegenheitsarbeit zur anderen, so wie ich es in London und Paris getan habe, hier und dort putzen, die einen oder anderen treffen, wie es im Chanson von Aznavour heißt, *rien de vraiement précis:* Das stößt dich in einen Tunnel ohne Licht am Ende, erstickt dich, verbrennt dich, vernutzt dich. Es ist sehr unwahrscheinlich, dass bei dieser Dynamik das Wunder geschieht. Er fabrizierte oder konstruierte sich, wie sagt man da am besten, ein Curriculum, dazu gehörte, dass er bald seinen Posten eines schlecht bezahlten Schullehrers aufgab, den er auch nicht aus Not angenommen hatte, sondern eher um den Riten seines Bildungsromans zu genügen; davor war das mit der HOAC, sein katholisches Engagement, und die Besuche in den Arbeitervierteln, seine Militanz, die er dann aufgab, um sich der Politik zu widmen, der er auch müde wurde, sobald er das Spinnennetz gewoben hatte, in dem er später seine Beute fangen konnte.

»Das mit dem Wein und den Restaurants, das hält mich aus der Schusslinie in diesen Zeiten, wo jedermann in die Politik gehen will, Stadtrat, Sekretär, Abgeordneter oder eben Parlamentsreporter werden will«, erzählte er mir.

So redete er Mitte der Achtziger, als das politische Fieber überwunden war. Von der großen Hoffnung zur großen Gelegenheit. Die Zeiten erlaubten das. Eine solche soziale Beweglichkeit, eine solche Geschäftigkeit wie damals wird sich in Jahrzehnten wohl nicht mehr einstellen. Also hat Francisco Marsal der Menschheit keine Traktate über marxistische Ethik, wenn es diese Disziplin denn gibt, geliefert; auch keine Essays über das Verhältnis von politischem Kampf und Klassenkampf, oder über den Begriff des Bürgerrechts bei dem Apostel Paulus und bei Augustinus; auch nicht den großen Roman, den er manchmal behauptete schreiben zu wollen (wer wollte nicht einen Roman schreiben? Ich. Ich wollte weder

Romane schreiben noch bildhauern und wollte um nichts in der Welt Schreiner werden, schon gar nicht im Haus meines Vaters. Ich wollte leben, und wusste nicht, was das war, leben, für mich war das bis zum Gehtnichtmehr mit Leonor zu vögeln, sie zu besitzen, über sie zu verfügen), sondern stattdessen Artikel über etwas so Unbeständiges wie Wein, Küche und Reisen. Ich meine nicht, dass diese Tätigkeiten unbeständig sind, Francisco hat Artikel über Wein und Gastronomie geschrieben, und tatsächlich haben Wein und Essen ja ihre Bedeutung, gewiss doch: Wir sind, was wir essen und trinken. Was aber bedenklich ist, dass jemand mit Worten etwas einzufangen versucht, das sich verflüchtigt, im Moment des Konsums zu existieren aufhört, man schreibt nicht, theoretisiert nicht, kann nicht den Anspruch erheben, eine unvermittelbare Erfahrung zu begründen. Die Mystiker haben sich in dieses Thema hineingekniet. Wie kann man von einer Ekstase erzählen? Jede Flasche Wein unterscheidet sich von den anderen. Jedes Gericht schmeckt anders, auch wenn man es nach demselben Rezept kocht. Wenig später, bei einer seiner Reisen nach Olba, überreichte er mir voller Stolz das Kärtchen: VINOFÓRUM Francisco Marsal. Direktor. Er war nicht mehr der Boulevardschreiber, der Meldungen über Wein unter dem Pseudonym *Pinot Grigio* (das war ironisch, er hielt sich absolut nicht für grau: seine Artikel waren überaus geistreich) verfasste. Das Wort Direktor unter dem Namen einer angesehenen Zeitschrift flößte Respekt ein. Das war Ende der Achtziger, als eine gastronomische Zeitschrift nicht mehr ein Nachrichtenblättchen für den internen Gebrauch von Restaurantbelegschaften war, auch nicht eine Rezeptsammlung für Hausfrauen, Lesestoff für ein vorwiegend weibliches Publikum, sondern vielmehr ein Produkt für Männer, die sich durchgesetzt hatten und sich über die teuren Gaststätten, die hier vorgestellt wurden, informieren wollten, über die Etiketten angesagter Weine und andere Delikatessen, über deren Verkostung berichtet wurde. Sie wollten wissen, wie viel sie zu zahlen hatten und welchen gesellschaftlichen Mehrwert sie dadurch einheimsen konnten, dass sie an einem bestimmten Ort aßen, eine bestimmte Flasche Wein bestellten oder dieses oder jenes besondere Gericht orderten, schließlich hatten sie bereits zu all dem Zugang, aber noch nicht gelernt, ungezwungen damit umzugehen (die Verwirrung des Kindes in einem Spielzeugladen oder in einem Süßwarengeschäft); und es hieß, schnell zu lernen, um sich von den Emporkömmlingen zu unterscheiden, die wellenweise von unten nachdrängten, denn auch diese hatten auf Sieg gesetzt und suchten begierig den Kontakt mit dem, was, wie sie glaubten, sehr bald ihre Welt sein würde, um sich, wenn sie endlich am Ziel wären, nicht ebenfalls wie verwirrte Kinder zu benehmen. Bevor man an die Dinge herankam, sie kennenlernte, ihre Namen wusste, ihre Qualitäten und Mängel, musste man ihren Preis und ihren Wert kennen, nicht so sehr den Tauschwert als vielmehr den Repräsentationswert, denn der Moment des Schmeckens hatte tatsächlich keine große Bedeutung, wichtig war die Phase davor: die Tafel mit diesen Weinen schmücken, dich selbst mit diesen Weinen schmücken, auf eben jenen Tischdecken in jenen Restaurants. Man ist nicht genau das, was man isst, wie es die Klassiker schreiben und ich selbst es für gegeben gehalten habe, man ist vielmehr, wo man isst und mit wem man isst, und wie man das, was man isst, richtig benennt und wie treffsicher man auf der Karte das einzig Richtige wählt, und das vor Zeugen, und man ist, dies ganz besonders, derjenige, der später erzählt, was und mit wem er gegessen hat. Weißt du das alles von einem Typen, dann weißt du, was das für ein Vogel ist. Auf welcher Höhe er fliegt. Ob er es wert ist, eine Viertelstunde mit ihm zu verbringen, für ihn das Glas zu zahlen, sogar ein Treffen zum Abendessen anzubahnen, eine Beziehung einzugehen. Oder ob du diesem Typen, der mit dir ins Gespräch zu kommen versucht, sagst, du kämest zu spät zu einer Verabredung und drei, vier Mal auf die Uhr schaust, bevor du hinwegeilst, obwohl er seinerseits bereit ist, dich zum Abendessen einzuladen. Und dann gibt es noch diejenigen, die eine halbe Stunde lang über die Eigenschaften eines Weines, den sie nie im Leben kosten würden, sprechen konnten, und über ein Restaurant, in das sie nie einen Fuß setzen würden. Francisco erklärte: Das ist typisch für Parvenüs. Erste Phase des Ehrgeizes: die Genesis. Am Anfang ist das Wort. Das Wort geht dem Sein voraus (oder tritt zumindest kurzfristig an seine Stelle, ein Ersatz). Durch Bücher und Zeitschriften das kennenlernen, was die anderen täglich leben. Die Theorie geht der empirischen Kenntnis voraus, und der performative Wert der Worte bedeutet den ersten Schritt in der Aufwärtsbewegung. Sagen: Ich will. Ich habe es nicht gewagt. Ich meinte, dass Francisco irgendwohin gelangt war, wohin auch immer, habe aber nicht erkannt, dass die Arbeit eines Zeitschriftendirektors seine Energien nicht genug forderte und erst recht nicht seinen Ehrgeiz: Er war auf dem Weg. Von der Kanzel des Wein- und Küchenapostels aus war er zum heimlichen Geschäftsführer des Restaurants geworden, das Leonor bis zum Schluss führte und das bald zu einem der gastronomischen Tempel des Landes erklärt wurde; würde man Kirche statt Tempel sagen, hieße das, die Vollendung von Leonors Kroketten herabzusetzen – sublim, in der Sprache der Fresskritiker, ja sie benutzen solche Worte: die letzten Dinge, die Seligkeit, die Hölle, um eine Sauce béarnaise zu bestimmen. Die Gastronomen: Sie reichen an den Himmel heran mit einem Stockfisch al pil-pil. Das ist ihr Glück. Ich lese seine Glossen in den Zeitungsbeilagen, auch darin folge ich Franciscos Spuren, lauere ihm auf, überwache ihn. Die Stockfisch-Brandada von Leo, das Wildbret á la Leo, die Bécasse, oh, Leos Bécasse. In einer Zeitungskritik habe ich gelesen, dass ihre Feinde sie irgendwann La Bécasse nannten wegen ihres schmalen Gesichts und der spitzen Nase, diese wuchs mit den Jahren und in dem Maße, wie ihre Magersucht oder die ersten Zeichen der Krankheit sie vom Fleisch fallen ließen. Von Francisco wusste ich, dass sogar Kunden aus dem Baskenland kamen, um die Bécasse zu kosten: Jeden Mittag versammelte sie ein Dutzend Leute aus Politik und Finanz an den Tischen des Cristal de Maldón; Ansehen, Avantgarde, riechen, verkosten, Modisches kauen, zwischen den

Zähnen das Knirschen der Macht wie das der Brotkruste zu spüren, die mit den Innereien des Vogels beschmiert ist. Wenige Jahre später wurden ihrem Restaurant zwei Michelin-Sterne verliehen, es war nicht nötig, es mir zu erzählen, sie kamen nicht mehr in die Gegend, keiner von beiden fand nach Olba, sie kam kein einziges Mal zurück, er nur zu seltenen Anlässen, zur Beerdigung seines Vaters, Familienangelegenheiten, die Aufteilung des Erbes zwischen den Geschwistern. Das mit den zwei Sternen kam in den Fernsehnachrichten, und dann habe ich es auch noch in der Bar Dunasol beim Morgenkaffee gelesen. Gleich am nächsten Tag stand es in den Zeitungen, die ich jeden Morgen am Tresen durchblättere. Und ich begegnete Leonor erneut in den Fernsehnachrichten, als ich mir zu Hause am Esstisch meine Nachtischorange schälte. Es war eine Wiederholung der Ein-Uhr-Nachrichten, als Zugabe ein kleines Interview mit der ersten Frau, die in Spanien mit zwei Sternen geehrt wurde, ein enormer Verdienst in einer so machistischen Welt wie der Haute cuisine (wie viele weibliche Doppelsterne in Frankreich? Weltweit? Ich weiß nicht mehr, ob gesagt wurde, dass es das in Frankreich noch einmal gäbe oder überhaupt nicht). Danach habe ich sie oft gesehen, die Köche nahmen ja auch immer mehr Platz im Fernsehen ein, Leonor auf verschiedenen Wellen des Geschmacks reitend: Küche der Aromen, Küche der Sinne, Molekularküche. Ich sah sie in der Glotze, mit ihrer Haube und dem weißen Kittel, wie sie hinter einer Platte mit Fisch posierte, ein Bündel Spargel oder ein Strauß Gemüse in den Händen, ein Zackenbarsch auf Porzellan, immer lächelnd, diese Zähne, die im Licht der Scheinwerfer wie eine Zahnpastawerbung blitzten (pinseln sie dir die Zähne mit irgend so einem Clisident, bevor sie dich aufnehmen, du Miststück?), und dann musste ich den Fernseher ausschalten, bevor das von ihr empfohlene Gericht fertig war, oder bevor sie auf die Fragen des Moderators antwortete, weil das Bild auf dem Schirm sofort mit den in meinem Kopf gespeicherten Bildern verschmolz, die plötzlich hervorsprangen, sich ein ums andere Mal überlagerten, das

Wirkliche verdeckten und mich in eine Welt wirrer Erinnerungen zogen, gelebter wie erfundener, doch alle unerträglich. Damals sprach Francisco bei seinen gezählten Besuchen in Olba schon nicht mehr als Journalist oder Schriftsteller: Er sprach von Macht und Einfluss, die er in der Zeitschrift, bei den Winzerbetrieben hatte, wie unverzichtbar sein Rat war, wenn es darum ging, die Moste zu mischen – bei der *coupage*, sagte er –, die Fässer zu wählen, die Etiketten abzusegnen und – ganz wichtig – die Philosphie des Weins zu bestimmen, die sich auf den Preis niederschlug. Je mehr Philosophie, desto höher der Preis. Dazu die anderen Geschäfte, Leonors Restaurant, seine Hotelprojekte, die ihn mit Unternehmern und Politikern zusammenbrachten. Die lange Nase der Bécasse erschien auf dem Fernsehschirm, und ich sah Leonor nackt in seinen, Franciscos, Armen. Ich sehe sie. Leonor, die mit ihren Beinen seinen Rücken einfängt: Leonors Gesicht, das über der männlichen Schulter hervorschaut, ihre Pupille starr auf die meine gerichtet, der Mund halb geöffnet und seine Hinterbacken in Bewegung, sie öffnen und schließen sich, angespornt von den Frauenfüßen. Leonor auf dem Titel einer Modezeitschrift, sie präsentiert eine Platte, auf der ein tief purpurfarbener Hummer ruht, fast dunkelviolett, und wie ich genauer hinsehe, ist es eine blutige Puppe in Fötalstellung. Ich richte mich im Bett auf. Schreie. Sie sollen mich in Ruhe lassen. Die Erinnerungen. Den jetzigen Francisco, der so schlicht und ungezwungen wirkt, wenn er abends mit den Dörflern ein Kartenspielchen macht, kannst du treffen, wenn du übers Land spazieren gehst, er läuft schnellen Schrittes den Strand von Misent entlang, wandert über die Hänge des Montdor, stützt sich mit einem Stock ab, und dabei ist der Montdor reines Steingeröll, mit Dornendickicht bekleckst, ein geeignetes Dekor für jene Passionsspiele, die es während der Osterzeit in vielen Ortschaften gibt, der unwirtlichste Ort, den man sich vorstellen kann, dieser schwindelerregende Abhang von fünfundvierzig oder fünfzig Grad, die spitzen, rutschigen Kalkfelsen, dazwischen Dornengewächse aller Gattungen, die die Natur hervorgebracht hat, Disteln, Stechginster, Steineichenbüsche, was weiß ich. Von der Terrasse unseres Hauses aus sehe ich ihn manchmal morgens in Richtung Berg stapfen, mit raushängender Lunge, so nehme ich an, klettert er diesen steilen Hang hoch, er ist zum Liebhaber des Landlebens und zum Bewahrer der Traditionen und ihrer Symbole geworden: der raue heilige Berg, die Erde, gedüngt von den Knochen seiner Vorfahren – besser gesagt, von dem Wild, das seine Vorfahren jagten, das sein Vater jagte, irgendetwas davon ist sicher noch dort, Knochen, die im Boden zergehen –, eine Berg- und Meerlandschaft, terrassierte Trockenkulturen und bewässerte Ebenen über einem Grund von Meer und Marsch; schon unsere Vorfahren kochten Suppigen Reis mit weißen Rüben, Schweinefuß und Blutwurst, und zwar mehr oder weniger so wie heute, er schreibt an einem Buch, in dem er das dokumentieren will, Zeichen, in denen sich die Mentalität niederschlägt, der Volksgeist, die Heimat, in die der Pilger schließlich als Rentner zurückgekehrt ist: Beglückt darf nun dich, o Heimat, ich schauen (in dieser Version haben wir in der Schule zusammen den Chor der Pilger gesungen, die am Ende des Tannhäuser endlich auf Rom blicken; wir haben auch die Falange-Lieder *Cara al Sol* und *Montañas Nevadas* gesungen, das war Pflicht, mein Vater schnaubte, aber es gab keine andere Schule), die Erde, die der Mensch in Besitz genommen hat, die Kultur, die er entwickelt hat, die Steinterrassen und den Reistopf, und die Anisliköre und die Kräuterschnäpse, die Orangen- und Pampelmusenhaine und die Gemüsegärten mit den grünen Bohnen, die sich um Bambusrohre ringeln, und die Saubohnenfelder, flachgelegt vom Regen, den der Wind von der Levante übers Meer bringt. All das schreibt er auf. Wie ich schon sagte: die endlosen Essen mit den örtlichen Honoratioren, dem kürzlich verschwundenen Pedrós, dem aalglatten Justino; dazu Carlos, Leiter der Sparkassenfiliale, der behauptet, sich um die Versetzung nach Olba bemüht zu haben (wo er doch Misent hätte fordern können), um mit der Natur in Kontakt zu sein und vor allem – das sagt er nicht – weil in Misent eine

Villa, wie er sie am Montdor hat, ein Vermögen kosten würde; Mateu, der Obst- und Gemüse-Exporteur, der halb Europa beliefert, Bernal, der den Sumpf mit seiner Teerpappe kontaminiert hat (wie viele Jahrhunderte braucht es, damit dieser giftige Asbest verschwindet?), die abendlichen Spielchen in der Bar Castañer, wo sich die Crème von Olba versammelt, d. h. Inhaber von Immobiliengeschäften, von Autovertretungen, Supermärkten, kleineren Obstplantagen, gehobene Bankangestellte, Stadtbeamte; unternehmerisch aktiv in klaren oder dunklen Geschäften, eine Fauna so dornig wie die Flora im Vorgebirge des Montdor. Alle sitzen sie um die Marmortischchen, auf denen die Dominosteine hallen: Jener, der wie die Kennedys hatte sein wollen und verschwunden ist mit meinen Ersparnissen, der Menschenhändler, der die Hälfte der Einwohner von Olba zu Unbehausten macht (weh, diese im glücklichen Jahrzehnt fröhlich unterschriebenen Hypotheken), der Lehrer, der die Musikkapelle dirigiert, und zuweilen auch der sympathische und zerstreute Philosophieprofessor vom Institut in Misent, der hier lebt, weil – und da kommen der philosophische Epikureer und der mitleidslose Leiter der Sparkasse zusammen – dieser Ort friedlicher und ursprünglicher ist: die Heimat wiederum, beglückt darf nun dich o Heimat ich schauen, das Essenzielle des Landstrichs, verschleiert den ökonomischen Fakt, dass ein Haus in Olba genau die Hälfte von einem in Misent kostet; wie der Professor sind einige im behaglichen Ruhestand, andere – etwa der von der Sparkasse – in der ersten Phase des wirtschaftlichen Aufstiegs. Eine Spielgemeinschaft von lokalem Ansehen, der sich der Schreiner anschließt; seitdem Francisco zurück ist, hat er den Tisch gewechselt und spielt jetzt mit diesen Leuten, legitimiert durch seine Vergangenheit, die ein bisschen etwas Weltenbummlerisches, Abenteuerhaftes, Hippiemäßiges hatte, und durch eine ansatzweise gebildete Gegenwart (mit dem Schreiner kann man reden, der Typ weiß, was er sagt) und durch sein mysteriös einsames Leben eine beharrliche Sesshaftigkeit, die nun schon Jahrzehnte dauert; legitimiert, weil ich sehr oft mit

Pedrós am Tresen gestanden bin und, das vor allem, weil Francisco mir öffentlich auf die Schulter klopft und von mir als von seinem Kindheitsfreund spricht, von seinem Kumpel bei Streunereien, seinem Kollegen, der die Eitelkeiten der Welt zurückgewiesen hat, um diesen Beruf zu erwählen, etwas für Menschen, die sich entscheiden, einfach und am Rande zu leben, wie die Heiligen, ein Zimmermann wie Joseph, der gute Handwerker. Der Beruf des Gehörnten, sage ich mir. Francisco rührt mit dem Löffelchen in seinem Carajillo, mit großer Natürlichkeit, als sei dieses Ritual und diese Lebensform das einzig Akzeptable, mit der gleichen Lässigkeit, mit der er sich seinerzeit einreihte – wider Willen fast – in das, was ein alter Freund namens Morán, den ich in Ibiza kennengelernt hatte und dessen Artikel ich eine Zeit lang in den überregionalen Zeitungen las (ich weiß nicht, was aus ihm geworden ist), als Elite in Plünderungsposition definierte. Jetzt aber *beatus ille*, Verachtung des Hofs und Lob des Dorfes, hat er sich in der Gelassenheit des reifen Alters eingerichtet. Hier können Tage, Monate vergehen, ohne dass man etwas von seiner Zugehörigkeit zu dieser Elite bemerkt, die damals erbarmungslos und gefräßig war, du errätst diese Vergangenheit nicht, das Mark seines Lebens. Als sei zwischen uns und in jedem von uns nichts geschehen seit den Tagen der gemeinsamen Kindheit; ich glaube das inzwischen selbst, verstehe das mit dem Haus der Civeras, wer wünscht sich nicht das Beste für die letzten Lebensjahre? Ein luxuriöses Zönobium; bis du dann eines Tages mit ihm einen Ausflug nach Misent machst und nach langem Einherwandeln bemerkst, dass der gemeinsame Spaziergang – scheinbar der reine Zufall – uns zu der Marina Esmeralda geführt hat und er, zerstreut, den Arm hebt, ihn vorstreckt, den Zeigefinger von den anderen Fingern wegspreizt und, schau mal, Esteban, mit einer fahrigen Bewegung auf etwas zeigt: Ganz prima, um mal an einem Vormittag auf Fahrt zu gehen, der Finger zeigt immer noch, lädt mich zum Schauen ein, und siehe da, das, was ich mir anschauen soll, was, wie er meint, prima ist für eine morgendliche Fahrt, ist ein Segelboot, das am nahen Bootsteg vertäut ist, ein elegantes Segelschiff, das eben das seine ist, das kleine Boot, das er mal nebenbei erwähnt hat, als man bei einem anderen Thema war, und dessen Existenz du vergessen hattest, weil du nicht glaubtest, dass da viel dran war: ein Bötchen, wie es sich so manch armer Schlucker in den Jahren des Immobilienbooms geleistet hat, das, was sie eine kleine Jacht nennen und nicht viel mehr als ein Gummiboot ist. Aber nein. Plötzlich merkst du, dass der Ausflug einen Zweck hatte, du sollst nicht sterben, ohne das Segelschiff gesehen zu haben, man muss sich beeilen, damit der Schreiner es sieht, man sollte ihm den Genickstoß geben, bevor er auf natürliche Weise ins Grass beißt, in etwa so, wie man es mit den Stieren macht, man muss sich beeilen, das Tierchen hinzurichten, bevor die Proteste in der Arena losgehen, weil es sich drückt und nicht sterben will, wir wissen alle, keiner ist so jung, als dass er nicht morgen sterben könnte, so heißt es schon bei dem Klassiker, also ist es richtig, dass er das Segelschiff sieht und Neid, Kummer und Leid verspürt, ich habe Leo verloren – du, Schreiner, hast sie früher verloren. Ob er wohl von uns weiß? Ob Leonor es ihm je erzählt hat? Glaube ich nicht, eine Beziehung, die keinen Mehrwert einbringt: Schrott, den man loswerden muss –, ich aber habe ein vornehmes Haus und ein Segelschiff (wie im Kinderlied: ich habe, habe, habe, und du hast nichts, ich hab drei schöne Schafe in meinem Stall, eines gibt mir Milch, das andre warme Wolle …), also lässt er dich an Deck springen, du trittst auf Teak, er bringt dich runter in die Kajüte, ein kleiner Salon mit Küche und einem Esstisch, der da bereitsteht wie für ein Bankett, es gibt sogar einen kleinen Tresen, an der Rückwand die Flaschen, und er öffnet die Tür zum Bad und zeigt dir die beiden Kajüten, das ist ja Wahnsinn, sagt der Handwerker, der gehörnte heilige Joseph, der geschickt den Hobel führt und Späne ablöst, der noch ein paar Stufen hochsteigt, um die blinkenden Instrumente rund ums Steuerrad zu bestaunen. Sehr bequem, fügt Francisco hinzu. Das ist es, bequem. Als würde ich vor Bewunderung, auch vor Begeisterung und Stolz beben, weil das, was ich sehe, berühre, streichle, meinem alten Freund gehört, meinem Kumpel aus wilden Zeiten, und als müsse er mich wieder auf den Boden der bescheidenen Wirklichkeit bringen. Die einebnende Sprache als Beweis. Ja, schau, ein bequemer alter Kahn. Man kann segeln, aber auch mit Motor fahren, er hat einen Motor von gut 200 PS. Und dieser gemütliche Kahn liegt nicht etwa an den Stegen, die von der Stadtverwaltung für die Schiffchen der sogenannten neuen Mittelschicht errichtet wurden, die ein Konglomerat aus Spielarten einer politisch nicht bewussten Arbeiterklasse ist, ein Produkt des Thatcherismus; diese neue Mittelschicht wird von der aktuellen Krise davongeschwemmt, ihre Ansprüche werden radikal zurechtgestutzt, weshalb viele der Schiffchen, die in dieser städtischen Zone liegen, an Deck ein Schild kleben haben: ZU VERKAUFEN – EINZIGARTIGE GELEGENHEIT. Nein, seine Jacht liegt nicht dort, sondern an der Marina Esmeralda, wo sie bei jedem leichten Schaukeln Deck an Deck die Jachten von Millionären aus Deutschland, Gibraltar oder Russland berührt, Schiffe von 30 Meter Länge, die Leuten gehören, die mit irgendetwas handeln, mit Würstchen, mit industriell gefertigtem Brot und Backwaren, mit Kunst, Währungen oder Waffen; Jachten von Bauunternehmern, die mehr Tonnen Kokain als Tonnen Zement auf den Markt gebracht haben; Betreiber von Waschanstalten für Dollars, Euros und Pfunde. An diesem Jachthafen findest du keinen, der sein Leben mit ehrlicher Arbeit bestritten hat, es sei denn die Kellner, die, Tablett in der Hand, durch die Terrassenlokale am Kai wieseln, gleich neben den Geschäften, die günstige Jachten für über eine halbe Million Euro anbieten. Und selbst diese Kellner machen Angst, wenn sie den Blick heben und dich kurz anblicken, während sie ins breite Glas den Glen, den du bestellt hast, auf das gestoßene Eis schütten. Es sind falsche Kellner: Schläger, Bodyguards, Schmuggler, Verbrecher, Drogenkuriere, Killer, Dealer, Strichjungen für die Jachtbesitzer, Dienstboten von schmierigen Mafiosi, die sich, wenn sie vom örtlichen Fernsehen für die Rubrik Gesellschaft interviewt werden, als

Eigentümer von Nachtlokalen definieren. Ja, ja, Francisco, ich weiß, die große Welt ist eben das, das gute Leben verträgt sich nicht mit dem Gesetz, mit der Gerechtigkeit, und ist absolut inkompatibel mit der Nächstenliebe. Aber das Leben sind zwei Tage, und keiner ist so jung, dass er nicht heute sterben könnte, und keiner so alt, dass er nicht noch ein Jahr leben könnte. Erinnerst du dich an das Sprichwort? So was hast du an der Uni studiert und es mir vorgelesen, dem Idioten, aus dem der Vater einen Künstler machen wollte, während er selbst nicht wusste, was er werden wollte, aber ganz genau wusste, wozu er nicht bereit war. Als er mir die Jacht zeigte, wie er mir zuvor sein Haus gezeigt hatte, bestätigte er damit, dass das Landleben – inklusive Partie im Castañer – Teil eines Spiels ist, das ihn amüsiert und, einmal gewählt, nach festen Ritualen abläuft, wie etwa wenn es bei den Karten heißt: Ein König zu dritt macht manchmal den Ritt; oder beim Schiffeversenken, da sagt man ja auch Wasser, Treffer oder versenkt, und je nachdem streichst du die vorher eingezeichneten Schiffsquadrate oder nicht. Jedes Spiel hat seine Regeln, aber die gelten nur, solange die Partie dauert, die Spielregeln für den bescheidenen Landmann dauern gerade so lang wie die Partie am Abend und gelten nicht mehr, wenn (wir müssen mal zusammen den tollen Torf-Whisky trinken, den ich auf Lager habe, und schon öffnet er halb ein kleines Holztürchen) er dich zum zweiten Mal die Nase in sein Haus, das der Civeras, stecken lässt, inzwischen voll renoviert, und der Schreiner, der es nicht einmal zum Möbeltischler gebracht hat, das Mobiliar sieht: Palisander, Rosenholz, Mahagoni, die verglasten Schränke, in denen er Bücher aufbewahrt, die in Seide, in Ochsenleder gebunden sind, hundertjährige Ausgaben, und die Bilder von Gordillo, die Bilder und Grafiken von Tàpies, Aquarelle von Barceló, von Broto. Aber das ist ja alles ein Vermögen wert, sage ich, und er lacht, mir ist es nicht schlecht ergangen, ich erzähl es dir mal in Ruhe, also habe ich bei ihm immer das Gefühl, dass er, wenn er von denen spricht, die er hasst (er ist ein Spezialist darin, öffentlich über skrupellose Unternehmer und Banker ohne Moral zu wettern, und er zieht über die hirnrissige Immobilienspekulation der letzten Jahre her, allerdings nicht, wenn er mit Pedrós, Justino oder Bernal zusammen ist), in Wirklichkeit gegen sich selbst angeht, er scheißt auf seine eigene Biografie, er ist der kosmopolitische Mr. Hyde, kontrapunktisch zu dem dörflichen Kartenspieler Jekyll. Aber das alles dürfte ein etwas zu schnelles, ja sogar ungeschicktes Porträt sein. Man müsste auf seine Vergangenheit als junger, sozial engagierter Katholik zurückgehen, JEC, JOC, HOAC und wie die Vereinigungen sonst noch hießen. Er grübelte hin und her, ob er ins Priesterseminar gehen sollte, das Verlangen nach Gerechtigkeit wühlte in ihm, er strebte ein universelles, egalitäres Glück an, wer nicht in jenen Zeiten: Arbeiterpriester in Francos Spanien oder ein Guerillero-Priester wie Camilo Torres irgendwo in Lateinamerika sein, aber sein Schwanz war aus einem Stoff, der leicht auf Anziehungskräfte reagierte, ein psychophysiologisches Handicap, das viele Priester jedoch in ein wunderbares Hirteninstrument umwandeln, dank des unbezahlbaren Netzes authentisch erotischer Kontakte, das der Beichtstuhl schon immer geknüpft hat; ich glaube allerdings eher, dass dieser Weg ihm durch die Erkenntnis verleidet wurde, dass die Macht innerhalb der Kirche sich ihm als anspruchsvolle Frucht zeigte, deren Hege und Pflege allzu verquere Regeln und rhetorische Figuren, ein strenges Reglement erforderte, zugleich aber extrem subtile Bewegungen, Andeutungen, halbe Worte, ein leichtes Hochziehen der Augenbraue, ein unmerkliches Zusammenpressen der Lippen. Er neigte zu direkteren als im Klerus üblichen Aktionen, die ihrerseits ein kompliziertes Labyrinth, entworfen nach barocken Regeln, darstellten, das Erbe von Trient, die geforderte Langsamkeit des Vorrückens; falsche Übungen in Unterwerfung unter die Hierarchie, heimliche Intrigen und irrationale Hingabe und Gehorsam, zu viel Gewisper und keine Schreie, und gerade die Schreie waren es, die ihm damals die Politik bot, als er sie Ende der Siebziger an den Hörnern packte: Sie hatte, das muss gesagt werden, eine andere Offenheit, Taktik und Strategie schienen durchsichtiger (eine Umkehrung all dessen, was sein Vater getrieben hatte), und das eigene Bild hatte eine öffentliche Dimension, auch wenn seine ersten politischen Gehversuche noch in die Zeit der Illegalität zurückreichten – aber sobald dann die *transición*, der Übergang zur Demokratie, begann – da gab es Anerkennung zwischen den Eingeweihten und nicht diese Geheimnistuerei in den Fluren der Gemeindehäuser, Sakristeien und erzbischöflichen Palästen: Du leitetest die Zellen, die halb klandestinen Versammmlungen und du gewannst Ansehen, auch wenn das unter deinem Decknamen geschah, während eine Diktatur ohne Diktator zusammenbrach; und nach der Einführung der Demokratie, war das dann die Höhe, des Decknamens entkleidet, erschien der wahre Name, und mit dieser Wahrheit, der Politik als höchstem und beinahe einzigem Wert, der weit über dem stand, den irgendeine andere gesellschaftliche Aktivität haben könnte, klettertest du auf ein Podium und schriest von dort aus, und deine Schreie wurden verstärkt dank eines prächtigen Systems von Megafonen (das ging auf Rechnung von Schweden, Deutschen und Franzosen, sozialdemokratische Genossen, die sich solidarisch mit den Kämpfern gegen den Franquismus zeigten), und dein Brüllen wurde von Reibtrommeln und indianischen Flöten begleitet und Trommeln in voller Lautstärke, die Lieder von Victor Jara und anderen, weg mit den Zäunen, gib dem Indio deine Hand, das hieß, mit offenem Visier der Welt begegnen und nicht ein Leben lang in muffigen Sakristeien und schattigen Gängen herumschleichen, in feuchten Arbeitszimmern voller Kruzifixe und Bilder von gemarterten oder verwundeten Heiligen, bleich wie gekochter Mangold, nachgedunkelt über Jahrhunderte im Rauch der Kerzen, die aus demselben gelblichen Stoff wie die Gesichter jener gemacht zu sein schienen, die in diesen Räumen lebten, Nachbarorte des gefürchteten Kontinents der letzten Dinge; die Scheide, an der das Lebende sich ins Tote begibt, ein Weg, der zwischen den Schatten des Heute und dem Abgrund der Schatten, der gleich um die Ecke lauert, führt. Dabei hat er in seiner politischen Zeit und auch später in seinem Berufsleben als Autor, Unternehmer oder was auch immer eigentlich wie ein Priester agiert, er zeigte einen Hang zu geheimen Zusammenkünften und liebte die Mobilität im Theaterdekor: Vorsichtig verbarg er die Fingerspitzen, wenn er an den Fäden zog, ein Manipulator, sagten diejenigen, die mit ihm politisch aktiv gewesen waren. Er zeigte seine Augen, ein überzeugendes, stimulierendes Leuchten; die Lippen, von denen die Proklamationen perlten; die Brust, gebläht von der Luft, mit der er das Signal blasen würde, indes versteckte er die geschmeidigen Finger, mit denen er Dutzende von Fäden zur gleichen Zeit bewegen konnte. Vergnügt erzählte er mir davon. Er führte mir seine dubiosen Fähigkeiten vor. Mir konnte er davon erzählen, schließlich kannte ich niemanden, dem ich die Informationen hätte weitergeben können. Der Hang zur Intrige hat ihn nie verlassen: Als er die Politik aufgab, überwachte er vom Halbdunkel des Verkostungstisches aus mehrere Gruppen von Unternehmern, die Winzereien besaßen und deren Weinpreise nicht unwesentlich davon abhingen, welche Noten Vinofórum vergab, die Zeitschrift, die er nun schließlich leitete, nachdem er mehrere Mitbewerber abgemessert hatte, die tatsächlich, wie er mir erzählte, hartnäckigen Widerstand geleistet hatten, es hatte einen Krieg der Dossiers gegeben, Berichte an den Verleger, in denen man eine Verbindung zu all diesen ihn bezahlenden Winzern herstellte, Kontakte, die er mit jesuitischer Kaltblütigkeit von sich wies (eine Spezialität der Familie seiner Glaubensgenossen, erst religiös, dann politisch: das Gegenteil von dem tun, was man sagt, die linke Hand, die du vorzeigst, soll nicht wissen, was du mit der verborgenen Rechten anstellst); von dem dunklen Boden der Redaktion, in die er sich als Flüchtling vor politischen Intrigen gerettet hatte, stieg er mit der Unvermeidlichkeit eines Champagnerbläschens im Glas hoch, bis er einen hohen Posten im Aufsichtsrat der Verlagsgruppe bekleidete (von der Oberfläche des Champagners aus hatte man im Blick – Kamera-Aufsicht –, wie die Bläschen von unten aufstiegen:

jenes Büro war im 31. oder 33. Stock eines Hochhauses in Madrid-Castellana), die Zeitschriften und Weinführer herausgab, Produkte für Restaurants und Hotellerie, ein paar Monatshefte zum Thema Reise (eins für die up-Klasse, eins für die down-Klasse: auf dem Titelblatt des einen die 10 besten Hotels der Welt, auf dem des anderen die 10 Campingplätze mit dem besten Preis-Leistungs-Verhältnis an der Costa Dorada); hinzu kamen Beteiligungen an Hotel- und Getränkeketten. Bei seinen Besuchen erzählte er davon, wie Stanley von seinem Weg durch das unbekannte Afrika erzählt hätte. Ein aufregendes Abenteuer. Von dort aus konnte er es sich leisten – nun war es schon eher ein Zeitvertreib –, Küchenchefs hemmungslos in den Himmel zu loben oder in Grund und Boden zu stampfen, angstvolle Legionen von Köchen, die sein Foto unter ihrem Saalpersonal verteilten, mit dem strikten Befehl, sofort Bescheid zu geben, sobald er über die Schwelle trat: Schaut euch dieses Arschgesicht genau an und prägt es euch gut ein. Sobald er auftaucht, sagt ihr Bescheid (die Köche waren damals noch keine Stars, es war in der Frühphase, als der Baske Arzak, der es wissen musste, bemerkte, sie genössen die gleiche Wertschätzung wie ein Ingenieur, ein Architekt oder ein Arzt). Die Küchenchefs, wie die Verdammten auf dem gotischen Altarbild von Flammen und einer Schar Küchenjungen wie von triezenden dunklen Teufeln umgeben, rannten zwischen Kasserollen und Feuerstellen hin und her, falls der Maître mal wieder in die Küche kam, um ihnen die Ankunft des Kritikers Marsal, ex *Pinot Grigio,* zu vermelden. Er hatte Önologen genötigt, mit Merlot, Syrah oder Viognier zu experimentieren, fremdländische Trauben, auf die er setzte, hatte ihnen versichert, das Experiment nach Kräften zu unterstützen. Du wirst 93 Punkte bei der Verkostung bekommen. Das ist sicher. Und mit ein bisschen Glück noch drei oder vier Punkte dazu. Damit hättest du es geschafft, nach ganz oben. Überleg dir, ob dir das Angebot zusagt. Dann vergab er sie oder auch nicht, die 93 Punkte: Es gab ja im Kleingedruckten noch einiges zu verhandeln, gewisse Absatzmengen zu bestimmen, die

Anzeigen in den hauseigenen Blättern, den vertraulich gehaltenen Vertrag über die Ausarbeitung der Werbekampagne, klappbare Aufsteller und Etiketten inklusive, die Ausarbeitung der Philosophie des Weines, die dann just mit der Andeutung begann, den Önologen doch gegen einen auszuwechseln, den die Verlagsgruppe zum Medienstar machen wollte, weil er einer großen Holding des Getränkebetriebs angehörte, mit der man enge Beziehungen pflegte und die in Wirklichkeit eine der Hauptfinanzquellen war. Franciscos Artikel in allen Blättern der Verlagsgruppe, seine geschliffenen Kommentare, seine Bewertungen bei den Weinmessen hatten keinen unwesentlichen Einfluss darauf, den Ruf jener Winzerbetriebe zu konsolidieren, die heute die teuersten Weine verkaufen. Und er erreichte es, dass seine Frau mehr wurde als eine Köchin, die aus Langeweile ein kleines Lokal aufmachte: Vier Tische und eine Feuerstelle, sagten die beiden, um die Sache runterzuspielen, als sie kurz vor der Eröffnung in Madrid nach Olba kamen (das war, glaube ich, der letzte Besuch, bei dem sie dabei war), etwas Einfaches, so etwas wie eine bürgerliche Gaststube von früher. Es wäre schön, wenn du dir die Zeit nähmest, versprich, dass du an dem Tag kommst, lud mich Francisco ein, wohl wissend, dass ich es nicht einmal in Erwägung ziehen würde. Allein schon: mit welchem Anzug? Welcher Krawatte? Ich besaß nichts, was nach den Kleidungsregeln der neuen Zeiten statthaft gewesen wäre. Leonor schweigend an seiner Seite, als kennten wir beide uns gerade einmal vom Sehen. Kurze Zeit später gab sie Erklärungen ab: Im Restaurant am Herd zu stehen sei eine Verlängerung ihrer Tätigkeiten als Hausfrau, verriet sie in den bunten Blättern der Sonntagsbeilagen, die ihr Mann ihr vermittelte, während er selbst die Welt bereiste und Nase und Geschmackspapillen bei Burgundern, Rhein- und Moselweinen trainierte (ich weiß gar nicht, wie du verkosten kannst, dein Geruchssinn muss doch vom Koks ruiniert sein. Übertreib mal nicht, ich nehme es nur alle Jubeljahre, nur wenn ich herkomme, um ganz abzuschalten und ein wenig mit dir zu plaudern, ach ja, die alten Zeiten), an Crépinettes, aromatisiert mit Trüffeln aus dem Piemont, Carpaccio vom Kobe-Rind; dazu füllte er, seine Spezialität, die Mösen von fünf Kontinenten mit Sahne ab. In ihrem Esszimmer wurde die Hausfrau indes zur ersten Spanierin mit zwei Michelin-Sternen und bekam die höchsten Bewertungen in den gastronomischen Führern, eingeschlossen jene, die Vinofórum herausgab. Aber heute gibt es sie nicht mehr; die Sterne, die ihr Stolz waren, sind erloschen, und ihr Witwer lässt sanft eine Kreuz-Drei fallen und sagt:

»Das Leichteste, um aufzufallen, ist, extravagante oder dumme Dinge anzustellen. Sich durch Arbeit hervorzuheben ist sehr viel schwieriger. In der Lokalzeitung zu erscheinen, wenn der Vertrag zur Renovierung der Umkleideräume und der Stufensitze im Fußballstadion unterschrieben wird, oder bei der Überreichung eines Schecks an die Feste-Kommission, mit dem dieses Jahr die Stiere bezahlt werden sollen: Das ist das Leichteste. So gut wie keiner ist bereit, für solches Gedöns Geld zu vergeuden. Am Tag der Eröffnung bekommst du einen Applaus oder aber, wenn du, vor Bürgermeister und Presseleuten, den Scheck mit deiner aufgedruckten Unterschrift der für Sport zuständigen Stadträtin überreichst, das war's dann schon, und selbst in diesem Moment wirst du von der Nachbarschaft (Begünstigte eingeschlossen) kritisiert – man schimpft dich Verschwender, Angeber und fragt sich, ob du nicht mit irgendetwas Verbotenem handelst, Drogen, Waffen, oder ob du Geldwäsche betreibst, um die Knete zu verdienen, die du jetzt hinausschmeißt. Statt eine Stufe aufzusteigen, hast du deinen Niedergang eingeleitet. Nach drei Monaten haben alle die Geschichte mit dem Scheck vergessen, was bleibt, ist der Verdacht, dass du nicht sauber bist.«

»Geld rauszuwerfen, damit man deiner gedenkt, das macht doch kein Schwein. Damit bleibst du allein, die Leute heben das Geld für gewöhnlich lieber auf«, stimmt Bernal zu.

An diesem leuchtenden Wintermorgen jedoch bin ich es – einer der Harmlosen –, der nach dem Bühnenbild sucht, in dem er in einer intimen Inszenierung einen Teil des Ehrenkodexes wiederherstellen kann, Kammertheater, Reparatur dessen, was die Geschichte zerbrochen hat. Ich bereite alles vor, Vater, ich übernehme es, dich an den Ort rückzuführen, an dem du einst bleiben wolltest und wegen uns nicht geblieben bist, ich stelle den versehrten Körper deiner Würde wieder her, um sie der Vollkraft des Mannes wiederzugeben, den ich nicht gekannt habe, weil mein anderer Bruder, meine Schwester und ich erst nach der Verkrüppelung gekommen sind, Kinder einer angenommenen Knechtschaft, Geschöpfe ohne eigene Form, Kreaturen für den Hausgebrauch, die nach nichts Höherem streben. Dem ganzen Land war ein solches Streben ausgetrieben worden. Nichts konnte wachsen und dieses Grau durchbrechen. Es ist an mir, seinen aufgeschobenen Wunsch zu erfüllen und ihn den Genossen zurückzugeben. In Wirklichkeit setze ich die Lektion meines Onkels um: jeder Jagdbeute ihr eigenes Schicksal zuzugestehen, als dankbare Restitution an die Natur, die – ebenso wie die große geschichtliche Tragödie oder das Wunder der Transsubstantiation – in jedem kleinsten ihrer Bestandteile ihre Essenz offenbart; sie wird geboren, lebt und stirbt in jeder ihrer Erscheinungen. Jeden Haken mit dem richtigen Köder versehen. Ich gebe ihm zurück, was ich ihm als Sohn schulde, ich tausche ein Leben gegen zwei Leben ein, ich genüge meiner anonymen Rolle in der Geschichtskette, begleite ihn, auf dass ihm beim letzten Akt nichts fehle, eine entscheidende Rolle, wenn auch nur in Vertretung. Völker mit Kultur haben zu Ehren ihrer Toten Festmahle gegeben, haben an ihren Gräbern gefeiert. Vikar bei deiner Zeremonie, bin ich die Fliege, die nach und nach vertrocknet, gefangen in den klebrigen Spinnweben fremder Stimmen, ein Echo ohne körperlichen Ursprung: Ja, Don Esteban, natürlich duften die Orangen, die hier wachsen, das bestreite ich ja nicht, aber feiner, zarter und eleganter escheint mir der Duft von den Kaffeesträuchern, Sie sagen das so, weil Sie nicht den Duft der Kaffeeblüte kennen, oder? Das Aroma ist besser, schöner auch die Blüte, diese duftenden weißen Röschen und dann in diesem warmen Klima, das alles röstet, erfüllen sie die Luft mit einem so dichten Duft, dass man glaubt, ihn berühren zu können. Dort ist alles Duft nach Kaffee, Zimt und Kakaobohnen. Tropische Gerüche, wie man sagt. Sie haben nie eine Kaffeeblüte gesehen, haben nie einen Kakaobaum wachsen sehen, nie eine Kakaofrucht, nicht wahr? Die kommen nicht bis hierher. Es kommen nicht mal die Kakaobohnen in ihrer Schale. Ihr seht im Supermarkt dieses Pulver, von dem keiner wirklich weiß, wie es hergestellt wird. Die Indios benutzten Kakaofrüchte und -bohnen als Geld, weil die für sie einen enormen Wert hatten. Sie sagten, Schokolade sei ein Göttertrunk. – Übrigens hat das Land dort einen weiteren großen Vorteil, und das heißt, man kann ihm, dem Land, ins Gesicht sehen, es auf einen Blick erfassen: wirkliches Land, so weit das Auge reicht, Pflanzungen um Pflanzungen, die sich an den Hängen der Hügel entlangwinden, und irgendwo in der Ferne oder an einem Hang vor den beschneiten Vulkanen steht eine einzige Hütte oder ein größeres Landhaus, nicht wie hier, wo du überall Baustellen siehst oder Müllkippen, hier liegt nirgends Ruhe in der Landschaft, selbst auf den engsten Wegen bewegt man sich mit erhöhter Vorsicht wegen all der Autos und Laster, und das ist immer noch so, immer noch die Hölle, obwohl Wilson mir erzählt, dass nichts mehr läuft, alle Bauten stillgelegt sind. Dort ist es anders: Dort ist alles schön, ich schwör's. Weder die Erde noch das Klima vertreibt uns. Es sind die Umstände, die einen forttreiben. Die Menschen haben das Böse ins Paradies gebracht, und ich glaube, das kann ihnen Gott, der doch angeblich alles kann, nicht verzeihen. Oder er will es nicht verzeihen. Das Spinnennetz aus Stimmen, die dich klebrig umgarnen, das Insekt im Netz eingefangen, das plötzlich reißt.

Soll ich den Kanal wechseln, Vater? Willst du noch einen Western sehen? Oder lieber die Selbstmordattentäter, die gleich in die Luft fliegen? Der Nachmittag vergeht im Nu, jetzt im Winter wird es so schnell dunkel, und das ist deprimierend, sobald wir mit dem Essen fertig sind, lasse ich die Rollos runter, damit wir die Nacht draußen nicht sehen und noch ein Weile unter der unbarmherzigen Sonne in der Wüste von Texas oder Kansas mit diesen Viehdieben herummarodieren können. So viel Wüste, so viel Trockenheit. Ich muss aufstehen und mir ein Bier holen, denn der Staub dieser Ritte dringt mir in die Kehle, obwohl der Heizkörper das kleine Wohnzimmer nicht warm bekommt und auch nicht der Feuchtigkeit Herr wird. Hier in Olba ist es weniger die Kälte als die hohe Luftfeuchtigkeit, die einem die Winterabende vergällt. Ein Film noch, ich lass dich hier vor einem Film sitzen und mache solange eine Runde durch Olba, spiele ein paar Partien, einmal Domino mit Justino und Francisco, und bin zu den Nachrichten wieder zurück; und danach nehmen wir wieder mal das Gemüse in Angriff, unser letztes Abendmahl, die Eucharistie: eine Scheibe Kochschinken und ein Glas Milch, die heiligen Abendriten, Kommunion der zwei Spezies, Christus fest und flüssig, wie es die ersten Christen machten und das Zweite Vatikanische Konzil es wieder eingeführt hat. Es ist nicht schlimm, dass ich heute ein bisschen später komme, du hast ja schon das Mittagessen später bekommen, und so rücken Mittag- und Abendessen nicht zu sehr zusammen. Nach dem Abendessen lass ich dich noch ein wenig im Sessel, bevor ich dir die Windeln wechsle und dich wasche. Abends beschränkt sich die Waschung auf den Schenkelbereich. Ein schnelles Eintauchen, so wie beim Priester, der sich zu Ende der Messe die Fingerspitzen mit ein paar Tropfen Wasser wäscht. Bei unserer Zeremonie gibt es auch einen kleinen Strahl lauwarmen Wassers auf das, was zwischen Windel und Haut ist. Einweghandschuhe, lauwarmes Wasser und eines dieser seifigen Tüchlein, mit denen man in den Krankenhäusern die Patienten wäscht, und noch mal lauwarmes Wasser, bis sein Hintern dem eines Neugeborenen gleicht: die gleiche schrumplige und bläuliche Rosine. Ich habe gelernt, mir Menthol-Gel in die Nasenlöcher zu schmieren, um den Geruchssinn einzuschläfern. In einer Fernsehsendung sah ich, dass die Gerichtsmediziner so etwas benutzen, wenn sie mit Verwesung umzugehen haben, und beschloss, es ihnen gleichzutun. Trotz allem, der Geruch geht den ganzen Tag nicht aus dem Haus, auch mit noch so viel Lauge und Chlor. Er setzt sich in Wänden, Möbeln, in der Kleidung fest. Der Gestank nach Altenwindel. Er setzt sich in mir fest. Im Angesicht der Nacht, eine Waschung prêt-à-porter. Die Dusche ist morgens dran. Duschen macht munter, und ich muss versuchen, ihn so erschöpft wie möglich ins Bett zu bekommen. Er soll nicht die Kraft haben, sich aufzurichten oder gar aufzustehen, nicht dass er am Ende stürzt, wie es schon gelegentlich geschehen ist; er soll nicht den Mumm haben, sich die Windel auszuziehen, nicht dass er mir das ganze Schlafzimmer vollschmiert. Das ist mein tägliches Programm, meine Agenda, seitdem ich auf dich verzichten muss, Liliana. Ich habe immer darüber gestaunt, dass du diese Aufgaben erledigtest, ohne dass es dir viel auszumachen schien (das schien es wirklich nicht). Ihr Papa ist ein guter Mann. Meiner war nicht so. Von Kolumbien vermisse ich nicht die Leute, die ich zurückgelassen habe, vielleicht ein wenig meine Mutter, aber eigentlich vermisse ich nur die Landschaft, einfach unvorstellbar. Ich sehe die Palmen hier, und sie kommen mir wie Spielzeug vor verglichen mit unseren Wachspalmen, die sind so elegant, so wunderschön, man kann sich gar nicht erklären, wie ein so dünner Stamm in fünfzig Metern Höhe die Palmenkrone halten kann, und die Stämme sind so weich, so sauber und von dieser bläulichen Farbe. Ich weiß nicht, warum sie die nicht herbringen und hier pflanzen, aber das sind wohl sehr empfindliche Palmen, sie brauchen viel Wasser und vor allem ein sanftes Klima, wie wir es dort haben, da sind die hohen Wiesen, auf denen die Kühe weiden, und dann die höheren Regionen, wo die Kaffeesträucher wachsen, die Bananen, das Zuckerrohr, die Mangos. Die tropische Hitze wird mit der Höhe milder, eine fruchtbare Erde, schon immer dicht bewachsen, auf zweitausend Meter Höhe, wo die Luft sanft und rein ist. Wenn die Wachspalmen überall gedeihen würden, dann würde wohl niemand mehr auf der Welt irgendeine andere Palmenart pflanzen. Sie sind unvergleichlich, aber, wie gesagt, ich glaube, sie brauchen zugleich tropisches Klima und Höhenluft, etwas, was man nicht an einen anderen Ort verrücken kann, denken Sie nur, wie riesengroß Afrika ist, aber wenn man dem Fernsehen glaubt, gibt es dort nur wenige Plätze mit Bedingungen, wie wir sie dort genießen, denn Afrika ist sehr flach, so heißt es in den Reportagen, da ist ein sehr großer Berg mit seiner Schneehaube, aber der Rest ist Ebene, oder Erhebungen und Hügel von geringer Höhe. Da sehen Sie, wie wir in einer verkehrten Welt leben, da ist unser Land ein Paradies, und doch müssen wir von dort fort, weil die Menschen es zu einer Hölle gemacht haben. Eigentlich müsstet ihr Spanier mit euren steinigen Bergen und diesen unfruchtbaren Ebenen in Kastilien, ich habe sie gesehen, als ich mit dem Bus von dem Madrider Flughafen kam, ihr müsstet nach Kolumbien emigrieren, so wie es früher einmal war, und doch sind wir es, die in dieses dürre Land kommen, denn sobald du von diesem Stückchen Grünland am Meer wegkommst, ist alles trocken und steinig. Aber was sagst du da, Liliana, das hier ähnelt doch von allen Landschaften der Erde am meisten dem Paradies; aus der halben Welt kommen doch die Rentner her und wollen sich hier niederlassen, in einem dieser Häuschen mit Trennwänden aus Rigips und ohne Fundament, die man besser nur anschaut und nicht berührt. Aber jetzt halt besser den Mund, Liliana, entschuldige, lass mich an meine Sachen denken, daran, wie der Alte immer noch meinen Tageslauf bestimmt, so wie er es mein ganzes Leben lang getan hat, und mehr noch jetzt, wo du nicht mehr da bist, wir beide allein, und ich ihm zu Diensten: Ihm das Essen machen, es auftragen, das Geschirr spülen, ihn waschen, ihn ins Bett legen, seine Kleider (dieser Gestank, der nicht aus dem Haus weicht) in die Waschmaschine stecken. Er hat für sie gearbeitet, als er im Gefängnis war. Wie die Sklaven, das hat er erzählt, Steine klopfen, schleppen, sie hatten keine Peitschen wie die Nazis in den Filmen, aber wenn sie wütend wurden, zogen sie den Gürtel aus und schlugen dich, traten auf dich ein, wenn sie merkten, dass du einen Augenblick innehieltest, um dir den Schweiß abzuwischen. Ja, Vater, aber deine Zeit bei der Zwangsarbeit oder den Disziplinarstrafen, wie sie es nannten, hat ein Jahr oder anderthalb gedauert, aber bei mir geht das nun schon über ein halbes Jahrhundert so, und das hast du erreicht, ohne dass du mit rutschender Hose den Riemen schwingen musstest, allein mit deiner Stimme, deinem Blick, und ich wie ein furchtsames Schäfchen: eine lange Strafe. Früher blieb Liliana bei dir, Vater, Liliana, von der ich glaubte, dass sie mich behüten würde, die so sehr mein war wie ich dein. Mich werden sie immer haben, Herr Esteban, Liliana, der Sancocho der Pipián die Wachspalme, ihr murmelnder Wortschwall, meistens blieb sie bei ihm bis zum Abendessen, der Geruch des Kaffees der Geruch der Kakaobohnen der Geruch der laubreichen Bäume die frischen Blätter nass vom tropischen Regen nichts als Grün und Feuchte die weiche Luft der Höhen die Farbexplosion des Flamboyant, haben sie noch nie so einen Flammenbaum gesehen? Er ist nichts als Blüten, ein scharlachrotes Lodern inmitten des Urwaldgrüns; etwas weiter weg das blaue Feuer des Jakaranda, und sie gab ihm zu essen, badete ihn, und das war die Zeit, die ich für eine Partie in der Bar nützte. Wenn ich ihn allein zu Hause lasse, in den Sessel versunken, habe ich Angst, dass jemand mich fragt, wie geht's deinem Vater, die Kolumbianerin ist bei ihm, nicht? Es stört mich, lügen zu müssen, zu sagen, ja, ja, die Kolumbianerin passt auf, du weißt ja, man kann ihn keine Minute allein lassen, auf die Gefahr hin, dass derjenige, der gefragt hat, sie eine Minute später auf der Straße trifft, oder jemand erfahren hat, dass sie nicht mehr zu uns kommt und ich ihn allein zu Hause lasse. Da könnte das Sozialamt intervenieren, mich wegen Vernachlässigung oder schlechter Behandlung anzeigen, da kann man sogar ins Gefängnis kommen, die Leute sind schnell dabei, wenn es darum geht, bei anderen Verantwortung einzufordern, sind sehr unbefangen bei der Zuweisung von Pflichten und sehr wenig bereit, die eigenen zu erfüllen, nicht einmal kleine Gefälligkeiten wollen sie übernehmen. Das wäre ja ein Witz, das ganze Leben lang unter seiner Knute, und dann belangt zu werden, weil man ihn im letzten Augenblick mal allein lässt. Haft, Knast, das Tüpfelchen auf dem i. Obwohl ich fürchte, sie werden zu spät kommen. Einfach lügen, sagen, sie ist da und mein Vater gut versorgt, bewacht. Die Kolumbianerin, so nennen meine Kartenkumpel Liliana. Könnten Sie mir helfen, die Laken zu falten, das Kopfkissen in den Bezug zu stecken (leichte Berührung der Hände)? Könnten sie mir einen Vorschuss von ein paar Euro auf die nächste Woche geben? Es reicht nicht mal mehr fürs Brot, ein schrecklicher Monat, fürchterlich, die Schulbücher für Kinder, Kleidung für den Älteren, die wachsen so schnell aus ihren Sachen heraus, oder sie zerreißen sie beim Fußball auf dem Zementboden im Schulhof, und die Schuhe, man kommt einfach nicht nach, und für Wilson ist es die schlechteste Zeit bei der Arbeit, die Bauten stillgelegt, die Bars und die Lebensmittelgeschäfte arbeiten nur mit halbem Dampf, überall gibt es Kündigungen und kaum Arbeit, und das wenige, was angeboten wird, ist miserabel bezahlt (in der Bar, beim Spielchen, sagt Justino, immer auf der Lauer: Die hat einen ordentlichen Hintern, die Kolumbianerin bei dir daheim), und wenn ich ganz ehrlich bin, kann ich nicht sagen, dass mir Spanien wirklich gefällt oder dass es mir in diesem Land gut ergangen ist, ich will nicht klagen, aber es ist nicht so, wie ich es mir bei meiner Ankunft vorgestellt hatte, der Hintern sitzt ein wenig tief, aber überzeugend in diesen engen Jeans, man sieht die Ritze, lachen sie, die Hinterbacken stehen raus, man merkt, die sind ordentlich fest und drücken gegen den Stoff. Sieht so aus, als ob gleich die Hose platzt. Ich weiß nicht, wie diese Miststücke sich da reinpressen. Macht sie dich auch ein bisschen nass, wenn sie deinen Vater wäscht?, höhnt Bernal, wechselt sie dir die Windeln? Kommt sie mit dem Schwamm? Trocknet sie dich, reibt sie oder macht sie dich nur feucht?, und ich finde es überhaupt nicht witzig, wenn sie so über Liliana sprechen, nein, es ist mir wirklich nicht sehr gut ergangen, ich sag das nicht wegen Ihnen, Sie sind wie ein Vater für mich, aber seitdem ich hier im Land bin, ist alles ein Versprechen auf etwas, das angeblich kommt, aber immer noch hinter der Straßenecke lauert, wenn ich dem Alten den Teller mit dem Gemüse hinstelle, das Omelette mit Petersilie (*aux fines herbes*, heißt das in den französischen Restaurants, Vater) oder den gekochten Schinken und die Tasse mit der Milch, habe ich sie mit am Tisch, als hätte sie mir beigebracht, wie man Tasse, Teller und Besteck hinlegt, ja, Señor Esteban, besonders am Anfang habe ich das Gute förmlich gerochen, als endlich mein Mann und meine Kinder kamen und ich mit dem Jüngsten schwanger wurde, aber das Gute, das sich ankündigte, ist nicht gekommen: Ich war so aufgeregt, wie man ist, wenn man weiß, das Glück ist im Anmarsch, aber das wahre Glück ist nicht gekommen, ich weiß nicht, ob Sie mich verstehen: nur dieses und jenes, als wir das Auto kauften, als wir die Wohnung anzahlten, oder wenn wir die Kinder bei der Nachbarin ließen, um tanzen zu gehen, aber ansonsten ging es immer nur darum, Schwierigkeiten zu meistern, es waren alles nur Vorbereitungen, so war es, Señor Esteban, sagt sie, alles wurde immer nur schlechter, wir haben nicht mal mehr Geld bis zum Fünfzehnten; ich daraufhin: Ja, meine liebe Liliana, so ist das manchmal, du fühlst das Glück, wenn du denkst, dass es kommt, du fühlst es voraus, und dann stellt sich heraus, es ist an dir vorbeigegangen, dir enteilt, ist nicht mehr da. Die Stimme süß wie Zimt kehrt zurück, während ich ihn abtrockne, nachdem ich ihn unter der Dusche abgerieben habe: der kalte Körper meines Vaters als paradoxes Behältnis, das die Wärme ihrer Hände bewahrt: über dieses bleiche Fleisch, über diese Reliefkarte aus starren Sehnen und schlappen Muskeln, über diese unregelmäßigen Oberflächen voller Flecken – jede Menge schwärzlicher, violetter, gelblicher Inseln, in etwa wie eine Karte von Melanesien oder Mikronesien –, über diesen Leib strichen täglich ihre Hände, sie haben ihn angesteckt; ich möchte sie vergessen, nein, Verzeihung, Sie müssen das Laken an den Zipfeln nehmen, und ich nehme die anderen hier, ja, sehr gut, und jetzt zu mir, ich will sie vergessen, ihre Handkante streift die meine, sie ist weich, ein bräunlicher Ton, sie ist warm, so wie ich die Gespräche mit dem Steuerberater, mit den Finanzbeamten, mit dem Leiter der Sparkassenfiliale vergessen will, der mir abends in der Bar begegnet, als habe sich nie eine Szene zwischen uns abgespielt; den Kopf freibekommen von den Diskussionen mit Joaquín, Álvaro, Julio, Jorge, Ahmed, und vor allem sollen diese letzten Szenen aus meinem Gedächtnis verschwinden, wo mir jeder Einzelne von ihnen allein im Büro gegenübersaß.

Sie hat mich nie gekränkt, in all diesen Jahren hat sie mich nicht gekränkt. Weder mit Worten noch mit Taten. Glaubst du, das ist normal bei Paaren? Ich weiß nicht, ob es Liebe war, was sie mir entgegenbrachte, ich habe sie bis zum Wahnsinn geliebt, liebe sie noch, aber ein wenig muss auch sie mich geliebt haben, dass sie es in einer so langen Zeit nie an Respekt mir gegenüber hat fehlen lassen. Dass sie den Beruf hatte, den sie hatte, steht auf einem anderen Blatt. Hat nichts damit zu tun. Sie ging jeden Abend aus dem Haus und kam dann wieder heim, so wie ich zu meiner Arbeit aus dem Haus ging und wieder heimkam. Ich weiß schon, du findest das sonderbar, aber ich habe darin nie mehr als eben eine Arbeit gesehen; und sie sah es, glaube ich, auch so. Was willst du fragen? Ob sie sich je von irgendeinem Freier angezogen fühlte, ob sie hin und wieder bei denen, mit denen sie vögelte, Lust verspürte? Das habe ich nie erfahren. Ich glaube, es hat mich nicht interessiert. Interferenzen im Radio bei der Übertragung eines Fußballspiels. Das bedeutet nicht viel. Auch ich fühlte mich von Frauen angezogen, die zum Tanken kamen. Ich sah, wie sie sich vorbeugten zum Einsteigen oder um das kleine Portemonnaie oder die Tasche vom Sitz zu holen und dabei die Jeans die Hälfte des Hinterns freigaben und die andere Hälfte einquetschten; oder wenn sich der Körper unter dem fast durchsichtigen Rock abzeichnete, der auch nur bis zum halben Schenkel ging. Und ich geb's ja zu, ich hatte den einen oder anderen Flirt, lächelte ihnen zu, sagte ihnen Schmeicheleien, Doppeldeutiges. Aber ich habe ihr nie Hörner aufgesetzt. Ich habe nie zu einer gesagt, komm, geh in die Toilette und zieh den Slip aus, geh in das kleine Büro, ich komm gleich; oder: Warte, bis ich Feierabend habe, und wir fahren auf einen Seitenweg und machen es im Auto oder mieten ein Zimmer für ein, zwei Stunden im Hotel Parada, das ist gleich hier, nur 300 Meter entfernt. Das habe ich nie getan, und auch sie hat es, glaube ich, nie mit einem Kunden gemacht. Ich bin sicher – und darauf kommt es an –, dass sie sich keinem je gratis hingegeben hat. Warum sollte sie auch, wo sie doch Geld dafür nehmen konnte? Oder, anders herum, wenn sie das wollte, warum sollte sie mich dafür nehmen, wenn sie doch andere haben konnte, die auch noch bereit waren zu zahlen? Was sie machte, war ihre Arbeit. Und ich war ihr Zuhause; ihr Sohn (ich habe ihn besser behandelt als ein eigenes Kind) und ich waren ihr Zuhause. Die Möbel, das Sofa, der Geruch nach Kaffee und Toast, wenn sie mittags aufwachte, das war ihr Zuhause. Ich glaube, das ist gar nicht so schwierig zu verstehen. Zu Hause hat sie sich nie blöd benommen, sich nie launisch gezeigt, ist nie wütend oder laut geworden. Im Übrigen, ich weiß nicht, ob mit viel oder eher wenig Lust, sie ließ sich vögeln, und ich verging in ihren Armen. Sie duschte, parfümierte sich und legte sich aufs Bett, und dann wusste ich, an dem Morgen wollte sie, dass ich sie vögele, obwohl sie müde sein musste und manchmal auch angeekelt von dem, was andere noch vor einer Weile mit ihr getrieben hatten. Und wie ich schon sagte: Mit mir hat sie nie geschimpft, nie auch nur die Stimme erhoben, ist nie wütend geworden; vielleicht, weil sie den Rummel satthatte, all die Stimmen, den Lärm der Gläser auf dem Tresen oder beim Anstoßen, und weil sie sich in ihrem anderen Leben, bei der Arbeit, launisch gab, denn die Nutten leben an der Theke ihre Launen aus: Hol mir mal ein Päckchen Marlboro, gib mir mal 'ne Münze für den Automaten, spendier mir erst mal einen Drink, bevor ich dir die Farbe meines heutigen Tangas zeige, diese Sätze, die Nutten sagen, um dich zurückzustutzen, damit du weißt, dass Kommen und Zahlen nicht alles ist, dass man sie gewinnen muss, es gilt das Spiel Mann verführt Frau *aufzuführen, auch wenn es ein kleiner Schwindel ist; es gilt zu verkleiden, was es hier, wie allgemein bekannt, zu holen gibt, so zu tun, als sei es eine Frage der Sympathie oder Antipathie, von Anziehung oder Ablehnung, ob man mit einer Frau aufs Zimmer geht, und nicht nur eine Frage des Geldes, wobei ihnen alles Gebeulte bei dir am Arsch vorbeigeht, außer der gebeulten Börse, aber sie mögen es, wenn du so tust, als glaubtest du, sie seien nur aus einer Laune heraus dort, weil sie sich zu Hause langweilen, oder weil sie die Freundinnen nicht mögen, die mit ihnen ins Kino wollen, dass sie dort stehen, weil sie seit Monaten genau auf dich warten. Vielleicht hatte sie, gerade weil sie zu diesem ganzen Getue gezwungen war, eine höhere Meinung von der Familie; weil sie das kannte, täglich erlebte, weil sie mit der Lüge, dem Theater lebte und deshalb wusste, was es bedeutet, außerhalb jeglicher Familie zu stehen, dem Erstbesten ausgeliefert zu sein, der sich einer Bartheke nähert, keinen Haltegriff haben, Wind und Wetter ausgesetzt sein. Als ich sie kennenlernte, war sie dreißig, kein kleines Mädchen mehr, aber du weißt ja, es gibt ein Publikum für solche Frauen kurz vorm Welken, man hält sie für erfahren, ihr Loch bewahrt das mit vielen Männern in vielen Stunden Gelernte, ihre Möse hält man für einen Speicher ungeahnter Laster und geht davon aus, dass man auf irgendeine Weise etwas von diesem gesammelten Kapital wird einstreichen können. Wie auch immer, es ist nie leicht, unter demselben Dach zu wohnen, aber wir haben acht Jahre zusammengelebt.*

Er fährt sich mit dem Handrücken über die Augen. Er lässt die Hand dort einen Augenblick wie einen Schirm, verbirgt seinen Blick, drückt einen Kummer aus, den man nachdenklich nennen könnte, einen schmerzlichen Gedanken, während ich auf die Uhr schiele und denke, es ist schon spät. Joaquín wird den Kleinen hingelegt haben, und vielleicht liegt er sogar selbst schon im Bett oder sieht sich eine Sendung vom National Geographic an, so etwas gefällt ihm. Wie soll ich sie nicht vermissen, klagt er mit so etwas wie einem Wimmern. Er weint nicht, will aber, dass ich die Emotion in der Stimme, in der Geste wahrnehme. Er will mir damit sagen: Ich könnte weinen, oder: Ich habe in Gedanken an sie so oft geweint, oder: Ich kann schon nicht mehr weinen, meine Tränendrüsen sind ausgetrocknet, aber ich widme dir diese Auf-

führung des Weinens, genau wie die Schauspieler glaubwürdig das wiedergeben, was im vor langer Zeit geschriebenen Libretto steht, und sie tun das mit echtem Gefühl, als führten sie das erste Mal vor Publikum die Trauer des Verlassenwerdens oder die Angst angesichts des Todes vor. Er führt für mich ein Weinen vor, das lange her ist. Die Fähigkeit, die Darstellung im Theater glaubwürdig wirken zu lassen, nennt man, in die Figur einzutauchen. Aber wie war das wirklich, was er mir so erzählt? Ich versuche zu rekonstruieren, wie die Frau gewesen ist, die sich zehn oder zwölf Jahre lang in Rotlichtklubs an der Landstraße prostituiert hat, nein, sie war nie eine Luxushure, wer weiß, vielleicht kam sie zu spät dazu, sie meinte, ihr gefielen die anspruchsvollen Gäste der halb privaten Clubs nicht. Die Manager sind Gesindel, sagte sie zu mir, die sind schlimmer als die Pechvögel, Soldaten, Fahrer, Arbeiter, die für einen Fick mit mir zahlen. Nutte in einem mit Emigranten durchsetzten Klub, sie kommen her, um den geringen Wochenlohn zu verbrennen, Gelegenheitsarbeiter, besoffene Arbeiter, einfach nur Besoffene, das erzählt er mir, er beschreibt mir die Straßen, das Ambiente, ich kenne Madrid nicht, war ein einziges Mal da, damals mit Joaquín zu dem Musical Die Schöne und das Biest. *Das, was dieser Mann mir gerade erzählt, kann nicht wahr sein. Ich versuche mir vorzustellen, wie diese Frau war, auch von der physischen Erscheinung her. Wie war sie?, frage ich. Und er: Was meinst du damit? Was willst du wissen? Ich sage: War sie groß, klein, dunkel, blond, hatte sie ein rundes oder ein längliches Gesicht? Ich überleg mir, ob sie mir möglicherweise ähnlich sieht, damals so alt war wie ich jetzt, und deshalb die Erinnerungen in dem Mann hochgestiegen sind und ihn zu Vertraulichkeiten animiert haben: Auch wenn mein Kleid nicht so eng sitzt wie jenes, das er näht, wenn er den Körper der Frau, die ich mir aus dem, was er erzählt, zurechtreime, einkleiden will. So viel Sanftheit, so viel Ruhe. Das bring ich nicht zusammen, das ist für mich nicht glaubhaft. Der Handel mit Körpern, Drogen, Gonorrhoe, Syphilis, Aids, das ist doch das Schäbigste überhaupt. Und er spricht von einer Art Blume, die sich des Morgens öffnete. Die an seiner Seite einunddreißig, zweiunddreißig und acht-*

unddreißig wird. Dabei jede Nacht in einem Zimmerchen außerhalb von Madrid die Beine breit macht. Das ist nicht glaubhaft. An solchen Orten lernt man zu schreien, zu streiten, zu beleidigen, anzugreifen und sich zu wehren. Man erkennt die allgemeine Instabilität, lernt mit dem Augenblick zu geizen, den man mit einem Schluck, mit einem Schuss konsumiert. Im Übrigen kommt eine Frau nicht ganz zufällig dort hin, sie muss zuvor eine gewisse Gesellschaft frequentiert, eine bestimmte Art von Leben geführt haben. So tief zu fallen. Ich verstehe es nicht. Ich verstehe nicht, was das für eine Frau ist, von der er spricht, kein Schrei, kein einziges Mal laut geworden in all der Zeit, die sie zusammen gelebt haben; und dieses Kind, dieser Junge, der, wenn man den Mann sprechen hört, immer still gewesen zu sein scheint, ein Junge, der gemeinsam mit ihnen älter wird, sieben, acht, elf, seine Hausaufgaben am Wohnzimmertisch macht, nachmittags ein Stück Brot mit Schokolade isst, ein Donut, ein Glas Milch trinkt; in seinem Zimmer mit einem Bärchen im Arm schläft, sagen wir mal. Diese Familienlandschaft, die er zeichnet, kann nicht wahr sein. Oder vielleicht doch, vielleicht waren die beiden so müde, dass sie einander ein bequemes Möbel waren, in das man sich fallen lassen kann, wenn man nach einem erschöpfenden Tag nach Hause kommt, nach einer anstrengenden Reise, der Körper des anderen, das anheimelnde Schweigen der Siesta; in seinem Fall das Wispern eines morgendlichen Traums, denn ihr gemeinsames Leben begann, wenn die Frau müde oder leicht wankend zurückkam bei einem perlmuttfarben schimmernden Himmelsrand oder im Licht des schon angebrochenen Tages, die ersten Sonnenstrahlen vergolden die Möbel des kleinen Wohnzimmers, der Küche, des Schlafzimmers, mit diesem süßen Honig der Frühe. Arbeitete er da schon bei einer Tankstelle? Wählt er die Nachtschicht, um den Tag mit ihr zu verbringen, oder versucht er vielmehr, seine Zeiten auf die des Kindes abzustellen, es von der Schule abzuholen und ihm einen Imbiss zu bereiten? Die Frau kommt müde von der Arbeit zurück, lässt die Jalousie im Schlafzimmer runter, duscht, trocknet sich ab, und er wartet auf sie, zwei dampfende Kaffeetassen stehen auf dem Tisch, daneben knusprig aufgebackene Brotscheiben vom Vortag, ein halbes Dutzend schwärzliche Streifen vom Rost, Brot, an dem sie lustlos knabbert; vielleicht hatte auch der Junge Fürchterliches erlebt, sodass er meinte, besser bei diesem Mann bleiben, der nicht die Stimme und, vor allem, nicht die Hand hob wie die anderen Männer, die zuvor in seinem Leben aufgetaucht waren; besser dieser schweigsame Mann, der, wenn er heimkam, das glänzende Papier aufwickelte und ein paar Scheiben Mortadella mit Oliven und kleinen roten Paprikastreifen herausholte; die Wildschweinkopfsülze, die Truthahnpastete, die Tafel Schokolade. Nein, so sind die Dinge nicht, so können sie nicht sein, das menschliche Wesen ist schlechter. Nichts entkommt dem, was es ist. Alle Farben bilden ein und denselben Fleck. Aber warum bin ich nur stehen geblieben, um mit ihm zu plaudern? Was mache ich hier? Kurz Benzin tanken und so schnell wie möglich nach Hause und ins Bett: Ich komme gerade von der letzten Schicht im Orangenlager und habe es eilig, ich bin müde, etwas in der Küche naschen, duschen und rein ins Bett; besser gesagt, ich war müde, seine Worte haben die Müdigkeit verfliegen lassen. Joaquín wird schon im Bett sein, oder er hört Radio mit Kopfhörer; zu dieser Uhrzeit gibt es Sport, alle Sender bringen den zur selben Zeit, also kann man nichts anderes als Fußball hören. Ich bin erschöpft. Warum habe ich nur dieses absurde Gespräch mit dem Mann an der Tankstelle angefangen, den ich nur vom Ansehen kenne, er hat mich schon so oft bedient, aber bislang habe ich mich darauf beschränkt, ihm zuzulächeln, wenn er mir den Apparat für die Scheckkarten zuschob, damit ich meine Geheimnummer eingab. Er reichte mir den Beleg, gab mir meine Karte zurück, und ich dankte, während ich die Rechnung in die Tasche steckte. Auf dem Weg zur Tür wechselten wir manchmal noch drei oder vier Sätze, ich wünschte ihm einen guten Abend, was er einfach nur wiederholte, als wäre seine Bassstimme ein Echo der meinen. Heute hat er nicht zugelassen, dass ich selbst tankte, er beeilte sich, mir den Schlauch zu entwenden, ich habe nichts zu tun, und während er das Benzin in den Tank strömen ließ, hob er ein paar Mal den Kopf und lächelte, eher eine gleichmütige Grimasse, aber das hat gereicht, es war, als hätte er mich hypnotisiert, wir gingen dann in den Verkaufsraum mit der Theke und der Kasse, ich holte zum Zahlen die Scheckkarte heraus, und statt den Mund zu halten, fing er, als ich meine Geheimnummer eintippte, ein Gespräch an, der Mann kam hinter der Theke hervor, setzte sich auf einen Hocker und interessierte sich für meine Arbeit, du kommst ja immer zu dieser Uhrzeit, er fragte nach meiner Familie, nein, nein, zu Hause wartet jetzt keiner mehr auf mich, die Kinder und mein Mann schlafen, sage ich, oder mein Mann hat die Kopfhörer auf, hört etwas oder schaut sich eine Natursendung an, seit er nicht mehr arbeitet, verbringt er die Nächte mit den Kopfhörern, ich habe gelacht, ein kleines, nervöses Lachen, nein, er ist nicht viel älter als ich, gerade einmal drei Jahre älter, fast gleich alt, sagte ich, warum, weiß ich nicht, und er sagte, er lebe jetzt allein, er habe aber eine Frau gehabt, die älter als er war und ihn verlassen hat; und ein Kind, oder fast ein Kind, oder mehr als ein Kind, sagte er, von beiden habe er nie wieder gehört, und dann hat er mir diese unglaubliche Geschichte erzählt, sein Leben mit der Hure und dem Kind. Da ich immer zu dieser Nachtzeit komme, denkt der Mann vielleicht, dass ich ihn angelogen habe und nicht im Früchtelager, sondern in irgendeinem Nachtlokal arbeite, und so will er mir mit dieser Geschichte sagen, dass es ihm egal ist, als was ich arbeite und ob ich etwas älter bin als er. Ich habe den Verdacht, dass er mich mit dieser Erzählung einwickeln will, dass er mit mir das machen will, was er angeblich mit keiner gemacht hat und wohl jedes Mal versucht, wenn sich bei seiner Nachtarbeit eine Gelegenheit bietet, er will mich ins Hinterzimmer bringen, von dem er gesprochen hat, dort, wo die Toiletten sind und das kleine Lager mit den Putzmitteln, mir den Schlüssel der Tür geben und sagen, zieh den Slip runter, ich bin gleich da, und wenn er erst mal dort ist, den Riegel vor die Tür schieben und mich umarmen, mich ansabbern, bedrängen, hastig entkleiden, mit den Händen meinen Kopf runterdrücken, damit ich bis ganz zum Schluss da hocke, sich dann schnell wieder anziehen und sagen, hier kannst du nicht bleiben, um eins kommt der Kassenwart, und jetzt ist schon halb eins vorbei. Sicher verfolgt er genau das mit seiner Geschichte, doch die Traurigkeit, die ihn erfüllt oder die er vortäuscht, zieht mich an, ich glaube, die Geschichte ist erfunden, aber die Trauer ist echt, und echt ist auch die kräftige, von schwarzen Rillen durchfurchte Hand, die er geschlossen – eine Faust – zu den Augen führt, um eine, vielleicht falsche, Träne wegzuwischen, echt ist die resignierte Wehrlosigkeit, die er ausstrahlt und von der man nicht weiß, was sie verbirgt, und plötzlich lockt es mich zu entdecken, ob dieser ruhige, traurige Leib seine eigene Wahrheit ist oder ob er ein Raubtier verbirgt, das seine Bewegungen berechnet, seine Strategie angesichts einer möglichen Beute. Ich kann mich nicht daran gewöhnen, sie nicht zu haben, den Jungen nicht zu haben, sie sind gegangen, und jetzt ist die Stimme noch heiserer, fast kavernenhaft. Du weißt nicht, wie es ist, nach Hause zu kommen und da ist niemand, du hast Glück, hast deinen Mann, deine Kinder. Ich spüre ebenso viel Anziehung wie Angst, doch ich stehe auf und lege ihm die Hand auf die Schulter, und er bleibt reglos, betrübt, löst die eigene Hand nicht von seiner Stirn, uns trennt das Glas mit dem schmelzenden Eis, das an der Zitronenscheibe klebt, während ich mich frage, warum ich ihm von meinen Problemen, seitdem Joaquín arbeitslos ist, erzählt habe, von der Distanz, die uns trennt, seitdem wir mehr Stunden zusammen sind. Warum nur habe ich ihm von daheim, Intimes, erzählt. Ich denke, dass vielleicht auch ich ein Raubtier bin, obwohl, vor allem denke ich, dass ich verloren bin. Ich möchte mehr von ihm wissen.

Álvaro hat die Kündigung kalt erwischt, auch mich hat all das, was über mir zusammengebrochen ist, kalt erwischt, oder etwa nicht? Er glaubte, die Firma sei etwas Unvermeidliches wie die Haut, die einen umgibt, er hat sich nie für Lieferzettel, Buchführung oder Bilanzen interessiert und hatte nur einen spöttischen Blick für mich, wenn ich mich über Probleme oder Schwierigkeiten beklagte, wenn ich mich in den Zahlen des Kostenvoranschlags verhedderte und jonglieren musste, um die Zahlungen so zu datieren, dass sie mit den Forderungen zusammentrafen und ich nicht blank dastand.

Richtig kalkulieren oder sich dabei irren, Geld verdienen oder verlieren. Ich habe mich schon oft genug bei Kostenvoranschlägen für die Kunden verrechnet, seitdem mein Vater diese Arbeit abgegeben hat, und habe dabei schon zu viel Geld verloren, rechtfertigte ich die Zeit, die ich über den Berechnungen verbrachte, immer neu addierte, subtrahierte, multiplizierte, Berechnungen, die ihm schwerfielen; und dann waren da diese Blätter, darauf mit der Hand und Bleistift oder Kugelschreiber gezeichnete geometrische Figuren, denen man oben oder unten Zahlen beifügte. Kunde: F. Delmar. Hartfaserplatte/6: 0,35 breit/8,20 lang; 2: 0,40 breit/2,30 hoch. Die Arbeit ist, wie die Familie, eine Last, die man zu tragen hat, nichts zu machen, davon geht man aus, der biblische Fluch, dem man, da unabänderlich, auch gute Seiten abzugewinnen sucht: Du sagst dir, so wird es immer sein, ein Lebensgesetz diese Monotonie, erst recht, wenn du schon seit über dreißig Jahren am selben Arbeitsplatz bist und acht bis zehn Stunden an fünf Tagen in der Woche in der Werkstatt stehst. Mit Joaquín und Ahmed oder mit Julio irgendeine Fracht zu holen oder etwas zu liefern, etwas, das vor Ort montiert werden muss, ein Möbelstück, ein Schrank oder eine Regalwand, ist eine Erleichterung. Ab und zu suchte er einen Vorwand, um rauszukommen, wie ich das selbst auch getan habe. Du kommst gar nicht auf den Gedanken, dass nichts ewig ist und alles sich von einem Tag auf den anderen verändern kann. Wie sollst du auch darauf kommen, dass deine Hölle sein könnte, Jahwes Fluch zu entgehen, an einem Ort, wo es kein Buch gibt, in das die Aufträge notiert werden, keinen Block für die Kostenvoranschläge, fernab von Maschinen und Werkzeug, und der für die zeitgenössische Umkehrung des biblischen Fluchs steht: Du wirst dir dein Brot nicht im Schweiße deines Angesichtes verdienen dürfen. Ein unverhoffter und diabolischer Knick. Du entdeckst die irritierende Behaglichkeit der Morgen ohne Wecker, der Tag wie eine Wiese, die sich bis zum Horizont erstreckt, Zeit ohne Grenzen, eine Landschaft ohne Erhebungen, die sie einfrieden, keine Schafherde grast in dieser Ausdehnung, die sich dir endlos zeigt, du entdeckst nicht die Silhouette irgendeines Gebäudes oder eines Baumes. Nur du allein wandelst im Nichts. Die Hölle als ein ausgeräumtes Möbellager, ein stiller Hangar, in dem eine ungeheure Leere herrscht. Von Gott dazu verdammt zu sein, das Brot im Schweiße seines Angesichts zu verdienen, scheint dir am Ende ganz angenehm, das Klingeln des Weckers, das Rauschen von Hähnen und Duschen im Bad, das Blubbern der Kaffeekanne auf dem Feuer, der Rummel des Morgenverkehrs, das Gemurmel der Gespräche an der Theke des Cafés, in dem du dein Croissant isst, die Stimmen der einen und der anderen in der Lagerhalle, die Diskussionen mit den Kollegen, das Surren der Maschinen, das belegte Brötchen und das kleine Bier am späten Vormittag. Álvaro: Erscheint in der Schreinerei um acht; Pause für eine Brotzeit um halb zehn; Wein, Wermut oder Ricard um halb zwei, die Strecke bis nach Hause, wo seine Frau um Punkt zwei den Reisteller, einen weiteren mit Salat, das Essiggemüse und daneben ein Stück Käse und den Obstkorb auf den mit einem Wachstuch gedeckten Tisch gestellt hat; ein Nickerchen im Sessel, dieweil die Nachrichten im öffentlichen Rundfunk der Region beginnen, dann der Spaziergang zurück in die Schreinerei – gut für die Verdauung –, die Trägheit des späten Nachmittags, wenn die Bewegungen notwendig langsamer werden, und danach ein paar Glas Wein in der Bar mit den Freunden (Álvaro hat die immer allein für sich getrunken, einige meinen, aus einer gewissen Menschenscheu heraus, andere, dass schlicht sein Geiz dafür verantwortlich war), Abendessen, Sofa und Glotze, bevor man dann ins Bett geht. Und was nun? Álvaro hat sich noch nicht an solche Gedanken gewöhnt. Schluss mit dem befriedigten Grinsen, wenn er überprüft, dass der Auftrag pünktlich rausgeht und in tadellosem Zustand. Es stimmt schon, dass ein Arbeiter nicht die Übersicht über das Ganze haben muss, das, was man Unternehmermentalität nennt, eine Perspektive, die, wie der Name schon sagt, uns eigen ist, die wir eine Firma besitzen, oder jenen – wenn wir von größeren Unternehmen sprechen –, die dort als

Führungskräfte, als Geschäftsführer wirken. Die Pflichten eines Arbeiters enden in dem Augenblick, in dem das Werkstück verpackt und in den Lieferwagen geladen ist, der mit offener Tür auf den Fahrer wartet, dieweil der Laderaum gebührend geschlossen wurde. Das ist zwar etwas ärgerlich, hat aber den Vorteil, dass du dich, sobald die Uhr den Feierabend angibt, von allem befreien kannst. Er hat nicht einmal dieses bisschen Verständnis gezeigt, das ich gern gespürt hätte, es hat ihn schon immer gestört, wenn ich das von ihm erwartete. Wenn ich ihm beim Kaffee in der Cafetería Dunasol von Rechnungen, Kostenvoranschlägen, Gläubigern erzählte, schaute er woandershin und wechselte das Thema. Ich sehe ihn, wie er die Astlöcher im Holz untersucht, er geht jeder Maserung nach, erspürt die Fragilität des Splintholzes, streichelt mit erfahrenen Fingern, Werkzeugfingern, darüber, erfasst den Grad der Trocknung. Seine Hand ist größer als die meine, seine Finger sind beweglicher, knotiger und stärker, sie haben eine instrumentelle Qualität, die die meinigen nicht haben, obwohl ich immer in diesem Beruf gearbeitet habe. Meine haben eine andere Weichheit. Obwohl voller Hornhaut und rauer Stellen, sind meine Finger doch fleischig, so wie auch mein Körper fleischig ist, immer an der ungewissen Grenze zur Fettleibigkeit, während seiner in der Jugend so geschmeidig wie ein Schilfrohr war (er hatte auch etwas Untergründiges, das Trübe des Sumpfes, in dem das Schilf wächst) und jetzt die Härte und Unregelmäßigkeit von gewissen, besonders knotigen Stämmen erworben hat, einem alten Ölbaum, einem Johannisbrotbaum. Er konzentriert sich auf seine Arbeit, kümmert sich nicht um das, was um ihn herum geschieht, ist unberührt von den Wechselfällen des unternehmerischen Lebens. Wobei unternehmerisch in unseren Zeiten ein hässliches Wort ist, vor einem Jahrhundert noch bedeutete es Unruhe, Fortschritt, jetzt ist es ein Synonym mehrerer Wörter mit negativer Energie: Ausbeutung, Egoismus, Verschwendung. Er war höchst erstaunt, als ich, statt meinen Eintritt in den Ruhestand zu verkünden, ihn mit der Leitung der Werkstatt zu betrauen und sein

Gehalt zu erhöhen, was sehr günstig für die Berechnung seiner Rente gewesen wäre, hinter dem gedrechselten Tisch in dem verglasten Podest sitzen blieb, das wir Büro nennen und von wo man die ganze Werkstatt überblickt: Ich sehe ihn vor der Drehbank, neben der Säge, der Hobelbank, kann alle seine Bewegungen verfolgen. Außerdem hatte ich, dem Prinzip meines Vaters zuwiderhandelnd (wir beuten niemanden aus, wir leben von unserer Arbeit), Jorge angestellt, einen anderen Schreiner, von dem er meinte, er könnte ihm seine Position streitig machen, und drei Hilfskräfte, die mit anpacken sollten, vor allem den Lieferwagen fahren und die leichteren Montagearbeiten vor Ort erledigen, ganz speziell die bei den Bauten von Pedrós, unseren Bauten. Ich möchte auf meine Rente noch was draufpacken und habe eine große Geschichte an Land gezogen, mehr Arbeit für alle und für dich eine bessere Vergütung (nein, es war nicht die Vergütung, die er als Werkstattchef zu bekommen erwartete, aber ich hab seinen Lohn erhöht, besser als nichts): Also, die kleinen Aufträge erledigen, den täglichen Kleinkram, aber dann vor allem mit Vollgas die Türen und Fenster und die Zimmermannsarbeit für die Bauten von Pedrós angehen, da kommen Überstunden auf uns zu, die werden gut bezahlt (ich habe ihm nicht erzählt, dass ich sein Gesellschafter geworden war als Bauträger bei den Apartmenthäusern, die er gerade baute und die so gut wie schlüsselfertig waren, aber auch bei zwei gerade erst begonnenen Bauten, einer davon noch im Stadium der Fundamentlegung; ich hatte mich als Wechselbürge seines Kredits mit einer Hypothek auf das Grundstück am Berg eingebracht und als Mitkreditnehmer für das Baugeld, war fünfzigprozentiger Partner für die neuen Bauvorhaben geworden, was nicht nur Hypotheken auf Haus, Werkstatt und Grundstücke erforderlich machte, sondern auch die Auflösung der Sparkonten, die der Alte bei der Bank hatte, dazu das, was ich hatte und seiner Kontrolle hatte entziehen können). Da steckt verdammt viel Arbeit drin, sagte Álvaro, obwohl ich ihm nur von den Schreinerarbeiten für den fast vollendeten Bau erzählt hatte. Es war noch nicht der Moment gekommen, ihm von den anderen, gerade begonnenen Projekten zu erzählen. Und das von der Gesellschaft habe ich ihm natürlich auch nicht gesagt. Von den Darlehen und den Hypotheken habe ich erst recht nichts erzählt. Ich sagte ihm, dass ich neue Leute einstellen würde. Das habe ich ihm gesagt. In seinem Gesicht stand geschrieben, dass ich mich im Alter wohl von der Gier hatte anstecken lassen. Du hast die ganzen Schreinerarbeiten für Pedrós übernommen?, er stellte sich schwerhörig, als begriffe er die Dinge nicht beim ersten Mal. Ich hörte ihn reden und hörte die Worte meines Vaters: Wir beuten niemanden aus, wir leben von unserer Arbeit. Genau das wollte er, dass sie mir laut im Ohr klangen. Álvaro war die Ausnahme, der Sohn des Genossen und sicherlich der Lieblingssohn meines Vaters. Ein Familienmitglied mehr, kein Ausgebeuteter. Zum ersten Mal in meinem Leben traf ich Entscheidungen, strebte etwas an, zeigte Ehrgeiz. Statt einem erwartbaren Erschlaffen am Ende lagen Monate frenetischer Betriebsamkeit vor uns. Ich will nicht mit der Scheißpension eines Selbständigen und der lächerlichen Zusatzrente in den Ruhestand gehen. Ja, ja, da hast du recht, da bleibt nur eine Scheißpension, schien er zuzustimmen. Das war alles. Er sagte nicht: Verkauf doch das Erdgeschoss deines Hauses, verkauf die Schreinerei, oder verkauf das ganze Haus und such dir eine nette Wohnung, die du mit dem finanzierst, was von dem Verkauf übrig bleibt, nachdem du deine Geschwister ausgezahlt hast; oder du baust dir das Haus, das du dir immer auf dem Berggrundstück gewünscht hast, und ziehst da hin, um deine Ruhe zu haben. Das hätte er mir sagen können, hat er aber nicht: Er dachte an sich selbst, die Schreinerei durfte nicht angerührt werden, was ihm Sorgen machte, was ihn ärgerte, war, dass er nicht die Leitung übernehmen konnte. Er verlangte von mir, dass ich seinen Arbeitsplatz mit Entbehrungen meinerseits erhielt, ich sollte damit auch für die Raten des Wohnwagens aufkommen, den er sich kaufen wollte, wenn er in Rente ging. Ja, er hatte so einen Plan: die Wohnung verscherbeln, sich dafür mit seiner Frau ein kleines Apartment kaufen, wozu wollen wir die große Wohnung, die Kinder sind verheiratet, nur für uns beide ist ein Apartment besser, und mit den Ersparnissen und dem Restgeld aus dem Tausch wollte er sich einen Wohnwagen kaufen und den Winter an irgendeinem warmen Strand noch weiter im Süden verbringen, sich die Lungen mit dem jodhaltigen Seewind füllen; und im Sommer dann vor einem Bergriesen parken, einer von denen, auf dem noch im August der Schnee schmilzt, dazu die Gischt der kalten Bergbäche, die seine Hänge hinabstürzen. Er lächelte sein nicht sehr offenes Lächeln, das weniger Freude als Kummer über irgendetwas Unbestimmtes ausdrückte. Ein Mensch, der in seinem Leben keinen Teller zerschmissen hat, die Ernsthaftigkeit eines schweigsamen, ehrlichen Mannes, von dem wir annehmen, dass er einen inneren Schmerz mit sich herumträgt, den wir alle respektieren müssen, der mittags auf dem Heimweg ein paar Gläschen Wein allein an der Theke kippt und sich eine kleine Tapa bestellt (die Leute sehen nicht diesen Schmerz in dem Einsamen, sie sagen, er bleibt aus Berechnung allein, um keine Runde ausgeben zu müssen). Deshalb wundert mich, was er da an Hassfähigkeit zeigt, als ich ihm mitteile, dass das Projekt von Pedrós den Bach hinuntergegangen ist, dass man keine Bezahlung zu erwarten hat und dass die Schulden für schon ausgeliefertes Material uns dazu zwingen, die Firma eine Weile zu schließen und einen Ausweg zu suchen; ich muss erst mal alles in meinem Kopf ordnen und sehen, wie ich das hinbekomme, dass ihr nicht geschädigt daraus hervorgeht und den Lohn kriegt, den ich euch schulde, um dann binnen Kurzem wieder ganz normal zu arbeiten (ich verschweige den Rest, aber ihm ist klar, dass es sich um die endgültige Schließung handelt, was soll man bei meinem Alter schon anderes erwarten). Ich erwarte nicht, dass er für mich Tränen vergießt, auch nicht, dass er seine Hilfe anbietet oder sagt, hier stehe ich, wie immer seit über vierzig Jahren, an deiner Seite, dir zur Verfügung für was auch immer, nein, das erwarte ich nicht von diesem Mesner, der Wein trinkt und Tapas isst, mit gesenktem Blick, damit er ja für keinen zahlen muss, er trinkt und isst mit der Konzentration dessen, der das Abendmahl auf die zweifache Weise nimmt (fest und flüssig, Brot und Wein, Leib und Blut), aber ich bitte doch um ein klein bisschen Verständnis, um eine vage Solidarität, ich bin sogar bereit, voller Rührung einen Hauch von Mitleid, eine Geste oder ein Wort des Trostes zu empfangen. Die Werkstatt ist sein Leben, aber länger noch ist sie mein Leben gewesen. Und sie ist mein Heim oder zumindest das meines Vaters gewesen, dort, wo ich gelebt habe. Ich würde hinnehmen, wenn er Armer Esteban sagen würde. Unter diesen Umständen empfände ich das nicht als Demütigung; eine kurze Umarmung, während er mir auf die Schulter klopft und das sagt: Armer Esteban. Aber nein, von einem Augenblick zum anderen schwenkt er vom Ignorieren (dessen, was nicht strikt zu seiner Arbeit gehört, zum Sägen, Leimen, Polieren, Montieren) zu einem Hass um, der alles einbezieht, ein allgemeiner und unumschränkter Hass, und jetzt gerade ist nichts in ihm außer diesem Hass, eine Galligkeit, die sich über mich ergießt und über alles, was mich umgibt, Maschinen, Werkstücke, Räume, sind sie doch nicht länger Instrumente zu seinem eigenen Nutzen: die Schraubstöcke, die Säge, die Hobel-, die Poliermaschine, auch die Wände der Werkstatt und die Neonröhren an der Decke, jeder Bestandteil wird zum Objekt seines Hasses, er hasst die Bretter, hasst die Maschinen und Werkzeuge, hasst die Halle, weil all das nicht mehr dazu beitragen wird, den Wohnwagen und seine blöde Freude an sommerlichem Schnee und winterlichen Stränden zu bezahlen, diese ganzen Instrumente, Installationen und Werkzeuge werden ihm nicht dabei zu Diensten sein, seinen selbstsüchtigen Traum zu erfüllen von einem Leben auf Achse, immer hin zu der Sonne, die am meisten wärmt, der infantile Traum, dem er sein Leben gewidmet hat; selbstverständlich trifft die Galle vor allem mich, realer Geifer, der weiß und klebrig in den Mundwinkeln nistet, vom Zorn gestockte Spucke, klebriger weißer Schleim, Tischlerleim. Es sind nicht nur die Worte, die er ausgesprochen hat, es ist der Ton, die

Gesten und die Gewalt, die sich auf seine Werkzeug-Hände überträgt und sie in Zangen, Hämmer verwandelt: Die Nägel zeichnen die Handflächen, auf die sie drücken, kleine, rötliche Kerben, er drückt sehr stark, konzentriert in diesem Druck der Finger seine Wut. Als wären wir von der ersten Begegnung an Feinde gewesen und als hätte er schon immer gewusst, dass ich ihn am Ende betrügen würde. Jetzt gerade schweigt er, er war noch nie freimütig in seinen Reaktionen, er ist glitschig, schlüpfrig, sumpfig, nun aber ist da eine gewisse Klarheit, Festigkeit, du kannst den Fuß drauf stellen und meinst nicht einzusinken: Ich habe dir nie vertraut und mich nicht geirrt, dein Vater hatte recht, sagen mir die Augen, die zusammengepressten Lippen, die in die Handfläche gedrückten Nägel, da ist ein Verdacht explodiert, der über dreißig Jahre vorhanden war. Álvaro kam ins Haus, als ich an die Kunstakademie ging und mein Vater allein zurückblieb, er hat mich ersetzt, und mein Vater hat den Jungen so gut wie adoptiert, als dessen Vater starb, er war ein geliebtes Kind, der die Mängel des unerwünschten Sohnes auszugleichen hatte; obwohl mich besonders ärgert, was seine Augen mir sagen, blicke ich auf seine angespannten Fäuste, zwei Werkzeuge, die so aussehen, als würden sie gleich ihre Kraft an der Glasplatte, die auf dem Tisch im Büro liegt, auslassen, an diesem vorgeblich eleganten Möbel mit den Schnitzereien im Stil der Renaissance oder der spanischen Spätgotik, das mein Großvater gefertigt hat, oder mein Vater und mein Großvater zusammen, und das im Büro ausgestellt ist, von meinem Vater inzwischen als sein Meisterstück deklariert – womöglich ein Akt widerrechtlicher Aneignung. Mein Vater tut so, als ob die Fertigkeiten vererbt würden und nicht Resultat einer mühseligen Lehrzeit wären. Ein Fortführer der Arbeit seines Vaters. Der Tisch ist das Schaustück des fiktiven Katalogs unserer Arbeiten, ausgestellt, um den Kunden zu bezirzen, der sieht den Tisch, sieht die vier Stühle, alle passend, in ihren Hauptlinien gleich, doch unterschieden, wenn man die Details betrachtet: die Einschnitte an den Rückenlehnen, das Schnitzwerk an den hinteren

Stuhlbeinen, was bei dem einen ein geometrisches Relief und beim anderen eine Girlande oder ein Blumenmuster darstellt, und er wird davon ausgehen, dass dies alles den Händen dessen entsprungen ist, der einmal Bildhauer werden wollte, obwohl, wie ich schon sagte, die Urheberschaft hängt in der Luft, hat er sie gemacht und der Großvater half dabei, oder hat der Großvater sie mit des Sohnes Hilfe gemacht: die Version änderte sich je nach dem Kunden, der Vater wird gewusst haben, warum, er wird sich seine Gedanken gemacht, Berechnungen angestellt haben, wann er die Tradition des Hauses, wann die eigenen Verdienste herausstellen musste, jedem Tier seinen Köder, wie sein Bruder sagte; mit der Zeit setzte sich immer mehr die erste Version durch, bei der er der Urheber, der Großvater gerade mal eine Hilfskraft oder ein Zuschauer war, mein Onkel hat das Geheimnis nie gelüftet, als ginge es darum, den Mörder zu decken, der das ursprüngliche Verbrechen beging, auf dem die Firma aufbaut, und als tauge das Verwirrspiel dazu, das, was wichtig war, zu verbergen. Mein Vater hinter dem Tisch: Eine Firma, die bald hundert wird, sagt er in dem Augenblick, in dem ich ins Büro trete und ihn um einen Kostenvoranschlag bitten will, und wenn er so redet, glaubt er den Käufer davon zu überzeugen, dass er sich in einer angesehenen Kunsttischlerei befindet, die daran gewohnt ist, mit den edelsten Hölzern zu arbeiten, Linde, Nussbaum, Mahagoni, und nicht in einer Klitsche, die sich nur mit kleinen Aufträgen und Gelegenheitsarbeiten über Wasser hält, unfähig, einen anspruchsvollen Auftrag auszuführen, dennoch schreckt er nicht davor zurück, Ja zu sagen, kein Problem, so etwas haben wir oft gemacht, letztes Jahr hatten wir etwas ganz Ähnliches wie das, was Sie sich wünschen, sogar noch komplizierter, und der Kunde war begeistert, gratuliert mir immer noch zu der Arbeit, wenn er mich sieht; solche Aufträge anzunehmen, das macht er mit links, aber dann schiebt er sie immer wieder hinaus, bis der Kunde die Nase voll hat und abtaucht. Als würde dem Kunden nicht ein Blick durch die Glasfront hinunter in die Werkstatt genügen, um das gelagerte

Holz zu sehen, die mit hauchdünnen Furnieren aufgehübschten Spanplatten, die viel zu kurz gelagerten Kieferbretter, die Faserplatten, das Sperrholz. Ja, bitte, geben Sie mir Ihre Karte, ich muss es mir noch einmal überlegen, ich ruf Sie an, wenn Sie loslegen können, sagt der Kunde, wenn er zwei und zwei zusammenzählen kann. Aber jetzt sitze ich vor Álvaro, und diese Grimasse, die seine Lippen nach außen stülpt, die Zunge, die da schnalzt, als würde er gleich auf etwas spucken, das ihm widerwärtig ist. Er ist eine finstere Nussbaumskulptur, die hölzerne Darstellung des Gesichts eines unbekannten Teufels, nicht Baal, nicht Beelzebub, nicht Luzifer, nein, ein anderer Teufel, angespannt, gemartert, anonym, einer von jenen, die weder in der Bibel noch in den Traktaten zur Esoterik und Dämonologie zitiert werden. Diese abgeknickte Unterlippe. Ich bin etwas Widerliches, ein weiches und klebriges Wesen, wie die grünen Slimemonster in den Comicsendungen für Kinder. Er schreit fast: Und was soll ich jetzt machen? Glaubst du etwa, dass in diesen Zeiten irgendjemand einem alten Mann, der gerade sechzig geworden ist, Arbeit geben wird? Er schnaubt. Er suhlt sich in den Worten, *einem alten Mann*, und ich verspüre plötzlich etwas, das dem Ekel ähnlich ist: Er wird mir verächtlich. Er ist die weiche Puppe aus Plastilin. Das Arschloch hasst mich, und dennoch täuscht er Hilflosigkeit vor, statt Zorn oder Verachtung zu zeigen, nur damit ich nicht zum Gegenangriff komme, nicht einmal in Deckung gehen kann, sondern Mitleid empfinde. Was will dieses Arschloch? Dass ich um ihn weine, wo ich mir doch verbiete, um mich selbst zu weinen? Ich mag die Leute nicht, die Mitleid erwecken wollen. Die Bettler, die, statt würdig um ein Almosen zu bitten, vor den Kirchen auf den Knien rutschen, die Arme zum Kreuz ausgebreitet, und sich ein Heiligenbildchen um den Hals hängen und Vaterunser und Stoßgebete wimmern. Nicht ihre Armut stößt ab, sondern ihre zweifelhafte Moral. Sie sind Schwindler. Verzeih, Liliana, ich mag mich allzu oft selbst nicht. Das ist ganz normal, Don Esteban, das passiert jedem, auch ich denke oft, dass ich mir nicht gefalle. Ich mag mich nicht, wenn ich in den Badezimmerspiegel schaue, und ich könnte heulen, so hässlich sehe ich mich, müde, und dann geh ich raus auf die Terrasse und sehe den Himmel ohne Sterne, der über uns hängt, nur das gelbliche Licht der Straßenlaternen, das sich zu einer dichten Masse wölbt, wie ein Zeltdach aus leuchtender Luft. Hier in Olba sehe ich die Sterne einfach nicht. Offenbar sah sie die von ihrer Haustür aus, dort auf dem Land im Caucatal oder im Quindío, und sie betrachtete sie wie eine Ausstellung möglicher Leben. Das erzählt sie mir. Jeder Stern ein Leben, das sie leben könnte, ein anderes Leben als dieses hier. Hier aber ist dieses weißliche oder gelbliche Zeltdach, das Spinnennetz des Lichts der Laternen, die Lichter auf den Landstraßen, die der Gewerbegebiete, der Fabriken, der Neuansiedlungen, sie nehmen einem die freie Sicht und ihr den Horizont, so sagt sie. Aber sind wir nicht hierhergekommen, um ein anderes Leben zu leben, frage ich Wilson. Mein Mann spottet dann: Das Leben ist überall genauso, was hast denn du gedacht, dass wir hier mit dem Kopf nach unten laufen würden wie die Antipoden? Manchmal denke ich, dass ich, seitdem ich hier bin, am eigenen Leib etwas von dem erfahren habe, von dem wir nicht wissen, woraus es besteht, es aber alle insgeheim wissen wollen. Und hier habe ich erfahren: Da ist kein Himmel, der zählt. Es heißt, unser Gott dort ist von hier rübergebracht worden, und es sieht so aus, als ob er tatsächlich alles hier verlassen hat, oder einfach gegangen ist, vielleicht ist er von hier nach dort gegangen, dann aber von dort wieder fort und irgendwo anders hin, was wir nicht erfahren: Der Himmel hier ist das, was du dir kaufst, die Gesichtscremes, der Kühlschrank und was im Kühlschrank drinliegt, das Auto, um zur Arbeit zu kommen oder am Sonntagnachmittag mit den Kindern an den Strand von Misent zu fahren, damit sie im Sand spielen und im Wasser planschen können, aber dazu kommen sie nur selten, denn wenn ich Wilson darum bitte, sagt er, das Wochenende ist dazu da, sich auszuruhen, auf dem Sofa zu fläzen und sich zu langweilen, das bedeutet nämlich, sich auszuruhen, oder Fußball zu sehen, und nicht den Chauffeur zu spielen und auf dem Weg zum Strand im Stau zu stecken. Statt Erholung Nervosität, Anspannung, noch größere Erschöpfung. Kommt nicht in Frage, sagt er. Da ist kein anderer Himmel als der, Sachen anzuhäufen, ein Himmel, der Geld kostet, Geld ist der Schlüssel zum Himmel, und daraus folgt viel Hoffnungslosigkeit, wenn du keine Euros hast. Das macht einen fertig, so viele Berechnungen im Monat anzustellen, ohne dass etwas herauskommt, außer dass ich bei Ihnen um Hilfe bitten muss. Bei uns beten die Armen zu einer kleinen Statue der Jungfrau, die ein Kind in Armen hält und auf dem Mond steht, unsere liebe Frau von Chiquinquirá, oder sie beten zu einem Kind, das in einen roten Umhang gekleidet ist, eine Krone auf dem Kopf trägt und einen Erdball in der Hand hält, oder zu diesem anderen Gotteskind, so hübsch in seinem rosa Gewand mit dem grünen Gürtelchen, es hebt die Ärmchen hoch, bittet seinen Vater, ihn in die Arme zu nehmen, aber in Olba gilt das alles nichts, die Heiligen sind Puppen, an die niemand glaubt, ich weiß ja, dass die Heiligen dir nichts geben können, aber sie begleiten dich und machen dir Hoffnung, dass etwas Außerordentliches oder Unerwartetes dir widerfahren kann, ein Wunder, etwas, das kommt, und dies alles hier, was so schmerzhaft ist, über den Haufen wirft, diese große Lieblosigkeit, die alles besetzt, schon mit den Kindern fängt es an, sie gehen morgens in die Schule, ins Institut, und kommen davon nach Haus und mögen nicht dich, nicht das, was du ihnen geben kannst, sondern Sachen, die du dir nicht leisten kannst, oder für die du Opfer bringen musst, sie fordern die einfach und werden sauer, weil du sie ihnen nicht kaufst, die Sportschuhe von Nike, den Overall von Adidas, die Playstation – ihr Stückchen Himmel kostet Geld, und du kannst es ihnen nicht schenken, und wenn du es dir genau überlegst, haben sie ja recht, wie sollen sie dich mögen, wenn du ihnen den Himmel vorenthältst? So einfach ist das nicht, Liliana. Es gibt schließlich andere Dinge. Dann sagen Sie mir, welche. Ich weiß nicht, vielleicht das, was uns verbindet, was wir miteinander besprechen. Warum machst du uns nicht einen Tintico – so heißt er doch bei euch? – und wir trinken ihn zusammen. Heute bitte kein Sacharin für mich, nimm Zucker, damit wir ganz genau den gleichen Kaffee trinken. Vereint im Bitteren und im Süßen. Komm schon, ich will dir was zeigen, schau, hier, diese Schachtel, die ist doch wunderhübsch, nicht wahr? Fass sie nur an, ganz glatt. Riech dran. Sie ist aus einem Holz gemacht, das Palisander heißt. Aber mach schon auf, genier dich nicht, ich möchte, dass du siehst, was darin ist, na, was meinst du? Gefällt es dir? Es ist der Schmuck meiner Mutter, sie hat ihn von ihrer Mutter geerbt, einer Großmutter, die ich nicht gekannt habe. Meine Mutter mochte mich lieber als die anderen Geschwister, ich liebte sie auf meine Weise, es störte mich, dass sie ständig weinte, aber auch ich habe ihr was vorgejammert, sie ist, glaube ich, die einzige Frau, vor der ich geweint habe, ach nein, das stimmt nicht, da gab es noch eine andere, ich habe nicht vor ihr geweint, aber sie hat mich zum Weinen gebracht. Nun, wir sprechen ja von meiner Mutter. Ich glaube, sie hätte gern Heiligenbildchen und Marienfigürchen gehabt, ihre Familie frömmelte sehr, aber mein Vater ertrug diese Seite von ihr nicht, und sie hat sich gerächt, indem sie den Kindern die Seele aussaugte, die Glucke, die unter ihren Flügeln die Küken schützt, manchmal glaubte ich, ich sei nur ihr Kind und nicht auch das meines Vaters, sie gab einem alles und tat so, als sei es ein Opfer, in Wirklichkeit war es Egoismus, sie stahl meinem Vater den Teil von uns, der ihm gehörte. Gefällt dir der Anhänger? Gefallen dir die Ohrringe? Der einzige Schmuck des Hauses, er ist über hundert Jahre alt, die Eltern meiner Mutter hatten eine gehobene gesellschaftliche Stellung, sie haben ihr nie verziehen, dass sie einen Habenichts geheiratet hat. Die Steine sind Saphire, nimm sie, in welchen Händen wären sie besser aufgehoben. Leg sie an, ich möchte sie an dir sehen. Dich damit sehen. Wunderschön, du siehst wunderschön aus, das Blau des Anhängers und der Ohrringe lässt deine Haut noch honigfarbener erscheinen. Schau dich im Spiegel an. Nein, nein, nicht ablegen. Du trägst sie. Heute ist unser Fest. Ist das der Augenblick loszuheulen? Deinem Wilson sagst du, ein alter Mann hat sie dir geschenkt. Aus Dankbarkeit für die Pflege und die Zuneigung, die du ihm und seinem noch älteren Vater entgegenbringst. Was soll dein Mann da eifersüchtig sein? Deine Küsse und deine Tränen kommen gleichzeitig. Nasse Küsse. In hundert Jahren haben die Steine nicht dieses wasserblaue Leuchten verloren und das Weißgold nicht seinen kalten Glanz. Diese Unveränderlichkeit der Schmuckstücke gibt Hoffnung, Liliana. Zu wissen, es gibt Dinge, die in einer sich wandelnden und verschlechternden Welt standhalten. Wissen Sie, dass die Jungfrau vom Rosenkranz von Chiquinquirá die Farbe verloren hatte, und plötzlich, eines Tages, geschieht das Wunder und die Farbe ist wieder da, schöner als je zuvor? Und wenn an uns so ein Wunder geschehen würde? Wenn plötzlich all dies, was schlecht und schmutzig ist, voller Farbe wäre? Komm schon, Liliana, mach uns einen Kaffee. Sag nicht, dass du keinen Tintico mit mir trinken magst. Haben Sie Lust, Doña Liliana, ein Tässchen Kaffee mit mir zu trinken? Und ich kann dich dabei in deinem Schmuck betrachten. Wir Alten sehen uns gerne die Jugend an. Meinem Onkel Ramón gefiel das, und er erzählte davon. Ich war zu jung, um es zu verstehen. Ich muss dir einmal von ihm erzählen.

Álvaro hat graubraune Augen, die von Julio sind grünlichblau, umrahmt von dichten Wimpern, die er absichtsvoll einsetzt, er senkt sie langsam, wenn er um etwas bitten will, er klappert unwirsch mit ihnen, wenn er mir Angst machen will und darauf anspielt, dass er schwarz gearbeitet hat, ohne Vertrag. Dagegen bin ich gewappnet. Wenn er mich verklagt, werde ich zahlen, aber er muss dann Jahre von Arbeitslosengeld und Sozialhilfe zurückerstatten. Such es dir aus, sagt ihm mein Blick, und er lässt wieder langsam die Lider sinken. Jetzt ist da Weichheit und Resignation zu sehen. Ahmeds Iris, tiefschwarz glänzend, treibt auf einem feuchten Grund gelblicher Hornhaut, der die Zeichnung der Pupille weder auflöst noch verschwimmen lässt, sie vielmehr hervorhebt. Er blickt mit falscher Wut, und das sagt mir: Ich weiß, dass du vor den anderen diese Nummer abziehen musst, aber danach, das weiß ich doch, wirst du mich anrufen, wir werden weiter zusammenarbeiten, im Sumpf zum Fischen gehen und auf dem Gras unseren Imbiss zu uns nehmen: Das will er mir sagen. Er glaubt, dass hier viel Theaterdonner dabei ist. Dass ich da etwas inszeniere, um jemanden loszuwerden, mit dem ich nicht zurechtkomme (Julio? Nein, doch eher Jorge). Mal sehen, was passiert, wenn er merkt, dass es kein Zurück gibt. Ich werde es nicht sehen, werde nicht da sein, es wird mir egal sein. Jorges kastanienfarbene Augen, klein und glänzend, fast vergraben zwischen kleinen Fettwülsten, können verletzen, sie geben seinen Worten und sogar seinem Schweigen etwas Klebriges, sie lachen, drohen, spotten, sie beide ganz allein, die Augen von Jorge; der Pragmatiker sagt: Ich kann noch zwei Jahre Arbeitslosengeld beziehen, lautet der Bescheid. Lass bei der Entschädigung was rüberwachsen und wir bleiben beste Freunde. Aber falls doch noch etwas geht, ich bin dabei. Er meint, dass es für einen guten Schreiner – und das ist er – immer etwas geben wird. Die Arbeitslosigkeit nur ein Urlaub zwischen zwei Jobs. Was ich von Joaquín denken soll, weiß ich nicht. Ein desorientiertes Kind, feuchte Augen, kurz davor, in Tränen auszubrechen, weil das Spielzeug kaputtgegangen ist, das ihm gerade die Heiligen Drei Könige gebracht haben. Jetzt beim Gehen habe ich die fünf Augenpaare vor mir, ich kann sie sehen, unterscheiden, nicht wie in den letzten Tagen, als sie für mich, wenn sie mich von der anderen Seite des Tisches aus ansahen, zu einem einzigen Augenpaar verschwammen, das alle in sich aufnahm und vermischte, ein fragmentarisches Facettenauge, drohend, ein Polyphem-Auge, in das ich nur zu gern einen Pfahl gerammt hätte, auf dass es aufhöre, mich zu überwachen, anzuklagen, anzubetteln und zu verhöhnen, ein Auge, das gleichermaßen tiefschwarz, kastanienbraun, bläulichgrün und kindlich graubraun schimmert, das auf einer gelblichen Hornhaut schwimmt und halb vergraben zwischen

Fettwülsten ist, das Auge aller Augen. Den Pfahl hineinrammen, die Bestie blenden und aus der Falle fliehen. Denn das ist es, was ich plötzlich sehe, die Bestie, das ursprüngliche Raubtier, den Aasfresser. Ich entdecke den dunklen Grund des Menschen: den Groll von unten. Sie sind auf der Jagd, und ihr Kalkül ist rein auf Effizienz gerichtet, mehr zu bekommen bei weniger Anstrengung: das ist die Ebene des Bedarfs (Bedürfnis, Not, Notwendigkeit), bar jeder moralischen Werte: Wie sticht man dem Schwein das Messer in die Gurgel, damit es beim Sterben am wenigsten Ärger macht, wie rupft man ein Huhn am schnellsten; ich hingegen – wie in seiner reiferen Zeit der Jäger-Vater von Francisco, geläutert von den Spinnereien seiner Jugend – plansche in der Pfütze der Moral, das gehobene Stadium des guten Benehmens. Ich rede in aller Freundlichkeit, argumentiere. Entdecke dabei das Fortbestehen dessen, was Francisco und ich in früheren Zeiten Klassenkampf nannten. Aber das kann doch nicht sein, der Klassenkampf hat sich überlebt, aufgelöst, die Demokratie hat sich als gesellschaftliches Lösungsmittel erwiesen: alle Welt lebt, kauft, geht zum Supermarkt und an den Bartresen und auf die Plaza zu den Konzerten, die der Stadtrat bezahlt, und alle reden zur gleichen Zeit, ein Stimmengewirr wie bei den turbulenten Versammlungen im Tivoli-Kino, an die sich mein Vater erinnert, da ist kein Oben und kein Unten wahrzunehmen, alles ist verworren, konfus, und dennoch regiert eine geheimnisvolle Ordnung, das ist die Demokratie. Doch plötzlich, seit ein paar Jahren, ist die Wiederherstellung einer klareren, weniger hinterhältigen Ordnung spürbar. Die neue Ordnung ist gut sichtbar, Oben und Unten klar unterschieden: Die einen tragen stolz ihre prallen Einkaufstüten, lachen, grüßen und bleiben stehen, um mit der Nachbarin am Eingang zum Einkaufszentrum ein wenig zu schwatzen, die anderen wühlen in den Müllcontainern, in welche die Angestellten des Supermarkts die abgelaufenen Fleischpackungen, das angefaulte Obst und Gemüse, die alten Industrie-Backwaren kippen. Sie streiten sich darum. Und wer bin ich, wo stehe ich, mir ist nicht ganz klar, ob ich zum Schwätzchen stehen bleibe oder in den Containern wühle, denn wenn einer in dieser Scheißwerkstatt ausgebeutet worden ist, dann bin ich es. Und meine Schwäche? Kümmert sich keiner um meine Schwäche? Ich müsste ihnen beweisen, dass die Trennlinie nicht zwischen uns verläuft. Aber das kann ich nicht, denn sie verläuft zwischen uns. Und zwar am Tischrand. Ich sitze auf der anderen Seite und rede darüber, was in Rechnung gestellt wird und was nicht, über die Abfindungen, die ihnen zustehen, ich mische in meinen Händen ihre Zukunft, wie ich in der Bar die Karten mische, ich sage, wie viel und in welchen Raten *ich* zahle und *sie* ihr Geld bekommen können (ich lüge, ich lüge sie an, in der Kasse ist kein Euro, wer soll ihnen diese letzten drei Monate, die sie umsonst gearbeitet haben, zahlen?). Aber warum denke ich jetzt beim Gehen an das, was schon Vergangenheit ist: Die Firma gibt es nicht mehr. Es gibt kein Oben oder Unten, das noch etwas gälte, zumindest nicht für mich. Die Pfändung, sie hat uns wie eine Maurerkelle wieder gleich gemacht, glatt gestrichen, alle auf dem gleichen Niveau: Zu Boden!, wie der Putschist Tejero den Parlamentariern zurief, wir liegen platt am Boden, was uns hochhelfen könnte, ist längst Vergangenheit und wird bald nichts mehr sein. Ich stehe im Sumpf, laufe durch den Marjal, suche nach dem Szenario, dem Ort, an dem mein Vater verschwinden wollte. Es ist nicht der Zeitpunkt für Triviales, es gilt nur das Transzendente. Aber was sage ich da, der Klassenkampf trivial? War er nicht das einzig Bestimmende, das alles prägte und durchdrang? Der große Motor der Weltgeschichte? War es nicht das, was mein Vater und seine Freunde geglaubt haben, was Francisco in seiner Jugend geglaubt hat und was ich weder geglaubt noch zu glauben aufgehört habe, aber als gegeben ansah? Die Märtyrer, die Gefallenen, die Kämpfer, die Gefolterten, Opfer unserer Geheimpolizei, der portugiesischen PIDE, der CIA, der Okhranka. Sie waren die Energiequelle, die meines Vaters Hoffnungen speiste, die des jungen Francisco in seinem heimlichen Kampf gegen den eigenen Vater (auf das Bild des Falange-

Mannes spucken und die Spuckespuren wegwischen). Deswegen habe ich meinen Vater verachtet, seitdem ich meinen Verstand einsetzen konnte. Weil er das zum Mittelpunkt seines Lebens gemacht hatte. Das ewige Lamentieren, die Verwünschungen, sie nervten mich. Alles sollte immer nur Oben und Unten sein, sie und wir. Deins und unseres. Dass immer alles darauf hinauslaufen musste. Obwohl, an jenem Nachmittag, dem Polyphem mit den fünf Augenpaaren gegenüber, die ein einziges Auge sind, war die Sprache plötzlich wieder da, die ich mir bis zum Erbrechen anhören musste. Was soll's: *sie*, das bin jetzt ich, und sie sind *wir*. Basta. Was steht an? Den Augenblick ernst nehmen. Was ist ernst im Leben? Ist Sterben etwas Ernstes? Das können ja schon die Neugeborenen. Selbst die dümmsten Tiere sterben. Hab keine Angst, Papa, dem Tod geht der Ernst ab, nicht der Rede wert, doch der Sumpf hat einen weichen Schoß, und der Schlick ist eine milde Wiege, die dich aufnimmt, wenn es Nacht wird, eine Matratze aus schaumiger Schokolade, auf der du ruhst, auf der wir ruhen. Hast du nicht diese Grabsteine von mittelalterlichen Rittern gesehen, wo, ihnen zu Füßen, in denselben Marmor geschlagen, der treue Hund kauert? Nun, genau dasselbe, du und dein Straßenköter.

»Dass man sich deiner erinnert, weil du das Geld rausschmeißt – das strebt doch keiner an«, wiederholt Justino Lécter, und saugt an dem Plastikmundstück, an der falschen Mentholzigarette, die, seitdem das Rauchen in der Bar verboten ist, die Zigarre ersetzt, die er während der Partie rauchte. Ein Argument, das, wie ich zu erinnern glaube, schon jemand früher gebracht hat. Als wäre es nicht gerade er, der mir gegenüber damit prahlt, wie er das Geld hinausschmeißt: Kaviar, Champagner, Mösen, Ehen, komplementäre Genüsse in derselben Tonskala oder solche, die erst durch den Kontrast zur Wirkung kommen. Wie er dieses Geld verdient, von dem er versichert, dass er es bestimmt nicht hinausschmeißt, darüber sagt er wenig: schäbige Unterkünfte, Boote, auf denen sich Schwarze in bunten

Gewändern drängen, unrasierte oder bärtige Marokkaner, aber auch Bürger aus dem Osten, so blond, die Haut so hell und so sauber, selbst wenn sie sich nicht waschen. Allerdings, jede Spezies in ihrer Zelle, in ihrem Kabuff: Russen mit Russen, Sahauris mit Sahauris, Maghrebiner mit Maghrebinern, ein perfekt geordneter Zoo, da werden nicht Schafe und Ziegen, Gazellen und Tiger vermischt, obwohl, Gazellen gibt es in diesen Baracken kaum: Hyänen und Wölfe, davon so viele du willst, besonders Hyänen, die ziehen durch das Land von Müllkippe zu Müllkippe, scharren im Aas, sammeln auf, häufen an. Die Konstante, das, was dieses Durcheinander von Sprachen, Farben und Rassen eint, was alle Tiere in Justinos Zoo gemeinsam haben, das sind die Kleinlaster, die nicht durch den TÜV gekommen sind, beladen mit Menschenfleisch oder gestohlenem Obst oder beidem, sie fahren nachts mit ausgeschalteten Scheinwerfern durch die verworrenen Wege des Anbaugebiets; es sind die elenden Arbeiten, die verlassenen Fabrikhallen als kollektiver Wohnraum, das Mobiliar stammt von wiederholten Fischzügen auf den Müllkippen, Gasöfchen, die, stets kurz vor der Explosion, aus schadhaften Gummischläuchen gespeist werden, Waschschüsseln mit Seifenwasser, Schnüre, an denen feuchte Lumpen hängen.

Carlos, der Filialleiter der maroden Sparkasse, ist vor einer Weile gekommen und schaut – im Hintergrund sitzend – der Partie zu. Er lächelt ohne Unterlass, als amüsiere er sich über jeden Satz, den wir von uns geben. Wäre das Stück, das wir allabendlich aufführen, ein Fronleichnamspiel, wäre er der Repräsentant der Wohlanständigkeit, der Mäßigung: der rechtschaffene Leiter einer Sparkasse. Beharrlichkeit, Klarheit, Dienst am Kunden. Ein Diener der am wenigsten begünstigten Staatsbürger. War das nicht der Ursprung der Sparkassen? Den Nöten jener Schichten abzuhelfen, die man als die unteren versteht? Er tut so, als wisse er nicht, dass, wo Licht ist, auch Schatten ist, dass jeder Tag seine Nacht hat, und dass die Nacht die Brutstätte des Bösen ist, in der die Nöte der Unglückseligen die Launen der Mächtigen bezahlen. Als hätte er noch nicht begriffen, dass man mit der Rhetorik vom Allgemeinwohl keinen mehr hinterm Ofen vorlockt. Daran glaubt keiner mehr. Er selbst ist ein heimlicher Pfuhl der Schatten, wenn er die Papiere unterschreibt, mit denen die Zwangsräumung wegen Nichtbezahlung angeordnet wird, meine inbegriffen. Jeder würde meinen, dass damit ein anderer befasst ist. Jedenfalls ist mir klar, dass aus seinem Mund heute Abend der Name Pedrós nicht kommen wird, den er unrettbar mit dem meinen verbunden weiß, weil er die Vorgänge kontrolliert, die Hypotheken, auch das Plazet zu unserem Ruin hat unterschreiben müssen; er schaut aus den Augenwinkeln auf mich, vermittelt mir, dass ich der Zeuge dafür bin, dass er kein böses Wort über Pedrós sagt. Damit das klar ist. Für den Fall der Fälle. Nicht dass man am Ende eine Untersuchung gegen ihn anstrengt, weil er irgendetwas ausgeplaudert hat. Während er redet, denke ich daran, dass ich bei mir zu Hause von der Terrasse aus die unbewegten Kräne über dem halb fertigen Wohnungsblock sehe, an manchen von ihnen hängt eine Schubkarre, und diese Schubkarren sind der Stempel unter die Katastrophe, meine Katastrophe, die Aufgabe meiner Projekte, das Zeichen dafür, dass die Kräne unbenutzt sind und die Firma pleite. Ich sehe die Wohnblocks, zum Teil reine Betonskelette, sonst Ziegel, unverputzt. Ich achte besonders auf jene, die uns gehören – oder gehört haben –, Pedrós und mir. Die Kräne: ein Scherenschnitt am Himmel und daran schaukelnd die Schubkarre, wie ein Selbstmörder an seinem Strick. Ich versuche, das Gespräch auf abstraktere Dinge zu lenken. Wie für Carlos ist es auch für mich – vor allem für mich – empfehlenswert, Pedrós wegzurücken:

»Es ist schwierig geworden, Aufmerksamkeit zu erlangen. Die eingebildeten Schnösel aus den Schundprogrammen wollen ja auch nichts anderes. Auffallen nicht wegen etwas, das sie tun oder produzieren, sondern um ihrer selbst willen. Das ist dieser schwachsinnige Zirkel, du bist dort, weil man von dir spricht, und man spricht von dir, weil du dort bist, wenn du aber nicht dort bist und nicht gut aussiehst – nach dem gerade aktuellen Kanon –, auch nicht dreist bist, und sich das Riesenrad für dich drehen soll, wegen etwas, das du gemacht hast, du aber nichts Nützliches zustande bringst wie einen Motor erfinden oder eine Impfung gegen den Krebs, dann musst du schon etwas sehr Dickes hinlegen. Ich hab da ein paar Ideen: deine Kinder vergiften, oder sie werden vergewaltigt und zerstückelt; die Frau erstechen und dich von einer Brücke stürzen. Auf diesem Gebiet gehen die Möglichkeiten gegen unendlich, und du bekommst drei oder vier Minuten in der Tagesschau. Die Nachrichtensprecherin sagt mit bekümmerter Miene: Grauenhafter Vatermord, ein neuer Fall von häuslicher Gewalt, wieder ein Gender-Verbrechen, und an dem Tag zeigen sie das Foto aus deinem Personalausweis im Fernsehen. Die Guardia Civil sucht dich, sie durchkämmen die nahen Felder mit Hunden, und wenn der Nachbar dem Reporter sagt, dass er gesehen hat, wie du ins Auto gestiegen bist und losgebraust in Richtung Bergland, dann suchen sie die Geröllhalden ab, steigen in die Höhlen des Montdor; und wenn die Nachrichten am nächsten Tag berichten, dass man dich hinter einem Olivenbaum kauernd gefunden hat oder zerschmettert am Boden einer Schlucht oder im Schatten eines riesigen Johannnisbrotbaumes an einem Strick baumelnd, hast du die Chance, dass wieder ein Foto von dir gezeigt wird. Wenn du nicht Selbstmord machst, sondern dich der Polizei stellst, verdichtet sich die Aura: An dem Tag, wo man dich vor Gericht stellt, erscheinst du erneut auf dem Bildschirm, unsicheren Schrittes, wie betrunken, mit Handschellen und einer Decke über dem Kopf, auf den einer vom Wachpersonal drückt, oder du verbirgst ihn unter einer Windjacke oder einem Motorradhelm. Das erste Mal habe ich das vor vielleicht zwanzig Jahren gesehen, dass man den Kopf auf dem Weg zum Gericht verbirgt: In der Zeitung waren zwei Typen in guten Anzügen abgebildet, die über den Krawatten statt des eigenen Kopfes jeweils einen dicken Stierschädel trugen; es soll sich um zwei amerikanische Drogendealer gehandelt haben, die vor Gericht kamen. Wir saßen unter Kollegen in der Bar und hielten uns den Bauch vor Lachen. Wir begriffen das nicht. Inzwischen haben wir uns daran gewöhnt, die Typen in Motorradhelmen mit heruntergelassenem Visier oder mit Masken von Batman, Bush oder Rajoy das Gericht betreten zu sehen. Ins Fernsehen kommst du auch, wenn du auf besonders grausame Weise ermordet worden bist: man zerstückelt dich und schickt die Teilchen per Post an deinen Schwager und deine Cousins; oder man findet deinen Schenkel in der Tiefkühltruhe in einem Vorstadtviertel, am Tisch sitzt der Mörder und verspeist gerade deine Hoden, paniert (viel leckerer als Stierhoden, habe er den Guardias, die ihn festnahmen, erklärt, heißt es am nächsten Tag in der Presse); wenn du, statt als Opfer herzuhalten, es wagst, selbst der Zerstückler zu sein, ist ein Porträtfoto in der Zeitung dir sicher (und dazu die Schlagzeile: KANNIBALE ASS DIE HODEN dieses Mannes. Erregung beim Leser: Wie sahen die aus? Reichten sie für eine ganze Mahlzeit? Was für ein Rezept wählte der Verbrecher?), doch, ehrlich gesagt, der Preis ist sehr hoch. Das Foto macht das nicht wett, selbst wenn das ganze Familienalbum reinkommt und dein Fall Anlass für eine Fernsehdebatte ist über die Unsicherheit der Bürger angesichts neuartiger Verbrechen, über Serienmorde oder zeitgenössischen Kannibalismus. Oder man diskutiert am runden Tisch unter Gastronomen und Ernährungswissenschaftlern über die Vorteile des Menschenfleischs gegenüber dem Lammfleisch, was Geschmack und Nährwert betrifft, zitiert die Leidenschaft der Mayas, der Kariben und einiger Stämme in Afrika oder Polynesien für diese Köstlichkeit, die in unseren Tagen nur wenigen Privilegierten zuteilwird. – Ein Zahlungsunfähiger kann nur aus der Gewalt Honig saugen oder, wenn er ein gutartiger Mensch ist, aus der Verwaltung seiner Leiche. In der Dritten Welt gibt es Leute, die ein Auge oder eine Niere verkaufen, um bis zum Monatsende zu kommen. Die werden stückweise verkauft.«

Carlos:

»Dein gesamtes Arbeitsleben ist nicht so viel wert wie das, was Freixenet zum Jahresende an Werbung ausgibt. Selbstmord und Gewalt, die Rache der Armen: Ihr vermarktet die einzige Firma, deren Inhaber ich bin – diesen Werkzeug-Körper, den ihr als Arbeitskraft schlecht bezahlt –, also seht, wo ihr bleibt. Heute war ich länger im Fernsehen als Coca-Cola. Die Angehörigen der Opfer versammeln sich jedes Jahr und stellen in memoriam Kerzen und Blumen auf und denken dabei auch an mich, den Scharfrichter. Sie wollen, dass mein verfluchter Name nie vergessen wird. Aber bitte, sehr verbunden, auch deshalb, weil diese explosive Vervielfachung meiner Arbeitskraft – wir reden vom eigenen Tod und von dem einer ganzen Reihe anderer, also bitte schön – meine Witwe und meine Kinder begünstigt, die, bei guter Beratung, ein kleines Kapital daraus schlagen können, wenn sie in den folgenden Wochen zerknirscht an mehreren Reality-Formaten teilnehmen. VERZEIHT! BITTET DIE FAMILIE DES MEHRFACHEN MÖRDERS, DER SEINE NACHBARN VERSPEISTE. DAS INTIMLEBEN DES MONSTERS. ES SPRICHT DIE WITWE. Sie führen die grundlose Entlassung ein, den unsicheren Arbeitsplatz oder schicken dich gleich in die Arbeitslosigkeit, und du antwortest ihnen mit dem Einsatz deiner exponentiell vervielfachten Arbeitskraft. EXKLUSIV: DER ABSCHIEDSBRIEF DES MONSTERS AN SEINE TOCHTER.«

Justino:

»Noch besser ist es, wenn sie dich nicht gleich fassen. Das verlängert das Spiel: BLUTRÜNSTIGER IRRER LÄUFT FREI HERUM. Das etwa zwei Wochen lang. Zwei oder drei kleinere Attentate, ein paar harmlose Kracher, die Polizei in Alarmbereitschaft, danach die große suizidale Explosion. Und in der Folge, das weiß man, bist du zum Helden der Interviews geworden, man spricht über dich in den Talkshows. Der Psychiater Giménez de la Pantera aus Córdoba enthüllt die Persönlichkeit des Selbstmörders, der Kinderkrippen-Fall. Heute Abend, EXKLUSIV in Tele 8. Ist absolute Sicherheit möglich, ohne die Spielregeln der Demokratie zu unterlaufen? Sind Freiheit und Sicherheit überhaupt zu vereinbaren? Eine spannende Diskussion zwischen Richter Camarón de la Ventisca und der Ethikprofessorin Eloisa de Bracamonte, moderiert von Mercedes Corbera.«

Der gute Carlos macht sich Sorgen um die Zukunft des Mörders als Opfer:

»Traurig ist nur, wenn man dich da zerfetzt rausholt, die Gedärme über den Boden verteilt, dann erregst du eher Ekel als Mitleid …«

Justino:

»Glaub das nicht. Die Leute sehen gerne ein gutes Filet oder ein Entrecote im Schaufenster einer Metzgerei, sie betrachten im Supermarkt verzückt diese Stücke, die in Krisenzeiten nicht in die Tüte kommen. Die Neuruinierten träumen davon, wie der ewig hungrige Carpanta aus dem Comic der Nachkriegszeit von einem Brathähnchen träumte. Ein Zerstückelter im Fernsehen ist ein Gratisangebot. Die Leute können es sich erlauben, es konsumieren und dann – das ist der größte Genuss – den anderen von ihrem kannibalistischen Akt erzählen: Hast du den Typen gesehen, den sie gestern im Fernsehen gezeigt haben? Entsetzlich, sag ich dir. Als hätten sie ihn durch die Kaffeemühle gedreht. Mein Gott, solche Bilder in den Nachrichten, wenn die Familie gerade beim Essen sitzt, es dreht einem den Magen um. Man müsste das verbieten.«

Bernal:

»Aber wenn sie es verbieten, siehst du es nicht. Eine Sauerei. Du kriegst es nicht vorgesetzt. Sitzt da bei der Trübsal einer Kichererbsensuppe ohne Einlage. Fastenessen. Und dabei mögen wir doch alle einen ordentlichen Eintopf mit Speck, Haxe und Markknochen.«

Francisco:

»Aber das ist nicht ohne Risiko. Ob du der Tote oder der Töter bist, wenn sie als Foto einen alten Schnappschuss mit deinen Eltern bringen, elende Bäuerlein aus dem Neolithikum, oder mit den Freunden aus der Jugendzeit auf einem Fest, das Papphütchen auf dem Kopf und die Tröte im Mund, dann machst du dich am Ende nur lächerlich. Die auf der Fete haben einen entgleisten Blick, offene Münder und zerwühltes Haar und riechen auch noch dreißig Jahre danach nach billigem Fusel. Geben ein erbärmliches Bild ab. Solche Fotos sieht man ab und zu in den Zeitschriften, die vom Stadtrat mit dem Vorwand finanziert werden, die Erinnerung daran, wie der Ort einst war, solle nicht verloren gehen, dabei wäre das, was er war – es hat sich nicht viel verändert –, am besten wie das Grab des Cid mit sieben Schlüsseln zu verschließen, wie der Reformer aus dem 19. Jahrhundert formulierte, um es dann für immer zu vergessen.«

Bernal:

»Mit dem Ausweisfoto kommst du nicht viel besser weg, eingeschüchtert wie immer, wenn du dich etwas Amtlichem stellen musst – und dann auch noch der Polizei –, schaust du wie ein verschreckter Ochse, der als zahme Kuh durchgehen will, damit der immer achtsame Kommissar keinen Verdacht schöpft (wer hat schon nichts zu verbergen?); und auf den Fotos vom Militärdienst derselbe Widerschein von Wein mit Sprudel wie auf dem Fest mit den Freunden, aber dann auch noch umringt von Unbekannten, sie sehen geistig und ökonomisch behindert aus, hässlich und grob wie aus Lombrosos Verbrecher-Album. Warum haben alle Kumpel vom Militärdienst diese schwachsinnigen Züge? Mit solchen Bildern bleibst du weit hinter deinen Ansprüchen zurück, und seien die auch noch so bescheiden. Besser, man hat gar keine Biografie; und wenn du mich fragst: auch keine Existenz.«

Carlos, der Sparkassenleiter, der von Alcázar nach San Juan versetzt wurde:

»Da hast du völlig recht. Sind ein paar Jahre vergangen, ist uns auf Fotos genau der Stall anzusehen, aus dem wir kommen. Je moderner du in der Gegenwart sein willst, desto mehr verrätst du dich in der Zukunft. Du verwandelst dich in ein Symptom. Das kommt davon, in einem armen Land und einem noch ärmeren Dorf geboren zu sein. Dein Gesicht: ein Schaufenster der vielen Tonnen Linsen und Kichererbsen im Ernährungsplan deiner Vorfahren. Ernährung ohne jede Frische, steinige Hülsenfrüchte, steife Streifen von gesalzenem Stockfisch.«

Francisco:

»Das sagst du, weil du aus Kastilien kommst. Hier reicht die tradierte Diät von Hülsenfrüchten bis zum allgegenwärtigen Reis, und an Frische fehlt es nicht, reichlich Gemüse und Fisch. Die Ernährung ist anders, das Leid dasselbe.«

Ich:

»Eine schlichte Klassenfrage. Die Bilder der oberen Schichten werden im Laufe der Zeit nur edler. Schau dir diese englischen Kostümfilme an, die Fernsehserien, *Rückkehr nach Brideshead* oder *Zimmer mit Aussicht.* Den Reichen steht das Vergehen der Zeit ausgezeichnet, es versetzt sie mitten in die Geschichte.«

Francisco:

»Da vermischt ihr etwas, klar, Reiche und Arme, Oben und Unten, aber dann klafft noch der Abgrund zwischen Briten und Spaniern, Norden und Süden, Europa und Afrika. Denn das hier, mögen wir es auch noch so sehr bestreiten, ist immer noch Afrika, und das beginnt an den Pyrenäen. Wir haben fünfzehn oder zwanzig Jahre mit einer Sinnestäuschung gelebt. Ist euch nicht aufgefallen, dass seit der Krise selbst der Fuhrpark hier langsam mehr dem marokkanischen als dem schwedischen oder deutschen ähnelt?«

Justino:

»Ihr verliert euch in einem unzeitgemäßen Irredentismus. Schwachsinnig, steinzeitlich, von was redet ihr da? Die randalierenden englischen Hooligans sind zutiefst europäisch, und wenn du sie im Fernsehen siehst, sehen sie zunehmend nach weit niedrigeren Arten aus: Schweine, Ochsen, frisch geschorene Schafe. Unvorstellbar. Den Leuten macht es heutzutage nichts aus, peinlich zu sein, Hauptsache, es wird über sie gesprochen. Mütter, die ihre Kinder ersticken, Söhne, die ihre Väter mit einem Krummsäbel enthaupten, oder ihre Schwestern, dazu die Personen, die für oder gegen sie aussagen, sie nehmen die Täter als Vorwand, um ein paar Tage lang im Fernsehen zu erscheinen und dort über die Unsicherheit auf den Straßen zu klagen oder die Todesstrafe für alle zu fordern, Schwiegermutter und Schwägerin des Verdächtigen eingeschlossen, der meistens ein Mensch ohne Papiere ist, der zufällig dort vorbeikam.«

Francisco:

»Mütter, Schwiegermütter, Schwiegertöchter, Schwägerinnen. Ein anderes Thema. Die anhaltende Bedeutung der Familie in den Ländern des Mittelmeerraums. Die Wirtschaftsanalysten haben es jetzt bestätigt: Dank der Familie merkt man kaum etwas von den über fünf Millionen Arbeitslosen. Spanien widersteht der Krise dank des familiären Beistands, dank der Solidarität innerhalb des Clans, der Hilfsleistungen von Eltern, Großeltern, Geschwistern, Vettern, Onkeln, Tanten, Schwägern und Schwägerinnen. Wäre da nicht die Schüssel Makkaroni, die Mama Tag für Tag für die Welpen des arbeitslosen Sohnes auf den Tisch stellt, hätte sich längst die Gewalt auf den Straßen ausgebreitet. Das ganze Land wäre eine brennende Strohpuppe, was gar nicht so schlecht wäre. Ein neuer Anfang. Aus der Asche wird das Licht neu geboren, so etwas steht im Neuen Testament, oder bei Paulus, fällt mir gerade nicht ein. Es ist so lange her, dass ich das gelesen habe. Ich kehre zum alten System zurück, die Felder durch Verbrennen der Stoppeln zu düngen.«

Ich:

»Was haben unsere Mütter doch gekämpft, um ein Elend zu verbergen, das nicht zu verbergen war und im Übrigen allseits bekannt war (was ich hier sage, klingt fast wie eine Beleidigung, haben die Mütter von Francisco, von Bernal etwa gekämpft? Zweifellos haben sie in einem Krieg gekämpft, aber das war ein anderer Krieg, beziehungsweise die andere Seite, und auch die Ziele waren andere). Und jetzt ist es umgekehrt, wenn du nicht in fürchterlichem Elend steckst, bist du nichts; wenn sich da keine Tragödie bei dir zu Hause abspielt, ein Mann, der dich schlägt, ein Kind mit einer seltsamen Krankheit, eine Zwangsräumung (ich bemühe mich, den von der

Sparkasse nicht anzusehen), bist du nichts. Es ist die einzige Chance, dass jemand dich wahrnimmt. Wer ist heutzutage nicht vom Vater oder Großvater missbraucht worden? Selbst großspurige Schriftsteller erzählen in ihren Büchern davon. Mein Opa hat ihn mir bis zum Anschlag reingesteckt. Früher gab es so etwas nicht, ich kenne keinen aus meiner Generation, der von seinem Großvater gebügelt worden wäre. Anders bei den Priestern, die vergriffen sich manchmal an den Schülern, betatschten die Messdiener, besonders in den Internaten. Du bist auf einem gewesen, Francisco, du hast doch auch davon erzählt, aber das mit den Priestern war für uns eher ein Scherz als ein Trauma: Hat Don Domingo dir tatsächlich an den Pimmel gefasst? Und du hast es zugelassen? Schau an, du warmes Brüderlein!«

Justino:

»Als könne es unter den Armen ein historisches Gedächtnis geben, ohne dass ihnen die Scham ins Gesicht stiege« – kein Zweifel, er weiß, wovon er spricht, er kommt von unten, was er sagt, könnte auch ich sagen. Ein Sammelsurium von Ungeheuerlichkeiten, zum Essen gab's Katze, Hund, Ratte, Kartoffelschalen, faulige Melonen und verwurmtes Fleisch. Das haben unsere Eltern gehabt, und, schlimmer noch, Hunger. In diesen Museen der Erinnerung wird nie eine CD aufgelegt mit dem Krr-krrr der ausgehungerten Eingeweide oder dem Maunzen, das aus der Tiefe eines schrumpeligen Magens aufsteigt. Hat man überhaupt jemandem beigebracht, eine solche Musik zu erkennen? Aber nein, der musikalische Hintergrund dieser Reportagen ist Vivaldi, Mozart, Bach, höchstens mal eine aus dem Kontext gerissene Volksliedstrophe, *Die Vier Maultiertreiber* von García Lorca oder die Hymne der zweiten Republik. Aber das Maunzen ist nicht zu hören.

Carlos:

»Verzeiht, aber ich muss euch eine Neuigkeit mitteilen: Laura« – das ist seine Frau, klar – »ist schwanger. Es wird ein Junge, und wir erwarten ihn im April. Ich werde Vater – Lächeln, hoch die Tassen, anstoßen. Du, Esteban, bist der Einzige, der sich nicht getraut hat. Noch hast du Zeit. Andrés Segovia hat mit über achtzig ein Kind bekommen. Und der Vater von Julio Iglesias hat sich ebenfalls bis ins hohe Alter fortgepflanzt.«

»Gut so. Der junge Carlos ist in dem Buch *Die Erziehung zum Bürger* schon bis zum Kapitel Sex vorgedrungen und macht die Übungen«, spottet Justino. »Wir haben ungefähr das Gleiche gelernt, allerdings hinter einer Gartenmauer und ohne Anleitung.«

Der Pfäffikus von der Sparkasse, der das halbe Dorf wegen nichtbezahlter Hypotheken unbehaust macht, hat mich gerade einen Kapaun genannt. Ich hoffe, er erzählt nicht als Nächstes, dass ich pleite bin. Francisco schweigt. Das Schweigen drückt aus, dass die Unterhaltung sein Niveau unterschreitet. Ich spreche weiter. Besser von Sex reden als über die Pleite von Pedrós (die auch die meinige ist):

»Sexualerziehung. Als ob der Sexualtrieb erzogen, kontrolliert werden könnte und nicht immer die reine Unruhe wäre. Ich weiß nicht, warum sie sagen, er sei eine Quelle der Lust. Sie lügen, und sie wissen, dass sie lügen. Die Weisheit des Volkes hat das immer klar erkannt. Wenn jemand sagt, er will dich ficken oder dir den Arsch rammen, dann sagt er damit nicht unbedingt, dass er dir Lust bereiten will. Ich pack dich in Richtung Mekka, sagen sie, und du kannst dich auf das Schlimmste gefasst machen.«

Ab und zu, in seinen sentimentalen Momenten, sagt Francisco, ich hätte Glück gehabt, mein Leben hier, in der Schreinerei, zu verbringen:

»Du hast ein ruhiges Leben gelebt, ich beneide dich darum, vor zwanzig, dreißig Jahren habe ich das vielleicht nicht begriffen, begriff deine Entscheidung nicht, hierzubleiben, jetzt aber bin ich davon überzeugt: Du bist derjenige, der richtig gewählt hat. Schon John Huston sagte: Glücklich diejenigen, die nur ein Dorf, einen Gott, ein Haus gehabt haben, etwas in der Art. Ich hab mich auf der ganzen Welt rumgetrieben, habe mich für alles auf diesem Planeten interessiert, und am Ende, was habe ich davon, nichts. Leo hat der Tod dahingerafft, und Juanlu (dein Junge, mein Freund Francisco, das Scheißgör, das Leonor dann doch haben wollte, das aber nicht das meine war) hat sich mit einem Geschäft selbständig gemacht, was weiß ich (interessiert mich auch nicht), und meine Tochter Luisa hat nur Augen für das spitzzähnige Auf und Ab an den Börsenbildschirmen. Wenn ich mich für seine Sachen interessierte, klagte mein Sohn: Lass mich in Ruh, ich ertrag es nicht, wenn du dich in mein Leben einmischst, gerade du, der du immer gemacht hast, was du wolltest. Stell dir vor, mein Sohn. Ich habe auf ihn gehört. Ich beschäftige mich keine Sekunde lang mit seiner Zukunft. Er hat es nicht ertragen, dass seine Mutter ihm als Erbe ein Restaurant im Höhenflug, einen Selbstläufer, hinterlassen wollte; auch nicht – er wählt à la carte –, in meine Fußstapfen zu treten und einen mit Ansehen verbundenen Namen zu nutzen, schließlich respektiert man mich nicht umsonst in der Welt der Gastronomie und bei der einschlägigen Presse, im Weingeschäft und im Gourmetsektor; er hätte es leicht bei den Banken gehabt und jedweden Kredit bekommen, um sich auf dem Gebiet selbständig zu machen. Aber er hat es nicht gewollt, und hier siehst du mich, mutterseelenallein. Francisco beklagt sich darüber, dass seine Anstrengungen nicht vererbbar sind und mit ihm sterben. In hundert Jahren wird man keinen im Fernsehen oder in der Zeitung sehen, der sagt, ich bin die fünfte Generation der Marsals, aus der gastronomischen Dynastie, die mein Ururgroßvater begründet hat. Der Arme, allein auf seiner Jacht, ein Robinson auf einem schwimmenden Eiland, so etwas wie diese trügerischen Pflanzenmassen, die im Sumpfgelände treiben; allein in seinem Herrenhaus, ein Mönch, der des Nachts in seiner Trappistenzelle sitzt; und in seinem dicken BMW galoppiert er, ein Tuareg auf seinem Kamel, durch die endlosen Wüsten der Lieblosigkeit. Das hat es in sich. Ja, ich habe noch vor wenigen Monaten Francisco mit Tränen in den Augen – zugegeben, er war etwas angetrunken – gesehen, wir saßen auf der Terrasse eines Lokals an der Marina Esmeralda, unbequeme minimalistische Stühle, eine Topfpalme auf dem Kai (das Wasser um die Anlegestege ist nicht gerade smaragdklar, nachts unter den Lampen entfaltet es seine Leuchtkraft: phosphorsattes Gelb, giftige Grüntöne, Neonblau. Reste von Schmieröl, Brennstoffen, fettigen Sonnencremes, Putzmitteln: Marina Chemie, Marina Kuwait), die Maste des Segelschiffs markieren den Nachthimmel unter dem zunehmenden Mond (oder nahm er ab?), klassische Maste, aus Holz, auch wenn die unpraktischer sind, mehr Instandhaltungsarbeiten erfordern; nichts von Aluminium oder Karbonfiber.

Man muss an den wenigen Prinzipien, die uns bleiben, festhalten. Dass der Reis der Paella unten seine Kruste bekommt, die *foie gras* und die Trüffel aus dem Périgord stammen und der Essig aus Modena –« jetzt scherzt er. »Die neuen Prinzipien – der letzte Halt – taugen, um den Wein zu wählen, die Maste fürs Segelboot und die Munition für die Jagd. Das ist inzwischen das Spielfeld von Ethik und Ästhetik, die, wie wir wissen, oft ein und dasselbe sind. Deine Ethik ist der Anzug, den du anziehst, die Schuhe, die du trägst, der Wein, den du trinkst, und ob du einen frisch gefangenen Fisch wählst oder einen tiefgefrorenen Block Heilbutt, der vom eisigen Arsch der Welt kommt; Ethik und Ästhetik liegen im Holz« – danke für die Blumen, Freund Francisco – »und Antiästhetik und Antiethik in der Glasfiber. Die Zeiten haben sich geändert.«

Na klar ändern sich die Zeiten, Francisco. Das Leben hört gar nicht damit auf, es ist die reine Veränderung. Es hat kein anderes Ziel, Wandel, nichts als Wandel, das wussten schon die alten Griechen, du badest nie in demselben Fluss, badest nicht einmal denselben Körper, heute badest du den Pickel, der gestern noch nicht da war, diese Krampfader, die sich in langen Stunden gebildet hat, diese wunde Stelle in der Leiste oder an der Fußsohle, die wegen des zu hohen Blutzuckers nicht heilen will; alles Lüge, was die Utopisten behaupteten, dass auf dieses ganze Getriebe von Geiz und Geilheit eine friedliche Welt folgt, in der wir alle Brüder sind und uns, wie im goldenen Zeitalter des Quijote, brüderlich die vorhandenen Eicheln teilen. Unter der Käseglocke des Himmels gibt es keinen göttlichen Frieden, sondern einen Krieg aller gegen alle, von allem gegen alles. Schlimm ist nur, dass nach all dem vielen Wandel am Ende doch alles mehr oder weniger das Gleiche ist. Francisco klagte: Das Leben, ein Fiasko. Was man eben so sagt, wenn man mehr als drei Drinks intus hat. Aber was soll das Leben schon sein, wenn du siebzig wirst oder schon bist? Genau das, ein Fiasko. Unabänderlich? Ja klar, unabänderlich. Heute schlimmer als gestern, aber besser als morgen. Das ist die Agenda des Siebzigjährigen. Leonor Gelabert hat gewonnen, denn der einzige Sieg ist, beizeiten zu sterben, erinnerst du dich, wen die Götter lieben, den rufen sie jung zu sich. Sie hat sich das, was sie hatte, eigenhändig verdient, sie hat daran gearbeitet, hat nicht daran gezweifelt, dass der Zweck die Mittel heiligt, ein Prinzip, das jesuitisch genannt wird, das aber die alten Griechen sicher auch schon kannten, die Mittel: Was zu tun ist, die Kröten, die zu schlucken sind, aber auch das, was zu opfern ist, was man von sich fernhalten muss, und sei es mit einem Tritt: ein Schreiner, der sich ihrer erinnert, ein rotes Bläschen, das die Wasserspülung fortschwemmt, das gehört – gehörte – zu dem Prozess der Läuterung, sind Etappen ihres Aufstiegs zum kulinarischen und gesellschaftlichen Berg Karmel. Wenn jemand eine faktenreiche Biografie über sie schriebe, würde er von Opfern sprechen, von Entscheidungen, die den Umfang ihrer Selbstverleugnung wachsen ließen, von ihrer strikten Askese, bis sie die Perfektion in der Küche erreicht hatte, und dank dieser Opfer und Verzichte sei dann auch der Moment der Lebensfülle gekommen. Sie hatte das Glück, genau da zu sterben, ganz oben, nicht wie wir, die wir Egoisten und Feiglinge sind: Obwohl die Fülle des Lebens schon lange vorbei ist, versteifen wir uns darauf, weiterzuleben, nie scheint uns der Zeitpunkt gekommen zu verschwinden, wir tun so, als seien wir noch nicht an jenem Punkt angelangt, wo es nur noch abwärts geht, und dann klagen wir über den Verfall, über unser Scheißleben, über den nur noch chemischen, medikamentösen Widerstand: Tabletten, Seren, Dränagen, die Sauerstoffschläuche in der Nase, den Katheter im Schwanz. Wir wimmern. Ja, was hast du denn erwartet, dass dein Schwanz noch mit siebzig wächst? Einen Sieg im Triathlon? Die Gelabert hat der Blitz auf dem Gipfel getroffen, eine beneidenswerte Inszenierung, wenngleich, wir wissen ja, dass nie etwas ganz perfekt ist, das letzte Kapitel geriet zu lang: Chemo, ein Stau widerwärtiger Gifte, Erbrechen, all das, was du erzählt hast, die Haare, die ihr strähnenweise ausfielen, Nägel, die sich von der Haut lösten, dunkle Flecken am ganzen Leib, Gaumen und Zunge wund; und der Sohn, für sie eine Art Quaddel oder Furunkel, hat ihr auch nicht viel Freude gemacht. Während ich mit Francisco rede, denke ich für mich: Vielleicht war der Koch, den sie in sich trug, derjenige, der mit der Wasserspülung verschwand. Eine Niete, der Erste, der es tatsächlich zum Sohn brachte, also der Zweite aus jener Backstube, für die sie ganz allein verantwortlich war – ich sag's dir zum letzten Mal: Das hat mit dir nichts zu tun, es ist MEIN Problem. Lass mich in Ruhe. Du musst da nichts anerkennen, mich auch nirgendwohin begleiten. Das Thema war abgeschlossen – ihre Manufaktur, ihr Uterus. Sie selbst aber saß an jedem runden Tisch, an dem über die Haute cuisine diskutiert wurde, bei den gastronomischen Gipfelkonferenzen, nicht nur hier, sondern auch in Donosti, Barcelona, Kopenhagen und New York. Besonders nachdem unsere Chefin den zweiten Michelin-Stern bekommen hatte, ging die Post ab, ihr Mann würde von einer Rakete sprechen. Die Kochlehrlinge, oder Köche, die ihre Techniken verfeinern wollten, meldeten sich Jahre im Voraus für eine Hospitanz an, die Kinder von schwerreichen Leuten oder von Prominenten aus Kunst und Politik verzehrten sich nach Empfehlungsschreiben für ein Plätzchen am Abwaschbecken im Cristal de Maldón, nur das Bürschlein der Marsal-Gelabert, dem das alles seit der Geburt zu Füßen lag, hasste den Beruf und diese ganze Welt. Millionäre zahlten teuer dafür, dass ihr Sohn dort angenommen wurde und ein aufmerksames Auge auf die Kartoffeln hat, die er schält, die Zwiebel, die er hackt, auf den Müllkübel, den er fortschleppt, und mit dem anderen Auge die begnadeten Hände der Gelabert beobachtet, die der Dekoration des Tellers den letzten Pfiff verleihen, die jede Beilage überprüfen, ein paar Thymianblättchen hinzufügen oder die Backform noch ein paar Sekunden länger unter dem Gebläse lässt, damit das Gratin die ideale Färbung bekommt, das gastronomische Wunder.

»Juanlu hätte werden können, was immer er wollte, ein Adrià, ein Aduriz, oder um von den lokalen Größen zu sprechen, ein Dacosta, allerdings haben die sich das alles erarbeitet, er aber wollte weder arbeiten noch putzen, noch schälen, noch sich von den Ölspritzern aus der Pfanne Blasen holen. Adrià hat beim Militärdienst und nicht auf der Schule in Lausanne Kartoffeln geschält, und alle wissen wir, wie weit er es gebracht hat; Juanlu hätte Sternekoch werden können, er hätte Artikel über Wein und Gastronomie schreiben, an der besten Kochschule in Lausanne studieren können oder bei den Cordon Bleu; bei Besson, Robuchon, Guérard, bei Senderens oder Trama, mit allen stand Leo in Kontakt, mit allen hatte ich schon zehn Jahre zuvor zu tun gehabt, als ich Anfang der Achtziger mit dieser Arbeit anfing. Hier hatte damals noch kaum jemand von diesen Typen gehört; klar, dir sagen die Namen vielleicht nichts, aber für einen Gastronomen ist jeder von ihnen, was der Papst für die Katholiken ist, denn die Gastronomie ist eher polytheistisch, sie hat weder einen einzigen Gott noch einen einzigen Papst: die Küche ist – wie nicht anders möglich – materialistisch, laizistisch, eine föderale Republik. Sie alle, die kulinarischen Götter, zelebrieren in ihrem jeweiligen Tempel, und alle waren sie meine Freunde, und alle verehrten Leo. Ich bot meinem Sohn ein gemachtes Leben; hätte er, nachdem er durch alle diese Küchen gegangen war, nicht mehr so nah bei uns in Madrid bleiben wollen, hätte er doch nach Tokio, nach Singapur, nach Hongkong, Shanghai oder Dubai gehen und sein Restaurant in einer der aufsteigenden Städte aufmachen können, falls er sich in den klassischen nicht wohlfühlte; andere haben das später gemacht, jetzt haben die Drachen des Ostens die beste Küche, und die Großen der Branche wollen Restaurants in den schlitzäugigen Städten aufmachen, die Küche rennt dorthin, wo das Geld sitzt.«

Eine Marlboro verbrannte zwischen seinen Fingern, die Cohiba hatte er schon seit Langem halb geraucht im Aschenbecher liegen gelassen, er war kurz vorm Heulen: Nicht mit seinem Sohn hatte er Mitleid, sondern mit sich selbst, weil seinen krummen Geschäften keine Kontinuität gegeben war, und das ist schmerzlich, so viele, sagen wir mal, zweifelhafte Dinge gedreht zu haben (der Zweck heiligt die Mittel), um sodann einige machen zu können, auf die man stolz sein kann, und sich dann alles in Nichts auflöst, in andere Hände fällt, verschleudert wird – sehr schmerzlich. Nach Leonors Tod musste das Cristal de Maldón schließen: der Koch ist das Restaurant. Er wollte weinen, und ich wusste nicht, was ich wollte; von diesem Sohn sprechen, der vor Juanlu hätte kommen können, der womöglich ein fleißiger Schüler, ein effizienter Koch geworden wäre, dieser Sohn, der ein rötliches Klümpchen war und in dem Wasserwirbel unterging, als die Frau an der Kette der Wasserspülung zog in jener Wohnung in Valencia.

Was da mit dem Wasser davonschwamm, ermöglichte die Reise, die sie ein paar Tage später über Land antreten sollte: Wie hast du nur glauben können, dass ich für immer in diesem Kaff bleibe? Eine vielversprechende Zukunft: Überraschungshochzeit, verfrühter Trommelbauch, dazu die Kommentare der Nachbarinnen, nach fünf Monaten Mutterschaft und die Ewigkeit des Nichts für den Rest meines Lebens. Heute kommst du ein bisschen spät, Schatz, sicher warst du mit deinen Kumpels in der Bar, schau, jetzt ist der Reis zu weich geworden, ein Jammer. Hast du mich wirklich einmal in dieser Rolle gesehen? Du hast Zeit genug gehabt, mich kennenzulernen. Ich schluchzte: Aber ich liebe dich, und du hast gesagt, dass du mich liebst. Leonor: Beim Vögeln sagt man alles Mögliche. Das gilt nicht. Wir beide haben uns in der Wüste Gesellschaft geleistet, wir hatten dann und wann Spaß miteinander, das ist alles. Oder habe ich dir etwa je was versprochen? Ich gehe, und du solltest dir auch überlegen, wie du hier wegkommst, statt dein Leben in dieser Scheißschreinerei zu vergeuden, bei einem Vater, der vierzig Jahre nach Ende des Krieges immer noch glaubt, dass wir mittendrin stecken und die aufregendste Schlacht noch zu schlagen ist.

Das war nicht das einzige Mal, dass Francisco in dieser klagenden Tonlage mit mir sprach. Die ersten Herzensergießungen kamen wenige Tage nach seiner endgültigen Rückkehr, als er bereits die Kaufverhandlungen für das Haus der Civera abgeschlossen hatte (davon war an jenem Tag allerdings nicht die Rede, kein Wort), er kam, um sich als bescheidener Bauer (unser lokaler Josep Pla) hier niederzulassen, und für diese Rückbesinnung auf die Einfachheit unterschrieb er den Vertrag über den Erwerb des besten Hauses am Ort, das der einstigen Herren der Gemeinde, auch hatte er da schon seit einiger Zeit das Segelschiff am Steg von Marina Esmeralda festgemacht, wenige Meter von der Terrasse entfernt, auf der wir später ein paar Mal gesessen und geschwatzt haben, wobei ich von dessen Existenz noch nichts wusste, von dem er nie sprach, weil er mich – ach, die alten Freunde – brauchte, um sich auszuweinen, während er den anderen seine Triumphe vorbehielt. So ist die Freundschaft. Bei mir suchte er, dass Bewunderung sich mit einer Portion Mitleid anreicherte. Er kam mich in der Schreinerei besuchen, stand vor mir, auf der anderen Seite der Poliermaschine, und redete von der Freude, zum einfachen Leben zurückzukehren, versuchte mich davon zu überzeugen, wie hart doch sein Berufsleben gewesen sei, gratis durch die ganze Welt zu fahren, Weine im Médoc und in Burgund, in Südafrika, Australien und Kalifornien zu verkosten, in Fünf-Sterne-Hotels zu schnarchen, auf anderer Leute Kosten in Restaurants mit Michelin-Sternen zu essen und sich den Spielchen mit dem geschmierten Kolben hinzugeben, die auf allen fünf Kontinenten die Menschen anziehen. Er erzählte von seinen Erfahrungen in ethnischer Sexualität, und zwei Minuten später sprangen ihm die Tränen aus den Augen, weil ihm seine Frau so sehr fehlte, weil sein Sohn ihn so enttäuscht hatte, weil ihm seine Tochter so fern war und weil er uns all die Jahre so sehr vermisst hatte, uns Schwachköpfe, die in diesem Kaff geblieben waren und in den Taschen nach Kleingeld gekramt hatten, ohne Robuchon oder Troisgros, wir tranken Wein von der Kooperative (der vor ein paar Jahren noch ganz anders als der heutige war, ab dem dritten Schluck war man vergiftet), aßen den nach zweitausenderlei Weisen zubereiteten Reis – im Rohr, suppig, als Paella, mit Fisch –, so wie man ihn immer schon gegessen hat (das sammelt er jetzt in seinem Buch – es wird eine Enzyklopädie der Nahrungsmittel und der Küche dieser Zone, über tausend Seiten, zugleich literarische Übung und Forschung –, um unsere Sitten zu dokumentieren, so wie man die Sitten eines Indianerstamms dokumentiert), und spielten am Abend Karten und Domino mit denselben Scheißkerlen, die einem in den letzten fünfzig Jahren schon doppelt und dreifach was reingewürgt haben, denn Olba ist ein kleiner Ort, was bedeutet, dass du für das Theater des gesellschaftlichen Lebens auf ein festes Ensemble angewiesen bist, dieselben Schauspieler spielen die unterschiedlichsten Stücke. Heute Othello, morgen Lear, übermorgen Romeo, und notfalls ziehst du am nächsten Tag die Perücke über und bist Lady Macbeth, weil die erste Schauspielerin an Angina erkrankt ist. Du siehst diese Menschen in einer Bar und eine Weile später in einer der anderen zehn oder zwölf, die es im Ort gibt, du begegnest ihnen auf der Straße, sie kommen zur Bestattung der Nachbarn und zum Eintreiben der Stiere, in Arbeitskleidung oder im Sonntagsputz, aber es sind immer dieselben. An jedem Ort und zur jeweiligen Stunde spielen sie eine andere Rolle. Das ist wahr. Aber immer, immer sind es dieselben. Und Francisco wollte mein Mitleid. Er beklagte sich darüber, allein zu sein, als wäre es für mich ein Glück, mit der väterlichen Mumie des Tutanchamun zusammenzuleben, mein Genosse, den ich nun nach Jahren füttern, kleiden und waschen muss, das schadhafte Tamagotchi, das weder lacht noch weint und nicht einmal Papa und Mama sagt, wie es noch die billigste Puppe vom Chinesen tut. Er wollte, dass ich Mitleid hatte mit ihm, der mir seit dreißig Jahren die Geschichte erzählt, wie er mit dem Schwarzgeld vom Schwager irgendeines hohen Tiers das Restaurant aufmachte, der mir das Drehbuch der Zeit des Booms erläuterte, in dem er als Akteur mitwirkte, die goldenen Tage der Wirtschaftspolitiker Boyer und Solchaga, glückliche Zeiten, in denen – so der sozialdemokratische Wirtschaftsminister – Spanien das Land Europas war, wo man in der kürzesten Zeit das meiste Geld verdienen konnte. Ich spendete ihm Beifall, obwohl es mich zerfraß, ich weiß nicht, ob aus Wut oder Verachtung oder Neid, jedenfalls stellte ich klar: das europäische Land, in dem DU und deine Freundchen das meiste Geld in der kürzesten Zeit verdienen könnt, denn bei mir in der Schreinerei geht es nur mit Ach und Krach vorwärts, die späten Achtziger waren hier in der Gegend ganz schlimm, die Expo in Sevilla – das größte urbanistische Projekt aller Zeiten in Spanien, fiel er erregt ein – und die Olympiade in Barcelona schluckten die öffentlichen und privaten Gelder und zogen zudem die Touristen ab. Die Arbeiter emigrierten erneut, wie in den Fünfzigern, in Spanien drängte alles in die großen Städte: *Sevilla la maravilla*, das Wunder schlechthin, und Barcelona, *bona si la bossa sona*, dort klingelte es allemal im Geldbeutel. Er hatte bei sich (so sprach er von dem Restaurant: bei mir, die Wendung war damals modern, in Zeitungsinterviews sprachen die Köche von ihren Lokalen, als sei es ihr Zuhause: Bei mir isst man, ich habe bei mir, bei uns wird nur) das Salz von Madrid: der Vizepräsident war in eine Wohnung im selben Gebäude gezogen und aß meistens bei ihm zu Abend. Jedweder, der durch mit über ohne die Regierung Geschäfte machen wollte, immer auf Regierungskosten, musste sich im Cristal de Maldón sehen lassen, eine Goldmine, sie haben das gut gemacht. Und dann war da noch diese Gesellschaft, gegründet mit Geldern des Außenhandelsbüros zur Förderung des Exports spanischer Produkte in der ganzen Welt, eine Tarnfirma zur Abschöpfung von Subventionen, die er sich acht oder zehn Jahre lang mit einem Staatssekretär teilte, der seine Frau als Direktorin der Gesellschaft eingesetzt hatte, und dazu kamen noch die Geschäfte mit dem Wein und den kleinen Hotels dank seiner Autorität in der mächtigen Verlagsgruppe. Aber wir sitzen ja in der Bar Castañer, schwatzen über dieses und jenes, um nicht über das Wichtige zu sprechen, und ich trete zur Verteidigung von Tomás an, zur Selbstverteidigung gewissermaßen, aber auch um endlich das Thema abzuschließen:

»Pedrós hat sich seine wirklichen Freunde unter denen gesucht, die er mochte, Leute, mit denen man sich gern in der Bar unterhält, etwas trinkt oder mal irgendwo auf den Putz haut, er hat sich nicht überlegt, ob sie ihm nützen, ob sie ihm in einer schwierigen Lage helfen könnten oder ihn eher in Schwierigkeiten bringen. Das andere, das mit den Politikern, der öffentliche Auftritt, da merkte man doch sehr, dass er da mit der Wurst nach der Speckseite warf. Es ging darum, schneller an Bauaufträge zu kommen. Aber eine solche Naivität in den privaten Freundschaften duldet die moderne Gesellschaft nicht, auch die eigene Position lässt das nicht zu, die anderen sowieso nicht, sie sind misstrauisch, wittern dann gleich ungute, verdächtige Beziehungen, einfach nur, weil sie außerhalb dieses Schaltkreises liegen.« Ich sollte mir auf die Zunge beißen, mir die Zunge abbeißen, warum verteidige ich hier diesen Scheißkerl, der mich ruiniert hat, alles um abzulenken, um so etwas zu sagen wie: Er ist kein schlechter Kerl und basta, Themenwechsel, man redet von was anderem. Aber es war nicht nur das. In Wirklichkeit habe ich gegen sie alle geschossen, um ihnen das Maul zu stopfen, Aufsteiger, Arschkriecher, immer auf die nahrhaftesten Beziehungen aus. Von Bernal und Justino weiß ich das. Von dem Sparkassenmännlein kann ich es mir vorstellen. Und bei Francisco gehe ich fest davon aus. Er hat mir nie erzählt, wem er hinterhergelaufen ist, vor wem er hat buckeln oder kriechen müssen, das ist auch nicht nötig. Diese Verbindungen, von denen er spricht, diese Staatssekretäre oder jener Minister, der sich jeden Abend ins Cristal de Maldón setzt und eine gut abgehangene Schnepfe ordert. Schlussendlich kenne ich solche Individuen ja überhaupt nicht, ich habe auch noch nie einen Fuß in die weltläufigen Orte gesetzt, von denen er mir erzählt, mir genügt es, ihn zu kennen.

Justino fügt meinem Beitrag einen Schuss Pessimismus hinzu:

»So einem Typen vertrauen die am allerwenigsten, die von ihm mit Freundschaft bedacht wurden. Wozu will er mich an seiner Seite, wenn ich ihm doch nicht nützlich bin? Ist das vielleicht ein Bumerang?«

Er bückt sich, will etwas aufheben, was ihm auf den Boden gefallen ist, und während er sucht, kriecht sein Hemd hoch, und dort, wo die Hose, die bedecken sollte, aufhört, ist ein Teil einer gespaltenen Kugel zu sehen, düster wie eine Welt ohne Sonne und dunkler noch im Süden wegen der dichter werdenden Haarmatte. Offenherzig zeigt er diese menschliche Landschaft jedes Mal, wenn er sich auf dem Golfplatz bückt: ein beunruhigender Hohlweg zwischen zwei bewaldeten Hängen, der seine Geheimnisse unter dem Hosenstoff verbirgt. Die gespaltene Kugel speichert all die leckeren Lipide, die er in den vielen Jahren des teuren Essens zu sich genommen hat, und die man deshalb unwillkürlich für etwas anderes als die des neuen Spielers hält, der als Ersatz für Bernal an den Tisch gerückt ist, dieweil dieser draußen in sein Handy spricht. Es handelt sich um den kürzlich ernannten Sparkassendirektor, ein junger Mann mit birnenförmigen Leib, den sie aus La Mancha in diese umsatzarme Filiale geschickt haben (er behauptet, auf die von Misent verzichtet zu haben, ha) und dessen farbloses Fleisch – er hat sich noch nicht an das Leben in diesem mediterranen Florida angepasst: Sonne und Bräune am Strand, beim Golf – von dem Kitt Tausender Mehlspeisen zusammengehalten wird, dazu Zehntausende Brötchen mit Schafskäse, Berge von Hülsenfrüchten (er hat es ja selbst gerade gesagt) und Speckscheiben vom keltischen Schwein (kaum Spuren vom iberischen Eichelschinken aus Cumbres Mayores, Guijuelo oder Jabugo – demnach hat er sie dieses letzte Jahr, seitdem er zum Filialleiter ernannt wurde, umsonst verspeist). Das Gespräch dreht sich hartnäckig um die verschiedenen Methoden, heutzutage berühmt zu werden, ohne groß was zu investieren. Und ausgerechnet ich bin es, der weiter in dieser Ader gräbt, die für mich günstig ist. Alles, nur nicht Pedrós:

»Die Islamisten haben die effektivste Methode, ins Fernsehen zu kommen. Allerdings erscheint dein Name dabei erst gar nicht. Du bist das anonyme Subjekt einer kollektiven Erzählung, das, was die Erzähler der russischen Revolution anstrebten, das Ideal der großen Utopisten: Man nennt dich Der Selbstmordattentäter, der sich opferte. Jedoch, eine Konzession an den modernen Narzissmus und die Technologie, man kann sich ein paar Stunden zuvor für Youtube vor einem Laken, auf das ein Vers des Koran gepinselt ist, mit einer Maschinenpistole sowjetischer oder amerikanischer, vielleicht auch spanischer Herkunft (alles ist möglich) in den Händen aufnehmen lassen und das Bild einstellen, damit dich die Gefolgsleute der Getreuen des Bluts des geopferten Lamms bewundern.«

Francisco mischt sich ein:

»Ist das mit dem Blut des Lammes nicht jüdisch? Oder christlich? Auf alle Fälle etwas, das unserer Tradition nahesteht. In Misent wird das Kostbare Blut Christi verehrt, das ist das größte religiöse Fest, es heißt wirklich so, Fest des Kostbaren Blutes, und als Beweis für die hämophile Ader des Katholizismus las ich neulich in der Zeitung, dass man Johannes Paul II. vor seinem Tod gewissenhaft ein Fläschchen Blut entnommen hat, für den Fall, dass es zu einer Heiligsprechung kommt, und das wird es. Wie soll man denjenigen nicht zum Heiligen machen, der als Sieger aus dem Zusammenstoß zweier Heere hervorgegangen ist, die jeweils Hunderte von Millionen Soldaten stark sind, die christliche Armada gegen Atheismus und roten Terror; wenn dir ein solcher Sieg nicht einen Platz im Heiligenkalender sichert, was dann? Die Geschichte mit Papst Leo, der Attila aufhält, ist dagegen ein Scherz. Das Geschwür des Kommunismus vom Angesicht der Erde entfernen, hieß es bald. Wenn man bedenkt, dass vor nicht allzu langer Zeit mehr als die Hälfte der Bewohner dieses Planeten Kommunisten waren oder kurz davorstanden. Wir haben es vergessen, aber damals in den Sechzigern und Siebzigern segelte die Münze noch in der Luft« – das sagt er, der genau darauf geachtet hat, auf welche Seite sie fiel. Einen Fuß in der KP und den anderen bei den Sozialdemokraten. Er immer zwischen Pinto und Valdemoro.

Justino bewegt den Kopf rauf und runter, gibt ihm recht:

»Ich habe darüber gelesen. Die Zeitungen haben von ein paar Röhrchen Blut geschrieben, dem Mann entnommen, der eine Schlacht geschlagen hat, bei der er dreihundert oder vierhundert Millionen Gefangene gemacht hat: vierhundert Millionen Wölfe, umgewandelt in Arbeitskraft zu Schnäppchenpreisen. Das hat die Weltwirtschaft umgekrempelt. Die Krise, die wir jetzt durchleben, ist nicht mehr als die endgültige Justierung dieser neuen Legion von Werkzeugmenschen, die auf der Suche nach einem Eigentümer sind, der sie zum Produzieren einstellt.«

»Der kommunistische Bruder Wolf wird Vegetarier und frisst Heu aus den Händen eines Friedensmannes, Wojtyla, der neue Franz von Assisi.« Das sagt Carlos mit ironischem Unterton: Er zeigt deutlich, dass er strikt laizistisch ist. Ich stelle mir vor, wie er schnell wie ein Damhirsch vor einer hypothetischen kommunistischen Hundemeute flieht, die ihm jetzt doch so ans Herz gewachsen zu sein scheint. Mit der Hundertschaft von Zwangsräumungen, die er unterschrieben hat, glaube ich nicht, dass er den Kopf aus der Schlinge ziehen kann. Oder wird er am Ende Staatssekretär im Wirtschaftsministerium der neuen Regierung? Für einen Minister ist er nicht aus dem richtigen Holz geschnitzt, obwohl man bei diesen stillen Wassern nie weiß.

Ich:

»Die Kommunisten: Arbeitskraft, die schreiend danach verlangte, ausgebeutet zu werden. Sie haben es bekommen.«

Bernal kehrt zum Ausgangsthema zurück:

»In die Geschichte eingehen als Der Selbstmordattentäter wäre ja nicht schlecht, wenn du der Einzige wärest, der auf die Idee gekommen ist, aber es gibt ja jeden Tag Dutzende von Individuen, die sich an irgendeinem Ort der Welt in die Luft jagen. Außerdem, was ist das schon für ein Trost: Du krepierst und kannst nicht zurück in dein Viertel und dich dafür beglückwünschen lassen, dass man dich in den Nachmittagsnachrichten gesehen hat. Um Selbstmörder im Dschihad zu werden, muss man schon sehr verbittert sein oder sehr stark an Gott glauben.«

»Alles beides«, sagt der von der Sparkasse.

Justino schließt sich an:

»Und dazu noch sehr bösartig sein. Die Attentate der Marokkaner haben die Latte sehr hoch gelegt. Eine Bombe, die ein halbes Dutzend Menschen tötet, ist nicht der Rede wert. Du musst schon mindestens ein halbes Hundert mitreißen, damit du ein paar Minuten im Fernsehen bekommst oder ein Foto in den Zeitungen, egal ob die Bombe vor einer Kaserne in Karatschi, einem Flughafen in Moskau oder in einem Metrowaggon in Madrid losgeht; mit Madrid sicherst du dir die Schlagzeilen in Spanien, klar. Aber ich weiß nicht, wie das in Karatschi, Lahore oder in Kabul aussieht, vielleicht werden diese Gemetzel, da langweilig geworden, nicht einmal mehr in der Zeitung gebracht. Man käme ja mit der Papiererzeugung nicht nach, wollte man über jedes Massaker berichten. Dutzende, Hundertschaften töten. Selbst die Drogenhändler haben sich von diesem medialen Furor anstecken lassen. In Mexiko kommen sie schon auf 50.000 Tote bei den Kämpfen zwischen den Rauschgiftbanden. Sie wollen, dass von ihnen gesprochen wird. Der Einzelmord ist inzwischen so etwas Schäbigem wie der häuslichen Gewalt vorbehalten; aber nicht mal das, denn da gibt es solche, die, wenn sie schon mal das Gewehr aus dem Schrank geholt haben, die Gelegenheit nutzen, um das Haus von Kindern, Stiefkindern, Schwiegereltern zu säubern und den neuen Liebhaber der Ex und sogar den Hund abservieren, wenn sie in die Schusslinie geraten. Das mit dem Töten ist bekanntlich so wie mit dem Essen und Ficken, man muss sich nur dranmachen. Den ersten Bissen bekommst du kaum runter, aber der Rest geht wie von alleine.«

Das Bild des in einer Blutlache liegenden Hundes lässt mich erschauern (was wird nur aus dir, Tom, aus deiner Unschuld) und nimmt mir die Boshaftigkeit:

»Ist es dir auch schwergefallen, die Eichel zu lutschen? Ich dachte, das geht nur mir so.«

Allgemeines Gelächter.

Ich fahre fort:

»Gestern las ich in der Zeitung: Überschwemmungen in Pakistan, ich weiß nicht wie viele tausend Tote; und danach eine Meldung aus Afghanistan: Ein Bus kippt und fällt in eine Schlucht, weitere dreißig, vor einer Polizeistation im Irak platzt eine Bombe, noch mal fünfzig, die zu Boden gehen. Alles am selben Tag. In der Nachrichtenlawine erschien mir das im Irak wie eine voluntaristische, naive Übung; ich fragte mich, warum diese Kinder sich mit Attentaten abmühen, wo Allah es doch ganz alleine schafft, genug zu töten.«

»Parias dieser Erde, die Frantz Fanon und Mao und Lenin und Marx und Che vergebens zu retten versuchten (sie lassen sich nicht retten, keiner kommt gegen sie an), sie singen – Herzensdinge, die der Verstand nicht begreift – weiter Suren für Jahwe-Allah und helfen ihm sogar emsig bei seiner Arbeit als Großer Henker. Ist wohl nicht besonders vernünftig, dass wir in all dem einen Sinn suchen«, sagt Francisco.

Carlos, der Laizist:

»Es hat mal jemand gesagt, dass diejenigen an Gott glauben, die am wenigsten Grund dafür haben.«

»Die Armut ist von Natur aus pessimistisch. Die armen Leute sind überzeugt davon, dass, was auch immer ihnen widerfährt, es immer noch schlimmer kommen kann. Der Mensch ist von Geburt an ein schuldbeladenes Wesen, und Gott bestätigt ihn in seinem Pessimismus, besonders wenn es sich um jemanden handelt, der in einer Hüttensiedlung oder in einem Elendsviertel an der Peripherie geboren wurde und Hunger gelitten hat, seitdem die Mutter ihn an einer trockenen Brust hat nagen lassen und ihn dann, sobald er stehen konnte, zur Arbeit angehalten hat. Verlierst du einen Arm, übernimmt es der Pfarrer, der Rabbi oder der Ulema, dich daran zu erinnern, dass du auch den Kopf hättest verlieren können, und wenn du den Kopf verlierst, überzeugt er dich davon, dass es schlimmer gewesen wäre, wenn sie dich zu Brei gefahren hätten und man dir kein Responsorium an der Bahre (mit ganzer Leiche) hätte singen können. Aber selbst ohne Kopf sind die Angehörigen glücklich und danken Gott, weil ihnen ein Stück Leiche zum eigenen Gebrauch geblieben ist, das sie beerdigen können, und sie fühlen sich den Nachbarn gegenüber mitleidig überlegen, die nicht einmal das Steißknöchelchen ihres Toten gefunden haben. Die Unglückseligen, denken sie, haben die anderen doch niemanden für eine Bestattungszeremonie, nicht einmal ein Stück Milz, einen Schenkel oder eine Niere, mit denen sie sich trösten könnten«, sage ich, erfreut über die neue Richtung, die das Gespräch genommen hat.

»Ich glaube, die gehobenen Schichten sind skeptischer, was die Vorteile oder Qualitäten einer aufgebahrten Leiche angeht. Sie können sie angenehm ersetzen durch einen Cocktail in einem luxuriösen Trauerhaus, oder, wenn der Schmerz intensiver ist, eintauschen für eine Shoppingreise nach New York oder – vielleicht passender – für einen melancholischen Spaziergang zwischen Ölbäumen, Zypressen und Ruinen auf irgendeiner griechischen Insel«, stimmt mir Francisco zu und fährt fort:

»Anrührend, dies verzweifelte Bemühen, seine Toten aufzuklauben, auch wenn sie nur noch Matsch sind. Egal, ob sie stinken, verstümmelt sind oder verwest: die Leute wollen sie haben, die Körper (die Amis nennen die Leichen auch so, corpses, Körper) einsammeln, bevor sie von den städtischen Reinigungsdiensten, die für das gewöhnliche Aas zuständig sind, weggeschafft werden. Sicherlich hat das irgendwas von ausgleichender Gerechtigkeit, die ärmsten Familien in den elendsten Ländern haben den größten Reichtum an Leichen. Sie haben kein Geld, keine Villa in Cap Ferrat, können sich nicht einmal an einer bescheidenen Privatrente erfreuen, aber sie besitzen eine reiche Palette makabrer Biomasse: Tote durch Arbeitsunfall, Überdosis, Unterernährung, Aids, Zirrhose, Hepatitis C, Gender- oder Straßengewalt; Tote, die sich, weil sie alles satthatten, die Kugel gaben oder sich am Olivenbaum aufknüpften. Sie sind Eigentümer eines breitgefächerten Fundus von Leichen, die sie mit Klauen und Zähnen verteidigen. Lasst die Armen zu mir kommen, sagte Jesus Christus.«

»Er sagte nicht die Armen, sondern die Kinder«, das ist wieder Carlos, der birnenförmige Laizist.

Ich:

»Klar, aber man kann davon ausgehen, dass er die Kinder der Armen meinte, kein Reicher erlaubt seinem Kind, sich einem Unbekannten zu nähern. Ein Armer schon, es könnte ja sein, dass diese Begegnung der Anfang irgendeiner einträglichen Transaktion wäre. Der Arme steht gewöhnlich unterhalb der Schwelle zu dem, was sich protestantische Spießbürger ausgedacht und Moral genannt haben.«

Der säuerliche Geruch herrscht vor: Im Sommer mischt er sich mit anderen Gerüchen, intensiver noch und unerfreulicher, nach Zersetzung, nach totem Fleisch und, besonders unerträglich, nach faulem Fisch oder Meeresfrüchten. Lass einen Seehecht, einen Tintenfisch oder ein paar Miesmuscheln einige wenige Tage in der Sonne liegen, oder auch nur die Reste des Fisches, den du gerade verspeist hast, im Mülleimer zu Hause, und du siehst, in was sich das verwandelt, was dir so gut schmeckt und für das du im Restaurant oder an der Bartheke fünfzehn oder zwanzig Euro hinblätterst: Das mit dem Müll ist wahrlich kein Vergnügen, auch weil die Leute so rücksichtslos sind, wir sind in den

Containern sogar auf tote Hunde, verweste Katzen und Ratten gestoßen, dabei wissen sie doch, dass sie nur geschlossene Müllbeutel hineinwerfen sollen, keinen losen Abfall und schon gar kein Aas; vor allem im Sommer kommen die Städte gar nicht damit nach, den ganzen Dreck zu entsorgen, der von den Abertausenden von Touristen produziert wird, da ist kein Container in ordnungsgemäßem Zustand, alle quellen über oder sind von Beuteln umringt, die von den Hunden – oder den Ratten – aufgebissen werden, woraufhin der Inhalt überall verstreut herumliegt, und die Straßen im Zentrum, aber auch die Wohnsiedlungen außerhalb stinken: ein Grabesgeruch, uniform, der sich mit dem der Blumen und der Pflanzen vor den Apartmenthäusern und den kleinen Villen mischt und zusammen mit dem Benzin zu einem einzigen Geruch wird, dem Geruch der Küste. Ich wurde dafür bezahlt, ihn auszuhalten, einige Kollegen benützten Mund- und Nasenschutz, aber ich ertrug das mehr oder weniger, mein Geruchssinn ist widerstandsfähig oder auch nur schwach, es wundert mich aber, dass die Touristen herkommen und sogar dafür zahlen, einen ganzen Monat neben diesen stinkenden Müllcontainern zu verbringen. Wahrscheinlich sind sie daran gewöhnt, weil ihre Städte so ähnlich oder noch schlimmer riechen, schließlich und endlich ist das, was da fault, überall dasselbe, dieselben Marken derselben Vertriebsketten, große Verkaufsflächen, überall gleich dekoriert, hier wie dort. Dass es mir egal ist, ist auch egal. Nico, einer der Kumpel von der Müllbrigade, der als Kind von einem Bergdorf hergezogen ist, sagt, dass sei eben der wahre Duft des 21. Jahrhunderts, weder gut noch schlecht, so riechen eben die neuen Zeiten, das 20. Jahrhundert hatte einen bestimmten Geruch, und jetzt ist es ein anderer. Bis spät ins 20. Jahrhundert hinein roch es nach feuchtem Gras, nach Basilikum, aber auch nach Esel- oder Kuhmist, nach schmutziger Wäsche, nach kaum gewaschenen Schamteilen (im Dorf erzählt man davon, wie die alten Frauen rochen, die sich da ihr Lebtag nicht gewaschen hatten, weil das nur die Huren taten, wie sie nach Pisse und nach dem über Jahrzehnte konzentriertem Menstruationsblut stanken; und wie die alten Männer nach trockner Wichse und Urin rochen); nun herrscht der Geruch dessen vor, was wir, tiergleich, in unseren Bau schleppen, es liegt im Kühlschrank, bis es den Weg in den Mülleimer nimmt. Die Höhlen und Hütten der Urmenschen werden ja auch nicht nach Chanel geduftet haben, und hast du dir mal die Straßen der großen Städte vor zweitausend Jahren vor Augen geführt? Allein Rom, lieber nicht dran denken, da faulten im Schlamm tierische Knochen und Gedärm zusammen mit Gemüse und Fischresten, alles auf die Straße geworfen, so auch die Eimer mit den Exkrementen der Nacht, die nach dem Ruf Obacht Wasser aus dem Fenster geschüttet wurden, wenn denn derjenige so höflich war, Bescheid zu geben. Die Müllmänner jener Zeit mussten die Tierkadaver auf den öffentlichen Wegen einsammeln und auf ihre Karren werfen und buchstäblich die Scheiße wegfegen, und wenn man der TV-Serie Rom glaubt, haben sie Nacht für Nacht locker drei oder vier Leichen eingesammelt, und hopp, hoch, noch ein Toter in den Karren, nimm du ihn von da und ich von hier, und eins, zwei, looooos, packt ihn an den Armen und an den Beinen und nichts wie hoch, ganz schön schwer: Tote mit offenen Eingeweiden, sie stinken nach Scheiße oder nach Verwesung, grüne Fliegen wie Smaragde, eine surrende Wolke um die Leichen, die wie abgeworfen an den Ecken liegen; wenn eine Ratte, gerade einmal eine Spanne lang, beim Verwesen so riecht und einen solchen Wirbel von Schmeißfliegen und Wespen anlockt, dann kannst du dir vorstellen, wie ein verwesender Körper von neunzig oder hundert Kilo stinkt und was für ein Schwarm von Insekten ihn umgeben muss. Die Leichen siehst du in Filmen, in den Fernsehnachrichten. Da riechen sie nicht. Aber wenn diese Toten verwesend und aufgebläht wie Weinschläuche an den Ufern des Flusses, der durch Rom geht, jetzt fällt mir der Name nicht ein, vorbeitreiben, dann stell dir mal den Duft vor; und die Angestellten der Müllabfuhr trugen damals keine Handschuhe, keinen Atemschutz, auch keine reflektierende Weste, um im Dunkeln nicht von einem durchgegangenen Pferd niedergetrampelt zu werden. Ich denke mir, sie haben den Abfall tagsüber eingesammelt, denn nachts, das kannst du dir vorstellen, unmöglich, bei dieser Dunkelheit, was sollten sie da schon machen. Im Sommer *riecht's hier auch nicht gerade nach Rosen. Im Winter ist das anders: da sind weniger Leute da, die Müllcontainer quellen nicht über, wenn nicht gerade Feiertage sind: Weihnachten, Neujahr, oder Tage mit vielen Geschenken, Muttertag oder Vatertag, Heilige Drei Könige, solche Festtage, die sind gezählt, und wenn es nicht um derartige Tage geht, dann reichen die Container bestens aus, und es gibt Viertel, da rentiert es sich kaum, vorbeizufahren, Viertel mit Ferienhäusern, Apartmentgebäuden in der Gegend von La Marina oder bei den neuen Siedlungen am Berg, wo die Container in all den Monaten leer bleiben oder höchstens ein oder zwei Müllbeutel beherbergen und man eine ganz andere Luft als im Sommer atmen kann, die Kälte friert die Gerüche ein, nimmt ihnen Kraft, beschränkt sie auf ihren Ort, verhindert, dass sie sich ausbreiten; wenn es kalt ist, dann riechen die Dinge, und nicht die Luft, jedes Ding riecht für sich allein; wenn etwas schlecht riecht, dann ist es genau das, was schlecht riecht, und es ist nicht so wie im Sommer, dass der Geruch sich ausbreitet über viele Meter Grund, wie ein Schleier, darin der Gestank von all dem Dreck schwebt, und dieser Schleier ist überall, umhüllt alles und jedes. An Tagen wie heute, im Winter, wenn ich hinten am Müllwagen auf dem Trittbrett stand und durch die Siedlungen an der Küste fuhr oder zwischen diesen vornehmen Chalets am Berghang, fühlte ich mich manchmal nachts so, wie sich diejenigen wohl fühlen, die auf dem Meer Wasserski fahren: Die kalte Luft schlägt dir ins Gesicht, der Geruch nach feuchtem Gras, Harz, nasser Erde, die Einsamkeit der Nacht (nur wir fahren über diese Straßen, die von Mauern oder Gittern eingefasst sind, über die sich Gepflanztes ergießt, die Dunkelheit, ganze Viertel, in denen kein einziges Licht in den Fenstern zu sehen ist, und in einigen Straßen lässt die Stadtverwaltung auch keine Laterne brennen. Du kommst dir vor wie in einer Gespensterstadt, in der du der einzige lebendige Mensch bist, der König. Dieser Tage, da ich nichts zu tun habe, seitdem ich bei der Schreinerei rausgeworfen wurde, laufe ich gerne durch solche Gegenden, rauche dabei eine Zigarette, das ist eine Form, mich zu beruhigen oder zu entkommen, damit ich nicht den lieben langen Tag lang darüber grüble, wie zum Teufel wir mit dem Lohn meiner Frau und den paar Monaten, die ich noch Arbeitslosenhilfe kassiere, weiterkommen sollen. Wir hätten nicht den neuen Fernseher anschaffen sollen, unseren haben wir den Kindern überlassen, aber jetzt streiten sie ständig, weil jedes ein anderes Programm sehen will: das Heilmittel ist schlimmer als die Krankheit, sagt meine Frau, und teurer, füge ich hinzu, und sie wird noch ärgerlicher, denn das mit dem Fernseher war ihre Idee; wir hätten uns auch nicht den neuen Peugeot kaufen sollen, der Kauf schien notwendig, weil unsere Arbeitszeiten nicht mehr zu vereinbaren waren, als ich bei der Müllabfuhr aufhörte, damals arbeitete sie tagsüber und ich nachts, als ich aber bei der Schreinerei anfing, war das anders, ich musste um halb acht in Olba sein und sie um acht in der Keksfabrik in Misent, nachdem sie die Kinder versorgt und ihnen Frühstück gemacht hatte, keine Chance, das unter einen Hut zu bringen, aber ich hätte vielleicht mit dem alten Motorrad zurechtkommen sollen, schließlich wird es hier ja nicht so kalt, oder wir hätten es unter Umständen so organisieren können, dass sie gleich, statt erst später die Nachmittagsschicht bekam, und ich sie unmittelbar nach dem Mittagessen hinfuhr. Jetzt, seitdem die Keksfabrik geschlossen ist, arbeitet sie im Obstlager, da hat sie noch Glück gehabt, obwohl sie, je nach dem Tag, erst um halb zwölf Uhr nachts heimkommt und manchmal auch noch später. Nur sie braucht das Auto, ich muss zu keiner Arbeit. Ein Glück, dass wir uns nicht ein Haus in Olba gesucht haben, dort gefiel es ihr besser als in Misent, wegen der Kinder, du hast die Arbeit vor der Tür und die Kinder haben es schöner als in Misent. Wir sind gerade noch der Katastrophe entgangen, denn wir hatten uns schon einige Reihenhäuschen angesehen: Die kosten ja nur halb so viel und sind besser gebaut, alles besser verarbeitet und mit der Tür gleich in den Garten, insistierte sie, betrachtete dieses kleine grüne Taschentuch, das den Garten darstellen sollte, darin eine Palme, gerade einmal einen Meter hoch, die der rote Palmrüssler in ein paar Monaten liquidiert haben würde. Ich fragte mich, warum sie sich überhaupt für die Immobilienpreise interessierte und sie mit denen in Misent verglich, wo wir doch auch in Misent nie eine Wohnung besessen hatten, sondern immer wie jetzt wohnten, zur Miete, und gebe Gott, dass wir uns das weiter leisten können.*

Ich gehe gern spazieren, wenn es regnet, ich ziehe mir Ölzeug an und gehe durch die leeren Straßen. Nico, mein Kollege, sagte, wenn wir in solchen regnerischen Nächten an dem Müllaster hingen: Jetzt gerade gehört das alles uns, wir genießen es mehr und zu einer besseren Jahreszeit als diese Trottel, die Unsummen zahlen, um in den schlimmsten zwei Augustwochen herzukommen. Ich würde im August nicht einmal geschenkt hier Urlaub machen; im Norden schon, in einer Gegend, wo es Wiesen gibt, einen sauberen Fluss und ein Dorf mit zwanzig oder dreißig Familien; wo man gutes Brot kaufen und mit dem Bauern abmachen kann, dass man frisch gemolkene Milch bekommt, obwohl, heutzutage hat man nicht einmal in solchen verlassenen Dörfern Ruhe (im Sommer schwirren alle Landflüchtigen aus Madrid, Bilbao oder Barcelona zurück, sind laut, zücken in der Bar die Brieftasche und lassen sie weit offen stehen, damit man die Fünfziger-Scheine sieht, und die Touristen kommen in Legionen, weil sie wie du die Ruhe suchen, und so vermiesen sie es sich gegenseitig), und frisch gemolkene Milch kannst du auch nicht kaufen, weil es verboten ist, die Bauern riskieren gewaltige Strafen; das heißt also, du bist da und die Kuh steht daneben, gekauft wird aber die fettarme Milch von Puleva oder Pascual im Karton, angereichert mit Kalzium oder Isoflavonen oder allen nur denkbaren Vitaminen. Du siehst die Kühe auf den Wiesen grasen, musst aber dieselbe Milch kaufen wie zu Hause. Da willst du doch am liebsten davonlaufen, den Berg hoch, dich zwischen die Beine des Tiers legen und dir eine Zitze in den Mund stecken. Was für ein Genuss. Aber wer weiß, wessen man dich anklagen könnte, wenn man dich dabei erwischt, die Zitzen einer Kuh zu walken, bestimmt gibt es eine Anzeige: Missbrauch von Tieren, sexuelle Handlungen ohne beidseitigem Einverständnis, Angrapschen geistig Minderbemittelter, wer weiß das schon. Aber was für ein Genuss, du drückst, und der Milchstrahl trifft deinen Gaumen. Weißt du, mir hat das Spaß gemacht, die Milch meiner Frau aufzusaugen, hast du das nie gemacht? Die ist süßer als Kuh-

milch. Ich glaube, wir alle haben etwas von der Milch getrunken, die unseren Kindern zugedacht war. Wir Menschen haben einen Hang, einander zu fressen und zu trinken. Hast du mal das Bild von Saturn, der seinen Sohn frisst, gesehen? Würde man die Kleinen nicht auch gerne verspachteln, wenn sie so zarte, rosige Ferkel sind? Still, du Schwein, sagte ich. Und er schrie: Wir sind die Könige des Viertels. Und ich dachte: Hinter den Müllcontainern, den Laternen und den Pflanzen, die über Gitter und Zäune klettern, all dem, was unser Reich ausmacht, wachsen die Araukarien, Palmen, Glyzinien, die Hibiskusbüsche, liegen die offenen und bedeckten Swimmingpools, die Jacuzzis mit ihrem sprudelnden Strahl, die superflachen Plasmafernseher sowie die Häuser und Gärten, zu denen wir nicht einmal zur Müllabholung Zugang hatten. Also sagte ich: Das einzige Reich, in dem wir Könige sind, ist das Reich des Mülls, und nicht mal das stimmt wirklich. Eigentlich sind wir Sklaven des Mülls, die Königin ist Esther Koplowitz, die Besitzerin der Firma, sie fährt die Aufträge ein. Ich würde gerne beauftragt werden, einigen dieser Knilche die Gärten zu säubern, aber nein, obendrein sind sie geizig und heuern Ukrainer, Rumänen an, denen sie zehn oder zwölf Euro pro Tag zahlen, Leute, die, nachdem sie die Rosen beschnitten und die Palmen gekappt haben, als gerechten Ausgleich für das ihnen geraubte Geld, mit eiserner Faust zuschlagen, ein Würgeholz oder ein Messer zum Einsatz bringen, um den Schmuck aus dem Safe und die Elektrogeräte der letzten Generation abzuräumen. Ein Akt, den Beichtväter und Richter Restitution nennen. Die Reichen geben vor, sich zu schützen, dabei zieht die Gefahr sie an, gerne bewegen sie sich auf Messers Schneide oder auf der gefährlichen Seite, wie es in dem Lied von Lou Reed heißt, das Esteban, wie er sagt, mag, tu-turuturuturu. Bloß um ein paar Euro zu sparen, setzen sie sich den Dieb ins Haus; womöglich hat ihnen Gott oder die Natur oder wer auch immer diesen unkontrollierbaren Instinkt für die Zwangsaufteilung in die Gene gelegt, der ihren Geiz einschränkt. Die Reichen klauen gerne viel und finden es aufregend, dass man ihnen ein wenig stiehlt, ein Gefühl der Gefahr, das sie in ihrem Eifer bestätigt, alles unter Verschluss zu hal-

ten, das, was sie besitzen, mehr zu schätzen, das Gestohlene schnell zu ersetzen, es besser und sicherer zu verstecken und so die Beute zu vergrößern. Die Natur ist weise.

Das waren die Zeiten als Müllmann, später haben sie mich in derselben Firma zum Straßenkehrer gemacht, eine bessere Arbeit, sagte man mir, sauberer, feiner, Salontänze mit dem Besen: Damit haben sie uns hinters Licht geführt, als der Abteilungswechsel angekündigt wurde, von den nächtlichen Lasterfahrten zum täglichen Spaziergang mit dem Besen über der Schulter, man erklärte uns, das sei besser, ökologischer, nichts als die Kosten des tierischen Brennstoffs, ein Aufstieg, alles bestens, nur – und das sagten sie nicht, das bekamst du später mit –, es gab einen geringeren Stundenlohn, und von Überstunden war nicht mehr die Rede, und dabei sind die Überstunden der Schlüssel zu Berufen wie dem unsrigen. Du kannst von den knapp siebenhundert Euro Lohn nicht leben, aber klar, als Müllmann wurden dir öfter mal dreizehn oder vierzehn Stunden pro Woche extra berechnet, und das gab dann Geld, besonders im Sommer mit den Touristen, den Bars und den Imbissständen, oder bei den Volksfesten mit den Jahrmarktsbuden und den Flaschenpartys der jungen Leute auf offener Straße, bis der neue Bürgermeister kam, der, wie uns in der Firma gesagt wurde, nur nach einem Vorwand suchte, um die Abfallbeseitigung einem befreundeten Unternehmen zuzuschanzen, jeder Bürgermeister ist der Agent von jemandem, und wenn ein neuer kommt, will er die Seinen an die Futtertröge bringen (so wurde uns das erklärt, als ob irgendjemand daran glaubte, dass man den Schwestern Koplowitz, die durch ihr Unternehmen FCC agieren, hier in Olba, in Misent, im ganzen Gebiet und in halb Spanien, den Vertrag kündigen könnte), was uns auch erzählt wurde (es blieb uns nichts anderes übrig, als es zu glauben), war, dass der neue Bürgermeister gesagt habe, dass es geradezu skan-da-lös sei, dass da fast jeden Tag zwei bis drei Überstunden gutgeschrieben würden, also wurden radikal die Stunden beschnitten, sogar ein paar Leuten gekündigt, und uns machte man, ob wir wollten oder nicht, zu Straßenkehrern. So ist das gelaufen. Damit setzten sie dir den Lohn auf die

Hälfte oder weniger als die Hälfte herunter; und ich konnte mich noch nicht einmal beklagen, ich hatte Glück, weil ich meine Stellung behalten hatte, denn über ein Drittel der Belegschaft wurde gekündigt. Wir werden die Rechte und die langjährige Betriebszugehörigkeit der Verbliebenen respektieren, hieß es, auch die familiäre Situation, also habe ich, der ich drei Kinder habe, die Arbeitsstelle quasi als Geschenk der Firma behalten, aber klar, indem sie mich vom Müllmann zum Straßenkehrer beförderten, haben sie mir die Überstunden genommen: Die Arbeit war nicht unangenehm, ruhiger, nicht mehr dieses nervöse Rauf- und Runterspringen, das Laden und Entladen des Mülls, bei dem du nachts völlig geschafft endest; andererseits kommt jetzt alle naslang der Aufseher, um dich anzutreiben, und freitags und samstags wird nachts bei den kollektiven Besäufnissen so viel Müll produziert, du kannst es dir nicht vorstellen, die halbe Stadt ein Abort, eine Spelunke, was man da manchmal findet, unglaublich, junge Leute mit mittlerer Reife, Abitur, solche, die schon zur Universität gehen, sind derartige Rüpel und hinterlassen einen Schweinestall. Einmal hatten sie alle kleinen Palmen am Boulevard herausgerissen, dabei waren die erst eine Woche zuvor gepflanzt worden, und man hatte alles hübsch hergerichtet für den Präsidenten der Generalität, der das gärtnerische Werk einweihen sollte; ein andermal waren es die Rosen im Park, die man entwurzelt hatte, oder sie hatten die Bäumchen auf irgendeiner neuen Plaza abrasiert, nichts als die kahlen Stämme, das habe ich selbst gesehen: Du fährst heute vorbei, siehst eine gepflegte Anlage, richtig hübsch, und am nächsten Tag siehst du, dass die Bäumchen, die vor ein paar Monaten von den Gärtnern gepflanzt worden waren und sich nett entwickelt hatten, nur noch dreißig oder vierzig Pfähle sind, kein Ast, kein Blatt, nichts, kannst du mir mal sagen, was das für einen Spaß machen soll, Bäume zu rasieren, sollen sie sich doch mit sich selbst oder der Freundin verlustieren, und dann, was müssen die gerackert haben, da muss man schon sehr übel drauf sein. Man sieht ja, am Tag hängen diese Scheißkerle nur faul rum, und in der Nacht überkommt sie plötzlich die Lust zu arbeiten, sie müssen die ganze Nacht mit Axt, Säge, Kreissäge oder was auch immer geschuftet haben, um die Bäume so zuzurichten; jedes Wochenende der gleiche Saustall, Kotze, Pisse, kaputtes Glas, sogar Kackwürste, sie scheißen unter die Arkaden oder hinter die Büsche oder Hecken, auf den Rasen, und dann kommen die Mütter mit ihren Kleinen, und die spielen im Sandkasten und kommen mit Kot an den Händen zurück, und die Mütter protestieren bei der Stadtverwaltung, da sei so viel Schmutz, sogar menschliche Exkremente, klagen sie dem Beauftragten für die Grünanlagen vor, und der Schwarze Peter liegt bei uns, als wären das unsere Exkremente, die der Straßenkehrer. Diese verzogenen Bürschchen scheißen überallhin, können gar nicht anders, weil sie sich mit allem möglichen Dreck abfüllen und ihre Körper rebellieren und Dünnschiss produzieren, aber da ist auch Böswilligkeit dabei, sie wollen ärgern, Schaden anrichten, einfach aus Gemeinheit; es gab Augenblicke, da glaubte ich, als Müllmann sei man besser dran, man hat seine Route, seine feste Arbeit, soundso viele Container an dieser oder jener Strecke, und das gab einem Sicherheit, selbst wenn ab und zu eine böse Überraschung kam, dies dagegen war eine ständige Überraschung, und an Markttagen oder wenn die Stadtverwaltung irgendeinen Rummel, eine öffentliche Veranstaltung organisierte, dann war die Arbeit so etwas von beschissen, dann dachte ich, hundert Mal lieber Müllmann, aber, wenn ich ehrlich bin, gab es da auch Momente, wo ich das Gegenteil dachte: diese leuchtenden Morgen im Winter oder auch im Frühling, egal, da war man mit sich und seinem Besen allein und fühlte sich als Herr der Stadt, frische Morgen, sonnig, die Straßen leer, die Menschen in ihren Häusern oder bei der Arbeit, die Kinder in der Schule, höchstens die eine oder andere alte Frau mit ihrem Einkaufswägelchen, sie lächelt dir zu, wünscht dir einen guten Tag, nennt dich mein Sohn, da sagst du dir, dass du niemals sterben willst, und holst dein belegtes Brot und deine Bierdose raus, setzt dich auf eine Parkbank und isst und trinkst in der Wintersonne oder im frühlingshaften Schatten einer Pinie: Kaum zu glauben, dass du für diese Arbeit auch noch bezahlt wirst. Wenn es sich manchmal morgens ergab, dass ich vor der Schule kehrte, in die Iván, der Kleine, geht, und Pause war, da war es mir anfangs peinlich, wenn er nach mir rief und für einen Kuss zum Zaun kam (Befriedigung war auch dabei, klar), aber später wärmte es mir das Herz, wenn ich sah, wie alle Kinder mit Iván zum Zaun rannten, um mich zu begrüßen, geradezu ein kleines Fest veranstalteten, sie sprangen und riefen, lachten ganz natürlich, denn in diesem Alter sind sie noch nicht boshaft, außerdem mögen sie Verkleidungen und Uniformen. Sie sahen mich in der Uniform, und da sagten die Engelchen doch, sie wollten, wenn sie groß sind, auch Straßenkehrer werden und genauso angezogen sein, sie hatten noch nicht das Alter erreicht, wo man weiß, was diese Uniform bedeutet, Mama oder Papa wird für Klarheit gesorgt haben: Straßenkehrer, mein Liebling? Aber das ist doch das Schäbigste überhaupt, nein, mein Schatz, du wirst Ingenieur, Straßenplaner, das klingt so ähnlich, ist aber ganz was anderes, oder du wirst Architekt, Sänger, oder gar Fußballspieler wie Ronaldo oder Hollywoodstar wie Brad Pitt. Zu gegebener Zeit würde es dort dasselbe wie mit Aida, der Ältesten, oder Aitor, dem Mittleren, sein. Den Kindern ihrer Klassen haben die Eltern vorausschauend erklärt, was ein Straßenkehrer ist, und dass es Uniformen und Uniformen gibt; wenn dich die in Aitors und Aidas Alter auf der Straße in der Straßenkehrerkluft kommen sehen, dann würden meine Kinder am liebsten im Boden versinken, ich sag das so, es ist aber nicht wirklich wahr: das Mädchen ist, wenn es mich mal auf der Straße gesehen hat, angerannt gekommen, um mir einen Kuss zu geben, obwohl ich mir denken kann, dass es für sie nicht witzig ist, dass die Freundinnen, so albern wie sie jetzt mit vierzehn sind und alle wie Notarstöchter aussehen, auch wenn der Vater als Hilfsarbeiter den Zement mischt (die reichen Mädchen und die halbseidenen gehen auf die Privatschule), dass sie es also nicht witzig finden dürfte, dass die anderen erfahren, dass ihr Vater Straßenkehrer ist, auch wenn die ihren nicht mehr als beschissene Maurergehilfen sind oder Klempner, die den Tag damit verbringen, Dreck aus Röhren und Rohren zu holen; sie, Aida, ist zärtlicher, Aitor trockener, unsensibler, eben ein Junge, aber auch er kam mich begrüßen. Er löste sich von der Gruppe von Trotteln, die auf irgendeiner Bank saßen und etwas ausheckten, selten etwas Gutes, und kam mit hängendem Kopf, um mir einen Kuss zu geben. Und zu Hause sagte er oft: Ich weiß, wer die Palmen ausgerissen hat, Papa, oder wer in den drei Containern Feuer gelegt hat, aber ich kann es dir nicht sagen, das sind echte Arschlöcher, sie zünden Mülltonnen an und Briefkästen, sie scheißen in die Gegend und nehmen das alles, Scheißhaufen inklusive, mit dem Handy auf, und manchmal dachte ich, ob die üblen Typen auf der Parkbank nicht vielleicht zu seinen Freunden gehörten, die saßen da den ganzen Tag mit dem Joint im Kopf und diesem halben Lächeln auf den Lippen, gucken, als ob sie über dich lachten und über jeden, der da vorbeispaziert. Geschämt dafür, Straßenkehrer zu sein, habe ich mich nie. Es handelt sich schließlich um eine notwendige Arbeit, wie sähe denn hier alles aus, wenn nicht ständig Straßenkehrer unterwegs wären. Aber ich lüge, ich habe mich doch geschämt, und zwar als ich sah, wie sich die Arbeitslosen, angeheuert von der Stadtverwaltung, vor der Arbeit drückten, versteckt hinter einer Hecke oder am späten Vormittag in der Bar, Schnapskaffee hin, Schnapskaffee her, woraufhin die Leute sagten, als Straßenkehrer gehen auch nur die Faulsten, die aber lachen nur, als ob nichts wär, das tropft an ihnen ab; die machen am Ende mit dem ersten, der vorbeikommt, noch ihre Witze darüber, wie wenig sie arbeiten. Da habe ich mich geschämt, Straßenkehrer zu sein, das einzige Mal, oder die einzigen Male, denn das war keine seltene Erscheinung. Jetzt machen sie mich noch wütender: Sehe ich sie, steigt mir die Galle hoch, ich mit meiner beschissenen Arbeitslosigkeit, und diese aus dem Arbeitsprogramm saufen herum und machen sich über die anderen lustig. Nein, der Nachteil am Straßenfegerdasein, weshalb ich damit aufgehört habe, war nicht, dass ich mich genierte. Schuld daran war, dass sie uns Stunden gestrichen haben: Wenn es einen Ball gibt oder ein Stadtfest, oder so ein Trinktreffen, dann arbeitet ihr eben schneller, und wenn ihr nicht rechtzeitig fertig werdet, dann ist das euer Problem, ihr werdet schon sehen. Sie gaben dir eine Ohrfeige, und dann musstest du auch noch die Klagen der Leute ertragen, die dir sagten, es sei alles so schmutzig. Aber auch das war nicht so schlimm, schlimm war, dass man mit siebenhundert Euro zurechtkommen sollte. Aber geschämt habe ich mich nicht. Mein Vater: Mann, ich kann mir nicht vorstellen, dass du dich damit abfindest, dass das dein ganzes Leben so gehen soll. Das ist kein Beruf für einen Mann von vierzig Jahren, sagte er. Und ich: Papa, wir leben nicht mehr in deinen Zeiten. Meine Mutter: Lass doch den Jungen. Bis ich es satthatte, wie er mir, aufgeblasen wie ein Truthahn und mit diesen spöttisch glänzenden Säuferäuglein, meinen Beruf vorwarf. Ich konnte nicht mehr an mich halten und fuhr ihn an: Und du? Was hast denn du für einen Beruf gehabt? Collidor, *Orangenpflücker. Man muss nicht gerade studieren, um ein paar Scheren zu handhaben, Gartenscheren, mit denen man Orangen abschneidet; auch nicht, um wie ein Maulesel Kisten zu schleppen und abhängig davon zu sein, ob es an dem Tag regnet oder nicht, denn wenn es regnet, gibt es kein Geld, essen muss man aber jeden Tag, na, und nach all dem Elend musst du als Alter mit dem Bandscheibenvorfall zurechtkommen, kannst nur gebeugt gehen. Und was ist dir als Rente geblieben? Das absolute Minimum. Noch weniger wäre nichts. Mein Vater und ich, wir hacken uns, also geht er zum Gegenangriff über: Schon gut, aber diese Scheren sind ein Werkzeug für Männer, und man arbeitet in einer Kolonne von Männern (das war vielleicht früher so, jetzt ist es überall voll mit Rumäninnen, die Orangen pflücken, höhnte ich, mehr Weiber als Kerle, sie schneiden schneller und schleppen mehr Kisten, und mir nichts, dir nichts sind sie der Chef der Kolonne, schreien die Männer an und lassen sie in Reih und Glied antreten: Ich habe es gesehen), und Orangen pflücken, die Bäume beschneiden, Gestrüpp und Unkraut abbrennen und Kisten zu tragen und sie in einen Laster zu stapeln, das sind alles Arbeiten, die Männer schon immer gemacht haben, aber dieses Herumstreunen, sich an der Straßenecke auf den Besen stützen, was soll ich sagen: Einen Besen zu schwenken ist für mich einfach keine Männerarbeit, die alten Frauen, die habe ich immer gesehen, wenn sie den Gehsteig vor dem Haus fegten, ich weiß schon, so was hat dir schon immer mehr gefallen, als Balken zu schleppen, auf ein Gerüst zu steigen, Zementsäcke zu tragen, selbst das Lastwagenfahren hattest du schnell satt; mit dem Körper, den deine Mutter und ich dir gegeben haben, hättest du in den vergangenen Jahren, als beim Bau das große Geld gemacht wurde, soviel du wolltest verdienen können, als Stuckateur, als Fliesenleger, als Schrottsammler, und du hast auch gut verdient, als du den Laster fuhrst, aber dir hat immer was anderes besser gefallen, du hast viel Körper, aber wenig Schwung. Ich hab ihn zum Teufel geschickt. Willst du mich als Schwuchtel hinstellen? Ein Mann? Du, ein Mann? Du bist doch nie bis zum Monatsende gekommen und hast ständig herumgejammert, weil dir der Rücken vom vielen Bücken und den vielen Kisten wehtat, und dann bereitete Mutter dir ein Bad mit heißem Wasser und Salz, rieb dich mit Kräutern ab, massierte dir mit Öl den Rücken, rief alle naslang den Arzt, weil du Halsweh hattest (die Armen sind eben so lange in den feuchten Obstplantagen, der Frost heute früh, der setzt eben zu, jeden Tag ein eben: das hat eben deinem armen Vater ...), sie begleitete dich in die Notaufnahme wegen einer Muskelzerrung, du hattest nicht einmal die Eier, allein zum Arzt zu gehen, sobald du einen Krankenhausflur, die Betten siehst, nimmst du Reißaus. Wenn ich etwas feige bin, dann habe ich das von dir. Du, ein Mann. Nichts von wegen Mann. Ihr seid euer Leben lang Lumpen gewesen, man hat euch wie Lumpen behandelt und wie Lumpen bezahlt, tut es immer noch. Du hattest ja nicht einmal eine Arbeit, konntest nie sagen, ich habe eine Arbeit, du hast sie an dem Tag gehabt, an dem man dich verpflichtet hat, und hattest sie an dem Tag nicht mehr, an dem du nicht geheuert wurdest, das heißt, so richtig eine Arbeit gehabt, hast du nie, ein zahmer Ochse, der mit gesenktem Kopf dem Erstbesten folgt, der ihm zwei Taler in der Arena bot, und an dem Tag schwenktest du fröhlich den Schwanz, setz noch einen Topf auf, stell noch einen Wein her, und wenn die Taler ausblieben, war schlechte Laune angesagt, ein Geknurre daheim, weil sie dich zu keiner Kolonne eingeteilt hatten, weil es regnete oder weil das Arschloch vom Dienst (für dich waren alle Arschlöcher) einen billigeren und – selbstverständlich – ungeschickteren als dich genommen hatte, oder weil keine Orangen mehr zum Pflücken da waren, und dann musste sie dafür büßen, bei ihr wurdest du laut und gewalttätig, nicht bei den Arschlöchern. Dein ganzes beschissenes Leben lang bist du ein Arbeitsloser, ein Arbeitssucher gewesen: jeden Abend in die Bar, auf die Plaza, um sich wie eine Nutte zu zeigen, dem zuzulächeln, der die Kolonne zusammenstellt, ihn in ein Gespräch verwickeln, mal sehen, ob du irgendeinem schmierigen Kerl besser gefällst als der Nebenmann und du eingeteilt wirst, ein kleines Affentheater aufführen, damit er dich als Ersten anguckt. Wie ein Verzweifelter Witze erzählen. Ihm sagen, er habe einen Anis bei dir gut, ausgerechnet demjenigen eine Zigarette anbieten, der das Geld hatte, sich eine Million Anisliköre und eine Million Zigaretten zu leisten. Und Männer sollen das sein, diese Meute von Unnützen, mit denen du dich jetzt in der Bar triffst, alle verbittert, alle mit Renten, die nicht bis zum Monatsende reichen, zieht ihr über den her, der ein wenig den Kopf rausstreckt, und schachert mit dem Kellner, achtet dabei genau darauf, wer eine Runde schmeißt und wer nicht, wer einen Wein für einen Euro und wer einen Cognac für 1,25 getrunken hat. All diese traurigen Gestalten sollen Männer sein? Ihr, die ihr den ganzen Tag damit zubringt, auf das zu achten, was die anderen mit ihrem Leben anfangen, in der Hoffnung, bei dem Gerede über das Leben der anderen zu vergessen, was ihr selbst mit eurem Leben angefangen habt. Du kannst mir schließlich nicht erzählen, dass du dich darum gekümmert hättest, mich für diesen Krieg zu wappnen. Weder mich noch meine Schwester. Nein. Wichtiger als das, was ich tat oder unterließ, war dir das Kartenspielchen, das Essen mit den Freunden am Samstagvormittag, der Anislikör jeden Abend nach der Arbeit. Leck mich doch am Arsch. Ich ernähre meine Kinder und schicke sie zur Schule und werde ihnen die Ausbildung bezahlen, solange ich kann. Du hast mich gleich irgendwohin zum Arbeiten geschickt. Du wolltest das Geld deines vierzehnjährigen Sohnes. Schäm dich. Meine Mutter hatte sich auf mich geworfen, legte mir die Hände vor den Mund, damit ich nicht weiterredete. Ich stieß sie weg: Misch dich nicht ein, das geht dich nichts an. Sie hatte zu weinen begonnen. Sie regelt alles mit Tränen. Dabei wollte ich nur ein wenig mehr verdienen, um weiter so leben zu können, wie ich bis dahin gelebt hatte. Und genau da hatte ich das Glück, in die Schreinerei zu kommen. Das glaubte ich zumindest, dass es ein Glück war, dass ich, endlich, eine ruhige und dauerhafte Arbeit haben würde.*

Als ich sie in das Büro bestelle, wissen die anderen vier schon, worüber ich mit ihnen reden will, Álvaro hat es ihnen bereits erzählt, obwohl ich ihn gebeten hatte, es nicht zu tun. Ich wäre gern der Erste, der es ihnen sagt, sie sollen es von mir erfahren, sie sollen nicht meinen, dass ich mich vor ihnen verstecke. Aber in solchen Momenten sind die Pakte gebrochen, nichts verbindet uns, nichts gilt. Jorge ist selbstsicher, kennt seine Fähigkeiten als Schreiner. Ahmed und Julio erwarten nicht viel. Arbeiter, die von der Hand in den Mund leben. Bei Joaquín ahne ich einen inneren Tumult. Aber wie er so vor mir sitzt, die Augen trügerisch weich, gibt er sich ergeben. Du verlangst doch nicht etwa Mitleid von mir, sagt Álvaros Blick; ausgerechnet er, der sich als alt bezeichnet hat, um mir ein schlechtes Gewissen zu machen, verweigert mir sein Mitgefühl: Du willst doch nicht etwa, dass ich dir auch noch helfe, hatte er sich beklagt, als ich ihn darum bat, die Sache ein paar Tage geheim zu halten, und jetzt am Morgen, wo wir zusammen im verglasten Büro sitzen, stülpt er wieder die Lippen vor und schnalzt Speichel mit der Zunge. Wieder so, als wolle er spucken. Mich anspucken. Sicherlich hat er, als er die anderen vorwarnte, das getan, was er in der Logik des Arbeitslebens hatte tun müssen: zu seinen Kollegen stehen, Solidarität der Arbeiterklasse; aber mit ihm habe ich schließlich vierzig Jahre verbracht, Hunderte von Male morgens im Gras des Marjals gesessen und gefrühstückt; mit ihm – wieder spielt das Endlosband in meinem Kopf ab – habe ich samstags heimlich gefischt und gejagt; nur die letzten Monate bin ich mit Ahmed gegangen, weil Álvaro Verpflichtungen als Vater und Großvater vorschob, Einladungen, das erzählte er mir – nichts als Ausreden, Lügen, seine Kinder kommen kaum noch zu ihnen, wie mir seine Frau mal kummervoll sagte –, und all diese Tage, die wir gemeinsam verbracht haben, sind plötzlich weggewischt, nur die Erinnerung daran ist noch da und plagt mich. Er sagte: Das kannst du mir doch jetzt nicht antun, wo mir nur noch knapp vier Jahre bis zur Rente fehlen. Weißt du eigentlich, was du bist? Der Kerl scheint davon überzeugt zu sein, dass ich alles verloren habe, nur um ihn zu ärgern, um ihm das *anzutun*, was ich ihm angetan habe. Er hatte sich ausgerechnet, dass ich vor fünf Jahren, also mit fünfundsechzig in Rente ginge, die Werkstatt aber unter seiner Leitung weiter betriebe, er als Inhaber, der dem Gehilfen Anweisungen gibt, damit dieser die anstrengenden Arbeiten verrichtet. Er ging wohl davon aus, dass ich ihm diesen Gehilfen einstellen würde und selbst Tag für Tag herunterkäme und, als sei nichts geschehen, weiter arbeitete, die Beziehungen zu den Kunden pflegte und die Bücher führte, denn wenn du Álvaro die Säge, die Drehbank, die Poliermaschine, Bohrer und Raspel und Lack wegnimmst, dann weiß er nicht, was zu tun ist, er hat Hände, aber keinen Kopf. So hat er sich ausgerechnet, dass sich nichts ändern würde, alles so gut wie beim Alten bliebe, mit dem einzigen Unterschied, dass ich jeden Fünfundzwanzigsten des Monats meine Pension von der Sparkasse holen würde und er eine beträchtliche Gehaltserhöhung für die gestiegene Verantwortung bekäme. Die Schließung der Werkstatt, die Entlassungen, die präventive Beschlagnahmung vor der Insolvenzerklärung, das war alles nicht vorgesehen und das verzeiht er mir nicht – keiner von ihnen verzeiht es –, als sei es von mir nur eine Laune, sie mit der Schließung auf die Straße zu setzen. Sie hassen mich, weil ich ihnen den Milchkrug, den sie auf dem Kopf trugen, runtergestoßen habe: die Kanne in Scherben und die Milch ausgelaufen, weiß breitet sie sich zwischen den Pflastersteinen aus; aber ich bin nicht schuld an ihren Träumen, habe denen keinen Vorschub geleistet. Wie Francisco und ich früher gesagt hätten: Ich habe Geld gegen Arbeitskraft getauscht. Jede Seite hat ihr Teil gegeben, die Vereinbarung erfüllt. Die Träume waren nicht Teil des Vertrags, für die ist jeder selbst verantwortlich; dabei ist mir jede einzelne ihrer Enttäuschungen, jeder Bruch, jeder

Engpass, durch den sie gehen müssen, keineswegs gleichgültig; sie schmerzen mich sehr, über das Ökonomische hinaus, auch wenn sie mir das nicht glauben, es nicht verstehen, nicht verstehen müssen. Sie haben keine Arbeit mehr, ihre Berechnungen waren falsch, ich kann es mir vorstellen: Die Raten für Álvaros Wohnwagen, mit dem sie zum gegebenen Zeitpunkt mit beiden Renten, der seinigen und der seiner Frau, ein glückliches Nomadenleben beginnen wollten. An eben dem Tag, an dem er in Rente ging, hätte man seinetwegen die Schreinerei sofort dichtmachen können, oder etwa nicht? Die anderen waren unwichtig. Aber was hätten wir dann mit dem Kredit für den Peugeot 307 break von Joaquín gemacht und mit der Kommunion seiner Tochter oder seines Sohnes, weiß nicht mehr genau, wessen Beichte bevorsteht, aber er hat mir schon vor Monaten erzählt, dass er das Restaurant fürs Frühjahr bestellt hat, das Las Velas, eines der beliebtesten – und teuersten – Lokale der Gegend, wie er mir erzählte: Man muss ein Jahr im Voraus reservieren, sonst kriegst du keinen Termin. Ich kann meinem Sohn das Beste bieten, das, was ich als Kind nicht gehabt habe, sehen Sie, meine Frau arbeitet in der Keksfabrik (oder hat Joaquín im Orangengroßhandel gesagt?) und verdient ein ansehnliches Sümmchen hinzu. Nichts zum Prassen, aber diese Feier können wir uns leisten. Und was wäre mit Ahmed gewesen und seinem Wunsch, den Vater aus Marokko rüberzuholen, wo er verwitwet und allein lebt, weil die anderen Geschwister nach Belgien und Frankreich ausgewandert sind? Und aus seinem Plan, eine Wohnung mit vier Schlafzimmern zu kaufen, eins für das Ehepaar, eines für den Witwer und eins für jedes Kind, denn wir haben einen Jungen und ein Mädchen, und es ist nicht gut, wenn sich die Geschlechter ein Zimmer teilen, wie klein sie auch immer sein mögen – es ist unmoralisch, Señor Shteban, und auf Dauer gefährlich. Für einen Muslim kommt das nicht in Frage, erklärte er mir, als wir mal wieder fischen gingen, wahrscheinlich wartete er darauf, dass ich mitfühlend sagte, ich gebe dir ein Darlehen, das du mir nach und nach, wie du eben kannst, zurückzahlst – diese Marokkaner glauben, dass hier das Geld vom Himmel fällt –, oder dass ich ihm zumindest für einen Kredit bürgte, mit dem er zum Kauf einer der bereits besichtigten Wohnungen hätte schreiten können. Oder einen Vorschuss auf sein Gehalt, so etwas legte er mir in den Augenblicken von Intimität nahe, die sich ergeben, wenn man allein zu zweit einen Morgen auf dem Land verbringt. Und was wäre mit den Samstagabendessen bei Julio (oder denen am Freitag im Fall und im Haus von Ahmed) und mit Jorges Mitgliedschaft bei dem Fanclub vom Valencia; oder der Taufe von Álvaros Enkeln; und Ahmed: Das Mulud, die Beschneidung, die nächtlichen Festessen während des Ramadan, die Harira, die mit frischem Koriander gewürzte Fastensuppe, man bekommt ihn in den Halal-Geschäften, aber neulich habe ich Koriander auch im Mas y Mas gesehen, die passen sich an, Geld ist Geld, und die Marktnische für Koriander im Wachsen begriffen, schließlich benutzen es auch die Latinos, wie ich von Liliana weiß – Datteln, Bittermandelgebäck, die Feste, die er organisiert, wenn sie ein Lamm schlachten und auf der Feuerstelle im Patio braten, und zu denen er seine maurischen Freunde aus Misent einlädt, Feste, von denen er immer erzählte. Einmal bin ich auch hingegangen, da gab es Lamm, Salate, Honigpfannkuchen, Mandelkuchen, dazu Coca-Cola und Tee nach Herzenslust. Wollte er mit solchen Einladungen den Boden für den Vorschuss vorbereiten? Ich werde es auf dieser Welt nicht mehr erfahren, und es ist mir auch egal. Zu spät, festzustellen, wer einen geschätzt hat, wer sich aus Eigennutz bewegte, wer nur aus Kalkül freundlich und aufmerksam war, wie etwa in unserer Familie einst die Frau meines Bruders Germán, dieses scheinheilige Geschöpf, das sogar meine Mutter getäuscht hatte, die zunächst auf sie eifersüchtig war, weil sie ihr den ältesten Sohn raubte, den hübschesten der Familie. Álvaro, Joaquín, Julio, Jorge, Ahmed. Jorge, der mit dem rosigen Gesicht und den im Fett versunkenen Äuglein: Bei ihm sind es die Essen mit Freunden, die Festessen mit den Verwandten, Geburtstagsfeiern, Jahreskarte beim Fußball, Busfahrten ins Mestalla-Stadion mit dem Misenter Fanclub, den Vereinsschal um den Hals und aus voller Kehle die Hymne, *amunt, amunt, Valencia*, freitagabends oder samstagnachmittags Besuche im Einkaufszentrum von La Marina. H&M Zara Massimo Dutti Adolfo Domínguez, Movistar und Vodafone, und danach mit der Familie in die Pizzeria oder ins Kino, der neue Avatar in 3D, oder Millennium, zweiter Teil, man muss das ganze Wochenende über nicht das Einkaufszentrum verlassen, es sei denn, um zum Fußballplatz zu fahren; und wenn es keine Pizza ist, dann sind es Hamburger mit den Kindern im Hollywood, gleich am Eingang des Zentrums, Spielen im aufblasbaren mittelalterlichen Schloss, die Pferdchen, die Stiere aus Plastik, die so unzüchtig wackeln und auf denen die Kleinen ihre ersten Ritte absolvieren; die Schaukeln und die aufblasbaren Sprungmatten. Bei Julio, Jorge und Ahmed ist es nicht das Gleiche wie bei Álvaro, mit dem ich das ganze Leben zusammen gearbeitet habe, oder Joaquín, den ich gerne fest angestellt hätte, was sich dann aber erübrigte. Ein geborener Arbeiter. Er war hocherfreut, statt Straßen zu kehren nun den Lieferwagen zu fahren und gemeinsam mit dem Mohren (auch ein guter Kerl, ich weiß) die Möbel abzuladen und aufzubauen. Er gehört zu denen, die den Führerschein im Mund führen: Ich habe den Sonderführerschein Klasse C, ich kann jedwedes Fahrzeug fahren – er zeigt ihn dir, den rosa Ausweis mit den aufgedruckten Bildchen, Laster, Pkw, Motorrad –, und ich habe Kraft im Überfluss, um alles Mögliche zu tragen. Bei dem Wort Kraft hebt er den Arm und knickt ihn ab in der Pose der starken Männer im Zirkus. Wenn sie mit der Arbeit fertig sind, beglückwünschen sie sich gegenseitig und klatschen sich ab, Handfläche gegen Handfläche, und trinken ein Bier in der Bar. Er ist kein großes Licht, hat aber die Kraft eines Stiers und gibt sich viel Mühe. Ihn hätte ich behalten, und am Ende vielleicht auch den Mohren. Die anderen beiden hatten weniger Aussichten (Julio ist ein Niemand; Jorge ist eingebildet, er glaubt mehr zu wissen, als er weiß). Der Mohr glaubte allerdings, mein Augapfel zu sein, wegen des samstäglichen Angelns, den abenteuerlichen Fahrten mit dem Geländewagen durch den Sumpf, und dann die Picknicks: nah dem Weiher ein Tischtuch auf dem Boden ausbreiten, die Thunfischdosen öffnen, einen Salat machen. Wir brieten uns kleine Lammkoteletts an einem Olivenspießchen, das ich im Wagen hatte. Ich werde die Koteletts kaufen, Señor Shteban, der marokkanische Metzger schlachtet das Lamm so, wie es sich gehört, das beste Lamm im Bezirk, bot er am Tag zuvor an, hoffte wohl, dass ich ihm zwanzig Euro in die Hand drücke, das Restgeld kannst du behalten, komm schon, von seiner Seite ein scheinbares Entgegenkommen, in Wirklichkeit aber ekelte er sich vor dem Fleisch, das nicht aus ihren Schlachthöfen kam, diese blöden Marokkis, haben so viel hungern müssen, und jetzt werden sie empfindlich: Wenn es nicht halal ist, kann ich es nicht essen. Tiere, die mit dem Blick nach Mekka geköpft werden, geschächtet und ausgeblutet. Die geben sich nicht mit Kleinigkeiten ab, nichts von wegen dem Huhn oder dem Kaninchen einen Schlag auf den Kopf oder dem Lamm einen Keulenhieb geben, und natürlich keinerlei Euthanasie mit Elektroschock, nicht einmal erdrosseln ist erlaubt: Ihr Ding ist das Köpfen, und während sie die Kehle durchschneiden, beten sie zu Gott. Auch den islamischen Terroristen ist Köpfen das Allerliebste. Die Maschinenpistolen, die Sprengkörper benutzen sie als Surrogat, der Effektivität wegen, es geht aber nichts über einen sauberen Schnitt in die Kehle und Blut, das sich auf dem Boden ausbreitet. Semitische Genetik: Jahwe verlangt von Abraham, dass er seinen Sohn Isaak köpft, der tauscht dann den Sohn gegen ein Lamm aus, das, armes Tierchen, passenderweise gerade vorbeikommt. Es geht darum, Hälse abzuschneiden, das Blut soll strömen und die Erde nässen. Über dem Bett feuchten Grases knacken die trockenen Zweige im Feuer, in der Hitze schmurgelt das Fett des Lamms, das ein beschnittener Schlachter mit Blick nach Mekka hat ausbluten lassen. Der Geruch von verbranntem Talg und Holz mischt sich mit dem süßlichen Atem des Sumpfs. Mit mir trank Ahmed durchaus (der Wein und das Bier der Nasara ist ihm nicht so widerwärtig wie das falsch geschlachtete Fleisch), wir hatten immer ein paar Büchsen Bier in der Kühlbox.

Álvaro hätte derjenige sein müssen, der am besten verstand, was geschehen war. Er war Teil der Firma, wie ich selbst es bin (er, der für meinen Vater wie ein Sohn war, ein Sohn, den er von seinem besten Freund geerbt hatte) oder gewesen bin, er kann nicht darüber klagen, dass ein Glied stirbt, wenn der Körper tot ist. Für ihn hat die Firma am selben Tag wie für mich aufgehört zu existieren, er hat sie keinen Tag weniger gehabt, ich habe da kein Privileg beansprucht. Derselbe Tag für den Sohn des Schreiners und für ihn, der wie ein Sohn war, dieselbe Stunde. Ich bin nicht über Bord gesprungen und losgeschwommen, um eine Minute vor ihm den Strand zu erreichen. An Deck bis zum letzten Augenblick, ich gehe mit ihnen unter. Wenn die Firma abstürzt, stürzt auch du. Ich stürze ab, und Álvaro stürzt ab. Wir stürzen alle. So ist es nun mal. Die anderen, die frisch Eingestellten – von Joaquín mal abgesehen, der ist eine Nummer für sich, aber auch ein komischer Heiliger, rätselhaft, man weiß nicht, was hinter seinem ewigen Lächeln steckt –, das waren die Vögel, die dem kleinen Elefanten die Flöhe wegpickten, trotz der Ängste, die bei Álvaro aufkamen, als er Jorges Fähigkeiten entdeckte. Die Firma, das waren mein Vater, Álvaro und ich. Oder etwa nicht? Wir beuten niemanden aus, wir arbeiten, wir erledigen unsere Arbeit – war es nicht so, mein Freund? Unwichtig, dass Álvaros Kinder erwachsen sind, er schon einige Enkel hat und eine abbezahlte Wohnung. Den Wohnwagen zu verlieren ist ja nun nicht ganz so schlimm. Sie sollen weiter das Auto benutzen, das sie die ganze Zeit gefahren haben. Einen Renault Laguna, der sieben oder acht Jahre alt sein dürfte und den er anscheinend deshalb gekauft hat, weil in den Zeitschriften stand, das sei das sicherste Auto, Sicherheit, das ist sein Ding. Sieht gar nicht schlecht aus. Ein höchst anständiges Fahrzeug. Wenn er es gepflegt hat – und ich weiß, dass er sich mehr darum kümmert als um seine Frau, er sieht es durch, betrachtet es, säubert es, fummelt an ihm rum –, dann kann es noch gut zehn Jahre halten. Und seine Frau hat, glaube ich, auch ein Auto, muss eins haben, um zur Arbeit zu fahren. Und ihm stehen noch zwei Jahre Arbeitslosengeld zu. Da ist doch Hoffnung. Zwei Jahre. Viele würden jeden Pakt unterschreiben, um sich diese Zeit auf Erden zu sichern. Außerdem hat die Frau viele Jahre lang im Mercadona gearbeitet, und das ist in den heutigen Zeiten die sicherste Arbeitsadresse, und auch wenn sie seit einigen Monaten nicht mehr arbeitet wegen einer Depression oder weil sie wegen einer Kardiopathie deprimiert ist, eine dieser sonderbaren Krankheiten, die man neuerdings diagnostiziert, ihre Invalidenrente kassiert sie doch. Ich weiß schon, es geht um etwas anderes, natürlich weiß ich das, aber wenn sie beide ohne Arbeit dastehen, so gilt das ebenso für mich, und zwar unter schlechteren Bedingungen, da weder die Werkstatt noch die Maschinen, nicht ein einziges Brett im plombierten Lager mir gehört. Diese Einfaltspinsel wissen nicht, dass auch das Bett, in dem ich schlafe, und der Duschkopf, mit dem ich meinen Vater abspüle, nicht mehr mir gehören. Die Konten gesperrt. Die Gläubiger riefen Tag und Nacht an, bis ich beschloss, das Kabel des Festnetztelefons herauszureißen und das Handy in den Sumpf zu werfen – es lohnt sich nicht, den Kreuzweg zur Arbeitslosigkeitsbescheinigung zu beschreiten, so bin ich Teil der langen Liste jener, die den Marjal verschmutzen und zerstören. Einer mehr. Die Straftäter nutzen die schlammigen Wasserlöcher, um die registrierten Waffen zu entsorgen. Neulich hat die Polizei nach Hinweisen eines Denunzianten eine der Lagunen ausgebaggert und ein ganzes Arsenal ans Licht gebracht, ich hab in der Zeitung davon gelesen, Dutzende von Waffen mit abgeschnittenen Läufen, mit abgeschliffenen Seriennummern, mit Laufseelen, deren Züge höchstwahrscheinlich denen auf Kugeln entsprechen, entnommen den auf Müllhalden, Leergrundstücken oder in Kofferräumen abgelegten Leichen, oder jenen, die auf dem Bürgersteig oder in einer Bankfiliale nach einem Überfall herumliegen; die Taucher der Guardia Civil haben sogar das eine oder andere Auto im Wasser gefunden, alles nichts Neues, Bernal hat schließlich schon lange Jahre zuvor die Lagune mit Teerpappe abgefüllt. Aber zurück zum Thema, das erstickte Telefon, die Werkstatt außer Betrieb, das gesperrte Bankkonto, der Toyota, der nur darauf wartet, binnen zwei Wochen von der Stadtbehörde stillgelegt zu werden, das ist die Zeit, die sie mir bei Gericht eingeräumt haben, um der Richterin die Papiere zu übergeben (sie werden nicht rechtzeitig hier sein, ich werde der Amtsinhaberin des Gerichts Nr. 2 in Misent nicht den Gefallen tun, ich schlage ihr ein Schnippchen); über dem Haus schwebt eine Räumungsklage, die in einem Monat vollzogen wird: Man wird die Möbel heraustragen, ein Problem mehr für die überfüllten Lager des Gerichts in dieser Zeit der Räumungsklagen. Seit Beginn der Krise wissen sie nicht wohin mit den gepfändeten Elektrogeräten, den Möbeln, Maschinen und Werkzeugen, den alten Autos, die nun keinem nützen, aber beschlagnahmt wurden, um dem richterlichen Befehl zu genügen, und mit keinem anderen Zweck als dem, die Besitzer zu strafen, weil sie ihren Verpflichtungen bei den Banken nicht nachgekommen sind. Die Behörde sieht sich nicht in der Lage, all diese Fahrzeuge einzulagern, also bleiben sie auf der Straße stehen, verkommen, verstauben und verrosten, sind den Übergriffen der Schrotthändler ausgesetzt. Man will einfach den Besitzer ärgern. Alle naslang setzen sie irgendwelche Versteigerungen an, um sich all den Schrott vom Hals zu schaffen, aber nicht einmal das hilft, auch die Auktionsgeier wollen sich mit diesen Schnäppchen nicht belasten: Wohnungen, Matratzen, Computer, Autos mit nur fünf- oder sechstausend Kilometern. Wo Mangel zu walten schien, herrscht jetzt Überfluss. Dennoch werden die vom Gericht alles mitnehmen, um die Beschlagnahmung ordnungsgemäß durchzuführen, die meine Geschwister anfechten werden, sobald sie erfahren, dass das Gespenst meines Vaters bis zu seinem letzten Lebenstag Schecks, Bankkredite und Hypotheken unterschrieben hat. Ich würde gerne in dem Augenblick durchs Schlüsselloch gucken, wenn sie feststellen, dass nichts übrig geblieben ist; für die Hypotheken, die zum Baubeginn bei Pedrós nötig waren, habe ich nämlich unter Mitwisserschaft des Birnenmann-Vorgängers bei der Sparkasse die Unterschrift meines Vaters gefälscht, in dem Büro, in das ich, wie vorher abgemacht, den Alten geschleppt hatte, und zwar in einem Zustand, der seine Nichtgeschäftsfähigkeit unter Beweis stellte. Das hat mich ein ordentliches Schmiergeld und ein Festmahl mit rosa Riesengarnelen, Weißwein aus Frankreich und Rotwein vom Duero gekostet. Wir haben uns mit dem Tamagotchi in das Büro eingesperrt, und ich habe mehrmals seine Unterschrift nachgemacht, Unterschriften am Seitenrand von jedem Blatt der Verträge sowie auf den Kopien der Verträge, Unterschriften unter ich weiß nicht wie vielen Dokumenten und mehreren Schecks. Ich kann mir die Wut meiner Schwester Carmen gut vorstellen, obwohl sie alle, wenn sie ein wenig ihren Grips anstrengen und sich einen guten Anwalt an Land ziehen, dazu einen Sachverständigen, der die Falschheit der Unterschriften bescheinigt, und wenn sie vor allem nicht nervös werden und sich nicht einschüchtern lassen, den Prozess durchaus gewinnen können. Also sind sie alle in einer weit besseren Lage als ich, der sie nun doch verlassen wird, aber nicht, um vom gesunkenen Schiff zu irgendeiner Küste zu schwimmen, auch nicht um der Befriedigung willen, ihnen eine lange Nase zu drehen. Sie sind nur ein kleiner Teil der Theaterkompanie, von der ich mich verabschiede, weil das Stück, das mein Vater und ich aufführen, es so verlangt. Mit dem täglich Brot sollen die einen ihr Arbeitslosengeld verspachteln, die anderen ihre Wut und meine Geschwister ihre Besitztümer, falls es ihnen denn gelingt, sie den Fängen der Bank zu entreißen. Mir soll's recht sein. Meine Zukunft wäre eine Pension, von der sich der Teufel alles einstecken würde, was über sechshundert oder siebenhundert Euros ginge, um eine Schuld abzustottern, die auch in hundert Jahren nicht zu begleichen wäre, item, dazu käme eine mehr als wahrscheinliche Gefängnisstrafe wegen Dokumentenfälschung, Betrug, unrechtmäßiger Aneignung, was weiß ich, wie das Strafgesetzbuch meine Verfehlungen genau bezeichnet. Ich habe nicht darin nachgelesen, bevor ich all das unterschrieb, was ich unterschrieben habe. Und jetzt, mit siebzig, seh ich mich nicht als Knastbruder in Fontcalent mein Leben fristen; im Winter mag's ja noch angehen, wenn ein bisschen Sonne den Hof wärmt und du für die Nacht ein paar Decken hast; aber im Sommer muss es unerträglich sein, eine Pfanne, du brätst in deinem eigenen Fett. Álvaros Zukunft ist verbaut, aber nicht wegen meiner Machenschaften oder meines Scheiterns. Er hat sich das zur gleichen Zeit wie ich eingebrockt, die Zukunft ist verbaut, weil er seine Wünsche über vierzig Jahre lang an eine verschlafene Schreinerei ohne Zukunft gebunden hat. Kann ein aktiver Arbeiter ein fauler Sack sein? Álvaro ist der schlagende Beweis dafür. Sich abrackern aus purer Trägheit, aus Bequemlichkeit, aus Willensschwäche, weil man nicht die dreißig Meter gehen will, um eine andere Arbeitsstelle zu finden, die lehrreicher, aufregender ist, mehr Perspektiven bietet und sogar besser bezahlt ist. Solche Typen nannte man früher treue Arbeiter, vorbildliche Angestellte, und sie bekamen eine Medaille aus Messinggold, wenn sie in Rente gingen: fünfzig Jahre in derselben Firma, um den Hals das Band und die Medaille auf der Brust. Was für ein Verdienst. Ein fauler Kerl, der fünfzig Jahre lang den Arsch auf denselben Stuhl gesetzt hat oder die Ellbogen auf dieselbe Maschine. Heute wird Mobilität prämiert. Treue wird als Unlust verstanden, als Mangel an Unternehmungsgeist; honoriert wird, wenn du deinen sukzessiven Chefs untreu wirst und jede Untreue dich ökonomisch besserstellt und einen Aufstieg bedeutet. Auch Ahmed und Jorge haben zwei geruhsame Jahre vor sich, um ihr Leben wieder neu zu gestalten, bei Joaquín weiß ich nicht, in welcher Lage er sich befindet, ob ihm noch Reste von der Arbeitslosenzeit aus früheren Beschäftigungen bleiben, aber dann ist da ja noch die Familienhilfe von gut vierhundert Euro für Langzeitarbeitslose und die Beschäftigungsmaßnahmen der Stadtverwaltung, Reinigungsdienste, Gärtnerei – davon versteht er etwas – und Maurerarbeiten. Julio wir diese Ausflucht nicht haben, aber das ist seine eigene Schuld, er war es, der schwarz arbeiten wollte, weil es für ihn günstiger war, noch das Arbeitslosengeld und dann die Familienhilfe oder die Stütze für Langzeitarbeitslose zusätzlich zum Lohn zu bekommen, um bequemer die Miete oder die Hypothek zu zahlen, was auch immer, ich weiß es wirklich nicht so genau, und inzwischen interessiert es mich auch nicht mehr. Auf jeden Fall bleibt ihm seine Jugend, er hat noch viel Zeit vor sich. Da würde ich gerne mit ihm tauschen. Blind. Seine Zukunft für die meine. Abgemacht. Ich höre, wie sie mir ihr Leben erzählen, mir ihre Hoffnungen aufbürden, als sei ich der Zauberer, der ihnen helfen könnte, sie zu verwirklichen, die Fee mit dem Zauberstab, die aus Kürbissen Karossen macht. Wissen Sie, Don Esteban, letzten Sonntag bin ich mit den beiden Kleinen in den Park gegangen, mein Mann war nachts gar nicht erst nach Hause gekommen, und im Park spielte die Musikkapelle unter dem blauen Himmel, und ich saß da, allein, während die Kinder auf den Schaukeln und der Rutsche spielten und in diesen Seillabyrinthen, die man auf Spielplätzen findet, und da dachte ich, ich hätte an einem Ort geboren werden müssen, wo man leben kann und an einem Sonntagmorgen der Musikkapelle zuhören und den Kindern beim Spielen zusehen, ohne dabei das Eigene verlassen zu müssen. Ich dachte, dass ich sogar ihn, Wilson, nicht brauchte, wer weiß, wo er zu dieser Stunde war, weil er Samstagnacht nicht nach Hause gekommen und bis Montag nicht aufgetaucht ist. Nur alleine diese Musik hören, mit den Kindern. Aber Liliana, nicht weinen, wenn du weinst, weiß ich nicht, was ich für dich tun kann, dann möchte ich dich am liebsten berühren, dich in meine Arme nehmen, als wärest du ein kleines Mädchen, komm, komm, lass mich diese Tränen trocknen, gib her, uff, ich weine manchmal auch, aber ich hab's nicht gern, wenn man mich dabei sieht. Wein nicht, mein Mädchen. Was ist passiert? Hat er alles in zwei Nächten ausgegeben? Wie letzten Monat? Ist wieder das Gleiche passiert? Oder befürchtest du es nur, weil er am Freitag seinen Lohn bekommen hat und du bis jetzt keinen Cent davon gesehen hast? Mach dir keine Sorgen, wir werden schon eine Lösung finden, wo Leben ist, ist auch Hoffnung. Komm schon, heb das Köpfchen, schau mich an. Wie viel bräuchtest du denn? Aber wisch dir doch die Tränen ab. Nein, keine Küsse (ich lüge, küss mich, auch wenn es nur auf die Wange wie bei für einen Vater ist). Wir müssen doch jeder für den anderen tun, was wir können. Ja, ja. Weißt du, leg doch mal, wenn du kommst, die Ohrringe und den Anhänger an, ich möchte sie gerne sehen, du siehst so schön damit aus, auch wenn du zum Arbeiten und nicht zum Feiern kommst. Liliana in meinen Armen, deine Lippen küssen mich genau am Kinn, ein paar tränenfeuchte Küsse, und der Kontakt mit deinem Körper, der sich schutzsuchend an den meinen schmiegt, während ich eine unendliche Zärtlichkeit verspüre, ein körperliches Mitgefühl, denn ich spüre, wie mein Blut zusammenströmt, es ist mir unangenehm, ich weiß nicht, wie ich mich bewegen soll, wie ich ihrem Körper ausweichen soll, fürchte ich doch, sie könnte diese unwillkürliche Bewegung des Fleischs bemerken, die das beschmutzen würde, was wahrhaftes Mitfühlen ist, du bist mein kleines Mädchen, Liliana, ich will dich beschützen, ich kann dich nicht leiden sehen, das tut mir weh, sage ich, aber Leib und Seele scheinen nicht aufeinander abgestimmt zu sein, oder ist dieses Mitfühlen etwa nur eine abartige Form des Begehrens? Die Umarmung, die Fülle jener Tage, ist heute ein Hohlraum, Leere, eine Empfindung, wie sie so ähnlich eine Frau nach der Entbindung haben muss, im Inneren geleert, ein Hohlkörper, eine Glasglocke. Das Gefühl der Leere, Liliana, die Schreinerei, und dann du, diese Stille, aber auch ein Gefühl der Ruhe, endlich in Frieden gelassen zu werden: Jetzt hämmern mir nicht mehr die Rechnungen, die Fristen, die Wechsel, Zeichnungen, Zahlen im Kopf, nichts davon, ich leide nicht mehr, nicht einmal die Rührung beim Blick auf ihre tränennassen Augen, bei der Berührung ihres Körpers, dieses Zurücksinken ins Reich des Schattens, wenn sie bei halb geöffneter Tür zum Abschied winkte, nicht einmal du bist mir geblieben; ich hab mich schnell umgedreht und bin in die erstbeste Straße eingebogen, als ich sie neulich mit ihrem Mann in der Stadt sah, seine Pranke, die Pranke von diesem schwarzbraun gebrannten Fettkloß auf ihrer Schulter, und mein Geld zahlt die Zuneigung, die sie zu verbinden scheint: Sie liefen und lachten miteinander, und er küsste sie drei oder vier Mal, und sie lachte und küsste zurück. Nichts davon darf mich etwas angehen, Ruhe, Gewissheit ist gefragt. Die Gelassenheit, die einen Perversen nach dem Tag seiner Kastration erfüllt, aber es so zu bezeichnen hat andere, schmutzige Implikationen, wenn es sich doch in diesem Fall – wie auch damals – um ein väterliches Gefühl handelt: eine Firma, ein Handwerksbetrieb, die den Bach runtergeht, muss für einen Macho eine ähnliche Erfahrung sein wie eine Abtreibung für eine Frau. Ist es besser so, Leonor, wir beide vereint durch vergleichbare Erfahrungen? Du und ich vereint in einem rauschenden Wasser, das Teile unseres Inneren fortschwemmt. Schließlich und endlich ist Scheiße auch ein Teil unseres Inneren. Zuweilen befrachten wir die Dinge mit einer Bedeutung, die sie nur in unserem Kopf haben. Wie viel bräuchtest du denn, Liliana? Sag, Liliana, sind fünfhundert Euro genug? Nimm nur, ich gebe dir besser siebenhundert, damit du nicht in Schwierigkeiten kommst. Du wirst sie mir schon nach und nach zurückgeben. Mach dir keine Sorgen. Die Firma hat in meinem Inneren gelebt. Es war keine Absicht, Leonor, das hast du gewusst. Auch ich wollte fort von hier, aber bevor ich es mir versah, hatte ich keine Kraft mehr, dieses Haus zu verlassen, das mich aufnimmt, aber nicht das meine ist, es nie war, es ist das Haus meiner Eltern, auf das ich eine Wechselbürgschaft genommen habe, die anderen Wechselbürgschaften waren das Stück Obstland und das Grundstück in Montdor – für den aufgenommenen Kredit, eine Summe, die ich dem Geld vom Bankkonto hinzugefügt habe, um paritätischer Teilhaber bei Pedrós' letztem Bauprojekt zu werden. Ich hatte nie eine eigene Wohnung gehabt und war plötzlich Mitbesitzer von mehreren Dutzend. Hier habe ich nie Möbel kaufen und sie nach meinen eigenen Vorstellungen auf die Räume verteilen können, ich habe nie jemanden herbringen können, ich habe dich nicht nach Hause bringen können, Leonor, mich nicht mit dir in mein Zimmer einschließen und unser Zimmer sagen können, aus dem Bad kommen und nackt über den Flur gehen, du und ich, auf der Dachterrasse in der Sonne liegen oder vögeln, ohne befürchten zu müssen, dass man uns vom Nebenzimmer aus stöhnen oder ächzen hört oder auch nur das Quietschen der Sprungfedern mitbekommt, nicht einmal in Ruhe onanieren konnte ich, da war immer der wachsame Blick meiner Mutter: Esteban, ich möchte nicht, dass du dich in dein Zimmer einschließt, denk nur, es passiert dir was. Die strenge Stimme meines Vaters: In diesem Haus gibt es keine Diebe, kein Grund also, die Zimmer abzusperren. Aber nicht nur deshalb, weil die Schreinerei Teil des Hauses war, in dem ich gelebt habe, tut es mir weh, sondern auch, weil ich das Kreuz der Firma mehr als vierzig Jahre lang getragen habe, was habe ich denn schon anderes getan: doch nur Fischen und Jagen, ein paar Kartenspielchen am Abend, freitags und samstags ein paar Jahre lang Alkoholinfusionen, und in der Zeit, in der weder Haus noch Werkstatt dran waren, ein überstürzter Ausflug in Gegenden, die ich für gefährlich hielt – die Stones, Lou Reed, David Bowie, Crosby, Stills, Nash & Young, Creedence Clearwater Revival, Jimi Hendrix –, und der doch folgenlos blieb, dabei hätte er zur *éducation sentimentale* eines Helden unserer Zeit gehören müssen, wie es bei Francisco war, hörst du nicht all diese Musik? Sie ist doch da, ich höre sie doch, du musst sie hören, alles gleichzeitig in der Luft, und es macht mich verrückt. Die Liste könnte man ums Zehnfache verlängern, wahrscheinlich wegen Mangels an Urteilsfähigkeit oder eines gefestigten, ausgereiften Geschmacks, weil ich nicht die Fähigkeit hatte zu sagen, das hier ist genial, das da ist Scheiße, wie es Leonor machte, um dann dem einmal Gewählten entgegenzustürzen, egal was man dabei niederwalzt. Ich habe hier und dort gepickt, und alles erschien mir gut, nahrhaft, wahrscheinlich war ich unfähig, meinem Verhalten eine Linie zu geben: Mangel an Charakter, Trägheit. Wie soll ich es nennen? Die

Pause Mitte der Sechziger hat mich aus unserem Dorf hinausgetragen, und ich hatte nicht den Mut oder nicht die Intelligenz, diese Erfahrung zum Keim einer neuen Lebensform zu machen; wie Álvaro habe auch ich den Verzicht, das Sofa gewählt: Am Anfang habe ich dieses Sofa Leonor genannt – schön blöd von mir, sie war die Unruhe schlechthin, ein ständiges Wählen zwischen diesem und jenem –, doch Leonor entschied sich und ging fort, und ich blieb hier, und da war die große Einsamkeit der Werkstatt in Olba, nicht einmal in die Bar ging ich (da tauchen wieder die Symptome der Infektion auf, die mir von meinem Vater überkommen ist), ich traf niemanden, ging wochenlang nicht aus dem Haus; ja, ich war ein Nachkomme meines Vaters, so wie er sich nach der Rückkehr von seinem Krieg gab, so ich nach dem meinen. Bei ihm war es das Eis von Teruel, bei mir waren es die verregneten Boulevards, das orangefarbene Licht und die Kälte von Paris. Zwei Geschlagene. Sobald ich die Werkstatt von innen absperrte, stieg ich die Treppe zur Wohnung hoch und ging in mein Schlafzimmer, landete an einem Ort, der ein Nichtort war, am Anfang empfand ich darin Klaustrophobie, während ich wieder und wieder die Dutzende von mitgebrachten Schallplatten hörte, dazu jene, die Francisco mir bei seinen Besuchen geschenkt hatte. Es reichte nicht, das Fenster zu öffnen, um meine Beklemmung loszuwerden, die Mauern lagen um Olba, ich konnte sie beinahe sehen, dort hinten, der Häuserhaufen von Misent, die Klippen verschwommen im Dunst, die kleinen Tupfer der Fischerboote, die gegen Abend zurückkehrten, gefolgt von einem Möwenschwarm; auf der anderen Seite die steinigen Ausläufer des Montdor. Von der Dachterrasse aus sah ich, dass sich solche Begrenzungen auch im Norden zeigten, der große blinde Fleck des Sumpfs, Röhricht, das sich in der Ferne verliert; und die Linie der Küste, die im Laufe der Jahre hinter der Silhouette der Bauten verschwunden ist; nach und nach gewöhnte ich mich an meine Lage. Ein paar Mal im Monat putzte ich mich heraus und nahm mir den Lieferwagen der Schreinerei: Schon wieder auf Spazierfahrt? Musst du unbedingt

Benzin verbrauchen, kannst du nicht mal ruhig zu Hause sitzen? Oder ein wenig im Bergland wandern? Gehen ist gut für die Gesundheit. Soweit mein Vater. Manchmal packte ich die Gummistiefel und das Gewehr ein, damit er glaubte, dass ich jagen ging, tauchte dann aber am späten Nachmittag im Club auf, eine Uhrzeit, zu der man kaum Gefahr läuft, einem Bekannten zu begegnen, und falls doch, dann, weil der ebenfalls keinen treffen will. Das ist die Zeit, wenn die Mädchen langsam ihre Plätze am Tresen einnehmen. Auch heute noch gehe ich, wenn überhaupt, zu dieser Zeit, wenn sie miteinander schwatzen, einander die Nachrichten auf dem Handy zeigen, sich Musik und Klingeltöne vom einen zum anderen schicken, und suche mir schnell eine aus (Lädst du mich nicht wenigstens auf ein Gläschen ein? So eine Hast …), Vergnügungen, die nicht den Kern meines Lebens berühren: ich, eine Ratte, die verzweifelt ihre Krallen in die abdriftende Planke schlägt, mit ihren Artgenossen um den wenigen Platz kämpft, ihnen die Rettung streitig macht. Die schäbige Schreinerei, deren Untergang ich als Freiheitsversprechen empfinden müsste, und der mich doch wie eine Verstümmelung schmerzt. Genau wie bei einer Frau, der man das Kind wegreißt: das war mein erster Gedanke. Man hat mir einen Sohn entrissen, der mir zur Adoption gegeben wurde. Kommt dir die Geschichte bekannt vor, Leonor? Jeder hat das Seinige verloren, ich weiß, ich weiß, bei dir war es eine Übung in innerer Leerung, und ich habe mich von einer Verwachsung gelöst, das ist nicht das Gleiche, bei dir war es unbedeutend oder befreiend, und bei mir harmlos, ein übertragbares Gut, von meinem Vater geerbt, so wie er es von meinem Großvater geerbt hatte, ein abgemagertes, unterernährtes Gut. Die Schreinerei war geschlossen, als er im Gefängnis war, nur die kleinen Gelegenheitsarbeiten meines Onkels sorgten für eine gewisse Kontinuität, bis der Vater dann nach seiner Entlassung die Zügel, wenn auch widerwillig, wieder in die Hände nahm. Wie auch immer, ich hätte keinen, dem ich die Schreinerei weitervererben könnte. Wenn Álvaro sie noch ein paar Jahre weitergeführt hätte, wäre das nur eine Geschichte zwischen alten Männern gewesen. Zwischen *armen alten Männern,* würde Álvaro sagen, und die sind etwas, das schrumpelig wird, abbaut und schließlich zu faulen beginnt. In den Zeiten der Abwesenheit seines Bruders hat mein Onkel, ein Halbwüchsiger, kleine Arbeiten in den Häusern von Bekannten erledigt: eine Tür mit ein paar Brettern flicken, Hühnerkäfige für die Terrassen bescheidener Häuschen zimmern, Kaninchenställe für die Flachdächer (die Nachkriegszeit brachte kleine Bauernhöfe mitten in die Dörfer und Städtchen, man musste etwas in den Bauch bekommen), einen Schuppen fürs Werkzeug; mein Vater hat das Geschäft, als er aus dem Gefängnis kam, unter großen Schwierigkeiten wieder aufgebaut, damals hatte er nämlich sehr wohl noch Unternehmungsgeist, seine Mutlosigkeit war so etwas wie eine Attitüde; zu seinen ursprünglichen Ambitionen fand er allerdings nicht zurück, ein Künstler, der sich in ein Arbeitstier verwandelt. Mit dieser Entwürdigung, die ein Zeichen der Zeit war, begann das Geschäft zu kränkeln. Bei mir ist es gestorben. Es gibt keine Erben. Ja, Leonor: Geschichten eines unfruchtbaren Geschöpfes. Liliana: Sie verstehen davon nichts, weil Sie keine Kinder haben. Da hattest du recht, ich versteh davon nichts.

Der Schmerz des Verlustes – nie werde ich der Besitzer von irgendwas sein – und dieser Frieden, der sich in mir auszubreiten scheint, hat nichts mit der Erschöpfung einer Mutter zu tun, die endlich geboren hat: Diese Frau macht die Erfahrung, dass etwas, das ein Teil von ihr gewesen ist, durch sie geatmet und gelebt hat, plötzlich selbständig zu atmen, sich zu bewegen, zu leben beginnt. Die Leere, die in der Frau zurückbleibt, ist der Anfang von etwas, ein aktiver Verzicht, während ich ein Ende erlebe: die Bretter gestapelt, die Maschinen stehen still, die Werkstatt in Schweigen, ich habe sie weiter im Blick, auch wenn ich sie nicht mehr betreten kann, weil sie die Türen verplombt haben, damit ich das Material nicht fortschaffe, als ob man dahin, wo ich gehe, eine Ladung Bretter mitnehmen könnte. Ich konnte nicht runter in die Werkstatt, es war mir egal, ich schloss die Augen und sah alles vor mir, nicht nur die Maschinen, die Ausstattung, das verglaste Büro, zu dem man über eine Trittleiter gelangt, die Aktenregale und der vom Großvater, dem Kunsttischler, oder dem Vater, dem Schreiner, der Bildhauer werden wollte, gefertigte Tisch, ich habe nie wirklich gewusst, wer den nun geschnitzt hat und warum das ein Geheimnis blieb. Ich sah jedes gelagerte Stück, jedes Brett, dieses verdammte fotografische Gedächtnis, das mir all diese Jahre geholfen hat, in dem Verhau der Werkstatt das Richtige zu finden, und mir jetzt dabei hilft, mich unglücklich zu fühlen. Und all das, was ich sehe, kommt nicht aus mir heraus, um es dem Leben zu übergeben, sondern um es zu begraben. Nachdem man sie benutzt hat, werden die Nutten von der Landstraße zurück zum Straßengraben gebracht. Wenn ein Fahrer sie wieder abgesetzt hat, stehen sie erneut als Lustgeberin zur Verfügung, damit sich die Autofahrer erleichtern können, die ihren Wagen, ihren Kleintransporter zwischen dem Schilf parken, halb verborgene Fahrzeuge, das Kennzeichen von Grün verdeckt, damit die Nachbarn es nicht erkennen können. Wenn jemand dich an der Landstraße beim Feilschen beobachtet, dann heißt das, dass er dich als Weggefährten im letzten Kreis der Hölle akzeptiert, ein Typ, der seine Gelüste nicht im Griff hat – oder, schlimmer noch, ein Unglückseliger, der sein Geld nicht im Griff hat, der nicht genug hat, um sich etwas Besseres zu leisten –, dazu verdammt, sich eine der vielen ansteckenden Krankheiten einzufangen, die jene Frauen übertragen. Und was ist eine Firmenpleite sonst, wenn nicht eine Krankheit, die ohne jeden Nutzen weitergetragen wird. Kunden und Zulieferer tun so, als hätten sie nie etwas mit der Firma zu tun gehabt, verbergen die Geschäftsbeziehung, weil schon der Verdacht auf Kontakt ansteckt: Rechnungen und Schuldscheine auf ihren Namen ausgeschrieben zu haben, Lieferscheine zu besitzen, Wechsel ausgetauscht und Materialien geliefert zu haben, all das macht dich verdächtig. Aber ich rede von der Firma, dabei könnte ich von mir reden: Wie viele Jahre sind es nun schon, die ich hier am Arsch der Welt abhänge? Ich hebe die richterlichen Plomben ab, reiße die orangenen Klebebänder ab, die drei oder vier Kreuze über der Tür bilden, die von der Wohnung zur Werkstatt führt, weg damit, ich betrachte erneut die Werkstatt, die Maschinen, die Bretter. Ich setze mich an den Tisch im kleinen Büro oder auf einen der Hocker in der Arbeitshalle und sehe mich umringt von all diesen Materialien, die wie ich Leichen sind, unnütz in ihrer Verlassenheit, und im Begriff, den Prozess der Entwertung und Beschädigung zu durchlaufen. Sie werden zu einem Spottpreis bei der nächsten Versteigerung angeboten werden und wahrscheinlich nicht einmal einen Käufer finden. Die Instabilität der Dinge, die Leere der Worte: Ja, Don Esteban, der Älteste würde nur Hamburger essen, und das zu jeder Tageszeit, und er will die von mir haben. Ich verweigere sie ihm, weiß aber, dass er sie sich so oder so von dem Geld kauft, das ich ihm für seine Ausgaben gebe, obwohl ich ihn da knapphalte, sie ihm verbiete, weil er zu dick ist und mit zwölf Jahren fast so viel wiegt wie der faule Sack von seinem Vater, er leidet an Fettleibigkeit, und Sie wissen ja, die können einem das Kind deshalb wegnehmen, wenn die Lehrer das anzeigen; die Kleinen wollen nichts als Pizza, Spaghetti und Makkaroni, wissen Sie, warum die Kinder so gerne Pasta essen? Aber wie sollen Sie das wissen, Sie haben ja keine Kinder. Sie sagt: Sie haben ja keine Kinder, als sei ich ein träges Haustier, unfähig, Schmerz oder Lust zuzufügen; und das Gefühl des Mangelhaften, das Lilianas Worte in mir hervorrufen, lädt Leonor erneut die Schuld auf, von der sie der Tod hätte befreien müssen. Vom Zimmermann erwartet man ein friedfertiges Gemüt, der gehörnte Joseph; die anderen machen Geschäfte, haben Stress, schmutzige Arbeit in einer Fabrik, gefährliche Arbeit auf einer Baustelle, aufregende Arbeit an einem Buffet, und meinen, das Schreinerhandwerk sei ein harmloser Beruf, die Sonne vergoldet das in der Luft schwebende Sägemehl, ein goldener Filter, golden die Späne, die man mit dem Gravierstichel herauslöst, der Geruch des Holzes, so gefällig, beruhigend, der Duft der Kiefer, der Libanonzeder, Harzgeruch, selbst der Geruch des Leims ist angenehm für die Nase: alles Lügen, Klischees. Selbst die schlimmsten Unfälle in einer Schreinerei erscheinen noch relativ gutartig, nichts im Vergleich zu jenen Lastwagenfahrern, die wie eine Speckscheibe zwischen dem Blech der brennenden Fahrerkabine verbrutzeln; zu den Maurern, die von einem zwanzig Meter hohen Gerüst stürzen und dann auf dem Bürgersteig liegen, der Kopf aufgeplatzt wie eine Melone; zu den Stahlkochern, die tragischerweise in einem Stahlabstich verschwinden. Bei uns handelt es sich um eine Fingerkuppe, die der Säge zum Opfer fällt, um einen unter dem Hammer zerquetschten Fingernagel, kleine Verletzungen, die du in einem häuslichen Krieg davonträgst und die sogar noch dazu beitragen, dein Bild eines friedlichen Mannes, gestählt von ehrbarer Arbeit, zu festigen, als gelte für dich nicht das universelle Gebot, das da heißt, du sollst nicht töten, weil du zu einer solchen Tat gar nicht befähigt bist.

Ich lasse ein Pik-Ass auf den Tisch fallen und fahre den Arm aus, um die auf dem kleinen grünen Tuch in der Mitte des Tisches verstreuten Karten einzusammeln, und bei dieser Bewegung streift meine Hand die von Francisco. Die unmerkliche Berührung bringt mir das Bild. Im dunklen Kino knabbert Leonor an meinem Ohr, leckt es, steckt die Zungenspitze hinein, ein warmer, angespannter Drillbohrer, der da drinnen wie verstärkt klingt, eine Mischung aus Murmeln und Schnalzen. Die bewegliche, feuchte Wärme kitzelt den Knorpel, und diese bebende Empfindung, heiß und klebrig, löst im Rest des Körpers eine Art Schauder aus und nimmt mir den Atem, oder, um genauer zu sein, sie hebt mir den Schwanz, aber es stimmt, ich atme stoßweise, wie eine Lokomotive. Francisco lacht über seine eigenen Worte, was hat er gesagt, als er seine zwei letzten Karten auf den Tisch knallte? Ich hab es nicht gehört. Er gibt sich geschlagen. Heute Nachmittag gibt er sich ungewohnt offen. Üblicherweise vermeidet er beim Kritisieren die Eigennamen, er sagt: der da, sagt: er. Er lässt dem Zuhörer, dem er das Gift injiziert hat, eine vermeintliche Freiheit der Deutung. Er schiebt ihm die Schuld zu: Wer zuhört, setzt den Namen, das Gesicht ein, er ist derjenige, der Schlechtes denkt, der Verräter. Francisco beschränkt sich darauf, Indizien zu streuen. Vorsorglich, wie man im Auto den Sicherheitsgurt anlegt. Oder als spräche er im Wissen, dass jemand ein Tonband angestellt oder eine Wanze in das kleine Loch im Stuck oder unter dem Tisch platziert hat. Diese Vorsichtsmaßnahmen beim Sprechen dürfte er bei den Kursen der JOC oder der JEC erlernt haben.

Justino kehrt beharrlich zu dem Leitmotiv zurück, dem ich entfliehen will:

»Das Problem von Tomás ist immer seine Frau gewesen. Auch wenn man das von jedem von uns sagen könnte.«

Und mit einer nachdenklichen Geste, so als sei er gerade auf etwas gekommen und überlege, was genau das ist, beginnt er aufzuzählen:

»Die Villa auf der Steilküste am Kap, mit diesem über dem Meer hängenden Schwimmbad, das hat sie ein Vermögen gekostet, die Designer-Möbel, die Klamotten von Gucci und Prada. Das denke ich mir jetzt nicht aus, sie erzählt das alles.«

»Dir? Amparo erzählt dir, dass sie Modelle von Prada trägt? Zahlst du die etwa?« Das war Bernal.

Wieder Gelächter.

»Mir nicht, natürlich erzählt sie das nicht mir, weil ich mit ihr nicht über Klamotten rede (würde ich gerne, aber sie mag nicht), aber meiner Frau erzählt sie schon davon, bei ihr lässt sie so etwas fallen, und die könnte in jedem Ratespiel über den genauen Preis von solchem Klimbim gewinnen. Du weißt ja, Frauen unter sich, da sehen sie eine Bluse bei einer Passantin, und gleich heißt es: Minuccia, Seide, 320 Euro, bei Vanités, Avenida Orts, Misent. Oder: Marqués de Dos Aguas, Valencia; oder: Madisonaveniu Nuyor. Ha! Und die Schuhe sind falsche Blahniks, 150 Euro. Haargenau wie die

Blahniks, und, fragst du mich, sogar besser verarbeitet. Aber falsch wie Judas.«

Bernal:

»Er ist verrückt nach ihr, und sie durfte aus dem Vollen schöpfen.«

Justino:

»Sie muss über fünfundvierzig sein, aber in der Bluse siehst du den Ansatz dieser festen, hoch sitzenden Titten, vielleicht silikongestützt, das mag sein, aber sie sehen wie die einer Zwanzigjährigen aus; und sie steckt in Jeans, die einen Apfelhintern zusammenpressen, der zum Anbeißen ist.«

Ich:

»So viele Zähne hast du doch nicht mehr.«

»Von meinen eigenen ist kein einziger geblieben, aber über die Implantate kann ich nicht klagen. Die haben mich in die Jugend zurückkatapultiert. Ich muss aufpassen, denn ich kann beim Beißen nicht den Druck abschätzen und tue ihnen weh.«

»In was beißt du da? Und bei wem beißt du, was du beißt?«

Noch mehr Gelächter.

Jetzt gilt es ein weiteres Fragment der verkappten – und verfälschten – Autobiografie von Francisco zu hören:

»Die Frauen sind immer der Hauptstörfaktor für einen Mann.« Ich bin sicher, dass er das nicht von Leonor denkt, sie war nicht gerade ein Störfaktor in seinem Leben. Ohne sie hätte er wohl kaum den zweiten Teil der Erfolgsleiter geschafft. »Eine Bremse. Wenn du dich so richtig verliebst, bist du verloren.«

In wen hat er sich denn verliebt, um sich verloren zu fühlen? Hat er sich verliebt, während er mit Leonor zusammenlebte? Hat er sich nach ihrem Tod verliebt? Damit meine ich nicht, dass er, wie die Figuren in den Geschichten von Poe, in eine Leiche verliebt war, sondern, ob er sich in eine andere verliebt hat, als Leonor schon tot war oder als sie noch lebte, oder hat er sich erst kürzlich verliebt? Bekommt er, wenn er sich nachts in sein Haus einsperrt, Anrufe von dieser Frau, geraten sie am Telefon in Erregung, lädt er sie an den

Tagen, wenn er aus Olba verschwindet und ich die Fensterläden im Haus der Civaras geschlossen sehe, auf seine Jacht ein, oder verkriechen sie sich wochenlang im Haus? Ob er je wirklich in Leonor verliebt war, weiß ich nicht, die Ehe kam ihm zustatten – kam ihnen beiden zustatten –, er hat sie benutzt – sie haben einander benutzt –, der Haushaltsökonomie, dem gesellschaftlichen Leben, der Eugenik: Obwohl der Junge nicht so geworden ist, wie sie es sich wünschten, können sie wahrlich nicht jammern über die Tochter, die ihm folgte, sie ist ein Ass in Volkswirtschaft. Francisco sagt, dass er ihre Abneigung spürt, aber ich glaube, sie ist einfach so schlau, nicht das Wort an ihn zu richten, um nicht angelabert zu werden. Leonor und er haben gemeinsam Geschäfte gemacht wie Tomás und Amparo auch: zwischen denen gibt es Sex (ich weiß es, und man sieht es ihnen auch an), es gibt da Gemeinsamkeiten, Laster, Lust am Luxus, und auch ein bisschen geteilte Drogen: Pedrós gehört zu denen, die sich beim Reden an die Nase fassen, sie wahrscheinlich auch, ich weiß nicht, aber ich glaube, sie ist eine von denen, die es sich auf dem Spiegelchen anrichten lässt und es dann widerstrebend nimmt, nur um keine Spielverderberin zu sein, aber wenn das Zeug nicht auf den Tisch kommt, dann erwähnt sie es schon, mal sehen, ob sich einer traut, das rauszuholen, was er dabeihat. Und sie haben gemeinsam Geld angehäuft, was das Übrige aufrechterhalten hat; bei Francisco und Leonor kann ich mir keine gemeinsamen Laster vorstellen, ich hatte immer den Eindruck, dass die für ihn eine andere, geheime Welt waren, aber wer weiß das schon. Und sie?

Bernal mischt sich ein, er fummelt nicht mehr am Handy rum, hat aber den letzten Teil des Gesprächs verpasst:

»Es ist nicht leicht, in eine Frau verliebt zu sein und etwas Vernünftiges zustande zu bringen. Das Verlangen zehrt an dir. Es empfiehlt sich nicht, eine Frau zu suchen, die nur unter Mühen zu erobern ist, damit verdammst du dich bis zum Ende deiner Tage dazu, Tag für Tag den Mount Everest zu ersteigen. Du musst dich an solche halten, die du ohne viel Kampf halten kannst. Für die steilen Frauen zahlt man. Für ein paar Euro bekommst du eine achtzehnjährige Russin, wie du sie nicht einmal im Film siehst. Du vögelst, zahlst und gehst heim zum Abendessen mit der Familie, zu deiner Frau, die gut kocht und schlecht vögelt, aber nicht daran denkt, sich von dir zu trennen, schon weil keiner ihr allzu interessiert nachschaut. Sie geht zu den Elternabenden der Schule, bedient die verschiedenen Elternvereinigungen, diese Dienste, dieser Jargon, das sozialdemokratische Gewäsch, das die Konservativen andächtig nachbeten, weil es nach modernem, verantwortungsvollem Familienglück klingt, zugleich aber auch ein bisschen nach Opus Dei; sie hält die Kinder im Zaum, wählt im Supermarkt das kraftvollste Waschmittel und im Delikatessladen den besten Käse und die beste hauseigene *foie gras*. Sie bügelt dir die Hemden und näht dir die Knöpfe an. Oder weiß, wie man das Hausmädchen zu solchen Arbeiten anleitet, eine Frau, die sie erkoren hat, nachdem diese mehr Tests als ein Olympionike bestehen musste. Das ist das, was man braucht, denn es braucht Mut, mit einer Frau zusammenzuleben, die einem überlegen ist, die einen zwingt, den Mangold zu dünsten und die Wäsche aufzuhängen und dann auch noch im Bett nicht genug bekommt und dich vögelt, bis du ausgetrocknet bist. Das hält kein Mann aus.«

»Amparo ist zu viel Weib für Tomás und für jeden anderen. Nicht nur, dass sie scharf aussieht. Sie gehört zu denen, die, wenn sie um sieben verabredet sind, einen mitten beim Rammeln allein liegen lassen, um auch ja keine Minute zu spät zu kommen. Sie ist unabhängig, hat Charakter, Stil. Und Titten und Arsch dazu. So etwas zu Hause auszuhalten, es täglich verteidigen zu müssen, bei all den Aasgeiern, die herumschwirren, das ist wirklich hart«, sagt Justino, der sich als Aasgeier sieht und vielleicht sogar einer von denen ist, die von Amparo mal mitten im Rammeln liegen gelassen wurde.

Jetzt wieder Bernal:

»Sie ist ein Schwergewicht, aber doch nicht ganz so, wie ihr sagt. Er weiß sehr wohl, wie er es sich selbst schön machen und Geld rauswerfen kann. Amparo hat am wenigsten Anteil an dem Fiasko der Firmen von Tomás, na klar, peelings, nails, spa Revlon, Dior, Loewe, Miuccia Prada, alles was ihr wollt, das Normale bei jedem selbstzufriedenen, dicken Bourgeois im Landkreis. Die Frau jedes schäbigen Bauunternehmers, jedes Autohändlers oder Besitzers einer Tankstelle, eines Apartmenthauses hat in den vergangenen Jahren diesen Markenschnickschnack angehäuft. Oder gibt es eine Einzige, die nicht zu diesen Orten geht, diese Kleider trägt, sich nicht mit Kräuterölen massieren lässt oder in Badewannen mit Hydromassage liegt? Redet doch lieber von seiner Verschwendung, von seiner Lust daran, etwas darzustellen, von der Verschwendung im geselligen, städtischen Bereich (nicht zu vergessen das Schmiergeld an den jeweiligen Stadtrat) oder wie man das nennen soll; die Stiftungen, inklusive Einladung an die Presse; und vergesst nicht die Weine aus Burgund und die Garnelen und den Champagner, zähl das mal zusammen, und dann weiter: die Russinnen, der Koks« – aha, da ist es raus, hab ich mir doch schon immer gedacht, dieses ständige Rumreiben an der Nase, ich werfe einen schnellen Blick auf den unbeirrten Francisco – »denn der alte Mistkerl hat sich nichts entgehen lassen.«

Justino:

»Er hat die besten Nutten gefickt, die in die Gegend gekommen sind. Nicht die von den Clubs, die für fünfzig, hundert oder zweihundert Euro. Nein. Da ist er aus Höflichkeit gegenüber seinen Angestellten mitgegangen oder um den weniger bedeutenden Zulieferern etwas vorzumachen. Für sich hat er die gesucht, die angeblich selbständig herkommen, aber die Spitze des Tentakels von irgendeinem mafiösen Kraken sind, die Mädchen, die du am Kai von Marina Esmeralda siehst, sie liegen an Deck einer Jacht, von der man nicht genau weiß, wem sie gehört, einer Freundin oder einem Freund, der sie ihr inklusive Mannschaft überlassen hat, damit sie ein paar Tage ausspannen kann. Ausspannen von was? Von ihren Geschäften, ihren Laufstegen, den Foto- oder sonstigen *sessions.* So etwas erzählen sie, wenn sie in Schussweite kommen. Jene, die ein paar Flaschen Moët im Kühlschrank liegen haben, einen superflachen Bildschirm von 42 Zoll und ein Jacuzzi in der Zweihundert-Quadratmeter-Wohnung mit Blick aufs Meer, in einem Chalet, dessen Rechnungen an Organisationen aus dem Osten oder Westen gehen (man müsste die Eintragung im Grundbuch sehen und wissen, wer sich hinter dem angeblichen Besitzer verbirgt), Anwesen über einer Steilküste in Xàbia oder Moreira. Pedrós hat sich seine Wochen in diesen Chalets geleistet und uns und Amparo erzählt, er wäre auf Reisen, rief vom Handy aus an, berichtete, ja, so viel Wasser in Vigo (du kannst dir nicht vorstellen, was für eine Woche ich hinter mir habe, es schüttet ununterbrochen, die reine Sintflut) oder diese Mordskälte in Pamplona (da gefriert dir die Rotze), er bliebe drei Tage länger, um die Buchführung des Auslieferers in Schuss zu bringen (ein Chaos hier, ich erzähl es dir später), und das alles, dieweil er seidige Beine öffnete und schloss. Er hat sie hie und dort ausgeführt, zu Dacosta, ins Hotel von Ferrero; ins Girasol, als die diesen deutschen oder Schweizer Koch hatten, und zum Schlafen ins Westin. Mehr als einer hat ihn an diesen Orten gesehen und das dann rumerzählt, schließlich kennen wir uns ja alle in dieser Gemeinde, ein Taschentuch. Und von dir, Francisco, hat er eine Menge gelernt, ich glaube fast, dass er derzeit mehr von Wein versteht als du.«

Francisco sprang darauf an wie ein Nepaltiger:

»Ich weiß. Er hat mir davon erzählt, um sich damit zu brüsten: Corton-Charlemagne de Leflaive zu den Amuse-Gueule; Cos d'Estournel zum *plat de résistence;* einen Sauternes de Coutet zum Dessert oder zur *foie gras*: Posen eines Parvenüs.«

Justino fällt ein:

»Und dann die Cognacs: Martell Delamain, Camus, denn sein Laster, mal abgesehen von den Nutten, sind Zigarren und Cognac, mehr noch als die Weine, sein Ding sind die Dinge nach dem Essen, die Hand auf der Wampe, die Beine ausgestreckt unter dem Tisch und die Lippen trompetenförmig einen Schwall Rauch ausstoßend. Die Weine, die sind für ihn der Lack der Klasse; der Cognac schmeckt ihm. Ich würde sagen, er hat Amparo auf Händen getragen, weil es ihm nützte«, zieht Justino seine Folgerungen. »Alle Männer, die ihre Frauen betrügen, sind sehr darum besorgt, dass es diesen an nichts fehlt. Sollten sie ihn bei irgendeiner Lüge ertappen, kommt er immer noch damit davon: Aber ich bin doch verrückt nach dir, du Dummchen, ich gehorche dir wie ein Schäfchen und behandle dich wie eine Königin. Das siehst du doch täglich. Ein unbedeutender Fehltritt, das kann doch jedem passieren.«

Francisco kann nicht mehr an sich halten; dass er in die Falle getappt ist und über die Weine und Cognacs geredet hat, die Pedrós trinkt, tut ihm in der Leber weh. Er spürt die direkte Konkurrenz, das mit dem Corton-Charlemagne und dem Delamain, und dass die dann noch behaupten, dass Pedrós mehr von Wein verstehe als er, da wird dem Kaiser das Zepter streitig gemacht. Also setzt er zum Genickstoß an:

»Dass Amparo ein tolles Weib ist, auch jetzt noch, dazu clever, und Geschmack hat, ist das eine, das andere, dass er im Grunde, wie soll ich sagen, ein schäbiger Klempner ist; auch wenn er den Russen Goldhähne eingebaut hat, bleibt er doch ein Klempner. So hat er begonnen. Er versteht nichts von Wein oder Cognac. Er weiß etwas über Marken und Etiketts, das ist aber etwas ganz anderes. Er ist schlau und schaut sich an, was die wirklich Reichen, mit denen er verkehrt, wählen. Er gehört zu denen, die heimlich ein Heftchen bei sich haben, und er verzieht sich im Restaurant auf die Toilette, um sich die Etiketts der Weine, die gerade serviert werden, oder die teuersten auf der Karte, zu notieren, und welche Markenkleidung und -schuhe die anderen am Tisch tragen, er notiert sich sogar ihm unbekannte Worte, die man, wie er merkt, geläufigerweise benutzt. Mich hat er monatelang angezapft, was Winzereien, Jahrgänge und

Trauben anging. Er saugte mich aus wie ein Vampir. Ich verurteile ihn deswegen nicht. Er bereitete sich zumindest vor. Ein gewissenhafter Typ. Gut vorbereitet, wird selbst der Ignorant zum Weisen«, urteilt Francisco, der das Palaver als unerwarteter Verteidiger des Klempners Tomás beendet. Christus und Lazarus. Der Herr lässt dich sterben, der Herr lässt dich auferstehen, der Herr ist wie Gott in seiner Güte.

Justino streckt sich, macht die Beine lang unter dem Tisch, rekelt sich dabei wie eine Odaliske im Serail, kratzt sich die Leiste und seufzt:

»Wie glücklich fühlt man sich doch, wenn man sich im Zaum hat und seiner Frau treu ist, ich bin es fast immer, nur ganz selten gebe ich mal der Versuchung nach, aber so kleine Ausnahmen haben es in sich, nicht wahr?«

Bernal rechnet zusammen und fährt fort:

»Sie haben es sich beide nett gemacht, das war ein Kuhhandel: Tomás und Amparo, der eine wie die andere. Amparo hat sich auch nicht zurückgehalten, weder mit dem Geld noch mit dem Rest: Ausgehen, Einkäufe, Tage, die sie irgendwo vertan hat (besser nicht nachfragen); Exkursionen allein nach Paris, Ausstellungen, aber wie auch immer, man muss sagen, diese Ehe ist unzerstörbar. Oder war es, solange das Geld floss. Mal sehen, was jetzt geschieht. Aber ich glaube, dass zumindest in naher Zukunft die Bande zwischen ihnen eher fester werden, in dem Maße, wie die Verantwortlichkeiten gemeinsam getragen werden. Was eine Ehe wirklich zusammenschweißt, das sind die gemeinsamen Geschäfte oder die zu zweit unterschriebenen Wechsel. Du beantragst einen Kredit auf zwanzig Jahre und sicherst damit deine Ehe für ein halbes Leben. Das ist die wahre Liebe, nicht die Worte, die der Wind verweht. Worte nimmt die Bank für ihre Safes nicht an, man kann sich auch nichts dafür kaufen, sie nicht einmal versetzen.«

Justino:

»Wenn die Dinge schlecht laufen, geht alles den Bach runter.

Stimmt schon mit dem Sprichwort: Wo kein Brot, ist alles tot. Das Wasser des Elends führt zu Kurzschlüssen im elektrischen System der Leidenschaft, Mann, da ist mir aber ein Satz gelungen – wie aus einem alten Roman oder einem klugen Essay! Du als Schriftsteller solltest ihn dir notieren, Francisco. Wer weiß, was da alles zusammenkommt –, zwischen Mann und Frau soll (und kann) sich keiner stecken, nicht einmal der Geliebte hat Zugang zu den Geheimnissen, die Ehepaare in ihren Schlafzimmern hüten, da ist der Nachttisch mit den Familienfotos, der Wecker, die Schächtelchen mit den Stöpseln fürs Ohr und den Tampons für die Möse, die Gleitcreme, da sind Jahre von gesammelten Gewohnheiten, Ticks, du hörst die Version von ihm oder die von ihr, weißt nicht, worauf es wirklich ankommt, was sie einander schuldig sind, wie es ums Budget bestellt ist, wo der Geldschrank ist und wer die Schlüssel dazu hat; du erfährst nicht, was er vielleicht auf sie oder ihren Vater überschrieben hat, oder auf den Namen der unverheirateten Tante, die über jeden Zweifel erhaben ist, das werden sie dir nicht erzählen, selbst wenn sie wie Katz und Hund zueinander sind, ich weiß, oder ich glaube zu wissen, dass sie Gütertrennung vereinbart haben. Du kannst dir ziemlich sicher sein, dass die Pleite nichts als Tarnung ist.« Er redet so, als wäre er, was er angeblich auch ist, ein abgehalfterter Liebhaber von Amparo.

Francisco:

»Es ist ja klar, dass die einzigen glücklichen Ehen die Vernunftehen sind, sie laufen gut geschmiert, kein Sand im Getriebe, jeder ist sich dessen bewusst, dass er in seinen Bestrebungen auch dank der Verbindung mit dem anderen vorankommt. Es macht Spaß, solchen Ehepartnern, die das Prinzip kapiert haben (Ehe=GmbH), bei der Teamarbeit zuzusehen, sie verwirklichen sich in der Gesellschaft, einer stützt sich auf den anderen, kein Riss, keine Brüche, jeder von ihnen spezialisiert sich auf einen anderen Sektor, um die maximale Rendite aus ihrer Investition zu ziehen, denn sie wissen, was der eine erreicht, nützt allen beiden. Streit in der Öffentlichkeit, Uneinigkeiten, angekündigte Trennung lassen die Aktien an der Gesellschaftsbörse fallen und schaden dem Haushaltsbudget, man muss diese ganze Scheiße vermeiden, die von jungen Leuten und anderen Schwachköpfen gepredigt wird, weil sie nicht kapieren, dass eine Wertminderung die Folge ist. Sie glauben an Liebe und Lieblosigkeit, an Verrat und Eifersucht, merken dabei nicht, dass, sobald man das, was Romane und Kitschblätter unbedingt Liebe nennen müssen, mit hineinmischt, alles zum Teufel geht. Kaputt. Ende der Ruhe. Wenn einer sagt, ich werde dich immer lieben, dann heißt das: Die Chose hat ein Leck. Der Bergsteiger kann nicht auf dem Gipfel hocken bleiben, den er erobert hat. Du bist schon am höchsten Punkt. Was dann? Du weißt, dass es jetzt an den Abstieg geht, du dir einen neuen K-Achttausender zum Erobern suchen musst. Die frisch verheiratete Nachbarin, die Kollegin im Büro, die dir zuvor noch gar nicht aufgefallen war, werden zu neuen *targets*. Das ist bei allen Dingen so. Das Feuer zerstört sie. So wie die Twin Towers. Sie schmolzen. Bei hoher Temperatur ist die Brühe im Topf schnell dahin, und das Gericht, das du mit so viel Vorfreude zubereitet hast, brennt an. Glut ist nur dazu gut, Dinge verkohlen zu lassen. Die Verliebten selbst haben es, wenn sie wirkliche Leidenschaft verspüren, eilig, diese Qual loszuwerden, und tun ihr Möglichstes, sich davon zu befreien. Sie treiben es auf die Spitze. Damit eine Ehe hält, muss man sich nicht ewige Liebe schwören. Statt dem Prasseln der Leidenschaft ein gemessenes egoistisches Köcheln bei mittlerer Hitze.«

Francisco erzählt mir – ganz ohne Absicht – wie seine Ehe mit Leonor funktioniert hat, Justino aber, ungeachtet seines radikalen Misstrauens in die Menschheit, ja in die gesamte göttliche Schöpfung – er gehört zu jenen, die, wenn sie einen Finken hören, schnell das Fenster schließen, weil sie meinen, das Kreischen einer brünstigen Ratte vernommen zu haben –, schöpft Kraft aus der Schwäche und erschnuppert den Augenblick, um die Schuld des Angeklagten zu verdünnen – man weiß ja nie, mit wem man spricht; bestimmt ist ihm aufgefallen, dass ich den ganzen Abend nur zur Verteidigung von Pedrós den Mund aufgemacht habe, was ihn misstrauisch macht. Sicher weiß er das von unserer Partnerschaft. Das mit den Türen und Fenstern weiß er sowieso. Und das andere, meine Pleite, muss er wissen, wie auch nicht, wo es jedermann weiß. Im Übrigen hat er einen direkten Zugang zu vertraulichen Informationen aus dem Hause Pedrós, nicht über ihn, sondern durch sie, durch Amparo, die er – seine ewige Strategie – vor den anderen schlechtmacht, nur um das zu verbergen, was zwischen ihnen ist; und es ist durchaus möglich, dass da auch Eifersucht mitspielt, schließlich ist Amparo mit ihrem Mann verschwunden, ist nicht dageblieben, um auf Justino zu warten, und das trotz der angenommenen Gütertrennung. Es hieß schon immer, dass sie etwas miteinander hatten oder noch haben, dass einige ihrer Abwesenheiten sich mit seinen Geschäftsreisen überschneiden. In diesem Moment nimmt das Gespräch – vielleicht nur aus Gründen der Prävention – einen anderen Ton an. Justino sagt:

»Ich kenne Tomás ziemlich gut. Er hat Geld ausgegeben, weil er welches hatte, aber vor allem, weil es sich für seine Geschäfte auszahlte. Für jeden Euro, den er hinauswarf, hat er zehn eingesackt. Sagen wir mal so, er hat mit dem Geld Öffentlichkeitsarbeit gemacht; so hat er sich sein Leben zurechtgezimmert, hat die Nase in fremde Geschäfte gesteckt und die Millionäre in seine Geschäfte hineingezogen. Warum lud er denn eine Legion von alten Knackern auf seine Jacht ein? Um ihnen Geld aus der Nase zu ziehen. Pensionäre, die sich die Küste für ihre letzten Lebensjahre ausgesucht hatten. Deutsche, Franzosen (die Engländer hier haben keine Jachten, graue *working class*), um die sich keiner kümmert. Sie langweilen sich wie die Austern und sind traurig, weil sie jetzt im Alter auf grausame Weise lernen, dass Geld nicht glücklich macht (als wäre das Alter etwas anderes als ein blöder Epilog und hätte irgendetwas mit dem eigentlichen Leben zu tun). Er segelt sie spazieren, legt sie in eine Hängematte an Deck des Schiffes, auf offenem Meer stellt er ihnen sodann ein Tellerchen mit Thunfischrogen hin, ein paar gebackene Mandeln, die sie mit ihren weißen, künstlichen Gebissen kauen, ein Gläschen Wein (das kann keinem schaden, wird sogar von Kardiologen, Rheumatologen, Endokrinologen empfohlen), er sorgt sich darum, dass sie sich wohlfühlen, gut versorgt, er hört ihnen interessiert zu, wenn sie ihm von Problemen mit Kindern, Enkeln und Schwiegertöchtern erzählen, und allein durchs Zuhören wird er zum Idealbild eines Sohnes, Enkels, einer Schwiegertochter, sie adoptieren ihn als den Sohn, den sie gern gehabt hätten, sie nehmen ihn an Kindesstatt an (welches Kind kümmert sich so um sie?), verwöhnen ihn, wie sie gerne ihren Enkel verwöhnen würden, lieben ihn, wie sie die Schwiegertochter lieben würden, wenn die so wäre, wie sie sein sollte, so eine, bei der man sich des Nachts erotische Träume erlauben könnte. Er bringt ihnen ein Verständnis entgegen und eine Vertraulichkeit, die sie ach so gerne bei ihrer Frau erleben würden. Das Problem ist nur, dass jetzt die Krise da ist und Pedrós das Schiff kaum enttäut, weil er kein Benzin mehr hat. Die Banken geben keine Kredite (sie sind eher bereit, welche zu bekommen, ja, sie bekommen Kredite), um die Jacht unter dem blauen Mittelmeerhimmel in Fahrt zu bekommen, und ein Wochenendausflug mit dem Schiff kostet ein Vermögen bei den derzeitigen Brennstoffpreisen, also hat er, als es darum ging, den Hals aus der Schlinge zu ziehen, seine Netze nicht einmal im Fanggrund der Alten auswerfen können, die ihn allerdings auch nicht gerettet hätten, denn das eine ist, ihnen diskret Trinkgelder herauszuleiern, für einen kleinen Anschub, den man gerade nötig hat, und etwas ganz anderes, zu einem von denen hinzugehen und ihm ins Gesicht zu sagen: Herr Müller, ich brauche achthundertfünfzigtausend Euro. Für das Kind, das uns die Zeit vertreibt, Kleingeld lockerzumachen (eine Empfehlung für einen Bauwilligen, ein Darlehen von acht- oder zehntausend Euro, das dann nicht rückgezahlt werden muss, eine Kiste Moselwein, unter Umständen sogar eine Patek Philippe zum Geburtstag) ist etwas ganz anderes, als in die Brieftasche zu langen, um echtes Geld herauszuholen. Das hieße, ans Eingemachte zu gehen. Geschäfte, die man sich reiflich überlegen, mit dem Steuerberater absprechen, evaluieren muss. Das sind launische alte Leutchen, klar, aber von Blödheit keine Spur, sie zahlen für das Spielzeug, aber auch nur Spielzeugpreise. Sie haben genau die nötige Summe fließen lassen, damit sich nicht Unachtsamkeit breitmacht, sie haben investiert (wie immer, wie alle) und hatten dabei den eigenen Vorteil im Sinn (dass sich ihnen in der Gemeinde die Türen öffnen). Seit Jahrhunderten wissen wir, dass es keinen Reichen gibt, der großzügig wäre, die Großzügigen erleiden Schiffbruch, bevor sie reich sind, sie machen ihre Schwimmzüge, ihre Zeichen hin zur Küste, eine Zeit lang, und dann ertrinken sie. Ihre Leichen verschwinden für immer, begraben im Meer der Ökonomie, oder im Meer des Lebens, was aufs Gleiche hinausläuft. Sie sterben in Armut.«

Francisco:

»Wenige Tage vor seinem Verschwinden hat Pedrós mir noch etwas vorgeweint. Nicht ein Exzess an Ausgaben, wie die Leute sagen, sondern der Mangel an Einkünften hat mir den Rest gegeben, sagte er, ich schwöre es auf meine Tochter, und die ist mir das Liebste auf der Welt. Ich mache seit Monaten keinen mehr drauf, gehe in keinen Nuttenclub, leiste mir keinen One-Night-Stand. Ich schwör's dir. Ich habe Geld ausgegeben, solange ich es hatte, solange ich es mir erlauben konnte. Jetzt hat alles die Katz gefressen. Immer nur zahlen: für Materialien, für Gehälter, für, wieso nicht, Öffentlichkeitsarbeit, und nichts hereinbekommen. Zahlen und nicht bezahlt werden, das war das Problem. Jedem, der dir etwas anderes erzählt, sagst du, das ist gelogen. Es hat nicht nur mich erwischt. Weißt du, wie viele Unternehmen hier im Landkreis verschwunden sind? Nicht etwa Firmen, die geschlossen haben, sondern solche, die sich in Luft aufgelöst haben, verschwundene Firmen: Man geht zu deren Büro, um die Zahlung einzufordern, und das Büro ist nicht mehr da, nicht dass es geschlossen wäre, nein, die Schaufenster sind leer, da liegen Kisten und Papiere am Boden, und wenn du herauszubekommen versuchst, wer der Firmenbesitzer ist (oder war oder gewesen ist), stellt sich heraus, dass niemand Bescheid weiß. Und der Kerl, der mit dir verhandelt hat, der die Quittung unterschrieben hat, besitzt tatsächlich keinerlei Verfügungsgewalt, er wurde nicht einmal in dieser Gesellschaft geführt. Das ist das Schlimmste. Du hast Gespenster aus einer anderen Welt beliefert. Ich bin nicht der Einzige, der pleitegegangen ist, sagte mir der weinerliche Tomás, Fajardo hat zugemacht, der mit den Baumaterialien in Misent; und der vom anderen Lager, Magraner, hat die Hälfte seiner Leute rausgeschmissen und steht kurz davor zu schließen. Ich weiß das aus guter Quelle. Und Sanchis, der Möbelhändler, und Vidal, der mit den Jalousien. Auch Ribes. Und Pastor, der jetzt als Maurer unterwegs ist, auf Abruf. Alle Männer, die bei ihm waren, also mehr als fünfzig, sind arbeitslos. Und die Fajardos haben ihre Ware versteigert und nicht mehr als Kleingeld dafür bekommen (wer will in diesen Zeiten schon Baumaterialien oder Baumaschinen, einen Löffelbagger, einen Kran), sie haben so viele ausbezahlt wie möglich und dann dichtgemacht. Und Rodenas ist zurück nach Jaén oder Ciudad Real und erntet jetzt Oliven zusammen mit Marokkis, Rumänen und Polen, stell dir das mal vor, ein Bauunternehmer Seit' an Seit' mit der letzten Generation von Emigranten, Gesindel, andalusische Wintermorgen, die Finger eisig, Frostbeulen.«

Während Francisco spricht, dabei die ganze Zeit an mir vorbeischaut – was bedeutet, dass Pedrós mich in jenem Gespräch unter den Opfern jenes kaskadenartigen Absturzes genannt hat –, geht mir durch den Kopf, dass wir, wenn hier Dschungel wäre, sehen könnten, wie die Lianen an den Schaufenstern der geschlossenen Geschäfte hochkriechen, an den Mauern der verlassenen Apartmentblocks, und wie diese Pflanzenmasse die leeren Penthäuser überwuchern würde. Die verlorene Stadt, wie in jenen Abenteuerfilmen, die wir als Kinder so gern sahen. Du läufst Tag um Tag durch den Urwald, und plötzlich stößt du auf eine riesige, mit Laub und Unkraut überwucherte Stadt, Tempel, Statuen, vergrabene Juwelen. Fantasien von Jules Verne oder Salgari.

Mein Freund schließt seinen Auftritt ab:

»Ich weiß nicht, was aus all dem wird, sagte der gute Pedrós, ob die Krise überwunden wird oder nicht, aber für dich, Francisco, und für mich ist das doch egal. Aus unserer Krise kommt man nicht mehr heraus, und das wissen wir beide. Der Tango: Cuesta abajo. Es geht nur noch bergab. Er war am Ende. Und tat mir sehr leid.«

Bernal:

»Aus eurer Krise? Das hat er tatsächlich gesagt? Ist er etwa siebzig wie du? Vierundvierzig oder fünfundvierzig, wenn ich nicht irre. Er ist wirklich ein Fuchs. Was für eine Gabe, Empathie zu erzeugen. Er hatte dich schon fast eingewickelt. Du und er, zwei Rentner, die letzte Strecke ihres Weges betrachtend. Als wäre er nicht schon längst am nächsten Geschäft dran. Darauf kannst du Gift nehmen. Wahrscheinlich war die Pleite auch bloß ein strategisches Manöver, schließlich haben sie ihm nur den Ramsch gepfändet, das, worauf es ankommt, ist auf Amparo überschrieben.«

Unserem Pedrós gelingt es, dass diejenigen weiter von ihm reden, denen er, soweit ich weiß, nichts schuldet – wie das bei Justino aussieht, weiß ich nicht –, das werden über Monate auch die Zulieferer tun, die er nicht bezahlt hat, jene, die ihn nicht leiden konnten und sich freuen, ihn untergehen zu sehen, die Angestellten, die er entlassen hat, und deren geschädigte Familien; diejenigen, die ein halbes Leben dafür gegeben hätten, von ihm auf die Jacht eingeladen zu werden. Das ist der dauerhafte Teil seines Ruhms. Besser als nichts. Ich bemühe mich, nicht über ihn zu reden, denke aber den ganzen Tag an ihn, ich trage zwar nicht dazu bei, seinen Ruhm zu erhalten, aber ich nähre die Erinnerung. Es reden diejenige, die ein Vermögen ausgegeben hätten, um ihn untergehen zu sehen, und jene, darunter ich, die ein Vermögen ausgegeben haben, damit er uns untergehen sieht. Während ich ihnen zuhöre, wie sie über den Sturz von Tomás reden, und den letzten Schluck Bier trinke, denke ich, dass ich heute Nacht wenigstens ein paar Stunden werde schlafen können. Der Alkohol bekommt mir in letzter Zeit gut. Ich schaue auf die Uhr, Justino bemerkt es. Er sagt: Acht vorbei, Esteban, du musst nach der Kolumbianerin schauen. Das Spiel über habe ich einen Carajillo und zwei Gläser Punsch getrunken. Danach sind wir vom Tisch an den Tresen gegangen, und dort habe ich drei Drittel Bier (oder waren es vier?) getrunken, mehr oder weniger das, was ich jeden Abend trinke. Ich weiß nicht, ob dieses balsamische Gefühl, mit dem man aus der Bar geht, von der Partie her kommt oder vom Alkohol, den du dabei trinkst: Du kommst aus der Bar, eingepackt in eine weiche Wattewolke. Ich überlege, ob ich Francisco sage, dass wir uns noch einen Gin Tonic genehmigen sollten, aus einer dieser Flaschen, die der Kellner speziell für ihn bereithält, Bombay Sapphire oder Citadelle.

Früh am Morgen, bevor ich mich auf den Weg machte, habe ich den Käfig mit dem Distelfinken auf die Terrasse gebracht und das Türchen aufgemacht. Der Vogel hat eine kurze Zeit gezögert: Zunächst streckte er nur das Köpfchen vor und schlug ein paar Mal mit den Flügeln, als wolle er losfliegen, dann aber drehte er sich um und ging zurück in den Käfig, begann in dem Fressschälchen zu picken; nach einer Weile begab er sich mit kleinen Sprüngen zur Tür, und diesmal hielt er kaum inne vor einem kurzen Flug, der ihn bis zum Geländer brachte. Dort zauderte er ein paar Sekunden. Nervös wendete er den Kopf ruckartig von einer Seite zur anderen, drehte sich um. Es sah so aus, als wolle er zurück in den Käfig, wohin er schnelle Blicke warf, in dem er ein ums andere Mal das Köpfchen bewegte, als sei es mit dem Körper durch eine weiche, unkontrollierte Feder verbunden. Doch diesmal erhob er sich zum Flug, glitt durch den leichten morgendlichen Dunstschleier, der das Licht mattierte, und wurde immer kleiner, bis er im Blau des Himmels verschwamm. Mir wurden die Augen feucht, als ich ihn aus dem Blick verlor, ein verworrenes Gefühl: Ich fand es wunderschön, ihn so frei fliegen zu sehen, und war sehr traurig, ihn zu verlieren. Außerdem musste ich schlucken in Gedanken daran, dass auch er nicht der Katastrophe entgehen würde. Er ist es nicht gewohnt, sich die Nahrung selbst zu suchen, sich gegen die kleinen Feinde in der Umgebung zu wehren, es wird für ihn schwierig werden, in Freiheit zu überleben. Dennoch war es wunderbar, ihn fortfliegen zu sehen, wie er in diesen klaren Winterhimmel eintauchte: der leichte Dunstschleier des Morgens, die Präzision des Vogelflugs, das zerbrechliche Licht der aufgehenden Sonne, die mit weichem Gold das Blau beschlug. Das Ensemble vermittelte die Illusion von Freiheit, eines unverseuchten Genusses. Auch wir Menschenwesen begeben uns ungeschützt in unsere Umwelt. Bei diesem Gedanken werden mir wieder die Augen feucht. Ich könnte heulen. Ich schlage mit der Faust aufs Steuerrad (Obacht mit dem Airbag, bei einem Schlag wie eben könnte er herausspringen), bevor ich die Tür des Toyotas öffne, ich brauche genügend Raum, um mir die Gummistiefel anzuziehen, die auf dem Boden vor dem Beifahrersitz liegen. Während ich hineinschlüpfe, sehe ich erneut die Gestalt des Vogels, der kleiner wird, bis man ihn aus dem Blick verliert, das Gesicht von Liliana: Wissen Sie, ich habe das Glück gespürt, als ich dachte, dass mich das Glück erreichen wird, ich habe die Vorbereitungen für etwas gespürt, die innere Unruhe, wie wenn man einen wichtigen Gast erwartet und das Haus herrichtet, alles an seinen Platz stellt, die Möbel abstaubt, die Gläser blank reibt, während aus der Küche der Geruch des besonderen Gerichts dringt, das man bereitet hat. Jetzt ist es Álvaro von der anderen Seite des Tisches im kleinen Büro: Du hättest wenigstens etwas früher Bescheid geben können. Meinst du denn, ich wusste, dass es so enden würde? Eine konfuse Mischung aufgelöster Gefühle in seinen Augen. Ich habe Álvaro beigebracht, das ist jetzt vierzig Jahre her, im Sumpf zu fischen und zu jagen, so wie es mir mein Onkel beigebracht hatte. Mitte der Siebziger: Álvaro ist ein tatkräftiger Mitarbeiter in der Werkstatt, der die anstehenden Aufgaben perfekt erledigt. Trotz des Vater-Gespensts, das über unseren Köpfen wacht, kommt es zu einer Art Freundschaft. Ich bin gerade von meiner, wie sich erweisen sollte, letzten Eskapade zurückgekehrt, und er ist immer noch auf dem Posten, wie vor meinem Aufbruch, der treue Sohn meines Vaters. Manchmal schließt er sich mir samstagmorgens an, wir machen gemeinsam Picknick, er lernt mit dem Gewehr umzugehen, bewundert, dass ich so viel über den Sumpf weiß: Da siehst du, Álvaro, die Zeit macht alles kaputt, lässt es verschwinden, was soll ich dir sagen, zwei Brüder, was hätte ich Besseres haben mögen, ich hätte gewollt, dass es zwischen uns besser läuft, und für dich auch, klar, obwohl du dich eigentlich nicht beklagen kannst, eine sichere Arbeit mit wenig Verantwortung, ein Haus, eine Familie. Es tut mir vor allem weh, dass es bei mir nicht anders gelaufen ist; dieses Provisorische, das sich über Jahrzehnte ausdehnt, und wenn es dir bewusst wird, geht das Leben zu Ende, und die Dinge haben sich nie so entwickelt, wie man es sich vorgestellt hat, sie ließen sich nicht unter Kontrolle bringen. Was wäre mir lieber, was wäre mir lieber gewesen. Es sind seine Augen, der Glanz in seinen Augen, den ich im Aufblitzen der Sonne sehe. Deine Augen, Álvaro. Der Vogel wurde kleiner und versank am Himmel zwischen den Sonnenstrahlen. Der Glanz der Augen, ein winziger Funke, der die Pupille aufglänzen lässt, die jetzt ein Pinselstrich Blut umrahmt. Die Pupille schwimmt in diesem rötlichen Nass, genau wie die Sonne, als sie gerade aus dem Meer aufstieg: ein roter Ring, der auf einer Blutlache trieb. Warum wundert es mich, dass Álvaro mich hasst oder mich verachtet, ich liebe meinen Vater ja auch nicht und habe doch das ganze Leben mit ihm verbracht. Álvaro hat mich Dutzende von Male am Wochenende begleitet, an Tagen wie heute, an denen man saubere Winterluft atmet. Wir beide allein unter dem gewaschenen Himmel, zu Fuß durch diesen leuchtenden Raum, in dem das Licht jeden Gegenstand isoliert, seine Körperlichkeit betont, ihn vom Hintergrund abhebt und die ganze Landschaft wie einen Ausschneidebogen wirken lässt: Nach den ersten Herbstregen wird die schwere Luft über dem

Sumpf dünner, und der faulige Geruch nach stehendem Gewässer wird ersetzt durch einen anderen mit pflanzlichen Qualitäten. Frische Pflanzen, eben erst gesprossen. Ein Geruch, den ich auch jetzt wahrnehme, eine stimulierende Kräftigung, die mein Ausschreiten energischer macht, meine Arme schwingen höher, kraftvoller, meine Schritte sind länger und schneller, ich trete fester auf; einen Augenblick lang sehe ich wie ein selbstsicherer Mann aus, der sich das holt, was er will. Ich schreite auf dem Pfad voran: Nur das Säuseln des Schilfrohrs ist zu hören, wenn ich es beiseiteschiebe, das leichte Schnalzen, wenn es meine Schulter trifft oder beim Zurückschnellen gegen meinen Rucksack schlägt, dazu das monotone Schmatzen der Gummistiefel, wenn sich die Sohle von dem schlammigen Untergrund löst. Das Krächzen eines Raben, das Flattern der Wasserhühner, die fast zwischen meinen Füßen hervorkommen, ich schrecke sie auf und sie mich mit dem Schlagen ihrer Flügel, die knatternd die Luft durchschneiden. Der Hund läuft hypnotisiert dem Geflatter nach, bleibt am Rand des Wassers stehen und dreht den Kopf nach zwei Enten um, die zum Flug starten. Er bellt. Geräusche, bei denen die Luft wie Glas splittert. Das Platschen, wenn ein Tier ins Wasser springt: ein Frosch, eine Kröte, eine Ratte, das Bellen des Hundes, das laut in der Glaskuppel des Himmels widerhallt. Ich gehe und glaube in eine andere Welt einzutauchen, die von anderen Wesen bewohnt und von anderen Gesetzen regiert wird. Wie mein Vater verspüre auch ich auf einmal den Wunsch, für immer hier zu bleiben. Auch ich bin ein seinem Habitat entrissenes Wesen, wenn ich aus diesem Labyrinth herauskomme. Der Hund dreht sich nach mir um, rennt nervös an mir vorbei, trottet dann schwanzwedelnd zurück, schmiegt sich an mein Bein, springt hoch und legt mir die Vorderpfoten auf den Bauch. Ich streichle ihn, kraule seinen Kopf, den Rücken, und Rührung überfällt mich. Unsere Schuld walzt deine Unschuld nieder, mein Hundchen. Der Wind ist eingeschlafen, und die Stille schmerzt mitunter, ein Hinweis auf das nahende große Schweigen, das alles besetzen wird. An manchen Wintertagen drückt der Nordwind das Rauschen der Staatstraße 332 oder das noch intensivere der Autobahn ins Sumpfgelände, der ständige Lärm der Autos und Lastwagen, ein Geräusch, das von der winterlichen Himmelskuppel verstärkt wird, während der heiße Sommerdunst es zu schlucken scheint, wie ein Löschpapier oder ein Schwamm Flüssiges aufsaugt. Heute nicht, heute weht kein Wind und kein Lärm dringt herein, alles reglos, kein Atemzug. Du gehst dem willkommenen Messer der Kälte entgegen und spürst seine unbewegte Schneide in dich eindringen. Ich habe den Geländewagen weiter oben geparkt, weil ich den Spaziergang genießen will, doch die Betrachtung der Landschaft und meine Gedanken lenken mich nicht von meinem Ziel ab, ich weiß bereits, wie weit ich morgen mit dem Toyota komme. Ich habe die Breite des halb überwucherten Weges geschätzt, die Festigkeit des Untergrunds, habe festgestellt, dass ich mit dem Wagen bis dorthin komme, wo der Pfad auf Wasser stößt, auf die Ausbuchtung der Lagune, den nierenförmigen Weiher, der sich in den Sommermonaten von dem Rest des sumpfigen Wassersystems abkoppelt; mein Onkel und ich haben ihn jahrelang als Speisekammer gesehen, eine natürliche Fischzucht, die morgen mit Nährstoffen angereichert wird, da kommt zusätzliches Futter auf die Tierchen zu, es wird sie ernähren, dafür allerdings die Quelle vergiften, von der mein Onkel mich trinken gelehrt hat. Gut und Böse wieder einmal durchmischt. Hier habe ich zum ersten Mal den Angelhaken bestückt, die Angelschnur ausgeworfen und zwei winzige Fischchen rausgezogen (ich weiß nicht, von welcher Sorte, vermutlich ein Steinbeißer und eine Schleie), die meine Großmutter an jenem Abend zubereitete. Sie hatte einen Kartoffeleintopf mit Knoblauch, süßem Paprika und einem Lorbeerblatt gekocht. Die zwei sind für den Jungen, der sie geangelt hat. Auf dem Rückweg hatte es zu regnen begonnen, und wir mussten uns in den verfallenen Bau flüchten, wo wir das Fahrrad untergestellt hatten. Als wir sahen, dass der Regen nicht aufhörte und der Himmel immer dunkler wurde, wagte sich mein Onkel mit dem Fahrrad hinaus, ich saß auf der Stange, eingewickelt in ein Gummicape, das auch meinen Kopf bedeckte, der Regen prasselte darauf, und ich saß in dieser Verpackung wie in einem Ofen; vom Körper meines Onkels erreicht mich ein warmer Dunst, ich höre die dicken, immer dichter fallenden Tropfen auf der Gummioberfläche platzen. An solchen herbstlichen Regentagen, aber auch im Winter dringt das Heulen des Meeres bis tief ins Sumpfgelände. Bei Flut füllen die Wellen den Sumpf auf, sie fallen über die Flussmündung und die Entwässerungskanäle ein, und der Spiegel des Sees zerbricht in tausend Stücke, die sich wie Splitter aus flüssigem Metall nervös zusammenballen und wieder auseinanderfahren, dabei ständig ihre Form und Position verändern. Der Marjal wird lebendig, alles ist Bewegung: das Wasser, das Schilfrohr, das Gestrüpp, alles in heftigster Erregung. Ich habe es Dutzende Male gesehen, aber die Erinnerung konzentriert sich auf jenen Nachmittag, als plötzlich der Himmel dunkel wurde und der Tag in eine fremdartige Nacht kippte, getaucht in ein bleiches Licht, das aus dem Wasser zu quellen schien. Die Blätter, das Röhricht, die grüne Böschung, alles gab Licht ab, das auf die schwarzen Wolkenbänke projiziert wurde: eine Landschaft als Negativ. Mein Onkel führt mich an der Hand durch diese Albtraumlandschaft bis zu dem verfallenen Schuppen, in den er sein Fahrrad eingestellt hat. Ich höre den Lärm des Regens, der auf die Ziegel prasselt, und sehe das Gespensterlicht, ein optischer Effekt auf der dem Eingang nahen Ziegelwand, der diese plötzlich tiefrot glänzen lässt und ihre Unebenheiten hervorhebt. Heute Morgen dagegen herrscht absolute Ruhe, kein Motorengeräusch ist zu hören, keine Stimme bricht die Luft, und das Wasser spiegelt in seiner Stille den Himmel, die Wolken, die ihn überqueren, und die Vegetation am Ufer, unbeweglich verdoppelt das Wasser die veränderliche Landschaft. Während ich hier so laufe, denke ich, dass mir fast alles, was ich kann, von meinem Onkel beigebracht wurde. Das Gewehr zu handhaben, den Köder zu wählen, der einer Meeräsche am besten mundet, mit fauligen Innereien Fallen vorzubereiten, in die alsbald die Krebse einfallen, die Reusen für die Aale auszulegen, ja, selbst alles, was ich vom Schreinern weiß, habe ich von ihm gelernt. Er hat mich fast alles gelehrt, nur nicht diese verzweiflungsvolle Sicht auf die Welt und die Überzeugung, dass es kein menschliches Wesen gibt, das es nicht verdient hätte, als schuldig behandelt zu werden. Das habe ich mit dem Blut meines Vaters geerbt, hat sich mir über seine raue Stimme und seinen harten Blick vermittelt. Wie Leonor sagen sollte: Ein Mann im Krieg, der sich für die Entscheidungsschlacht rüstet. Ja, das hat er mir beigebracht, er, der mir kein Quäntchen der Naivität hat durchgehen lassen, die man braucht, um etwas anzustreben. Ich wurde weder Bildhauer noch Kunsttischler, ein Beruf, bei dem es laut Lexikon um die Verarbeitung edler Hölzer geht, um die Herstellung schlanker Möbel, Schreibtische mit Reliefs im Stil der Renaissance, wie der von meinem Vater und Großvater angefertigte, Schränke mit Akanthus- oder Blütenblättern in den Profilleisten, Bettkopfteile aus Lindenholz mit geschnitzten Mohnblüten oder Intarsienarbeiten, Tischchen mit in Rosenholz eingelegten Lilien oder Art-déco-Mustern in strenger Eiche, in Ebenholz, nichts davon hat je jemand bei mir in Auftrag gegeben, weder hätte ich es machen können, noch hat es mich interessiert. Ich bin nicht mal Schreiner gewesen. Nachdem ich die Kunstakademie aufgegeben hatte (unter Opfern habe ich dir die Chance gegeben, die Germán nicht hatte, sagte er, die Chance, das zu erreichen, was ich nicht erreichen konnte; später erfuhr ich, dass die Sache etwas anders lag, ich ersetzte Germán bei diesem Projekt: Wir haben ihn beide enttäuscht, zusätzliches Holz für seinen Scheiterhaufen). Nie hat mir mein Vater vorgeschlagen, etwas gemeinsam zu bearbeiten, er hat mich auch nicht dazu angeleitet, solche Arbeiten selbständig zu schaffen, ein Möbeltischler zu werden, der den anderen zur Bewunderung und Freude ein paar schöne Stücke hinterlässt, wenn es so weit ist. Ich habe mich auf sein Projekt nicht eingelassen, und er gab mich verloren. Ich gab mich selbst verloren. In seiner Jugend hatte mein Vater durchaus Pläne, Ehrgeiz: Er wollte in seinem Handwerk einige Stufen höher als sein Vater gelangen, ein guter Möbeltischler, dem es, weil er hier und nicht in einer großen Stadt lebte, an Gelegenheiten fehlte, seine Fertigkeiten weiterzuentwickeln, der aber einige Stücke hinterlassen hat, einige der Möbel in diesem Haus, das nie das meine war, und in dem ich noch bis vor Kurzem wie in einem Gasthaus der alten Art gewohnt habe, wo der Wirt die Gäste zurechtweist, wenn sie zu viel Wasser beim Duschen verbrauchen, den Ofen anzünden oder bis spät im Licht der Nachttischlampe lesen.

Mein Onkel verteidigte ihn:

»Ich war ein eher gutwilliger als geschickter Junge, bemühte mich, Gelegenheitsarbeiten für die Nachbarn zu erledigen, die sich noch an die Werkstatt und die Arbeit deines Vaters und Großvaters, denen ich zur Hand gegangen war, erinnerten. Die Leute, die mir in diesen schwierigen Jahren, als ich allein dastand, ohne den Vater und den großen Bruder, Arbeit gaben, erwarteten keine großen Dinge von mir, sie handelten eher aus Solidarität oder Mitleid mit der Familie als in Anerkennung meiner Fähigkeiten. Sie gaben mir den Auftrag, einen Schuppen für Krimskrams zu bauen, einen Kaninchenstall, ein Taubenhaus für die Dachterrasse. Nichts fürs Innere des Hauses, nichts für die Orte, die man auch in den ärmlichsten Häusern für wichtig hält, weil sie Bühnen sind für die Würde oder zumindest die Schicklichkeit. Meine Mutter und die deinige gingen für fremde Leute putzen und waschen, und in der Erntesaison arbeiteten sie beim Orangengroßhandel. Als dein Vater zurückkam, war in der Werkstatt so gut wie nichts mehr, man hatte einen Großteil der Maschinen weggeschafft, auch das Material, und sie hatten die Möbel zertrümmert. Der von deinem Großvater gefertigte Tisch, die Nussbaumstühle und die Schreibtischgarnitur blieben nur erhalten, weil wir sie im Heuschober versteckt hatten. Andere Möbel haben sie fortgeschleppt, einen Schrank, eine Kredenz, sicher veredeln die noch heute irgendein Haus in Olba.«

»Aber hat denn nicht mein Vater diese Möbel gemacht?«

»Der Großvater hatte sie begonnen, aber dein Vater hat sie mit Schnitzwerk versehen.«

»Und danach hat er kein einziges Möbel mehr geschnitzt?«

»Du musst wissen, die Möbel haben wir im letzten Augenblick gerettet, er kam gerade von der Front zurück, konnte sich kaum auf den Beinen halten, aber er, deine Großmutter und ich, wir haben sie zu dritt in den Schober geschafft...«

»Und meine Mutter, war die nicht da, hat sie nicht geholfen?«

»... wir haben die Möbel im Heu versteckt, ein Heuhaufen, der bis zum Dach reichte, wir haben sie mit Arbeitsgerät, Kisten und alten Brettern bedeckt. Sie kamen zum Plündern. Der Begriff Plündern ist albern für die Zerstörung eines Hauses, in dem es kaum etwas zu beißen gab, aber da waren die wenigen Maschinen, das Werkzeug und vor allem (irgendein Nachbar hatte sie wohl informiert) die vom Großvater gefertigten Möbel, sein ganzer Stolz, sein Lebenswerk, das er nicht vollendet sah, der Schatz eines ärmlichen Hauses, sie passten nicht zum Rest des Mobiliars, aber sein Plan war ja, nach und nach das ganze Haus mit seinen Möbeln auszustatten, den Esszimmertisch zu fertigen, die Betten, die Nachttische, die Schränke, in seinen Heften hatte er sie alle gezeichnet, er zeigte sie mir. Die dann kamen, musst du wissen, waren so besoffen, dass sie sich damit amüsierten, den Hühnern nachzujagen und die Kaninchen aus den Ställen zu holen, und so achteten sie gar nicht auf den Heuschober, nahmen wohl an, dass da nur elendiges Zeug zu finden war. Ein Heuhaufen.« Ich betrachtete die Augen meines Onkels, und es war mir, als spiegelte sich in ihnen, was das Kind gesehen hatte.

»Was haben die denn getan? Was haben seine Augen gesehen?«, fragte ich die Mutter.

»Nichts. Er sah sie das Haus plündern, und dann sah er sie noch ein paar Mal betrunken unter dem Fenster vorbeigehen.«

»Und die sind nicht wiedergekommen?«

»Sie kamen noch mal zu einer Durchsuchung, sie suchten nach Waffen, aber es gab keine, das Jagdgewehr deines Großvaters hatten wir vergraben, das, was später dein Onkel benutzt hat und was er dir überlässt, wir hatten es draußen im Olivenhain vergraben, sie suchten auch Papiere und Bücher, die hatten wir aber ein paar Tage zuvor verbrannt oder ebenfalls vergraben.«

»Und sind sie noch mal gekommen?«

»Nein, sie sind nie wieder gekommen«, erwiderte sie, das Gespräch abschneidend.

Man bedenke: Nie wieder, das klingt eigentlich schrecklich, aber unter solchen Umständen hat es etwas Hoffnungsvolles: Sie würden nie wieder kommen. Auch du, Liliana, wirst nicht mehr ins Haus kommen, nie wieder, und in diesem Fall weiß ich nicht, ob das Wort schrecklich oder hoffnungsvoll ist, so wie ich nicht weiß, ob es mir eines Tages gelingt, deine Stimme nicht mehr zu hören. Ich denke schon, am Ende verschwimmt alles, auch wenn bis dahin eine Spanne Zeit vergehen wird, du weißt ja, Groll dauert sehr viel länger als die Liebe; deine Stimme: Nein, heute werde ich Ihnen gar nichts erzählen, Sie sollen sich keine Sorgen machen, ich will nicht, ich habe Ihnen gesagt, ich weine über meine Angelegenheiten, aber fragen Sie nicht nach, ich hab doch gesagt, dass ich nichts erzählen will, und dabei bleibt's. Aber du hast es mir doch schon gesagt, mit deinen Augen sagst du es mir, heb das Köpfchen, so, ich halte dein Kinn, schau mir in die Augen, wieder diese Tränen, du willst, dass ich mich nicht sorge, und dann sehe ich dich weinen, das geht doch nicht; andersrum wird ein Schuh draus, wenn du mir nichts erzählst, sorge ich mich erst recht, lass mich raten, du brauchst mir nichts erzählen, mal sehen, ob ich es treffe, du musst bloß den Kopf senken, wenn es stimmt. Wilson hat wieder das Geld ausgegeben, ist es das? Du senkst nicht den Kopf? Etwas Schlimmeres? Hat er dich geschlagen? Das darfst du dir nicht gefallen lassen, du weißt ja, wenn du Anzeige erstattest, bekommst du Schutz vom spanischen Staat und automatisch die Staatsbürgerschaft, ich hoffe, er hat nicht die Hand gegen dich erhoben. Ist er abgehauen? Verzeih, wenn ich das so sage, aber wenn er abgehauen wäre oder dich geschlagen hätte, dann würdest du zunächst leiden, schließlich ist es dein Mann, der Vater deiner Kinder, den du liebst oder geliebt hast, aber eigentlich hätte er dir einen Gefallen getan, denn für dich ist dieser Mann doch ein Klotz am Bein. Das sage nicht ich, das erzählst du. Du schüttelst den Kopf. Er hat dich weder geschlagen, noch hat er sich abgesetzt. Na also, alles andere lässt sich richten. Ich sag dir doch immer, weder das Gute noch das Schlechte kommt, um ewig zu bleiben, es hält sich eine Weile bei uns auf, und dann zieht es weiter, sucht andere Leute heim, in Häusern, die nicht die unseren sind. Das Glück ist nicht von Dauer. Komm schon, zieh nicht dein Kinn weg, lass mich dein Haar streicheln, mein Kindchen, arme Liliana. Was ist nur? Du schüttelst wieder den Kopf? Ich will nicht, will Ihnen nicht wieder das Gleiche erzählen. Ich schäme mich. Aber zwischen uns beiden, wer wird sich da schämen, zwischen Vater und Tochter? Komm her, lass dich umarmen, ja, so, leg deinen Kopf auf meine Brust, du hast weiches Haar, stark und weich. Auch du bist stark und weich, du hast die Fähigkeit zu leiden, das Leben hat dich gegerbt. Sei unverzagt, Kindchen. Weine in aller Ruhe, weine die Traurigkeit heraus. Weinen erleichtert, entspannt. Wart mal, ich hol das Taschentuch heraus und wisch dir die Tränen ab, so ist es besser. Ich schäme mich einfach, Ihnen immer mit der gleichen Geschichte zu kommen, jeden Monat wieder, Sie haben doch gar keine Verpflichtung mir gegenüber, ich verstehe sofort, wenn sie das irgendwann satthaben und sagen, dass ich mir mein Leben einrichten muss, dass das mein Problem ist, diese ewige Geschichte, dass nichts im Kühlschrank ist, dass ich nichts habe, was ich den Kinder kochen kann, und nichts, um die Miete für die Wohnung zu zahlen. Irgendwann langweilt das, ich verstehe, dass das am Ende langweilt. Ich habe große Angst, dass sie mich eines Tages satthaben. Wie kannst du das nur sagen, dich satthaben, man hat eine Tochter nicht satt, so eine Zuneigung, die kann man nicht nach Belieben an- und ausknipsen, die gehört dir, komm, wein ruhig, dein Gesicht an meiner Brust. Wie viel brauchst du diesmal?

Warum bin ich in dieser Nacht nicht in meinem Bett? Was wandle ich durch das Haus, spärlich vom Mondlicht beleuchtet, wenn ich mich an den Fenstern des Esszimmers vorbeibewege, und in völliger Dunkelheit, wenn ich den Flur entlanggehe, vorbei an den Zimmertüren, hinter denen meine Geschwister schlafen? Vielleicht bin ich aufgewacht, habe das Bett, in dem normalerweise der Onkel, mit dem ich das Schlafzimmer teile, schläft, leer gesehen und bin hinausgegangen, ihn zu suchen. Ich bin fünf Jahre alt. Rechts vom Flur ist die Treppe, die hinunter zur Werkstatt führt. Um den Riegel an der Tür zu erreichen, muss ich mich auf die Zehenspitzen stellen. Es gelingt mir, ihn aufzuschieben. Am Ende der Treppe, unter der Tür zur Werkstatt, ist ein Lichtstreifen, auf den ich mich zubewege, voller Angst zu fallen, ich taste nach der Wand, suche vorsichtig jede Stufe, und als mir dort unten gelingt, die Tür zu öffnen, steht da mein Onkel, den Kopf gebeugt, blickt er auf etwas, das ich nicht erkennen kann, doch je näher ich komme, sehe ich, dass er einen kleinen Holzkarren in den Händen hält, Aufregung erfüllt mich und ich laufe, so schnell es geht, die Strecke, die uns trennt, er hebt überrascht den Kopf und ich greife den Karren, ziehe daran, um ihn an mich zu reißen, aber er hält ihn gut fest und schaut mich belustigt an, die Räder drehen sich, er gibt ihnen mit dem Zeigefinger Schwung, ich lockere den Druck meiner Hände und entdecke, dass auf der Bank rechts ein dünnes Brett liegt, das in Wirklichkeit die Silhouette eines Pferdes ist. Die erste Bewegung meines Onkels, als er meiner ansichtig wurde, war der Versuch, das Pferd unter einem Tuch zu verstecken, das er neben sich liegen hat, als er aber merkt, dass ich es gesehen habe, gibt er auf und lächelt, lässt die Räder kreisen, löst behutsam meine Hände vom Karren und kehrt zu der Tätigkeit zurück, der er bei meinem Auftauchen nachging. Er legt dem Pferd Zügel an, führt einen dünnen Lederstreifen durch ein kleines Loch neben der Unterlippe des Pferds. Ich habe dich erwartet. Ein Page hat dich geweckt. Die Heiligen Drei Könige haben mir gesagt, du darfst den Wagen sehen und einen Moment lang anfassen, dann musst du aber wieder ins Bett und schlafen, damit sie es dir übermorgen, an dem Tag, an dem die Kinder ihre Geschenke bekommen, unters Bett legen können. Jetzt bin ich es, der die Räder kreisen lässt, indem ich mit dem Finger am Rand entlangfahre, ich sehe mein erstes wirkliches Spielzeug, es ist das erste Mal, dass die Heiligen Drei Könige bis zu unserem Haus finden. Ich feiere es heute Nacht, da ich aus dem Schlafzimmer gegangen bin, den Flur im Dunkeln durchquert habe, mit den Händen nach der Wand tastend, und dann hat mich das Licht unter der Tür zur Werkstatt gezogen. Er begleitet mich zurück ins Schlafzimmer, schaltet im Vorbeigehen die Lichter an. Wie bist du denn im Dunkeln die Treppe runtergekommen? Du hättest dir das Genick brechen können. Jetzt ab ins Bett mit uns zwei, wir schlafen jetzt beide, sagt er, während er die Bettdecke aufschlägt, damit ich hineinkrieche. Und deckt mich bis zum Kinn zu. Barfuß bei dieser Kälte, sagt er. Dann setzt er sich auf sein Bett und zieht sich die Schuhe aus. Denn mein Vater, der die Möbel geschnitzt hat oder nicht, hat mir nie ein Spielzeug gemacht, einen Karren, einen Pinocchio mit langer Nase, ein Rad. Ich kann mich nicht daran erinnern, dass er irgendeinem meiner Geschwister ein Spielzeug gemacht hätte, nicht einmal Carmen. Ich denke es und sehe erneut die Hand des Onkels, der mich zum Jahrmarkt führt und mir an der Schießbude einen kleinen Blechlaster schießt; er hängt an einem breiten Papierstreifen, den der Onkel mit nur zwei Schüssen durchtrennt. Der Budenbesitzer beglückwünscht ihn zu seiner Treffsicherheit: Sind Sie Jäger? Und der Onkel wendet sich mir zu: Jetzt kannst du eine Transportfirma aufmachen und dir das Leben verdienen, lacht er, du hast einen Karren, ein Pferd und einen Laster, fehlt nur noch das Benzin. Später führt er mich, die Hände auf meine Schultern gestützt, hin zu einem Go-Kart, das wir gemeinsam besteigen. Der metallische Lärm der Lautsprechermusik, die Lichter, die bunten chinesischen Papierlampions, die Erwachsenen tanzen, die Musik, wieder sehe ich das Volksfest vor mir, höre die Musik, die Paare tanzen unter den Glühbirnen und den Lampions, Machín, Bonet de San Pedro, die Lieder, die meine Mutter beim Bügeln singt, und jetzt höre ich die Stimme meines Onkels, zwanzig Jahre später: Er sagt mir, wir Menschen stellen die großen Zahlen mit kleinen Zahlen dar. Ich habe den Militärdienst hinter mir, habe die Kunsthochschule aufgegeben und habe ihm gesagt, dass ich in der Schreinerei arbeiten will, und er sagt zu mir: Das Kleine ist der Keim des Großen, wie der Fötus den Menschen enthält. Und an diesem sonnigen Morgen spüre ich, dass es so ist, das Glück beschränkt sich auf das magere Holzpferd und den Karren, den Blechlaster und die Lichter des Jahrmarkts und auf den scheppernden Lärm der Elektroautos und die Funken, die an der Decke in dem Spinnennetz von Kabeln aufzischen. Und diese Kirmes-Gerüche: Zuckerwatte, Karamelläpfel, das Frittieröl des Gebäcks.

Er spricht zu mir:

»Esteban, der Mensch würde keine großen Werke zustande bringen ohne die kleinen Arbeiten, in dem Modellbau eines Schreiners ist das ganze Gebäude enthalten, das der Architekt entwirft und baut, es gibt keine großen und kleinen Berufe: Ich freue mich, dass du beschlossen hast, bei uns in der Schreinerei zu bleiben, aber es wäre nicht schlecht, wenn du das im Gedächtnis behalten würdest. Vergiss nicht, dass Gott sich auf einen Stuhl und an einen Tisch setzt und in einem Bett schläft. Wie jedermann. Er kann auf die Altarbilder verzichten, auf die Statuen und Bücher, die ihm gewidmet sind, die Bibel eingeschlossen, aber nicht auf seine Stühle, Tische und sein Bett« – mühte sich mein Onkel. Er wollte, dass ich mich wohl in meinem Beruf fühle. Dass ich ihn lieben lerne. Er glaubte, dass ich das Verlassen der Kunsthochschule als Scheitern erlebte. Sicherlich ahnte er, dass es mir nicht gelang, mich ein wenig selbst zu lieben. Aber mir schien das nichts als Rhetorik – was es war –, denn die Wahrheit lag darin, dass ich seit Neuestem mit Leonor ausging, und sie war es, die ich liebte, und durch sie lernte ich mich selbst zu lieben. Ich lernte meinen Körper mit jeder Parzelle des ihren kennen, und mein Körper gewann an Wert, weil er Teil des ihren war, dessen Ergänzung, ich dachte, wir teilten uns zwei Körper, die sich nicht trennen und auch nicht für sich allein leben konnten. Wir trafen uns, wann immer ich eine freie Minute hatte. Ich lief zu ihr, sobald mein Arbeitstag in der Werkstatt zu Ende war. Mein Vater: Darf man wissen, wohin so eilig? Wir suchten Zuflucht in den letzten Reihen des Kinos in Misent (wir gingen nach Beginn der Vorstellung hinein, damit uns in der Dunkelheit keiner erkannte), wir vögelten am Strand hinter den Dünen, mieteten Zimmer in den Gasthäusern, in denen sich Seeleute und Nutten trafen. Ich nahm sie mit ins Sumpfgelände, und ihr Körper war der einzige, der mir nicht das Gefühl gab, dem Sumpf die Reinheit zu nehmen. Wunderschön, ihr schlickbedeckter Leib, der nach jener Fäulnis roch, auf der wir uns gewälzt hatten. Wir wuschen uns in der Nähe der Quelle, wo das Wasser sauberer war. Erregend, diesen Boden zu betreten, der schlüpfrig war wie die Haut eines Reptils, die Berührung mit den Pflanzen, die im Wasser trieben und zart streichelnd unsere Haut streiften, die grünen Fasern, die im Wasser schwebten und an der weißen Haut kleben blieben, ihr das Aussehen eines verletzten Leibs gaben, der nach Zärtlichkeit fleht, der leichte Geruch nach Schlamm und Fäulnis. Die Gesänge auf die Werkbank und die Säge, die mein Onkel anzustimmen sich bemühte, erschienen mir so unnütz wie die düsteren Klagen meines Vaters. Das frische Wasser der Lüge, so leicht zu trinken. Die Wahrheit war jenes Fleisch in meinen Händen, der Speichel, die Zähne, die sie stöhnend in meinen Hals schlug, der feuchte, klebrige Leib, den ich im Schlamm umarmte. Ich wollte nicht in der Schreinerei bleiben, die Wahrheit war, ich wusste nicht, was ich wollte.

Rückseite des Kalenders von 1960, den Estebans Vater ganz hinten im Schrank in einer der vielen Mappen mit Lieferscheinen verwahrt hat; der Schrank steht in der als Büro bezeichneten verglasten Empore, zu der man über eine Schiebeleiter gelangt. Vom Kalender fehlt nur das erste Blatt, das Deckblatt, aber man kann davon ausgehen, dass es sich um den des Jahres 1960 handelt; auf den einzelnen Monatsblättern ist das Jahr nicht verzeichnet, doch auf der letzten Seite stehen unten ganz klein gedruckt Name und Anschrift eines grafischen Betriebs und darunter das Datum, an dem der Kalender offensichtlich gedruckt worden ist. September 1959. Seitdem diese Notizen geschrieben worden sind, hat keiner sie in Augenschein genommen, nicht einmal Esteban, der sich nicht darangemacht hat, den Berg von alten Papieren zu durchforsten, die praktisch den gesamten Schrank füllen, der etwa fünfeinhalb Meter breit und drei Meter hoch ist und dessen Abteile jeweils in acht Fächer aufgeteilt sind. Die zwölf Blätter zeigen Bilder von Frauen in regionalen Trachten, die vor bekannten Sehenswürdigkeiten ihrer Region posieren. Die Bildunterschrift auf dem Januarblatt lautet: Kastilische Frau neben der Stadtmauer von Ávila; zum Februar heißt es: Navarresin aus Valle de Ansó; zum März: Katalanische Pubilla vor ihrem Hof; April: Sevillanerin am Fuß des Goldenen Turms. Mai: Frau aus Valencia in typischer Tracht. Juni: Fischerinnen aus Coruña. Juli: Frau aus Coria (Cáceres). August: Eine Dulcinea bei den Mühlen von Campo de Criptana. September: Baskische Gastwirtin. Oktober: Frau aus Zaragoza, eingekleidet für die Fiesta del Pilar. November: Frau aus Teneriffa im Schatten des tausendjährigen Drachenbaums. Dezember: Frau von den Balearen. Die handschriftlichen Texte befinden sich auf den Rückseiten der Kalenderblätter von Juni bis Oktober (jeweils inklusive). Sie sind mit Bleistift und in sehr kleiner Schrift geschrieben, einige Passagen sind vollkommen verwischt und unlesbar, werden also im Folgenden nicht wiedergegeben.

Ich bin fünfzehn, als ich plötzlich meinen Vater höre. Er ist auf seinem ersten Fronturlaub, ich bewundere und befühle seine Uniform, achte nicht auf die schlechte Stoffqualität und darauf, dass sie für jemanden geschneidert scheint, der zehn Zentimeter kleiner und zwanzig Kilo schwerer ist. Ich weiß noch nicht, dass ich bald die gleiche Uniform tragen werde. Er hat es eilig, mir das zu vermitteln, was er weiß. Er kümmert sich um meine Bildung, um das, was jedes Leben umgibt und ihm einen gewissen Sinn gibt, das, was dich vom Schicksal befreit und von der verdammten göttlichen Vorsehung und dich zu einem Menschen macht, der selbst entscheiden kann: Du bist als Einziger dafür verantwortlich, mit dem Material, das die Natur dir mitgegeben hat, das Beste aus dir zu machen, zu mehr bist du nicht verpflichtet, aber auch nicht zu weniger: diesen Satz trichtert er mir förmlich ein. Er denkt wohl, dass ihm, der wieder an die Front muss, vielleicht nur noch wenig Zeit bleibt, mir das beizubringen, was er weiß. Der Krieg macht, dass alles schnell vorbeigeht und niemand langfristige Pläne schmiedet. Aber ich kann auch zehn Jahre zurückgehen und entdecke da an ihm den gleichen pädagogischen Eros. Ich bin acht, er hält mich an der Hand und erzählt mir von den Orten, von denen das am Hafen von Valencia gestapelte Holz herkommt: von den Wäldern im Kongo, aus dem amazonischen Urwald, aus Skandinavien, Kanada oder den USA, Landschaften, die ich später in Filmen und in der Wochenschau sah. Das Kind glaubt, er denkt sich das aus. Ich weiß nicht, ob damals Holz von so vielen fernen Orten nach Valencia kam. Vielleicht bin aber auch ich es, der die Erinnerung verfälscht und ihm Worte in den Mund legt, die er nicht ausgesprochen hat; aber ich glaube es nicht. Ich kann mir den Nachmittag am Hafen von Valencia so genau vergegenwärtigen, als sei das alles heute passiert. Warum waren wir nach Valencia gefahren? Zum ersten Mal sehe ich eine große Stadt. Im Krieg war ich dann in Madrid und Zaragoza, und ein paar Jahre zuvor mit der Schule für Kunst und Handwerk in Salamanca. Danach habe ich keine weiteren Großstädte mehr kennengelernt, da war das Gefängnis und danach, bis heute: Olba. Ich glaube, wir wollten eine Schwester meiner Großmutter besuchen, die war krank, und meine Großmutter hatte gesagt, sie wolle sie ein letztes Mal sehen: ein Festtag für die Familie. Wir aßen in ihrer kleinen Wohnung, die nach Medikamenten roch, nach Alkohol und Jod, nach Pillendosen, die in Kastanienholzschubladen aufbe-

wahrt wurden, nach Katzenpisse. Eine Altenwohnung. Am Nachmittag fährt die Straßenbahn uns die lange Allee zum Hafen hinunter, und von dort aus gehen wir Richtung Landungsbrücken für die Hafenrundfahrt, die an den Becken entlang bis zur Hafenausfahrt führt. Die ganze Fahrt in dem kleinen Schiffchen spüre ich die Hand meines Vaters auf meinem Kopf, die mich leicht lenkt. Er zeigt mir die Kräne, an denen Bündel von Stämmen hängen. Zeigt mir die Holzstapel vom Meer aus. Die Stämme erscheinen mir riesig. Als wir von Bord gehen, bleiben die anderen am Strand: die Großmutter und ihre Schwester, meine Mutter, die Frau eines Vetters meines Vaters, der in Valencia wohnt und an jenem Nachmittag mit seinen zwei Söhnen gekommen ist, Kinder, die ich wohl nie wieder gesehen habe, und drei Männer, die mir unbekannt sind, wahrscheinlich Vettern meines Vaters. Wir sind am Strand Las Arenas, in der Nähe des Strandbads mit den Kabinen, in denen sich die vornehmen Leute umziehen. Die Erinnerung an meinen Vater, an jenen glücklichen Tag, den Tag, an dem ich das Geschenk bekomme, in einen Zug zu steigen und eine große Stadt zu sehen, belebte Straßen, elegante Frauen, Automobile; ich steige in eine Straßenbahn und in das Schiffchen am Hafen, und dann ist auch noch er da, führt mich an der Hand oder legt mir seine Hand auf den Kopf, um meine Aufmerksamkeit zu lenken, und seine Gegenwart ist in der Erinnerung Teil des Geschenks. Auf den gemieteten Liegestühlen sitzen die beiden alten Frauen, die sich nicht bücken können, die anderen liegen oder sitzen im Sand, meine Mutter breitet vorsichtig ein Handtuch aus, bevor sie sich niederlässt, damit der Rock nicht schmutzig wird, den sie zwischen den Beinen festzieht, damit der Wind ihn nicht hebt, Ramón (wie alt ist er, zwei oder drei Jahre?) spielt mit Sand, rennt barfuß durch die Schaumbordüre, die von den langsam auslaufenden Wellen hinterlassen wird. Sie trinken Erfrischungen, die Männer Bier oder Anis mit Sprudel, die Frauen und Kinder Mandelmilch, und er holt mich aus der Gruppe, nur mich, nicht meine Vettern –, ich habe mit dem Jungen noch etwas zu regeln, rechtfertigt er die Eskapade –, nimmt mich mit zu den Kais: Die Kräne lassen die großen weißen, goldgelben, rötlichen oder dunkelbraunen Stämme in der Luft schweben. In dem Büro gibt es ein Buch, in dem diese Hölzer beschrieben werden, die dort auf dem Kai liegen und von denen mein Vater spricht, während wir uns fortbewegen zwischen Waggons, Kleinlastern, Wagen, von schweren Percherons gezogen, Planwagen, deren Kutscher an die Kasten gelehnt oder auf dem Bock sitzend rauchen, zwischen all den Schauerleuten, die wie emsige Ameisen hin und her laufen. Ich vergleiche diese Stämme mit den Illustrationen des Buches, jetzt auf dem Kai sehe ich sie in ihrer natürlichen Größe und in ihren Farben, heller oder dunkler, braun oder meliert, statt nur schwarz-weiß wie in Vaters Buch. Wieder daheim sitze ich neben ihm in der Schreinerei und lese, geführt von seinem Finger, den er unter jedes Wort legt, bis ich es ausspreche: Der Zuckerahorn stammt – was heißt stammt, Vater, frage ich – aus den Rocky Mountains und aus Kanada, er ist hell, ideal für harte Parkettböden, für Rollschuhbahnen oder Tanzflächen; Guajakholz kommt ursprünglich aus Brasilien, es wird für feine Möbel eingesetzt. Ebenfalls aus Brasilien kommt der Pino Paraná oder die Araukarie, die ob ihres so einzigartig honigfarbenen Holzes geschätzt wird und weil sie keine Jahresringe aufweist; ebenfalls aus Amerika stammt die Sumpf- oder Harzkiefer, die ob ihrer Widerstandsfähigkeit in unserer Gegend so häufig für Bindebalken eingesetzt worden ist. Er legt seinen Finger auf die Stiche und zeigt mir im Buch Stämme wie die, die wir jetzt auf dem Zement liegen sehen, und andere, die ich auch vierzig Jahre später noch nicht gesehen haben werde. Beim Lesen frage ich ihn immer wieder nach der Bedeutung der Wörter, die ich laut ausspreche. Einen Gutteil davon verstehe ich nicht: stammen, exzellent, Bindebalken. Aber das Geheimnis, das dieses unbekannte Vokabular einzuschließen scheint, lässt meine Neugier wachsen. Wochenlang werde ich versuchen, diese Worte in das, was ich rede, einzuflechten, und so sage ich dann Dinge wie: die Milch stammt von der Kuh oder das Brot ist heute exzellent, und dabei fühle ich mich dann wie ein reifer Mann, der gewisse Geheimnisse kennt.

Auf seinem Fronturlaub sagt mein Vater: Um eine Arbeit zu lieben, musst du sie beherrschen, wissen, wozu sie gut ist, aber auch wissen, was du da in den Händen hältst, die Materialien, mit denen du arbeitest, musst sie respektieren – in ihren Qualitäten und ihren Mängeln – und musst wissen, wie schwer es ist, sie zu bekommen: Wir sind keine Künstler, sondern Kunsttischler, Handwerker, obwohl du, wenn das hier vorbei ist, zurück an die Schule für Kunst und Gewerbe gehen und versuchen kannst, ein Künstler zu werden. Wie auch immer, denk daran, dass ein guter Schreiner nicht derjenige ist, der Wunderwerke aus Holz herstellst, sondern jener, der von seiner Arbeit mit dem Holz lebt, erst mal überleben, dann philosophieren oder Kunst machen, was auch immer du machst, es muss dich ernähren. Außerdem musst du im Schlaf die Funktion jedes Werkzeugs kennen. Schau, fass diesen Stuhl an – er legt seine Hand auf die Lehne –, er ist aus der kombinierten Arbeit von Mensch und Natur entstanden, es haben ihn Menschen hergestellt, die sprechen, denken, und es hat sehr viel Mühe gemacht. Das Möbel, das du hergestellt hast, trägt den Hintern oder die Ellbogen oder die Hände und die Papiere, die Tischdecken und die Teller und die Gläser von jemandem, der schlau oder dumm, reich oder arm ist, jemand, der sich, dank deiner Arbeit, eine gewisse Bequemlichkeit gönnen kann, bei der er sich vom täglichen Trubel oder der Erschöpfung erholen kann, das Kopfteil des Bettes beschützt den Schlaf der Körper – egal ob sie wohlgeformt oder unförmig sind – Tausende von Nächten lang, begleitet dich, wenn du schläfst oder krank bist, und ist an Ort und Stelle und stützt das Kopfkissen, auf den du deinen Kopf an dem Tag legst, an dem du stirbst, stell dir vor, so wichtig ist das Kopfteil eines Bettes. Mit einem Bett, einem Nachttischchen lässt der Kunde dich an einer Intimität teilhaben, wo er keinen anderen dulden würde; und dann arbeitest du ja mit Hölzern von Bäumen, die auf anderen Kontinenten gewachsen sind und von Männern mit ihrem Werkzeug gefällt wurden, die Stämme dieser Bäume haben Tausende von Kilometern hinter sich gelegt, bevor sie hier ankamen, die Arbeit von Holzfällern, Trägern, Chauffeuren, Packern, Stauern, Seeleuten war vonnöten, sie sind ge-

schleift worden von Ochsen- oder Maultierkarren, lagen in von Fahrern gelenkten Lastwagen, in Waggons, gezogen von einer Dampflokomotive, in der ein Heizer Kohlen schippt, so wie die Heizer auf dem Schiff geschippt haben, in dem die Stämme übers Meer gekommen sind. Wenn du das alles bedenkst, begreifst du auch die Bedeutung der eigenen Arbeit, nicht etwa weil du ein Genie bist, sondern ganz im Gegenteil, du bist nur ein Glied in der Kette, aber wenn dieses Glied versagt, ruiniert es die Arbeit aller anderen. Der Mensch ist nichts anderes als das Bewusstsein, das er von sich hat, er erzeugt sich selbst. Wenn du nicht weißt, aus was du bestehst und aus was das, was du benutzt, besteht und was du mit deiner Arbeit umwandelst, bist du nichts. Ein Lastesel. Das Wissen macht die Arbeit zu etwas Vernünftigem und dich zu einem denkenden Menschen, Mensch ist nur derjenige, der denkt. Für Millionen von Leuten ist die Arbeit die einzige Tätigkeit, die sie bildet und zivilisiert. Für andere ist sie eine Form der Verrohung im Tausch für einen Futternapf oder Geld. Heute leben die Menschen allmählich etwas besser – auch wenn dieser Krieg uns wahrscheinlich wieder ins Elend stürzt –, ich weiß, selbst wir haben ja ein paar Bequemlichkeiten mehr, das gilt aber nicht für alle, die Generäle dagegen, die den Aufstand führen, haben in ihren Häusern Möbel aus Palisander und Nussbaum stehen, und dennoch sind sie Esel, kennen nicht den Wert der Arbeit, sie denken, ein Arbeiter ist nicht mehr als ein Werkzeug in ihrem Dienst, unfähig, selbständig zu denken und frei zu entscheiden, sie kennen nicht den Wert dessen, was sie benutzen, wissen nur, was es kostet, wie viel Geld sie gezahlt haben. Verstehst du, was ich sagen will?

Ich nicke.

Der Krieg hat alles verdorben. Ich musste meinen Sohn Germán warnen, bevor er zum Militärdienst abzog, ich wollte ihm wohl klarmachen, dass ich in einer großen Schlacht gekämpft hatte, es jetzt aber an ihm war, seine Schlacht zu schlagen, schließlich ist es kein Kinderspiel, zwischen diesen faschistischen Bestien in der Kaserne die Würde zu be-

halten, gerade wenn man der Sohn eines solchen Vaters ist. Erwarte das Schlimmste, habe ich gesagt. Als ich gut zehn Jahre alt war, lehrte mich mein Vater, das Holz zu bearbeiten, er hatte mich bei sich, als er einige der Möbel des Hauses fertigte. Später wollte er, dass ich auf der Schule etwas lernte. Er hatte mich erwählt. Zu Ramón sagte er: Wenn dein Bruder gelernt hat, bist du dran. Ich war der Älteste, so wie du jetzt der Älteste bist. Eine gewisse Ordnung war zu befolgen. Es gab nicht genug für alle. Wenigstens einer sollte davonkommen. Der würde dann schon die anderen mitziehen. Einen aus dem Wasser bekommen, damit er uns vom Trocknen her das rettende Seil zuwerfen konnte. Das war der Vertrag. Etwas habe ich in den Monaten an der Kunst- und Gewerbeschule gelernt, etwa den Hohlmeißel bewusst zu führen. Ich weiß nicht, ob ich gut geworden wäre, aber ich wollte Bildhauer werden. Dann kam der Krieg. Das Licht ging aus. Ich musste alles aufgeben. Es wurde zu spät für mich. Die ersten Zeiten im Schützengraben hing ich noch an meinem Plan. Ich schnitzte ein paar Figürchen, die ich meiner Frau über einen Nachbarn schickte, für meinen Vater schnitzte ich einen wunderbaren Schlüsselanhänger, Hammer und Sichel in einem fünfzackigen Stern, sie haben die Sachen weggeworfen, vergraben, verbrannt, bevor die nationalen Truppen in Olba einmarschierten, denn es waren politische Schnitzereien, der Kopf eines Milizionärs, eine Faust, zwei gekreuzte Gewehre: ein laizistisches Bildinventar, Ersatz für die Medaillen mit Heiligen und Jungfrauen, die sich die Leute vor der Republik um den Hals hängten oder auf die Möbel legten. Neben den Medaillen habe ich Tellerchen gemacht und Schlüsselanhänger mit patriotischen und revolutionären Motiven. Von all dem sind nur die Holzfigürchen auf der Anrichte übrig geblieben, wenig größer als Schachfiguren (ein Frauenprofil mit aufgestecktem Haar, ein Medaillon mit einem Pferd, ein anderes, das eine Vase mit Blumen darstellt). Die sind bereits im Gefängnis entstanden, wenn mir dort Holz in die Hände fiel, schnitzte ich etwas daraus; ja, ich habe Schachfiguren geschnitzt, die uns so manche Stunde Ablenkung verschafft haben, vor allem aber habe ich Löffel und Gabeln geschnitzt, wenn es mir gelang, ein Stück Buchs-

baum in die Zelle oder den Schuppen zu schmuggeln, am Anfang waren wir nicht einmal in Zellen untergebracht, sie hatten uns in Schuppen gepfercht, dort fristeten wir unser Leben, mussten uns beim Schlafen abwechseln, weil wir nicht alle liegend auf den Boden passten. Ich machte Schlüsselanhänger und diese kleinen Medaillen, die sich die Gefangenen mit einer Schnur um den Hals hängten: ein Name, Initialien, eine Blume, ein Platanenblatt. Die politischen Zeichen waren verschwunden, es kam uns gar nicht in den Sinn, etwas von dem nachzubilden, was uns die letzten Jahre begleitet hatte. Das Holz bekam ich fast immer von den Wächtern, dafür musste ich ihnen dann etwas schnitzen. Nachdem ich aus dem Gefängnis heraus war, habe ich nichts mehr geschnitzt, nicht mal einen Stock, manchmal versuchte ich es, holte mir ein Stück Holz, richtete es her, polierte es behutsam, aber dann saß ich davor wie ein Tölpel, ich glaube, es kam mir dann alles in den Sinn, was ich verpasst hatte. Machte es wieder lebendig. Ich sagte zu Germán: Ich habe es nicht geschafft, aber du kannst ein guter Kunsttischler werden, auch wenn ich es mir nicht leisten kann, dich auf die Kunst- und Gewerbeschule zu schicken oder auf die Kunstakademie, wo ich gerne gewesen wäre. Ich bring dir das bei, was ich kann, die Grundbegriffe, und dann wirst du dich schon von selbst weiterentwickeln. Du wirst schon sehen. Vielleicht können wir dir irgendwann einmal einen Lehrgang bezahlen, oder du kannst bei irgendeinem Meister weiterlernen. Wenn dein Bruder mir in der Werkstatt hilft, können wir dir nach dem Militärdienst vielleicht sogar die Kunstakademie zahlen.

Es war das erste Mal, dass ich vor einem meiner Kinder in aller Klarheit von dem, was in den letzten Jahren passiert ist, gesprochen habe. Er hat mich kühl angesehen und gesagt:

»Ich will aber nicht Kunsttischler werden. Und ich will auch nicht hier arbeiten, wenn ich vom Militär zurück bin. Auch nicht auf irgendeine Schule oder Akademie gehen. Im Übrigen kommt mir der Militärdienst nicht wie eine Schlacht vor, wir leben in Friedenszeiten, ich ziehe nicht in den Krieg, sondern in eine Kaserne, und ich sehe das eher

als Chance denn als Strafe an, eine Gelegenheit, von zu Hause wegzukommen, mir den Wind außerhalb von Olba um die Nase wehen zu lassen, mit Menschen umzugehen, etwas zu lernen, denn ich werde dort den Führerschein machen, alle Führerscheine, für Busse, Lastwagen, und ich werde es schaffen, in die Werkstätten hineinzukommen, und wenn ich dann mit dem Dienst fertig bin, mache ich meine eigene Autowerkstatt auf, ich werde Mechaniker. Für mich wird das Militär eine Schule. Ich habe alles geplant. Was ich bis jetzt nicht gelernt habe, werde ich dort lernen.«

Mir wurde es trüb vor Augen. Ich musste mich zusammenreißen, um ihm nicht eine Ohrfeige zu verpassen. Ich hätte ihn anfallen oder heulen können.

»Du musst es wissen«, habe ich gesagt.

Dieser mein Sohn hat von seiner Mutter den mangelnden Mumm geerbt. Und die anderen? Ich glaube weniger an die Genetik als an die Zeiteinflüsse. Zumindest Esteban müsste mir ähnlich sein, wenn wir uns auch äußerlich sehr unterscheiden. Er ist temperamentvoller, dichter, hat eine andere physische Präsenz und ist kräftiger gebaut als Germán. Er ist der Kleine, aber auf den ersten Blick wirkt er älter als Germán. Ich weiß nicht, ob er Hirn hat, aber sein Körper hat genug Lagerraum, um Willen und Zorn zu speichern. Es irritiert mich allerdings, dass er den ganzen Tag mit dem Sohn der Marsals zusammensteckt, denen trau ich nicht über den Weg, ich traue mich nicht mal dem Jungen Sachen vom Krieg zu erzählen, nicht dass er sie am Ende vor seinem Freundchen erwähnt. Er sagt, dass sie Musik hören, dass es dort Schallplatten gibt. Ich hab ihm gesagt, er soll keinen Fuß mehr in das Haus setzen, aber ich weiß nicht, ob er auf mich hört. Ich werde eines Tages mit ihm reden müssen und ihm erzählen, was da gelaufen ist. Wer dieser Marsal ist, der Vater, so säuberlich, so wohlerzogen, als hätte er nie einen Teller zerschmissen. Was ich von Juanito halten soll, weiß ich nicht, er ist noch zu sehr Kind und das nicht nur wegen seines Alters. Aber wie gesagt, was sagt schon die Statur, was bedeuten schon die Gene. Denen allen hat man den Kopf, mit dem sie geboren wurden, aus-

gewechselt und einen nach Maß gefertigten angepasst. Oder ist gerade dabei. Ich lebe in meinem Haus, mit meiner Frau, meinen Kindern, und fühle mich wie ein Fremder. Ich schäme mich, es niederzuschreiben, aber es ist, als lebte ich von Feinden umringt in meinem eigenen Haus. Mir fehlen so sehr die Gespräche mit meinem Vater, mit meinem Freund Álvaro, die beiden sind sie losgeworden, Álvaro haben sie im Gefängnis zugrunde gerichtet, mich auch, aber ich hatte, wer weiß, ob das Glück war, ich hatte jedenfalls eine bessere Gesundheit als er; er kam verbittert und krank heraus und hat nicht mehr lange durchgehalten. Ich habe gelernt, mit der Bitternis zu leben, und verhindert, dass sie mir an die Gesundheit geht. Nun gut, ich bin von einem anderen Planeten. Aber das habe ich mir ausgesucht. Das, was sie mir auszusuchen erlaubt haben.

Bildhauerarbeit in Stein hielt ich für etwas Höheres, es schüchterte mich ein, machte mir Angst. Die Kunst der Großen, dazu fühlte ich mich nicht befähigt. Holz ja, ich war seit Kindesbeinen damit zu Hause umgegangen, aber Stein, das war etwas anderes. Ich sagte dem Lehrer, dass ich das, was er mir vorgab, nicht lernen wollte. Ich fühlte mich nicht dazu berufen. Es kam mir nicht einmal in den Sinn. Der Lehrer machte sich über mich lustig, erklärte mir, dass der Schein meistens trügt: Beim Stein hast du das Sagen, du nimmst den Block, den Stichel, den Meißel, misst ab, entwirfst, arbeitest mit aller Geduld, kratzt, schabst, säuberst. Der Stein ist eine kompakte Masse, die du entzweischlagen kannst, die du mit eigener Kraft und dem geeigneten Werkzeug durchlöchern kannst. Es gibt kein Filigran, das die Bildhauer nicht aus dem Stein gearbeitet hätten. Bei den Statuen von Bernini wird der Stein bei den weiblichen Figuren weiches Fleisch, in das sich die starken Hände des Mannes versenken. Wie beim Holz ist auch beim Stein das Entscheidende, ihn kennenzulernen, ihn auszuwählen, seine Dichte zu wissen, seine Eigenschaften, sein späteres Verhalten, selbst wenn wir das nie bestimmt voraussagen können. Mein Lehrer hatte recht. Beim Holz kommt es darauf an, es richtig zu lagern, es genau zum richtigen Zeitpunkt des Trocknungsprozesses zu bearbeiten, der Maserung zu gehorchen, obwohl ich gar nicht weiß, ob die Bildhauer heutzutage noch auf diese Dinge achten. Klar, wir Schreiner arbeiten jetzt mit Hölzern, deren Werdegang wir nicht kennen. Es gibt sehr harte Steine, die schwierig zu bearbeiten sind – sagte mein Lehrer – und die jede Statue zur Ewigkeit zu verdammen scheinen, nach kurzer Zeit jedoch zerfällt sie durch Wassereinwirkung oder Temperaturschwankungen, oder aber sie ist anfällig für Pilze und Bakterien. Andere Steine, wie die in Salamanca, die ihr auf unserer Fahrt gesehen habt, werden, so der Lehrer, bei Wind und Wetter noch härter. Salamanca war das Ziel unserer einzigen Studienfahrt zu Zeiten der Republik, dank eines Stipendiums, das eine schwedische oder holländische Stiftung einigen Schülern bewilligt hatte. Nie habe ich dieses großartige Freilichtmuseum der Skulpturen vergessen, Steine, die Wind und Wetter ertragen: San Esteban, die Kathedrale, die Fassade der Universität, der Hof von Las Dueñas. Diese außerordentlichen Figuren, die ganze Fassaden bedecken, der Stein von einer wunderbaren Farbe, der sich mit dem Tageslicht verändert, verblichen am Morgen und am Abend kräftiges Kupfer und Gold. Fast fünfhundert Jahre nachdem die Fassaden bearbeitet wurden, halten sie sich dank der Steinqualität der sogenannten Steinbrüche von Villamayor, aus denen ein Fels geschlagen wird, der erst leicht zu schneiden ist, im Laufe der Zeit aber unter Einfluss von Wind und Wetter so etwas wie eine Schicht entwickelt, die, statt ihn anzugreifen und aufzulösen, wie es bei anderen Sandsteinen der Fall ist, ihn schützt und sogar noch härtet. Dreißig Jahre sind vergangen, seitdem ich Salamanca sah, doch wenn ich die Augen schließe, glaube ich, mir die Stadt immer noch im Gedächtnis vergegenwärtigen zu können.

»Und dann gibt es da noch diese imposanten Gussarbeiten, aus Bronze, aus Eisen, die uns so sehr in Staunen versetzen«, fuhr der Lehrer fort.

In der Schule zeigten sie uns die Werke von Benlliure, und Neid zerfraß mich, er war noch der angesagte Bildhauer, auch wenn er dem König Statuen aufgestellt hatte. Bis dahin hatte ich selbst nicht viel mehr gemacht, als es die Hirten tun, die sich in jedem Winkel der Welt die Zeit damit vertreiben, die Knäufe ihrer Stöcke zu verzieren, ich hatte in der Schreinerei gearbeitet, und mein Vater hatte mir einiges gezeigt, aber das hier war Kunst. Meine größte Überraschung war allerdings, als wir ein Altarbild von Froment, das in der Kunstakademie verwahrt wurde, besichtigten; an dem Tag wurde mir klar, dass mein Lehrer recht hatte, Holz konnte in Größe und Vollendung durchaus mit Stein und Metall konkurrieren. Der Lehrer sagte mir: Wenn du schon mit Holz gearbeitet hast, dann hast du das Schwierigste bereits hinter dir, oder glaubst du etwa nicht, dass Froment sich mit extremen Schwierigkeiten herumzuschlagen hatte? Aber ich kann nur wiederholen, du musst dich mit dem Holz noch mehr als mit dem Stein verstehen, du musst herausbekommen, was es dir bietet, seine besondere Qualität, was es von dir will, wohin es dich lenkt, die Unterschiede in der Materialdichte von einem Millimeter zum anderen; es ist ein wärmeres Material als der Stein, es gibt da eine stärkere Kontinuität zwischen deiner Hand und dem, was du schnitzt, und gerade deshalb sind die Anforderungen an dich manchmal größer, Holz lässt sich nicht betrügen, es will verstanden werden, will, dass du es schützt und pflegst, das, was ein Freund von dir erwartet, wenn du eine Beziehung zu ihm eingehst; ich muss dir aber sagen – der Lehrer hatte sich in Begeisterung geredet –, dem Menschen noch näher und noch bescheidener als das Holz ist das wunderbarste Material: Ich rede vom Ton, er schmiegt sich der Hand an, lässt sich von dir prägen, der Ton ist die Verlängerung deiner selbst, der du schließlich und endlich Erde bist und zur Erde zurückkehrst. Wenn du mit Ton arbeitest, begreifst du das. Du stellst fest, dass du Staub bist und wieder zu Staub wirst. Ein zerbrechliches Wesen, das mit zerbrechlichem Material arbeitet. Und doch zeigen uns die Bücher diese Terrakotten aus Kreta oder jene, die von den Etruskern geformt wurden, und sie sind nach einem Leben von mehreren tausend Jahren immer noch schön und beweisen uns durch ihre bloße Existenz, dass sich dank Intelligenz und Arbeit die Zerbrechlichkeit von Mensch und Ton in Widerstandskraft verwandelt. Stein oder Metall dauern nicht notwendig länger als Ton. Wenn du ein Objekt aus Ton beendest, hast du das Gefühl, dich von einem Teil deiner selbst zu lösen. Rodin modellierte seine Skulpturen mit den Händen in Ton, das war Rodin, danach kam die Ausführung in Bronze, der Guss, also letzten Endes eine industrielle Kunst.

Zum Unterricht in der Kunst- und Gewerbeschule kamen wir bepackt mit Zeichenblock, Tuschfläschchen, Reißfeder, Nullenzirkel, Zirkel, Winkelmaß und Zeichendreieck. Wir lernten künstlerisches und lineares Zeichnen, wir zeichneten griechische und römische Kapitelle und Säulenfüße (dorisch ionisch korinthisch toskanisch), wir kopierten Blätter aus dem Architekturlehrbuch von Viñola, kopierten den Platz von San Ignazio in Rom, die Kuppel des Pantheon, die griechischen Friese an der Giebelwand, den Aufriss der Tempel in Paestum, die Reliefs von dem Ara Pacis des Augustus. Das alles habe ich gezeichnet, aber nie gesehen, ich bin nie in Rom gewesen, auch nicht im Süden oder im Norden Italiens, ich bin nicht aus Olba herausgekommen, der Wunsch und die Möglichkeit, das alles zu sehen, habe ich an eben dem Tag begraben, als man mich, siebzehnjährig, auf einen Transporter lud und mich an die Front in Teruel schickte, zur Quinta del biberón, das war die Kindereinberufung. Beim ersten Fronturlaub habe ich meine Zeichenblätter zerrissen, meine Hände waren wund und verhornt von Schaufel und Hacke und dem Buddeln der Schützengräben, sie waren von der Kälte verformt, und in meinen Ohren hallte das Donnern der Bomben und Granaten wider, und mich verfolgten die Bilder von gefrorenen Leichen, über die man auf Schritt und Tritt stolperte, und die Schreie der Verwundeten, die ohne Betäubung operiert wurden, und das Wimmern der Sterbenden, die auf Tragen weggeschleppt wurden, ich selbst hätte heulen und schreien mögen, obwohl ich nicht verwundet war und mir kein Bein abgesägt wurde; vor allem aber hätte ich davonlaufen mögen. Ich weinte, als der Transporter, der uns nach dem Urlaub wieder an die Front brachte, die Felder von Olba hinter sich ließ. Die Uniform passte mir besser als meinem Vater, doch ihn sah ich jenes

Mal nicht, unsere Fronturlaube überschnitten sich nicht, tatsächlich habe ich ihn nie wiedergesehen. Dass ich ihn nicht wiedersehen sollte, das wusste ich damals noch nicht. Manche Nächte, auf dem Feldbett liegend, dachte ich, der Kopf würde mir platzen, ich zitterte, und das kam mehr von der Angst als von der Kälte, und ich musste mir hundert Mal leise das Wort Deserteur vorsagen, um nicht aufzuspringen und davonzulaufen. Die Angst vor den Bomben, den Bajonetten. Mehr noch als die explodierende Bombe schreckt der Augenblick, da du dich einem Feind gegenübersiehst; die Bombe verlangt nichts von dir, du musst nur abwarten, das Problem wird vom Schicksal gelöst, aber wenn du dem Feind ins Auge blickst, musst du entscheiden, die größte Angst jedoch überkam mich, als ich entdeckte, dass ich Teil des geheimen Heers der Feiglinge war. Es ärgerte mich, ein potenzieller Deserteur zu sein, was aber, wie ich mit der Zeit merkte, jeder Mann ist, der in einen Krieg gezerrt wird; vor allem jeder halbwegs intelligente Mann mit ein bisschen gesundem Menschenverstand. Menschlich ist, zu desertieren statt auszuharren, bis dich das Blut, das fremde oder das eigene, durchnässt. Nicht einmal die Ideale können dir das aus dem Kopf schlagen. Da kann einer sagen, dass man mit vollem Einsatz kämpft, weil man eine gerechte Sache verteidigt. Es ist nicht wahr. Über solche Dinge kann man nur mit denen reden, die dort waren, nur wer das erlebt hat, weiß, was ich meine. Dieses eine Mal unterscheide ich nicht zwischen denen der einen und jenen der anderen Seite, es geht nur darum, wer dabei war, wer über diese kargen, eisbedeckten Felsen – Landschaften, die den trügerischen Eindruck von Fragilität vermittelten – das Gewicht seines Körpers geschleppt hat: Das durchlebt zu haben verbindet dich auf geheimnisvolle Weise mit dem Feind, mit dem, der es damals war, mit dem, der es weiterhin gewesen ist, es macht euch zu Komplizen, zu Kameraden, und zum Kamerad deines Feindes zu werden macht alles nur noch klebriger, schuldhaft, absurd, grausam und sinnlos, aber das gilt für die Erinnerung, wenn nur ihr beide – von der einen und von der anderen Seite – wisst, wovon ihr redet, und die Ignoranz derjenigen verachtet, die, da sie nicht dort waren, nichts wissen, aber wie die Papa-

geien immer wieder von diesem und jenem plappern, Heldentum, Moral, Entsagung. Deine Feinde wissen auch Bescheid, obgleich sie gesiegt hatten und weiter grausam wüteten, denn der Sieg ist eine starke Droge, die alles vergessen lässt, sie schafft neue Gefühle, betäubt oder verkrüppelt andere, entfesselt die Hoffart und die Gier, als Sieger willst du, dass der Frieden dir doppelt vergilt, was du im Krieg eingesetzt hast, du fühlst dich als Herr des Friedens. Sie fühlten und verhielten sich wie die Herren; trotz alledem wissen sie mehr als alle Daheimgebliebenen von deiner Seite, sie verstehen dich besser als deine Familie, als die Genossen, die das Glück – oder das Geschick – hatten, auf irgendeinen Posten in der Nachhut zu kommen, in den Kasernen, Hospitälern, Büros, Waffenmagazinen, Orte, wo sie in drei Kriegsjahren keinen einzigen Schuss abgeben mussten. Ich bin um die ersten beiden herumgekommen und habe das letzte Jahr durchlitten. Ich sah auf meine Hände und dachte an den Wert dieses Werkzeugs, fest und flexibel zugleich, fähig zu arbeiten, zu schnitzen, zu streicheln, aber auch zu schlagen, zu brechen, zu töten. Ich weiß schon, heutzutage sind die Hände immer weniger wert, man kann viel erledigen, indem man einen Schalter knipst, einen Hebel vor- und zurückbewegt, eine Taste anschlägt, ein Steuergerät bedient, einen Knopf drückt, aber damals waren die Hände noch die große Gabe des Menschen, das, was ihn mit dem Schöpfer verband, der Teil seiner Geschicklichkeit, den der große Bildhauer des Universums, der, wie wir wissen, nicht existiert, dem Menschen mitgegeben hatte (mein Vater sagte allerdings: Vergiss den Kopf nicht, die Hände sind nur die Zange, der Kopf macht den Menschen aus, dort sitzen die menschlichen Mechanismen, Vernunft, Begehren und Willen, sowie die Fähigkeit, der Unbill zu widerstehen).

ENDE DER NOTIZEN VON ESTEBANS VATER IM KALENDER.

P.S. Wenn sie in ein paar Tagen kommen, um das Haus zu leeren, und das Mobiliar in die städtische Lagerhalle gebracht wird oder in irgendeine Gewerbehalle, die man für das Beschlagnahmte aus den letzten zwei Jahren nutzt, wird natürlich keiner in dem Haufen von

Papieren, Rechnungen, Lieferscheinen, Katalogen, Zeitungen und Zeitschriften auf den Kalender von 1960 achten. Vor der Versteigerung der Möbel, die einige Monate später stattfindet, werden von den Angestellten die Schubladen und Schränke von Unnützem befreit, worauf Papiere und Kleider auf die Mülldeponie des Bezirks kommen, wo sie mit anderem Abfall verbrannt werden. Aber bis es so weit ist, müssen noch ein paar Monate vergehen.

Unmöglich, dieses Labyrinth aus Wasser, Schlamm und Schilf unter Kontrolle zu halten. Sie haben die Vegetation in Flammen gesetzt: Sie wollten die Männer ersticken, sie aus ihren Höhlen locken, als wären sie Ungeziefer (sie waren es), sie haben die Hunde losgelassen, Patrouillen geschickt, die im Schlamm wateten, aber die Suchaktionen zwischen Weihern, Schlammfeldern und den falschen Inselchen, die nur aus im Tiefen wurzelnden Gewächsen bestehen oder aus pflanzlicher Masse, die herumtreibt, erwiesen sich als zu kostspielig, und letzten Endes stellten die acht oder zehn Desperados, die dort Zuflucht gesucht hatten, keinerlei Bedrohung dar, es handelte sich nicht – wie an anderen Orten – um Guerilleros, sondern um eine Handvoll eingekreister Flüchtlinge: verzweifelte Robinsone, für die Welt toter als die Toten von vor vielen Jahren, deren Fotos und Namen die Nachkommen auf den Grabsteinen des Friedhofs betrachten konnten. Auch sehr viel vergessener. Und das obwohl zwei oder drei Frauen sich weiter dorthin trauten, um heimlich jemanden zu besuchen, ihren Mann, ihren Verlobten. Die Nachbarn sahen, wie sie sich auf den Wegen verloren und ein paar Tage später in der Abenddämmerung wiederkamen. Amphibische Geschöpfe, von denen wir Kinder dann und wann im Vorbeigehen reden hörten, zu einer Zeit, als wahrscheinlich keines von ihnen mehr lebte. Wir stellten sie uns mit Schwimmhäuten zwischen Fingern und Zehen vor, vielleicht mit Schuppen besetzt, so wie das leidende Wassertier, das ich einige Jahre später in einem Film gesehen habe, *Der Schrecken vom Amazonas*; Geschöpfe, die den Leiden eines Tierlebens ausgesetzt waren. Manche haben es vorgezogen, sich zu erschießen. Die Revolvermündung an der Schläfe oder den Gewehrlauf im Mund; sie holten den großen Zeh aus dem Stoffschuh (wahrscheinlich liefen sie bereits barfuß, der Hanf der Sohlen war wohl schon lang ein Opfer der Feuchtigkeit geworden) und drückten damit auf den Abzug. Die Genossen begruben sie irgendwo, oder aber ihre Leichen blieben im Freien liegen, wurden von allerlei Tierchen abgenagt und die Knochen mit der Zeit von Schlamm und Unkraut bedeckt. Aber das war nicht genau die Geschichte, die mein Vater im Gedächtnis bewahrte. Für ihn war das Leben der Flüchtlinge im Sumpfgelände von einer nobleren Aura umgeben. Ich bemerkte Genugtuung in seinen Worten, als er mir von den Flüchtlingen erzählte, die sich den Schuss in die Schläfe oder in den Mund gegeben hatten: Es waren keine armen Kreaturen, von der Verzweiflung besiegt, sondern die einzigen Bewohner des Gebiets, die ihre Statur als Mann bewahrt hatten. Schlammverkrustet, bärtig, halb nackt, den Körper notdürftig mit Lumpen bedeckt, der eine oder andere Lendenschurz, aus Resten alter Kleider oder aus Blättern geflochten. Er hatte keinen Zugang gehabt – oder darauf verzichtet – zu diesem Augenblick, in dem du absoluter Herr über dich selbst bist, der Moment, in dem du mit den Zähnen den Lauf fixierst und die Lippen das Metall küssen. Dies war – für meinen Vater – der Augenblick, in dem der Mensch das Göttliche streift. Die einzige absolute Berührung mit der Freiheit, die ihm verliehen worden war. Wir waren es – die Familie –, die ihn gezwungen hatten, als geminderter Mann ein erbärmliches Leben zu führen. Heute gebe ich dir recht, Vater: Nie wirst du so sehr dein eigener Herr sein, du wirst dem nie näher kommen, dich selbst zu besitzen, Herr über deinen Terminkalender zu sein. Du hast akzeptiert, dass du dem toten Kind nicht wieder die Augen öffnen kannst, das schafft auch kein Gott, aber du entreißt dem Tod seine willkürliche Macht, du gibst eine Ordnung vor, eine Zeit, ein Datum: Ich kann nicht über mein Leben bestimmen, aber über die Dauer meines Lebens, ich bin Eigentümer des entscheidenden Moments. Dem Menschen ist keine höhere Kraft verliehen worden, er kann nur für immer die offen gebliebenen Augen schließen. Was auch immer die Priester, Politiker und Philosophen sagen, der Mensch ist kein Träger des Lichts, sondern ein finsterer Erzeuger von Schatten. Unfähig, Leben zu geben (wie komm ich darauf, ich hätte ja fast selbst Leben geschaffen, und die Menschheit hört nicht auf, sich zu vermehren. Aber ich weiß schon, was ich sage), ist er fähig, im Akkord zu töten. Das ist die größte Macht, die ein Mensch entfalten kann. Das Leben nehmen. Auf den Abzug drücken und sehen, wie der Vogel, der den Himmel durchschnitt, wie ein Stein fällt und den Spiegel des Wassers splittern lässt. Ich schließe die Augen und höre meinen Vater, das Geräusch des falschen Gebisses, das den Salat zerkleinert, die Cracker zermalmt. Dieses Geräusch. Es dringt in mich ein. Das Knacken einer Kakerlake, die man mit dem Fuß zerdrückt. Das Mahlen der Cracker, der Geruch, wenn ich die Windeln von der Haut löse. Seine Augen sind starr auf mich gerichtet, und ich weiß nicht, was sie in sich tragen. Die Alten haben das schlechteste Gedächtnis, vergessen aber am wenigsten. Wie weich der Schlamm, wie faulig der Geruch ist. Durch meinen Kopf ziehen Erinnerungen, die mir gehören, weil ich sie selbst gesammelt habe, andere habe ich geerbt, aber sie sind nicht weniger lebendig, sie gehören zum Strudel eines Lebens: sie ziehen vorbei, gleiten dahin, Haupt- und Nebenfiguren kreisen in einem Karussell, das nicht nur sie aufnimmt, denn wie bei den Theaterkompanien, die auf Tournee gehen mit Truhen, in denen die Kostüme liegen, und Kisten, in denen das Bühnenbild für die Stücke verpackt ist, die sie aufführen wollen, umfasst auch meine Tonbildschau die Requisiten: da sind die Gesichter, die Gesten und die Stimmen (ja, ich höre all diese Leute sprechen, es hilft nichts, wenn ich mir die Ohren zuhalte), aber da sind auch die Kleider, die sie tragen, einst getragen haben; die Zimmer, in denen sie sich bewegten, die Möbel. In meinen Albträumen erscheinen die Fassaden wie auch die Innenräume der Häuser und wie es roch, jedes Zimmer hat seinen eigenen Geruch; die Landschaften, die Geräusche, das Licht, das je nach Tages- oder Nachtzeit sich stündlich verändert, die Temperatur – Hitze oder Kälte, die Dichte der Luft, die zudringliche Feuchtigkeit am Abend –, die Mattigkeit beim Betrachten der Regentropfen, die sich die Fensterscheibe hinabwinden, wie meine Mutter das Bügeleisen ihrem Gesicht nähert, um zu prüfen, ob es schon heiß ist, oder wenn sie die Wäsche einsprengt und die Tropfen mit einem Zischen verdampfen, sobald das Bügeleisen sie berührt; die geröteten Augen von Onkel Ramón, wenn er, sich an den Wänden entlangtastend, die Treppe des Bordells hinuntergeht, wie er sich auf dem Beifahrersitz den Sicherheitsgurt anlegt und hinter der Autoscheibe die öden Industriebauten vorbeiziehen, die Lokale, an denen Tag und Nacht die Neonlichter blinken, der Schatten der Orangenbäume, die Reisfelder in Smaragdgrün, deren Glanz von den letzten Sonnenstrahlen verlängert wird, als komme das Licht aus dem Grün und falle nicht darauf, auf das Röhricht, das Schilf, die Teichkolben.

Es ist nicht wahr, was sie sagen, von wegen: du kommst ohne nichts und gehst ohne nichts. Du, Francisco, hast bei deiner Ankunft sehr wohl etwas gehabt: eine schöne Wiege, Mullwindeln, ein lauwarmes Trinkfläschchen, eventuell eine Amme, das weiß ich nicht, aber ein wenig später dann das Kindermädchen oder die Gouvernante. Wenn ich aus der Schule kam, sah ich dich und deine Geschwister im Park eure Jause unter der Aufsicht dieser weißbeschürzten Frau einnehmen. Aber das erklärt eigentlich wenig. Wichtig ist nicht, wie du gekommen bist und wie du gehen wirst, sondern wie es dir dazwischen geht. Ob du dich um das Notwendigste sorgen musst, oder ob es dir selbstverständlich zufällt, ob die Dinge dir in die Hände fallen oder dir zwischen den Fingern zerrinnen, oder, noch schlimmer, wenn du gar nicht erst an sie ranreichst. Wenn dein Leben darin besteht, für das zu kämpfen, was du, wie du weißt, nicht haben wirst. Das ist das Gift. Das, was du nicht erreichst, verfolgt dich. Es geht nicht um Anfang und Ende des Theaterstücks, der Vorhang hebt sich – der Vorhang senkt sich, sondern um das Stück selbst, wie es sich entwickelt, darauf kommt es an, denn das ist das Leben; Demagogen wie mein Vater erzählen dir, dass es auf den Anfang ankommt – die ursprüngliche Klassenzugehörigkeit: das sagen die Revolutionäre; oder auf das Ende – die letzten Dinge, das Jenseits, Himmel und Hölle: das sagen die Priester und in gewisser Weise auch Leute wie Francisco. In dem einen wie im anderen Fall rechtfertigt das Ziel (für Francisco war das erst die Revolution, später eine moderne, weltoffene Gesellschaft) die Mittel – zeitgenössische Erscheinungsformen des Jesuitentums. Die Ideologen erzählen dir das – alles eine Frage von Anfang und Ende –, darin jedenfalls sind sie sich einig, denn auch für die Leute aus den benachteiligten Klassen wird das täglich Leid durch das Ende geheiligt, die einen wie die anderen entwerten damit das Einzige, was wertvoll ist, das Leben selbst, den gegenwärtigen Augenblick: das sagte mein Onkel Ramón, nachdem er als Witwer zurückgeblieben war. Er warf Revolutionäre und Priester in einen Topf, er hatte die Fähigkeit verloren zu unterscheiden, zu wählen, alles war ein einziger klebriger, bösartiger Schleim, die ganze Welt; so dachte er, und dennoch wurde er nicht unleidlich und bitter wie mein Vater. Seine Hoffnungslosigkeit war ausschließlich für den persönlichen Gebrauch. Der Spruch, dass wir alle am Ende des Weges allein und mit leichtem Gepäck sterben werden, erinnert an die Geschichte mit dem Fuchs und den Trauben. Es heißt, bewusst darauf zu verzichten, die Trauben zu pflücken, weil sie zu hoch für uns hängen. Du sagst dir, wozu das pflücken, was heute grün ist, aber schon in wenigen Tagen faulig: du verzichtest auf den Genuss zu besitzen, die Lust des Augenblicks, wozu will ich etwas haben, wenn der Tod mir doch alles nimmt. Aber die kalten Shakes, die du an drückenden Augustnachmittagen aus dem Eisschrank holst, und die Entrecotes, die du auf den Grill legst, wenn du im Winter Freunde eingeladen hast, oder die Klimaanlage, die dich erfrischt, während ich bei der Arbeit in der stickigen Werkstatt die Nerven verliere, sag mir nicht, dass solche Dinge nicht wichtig sind, auch wenn sie nur von kurzer Dauer sind, wir wissen ja, wie lange ein Getränk in den Händen kalt bleibt, und du sagst, sie sind nicht wichtig? Aber ja doch! Der Maurer, der unter der Augustsonne auf einem Dach arbeitet, derjenige, der bei vierzig Grad Spritzbeton für ein Schwimmbecken verarbeitet, oder ich selbst, schwitzend über eine Säge gebeugt, weil das Budget nie gereicht hat, eine Kühlung in der Werkstatt zu installieren, dieweil du, Francisco, unter der Aircondition sitzt oder in der frischen Meeresbrise in einem Liegestuhl auf dem Segelschiff ruhst, das Glas mit dem Single Malt in der Hand: du kannst mir nicht sagen, dass das aufs Gleiche herauskommt, alles ist eitel, alles vergänglich, sagtest du, als du noch Christ warst, nervöse Larve eines Arbeiterpriesters. Das ist eine Lüge, du weißt es inzwischen, weißt auch, dass nicht einmal die Priester daran glauben, obwohl bei einigen der Glaube den gesunden Menschenverstand außer Kraft setzt. Dir hat der Glaube nicht die Reaktionsfähigkeit genommen. Du bist aus dem Priesterseminar geflohen. Und zwar Knall auf Fall. Du hast bemerkt, dass die Katholiken sich widersprechen: Wenn sie davon überzeugt sind, dass alles wieder zu Staub wird, warum bauen sie dann diese Kirchen in Rom, die aus Marmor, Marmor und noch mal Marmor sind. Aus Marmor der Boden, die Säulen, die Fassaden. Dazu die Mosaike, die Kassettendecken, und die Freskenmalerei, die Vergoldungen; die Altäre, aus Gold und Marmorgestein: Travertin, Carrara, Paros; Onyx; roter, rosa, grüner Marmor, Serpentinstein; Lapislazuliblau und Elfenbeinweiß, und noch mehr Gold, und Zeder und Mahagoni, und du erzählst mir, dass alles wieder zu Staub wird, nachdem du den Sechser auf das Marmortischchen geknallt hast, der das Dominospiel beendet, und wir allein am Tresen zurückbleiben, und du mir von deiner Enttäuschung, deinem Unglück erzählst, dem Freund, dem man seinen Kummer offenbart. Dass wir Staub sind und wieder zu Staub werden, aber sicher, doch alles zur gegebenen Zeit, wir werden wieder zu Staub, aber du fürchtest, dass der Tod dir das nimmt, was Materie ist, ach, Francisco, dass der Sensenmann dich nicht mehr auf deine Jacht lässt an einem Tag wie heute, das Meer so glatt und ungeheuer blau, die Luft nur vom kristallinen Atem des Mistral bewegt; oder dich daran hindert, noch ein gebeiztes Rebhuhn zu speisen, garniert mit karamellisierten Zwiebelchen und Knoblauchzehen und den Kügelchen vom schwarzen Pfeffer und dem Lorbeerblatt; für mich hingegen, in meinem sommerlich glühenden und winterlich feuchten Schuppen, zieht sich das Warten auf den Tod ungebührlich hin, und ich rufe nach ihm, um endlich ausruhen zu können. So musst du denken, Francisco, wenn wir wahrhafte Freunde sein sollen, wie früher einmal, wahrhaftig denken und nicht mit dieser Heuchelei: Füchschen, schau mal her, siehst du nicht, wie ich die Träubchen verspeise? Ich. Ich esse sie: Schau, wie die Kerne zwischen meinen Zähnen knacken, wie der Saft, süß, so süß aus den Mundwinkeln trieft, wie ich kaue und sauge und genieße. Muskatellertrauben. Die Lust am Begehren und die Lust am Akt. Wenn du ein Hungerleider bist, erlaubst du dir nicht mal das Begehren, weil es dir angesichts all dessen, an dem es dir mangelt, nur Kummer bereitet, während es für mich – der ich im Überfluss schwimme – die Tür ist, durch die ich ins wahre Leben eintrete: Deshalb pflege ich mein Begehren, nähre es, schiebe den Augenblick der Erfüllung hinaus, es ist die großzügige Eingangshalle, die der reinen Lust vorgelagert ist, ein Vorratsraum, der von jenem für das Lebensnotwendige getrennt ist. Ich verlängere den Aufenthalt, so wie ich beim Vögeln den Höhepunkt hinauszögere, ich lasse das Vorspiel mit Bedacht andauern, damit die Explosion noch intensiver wird. Ich genieße schon das Streben nach Besitz, und ich genieße vor allem die Erfüllung dessen, was das Streben ankündigt: wenn das Verlangen explodiert und das Bächlein hervorquillt, uff, Junge, Junge, was für eine Lust, der kleine Tod, *la petite mort*, der Tod bringt dich einen Augenblick in seine Gewalt und stellt dich dann wieder mit beiden Beinen auf den Boden; so nennen es, glaube ich, die Franzosen, *petite mort*, das habe ich irgendwo gehört oder gelesen. Wenn die Reise zu Ende geht, werden wir natürlich beide sterben, klar, jeder an seinem Tag und zu seiner Stunde, aber du, der Bedürftige, wirst gehen, ohne gelebt zu haben, und ich, nachdem ich mein Leben gelebt habe: Das ist es, was uns unterscheidet; zu Staub werden wir beide, aber ich werde – wie im Lied – verliebter Staub sein: gut gegessen, gut getrunken und gut gevögelt haben, Staub, ein Staub, der reich an Nährstoffen ist, eine opulente Konzentration der Reste vom Besten, was der Mensch hervorgebracht hat; und wer sagt denn, dass der Staub kein Gedächtnis hat, ein Gedächtnis, das hartnäckig über der Zeit schwebt, ewiglich, und uns den Trost der Gewissheit spendet, allen Saft aus dem Leben gepresst zu haben, oder aber unglückselig gewesen zu sein und nun eine Ewigkeit lang den Schmerz zu tragen, dass uns das Leben entflogen ist, uns keine Gelegenheit geboten hat, es auch zu genießen. So solltest du mit mir sprechen, Francisco, mir zeigen, dass ich nur Mist gebaut habe, und je schneller der Wind kommt und ihn davonträgt, desto besser für alle, und das sage ich dir heute, da ich mich übers Ufer lehne und den Weiher betrachte, den das Blau des Himmels verschönert, als wollte mich die Natur verführen, damit sie noch ein bisschen länger mit mir herumspielen kann; dennoch kann ich dir, in Betrachtung dieser Schönheit, versichern, dass ich es eilig habe zu wissen, was man fühlt, wenn man die Schwelle überquert und eintritt in das Reich des Schattens. Um dort zu bleiben.

Oben von der Düne aus erkenne ich zwischen den fernen Bauten Fragmente des Strands. Seit Beginn der Krise ist es vorbei mit der Hektik der Kräne, Betonmischmaschinen, Ausleger, die Landschaft ist gereinigt. Es gibt halb fertige, stillgelegte Bauten, doch keine, an denen noch gebaut würde. Nein, die gibt es nicht mehr. Im Winter kann man in aller Ruhe am Strand spazieren, fast in Einsamkeit die Füße in den Sand senken, die Einsamkeit des Strandes ist allerdings eine bevölkerte Einsamkeit. Es gibt Fischer mit Angelrute, englische oder deutsche Rentner, die joggen oder am Rand des Wassers walken und im Takt ihres Marsches energische Armbewegungen machen, das soll martialisch aussehen, wirkt aber grotesk: schnelle Schritte, Ellbogen an den Körper gepresst, Unterarme vorgestreckt; oder aber sie rudern kräftig mit den Armen, fahren sie vor oder hinter dem Körper kraftvoll auseinander; wie ich sagte, eher etwas mitleiderregend: alte Leute, die sich ohne jede Anmut bewegen, mechanisch, wie Automaten oder wie Demenzkranke in ihrem sinnlosen Gestrampel gegen den Tod. Mich stößt die Manie der Alten ab, sich durch dieses Hin-und-Her-Laufen in Form zu halten oder durchs Radeln, sie fahren auf dem Zementstreifen, der am Strand entlangführt, und angeblich die Meerespromenade von Misent ist (ja, Meerespromenade nennen die Stadträte den Streifen, wenn sie in Radiointerviews davon sprechen). Die meisten dieser winterlichen Athleten sind angestrengte alte Leute, bei denen man denkt, wie viel besser sie doch daheim im Sessel vor dem Fernseher sitzen würden, um ihr Leben zu rekapitulieren, bevor das Licht ausgeht, sich dergestalt auf die große Begegnung vorbereitend, stattdessen aber gefährden sie ihr Leben, das ja eh schon verloren, fast immer vergeudet ist; und die Leben der anderen, von denen viele noch wertvoll sind. Sie treten in die Pedale, über enge Wege voller Kurven und Steigungen, eine Prüfung für ihre alten Herzen, einige fahren im Rudel über die gekrümmten Landstraßen des Bezirks und beanspruchen auch noch die gegenseitige Fahrbahn. Andere radeln in Einsamkeit. Es greift einem ans Herz, wenn man einen dieser einsamen Alten angestrengt an einer der Steigungen in die Pedale treten sieht. Der Landstrich ist sehr hügelig. Hinter der Ebene besetzen die Berge den Horizont, bis hinab zum Meer, wo sie schroffe Steilküsten bilden. Die Ebene verbreitert sich nur Richtung Norden, wo die Obst- und Gemüsepflanzungen an das Sumpfgelände und die Sandstrände grenzen. Es ist unangenehm, sie über den Lenker gekrümmt zu sehen, schwitzend, hechelnd; schmale Vogelschenkel, gezwängt in enge farbige Trikots, weiche Hintern, die sich fladig über den Sitz ausbreiten, oder fleischlose, die sich eine Handbreit darüber erheben, wie knochige Vogelbrüste. Seit der Tourismus die Küste heimgesucht hat, fühle ich mich nicht mehr wohl am Meer, all diese Restaurants, Strandcafés, Imbissstände, die Gartenmauern der Apartmenthäusern, bis zu denen im Winter die Fluten reichen und vor denen im Frühling tonnenweise Sand ausgekippt wird: ein Ort, dem Gewalt angetan wurde, schmutzig, an dem die Leute, von wer weiß woher gekommen, pissen, scheißen oder ejakulieren, wo die Öltanker, die man ständig am Horizont auf den Hafen von Valencia zusteuern sieht, ihre Kieljauche, die Aborte und Laderückstände ablassen, dazu die Kreuzfahrtschiffe, vollgeladen mit Rentnern, die einen falschen Luxus, eher eine Vorspiegelung von Luxus, genießen, die Stationen kann man den Zeitungsanzeigen entnehmen: Tunis, Athen, Malta, Istanbul, Amalfiküste, Rom-Civitavecchia, Barcelona, und stets wird Schmutzwasser zurückgelassen. Das Meer ist eine große Lunge salzigen Wassers, das ständig Sauerstoff aufnimmt, und der joddurchsetzte Wind, den dieses Atmungsorgan ausstößt, reinigt uns Menschen und zugleich das Organ selbst, so stellen wir uns das Meer vor, ein stets sauberer Wasserkörper, da er sich bei jedem Unwetter reinwäscht, aber mich lässt das Gefühl nicht los, dass er von diesem eklig klebrigen Zeug durchsetzt ist, das nach einer Vergewaltigung im Körper zurückbleibt, der Zement der Bauten, die den Strand säumen, der Abfall, der sich an den Wellenbrechern sammelt, die man aufgetürmt hat, damit bei Sturm nicht der Sand weggeschwemmt wird: an der Küste wirkt alles wie ein abgegessenes Bankett, und das stört mich; außerdem ist man dort nie sicher vor neugierigen fremden Blicken, nein. Ich sage, dass ich einsam am Strand spaziere, aber es gibt keine wirkliche Einsamkeit. Auf der ebenen Sandfläche stehst du wie auf dem Präsentierteller, schon von Weitem kann man die Bewegungen der Menschenfigürchen beobachten, ihr Kommen und Gehen, man selbst bietet sich den Blicken der anderen Spaziergänger oder jener Neugierigen dar, die aus den Fenstern der Hunderten von Apartmenthäuser gucken. Eines Tages wird über all das hier ein Ascheregen fallen, er wird es langsam mit einer Schicht zudecken, deren Eigenschaften wir noch nicht entziffern können. Der sumpfige Marjal, in seinem vernachlässigten Für-sich-Sein, bringt mich wieder zu mir, erinnert mich an die Hütten, die wir uns als Kinder bauten, um uns vor den Blicken der Erwachsenen zu schützen, das waren Orte fern jeder Überwachung, in denen wir unsere eigenen Gesetze aufstellten, mehr oder weniger Verbotenes spielten unter der Decke des Teetischs, unter dem Bett, im großen Kleiderschrank. Im Marjal kannst du dir deine eigene Welt außerhalb der Welt bauen. Niemand läuft oder radelt auf den matschigen, löchrigen Pfaden, die faulig nach dem stehenden Wasser riechen, nach sich zersetzenden Pflanzen und Tierkadavern: eine Schlange, ein Vogel, eine Ratte, ein Hund, ein Wildschwein; heutzutage werfen die Bauern nicht mehr, wie noch vor wenigen Jahren, die Kadaver ihrer Haustiere in diesen Dschungel. Die Bauernhäuser, die nicht zerfallen sind, wurden renoviert, und man benutzt sie als Wochenendhäuschen, Ställe mit Vieh gibt es kaum noch. Die Sitten haben sich geändert; es herrscht auch eine andere Sensibilität oder Wachsamkeit, mehr bürgerschaftliche Kooperation, wie man heutzutage die Praxis der Denunziation nennt, die sich immer mehr ausbreitet. Mit Eifer ist die Bevölkerung dabei, jedweden anzuzeigen, der einen auch noch so kleinen Verstoß begeht: Keiner traut sich, den Nachbarn darum zu bitten, den Kadaver eines Pferdes oder auch nur eines Hundes in seinem Transporter wegzuschaffen. Das ist inzwischen etwas gesellschaftlich Verwerfliches.

Ich habe den Geländewagen am Wasser geparkt, bin dann den kleinen Hügel hochgeklettert, der von der rechten Seite den Wagen verdeckt, und habe von dort oben die Landschaft betrachtet, die streckenweise vom Nebel und dem Rauch der Feuer verschummert war, in denen die ausgeholzten Äste verbrannt wurden. Der Rauch gibt dem sonnigen Wintermorgen die Duftigkeit eines Aquarells: das

Grün der vergangenen Monate ist durch Gelb- und Kupfertöne ersetzt worden, das Licht ist zugleich zart wie schneidend, es hebt die Volumina der fernen Bauten hervor, rückt sie heran, bis auf einen Steinwurf nah; es zeichnet mit dem Gravierstichel die getünchten Geräteschuppen der Bauern nach, die am Rand des Sumpfs Reis anbauen, auch die Häuschen für die Bewässerungspumpen, auf denen sich zum Teil noch der ursprüngliche Ziegelschornstein erhebt. Das Wasser, das im Sommer und an manchen Stunden des Tages erdfarben mit Teereflexen ist, zeigt sich nun am sonnigen Wintermorgen von einem intensiven Blau, das sich lebhaft von den bräunlichen Tönen des trockenen Schilfs und Gestrüpps abhebt: die Lagune scheint ihre vor Jahrhunderten verlorene Eigenschaft einer Meeresbucht zurückzugewinnen. In Berührung mit dem Wasser glänzt der Dünensand, in leuchtende Partikel gebrochen wirkt er wie Gold, Glimmerschiefer, Silber. Die zarte und anregende Vitalität des Morgens, an dem all das wie frisch erschaffen erscheint, was für mich kurz vor dem Verschwinden steht. Es ist, als hätte selbst mich ein Hauch von Jugend angeweht, was die Situation vollends absurd macht. Was bereite ich hier vor? Was will ich tun? Die Schönheit des Orts gibt der Situation eine unerwartete Wendung, eine Art von falscher Euphorie setzt sich gegen das Dunkel, das von hinten kommt und in das ich eingehe, durch. Mein Schritt ist beschwingt, ich schiebe das Schilf beiseite, das mir ins Gesicht schlagen will. Der Wechsel der Windrichtung – ein kaum merklicher, aber kalter Mistral, der die Luft mit einem Metallfaden zu schneiden scheint – mildert die Sumpfgerüche, löst oder mischt die süßlichen Aromen des stehenden Gewässers mit dem salzigen Hauch vom nahen Meer und dem Dunst der Gräser, ein feuchter Hauch vom nächtlichen Tau, der allmählich unter der Sonne verdampft. Spatzenschwärme kreuzen über den Himmel, Bewegungen, wie von einem Geometer aufgezeichnet. Ein ferner Schuss ist zu hören. Da schießt jemand auf die Enten; auf die Wildschweine, die vom Berg zur Tränke herunterkommen oder ihre Frischlinge im Röhricht verstecken, aber die Wildschweine kommen meist erst bei der Abenddämmerung herunter. Bei sinkender Sonne habe ich ihnen mit Onkel Ramón aufgelauert. Neben dem Weg, hier oben auf der Düne, die am rechten Wegesrand liegt, gibt es einen Brunnen. Schon oft habe ich wie jetzt den Holzdeckel gehoben: kaum habe ich ihn gelüftet, spüre ich den feuchten Lufthauch, der von der Tiefe aufsteigt, ich sehe das Gemäuer, mit Venushaar bedeckt, ich hebe den Eimer von dem Haken, werfe ihn in die Tiefe und höre das Metall im Wasser aufklatschen. Ich ziehe an dem Strick und höre über meinem Kopf das Quietschen der Rolle und dort unten, im Inneren des Brunnens, einen Wasserschauer mit Echos, und zwar jedes Mal, wenn ich mit einem Ruck am Seil ziehe und das Wasser über den Eimerrand schwappt, eine Abfolge nasser Schnalzer. Der Metalleimer taucht von kaltem Wasser benetzt auf, ich trinke davon, schöpfe es mit den Händen, die von der Kälte taub und leuchtend rot werden. Ich spritze es mir ins Gesicht, schneidende Kristalle treffen auf die Haut. Dieses klare, kalte Wasser hat mit dem pastosen Wasser des Sumpfes nichts zu tun. Schon immer habe ich, wenn wir davon tranken oder es uns an Sommertagen überschütteten, über die Frische des Brunnenwassers gestaunt, und ich staune noch immer darüber, dass es aus so großer Tiefe kommt und dennoch nicht vom Salz des nahen Meeres erreicht wird; wie arbeitet es sich, geschützt von den Kalkfelsen, in diese tiefen Schichten vor? Wie ist der Mann, der den Brunnen gebohrt hat, auf diesen Ort gekommen? Wie konnte er ahnen, dass sich unterhalb des schlammigen Sumpfes eine Felsplatte erstreckt und unter dieser Wasser fließt? Weisheiten alter Bauern, Erfahrungen von Zahoris, über Jahrhunderte weitergegeben, von Menschen, die darüber hinaus mit einem Nervensystem begabt sind, das fähig oder dazu erzogen ist, bestimmte Energien oder Vibrationen zu erspüren, die vom Rest der Menschheit nicht wahrgenommen werden. Der Brunnen ist mit einigen der unterirdischen Flüsse verbunden, die durch Filtration des Regens im Kalkgestein der nahen Bergzüge entstehen und ihren unterirdischen Weg noch kilometerlang bis ins offene Meer fortsetzen. Es gibt bestimmte Stellen, wo die Fischer ihren Eimer in die See werfen, um sich Süßwasser zu holen. Um mich herum Schlammfelder aus schwarzer Erde, angereichert mit all den in Tausenden von Jahren verfaulten Pflanzen.

Während deine Stimme sich im Trubel der Jetztzeit verliert – eine Zukunft, die dir entgegenkommt, aber mich nicht mehr einschließt –, sind sie wieder bei mir, schließen die Lücke, die du hinterlassen hast: Sie kommen zurück, um ihre Nummer aufzuführen, Ginger und Fred, ich sehe sie tanzen, Hand in Hand, sie drehen sich, hüpfen. Er trägt einen Zylinder und hält ihre Hand über ihrem Kopf, während sie sich, der Rock wirbelt um ihre Schenkel, wie ein Kreisel dreht. Selbstverständlich gehören diese Figuren auch aktiv zu dem Chor, der die Aufführung schließt, der Augenblick, in dem der Vorhang fällt und der Applaus aufbranden sollte. Sie fassen sich mit den anderen an den Händen und bewegen sich auf die Zuschauer im Parkett zu, grüßen, verbeugen sich, das gesamte Ensemble gleichzeitig auf der Bühne. Sie haben schon im Voraus den Erfolg geübt, Applaus erklingt, während der Vorhang sich noch ein paar Mal hebt, bevor er endgültig fällt: Sie ist kaum mehr als bleicher Tüll, es sieht so aus, als könne man ohne Mühe ihr Fleisch durchqueren, ebenso wie das seltsame Scheinwerferlicht, das die Bühne überflutet, ein Licht, das alles und jedes, aus welchem Material auch immer, durchdringt, aber handelt es sich überhaupt um Materie bei diesen bläulichen Fingern, die nach seiner Hand greifen, statt mich heranzuholen? Die zwei erscheinen mir immer zusammen, als handle es sich um eine einzige Figur, ich muss an die durch ihren Bart vereinten Zwillinge aus einem fantastischen Film denken, den ich als Junge gesehen habe: *Die 5000 Finger des Doktor T.*, oder an die unzertrennlichen Detektive in *Tim und Struppi*. Aber es ist nicht so, die beiden sind nicht zusammen, und das könnte mich trösten, tröstet mich. Die Veranstaltung geht weiter, für

Francisco wie für mich, eine Flut von Erinnerungen, die durch die geborstene Schottentür abfließt, Leonor ist flussabwärts davongeschwommen, frei, gehört keinem, und keinem zu gehören gibt ihr Schwerelosigkeit und erlöst sie. In dem Augenblick, in dem der Albtraum endet, hat die Schere die Einheit zerstört, das Paar ist getrennt, und Ginger hat Fred allein gelassen, überlässt ihn einer unvorhergesehenen Abdrift. Sie geht ohne ein Winken, ohne sich zu verabschieden. So ist auch sie gegangen, ohne Abschied zu nehmen, ohne ein Wort, mit dem sie mir kundgetan hätte, was sie vorhatte (du müsstest auch von hier weg – mir schien sie von der Zukunft zu sprechen, von sich und von mir); nach dem Eingriff verschwand sie aus Misent, und wenig später erfuhr ich, dass sie in Madrid mit Francisco zusammengezogen war. Ich konnte es einfach nicht begreifen. Was ich noch nicht wusste, war, dass die Frauen einen Riecher haben für Investitionen in das, was wir *Zukunftsmärkte* im menschlichen Bereich nennen könnten. Sie entdecken im Mann den Keim von dem, was kommen wird, so etwas wie den Hahnentritt, der sich kaum sichtbar im Eidotter des befruchteten Eis verbirgt. Manche meinen, das sei der Mutterinstinkt, der diese Fähigkeit bei den Frauen aktiviert, der Drang nach Eugenik. Wer will das wissen. Sie kamen für ein paar Tage zurück, um sich überall in Olba zusammen sehen zu lassen, in Restaurants, Cafés, Bankfilialen und am Strand von Misent. Francisco wurde wie eine Trophäe vorgezeigt. Sie, die Tochter des Fischers, war Gast im Haus der Marsals. Sie hatte Misent nicht mit einem Angelhaken, der ihre Lippe durchbohrte, verlassen, wie sich das Francisco gedacht haben mag, sie hatte beim gewünschten Köder vielmehr lustvoll zugebissen. Du hast mich geangelt, aber du wirst schon sehen, was dich dieser Fang kostet, wie schwer es sein wird, mich einzuholen und in den Korb zu stecken. Diese Gesten der Überlegenheit, die sie sofort annahm (mir streckte sie die Wange zum Kuss hin, als sei nichts, hallo, hallo, zwei, die sich kaum kennen und nach längerer Zeit wiedersehen, Francisco als lächelnder Beobachter der Szene), als sei diese Ehe nur eine der ihr zur Verfügung stehenden Optionen, dabei, was hätte sie in Misent erwartet, Schneiderin zu werden? Im Morgengrauen mit den anderen Frauen im Obstmarkt antreten, um Orangen zu klassifizieren, zu waschen, zu wachsen und einzuwickeln? Oder Kakis zu verpacken? Zusammen mit den anderen Angestellten am späten Vormittag Kaffee in der Bar gegenüber der Keksfabrik zu trinken? Nach Hause zu eilen, um das am Vorabend gekochte Essen aufzuwärmen, bevor die Kinder aus der Schule heimkommen? Allerhöchstens Lehrerin werden, was sie als ihre Berufung deklariert hatte. Tag für Tag an die Tafel das Wort Diktat in gotischer Schrift schreiben oder diesen unerklärlichen Fakt erklären, demzufolge der Buchstabe π gleich dreikommavierzehnsechzehn ist und Vieh mit Vogel-V und nicht mit F geschrieben wird (solche Dinge unterrichtete man in jenen Jahren, wenig später begannen die Schulreformen, und ich weiß nicht, wie sie das heute handhaben). Oder sie hätte ihre rudimentären Kenntnisse der Arithmetik nützen können, um die Buchführung in der Schreinerei meines Vaters, der ihr Schwiegervater gewesen wäre, zu übernehmen. Eine andere Option – nicht viel anders, aber doch viel schlechter – wäre gewesen, einen Fischer zu heiraten, einen Mann aus ihrem Viertel, Fischer wie ihr Vater, wie ihr älterer Bruder, auf den die Frau mit dem fertigen Essen wartet, damit er es isst, wenn er nach Verlassen des Boots seine Kneipenrunde mit Bier und Ricard beendet hat. Ein gewissenhaft zubereitetes Essen, das stundenlang auf einem Teller wartet, der mit einem anderen, umgekehrten Teller zugedeckt ist, damit nicht die Fliegen drangehen. Sie hatte den Riecher, wo die wahre Stabilität für ein Nest liegt, das den kommenden Kindern Sicherheit bietet. Wollte die Jungen, die da kommen – diesmal Wunschkinder –, auf dem Ast eines Baumes unterbringen, der hoch genug war, dass nicht die Krallen der Raubtiere heranreichen, die stets unten lauern, das Gesetz des Lebens, die Brut in Sicherheit bringen. Sich selbst da oben platzieren, auf dem hohen Ast, und die Flügel schützend über die Küken breiten. Ihr sollt wissen, ich bin anders als ihr, das schien sie sagen zu wollen, als sie zurückkam. Ich, einer von vielen. Ich erinnere mich an sie, wie sie aus dem Wagen stieg, ein Seidentuch unter dem Kinn geknotet, sodass zwei Strähnen blonden oder kastanienfarbenen Haars herausschauten, Aufhellung oder Nachdunklung stets à la carte. Sie zeigte ihre weißen Zähne in einem Lächeln, das ans Universum gerichtet schien, er holte die Koffer aus dem Volvo und stellte sie nacheinander auf den Gehsteig vor der Tür, sie ein paar Markentaschen, einen Wochenendkoffer aus Leder, vielleicht ein Kosmetikköfferchen, fertig, das Flattern eines geblümten Rocks oder das Aufblitzen einer Hose (damals in Olba Hosen zu tragen erforderte einen gewissen Mut, immerhin, eine verheiratete Frau), die sich um ihren Hintern presst, die Brust modelliert von einem Marinepulli: blaue Streifen auf weißem Grund. Das Parfüm schwebt noch einige Minuten über der Straße. Der Geruch nach Benzin, verbrannt von dem Motor eines Autos, das sich nur sehr wenige hier in Olba leisten konnten, und der Duft des Parfüms, der mir zu schaffen macht, noch wochenlang, wie ein Dorn in der Haut, der sich infiziert hat. Francisco und sie. Kaum eine Begrüßung, sie überlässt mir ihre Wange für einen schnellen Kuss. Als wäre zwischen uns nichts gewesen. Meine untergeordnete Stellung. Vierzig Jahre später, als er nach Misent zurückkommt, trägt Francisco immer noch an der Schuld, die ich ihm aufgebürdet habe, ich kann nicht anders, während auf Leonor ein Verzeihen ruht, das dem Unabänderlichen geschuldet ist. Ihre Schwerelosigkeit – sie ist nur Schatten – enthebt sie von jeder Schuld, der Tod hat sie ihr genommen. Der Tod, die höchste Gerechtigkeit. Danach gibt es weder Schuld noch Sünde. Sie hat die notwendigen Etappen einer reinigenden Askese hinter sich gebracht: Leiden und Krankheit, die Letzte Ölung (oder als Ersatz die endlosen Eingriffe von Ärzten und Krankenschwestern), die Musik von Bach und der Trauerzug hinter dem langen Wagen, der die Steigung zum Friedhof hinauffährt und wenige Meter entfernt von der Stelle parkt, wo mein Großvater aufgesammelt wurde. *Requiescat in pace.* Das Übel der Krankheit – Haarbüschel zwischen den Fingern, wunde Stellen im Mund, Nägel, die sich von der Haut lösen – hat sie von dem Erbärmlichen des Lebens geläutert, hat das Fleisch gezähmt, Begehren und Zorn in Mitgefühl verwandelt. Etwas Ähnliches geschieht mit dem Sumpf: das Ungesunde und Übelriechende trägt dazu bei, ihn intakt zu erhalten, bewahrt seine Unschuld oder erlöst ihn, macht seine besondere Form der Reinheit aus, eine Variante der Schwerelosigkeit, die ihm seine Unwilligkeit, in eine andere Welt als die eigene zu passen, verleiht (und dennoch ist es nicht eigentlich Erbarmen, was ich für sie empfinde: ein unendliches Mitgefühl, ja, aber überbacken mit der Sauce des Grolls, was hast du mir angetan, was hast du aus mir gemacht). Einige Zeit nach ihrem Tod begann Francisco häufiger nach Olba zu kommen. Nach der stark besuchten Beerdigung, zu der Journalisten, Küchenchefs mit Michelin-Stern und der eine oder andere Politiker kamen und bei der die Leute aus Olba die Verschwendung an Blumenkränzen bestaunten, die den Leichenwagen und den anderen Wagen, der ihn eskortierte, bedeckten, ließ er ihr einen rosa Grabstein aufstellen, als eher spießige Erklärung einer vorausgesetzten Liebe (er hatte untröstlich geweint, als ihr Sarg in dem Grabloch versank), eines der vier oder fünf prunkvollen Gräber auf dem Friedhof von Olba, einem eher bescheidenen Ort: einfache Gräber, Grabnischen, ein paar Dutzend Zypressen und drei oder vier Pantheons von alten Familien (die Marsals oder die Bernals haben sich als Neuankömmlinge nicht getraut, mit diesen zu konkurrieren), wie es dem Egalitarismus der Gegend geziemt, wo, so sagte man bis vor einigen Jahren, keiner sehr viel, aber alle etwas haben (das letzte Jahrzehnt hat dieses soziale Gleichgewicht zerstört). Er heulte mit demselben nervösen Zucken der Nase, mit dem er am Weinglas schnupperte, uhhmmm, uhmmm, einen Schluck nahm, mit dem Mund unangenehme Geräusche machte, schmatzte, Luft ansaugte, den Wein blasenschlagend in der Mundhöhle schwenkte: Hui, hum, köstlich, ein Wein in seiner Vollendung, da sind Aromen von reifem Obst, oho, und da sind auch Spuren von Kaffee und Schokolade, was, ihr schmeckt die nicht? Aber sie sind doch ganz deutlich! Und ein ferner Hauch von Veilchen, aha, und da spüre ich auch ein Aroma von Wasserblumen, kurz vorm Welken. Schmeckt ihr die nicht? Seerosen, Sumpflilien (aber Francisco, alter Freund, riechen die Wasserblumen nicht eher nach verfaultem Fisch? Warst du etwa nicht mit mir zum Fischen im Marjal und weißt zur Genüge, wie eklig die Seerosen riechen, die *ninfées*, die Monet ebenso wunderbar wie obsessiv malte, weil sie auf der Leinwand so entzückend aussehen. Ich werde dich mal daran riechen lassen, damit du dich an diesen unliebsamen Gestank unserer Kindheit erinnerst). Blumig, seidig, vollmundig, fruchtig, intensiv. Das ist noch nicht so lange her. Wie lange, sechs oder sieben Jahre? Wenn du auf dem dünnen Seil der Siebziger tanzt, bemerkst du immer noch, dass zehn Jahre nichts sind, und nicht einmal die zwanzig des Tango viel hermachen. Auch nicht die siebzig, die du gelebt hast. Das Leben, ein Hauch. Ich glaube, Leonor ist 2003 gestorben. Vielleicht schon etwas früher. Francisco war seit dem Tod seiner Eltern und seitdem die Geschwister weggezogen waren und das Elternhaus verkauft hatten, um dort ein Apartmentgebäude zu bauen, nicht mehr in Olba gewesen. Sie aber hat offensichtlich gesagt – und sogar schriftlich verfügt –, dass sie in Olba begraben werden wollte. Ich weiß nicht, aus welchem Grund, denn von ihrer Familie hat keiner hier gelebt, auch nicht ihre Geschwister, mit denen sie, soviel ich weiß, keine Beziehung pflegte – der Fischer kam zu der Beerdigung, mit Frau und Kindern, ernst, feierlich, weinte aber keine Träne. Der andere Bruder ist gar nicht erst gekommen, sie leben in Misent, wie die Familie seit jeher. Olba ist das Terrain von Francisco, aber ein paar Stunden lang habe ich gedacht, dass meine Gegenwart hier etwas mit ihrem letzten Wunsch zu tun gehabt haben könnte. Dass die Erinnerung an die erste Liebe sich wieder eingestellt hatte. Warum nicht? Wir Alten haben das Verlangen, das, was wir in der Kindheit oder Jugend falsch gemacht haben, zu korrigieren, auf eine andere Weise zu leben. Als wenn das möglich wäre. Wir denken öfters in der Nacht, was wohl aus dem kleinen Mädchen geworden ist, das wir damals kannten. Wahrscheinlich ist das deshalb so, weil wir unsere Unfähigkeit erkennen, etwas uns Betreffendes jetzt in der Gegenwart zu korrigieren; wir wollen nicht akzeptieren, dass das Mädchen jetzt eine alte Frau mit Zahnimplantaten oder einem Gebiss wie dem unsrigen ist. Nachts besuchen dich Erinnerungen an Menschen, die schon nicht mehr sind, Geschichten, die du mit keinem teilen kannst, weil keiner von denen, die das mit dir erlebt haben, übrig geblieben ist. Ja, blöderweise ist mir der Gedanke durch den Kopf gegangen, dass sie aus Nostalgie heraus nach Olba zurückkehren wollte, ein Gedenken an die eigene Jugend, an die Zimmer in Billighotels, unseren ineinanderfließenden Speichel, die Dunkelheit zwischen den Dünen, der Glanz des Mondes auf dem Sumpfwasser und das Sumpfwasser auf der Haut: Sehnsucht nach den Glücksgefühlen jener Zeit, zu der ich nun einmal gehöre. Ich habe sogar gedacht, dass ich sie nah bei mir haben würde – als ob ein Toter nah oder fern sein könnte –, und ich sah mich selbst abends zum Friedhof hochgehen, um mit ihr zu reden, so wie es einige Witwer tun, die täglich das Grab ihrer Frau besuchen, sich auf den Stein setzen, ihn säubern, das Glas putzen, das ihr Foto schützt, und ein Sträußchen Blumen auf den Grabstein legen. Nicht alles war verloren. Von dem lodernden Feuer war die Asche geblieben. Das Leben übernahm es, das eine oder andere zu korrigieren. Sie war zurückgekehrt. Nicht selten geben die Toten den Handlungen der Lebenden einen Sinn. Das Grab der Geliebten, die nach ihrem Gang durch die Welt entschied, zum Verwesen an jenen Ort zurückzukehren, an dem sie ihre erste Liebe erlebt, die erregende Entdeckung des Fleisches gemacht hatte.

Vor ein paar Tagen, als ich mit dem Auto am Friedhof vorbeifuhr, sah ich, wie von dem Gärtchen gleich an der Mauer eine riesige Ratte hervorsprang und über die Steine ins Innere kletterte, angezogen wohl von den Gerüchen der letzten Bestattungen. Die Krise sorgt dafür, dass die Leute in Särgen von miserabler Qualität beerdigt werden, die mitnichten die Fäulnis zurückhalten. Ich schwör dir, im Augenblick, als ich die Ratte springen sah, hatte ich Angst um dich, fürchtete, dass dieses Tier dir am Ende was antäte, auch wenn ich nicht glaube, dass es unter dem Stein, der deinen Namen und dein Foto trägt, noch viel zu nagen gibt, aber wer weiß, diese Biester kennen keine Scheu, die Bretter des Sargs, deiner von bester Qualität, die Knochen, die Stoffreste, die der Feuchtigkeit des Landstrichs widerstanden haben. Selbst an den heißesten Sommertagen höre ich, wenn ich zu Bett gehe, durch das Fenster das Tropfen des nächtlichen Taus, der vom Ziegeldach auf den Gehsteig fällt, besonders in Nächten, in denen das Klima eher tropisch als mediterran ist, klebrige Nächte, man wälzt sich schlaflos im Bett, endlose Nächte, auch wenn es die kürzesten des Jahres sind. Du drehst und wendest dich zwischen feucht glühenden Laken, Fleischbrühe, der verschwitzte Kopf klebt am Kissen, zäh wie die stehende Luft, die dich umgibt. Und im Halbschlaf dann, fast überfallartig, das blendende Licht der Sonne, das ohne Vorwarnung einfällt, niederdrückende Hitze auf dem gedörrten Gras und das Kreischen der Zikaden. Nein, nein, Leonor, das hier ist nicht Schweden, auch nicht Deutschland oder die milde Bretagne, diese schattenreichen, gotischen, nächtlichen Länder, in denen Beziehungen eine metaphysische Dichte zu haben scheinen. Bei uns zu Lande überzeugt die Geschichte von der Geliebten, die zu ihrer Jugendliebe zurückgekehrt ist, nicht. Wir haben eine Weile zusammen gevögelt, und dann hast du dir einen anderen zur Gesellschaft im Bett gesucht, das war's, keine Melancholie, nichts zu korrigieren, nichts, wonach man sich sehnen könnte, undenkbar, eine solche Rhetorik: Dies ist das Mittelmeer, das Übermaß an Licht lässt die Mysterien verdorren. Unter diesem Himmel kann sich keine romantische Metaphysik halten. Unsere Sache sind nicht die großen düsteren Wälder, die Pracht der Laubbäume, die einsam wandelnden unerlösten Seelen, hier gibt es nicht eine solche Poetik der Schatten. Das Unsrige: verkrümmte Bäume, karg belaubt, mehr Holz als Blätter, mehr grau als grün.

Man muss sich davor hüten, seine Gefühle auszustellen, denn sie verlieren ihre Valeurs unter diesem schamlosen Licht. Was soll ich erzählen, was nicht alle Welt weiß? Also blieb ihr Gatte der Einzige, der einmal im Monat oder alle zwei Monate dort hinpilgerte, um ihr Blumen zu bringen. Wie es sich schickt.

Ich sehe ihn zuweilen von der Werkstatt aus in Richtung Friedhof gehen und denke, dass diese Blumen zum Teil die meinen sind, nicht wegen der Liebe, die ich für Leonor empfunden haben mag, noch wegen dem, was von mir in ihr geblieben sein könnte (wir lassen einen Teil von uns in dem, den wir lieben, Speichel, Ausscheidungen, Bakterien und Viren, wir hinterlassen bestimmte Manien und Laster; notgedrungen musste ich in dem gegenwärtig sein, was sie miteinander anstellten, die Erfahrung bei der Berührung, die Kadenz, mit der man bestimmte Hebel im Körper in Bewegung setzt, gewisse Worte, all das haben wir beide zusammen gelernt), sondern weil in diesen Blumen die Leere liegt, die sie mir hinterlassen hat, denn ich bin das, woran es mir mangelt, ich bin meine Mängel, das, was ich nicht bin. Ich höre Leonor: Das hier gehört mir, ich trage es in mir. Es ist eine Angelegenheit, in der nur ich dir erlauben kann, dich einzumischen, und wie du siehst, ich erlaube es nicht. Sie hat sogar abgelehnt, dass ich mich an den Kosten der intimen Metzgerei beteiligte. Ich denke: das blutige Püppchen, das einen Augenblick geschwommen ist; wahr ist aber, ich habe es nicht gesehen, weiß nicht, wie es war, ich spreche aus dem pragmatischen Wissen heraus, wie solche Dinge ablaufen, habe es in Filmen gesehen, in Dokumentationen, in Zeitschriften, aber ich hatte nichts damit zu tun. Ich weiß nicht, wohin sie sich gewandt hat, um das Problem zu lösen, nicht, wer es erledigte, noch an welchem Ort, wen und was sie bezahlt hat. Mir ist der Gedanke lieber, dass sie allein dort hingegangen ist. Dass sie zu dem Zeitpunkt noch allein war. Ich weiß nicht einmal, ob sie danach für ein paar Tage nach Misent zurückgekehrt ist, oder ob sie einfach in den Zug stieg und direkt nach Madrid fuhr; ob sie ihre Flucht vorher vorbereitet und mit ihm etwas vereinbart hatte, oder ob sie ihn, als sie dann dort war, aufgesucht hat. Ich sage, es geschah in einer Wohnung in Valencia, ich glaube sogar, das Zimmer mit den geschlossenen Fenstern in einem der vielen Mietshäuser der Stadt zu sehen, aber nicht einmal das habe ich je erfahren. So wie mein Vater, der mir jahrelang seine Geschichten aus dem Krieg vorenthielt, entschied auch sie, dass mich das nichts anging. Was ging mich je an? Francisco kam aus Madrid, aß etwas in einer der Bars und ging zum Friedhof, bis er den Entschluss fasste, wieder hier zu leben, und während er das Haus restaurierte und allmählich in Besitz nahm, kümmerte er sich kaum noch um das Grab, das offensichtlich als Ausrede gedient hatte, um ihm die Rückkehr zu erleichtern: der Duft der Orangenblüten im Frühling, den Löffel in die Paella stecken, mit dem Segelboot ausfahren an nicht allzu windigen Tagen. Meine Kinder führen ihr eigenes Leben, und hier habe ich sie, mein Einziges; Olba ist ruhig, und wenn man Rummel will, hat man Misent keine zwölf Kilometer entfernt, Benidorm auf fünfzig und Valencia auf knapp hundert. Du kannst sogar das Schiff in Misent nehmen und bist in ein paar Stunden in Ibiza, obwohl dafür, für das, was in Ibiza los ist, müsste man fünfzig oder fünfundvierzig Jahre jünger sein. Er lachte, während er mir zwischen Glas und Glas diesen Schwindel auftischte, mit dem er seine Rückkehr rechtfertigte, dieweil er das Weinglas schwenkte und den Duft von Ginster, von niedrigem Buschwerk, sonnenwarmer Zistrose sowie den Fellgeruch eines freilebenden Tiers entdeckte (alle freilebenden Tiere in dieser Gegend haben die Schule besucht – wir machten uns über ihn lustig, wenn er gerade nicht da war, hoben das Weinglas in die Höhe, betrachteten es, schwenkten es unter Gelächter), nach behandeltem Leder, nach Lohgerberei. Ich sehe ihn vor mir bei den Essen, die er am Samstagvormittag organisierte. Samstags oder sonntags ging ich ja noch manchmal aus dem Haus. Zu diesen Rebhühnern würde ein 86er Marqués de Riscal gut passen, oder ein 88er Tondonia (von einem Latour will ich gar nicht erst sprechen, da sind wir weit entfernt davon), denn, klar, einen

Unico von Vega Sicilia werden wir uns nicht leisten können, nicht wahr? Und er ging zu seinem Kühldepot für Weine in dem als Garage und Esszimmer dienenden Raum, den er im Geräteschuppen eingerichtet hatte und vollmundig seine Kellerei nannte: in den edlen Bereich des Hauses stiegen wir nicht hinauf, ein einziges Mal waren wir oben, aber einzeln, die Freunde aus Olba hatten in der Beletage nichts zu suchen, die war für ein anderes Publikum reserviert, und jeder von uns dachte, dass er der Einzige war, der das Privileg genossen hatte, die vornehmen Zonen des Hauses zu besichtigen, bis wir feststellten, dass er uns alle dorthin geführt hatte, und zwar mit der gleichen Heimlichtuerei. Die Eitelkeit war immer sein Schwachpunkt. Er näherte sich gemessenen Schritts dem Weindepot, und hui, wie mit einem Zaubertrick, ließ er zwei Flaschen Vega Sicilia in seinen Händen auftauchen, zeigte auf die gelblichen, abgewetzten Etiketten, auf denen der Jahrgang aber noch zu lesen war; mit dem Zeigefinger deutete er mehrmals auf die Ziffern, versicherte, das sei ein ganz besonderer Jahrgang und dass kürzlich bei einer Auktion gut dreihundert Euro für eine solche Flasche gezahlt worden sei, die wir nun in einer Dreiviertelstunde trinken würden, perfekt ist sie, wenn man sie eine Weile dekantieren lässt, inzwischen decken wir den Tisch, machen die Salate und grillen das Fleisch. Einer, der es genau nahm, merkte sich dann den Jahrgang, die Adjektive, die Francisco für den Wein benutzte, um es irgendwann später bei einem Essen mit Lieferanten oder Kunden wie ein Papagei nachzuplappern oder um die Informationen dort fallen zu lassen, wo man mit solchem Wissen am meisten Eindruck schinden kann, etwa im Büro des Sparkassendirektors, bei dem du einen Kredit beantragen willst, den, da risikoreich, nicht einmal der berüchtigte Bankier Botín genehmigen würde. Also muss man den Sparkassenheini zu einem Kaffee verführen, ihm mit Libanonzedern, Seerosen, dem herbstlichen Laubsturm und den Walderdbeeren imponieren, und mit so einer Bemerkung: Neulich war ich bei Marsal, du weißt schon, der Sohn von Don Gregorio, der hat diese Gastronomiezeitschrift geleitet, Mann, der Kerl hat was drauf, hat die halbe Welt bereist, und du müsstest mal hören, was er bei einem Wein herausschmeckt, mir hat er eine Kiste mit lauter kleinen Fläschchen gezeigt, in denen, was weiß ich, achtzig oder neunzig Gerüche eingeschlossen sind, vielleicht sind es auch nur sechzig, was aber auch schon riesig ist, sechzig Düfte, die du in einem Glas Wein aufspüren könntest, die Frau dieses Freundes – sie ruhe in Frieden – (schon hat er seinem Curriculum die wertvolle Freundschaft mit Francisco hinzugefügt) führte das Restaurant Cristal de Maldón in Madrid, du musst davon gehört haben, das war in allen Zeitschriften, im Fernsehen, zwei Michelin-Sterne, na ja, was wollte ich erzählen, also neulich holt der Typ für das Essen unter Kollegen ein paar Flaschen Unico von Vega Sicilia, weiß nicht mehr welcher Jahrgang, hervor – das bringt er, ist überzeugt, dass eine solche Erzählung dazu beiträgt, dass der Leiter der Sparkassenfiliale, der, bevor er nach Olba kam, höchstens mal einen originellen Jumilla getrunken hat, merkt, dass er es hier nicht mit einem Unglücksraben zu tun hat, der Kleingeld braucht, ein paar Euro, sondern mit einem Mann von Welt, der heute Morgen aufgestanden ist und plötzlich Lust hatte, mit einem anderen Mann von Welt über bestimmte Angelegenheiten zu sprechen, zwei Männer aus der Sphäre des Geschäftslebens: Der Kredit ist eher eine Ausrede, um sich auf das Sofa im Büro zu setzen und bei geschlossener Tür eine Cohiba zu rauchen und ein Glas Martell Cognac zu trinken, ich hab dir einen mitgebracht, warte, warte nur, ich hab die Flasche hier, in der Aktentasche, nimm, ich schenk dir ein, nein, nein, kommt nicht in Frage, die Flasche behältst du hier, sonst werde ich böse. Man weiß, dass solche Leute – Filialleiter, Prokuristen – Kriechtiere sind: vor demjenigen, der sie davon überzeugt, dass er, ein Kerl mit jeder Menge Knete, höher steht als sie, und wenn er einen Kredit haben will, dann nur aus einer Laune heraus, weil es ihm Spaß macht, sich eine Weile mit ihm zu unterhalten, vor dem kriechen sie, sie bauen keine Hürden auf und verlangen kaum Garantien; wenn es dir gelingt, bei ihnen einen Minderwertigkeitskomplex auszulösen, hast du diesen unmöglichen Kredit in der Tasche, mit der Bürgschaft eines Typen, bei dem nicht einmal mehr der Personalausweis auf seinen Namen steht. Wenn du dagegen sagst, bitte, bitte, du brauchst den Kredit, um dir dein Brot zu verdienen, damit sie dir nicht das Auto und die Wohnung wegnehmen, schnaufen sie dich zweimal an und weisen dir die Tür zum Ausgang. Mich haben die Nummern, die Francisco abzog, eher kaltgelassen, diese Hasennase, die nervös ihre Gelegenheit erschnuppert, und dieses Reptilienhirn: nein, nicht eine Reptilienseele, er hat keine, keine Seele; auch ich habe keine, diese Anschauung teilen wir, wir können nicht das haben, was nicht existiert, es gibt, was es gibt, und es dauert, solange es dauert. Danach ist es vorbei. Was soll das dann, dieses Blumen-zum-Grab-Bringen, weshalb steht er mit ernster Haltung und feuchtem Blick davor? Was machst du da vor dem, das nichts ist und nichts bewahrt? Oder weinst du um dich selbst, du Narr?

Die Stiefel versinken im Matsch, der eine gummiartige Struktur hat, der Weg ist voller Pfützen, ich komme kaum mehr voran, ich weiß nicht, wie ich morgen meinen Vater dazu bringen soll, hier ein paar Schritte zu gehen, auch wenn es nur wenige Meter sind, der Rollstuhl hilft da nicht weiter. In dem klebrigen Lehm sind die Räder eher ein Bremsklotz denn eine Hilfe; für Radfahrer ist das Sumpfgelände eine Falle, es gibt Pfade, die sind das ganze Jahr über matschig, es handelt sich um zähen Matsch, ein Feind der Reifen, sie bleiben darin gefangen wie in der Form eines Bildhauers; andere Pfade, die meisten, werden schlammig, sobald ein paar Tropfen fallen, und sind streckenweise von dem vielen Unkraut überwuchert, sodass man als Fußgänger nur einzeln durchkommt. Ich muss ihn tragen oder ihn ganz langsam bis an den Rand des Wassers lotsen, das sind allenfalls zehn Meter. Das ist der Pakt, den ich stillschweigend mit ihm geschlossen habe: Ich bringe ihn an den Ort zurück, von dem wir ihn weggezwungen haben. Niemand geht in diesem verlassenen, verschilften Gebiet spazieren, wo man, passt man nicht gut auf, in Treibsand gerät, aus dem man nur schwer wieder rauskommt, mit jeder Bewegung gar ein wenig mehr versinkt. Kein erfreulicher Ort für Spaziergänge, es sei denn, du kennst dich sehr gut aus und fühlst dich gerade von diesen Erschwernissen angezogen, willst dich auf ungewisse Wege, gesäumt von Röhricht und Binsen und von Schilf verschattet, einlassen. Das Getümmel ein paar Schritt entfernt, aber doch außen vor. Ein züchtiges Rückzugsgebiet von der Welt. Wir beide treten diesen Rückzug an. Der Hund ist stehen geblieben und wendet den Kopf, er sieht mich mit seinen Honigaugen an, fällt in einen leichten Trott und sucht den Kontakt mit meinem Bein. Er hechelt, schaut mich unentwegt an. Ich streichle seinen Rücken, hocke mich hin und drücke ihn an meine Brust, und ich bin wieder gerührt, würde am liebsten weinen. Ich werde den Wagen erst bis hierher fahren, und bevor ich die Sache zu Ende bringe, werde ich ihn einige Meter weiter weg abstellen, am Dünenhang, damit das Feuer nicht auf das Röhricht übergreift. Ich klopfe ein paar Mal mit der flachen Hand auf die Karosserie. Und der Hund? Ich wende den Blick ab, ich will ihn nicht sehen, aber der Hund ist Teil der Familie. Ich würde ihn nie allein zurücklassen. Fast könnte man sagen, dass selbst die Autos zum Familienleben gehören und es grausam ist, sie zurückzulassen. Man kann sie nicht von denen trennen, die sie benutzt haben, sie bewahren deren Erinnerungen, deren DNA, den Polizisten zur Verfügung, die sich dafür interessieren könnten. Es ist unanständig, so einen Wagen in die schmutzigen Hände eines Auktionators fallen zu lassen.

Die Vergangenheit, sie verwandelt sich in einen Alien, er bläht sich auf, eine Agglomeration von Gesichtern und Stimmen, die mich immer mehr ausfüllt, ein innerer Druck, der unerträglich wird. Ich werde an diesem Druck platzen, während draußen alles tonlos, farblos wird, abnimmt, verschwimmt, sich verwischt, verschwindet: die Gesichter, die mich ansehen, und die Stimmen, die mir meine jahrzehntelange Abschottung an diesem Ort vorwerfen, sobald ich nach Entfernung der Plombe der Stadtverwaltung allein in die Werkstatt hinuntersteige (was will mir ein Richter jetzt noch aufbrummen) oder mich vor den Fernseher setze oder meinen Vater wasche. Die Einsamkeit der Nacht im Schlafzimmer. Besser nicht an die Nacht denken. Die Nacht gehört ihnen, es ist ihre Zeit, sie haben das Sagen. Sie besetzen das ganze Zimmer, verdrängen mit ihren Körpern die Luft, und ich muss das Licht anschalten und mich aufsetzen, um der Atemnot Herr zu werden, auch damit sie alle wieder in den Wänden verschwinden, aus denen sie gekommen sind. Ich sitze stoßartig schnaufend im Bett, ich höre sie, sie bewegen sich in der Dunkelheit, streifen mich mit den Fetzen ihrer Kleider, mit ihren Fingern. Die Luft, die sie verdrängen, spüre ich an meinen Wangen, und wenn sie endlich weg sind, bleibt eine kalte Luftschicht zurück, als hätte jemand die Tür zu einem Kühlraum leicht geöffnet. Der Lichtschalter. Die Helligkeit der Birne verscheucht diese Körper, die ich berührt habe, verwandelt sie wieder in Luft, schließt sie in die Mauern ein, aus denen sie entwischt sind, löst sie im Nichts auf, aus dem sie nicht herausgetreten sein sollten. Ich stehe auf, trinke einen Schluck aus dem Milchkarton im Eisschrank, bereite mir noch etwas Erfrischendes zu, schalte den Fernseher im Wohnzimmer an, zünde mir eine Zigarette an und ziehe den Rauch tief ein und, zurück im Schlafzimmer, lege ich mich ins Bett, lasse aber den Rest der Nacht über das Licht brennen, um ihre Rückkehr zu verhindern. Apnoe, nennen die Ärzte, glaube ich, diesen Mangel an Luftzufuhr im Schlaf, eine Art kleiner Tod, der einen nach Luft schnappend hochschrecken lässt, wie ein Fisch auf dem Trockenen. Im Schlafzimmer bleibt ein obszöner Geruch hängen. Es gelingt mir, wieder einzuschlafen, und diesmal gehe ich durch Gänge, die sich in alle Richtungen durch die Erde bohren, miteinander kommunizieren, sich überschneiden und ein Labyrinth aus stickigen Höhlen bilden, die Ausdünstung feuchter Erde mischt sich mit dem Hauch des besiegten Fleisches. Meine Schritte klingen hohl im Albtraum. Jeder einzelne entlockt der Erde ein mattes Geräusch. Leere Schritte, ein immer entfernteres Auftreten meiner Füße, bleiche Reflexe ihrer selbst. Und wieder der Geruch nach Feuchtigkeit, Moder, nach zersetzten Pflanzen. Es ist der Geruch des Sumpfes an einem heißen Tag; dennoch fühlt sich die Luft im Schlafzimmer kalt und feucht an, dabei schwitze ich. Ich gehe ziellos weiter, verwirrt durch die Führung der Gänge, und habe das Gefühl, dass diese Gänge in etwas drinstecken, das ich nicht erkennen kann, sie sind so etwas wie die gewundenen Gedärme eines riesigen Tiers. Aber worin, worin stecke ich? Die Erde – also das, auf das ich trete – beherbergt unter der zähklebrigen Oberfläche einen Dunst, der langsam austritt, bis Dunst und Boden aus einer einzigen glitschigen Materie zu bestehen scheinen. Ich gehe auf dem Dunst, und mit jedem Schritt sinken meine Füße tiefer ein. Als mit dem Aufwachen der Albtraum vorbei ist, stelle ich fest, dass die Außenwelt mir keine Erleichterung verschafft; was sich endlos jenseits der Jalousien ausdehnt, die ich vor Tagesanbruch hochziehe, jenseits der Fensterflügel, die ich weit öffne in der Hoffnung auf einen tiefen Atemzug sauberer Nacht, ist unerheblich, ich kann das, was jenseits ist, nicht erreichen. Da draußen bin nicht ich. Es ist ein fremder Ort, die Bühne für das Leben der anderen, die danach gekommen sind, zu spät, um bei der Aufführung mitzuwirken, in der ich die Hauptrolle spiele, oder besser gesagt, in der ich nur als Komparse aufgetreten bin. Der Autor hat mir nicht einmal eine Sprechrolle zugedacht. Eine Figur, die hereinkommt und wieder hinausgeht und bei ihren Auftritten ein Tablett auf den Tisch stellt, den Aschenbecher auswechselt, eine Vase mit Blumen auf irgendein Möbelstück stellt oder ein Kleidungsstück in den Schrank hängt. Wer heute dazustößt, ist nur dazu autorisiert, das Ende zu sehen, und was soll ihn das schon interessieren. Was kann denn noch erwartet werden, das hier ist schließlich nicht mehr die Aufführung selbst, sondern das, was später geschieht, wenn die Leute aus den Kostümen schlüpfen, sie in der Truhe verwahren, Quasten, Pinsel und Schminkstifte einsammeln und dabei helfen, das Bühnenbild abzubauen, die Vorhänge einzupacken, Aufgaben, die, obwohl anstrengend, nicht viel bedeuten, eine bloße Frage der Abwicklung: die Schließung der Schreinerei, die Kunden, bei denen die Lieferfristen nicht eingehalten wurden, die Angestellten und Lieferanten, die nicht bezahlt wurden, der Buchhalter, von dem die Bank die letzten drei Rechnungen nicht angenommen hat, die Angestellten der Sparkassenfiliale, die so schnell wie möglich Geld aus der Pfändung flüssigmachen wollen. Über allem wacht, wie in den Erbauungsstücken, die wir als Kinder im Schultheater aufführten, das Auge Gottes, in das Dreieck eingeschlossen, das schicksalsträchtige Auge, das alles sieht, vor dem man sich in keinem Winkel der Stadt verstecken, nicht einmal aufs Land fliehen kann. Kain, wo ist Abel? Bin ich etwa meines Bruders Hüter? Und Pedrós ist das Auge, auf seine Weise ein zeitgenössischer Gott, das Auge, das über der Bühne schwebt, auf der ein Theaterstück unter Erwachsenen aufgeführt wird, mein Familiengott, meine Manen, meine Penaten, derjenige, der im Skript die Auflösung der Handlung verändert hat und zum Herrn der Abläufe geworden ist, damit sogar über meinem Vater steht. Ob du willst oder nicht, die Agenda meines Vaters hat den harmlosen Charakter des Privaten, während die von Pedrós die Schwere des Öffentlichen hat: Landvermesser, Schätzer, Notare, Rechtsanwälte, Richter, Amtsdiener, Gefängniswärter. Pedrós setzt die Ellbogen ein und stößt den alten Chef beiseite, verändert die Handlung des Stücks, verändert den Dialog der letzten Szenen, und, dies vor allem, er konditioniert und forciert den Ausgang. Vorhang. Vorne auf der Bühne das gesamte Ensemble. Die zentralen Figuren neben denen, die gerade mal in ein paar Szenen gespielt haben, und den Komparsen, alle vereint, jene, die schon nicht mehr da sind, mit denen, die überleben, die, mit denen ich heute oder zumindest noch vor einer Woche umgegangen bin, und jene, die mir vor fünfzig Jahren auf diesen Reisen im *indian summer* meiner Jugend begegnet sind und von denen ich nicht mehr weiß, wo sie sind. Diejenigen, die Trainingsanzüge tragen, Röcke, Hängetaschen,

Windjacken, modische Sneaker, Marken- oder Billigware, hier fabriziert oder importiert aus Frankreich, Italien, USA, China, Indien, sind vereint mit jenen, denen nur noch dunkle Stofffetzen am verdorrten Fleisch, an den Knochen kleben. Was einmal weiße Hemden mit gestärktem Kragen, Hemdbrust und Manschetten waren, sind jetzt, so geht das, nur noch Lumpen an ledriger Haut, am schadhaften Knochengerüst. Es gibt noch so viele andere Figuren. Sie eilen vorbei, ein gedrängtes Durcheinander. Ich möchte sie erwähnen, aber es bleibt keine Zeit, so schnell ziehen sie vorbei, ich erinnere mich nicht einmal an ihre Namen, so fragil ist ihre Präsenz; und dieses, sie nicht benennen zu können, sosehr ich auch suche, ihre Namen in meinem Kopf nicht finden zu können, erfüllt mich mit Unruhe. Ich wühle vergeblich in dem, was ein Speicher sein sollte, aber zur Müllhalde geworden ist: verlorenes oder vergeudetes Gut. Das Leben als Verschwendung, nicht wahr, Vater? Ist das nicht eine deiner zentralen Überzeugungen? Vielleicht haben auch sie in einer schlaflosen Nacht vergeblich meinen Namen gesucht. Sie wollten sich Szenen vergegenwärtigen, an denen ich teilgenommen hatte. Doch die Schotten sind geöffnet. Wir leeren uns. Ich bemerke, dass ich Liliana zu den Mitwirkenden zähle, dabei ist sie doch gescheiterte Gegenwart, zeitgenössisches Theater, eine Figur, die, wie Pedrós, auf unerwünschte Weise in die Auflösung verstrickt ist, Darstellerin in ihrer eigenen Aufführung, die voraussichtlich erst in mehreren Jahren die Klimax erreicht, und so liegt ihr persönliches Schlussbild außerhalb meiner Reichweite. Ich denke, ich werde sie nicht sehen als Frau von fünfzig Jahren: der Körper wird sich verändern, die Stimme ihre Seide verlieren, oder die Seide wird welk – eine Probe dieser Verwandlung hast du mir geboten, Liliana –, das Lächeln wird sich verwischen – es hatte sich verwischt –, die Tränen werden trocknen. Ich werde dich nicht sehen, und das wird nicht eine Frage meiner Entscheidung oder meiner Laune sein. Neulich habe ich, um dir nicht zu begegnen, die Richtung gewechselt, als ich merkte, dass sich nah bei der Plaza unsere Wege kreuzen würden. Du warst allein. Diesmal hatte dich nicht dein Mann im Arm. Ja, das habe ich getan (es ist fast unvermeidlich, sich zu begegnen, Olba ist so klein, ich musste an der nächsten Ecke abbiegen), ich ertrug es nicht, dich zu sehen; ich wusste nicht einmal, ob ich, wenn wir aufeinanderstießen, dich ansprechen oder den Blick abwenden sollte. Doch dann, wenn diese Zeit kommt, von der ich spreche, werde ich dich, selbst wenn ich wollte, nicht sehen können; oder besser, ich werde dich nicht einmal sehen wollen können; deine Stimme werde ich nicht hören, keine Erinnerung wird in mir wohnen: Ich hole die Kleine aus der Kinderkrippe; den Jüngeren hol ich von der Schule ab, ich mache mir Sorgen, wenn er allein nach Hause geht, letztens sind zu viele Sachen mit Kindern passiert, danach gehe ich einkaufen im Supermarkt, schaue bei dem kolumbianischen Internetladen vorbei und kaufe dort die Produkte, von denen ich zwar nicht genau weiß, ob sie wirklich von drüben kommen, aber zumindest sind es jene, die wir dort haben: Kochbananen, Guaven, Yucca, Passionsfrucht, Bataten, in dem Internetladen bekommt man solche Dinge. Wenn mein Mann heimkommt, habe ich das Abendessen für ihn bereit, die Kinder haben schon gegessen und machen zu der Zeit ihre Hausaufgaben oder sind vielleicht schon im Bett, und ich hab mich vor den Fernseher gesetzt; manchmal warte ich mit dem Essen auf ihn, andere Male bewahre ich ihm seine Portion auf, ein Teller, abgedeckt mit einem anderen, steht auf dem Tisch, Sie können sich nicht vorstellen, wie traurig mich dieses Tellerpaar auf dem Küchentisch macht, wenn ich darauf schaue, bevor ich das Licht ausschalte und immer noch auf ihn warte, auf ihn, der, seitdem er arbeitslos ist, statt früher zu kommen, später kommt und dann noch meistens betrunken (wo glaubst du denn, dass man Leute trifft, woher soll denn die Arbeit kommen, knurrt er, während ich die gebügelte Wäsche zusammenpacke, glaubst du etwa, dass hier auf dem Sofa etwas passiert, dass jemand kommt und mir eine Stelle auf dem Tablett serviert?). Du erzählst, Liliana, und durch deine Worte nehme ich an einer neueren Inszenierung teil, die für dich vielleicht deprimierend ist, in mir aber komplizierte Gefühlsräume öffnet, Zimmer, die schon seit Langem für immer geschlossen schienen. Deine Traurigkeit nährt meine Hoffnung: Deine Bitterkeit mit meinen Armen schützen, sie streicheln, sie zu der meinen machen, die Wärme deiner Traurigkeit mir zu eigen machen, das erregt mich, und ich weiß nicht, ob diese Erregung rein oder unrein ist, du bist meine Tochter, und ich begehre dich, wünsche mir deinen kleinen Körper in meinen Armen, nur anschauen, wie es Onkel Ramón bei den Nutten tat, er sah sie sich an, als seien es Töchter, Mütter, und wie er sehe ich mich bei dieser Szene nie selbst nackt, das ist vielleicht eine Familienmarotte oder nur eine Frage des Alters: Ich drücke dich, deinen kleinen warmen, nachgiebigen Leib an mein Hemd, und das ist unrein, du lebst deine Aufführung, das für dich geschriebene Stück, und meine Aufführung ist vorbei, die Zeiten stimmen nicht überein, *décalage* nennen das die Franzosen, alles in meiner Aufführung ist kalt geblieben, ein schlechter Stückeschreiber hat die Handlung zu lang ausgewalzt, das Publikum langweilt sich, dennoch muss das Stück zu Ende gespielt werden, der Ausgang muss in Szene gesetzt werden.

»Süße, sagt er, oder: Kleine, und küsst mir den Hals. Lass das, es kitzelt, sage ich, in Wirklichkeit aber ekelt mich sein nach Rauch und Alkohol riechender Atem; und neuerdings ekelt mich das noch mehr, seitdem ich an seinem Körper Frauenparfüms gerochen habe, die ich nicht benutze. Als wäre ihm alles egal, obwohl, nein, sich selbst gegenüber ist er durchaus aufmerksam. Er gibt sich zerstreut, aber sobald ihm etwas nützlich sein könnte, ist er da. Manchmal sitzt er ganz ruhig vor dem Fernseher und schaut dann plötzlich auf die Uhr, springt auf, ist in einer Minute angezogen und stürzt los, nachdem er den ganzen Nachmittag auf dem Sofa verbracht hat, als ob er nichts erwarte, nichts wünsche. Wohin gehst du? Mal raus. Und ich bin mir sicher, dass er eine Verabredung hat. Er trifft sich mit jemandem und will es mir nicht sagen. Ich schaue auf die Uhr: acht Uhr zehn. Ich weiß also: Die Verabredung ist um

halb neun. Was wie Langeweile aussah, war also Warten, das heißt, er wartet den ganzen Tag lang auf dieses Treffen um halb neun. Mit wem? Zwecklos, ihn zu fragen, er macht sich nicht mal die Mühe, sich eine Lüge auszudenken. Mal raus. Ich geh mal raus, und wenn du insistierst, weißt du, dass er dich von oben bis unten anschauen wird, mit einem bösen Blick, so wie der Tiger im Käfig den Wärter ansieht, dieses minderwertige Wesen, das ihn gefangen hält, und er sagt kein Wort; oder er fängt an zu schreien. Was willst du? Dass ich mich nicht bewege? Was also? Es ist falsch, wenn ich gehe, und falsch, wenn ich bleibe. Wenn ich gehe, bin ich ein Säufer und Herumtreiber, wenn ich bleibe, ein fauler Sack. Dir kann man es nie recht machen. Ich kümmere mich um meine Sachen, kapierst du, um meine Sachen: Ich suche Arbeit, um dich und deine Kinder ernähren zu können. Und ich, die Mutter, bleib dann bei den Kindern, wütend, und weiß, dass er diese Zeit zu etwas nutzt, zum Trinken oder, schlimmer noch, zum Bumsen. Es ist schrecklich, wenn einen die Eifersucht überkommt bei jemandem, den man so gut kennt: Du weißt, was er der Frau, die er vögelt, sagt, die Gesten, die er macht, die Worte, die er säuselt, genau die, die er anfangs zu dir sagte, du siehst seinen Körper, Zoll für Zoll, siehst, wie sein Schwanz sich aufrichtet und sogar wie die andere ihn nimmt, und seine Bewegung mit der Hüfte, um in die andere einzudringen, den halb offenen Mund, die lockere Zunge, die über die Lippe fährt, das ist das Schlimmste, Eifersucht ist ein wahres Martyrium, dabei ist es nicht so, dass man dir etwas nimmt, was du haben willst, denn du hasst diesen Körper und möchtest dich für immer von ihm trennen, glaubst aber, dass noch nicht der Zeitpunkt gekommen ist, nie scheint der Zeitpunkt gekommen. Neulich sind wir abends tanzen gegangen. Als ich mich ganz entspannt fühlte, eben erst hatte ich mich mit einer Erfrischung hingesetzt, kommt er: Wir gehen. Ich wundere mich: Aber wir sind doch zum Tanzen gekommen. Wir haben noch kein einziges Stück getanzt. Hast wohl heute Abend schon zu viel getrunken und wirst jetzt schläfrig. Ich habe gesagt, wir gehen, wiederholte er, packte mich am Oberarm, seine Finger drückten sich in mein Fleisch. Aber warum denn? Es ist doch noch früh, das hat hier doch gerade erst angefangen. Komm, gehen wir auf die Tanzfläche, lass uns tanzen. Nur dieses eine Lied. Nichts, keine Chance: Ich gehe, und du kommst mit, befahl er. Später sagte er, er habe mich an dem Tischchen sitzen sehen, hinter all den Plastikbechern der vorhergehenden Gäste, Reste von Coca-Cola, Gin Tonic oder Whisky, und ihm sei es so vorgekommen, als sei ich den Blicken ausgesetzt, stünde den Gaffern zur Verfügung, umgeben von Schmutz, den die anderen hinterlassen hatten, angesabberte, klebrige Gläser, und dass nur er das Recht habe, mich so anzuschauen, wie all diese halb oder ganz besoffenen, bekoksten, aufgegeilten Typen mich angeblich anschauten. Er sagte, sie wären um mich herumgestrichen und scharf darauf gewesen, eben das mit mir anzustellen, wozu nur er ein Recht habe.«

»Klar, Liliana, er musste an all die denken, die dich in den Monaten, die er noch in Kolumbien war, so angesehen haben, an die Hände, die dich berührt, und an das, was sie mit dir angestellt haben.«

»Ich hab es immer mit Präservativ gemacht, ich kämpfte für die Familie. Ich zahlte dafür, sie bei mir zu haben; nicht zu vergessen, ich bezahlte die Tickets, ich kaufte ihnen das, was sie brauchten, damit ich sie an meiner Seite haben konnte, das müssen Sie mal kapieren, Susana.«

»Wenn es ihnen nutzt, nehmen die Männer das hin, tun so, als merkten sie nichts, aber sie speichern alles, und irgendwann häufen sie das Material wie Holz zu einem Scheiterhaufen auf, um dich zu verbrennen.«

»Er packte mich am Ellbogen und zerrte mich hoch, der Stuhl kippte um, aber man hat nicht gehört, wie all das Plastik auf den Boden schlug, weil die Musik sehr laut war und alle Leute sich schreiend unterhielten. Was hast du denn, fragte ich ihn. Als er mich so brüsk hochzog, war nicht nur der Stuhl gekippt, sondern auch eine Reihe der Plastikgläser, deren Inhalt sich über den Tisch ergoss und hinuntertropfte (Cola, Orangensaft, Ananas- und Zitronennektar), bis auf meinen einen Schuh, die Schuhe waren neu, und ich hätte heulen können, und er stierte mich so an, dass es mich ekelte. Als wir auf der Straße waren,

küsste er mich, aber es war nicht der Kuss eines Ehemanns, sondern der eines Betrunkenen, Küsse, wie die Kerle im Club sie mir geben wollten. Unbewusst habe ich mir mit der Hand seinen Speichel vom Mund gewischt, er sah die Bewegung, sagte zwar nichts, schaute mich aber mit einem Blick an, der mir Angst machte. Nachdem wir eine Weile die Straße entlanggegangen waren, sagte er: Was ist? Magst du nur noch Altmännerküsse?, das hat er gesagt, und ich hätte ihn ohrfeigen können, aber ich weiß, hätte ich es getan, hätte er mich noch dort zusammengeschlagen, mitten auf der Straße. Er ist schlecht drauf. Dann benimmt er sich daneben. Aber neuerdings ist es so, dass er, selbst wenn er nett sein will, alles nur noch schlimmer macht; vielleicht ist es auch so, dass es ihm einfach egal ist, ob etwas für die anderen gut oder schlecht ist, und er ganz egoistisch einfach nur das tut, wozu er gerade Lust hat, was ihm nützt oder Spaß macht. Was hatte er für ein glückliches Gesicht, als er mit dem Hundchen für den Kleinen ankam, er hielt ihn in der Hand, als er die Tür öffnete, gab dem Tier kleine Küsse und grinste übers ganze runde Ballongesicht. Der Kleine sprang und kreischte, gib ihn mir, gib ihn mir, und mir kam die Galle hoch, wie sollen wir hier denn ein Tier halten, wo kaum Platz genug für uns Menschen ist? Was willst du denn damit?, habe ich zu ihm gesagt. Mach gleich kehrt, bevor der Junge sich verliebt, und lass den Hund dort, wo du ihn aufgesammelt hast. Du gibst ihn dem zurück, der ihn dir gegeben hat. Wie zu erwarten, fing der Kleine an zu jammern, das ist meiner, er gehört doch mir, Papa, und dessen Lachen verwandelte sich in eine Tigergrimasse, die Lippen hochgezogen, die Zähne sahen drohend aus dem schwarzen Loch hervor, und was für Worte, die Flüche, Herrgottsakrament, verfluchter Hurendreck, ich scheiße auf alles, alles, hier kann man es keinem recht machen. In diesem Haus ist die Freude verboten. Und du bist es, du allein, die alles verdirbt, du bist die Hexe, das Luder, du versaust den Kindern und mir das Leben. Ich darauf: Wenn ich das Hexenluder bin, dann bist du das gierige Scheusal, das uns, mich und die Kinder, in Angst hält, wir kochen und waschen für das Scheusal, das uns am Ende fressen wird. Ich fügte noch hinzu: Und dann noch ein Scheusal, das die Intelligenz mit Löffeln gefressen hat. Das ist das Allerschlimmste für ihn, wenn ihm jemand sagt, dass er dumm ist, das trifft ihn am meisten. Wenn du so superschlau bist, hättest du ja einen Ingenieur heiraten können, sagte er und rammte gleichzeitig dem Jungen, der sich auf Zehenspitzen gestellt hatte, um den kleinen Hund zu streicheln, den Ellbogen in den Mund; der Junge stieß sich den Kopf am Tisch und fing an zu schreien und zu trampeln. Du brichst dem Jungen noch den Schädel, schrie ich, und dann beklagst du dich, wenn ich sage, du benimmst dich wie ein Tier. Jetzt war er es, der herumfuchtelte, das Hundchen im Griff, rauf und runter. Der hatte aufgehört zu bellen, das Tierchen gab keinen Mucks von sich, die Augen schreckgeweitet, es kapierte langsam, wie es in seinem neuen Heim zuging und wie der sich aufführte, der ihn so zärtlich getragen und gestreichelt hatte. Mir ist es genauso ergangen, Hundchen, dachte ich, erst ganz liebevoll und dann das hier. Und er: Ihr könnt mich alle am Arsch lecken, der Hund, die Kinder und du, und plötzlich drückte er den Hals des Tiers, man hörte ein Röcheln, und das Vieh hing in seiner Hand, die Beine ausgestreckt. Es war erstickt. Er hat, glaube ich, gemerkt, dass er das Tier erwürgt hatte und dass es schon tot war, als er es mit aller Kraft gegen die Wand knallte. Das Tierchen blieb mitten im Wohnzimmer liegen, nachdem es mehrere Gläser von der Anrichte mitgerissen hatte – da lag also nun ein toter Hund inmitten von Glasscherben und blutete aus allen Löchern. Ich schnappte mir den Jungen und hob ihn hoch, er wollte sich auf das Tier stürzen und lief Gefahr, sich an den Scherben zu schneiden; der Vater verließ türenschlagend die Wohnung. Das Schlimmste, dachte ich, drohte, wenn er abgefüllt heimkam, mit einer Saulaune, weil ihm am Tresen die ganze Scheiße im Kopf herumgegangen ist, ich dachte schon daran, den Sicherheitsriegel vorzuschieben, aber das macht die Sache nur schlimmer, dann würde er die Tür eintreten, mit Riegel und allem, am Ende noch den Türrahmen herausbrechen, mit dieser enormen Kraft, dem Einzigen, was die Natur ihm mitgegeben hat, sie hat mir eine Zeit lang Sicherheit gegeben und macht mir heute Angst. Ich könnte verzweifeln, wenn ich ihn mit die-

sem Körper voller Energie, die förmlich danach schreit, verbrannt zu werden, auf dem Sofa liegen, im Sessel fläzen sehe, und wie er dann diesen Mordskörper von der Sitzgarnitur ins Bett schleppt. Er ist nicht mehr dieser große junge Kerl, von dem ich so gern zum Tanzen aufgefordert wurde, der mich geschützt in seinen Armen hielt wie einen Vogel im Nest. Jetzt habe ich Angst vor seinen Händen, seinen Armen, und stell dir vor, wenn er sich ärgert, kommt er mir sogar wie eine dicke, zornige Frau vor. Einmal habe ich es ihm gesagt: Du wirst jeden Tag dicker, wie eine Matrone siehst du aus, einfach so, ohne groß nachzudenken, habe ich den weiblichen Vergleich gewählt, so kam er mir aber auch vor, sogar seine Haare und der stachlige Bewuchs an seinen Beinen, auch die Haare im Nacken schienen mir die eines Mannweibs. Da ist er ausgerastet. Keine Scherze, sonst trete ich dir in den Arsch und zerschlag dir die Fresse. Ich hab schon genug Probleme damit, ohne Arbeit dazustehen, als dass du mir auch noch den Kopf heiß machen musst. Da hab ich gesagt, ein Witzchen: Dastehen sehe ich dich eigentlich nie, Schatz, du liegst doch immer auf dem Sofa. Wenn er wenigstens kochen würde oder die Waschmaschine anstellen oder die Wäsche rausholen und aufhängen würde, aber nein, er tut nichts, keinen Handschlag. Das Sofa und die Bierdose. Er streckte lustlos den Arm aus und stieß mir matt die Faust in die Hüfte. Es fühlte sich nicht wirklich wie ein Schlag an, aber ich bin in die Luft gegangen: Trau dich ja nicht, mich anzurühren, sonst zeige ich dich an, und außerdem siehst du mich dann nie wieder, solange du lebst. Alles mit einer komisch knorzigen Stimme. Ich dachte mir, Vorsicht ist besser als Nachsicht, wenn der kleine Faustschlag eine Warnung ist, dann will auch ich ihn warnen. Meinst du etwa, ich würde dich sehr vermissen? Mich vielleicht nicht, aber den guten Sancocho mit Schweinsohren und Gemüse, der mittags in deinem Teller dampft, und das kalte Bier und die sauberen Hemden, das würde dir schon fehlen, und das sage ich, während ich abwasche und viel Krach mit dem Geschirr und den Gläsern mache, die ich in den Abtropfer stelle, damit er mitkriegt, dass einer in der Familie arbeitet, hin und her eilt mit schweren Einkaufstaschen, den Kleinen von der Schule abholt, den Wischmopp bei uns und bei fremden Leuten schwingt, die Hand mit dem Gummihandschuh in fremde Klosetts steckt, um den Dreck, der sich unten sammelt, wegzuscheuern, die Scheiße der alten Männer riecht und sie weich an den Handschuhen spürt. Manchmal denke ich, er ist ein solches Biest, dass es dem Teufel schwerfallen wird, Freiwillige zu finden, die ihn in der Hölle verbrennen. Wer hält ihn schon vierundzwanzig Stunden am Tag aus? Außerdem soll der Papst gesagt haben, es gebe keinen Teufel, habe ich neulich gehört, und wenn es keinen Teufel gibt, dann dürfte es auch keinen Gott geben. Das wundert mich nicht, so wie die Dinge stehen. Ich werde meine verstorbene Tante fragen müssen, wenn ich mit ihr spreche.«

»Gehst du immer noch zu dieser Hellseherin? Du spinnst doch. Kaum zu glauben, dass du auf diese Hexe reinfällst.«

»Ich vermisse sie alle so sehr, diejenigen, die ich dort hinterlassen habe und die jetzt tot sind und auch die, die bereits gestorben waren, bevor ich herkam. Ich fühle mich hier sehr allein. Und habe Angst, dass Wilson uns eines Tages was antut.«

»Ach, Mädchen, du kannst mir sagen, was du willst, aber ich glaube nicht, dass es erfreulich ist, mit Toten in Kontakt zu treten, ich verstehe nicht, dass du bei der Hellseherin Unsummen ausgibst, gib das doch für Schmuck aus oder für einen dieser kubanischen Stricher, die man im Fernsehen sieht, aber mit den Toten sprechen, das heißt, Geld rauszuschmeißen. Im besten Fall (an den schlechtesten will ich gar nicht denken) erscheinen dir Leute, die selbst nichts haben, sie können dir kein Geld leihen, nicht einmal als Bürgen nützen diese Geister, und du kannst auch nichts mit ihnen unternehmen. Sag schon, was findest du an diesem Unsinn, dass sie dir sagt, sie habe die Tante Manola oder die Cousine Purificación gesehen und sogar mit ihr gesprochen, mit der aus Barranquilla, die gerne Schnaps trank und an Krampfadern in der Speiseröhre gestorben ist, oder mit Oma Constanza, dass sie sehr an dich denkt und an deine Geschwister und sich so wohlfühlt im Himmel; oder, schlimmer noch, dass sie nicht aus noch ein weiß, weil ein Teufel sie Tag und Nacht mit dem Dreizack piesackt – findest du das

etwa interessant, von solch widerwärtigem Zeug zu sprechen, von unheilbaren Krankheiten, unverzeihlichen Beleidigungen, und das mit Leuten, vor denen du, als sie noch lebten, wie vor der Pest geflohen bist? Und du bezahlst auch noch dafür, dass man dir Nichtigkeiten sagt oder dir diese grässlichen Sachen erzählt? Das Beste, was dir diese Toten erzählen können, ist doch, dass es ihnen gut geht und dass sie an dich denken. Ja und? Ja, was soll ich dir sagen, Tante Corina, schön, dass es dir gut geht und du für mich betest, wir haben es bitter nötig, Wilson haben sie rausgeschmissen, er hat keine Arbeit mehr, und wer weiß, wann sie uns aus der Wohnung werfen. Für solchen Stuss Geld ausgeben? Spar es dir lieber, für das, was da kommen mag, bei Wilson läuft doch die Arbeitslosenhilfe aus, und was wollt ihr dann machen, das Sofa, das unter den hundert Kilo von Wilson durchhängt, während er vierundzwanzig Stunden am Tag in die Glotze schaut, wenn er denn nicht in der Bar ist, während du mit einem Fötus von drei Monaten im Bauch Treppen schrubbst, und der Bruder, im Kampf vermisst, hat dir dieses Geschenk zurückgelassen und hat sich wieder nach Kolumbien abgesetzt, wo er wohl einer anderen Dummen den Kürbis füllt, am Ende sogar, um das Kind zu verkaufen, dem ist das zuzutrauen, wenn er nicht im Gefängnis sitzt oder niedergeschossen im Straßengraben irgendeines Weilers verblutet, denn nach dem, was du erzählt hast, hat er die Hälfte, die er für den Botendienst bekommen hat, in lauten Trinkrunden und in Hemden und Schuhen verputzt, ach, Liliana, Mädchen, bete dafür, dass dein Wilson keine Berechnungen anstellt und Verdacht schöpft, dass er das, was du im Bauch rumträgst, nicht zu verantworten hat. Du hast das verdammte Glück, dass er so eingebildet ist, dass er nicht einmal auf den Gedanken kommt, dass du, nachdem du seins kennengelernt hast, auch das von anderen kennenlernen willst, das Glück hast du, oder das Unglück, denn du wirst ihn, selbst wenn du willst, so nicht los, die Füße auf dem Sofa, Größe sechsundvierzig, locker, da langt kaum das Sofa für so viel Fuß, die Bierdose, das tägliche Fußballspiel, all das, diese Wohnung, das ist wirklich die Hölle, ruf den Papst an und sag ihm, du hättest die Hölle gefunden, die ihm abhan-

dengekommen war, und den Teufel, der dich mit dem Dreizack verfolgt, sag dem Papst, du kennst seine Adresse, denn dieser Wilson ist wirklich ein Teufel, der es auf dich abgesehen hat. Und du gibst das Geld aus, um mit den Verstorbenen zu sprechen. Du musst zugeben, dass das keine Logik hat, mit Großväterchen und Papa und den verstorbenen Tantchen im Jenseits zu sprechen, als hättest du sie hier auf Erden nicht schon genug gehört. Lass die Toten in Frieden, wir können davon ausgehen, dass es diesen Leuten gut geht, weil sie kein Lebenszeichen von sich geben, auch nicht vorbeikommen und etwas haben wollen. Ich weiß nicht, was wir Armen für einen Tick mit den Toten haben, die Reichen kaufen sich Wohnungen, Jachten, Schmuck, Aktien, sie wollen mit den Lebendigen leben und haben keinerlei Interesse, mit den Toten zu reden. Sie haben weder Lust noch Zeit dazu. Und du hast deinen Mann nicht einmal wegen Bedrohung und Misshandlungen angezeigt, dabei wäre das allmählich wirklich Zeit. Weißt du, dass du nach einer Anzeige wegen Misshandlung nicht mehr abgeschoben werden kannst, selbst wenn du keine Papiere hast. Und außerdem schützt dich der Staat, sie stecken dich in eine überwachte Wohnung, geben dir zu essen, und du bekommst sogar eine monatliche Zuwendung.«

»Das hat mir schon der Alte gesagt. Dass man, wenn man Anzeige erstattet, spanische Papiere bekommt.«

»Liliana, du hast doch die Chance gehabt, sie alle zurückzulassen, die Kinder und ihn, alle in Kolumbien, und du hättest hier ein eigenes Leben beginnen können. Deine Eltern hätten sich um die Kinder gekümmert, er hätte sie wohl kaum gewollt, deine Mutter lebte noch, und wozu hätte er dich gewollt, wenn du ihm keinen Peso geschickt hättest, du hättest dich befreien können, einfach durch Abwesenheit, und neu anfangen. Wenn du durch die Hölle gegangen bist, dann hätte doch jetzt das Gute beginnen können, du hast ihnen die Tickets mit der Mühsal deiner Möse bezahlt: Du hast dir das Elend erarbeitet, du dummes Huhn. Deinen Mann hat das nicht interessiert, er tat so, als ob er nichts davon mitbekäme, er hat nicht einmal nachgefragt. Dein Wilson gab sich unbedarft, weil es ihm nützte, nichts zu wissen, aber natürlich

wusste er, was los war, so wie er wusste, dass sein Bruder dich beim Hinflug als Drogenbotin benutzt hat – wie viel hast du dir eigentlich reingesteckt? –, aber Wilson hat das Maul gehalten, weil du Geld rüberschicktest, er schwieg und hat dir später nicht einmal erzählt, dass er auch als Arschbote hergeflogen ist und eine ordentliche Portion rübergebracht hat, also warst du die Einzige, die nichts erfahren hat, denn von dem, was diese Gramm ihm eingebracht haben, hat er nie etwas gesagt, oder? Er hat es sich aufgespart für seine Sachen, seine Saufgelage, für freitagnachts, wenn niemand wusste, wo er sich rumtrieb, und zurück kam er mit säuerlichem Schweißgeruch und einem Mix von Parfümeriedüften. Komm schon, mein Dummchen. Und dich lässt er Treppenhäuser scheuern und die Ärsche von alten Männern putzen. Kleines Dummchen. Du hast so schöne Haare, lass sie mich kämmen, die sind so weich, dass es eine Lust ist, sie zu berühren, wie schade, dass du sie diesem brutalen Kerl gibst, der sie gar nicht zu schätzen weiß, komm, lass mich die Spangen rausnehmen, lass sie offen, als Kaskade runterfallen, wie diese anrüchigen Frauen in den Seifenopern, ich lockere sie noch ein wenig, sodass sie dir über die Schultern fallen, welliges schwarzes Wasser, was für ein Glanz, und wie gut sie riechen, ich wühle meine Nase hinein, versenke mein Gesicht in deinem Haar, in deinem Nacken, lass mich diesen zarten Nacken küssen, ach, was bist du nur für ein Dummchen. Es kitzelt dich? Küsst er dich nicht auch hierhin? Aber der Alte muss dich doch geküsst haben, als du bei ihm warst; er hat dir doch sogar diese Ohrringe und den kostbaren Anhänger geschenkt, die dein Mann nach wenigen Tagen verschwinden ließ, du hast doch erzählt, dass der Alte dich mit dem Schmuck sehen wollte und du dir Ausreden ausdenken musstest, weil er weg war. Auch der Alte hat dich reingelegt, auch der wollte nur mit dir was machen, und danach hat er dich hängen lassen.«

»Immer wenn Sie mich brauchen, komme ich, Sie wissen ja, es gibt jetzt keine Arbeit und jeder kleine Verdienst ist willkommen, habe ich dem Alten am letzten Tag gesagt, als er mir eröffnete, er könne mich nicht halten. Ich kann kein Gehalt zahlen, mein Kindchen, sagte er,

und wir sollten uns doch duzen, bat er, du arbeitest doch nicht mehr hier, das ist ein Gespräch unter Freunden. Ich hab ihm geantwortet, bei uns ist es eher Sitte, die Leute zu siezen. Und er: Ich meine, ich möchte dich weiter sehen, komm, wann immer du willst, damit wir uns sehen, damit du uns siehst, du sollst nicht zum Arbeiten kommen, das kann ich mir jetzt nicht leisten, und ich weiß auch nicht, ob der Tag kommt, an dem ich es wieder kann. Weißt du, Liliana, einfach auf einen Schwatz, dass wir zusammen einen Kaffee trinken, einen kleinen Schwarzen, dazu sollst du zurückkommen, du siehst, heute muss ich dir was vorjammern und es ist an dir, mich zu trösten. Ich bin ruiniert, nicht mal die Ausgaben fürs Haus kann ich bestreiten, nun, es ist etwas komplizierter, ich müsste es dir in aller Ruhe erzählen. Du kannst dir also vorstellen, wie sehr ich mich freuen würde, wenn du uns in diesen Zeiten, in denen wir so allein sein werden, einmal Gesellschaft leistest. Natürlich, Don Esteban, ich verstehe Sie, aber Sie wissen ja, wie beschäftigt ich bin und dass ich weder Zeit für mich noch für meinen Mann und die Kinder habe, also werde ich kaum welche für andere haben. Ich muss mich schließlich durchschlagen, ich kann nicht hierherkommen, wenn ich nicht bezahlt werde. Das habe ich ihm gesagt, und er hat die Augen so aufgerissen, dass ich schon dachte, jetzt passiert was. Ich bin erschrocken, ich dachte, er tut mir irgendwas Böses an, oder dass ihm was Böses geschieht, so ein Gesicht machte er, und plötzlich, ich wusste gar nicht woher, hatte er diese harte, heisere Stimme: Du bist schon spät dran. Vergeude keinen einzigen Euro mehr an diesem Vormittag mit mir. Lauf, geh dahin, wo du bezahlt wirst. Ehrlich gesagt, ich begann zu zittern, nichts da von zärtlichem Alten, was hatte er sich denn gedacht, dass ich dem anderen den Arsch putze und ihn selbst mit Gesprächen bei Laune halte, ohne dass ich etwas dafür verlange, das hat er sich gedacht, aber ich hatte noch den Mumm, ihm zu sagen: Und seien Sie froh, dass ich nicht meinem Mann erzähle, wie sie mich befummeln und küssen wollten. Komm, umarme mich, ein Küsschen hier, ein Küsschen da. Das bleibt unter uns. Ich bin im Laufschritt raus, und er schloss die Tür mit einem Knall, den man in der ganzen Straße ge-

hört haben muss. Dem dummen Kerl liefen die Tränen herunter, als ich ihm das sagte. Wahrscheinlich sollte ich Mitleid mit ihm haben und Wilson nichts erzählen, auch wenn ich verstehe, wie allein die beiden Alten jetzt sind, aber sie müssen eben für ihren Geiz bezahlen. In der Tasche hatte ich das Geld, das er mir als Entschädigung für die Kündigung gegeben hatte, und das war ehrlich gesagt nicht schlecht, ganz zu schweigen von dem, was er mir geliehen hat und auf das er jetzt lange warten kann.«

»Geliehen? Viel Geld? Etwas wirst du ihm im Tausch gegeben haben. Wenn du Wilson von den Küsschen und den Darlehen erzählst, schlägt er ihn tot, aber danach bist du dran.«

»Ich wüsste nicht, warum er das tun sollte. Als ich den Anhänger und die Ohrringe heimbrachte, knurrte er: Und das da, warum hat er dir das gegeben? Wenn das Arschloch dir an die Wäsche will, mach ich ihn zu Mus. Aber nach einer Woche waren Ohrringe und Anhänger bereits weg, ich weiß nicht, ob verkauft oder verschenkt. Mich totschlagen? Bei allem, was ich mir gefallen lasse? Er ist doch meistens völlig besoffen. Kommt er samstags mal heim – oft genug bleibt er bis zum Montag weg – muss ich ihm die Schuhe ausziehen und ihm die Beine hochheben, um ihn ins Bett zu bekommen, wo er dann stundenlang schnarcht wie ein lärmender Toter, nein, das ist nicht der rosa oder zartgrüne Tüll, mit dem man am Hochzeitstag umwickelt wird, das schwör ich dir, und dieser Geruch, der zugleich süßlich und säuerlich ist, dringt in dich ein, wenn er mal scharf nach Hause kommt und dich küssen will, dieser beschissene Geruch nach saurem Speichel, Rauch und Alkohol, wenn du den Ofenrohrgeschmack dieser gegorenen Spucke in den Mund bekommst, von schlechter Verdauung zersetzt, saure, eklige Spucke. Manchmal steht er im Morgengrauen auf, schleppt sich zum Speien zum Klosett, und danach fährt er dir dann mit der Zunge übers Gesicht, presst sie dir mit Gewalt in den Mund, hart wie ein Muskel, dazu die Spucke, die dann auch noch nach Erbrochenem schmeckt, denn er hat nicht einmal die Höflichkeit, sich den Mund auszuspülen, und das Ganze wieder und wieder. Als ich ihn kennenlernte,

roch er nach Rasierwasser, nach Kölnischwasser, und der Mund nach Zahnpasta, Speichel und Atem waren frisch, dufteten nach Minze. Klar, du siehst ihn als Verehrer, als Verlobten. Bevor er dich trifft, duscht, rasiert und parfümiert er sich, und du siehst diesen strahlenden Mann und bist aus dem Häuschen und denkst dir, mit der Zeit wird er nur noch besser, er wird reifer, zarter werden, diese plötzliche Heftigkeit wird sich verlieren, du denkst: das ist die Jugend, er wird ruhiger werden, wenn er sein erstes Kind sieht, oder, besser, wenn er sein Kind in den Händen hält, wenn er dieses Stückchen warmes Fleisch spürt, das sich bewegt und lacht und weint und ihm ähnlich sieht und in seine große Pratze hineinpasst, das wird ihn weich machen, diese Kanten, die dir jetzt Sorgen bereiten, werden sich abschleifen, er wird immer dieser zärtliche, hübsche Mann sein, der dich beim Tanzen streichelt. Aber nein, das Kind, das ihn erst ganz närrisch macht, ihn zum Lachen bringt und mit dem er spielt, scheint ihn bald zu nerven. Er sagt mürrisch zu dir: Jetzt bring doch verdammt noch mal dieses Balg zum Schweigen, oder: Kannst du ihm nicht endlich mal die Kackwindeln wechseln, es stinkt ja unerträglich, ich habe noch kein Kind erlebt, bei dem die Scheiße dermaßen stank, wie bei einem alten Mann; so als hätte er mit der Existenz des kleinen Scheißers überhaupt nichts zu tun. Und dir platzt die Hutschnur: Du weißt doch gar nicht, wie Altmännerscheiße stinkt, ich aber schon, die putz ich jeden Tag weg, damit du was zum Trinken hast, du hängst ja nur mit deinen Freundchen in der Bar rum, das ist alles, was du siehst, und der Geruch ist der einzige, der dich nicht stört, du ekelst dich ja selbst vor mir, wenn ich die Tage habe, du regst dich auf, wenn du Hand anlegst und merkst, dass da was klebrig ist, aber wir Frauen sind nun mal so, und wenn es dir nicht gefällt, dann hol dir doch einen Kerl und steck ihm dein Ding in den Arsch, du wirst schon sehen, nach was der Schwanz riecht, wenn du ihn wieder rausziehst, du Arschloch. Das würde ich ihm gerne sagen, aber ich trau mich nicht, sonst kassier ich eine Ohrfeige, dass es knallt. Das weiß ich.«

»Rosaroter Tüll, ein zärtlicher Liebster, das ist der Romantik-

schmalz, den du nachmittags im Fernsehen siehst, seitdem du nicht mehr die zwei Alten in der Schreinerei versorgst, und der nährt deine Wunschträume und macht dich verrückt.«

»Ja doch, Susana, wenn ich nachmittags mal freihabe, schalte ich jetzt, wo ich nicht mehr zu den Alten muss, das Radio oder den Fernseher an, aber dadurch erfahre ich auch mehr. Das mit Gott, das haben sie, glaube ich, neulich im Radio gesagt, und ich hab es noch mal im Fischladen oder im Internetladen gehört, wo ich die grünen Zitronen und die Paprika für den Ceviche kaufe, und als ich dort in der Schlange stand, hörte ich, wie eine Frau das sagte, sie sagte, dass selbst der Papst es zugegeben habe. Sie hatte davon in der Zeitung gelesen, dort hatte der Papst erklärt, dass es keine Hölle mehr gibt, und wenn es keine Hölle gibt, dann gibt es auch keinen Himmel und auch keinen Gott, deshalb passiert auch all das, was jetzt so passiert.«

»Das was du da gehört hast, ist totaler Blödsinn. Warum sprichst du denn dann mit den Toten? Wo glaubst du denn, dass die sich aufhalten? Wenn der Papst zugeben würde, dass Gott tot ist, dann müsste er ihm ein ordentliches Begräbnis bereiten und sich sodann hinten anstellen, um die Formulare für das Arbeitslosengeld auszufüllen. Ist er nicht etwa sein Stellvertreter auf Erden? Götter sterben nicht, sie sind unsterblich, und das weißt du. Du weißt, dass sie (unsere Götter von dort und auch jene, die von den Schwarzen auf den Schiffen aus Afrika mitgebracht worden sind) unsterblich sind, sogar wir sind es: Wir sind eine Zeit lang tot, als würden wir einen langen Schlaf schlafen, aber irgendwann wachen wir wieder auf. Wir werden wieder aufwachen.«

»Wie das? Wo werden wir wieder aufwachen? Hier zwischen all den Spaniolen oder im Quindío, in Caldas, oder in Risnalda, am Cauca, oder am Magdalena, vielleicht flussabwärts, in Cartagena de Indias, in einer der Diskotheken, vollgestopft mit nicht ganz so reichen Spaniern, die ganz scharf auf das Feuer der Karibik sind, oder etwa mitten auf dem Ozean? Werden wir an einem Frühlingsabend aufwachen, ganz sanfte Luft, und werden wir unter einem großen Mangobaum sitzen, der uns Schatten gibt, oder zwischen den blühenden Kaffeesträuchern,

beschattet von den Guamos, und erneut die Gesichter der Hurensöhne sehen, die uns von dort vertrieben haben?«

»Woher soll ich denn das wissen? Wie und wo wir aufwachen. Ich weiß nur, dass wir aufwachen, das steht in den Evangelien. Das ist eine Sache des Glaubens. Wenn es nicht so ist, wenn nichts danach kommt, was bleibt uns dann noch? Nur dies, was wir durchmachen …«

»Mensch, Mädchen, wer soll diese angegangenen Leichen aufwecken, deren Eingeweide die Hühnergeier vielleicht vor hundert Jahren gefressen haben. Keiner kommt von dort zurück, keiner wird je zurückkommen.«

»Du tust mir leid, weißt du das? Du hast Einbildungen, aber keine Vorstellungskraft, deshalb kannst du nicht an Gott glauben, nur an deine hässlichen Toten, kannst nicht glauben, dass sich das hier einmal ändert, dass das Leben etwas mehr ist. Ich glaube an eine Glückssträhne, an die Richtigen in der Blindenlotterie, im Lotto, in der Klassenlotterie, und ich bete, damit das geschieht, und das Beten tröstet mich. Ich würde sogar beten, wenn es keinen Gott gäbe. Vorsichtshalber.«

»Nein, nein, du willst es einfach nicht wahrhaben, dass es uns hier in Spanien einfach noch schlechter geht. Wir fragen uns nicht einmal mehr wie in Kolumbien, ob Wunder möglich sind oder nicht, oder ob es Gerechtigkeit geben wird, oder ob wir die Wahrheit begreifen werden, oder ob man Glück nur erlangt, wenn man seine Pflicht erfüllt, wir fragen uns schon nicht mehr, was der Sinn des Lebens sein könnte, sondern fragen, ob das alles überhaupt einen Sinn hat. Keine Zeit, keine Lust, keine Voraussetzungen. Diese Fragen sind zu groß für uns.«

»Dann hast du aber nicht einmal den Trost der Tränen. Man weint um etwas, das man verloren hat oder sich wünscht. Du hast gar nichts. Kapierst du? Warum weinst du dann? Du hast viel gelitten, das gebe ich zu, das hast du: Erlittenes. Dass du dort arbeiten musstest, um deinen Mann und deinen Sohn herzubringen? Respekt.«

»Sei nicht gemein, erinnere mich nicht daran. Das ist Schnee von gestern. Es geschah. Die Not hat dafür gesorgt, dass es geschah, aber es ist vorbei. Das gibt es nicht mehr. Genauso wie ein neues Leben kom-

men wird, haben wir auch ein altes Leben, das verschwunden ist. Ja, du hast recht, ich kann schon auch daran glauben, dass wir wieder aufwachen. Eine Frage des Glaubens. Ein besseres Leben. Wenn nicht das, was bleibt dann? So viel Leid, und alles für die Katz ...«

»Genau, Liliana. Jetzt gerade, wo der Nachmittag so feucht und neblig ist und die Kälte dir in die Knochen kriecht, ist Gott ein ordentlich heißer, aromatischer Kaffee, schwarz, und die Bohnen müssen frisch von der Rösterei kommen; im Sommer musst du Gott in einem köstlichen Eis suchen, eins von diesen leckeren mit Türkischem Honig oder Schokolade; oder Papaya und Mango, denn die Spanier machen jetzt endlich auch Eis aus Mango und Guave und Papaya, und irgendwann werden sie auch Eis aus Durianfrüchten haben, obwohl, den strengen Geruch, den könnten die Spanier eklig finden. Du musst nicht denken, dass ich den Geruch mag, aber die Frucht innen ist köstlich. Denk doch einfach, dass eben da, in der Eisdiele an der Plaza, ein Stück des Himmels, von dem wir träumen, für uns erreichbar ist – das haben sie uns noch nicht genommen. Setz dich mit deinen Kindern auf die Stühle der Terrasse dort, an einem Augusttag bei Sonnenuntergang, und bestell dir ein ordentlich cremiges Mangoeis, und du wirst sehen, das ist der Sommergott, so wie im schwarzen Kaffee der Wintergott steckt. Als die Spanier kamen und unser Land besetzten, da wussten wir, dass es nicht nur einen Gott gab, sondern viele, einen für jedes Ding, für jeden Tag, wir wollten es ihnen ja beibringen, aber die mit ihrem Dickschädel haben nichts kapiert, sie haben unsere Götter verscheucht, damit allein der ihre blieb, und wir, was haben wir davon gehabt? Das ist die Frage.«

»Obwohl, ich muss dir sagen, all diese Fragen, wann wir uns wiedersehen und unter welchen Bedingungen, die sind doch abwegig. Wozu? Als habe man nichts anderes im Kopf als leiden, leiden und nochmals leiden, selbst dann, wenn das Leid endlich ein Ende hat. Wozu gehst du in die Kirche? Der Tod bedeutet doch Ausruhen, er macht uns Angst, weil wir ihn nicht kennen, weil wir nicht wissen, wie das ist, nicht zu sein, aber man muss einfach denken, dass der Tod Ruhe

bringt und basta. Wirklich, Susana, ich möchte nicht in einer Million Jahren wieder mit diesem Körper zusammenkommen, er fordert so viel und hat sich von einem Hungerleider täuschen lassen, der mir das Leben schwer macht. Das Ganze mit dem Himmel ist doch sehr relativ: Alle Zeit der Welt bei Gott sein und das mit den Massen von Leuten, die sich da oben herumdrücken dürften, da wirst du irgendwo hingesteckt, ohne dir die Nachbarschaft aussuchen zu können, zwischen Menschen, die wer weiß woher kommen, alles durchmischt, noch mehr als hier auf Erden, jeder mit seiner Sprache, seinem Essen, seinen Manien, und alle drängeln Tag für Tag und alle Tage der Welt, weil sie Gott sehen wollen. – Das ist doch lachhaft. Und dann muss man vielleicht noch Nummern ziehen, wie im Supermarkt, wenn Andrang vor der Fischabteilung herrscht, eine Nummer, die dir sagt, wann du dran bist, um ein Weilchen beim Herrgott zu sein, beim Herrn sein, aber für was? Stell dir mal vor, all die Weiber, die da wie die Hühnergeier darauf warten, mit Gott allein zu sein, weil sie die Gemälde und die Bildchen gesehen haben, wo er so schön gemalt ist, blond und mit diesem langen Haar; und selbst wenn du die ganze Zeit bei Gott wärst, nur du und er, ihr beide allein, weil es Gott für jedermann gibt, so wie man das bei den Hostien sagt, und er jederzeit und an jedem Ort bei jedermann, jederfrau wäre, was will man schon allein mit ihm machen? Rückfällig werden? Noch ein Ehemann, einer, der dir nicht mal die Hoffnung lässt, eines Tages zu sterben? Nach der Erfahrung mit Wilson wär's, wie gesagt, ein Rückfall. Die Hoffnung auf die Witwenschaft hat den Frauen Linderung verschafft. Schau dich doch um, auf jeden Witwer kommen zehn Witwen, fällt dir was auf?«

»Jetzt ist es ein bisschen weniger geworden, von wegen Krebs und dann die Autounfälle, die Frauen rauchen mehr, arbeiten außer Haus, fahren allein und sich und ihre Autos zu Schrott, wenn sie von der Arbeit oder vom Supermarkt kommen. Aber ja, stimmt, zehn Mal so viele Witwen wie Witwer.«

»Und drüben, in Kolumbien, sind es noch mehr, rechne mal nach, und du wirst sehen, wie wenige Männer dort übrig sind, wo die Ma-

chos so scharf auf das Peng-Peng mit ihren Schießeisen sind und das Sprichwort gilt: ohne Tote kein Fest. Nein, wenn ich ehrlich bin, der Himmel der Christen überzeugt mich nicht. Bei den Muslims kommen, glaube ich, siebzig Huris pro Kopf, und das muss ja auch erschöpfend für jeden Kerl sein, das wollen nicht mal unsere Drogenbosse, sie wollen weniger mit den Mädchen vögeln, als mit ihnen spielen oder sie schlagen und foltern, weil sie zugekokst sind und sich das gerne anschauen, wie die Mädels leiden und diese entsetzten Gesichter machen, und die nehmen sie dann mit dem Handy oder der Videokamera auf, das Kokain macht nämlich Lust aufs Vögeln, aber die Fähigkeit dazu schwindet, und das müssen die armen Mädchen ausbaden. Hast du gesehen, was sie in Mexiko mit ihnen machen? Sie bringen die um und filmen ihren Todeskampf. Wir sind auch nicht leicht zu ertragen und zufriedenzustellen, wenn einer Frau ein Mann gefällt, kann sie vom Vögeln nicht genug kriegen, würde ihn gern immer bei sich drin haben, aber dort, im Paradies der Marokkis, geht es wahrscheinlich wie in den Lagern der Drogenbosse zu, ein Paradies für den Macho, der seine Freude daran hat, die Weiber leiden zu sehen, dort hat der Mann das Sagen und befiehlt. Da droben gibt es weder Arbeitslosigkeit noch Elend, sagen die Priester. Ich sag dir, der Gott deines Hauses ist dieser andere Schwager, der dir die Papiere besorgt hat und jetzt zurückgekommen ist, anscheinend mit Dollars, und man hat mir gesagt, er macht gute Geschäfte, er wird schon wissen mit was. Halt dich an ihn, bete zu ihm. Bitte ihn darum, sich so wie der Gott der gesegneten Hostien aufzuteilen, für jeden ein kleines Stückchen seines Körpers. Und du hol dir deins. Dein Stückchen. Pass auf, dass es dir nicht entgeht.«

»Ich glaube nicht meinetwegen an Gott, ich möchte an Gott glauben wegen meiner Kinderchen, sie kommen mir so klein, so wehrlos vor. Ich möchte, dass Gott sie nicht von der Hand lässt, so wie ich möchte, dass die Lehrer, die sie unterrichten, an der Schule bleiben. Ich kenne sie, ich spreche mit ihnen, ich weiß, dass sie gute Lehrer sind, sich um die Jungs kümmern. Gott ist eine Dienstleistung, auf die ich nicht verzichten möchte. Wenn du deine Kinder nicht Gott anbefiehlst, wem

dann. Wer könnte sie hier schon lieben. Besser gar nicht drüber nachdenken. Irgendein Perverser. Meine armen Kleinen. Ich muss sie sicher wissen.«

Er schickt das Personal zum Einkaufen, sogar fürs Brot und die Zeitung schickt er das Dienstmädchen los oder den Gärtner, der die Bepflanzung des weitläufigen Patios betreut, Palme, Jakaranda, die Orangenbäume, die Araukarie, stets präsent in den Häusern der alteingesessenen Bourgeoisie; eine Pergola mit Bougainvilleen, Jasmin und Nachtjasmin, die eine dichte, schützende Pflanzenmasse bilden, und in deren Schatten, gut geschützt vor den Sonnenstrahlen, stehen zwei Korbsessel, die Sitzkissen bezogen mit kühler Baumwolle und über den Rückenlehnen naturweiße Tücher, bestickt mit farbigen Blumen – einer der wenigen alten Innengärten, die noch in Olba erhalten sind. Er hat ihn instand gesetzt, er sollte wieder so wie bei den Civeras aussehen, ganz in der Tradition der guten alten Familien. Er schickt die Dienstboten, obwohl die Bäckerei und der Kiosk zweihundert Meter vom Haus entfernt sind. Er macht den Eindruck – oder will den Eindruck vermitteln –, dass sich für ihn wenig geändert hat in all diesen in Madrid verbrachten Jahren, auf all den unternommenen Reisen. Es sieht nicht so aus, als ob er sehr viel Besuch bekäme, aber vielleicht pflegt er telefonische Beziehungen. In die Bar nimmt er, klar, das Handy nicht mit, was bei einem Mann von heute spärliche oder gar keine Arbeitsaktivität signalisiert sowie einen Mangel an Verpflichtungen und Beziehungen. Es bleiben – das schon – die Eskapaden, von denen er nicht spricht, die aber wochenlang zu geschlossenen Fensterläden führen. Ab und zu bezieht er sich bei unseren Unterhaltungen auf jene, die seine Frau war, sie wollte, sie tat, sie beschloss, es hätte ihr gefallen, sie hatte nicht mehr den nötigen Schwung, und ich wundere mich darüber, nichts Besonderes zu fühlen, keinerlei Vibration oder innerliche Bewegung, kein Beben. Ich lasse den Stein auf den Marmor klacken, die Sechs zum Abschluss, oder schlage mit dem Handrücken auf den

Tisch, wenn ich die Karte werfe, zwanzig auf Treff, mit dieser gleichsam wütenden Geste, die eine Koketterie des Spielers ist, auch wenn ich den Dominostein lege, mache ich das mit einem trocken hallenden Schlag. Wir Spieler machen das alle so. Ausdrucksformen der Männlichkeit, Erinnerungen an die Zeit, als das Spiel mit Waffen ausgetragen wurde. Francisco verkrüppelt ihren schönen Namen, Leonor, taucht ihn ins Vulgäre: Er nennt sie immer Leo. Kaum zu glauben, ein Schriftsteller, und so wenig Sensibilität. Wie wichtig die Worte sind, ihre Musik. Wie kann er das nicht merken, er, der sich Schriftsteller nennt. Oder gehört dieser abgehackte Name zu einer Strategie des Abbruchs, die sich über den Tod hinauszieht? Herausstellen, dass sie ohne ihn als Frau nicht vollständig ist, nicht diejenige, die aus dem Wagen stieg, die Knie beieinander, dabei die eleganten Schuhe mit dem hohen Absatz zeigte, den guten Schnitt des Rocks, und einen Augenblick später, als sie sich nach diesem kreisenden Manöver, durch das die Beine als erste aus dem Wagen lugten, aufrichtete, die bedruckte Seidenbluse oder die Jacke des Schneiderkostüms in sanftem Pastellton. Keine Spur von den ursprünglichen Materialien. Eine andere Frau, eine, die von außen kam und keine Geschichte hatte. Wie war die Beziehung der beiden all die Jahre lang, in denen ich kaum etwas von ihnen hörte? Haben sie bis zum Ende ihr Fleisch vereint, sind ineinander eingedrungen, haben diesen Achtfüßler gebildet, dessen Schamlosigkeit ich nicht ertrage? Ein missgebildetes Tier, ein monströser Pfropfreis, denn dazu gehörte weiterhin sie, aber nicht mehr ich. So viele Jahre sind vergangen, und immer noch wehre ich das Bild der Teile ab, die sich gut geschmiert verstopseln, ich ertrage nicht das mir so gut bekannte Spiel der Kolben, bei dem, wie bei einem Motor, den man zur Werkstatt bringt, ein Teil durch ein anderes ersetzt worden ist. Waren sie ineinander verliebt, was letztlich dasselbe bedeutet? War da Zärtlichkeit, Freundschaft, Kameraderie? Begehrten sie einander? Die Frage, die am meisten wehtut: Begehrten sie sich bis zum Schluss, sie krank und er in sie eindringend, auf und ab über ihr, bis die Frau sich nicht mehr rühren konnte? (Ich lese in der Zeitung, dass man in Ägypten den letzten sexuellen Kontakt des Mannes mit seiner Ehefrau, wenn die schon eine Leiche ist, legalisieren will, eine makabre Art des Abschiednehmens.) Oder bestand ihre Zweisamkeit vor allem darin, gemeinsame Strategien, Geschäfte und Bankkonten zu betreiben? Das ist nicht mehr zu erfahren. Es gehört zu dem, was ich nicht weiß und auch nicht mehr wissen werde, ebenso wie die Namen, die ich auf dem Weg verloren habe, was mir bei Morgengrauen solche albernen Beklemmungen beschert, die Beklemmung, zu wissen, dass ich, wenn ich es auch noch so sehr wollte, nicht mehr die fünfzigjährige Liliana sehen, nicht ihre künftige Stimme hören werde. Meine nächtliche Apnoe. Die Rückkehr in den Wachzustand, ein ausgestreckter Arm *in extremis*, um dich aus der Grube zu holen, in die du zu fallen drohtest. Mein erschrecktes Aufwachen. Mitten in der Nacht sucht mich wieder das Bild der verschränkten beiden heim, ein einziger Leib, und ich glaube zu ersticken. Eine weitere Nacht. Ich richte mich im Bett auf, taste blind nach dem Lichtschalter, mich überschwemmt das, was durch den Spalt der Schottentür meines Gedächtnisses dringt, der Speicher dessen, was war und im Verschwinden begriffen ist. Nur das Schmerzhafte scheint zum Bleiben ausersehen. Irgendwo habe ich gelesen, dass der Ursprung des Kreuzes die Darstellung des Sexualakts ist. Die horizontale Linie ist die Frau, die vertikale der Mann, der sie nagelt. Das Kreuz, das wir beide eine Zeit lang bildeten. Leonor und ich. Das Kreuz, das mich an Olba nagelte, oder das, so glaubte ich mit den Jahren, die Ausrede war, die mich in Olba festnagelte. Lebten sie vereint im Kreuz so wie wir in jenen Monaten unserer Jugend? Wenn das bei ihnen funktionierte, dann funktionierte auch alles Übrige, die überwältigende Kraft des Sexus, obwohl, das stimmt nicht, bei uns stimmte das nicht. Sie hat immer etwas mehr angestrebt. Damals habe ich das nicht begriffen. Sicher ist es das – die Lebensfülle des Kreuzes –, was Francisco ausdrücken will, wenn er von ihr spricht, das soll ich glauben, aber was er mir zu diesem Zeitpunkt erzählen kann, nützt mir nichts. Die Spur ihrer Zähne am Hals, der Drillbohrer ihrer Zunge im Ohr, die Nägel im Rückenfleisch, das Trommeln ihrer Fersen auf meinem Gesäß. Das heisere Wimmern, das Röcheln. Diese Geschichte gehört mir. Die habe ich exklusiv. Es war so und war dann nicht mehr. Was mir Francisco erzählen kann, bleibt eine verstümmelte, eigennützige Geschichte. Ich müsste den Teil wissen, den er verschweigt, nicht gesehen hat, nicht sehen will oder nicht erkennen konnte. So wie ich nicht erkennen konnte, was uns plötzlich auseinanderbrachte. Sehen mit den Augen, die ihn angeschaut haben – jenen Augen, die zuvor mich angeblickt hatten, die ich offen sah, während ich in ihr wühlte –, in der heimlichen Hoffnung, der Erinnerung an eine Geschichte auf die Spur zu kommen, die nicht einmal unglücklich war (das hätte ihr eine gewisse Noblesse verliehen), sondern einfach nur gewöhnlich. Das ist mein Balsam. Doch diese anderen Augen gibt es nicht mehr, sie sind Dunkelheit. Und ich kann nicht zurückholen, was sie in mir gesehen haben. Aber du hast doch gesagt, dass du mich liebst. Leonor lachte: Beim Vögeln sagt man alles Mögliche. Das gehört zum Spiel. Wir spielen Karten, Tute, Brisca, und Domino. Und wenn Francisco sie aus irgendeinem Grund erwähnt, vibriert kein Nerv, keine Emotion zeichnet sich ab, ich bleibe kalt, ein Fischrücken, ein Reptilpanzer, aber ich sehe sie wieder so, wie ich sie auch jetzt sehe, während ich über die weichen Gräser gehe, der Boden feucht, schwammig, reichlich begossen von den herbstlichen Regenfällen (vor ein paar Wochen hat es geschüttet und geschüttet, die letzte Regenepisode in diesem Jahr), ein Gesicht, ein Körper, der sich hinter einem Glas bewegt und atmet: die Haare schweben um ihr Gesicht, schwerelos, unwirklich. Die Haut ist von einer grünbläulichen Blässe. So sieht man die Tiere in einem Aquarium, verklärt von diesem besonderen Unterwasserlicht, ein milchiger, fluoreszierender Schleier. Auch wenn jetzt die Erscheinung von Leonor eher ein melancholisches Echo der Stimme ist, die in meinem Hirn hämmert, Lilianas Stimme, sie hat die Dichte des Fleischs, der Materie: Wie wär's mit einem kleinen Schwarzen, Don Esteban? Ja, jetzt lachen Sie, aber das erste Mal haben Sie sich sehr gewundert, dachten, ich rede von einem Cocktailkleid, dabei meinte ich einen Kaffee nach unserer Art. Ein Kaffee aus Bohnen, die im Schatten der Guamos gewachsen sind. Der Schatten eines Guamos, wissen Sie, was ein Guamo ist? Ich glaube, ich hab's Ihnen schon gesagt, Guamos sind die Bäume, die der Kaffeepflanzung Schatten geben. Sie schützen sie, damit die Pflanzen nicht verdorren und Sie jetzt diesen kleinen Schwarzen, den ich gerade zubereite, trinken können. Wir reden dieselbe Sprache, aber anders, man sagt, das sei alles Spanisch, aber wir nennen unsere Moskitos Stechmücken, und euch nennen wir *godos*, wie die Goten, und was ihr macht, *godarrías*, aber das sind hässliche Namen. So ähnlich, wie wenn man uns hier *conguitos*, von wegen Kongo, nennt. Die Guamos schirmen vor der unbarmherzigen Sonne ab. Sie schützen die Kaffeepflanzungen, so wie Sie mich oft geschützt haben. Der schützende Schatten. Und die Stimme, deine Stimme lässt mich allein, wehrlos. Scheiße noch mal, Liliana, Scheiße. Du mit deinen beschissenen Guamos.

Wie alt bin ich? Vier? Fünf? Ich sitze zwischen den Armen meines Onkels und beobachte ihn dabei, wie er das Papier faltet und mir ein prächtiges Geschenk in Aussicht stellt, ich darf das Blatt in den Umschlag stecken und sodann die Briefmarke aufkleben, womit der eben geschriebene Geschäftsbrief an sein Ziel gelangen kann: Erneut spüre ich die Erregung, mit der Zunge über den süßlichen Leim zu fahren und danach mit der Faust auf die Marke zu drücken, damit sie gut haftet; als sie klebt, betrachte ich verzückt das farbige Bildchen. Ich hätte es gern in meiner Sammlung gewusst, aber die Briefmarken, die ich aufklebe, verschwinden im Briefkastenschlitz, durch den ich die Briefe selbst einwerfe. Doch er lässt mich die Marken aufkleben, wenn er einen Brief schickt, lässt mich mit der Zunge über den süßlichen Leim fahren und dann mit der geschlossenen Faust auf die bunten Briefmarken drücken; sie gefallen mir nicht, wenn sie in matten Farbtönen das Gesicht irgendeines alten Manns abbilden – inzwischen weiß ich, dass es sich dann um einen Politiker, einen Maler, einen Musiker oder einen Wissenschaftler handelt –, aber da gibt es auch andere, in leuchtenden Farben, die Blumen, Vögel oder Fahnen zeigen. Ich spüre nachts, wie Leonor in der Dunkelheit des Kinos an meinem Ohr knabbert, die feuchte Wärme ihrer Zunge kitzelt am Knorpel, und dieses vibrierende, heißfeuchte Gefühl teilt sich als Schauder dem restlichen Körper mit und nimmt mir den Atem. Alte Fotos kreuzen durch die Nacht, die Schule, die Schüler vor dem Tor, oder ich hinter dem Pult, mit einem Federhalter in der Hand, und hinter mir die Landkarte Spaniens. Fotos von ihr, von Leonor: auf einem hat sie lange Haare, die in ungleichmäßigen Strähnen über die Schultern fallen. Man besingt, was man verliert, sagt der Dichter. Sie trägt einen sehr kurzen hellen Rock und eine Bluse mit Blumenmuster; zwei Knöpfe der Bluse stehen offen und lassen ihren Brustansatz sehen. Auf einem anderen ist sie mit ihrem Vater zu sehen. Sie schenkte es mir, weil ich sagte, das Foto gefalle mir am besten. Ihr Vater: ein dunkles Hemd, die Hände breit und hart, als hätten sie eine Schale, ein Seemann. Ich habe diese Fotos verbrannt. Sie sind nur in meinem Kopf, noch für wenige Stunden. Auch die Brüder von Leonor sind in meiner Erinnerung harte, sehnige junge Männer, den Ältesten, wie sein Vater Fischer in Misent, sehe ich noch ab und zu; die anderen beiden tragen in meiner Erinnerung einen Blaumann: Sie kamen damit aus der Werkstatt, ich sehe sie auf dem Heimweg oder im Gespräch am Tresen. Von den beiden ist einer früh gestorben, der andere hat schließlich eine eigene Autowerkstatt in Misent aufgemacht – offensichtlich war er es, der meiner Schwägerin Laura die von meinem Bruder hinterlassene Werkstatt abgekauft hat –, und jetzt hat er eine Autovertretung, ich erinnere sie als ernsthafte, kompakte Männer, ganz Muskelfaser, sie hatten noch nicht diese Farblosigkeit des Vaters, diese Breite und Schwere. Mein Schwiegervater erinnerte mich an einen französischen Schauspieler, an Jean Gabin;

der älteste Bruder, Jesús, der Fischer, entwickelte sich ebenfall so, er wurde füllig, plump; der zweite, José, erreichte nicht diese Fülle, zu der ihn die Genetik verdammte, das Schicksal hat den Entwicklungsprozess abgebrochen, er starb bei der Probefahrt mit einem Auto in den Kurven von Xàbia, das ist jetzt gut dreißig Jahre her, sein schlanker muskulöser Körper lag enthauptet neben dem Auto, ich habe es nicht gesehen, aber es wurde an die hundert Mal in der Bar erzählt, in allen Details beschrieben, es gab so viele Leute, die ihn gesehen hatten oder behaupteten, ihn gesehen zu haben, dass ich ihn am Ende ebenfalls sah, auch jetzt sehe ich ihn: sein enthaupteter Körper und ein Auto, das sich gerade überschlagen hat, die Räder drehen sich in der Luft. Wie viel Zeit ist seit all dem vergangen, und ich sitze hier und sehe im Dunkeln die Bilder, sehe sie, die immer das gewisse Etwas eines modernen Mädchens hatte, sie schien in eine andere Familie zu gehören, ihre Schönheit hatte etwas Urbanes, als sei sie von Anfang an dazu bestimmt gewesen, von hier auszubrechen; vor allem hatte sie eine besondere Vitalität, die ein wenig affektiert war: man erahnt das – auf einem anderen der nicht mehr existierenden Fotos – in ihren Zügen, in der Art, wie der quer gestreifte Nicki – eine kleine Stadtmatrosin – sich am Ausschnitt öffnet, um die zarte Haut am Hals zu zeigen, in dem kurz geschnittenen Haar, die kleine Matrosin aus einer Schneiderzeitschrift oder einer Musikrevue, nicht die Tochter eines Fischers, was sie war; nicht die eines Bootsbesitzers, nein: Tochter eines Fischers, von denen, die einen Anteil vom Tagesfang erhielten, Leute, die eine kleine Randgruppe innerhalb von Misent bildeten oder, besser gesagt, am Rand von Misent, denn ihr Viertel drückte sich mit seinen Häusern ans Meer und schützte sich vor den Stürmen mit kleinen, parallelen Dämmen, die an die Fassaden angebaut waren und die Außentreppe abschirmten, über die man in den ersten Stock gelangte, der Ort, in dem das Leben stattfand und wo man die Gegenstände von einem gewissen Wert verwahrte, da das Untergeschoss bei den Unwettern im Herbst stets überschwemmt wurde. Ich sehe die Gesichter, die Leiber, aber auch die alten Häuser, die seit Jahren nicht mehr existieren, ich sehe das Meer von damals, das dem von heute nicht ähnelt, irgendetwas hat sich verändert, ich weiß nicht, ist es die Farbe, das kann nicht sein, wie soll sich die Farbe des Meeres verändern, das ist absurd, aber das Meer wirkt heute anders auf mich. Fremd. Verblasst. Vielleicht hat meine Fähigkeit, Farben wahrzunehmen, nachgelassen. Der Sumpf hingegen ist in seiner Verfallenheit noch mit sich selbst identisch, für mich ist der, den ich vor Augen habe, identisch mit dem aus meiner Erinnerung; ich rieche ihn wie damals. In meinem Albtraum verwandelt er sich nach und nach zu einer riesigen dunklen Hand, die ich aus der Luft betrachte, als ritte ich auf dem Rücken einer der Enten, die sich in wärmere Gefilde aufmachen. Die Ente schlägt mit den Flügeln, schüttelt sich, als wollte sie mich loswerden, über der finsteren Wasserhand abwerfen. Wieder eine Nacht, in der ich außer Atem aufwache und nach dem Lichtschalter suche. Ich finde ihn nicht gleich, schlage mit der Hand danach. Ich tauche in das dunkle Wasser des Sumpfs, diese gigantische Hand drückt mich, bis das Licht angeht. Erst dann entspanne ich mich, zwinge mich zu einem langsamen Atemrhythmus und versuche, den Kopf leer zu bekommen, was mir aber nicht gelingt. Vor einer Weile war ich das Kind, das im friedlichen Dahindämmern das gedämpfte Geräusch des Bügeleisens auf der Decke, die das Bügelbrett umgibt, hört: Der Junge schließt die Augen und spürt, dass das Glück in diesem Geruch nach heißer Wäsche, Feuchtigkeit und Seife liegt, von dem das Zimmer erfüllt ist, in dem er vor sich hin dämmert, während seine Mutter bügelt; in dem Augenblick, da die Mutter das Bügeleisen nah an ihre Wange hält, um die Temperatur des Eisens abzuschätzen, bin ich das Kind, das die Bewegung vom Bett aus sieht, und zugleich der alte Mann, der die Augen schließt, beruhigt von dem Licht der Nachttischlampe, der wieder gleichmäßig atmet, weil die Frau neben ihm steht und bügelt, dazu singt, *Ay mi rocío*, kleiner Nelkenstrauß, sie hat eine sehr klare Stimme, fast eine Kinderstimme, du Rosenzweiglein mein, und alles ist Sicherheit, Gewissheit unter der Decke, Nestwärme, ich kann die Augen schließen, weil mich die Frau mit der Mädchenstimme beschützt, und vor mir öffnet sich eine Zukunft ohne Grenzen. Ich kann das werden, was ich will, und das erreichen, was ich wünsche. Für den Alten, der im Sumpf watet und diesen Druck auf der Brust spürt, der anwächst, sich ausdehnt, wie diese Kefir-Knöspchen, mit denen die Türken die Milch verarbeiten. Ich weise die Ängste des Alten ab, ich möchte bei den Erinnerungen sein, sie genießen, bevor sie verschwimmen: Meine Mutter kreuzt mir den Schal über der Brust, bevor ich aus dem Haus und zur Schule gehe. Ich sehe das durchsichtige Licht, dieses zerbrechliche, dünne Licht, ein Licht wie heute.

Und plötzlich ist es mein Vater, der an meiner Seite ist und darauf achtet, wie ich den Hobel auf dem Brett greife: Er nimmt meine Hand, um sie in die richtige Stellung zu bringen, das macht man nicht so, sagt er, und seine Hand drückt die meine mit der Kraft einer Zange, eine Werkzeughand, die sich in meine keilt, so wie sich seine barsche Stimme in mein Ohr keilt, doch von hinten erreicht mich die Stimme des Onkels, lass nur, ich zeig's ihm, und sogleich spüre ich die Hand ummantelt von seinen breiten, warmen Händen, ein schrundiges Vogelnest. Harte und zugleich weiche Materie. Er hat mich nie angeschrien, und ich könnte an den Fingern einer Hand die Male abzählen, die er die Stimme über diesen ernsten, ruhigen Ton, den er pflegte, erhob, auch mein Vater schrie mich nicht an, er hat mich nie geschlagen, aber da war diese kratzige Stimme, sie schien aus dem schlecht rasierten Bart zu dringen, mit dem er mich jedes Mal piekte, wenn ich mein Gesicht dem seinen näherte. Mein Vater. Morgen werde ich ihn aufs Klosett setzen, bis er gekotet hat, und dann werde ich ihn gründlich waschen. Sauberkeit muss sein, Vater. Ich möchte nicht, dass die Reise von solchen unangenehmen Begleitumständen wie Schmutz und schlechten Gerüchen beeinträchtigt wird. Wir gehen dorthin, wo der Onkel mir beigebracht hat zu angeln und aus der frischen, unterirdischen Quelle zu trinken, der Ort, an dem ich eine Vorahnung von dem hatte, was wir wohl unser Leben lang gesucht haben. Nur schade, dass wir jetzt das Quellwasser verschmutzen müssen. Morgen: Ich ziehe die Gummihandschuhe an, um ihm die Windel abzunehmen, bevor ich die Dusche anstelle und ihm die Pyjamajacke ausziehe. Unvermeidlich stellt sich ein Gefühl des Anrüchigen ein, wenn ich mit meiner nackten Brust der seinen nahe komme. Ich setze ihn auf den Hocker, ich mühe mich mit seinen Pyjamahosen ab, ich hebe ihn an, öffne die Windel. Der Gestank macht sich im Badezimmer breit. Ich stecke die Windel in eine Plastiktüte, die ich verknote, bevor ich sie in den Mülleimer neben dem Waschbecken werfe. Ich lasse ihn gehen, halte ihn dabei an den Händen. Jetzt habe ich ihn vor mir, ich sehe seinen Rücken, sehe, wie er schwerfällig die Beine bewegt und die Füße unsicher auf den Duschuntersatz stellt. Der Dreck gleitet die Schenkel hinab, ich drücke auf seine Schultern, damit er sich zu mir hindreht, spreche dabei ständig auf ihn ein. Er sieht mich an, als wisse er, was ich zu ihm sage. Er klagt, stöhnt, schlägt mit den Händen um sich, reibt sich mit den Fäusten die Augen: vor mir die hagere Brust, hart wie ein Brett, die bläulich schrumpeligen Brustwarzen eines ausgelaugten Säugetiers, eine eingekerbte Tafel die Brust, allerdings von einem beunruhigend jugendlichen Weiß. Ich halte ihn in meinen Händen, ich greife seine Schulter, ich stütze ihn mit einer Hand ab, damit er nicht umfällt, und wische ihm mit dem Schwamm über das Gesicht, ich hebe sein Kinn an, sehe seine zwischen Runzeln eingesunkenen Augen, tupfe sie ab, die kleinen, gleichsam versteinerten Fettgeschwülste, ich reibe seine Brust, reibe sie übertrieben energisch, darin steckt etwas von meiner Wut oder Erschöpfung, weil ich das jetzt jeden Morgen habe machen müssen; ich sehe die spärliche Haarmatte vom Nabel abwärts, die bei der Scham dichter wird, weiße Haare, die sich sofort im Seifenschaum des Schwamms verlieren. Ich reibe dort, am Gehänge, schiebe mit zwei Fingern die Haut beiseite, um die Eichel zu waschen, und ich reibe den Teil ab, der reibend in den Körper meiner

Mutter eingedrungen ist, Ursprungstopografie meiner selbst, Genese der Falten in meinem Gesicht, die von meiner Fettleibigkeit vertuscht werden, und dieser Fleckenlandschaft auf meinem Handrücken, die immer mehr der seinigen ähnelt. Mein Vater beugt den Kopf und schaut auf meine behandschuhte Hand mit einer Bestürzung, von der ich nicht weiß, was sie verbirgt; es kommt mir so vor, als ob mit jedem Tag die kleinen Warzen auf seiner Haut mehr werden – der Rücken, die schrumpelig geröteten Gesäßbacken, wie bei einem Neugeborenen –, erstaunlich zart die Haut der Oberschenkel und marmorartig an den von der Kleidung verdeckten, nicht der Sonne ausgesetzten Stellen, aber nicht wie Marmor von Paros oder von Macael, sondern wie ein Marmor, der über Jahrhunderte den Elementen ausgesetzt war, auf den es geregnet hat, gegen den der Wind geschlagen ist, ihm Porosität beigebracht, ihn abgetragen und mit einer Patina von gestockter Milch versehen hat. Ich wische mit dem harten Schwamm über sein Geschlechtsteil, ein Schwamm, der eher kratzt als reibt. Ich beginne ganz vorsichtig, streife kaum das Fleisch, das sich um das Gehänge in der Leiste kräuselt, werde dann aber energischer, geradezu heftig. Dort, wo ich reibe, färbt sich die Haut, sie wird nicht rot oder rosig, sondern zeigt Flecken, bläulich oder intensiv gelb, jodfarben, Spuren von stehenden oder nur langsam fließenden Säften, zurückgehaltenen menschlichen Treibstoffen. Die Warzen meines Vaters erinnern mich an die, welche mir seit einiger Zeit am Halsansatz sprießen, unter den Achseln und an der Innenseite der Schenkel. Ja, wenn ich dusche, schaue ich in den Ganzkörperspiegel im Bad und erblicke darin den Waschbeckenspiegel, in dem ein milchiger, gesprenkelter Rücken zu sehen ist. Das ist meine Haut, sie ist genauso leichenfahl wie seine. Jetzt hebt sich meine gebräunte Hand schamlos von der weißen Haut des Mannes ab, der sich mit einem leichten, rhythmisch wiederholten Wimmern beklagt. Ich weiß schon, dass ich dir wehtue, aber man muss das richtig säubern, sage ich, während ich weiter kräftig an den Stellen reibe, die von der Windel bedeckt waren. Wir müssen gründlich all diesen Dreck, der in die Poren dringt, wegbekommen. Wie ein Neugeborener sollst du aussehen. Wenn es nach ihm ginge, würde ich ihn nie duschen. Seitdem er Anzeichen von Verwirrung zeigt, also schon vor der Operation der Speiseröhre, flieht er das Wasser, der Kampf beginnt, sobald er merkt, dass ich ihn auf den Gang zum Badezimmer schiebe. Es ist eine Marter, ihn zu entkleiden, er wehrt sich, schließt die Arme, damit ich ihm nicht die Pyjamajacke ausziehen kann, er tritt um sich, wenn ich die Hose runterziehen will. Er wird verdrießlich, sobald ich ihm morgens sage, jetzt ist Zeit für die Dusche. Jede Berührung scheint ihn zu schmerzen, jeder Druck, und er jammert, wenn ich ihn am Ellbogen nehme und ihn zwinge, die Arme zu heben, damit ich die Achseln waschen kann. Die Arme zu strecken tut ihm weh, es schmerzen die Muskeln – die spärliche Muskelmasse – und die Gelenke. Obwohl ich ihm zu seiner Bequemlichkeit möglichst Pyjamahosen anziehe, bei denen man nur das Band am Bund lösen muss, damit sie herunterfallen, und ich ihm den Morgenmantel überwerfe, im Sommer ein leichtes Stück, das seine fleckigen Beine frei lässt. Ich betrachte seine runzligen Hände, krumme Finger, Hornhaut, ungleichmäßige, deformierte Fingerkuppen, die Werkzeughände, die so oft meine Hände in ihrem Zangengriff hatten: bei der Linken fehlt die Kuppe des Daumens, bei der Rechten die des Zeige- und Mittelfingers. Auch mir fehlt eine Daumenkuppe, an der rechten Hand, und ein Stück des linken Ringfingers, an der rechten Hand ist der Zeigefinger zerquetscht. Kennt man denn einen Zimmermann, der nicht solche kleinen Verstümmelungen hat, gutartige Wunden eines friedlichen Berufs, der gute Joseph. Ich schaue auf seine Hände, die geschickt und stark waren, streichle sie verschämt, so als wüsche ich sie nur, aber ich streichle sie. Ich zügle den Wunsch, sie zu küssen. Heutzutage haben die Hände an Bedeutung verloren, die früher so respektierte Geschicklichkeit ist als Wert im Verschwinden begriffen, Maschinen erledigen die Arbeit, oder sie wird irgendwie ausgeführt, schlecht oder recht kann sich jeder daran machen, man muss sich nur ansehen, wie uns der Kaffee oder das Bier in der Bar serviert wird, wie's eben kommt, der Daumen in den leeren Gläsern oder den vollen Tellern. Die Kellner sind nicht fähig, korrekt ein Tablett zu tragen. Die Hände sind nicht mehr so wichtig, aber einst waren sie heilig: Sie taugten zum Arbeiten, aber auch zum Segnen, Weihen, man legte den Kranken zur Heilung die Hand auf. Den Künstlern, Schriftstellern, Malern, Bildhauern oder Musikern machte man auf dem Totenbett einen Abdruck der Hände. Das machte man. Es war einmal. Sie waren. Hatten. Sind gewesen. Alles Vergangenheit. Meine Mutter bügelt, mein Onkel baut ein Wägelchen, das von einem Holzpferdchen gezogen wird, er lässt mich Briefmarken aufkleben und führt mich über den Jahrmarkt. Ich sehe ihn an der Schießbude abdrücken, der Kolben des Gewehrs verdeckt einen Teil seines Gesichts. Er zielt auf ein Band, an dem ein kleiner Blechlaster hängt. Die Volksfeste mit den vielfarbigen chinesischen Lampions, die erst wie eine Ziehharmonika auseinandergezogen und dann an den Enden mit Stöckchen zusammengesteckt wurden, bis sie zu Blumen wurden, wir Kinder fanden sie wunderschön, fröhlich schwebten sie, an Kabeln befestigt, über den Köpfen der Tänzer, die bei den Festen auftraten. Bonet de San Pedro, Machín, Concha Piquer. Das Getöse der Gokarts und das Knistern der Funken in dem Kabelnetz über der Bahn. Meine Mutter singt. Rosenzweiglein. Auf dem Jahrmarkt der Geruch des alten Frittieröls der Verkäufer von Ausgebackenem, der von den karamellbedeckten Äpfeln, die Zuckerwatteflocken. Die scheppernde Musik. Das Geräusch der kleinen Kugeln, mit denen man die Entlein umschießt, die im Hintergrund der Bude an einem Endlosband vorbeiziehen, oder die Papierbänder durchtrennt, an denen ein Päckchen Tabak, eine Tüte Bonbons oder ein Blechspielzeug hängt. Die Musik, die mit einem metallischen Scheppern von der Autopiste herdringt, metallisch auch die Stimme des Mannes, der die Gewinne der Tombola ausruft. Ich weiß nicht, ob es diese Dinge noch gibt, vermutlich ja, und vermutlich hat sich daran nicht viel verändert, auch wenn hier in Olba schon seit vielen Jahren kein Jahrmarkt mehr aufgebaut wird. Meine Hand in der Hand meines Onkels, wir spazieren an den Buden entlang. Das Glück so weit wegrücken? In der Zeit, meine ich, es zeitlich so fern rücken; was die Perspektive angeht, so ist es weder fern noch nah, auf das Glück wartet man, man sucht es, und wenn man müde vom Warten geworden ist, stellt sich heraus, dass der Inhaber des Lokals, in dem du die Begegnung erwartest, es eilig mit dem Ladenschluss hat (aber, hören Sie mal, nur keine Hast, bitte nicht drängeln, nicht schieben, lassen Sie mich wenigstens das Glas austrinken). Gleich da vorne ist die Tür, zu der er dich schiebt, und draußen dehnt sich die Nacht, der du dich allein stellen musst, die Dunkelheit, vor der sich das Kind fürchtet, und du willst nicht in diese Schwärze eingehen.

Dünen an der Mündung des Flusses, das heißt am Entwässerungskanal für den Sumpf, der zugleich die Rinne ist, durch die an Hochwassertagen das Meer ins Land hereinschlägt. Wenn Wind vom Golf von Lion herüberweht und die Wellen größer werden, versucht das Meer sein Gebiet zurückzuerobern, das, was ihm durch natürliche Sedimente und die Landgewinnung des Menschen verloren gegangen ist. Das ganze Gebiet des Marjal war ursprünglich ein Golf, das Meer reichte bis zu dem von den Bergen gezeichneten Bogen, die Wellen leckten am Fuß des Felsenzirkus, ich sehe dessen Gipfel oberhalb des Schilfs und jenseits der bepflanzten Zone, die sich hinter der Vegetation des Feuchtgebiets ausdehnt. Im Winter treten die einzelnen Grenzen deutlicher hervor, die sich im Frühling und im Sommer in pastösen Grüntönen vermalen. Jetzt sind da die winterlichen Ockertöne des Röhrichts, dann das dunkle Grün der Orangenbäume und am Hang das etwas hellere der Kiefern, da drüber das bläuliche Kalkgestein. Der Golf hat sich nach und nach mit einer immer höheren und breiteren Dünenkette geschlossen. Diese konfuse Landschaft, in der sich Wasseroberflächen mit solchen aus Schlamm und mehr oder weniger festem Land – manchmal handelt es sich um Treibschlamm – abwechseln, macht den Eindruck einer unvollendeten Welt (so ist es: die Natur fährt mit dem langsamen Auffüllungsprozess fort, der Schlamm ist Teil der Lagune, zugleich verschlingt er sie, Geburt und Todeskampf zugleich), ein trügerisches Standfoto des Augenblicks, als Gott begann, Wasser und Erde zu scheiden, eine unbestimmte Geografie, die weiter im Entstehen begriffen ist, angehalten am Morgen des dritten Schöpfungstags, als wäre Entstehen etwas anderes als Zerstören: Derselbe Mechanismus, der den Sumpf hat entstehen lassen, sorgt für sein Verschwinden. Das, was ihn zeugt, verdammt ihn zum Vergehen. Wie auch immer, ein unbestimmter Raum, eine halbfertige Welt, zunehmend verschüttet von dem vielen Sand, den der Wellengang zurücklässt, von den Lehmanschwemmungen der Bäche, die mit den herbstlichen Regenfällen anschwellen; durch die Ablagerungen der Reste von Millionen von Pflanzen und Tieren: Fäulnis, das, was jetzt aktive Biomasse genannt wird; der Mensch gibt seinen Abfall hinzu. Wie Narben, entstanden durch sein eingreifendes Handeln, bleiben hie und da die Reste von allerlei Projekten liegen: Kanalisationen, die nicht vorankamen, mit deren Hilfe der gesamte Sumpf ausgetrocknet und in landwirtschaftliche Anbaufläche verwandelt werden sollte, Mauern, die als Dämme fungieren sollten und heute Ruinen sind, verrostete Rohre, die überwuchert sind, Reste von alten Becken, die nicht mehr gebraucht wurden oder nie gebraucht worden sind, Müll, Schrotthalden, verwüstete Dünen vom ständigen Einsatz der Hacken und Spaten und dann der eiligen Maschinen, die Hunderte von Tonnen Sand als Baumaterial abtransportierten; aber auch Dünen, die im Entstehen begriffen sind, an die sich heimische Pflanzenarten klammern, die wie Katzenkrallen aussehen und vielleicht auch so heißen. Die Torsi der Berge, an deren Fuß das Meer vor Jahrhunderten geleckt hat, zeigen sich wie ferne, aufgegebene Bühnenbilder oder Ruinen alter Gebäude. Vor mir, im Vordergrund, schwimmende Farbflecken, Pflanzenreste, die auf dem grünlichen Spiegel des Wassers schweben, leicht angetrieben vom Mistral; an einigen Stellen tauchen die Bergspitzen wie aus dem Nichts auf: Sie schweben über der Wasserebene, die diesseits des mit weißen Puscheln versehenen Riedgrases von Grünalgen und Seerosen vertuscht oder verschönert wird. Das Vorbeiziehen der Wolken, auf der Wasseroberfläche gespiegelt, schafft das Trugbild einer Welt, die in einer andauernden Reise vorbeizugleiten scheint und dennoch unbeweglich bleibt, fixiert auf einer alten Fotografie, und diese Farbe alter Fotos ist die des Röhrichts, das im Winter braun wird, matte Gelb- und Ockertöne, und ein Braun, das nachdunkelt, bis es mit dem Schwarz verschwimmt und Parzellen bildet, die nach Ruß aussehen, melancholische Gräber für Giganten.

3
EXODUS

»Werden wir den alten Zeiten nachweinen?«

Auf das zweite Frühstück um zehn Uhr morgens, mit Salat, Essiggemüse, Salzfisch (getrockneter Oktopus, Fregattenmakrele, Salzthunfisch und Thunfischrogen), kleinen Koteletts, Würsten, Wein und Bier, zum Abschluss noch Kaffee und – in meinem Fall – einem guten Cognac (nein, mir gibst du keinen Whisky wie den anderen, lieber einen Martell von der Flasche da, die du beiseitegestellt hast), folgt die Stammtischrunde, die sich bis zum Wermut ausdehnt (Wollen wir nicht mal aufstehen und die Beine am Tresen strecken? Ich bin schon ganz steif vom vielen Sitzen) und dann bis zur Paella (Scheiße, jetzt hat sich das Frühstück ganz schön hingezogen, wir sollten gleich hier essen, was meint ihr?), dem leicht suppigen Fischreis oder der Fideuà, die aufgetragen wird, wenn die Uhr drei geschlagen hat. Um den Tisch sitzen Maurer, die zu Bauunternehmern geworden sind, und die Besitzer von prosperierenden Geschäften – wie ich –, Glasereien, Klempnereien, Schreinereien, Möbelgeschäften, Depots für Baumaterialien, Geschäften für Farben, Transportunternehmen, dazu die Rentiers verschiedener Anlagefonds, ein harmonisches Beisammensein, alles nette Leute, über denen sich, während sie da essen, wie ein goldener Regen aus dem Einarmigen Banditen der Mehrwert ergießt, den jeder ihrer Angestellten im Laufe der Stunden hinter dem Ladentisch erarbeitet, jede Sekretärin, die vor dem Bildschirm tippt, jeder Vogel – ob spanisch, peruanisch, marokkanisch, bulgarisch oder rumänisch –, der, auf einem Gerüst stehend, emsig Ziegel legt. Manche dieser fleißigen Stieglitze oder Nachtigallen produzieren nicht nur Geld, sondern singen auch noch Liedchen, die sie in ihrer Heimat gelernt haben oder beim Autofahren – hin zur Arbeit und wieder zurück – auf den cuarenta principales *oder auf den neuerdings aufgetauchten Sendern für Migranten hören, die Vallenatos, Salsa und Merengue sen-*

den, oft den Freunden aus Kolumbien gewidmet oder den lieben Landsleuten aus Ecuador, allen Peruanern in Misent, Olba und Nachbardörfern, oder einem Guatemalteken, der schon wissen wird, wer ihm dieses Lied widmet, damit er weiß, dass er nicht vergessen ist. Sein wenig anmutiges Zwitschern ist zwischen dem Gehämmer der Verschaler und dem metallischen Klopfen der Schrottsammler zu hören.

Die Kellner haben noch nicht die Teller mit den Krabbenschalen abgeräumt, aber bereits die Tässchen mit dampfendem Kaffee und die Gläser mit Cognac, Whisky oder Schlehenlikör hingestellt. Mein Nachbar zur Rechten, ein Maurer-Unternehmer, erzählt mir, dass er mit jeder Stunde, die dort gegenüber auf der Wanduhr vergeht, einen Geldregen in seinen Taschen zu hören glaubt. Ich höre das Klingeling, ich höre es, und das ist das vollkommene Glück, das wahre Paradies. Aber klar doch, Mann, nicht mehr Harfen und Engelsflügel, keine Schatten und Erscheinungsformen des Geistes, auch keine theologischen Abhandlungen, nein, das deine ist kein katholisches Paradies, eher ein Paradies nach mohammedanischem Zuschnitt: Süßigkeiten für den Gaumen, Menschenfleisch und Alkohol. Wie mir der schwatzhafte Unternehmer sagt, treibt er sich den Tag über herum, von hier nach da, vom Tisch zum Bett, und wenn Feierabend ist, rechnet er nach: Zwanzig Marokkis, Rumänen oder Kolumbianer oder ein Bündel Kerle unterschiedlicher Nationalität, das gibt bei acht Stunden pro Mann 160 Stunden. Vom Kunden kassiere ich – anteilig berechnet nach Hilfsarbeitern und Gesellen – rund 15 Euro die Stunde für jeden von ihnen, das ergibt etwa 2.400 Euro, den Hilfsarbeitern zahle ich sechs, sieben oder acht (eine Frage der Sympathie, hängt auch davon ab, wie lange er schon bei mir ist; seitdem ich auf eigene Rechnung arbeite und nicht mehr für das Arschloch Bertomeu, kann ich machen, wozu ich lustig bin. Ich bin mein eigener Unternehmer) und zwölf für die Gesellenstunde (nimm es, wenn du willst, sonst lass es), dabei kommt, anteilig, wie ich sagte, ein Mittel von acht Euro raus, das macht dann 1.280 Euro, wenn man die von den 2.400 abzieht, bleiben noch 1.120 Euro. Das heißt, dass mir an diesem angenehmen Nachmittag, kling kling kling, gut tausendein-

hundert Euro frei von Staub und Stroh in die Geldkatze gefallen sind, das ist nicht schlecht, besonders wenn man bedenkt, dass ich über die Hälfte der Arbeiter nicht angemeldet und mit dem Rest abgesprochen habe, dass sie von dem, was sie netto auf die Hand kriegen, mir die Sozialbeiträge zahlen müssen. Bei diesem Punkt wird es dann schon schwierig, Rechnen ist nicht meine Stärke. Das macht dann das Rechenmaschinchen für mich. Die Sache ist die, brüstet sich der Maurer-Unternehmer, dass, während ich hier unter dem Luftstrom der Klimaanlage im Restaurant sitze, vor den schmutzigen Tellern, die der Kellner abräumt (vorsichtig, dass ja nicht der vergebliche Panzer des Hummers hinunterfällt), während ich diese Hände betrachte, die unsere Teller entfernen mit den Garnelenschalen, Gräten und Haut vom Zackenbarsch, Reiskörnern, die am irdenen Rand kleben, Brotkrumen und Aioliresten, ich immer noch das Geld klimpern höre, und deshalb bestelle ich gleich noch einen Whisky, um auf mein verdammtes Glück anzustoßen, und schlage der Tischrunde vor: Lasst uns ins Ladies gehen, oder zieht ihr das Lovers vor? Die haben noch nicht auf, lieber davor noch ein Tute-Spielchen oder einen Poker, ach, und in der Toilette habe ich noch eine Linie für dich, beeil dich, der Blödmann am Tresen geht sonst rein und sieht sie, der schnüffelt immer rum, will immer irgendwas herauskriegen. Das ist eben so, wenn man in einem Dorf wie Olba wohnt. Es gibt keine Diskretion. Und wieder ist die Stunde voll, und die Geldstücke klimpern ohne Unterlass in meine Hosentasche, so wie sie in die Schälchen der Spielautomaten fallen, wenn du es mit den Kirschen, Bananen oder Orangen getroffen hast; ich höre sie sogar klingen, die Glöckchen kleben an meinem Schenkel, jede Stunde sechzig oder siebzig Euro, kling, kling, klingelingeling, die drei Orangen, das ist wirklich die Sondernummer (und da sind noch nicht die zwanzig Eurolein pro Stunde drin, die ich mir hier verdiene, wo ich doch angeblich Verhandlungen führe, Materialien bestelle, die Logistik vorbereite, mich mit Dingen befasse, die für die Arbeit wichtig sind, ein Arbeitstreffen mit den Zulieferern, beispielsweise). Während der Whisky kalt wird, gehe ich einen Augenblick auf die Straße, stelle das Handy an, belle ins Telefon, gebe Anweisungen und Befehle. Ich schimpfe mit einem, sag ihm, er soll mir den anderen an den Apparat holen, blaffe den ebenfalls an. Ich tu so, als sei ich verärgert: Wenn ich nicht da bin, läuft bei euch wohl nichts, gebe mich nervös, weil ich mich um so viele Dinge kümmern muss, die diese Leute nicht auf die Reihe kriegen. Die Arbeiter müssen merken, dass ich über ihnen stehe, alles überwache, sie müssen meinen Atem in ihrem Genick spüren, auf dass die Anspannung nicht nachlässt: Los, auf geht's, Jungs, hopp, in zwei Wochen haben wir das Chalet von Bernalda fertig, dann gibt es einen Festschmaus zur Baubeendigung, und sodann zu neuen Ufern. Die Bungalows von Serrata, mit denen ich vor einem Monat hätte anfangen müssen, stecken immer noch im Schlamm, ich habe einen Hilfsarbeiter abgestellt, der treibt sich da geschäftig herum, damit der Bauherr weiß, dass ich ihn nicht vergessen habe, an mein Versprechen denke, aber er wird noch eine Weile warten müssen. Wenn ich dem Besitzer des Grundstücks begegne, ein Deutscher mit dem Gesicht einer Bulldogge, dann schwöre ich, dass ich wegen ihm nicht schlafen kann, nicht esse, haha. Ich mache mir einfach Sorgen. Dafür, dass du nichts isst, hast du aber einen ganz schönen Bauch, du Gauner, sagt der Typ, und ich wieder: Haha. Man kommt einfach nicht nach, mein Lieber, ich kann mich nicht zerreißen. Und da er keinen anderen Bauleiter finden wird, genau, ist Ruhe angesagt. Wir haben Arbeit bis zum Gehtnichtmehr. Das hätte sich mein Vater nicht träumen lassen, dass seinem Sohn eine so fantastische Zukunft bevorstand, als er mich mit vierzehn als Handlanger mit auf den Bau nahm, ungeschickt lässt grüßen, sagte er ständig, du kannst ja nicht einmal einen Eimer bringen, ich weiß nicht, was sollen wir bloß mit dir machen. Na, da siehst du, Papa, ihr habt gar nichts machen müssen, das habe ich ganz allein geschafft, für mich, und leider kann ich für dich nichts mehr tun, da wo du bist, gibt es keine Not, keine Sorgen, keine Mühen. Ich hab's allein geschafft, habe schnell gelernt, da siehst du, der Familientrottel: zwanzig conguitos *auf einem Gerüst und das Lenkrad eines Geländewagens in den Händen und ein Seidenlaken unter dem Arsch, der frisch gewaschen ist von der sanften*

Hand der Ukrainerin, die sie jetzt beim Mund auf und ab bewegt, mit den Fingern auf dem Stamm meiner Rübe klimpernd, sie arbeitet sich ab, gibt sich Mühe, denn bei all dem Alkohol und dem Koks werde ich nicht richtig fertig, aber ich bin glücklich (nimm, nimm, schau, wie er reingeht, und wieder, noch mal, nimm, uff, schau, was du da anrichtest, kleines Miststück), das gefällt mir, meinen Schwanz aus diesem süßen Mäulchen raus- und reingehen sehen, Frau und Kinder zu vergessen, die bei ihrem Ding sind, und das heißt: Ausgeben. Sie haben sich an all die guten Dinge gewöhnt, an den Tennisklub, den kleinen Katamaranausflug über die Bucht mit einem befreundeten Paar, das Beauty & Nails Center, das Abendessen am Samstag mit dem Plopp des Moët, um den Appetit anzureizen, danach dann eine Flasche Ribera del Duero; sonntags den Brunch im Marriot: Was ist ein Brunch?, fragt die Rundfunkwerbung, die um unsere Aufklärung bemüht ist: Ganz einfach, halb breakfast, halb lunch, antwortet der Sprecher sich selbst, weder Frühstück noch Mittagessen, da siehst du es, weder Fisch noch Fleisch, am Sonntag waren wir beim Brunch, oder besser, am Sonntag gehen wir zum Brunch, und die Ukrainerin oder Litauerin, los, oder ich schlag dich, blase o blase die Posaune, stoß nicht so, was willst du denn, kleines Luder, nimm, nimm, arbeite dran, dafür zahle ich schließlich, und dann die Golfpartie, verflucht, nicht so feste, du kratzt mich ja mit den Zähnen, immer mit der Ruhe, keine Hast, mit Geduld und Spucke, es kommt, wenn es kommt.

Ich unterbreche den Bauleiter: Schon gut, schon gut, keine weiteren Details, sonst spritzt du mich an. Es ist an der Zeit, dem Schwätzer das Tonband abzuschneiden. Lass gut sein, Freund. Dein Leben erinnert stark an das meine, auch wenn ich mich oft auf einer anderen Ebene bewege, mit mehr Brimborium, aber auch ich verbringe im Herbst die Sonntagvormittage im Marriot, hast du mich dort nicht gesehen? Dich habe ich jedenfalls schon mal gesehen. Ein makelloser Himmel, wie im Touristikprospekt, du gesegnetes mittelmeerisches Herbstlicht, wenn der Dunst sich auflöst und die Sonnenstrahlen die Silhouetten der Dinge scharf hervortreten lassen, die Kappe nach Yankee-Art auf dem Kopf, der Schirm schützt meinen Nacken, und für mich und die Jungs Kleidung von Nike oder Adidas (ich hab was gegen Lacoste, das ist mehr was für feine Pinkel, nicht mein Stil, mehr was für einen Bank- oder Büromenschen, Architekt geht auch noch, aber nicht für mich, ich bin selbständiger Unternehmer, ich habe lieber richtige Sportkleidung, was Lässiges). Und Amparo mit ihrem italienischen Strohhut (tatsächlich ist es Stroh aus dem Nachbardorf, wo sie Korbweide, Stroh und Rattan verarbeiten, oder verarbeiteten, denn jetzt kommt das meiste aus China, aber sie sagt den Freundinnen, sie habe den Hut aus Florenz mitgebracht) und der Sonnenbrille, die ihr halbes Gesicht verdeckt: Meine Frau sieht aus wie ein Model aus dem Fernsehen, ein klein wenig welk, aber immerhin Model, schlimm ist nur, dass sie wie die Lamana aussehen will, die mit den Eierprodukten und dem kantigen Gesicht, aber das von meiner Frau ist eher rundlich, und jetzt ist sie bald nur noch Haut und Knochen, Diät, Pilates, es bleiben gerade noch die Brustwarzen und die roten Lippen, die sich so eingehend mit dem Strohhalm in ihrem Vermouth-Campari beschäftigen wie die Nutte mit meinem Schwanz; auf dem Stuhl daneben die Taschen von Vuitton; dazu die Dior-Schuhe, und das Kleid von Versace oder Carolina Herrera. Wir Männer zeigen die Uhren. Von meinem Liegestuhl aus sehe ich, wie die Kerle bei jeder Bewegung den Arm strecken, damit man die Uhr sieht, verdammte Angeber, die Armbänder umarmen ihr braungebranntes Handgelenk, du weißt ja, viele von ihnen eben erst aufgestiegene Maurer wie du. Von der Uhr her kannst du schließen, auf welchem politischen Fuß sie hinken: eine fette Rolex mit vielen Zeitmessern und Barometern weist eher auf die Volkspartei hin, Leute von der Rechten; und wenn sie sich eher zu den Sozialisten hingezogen fühlen, tragen sie eine schlanke Patek Philippe, wie Felipe González. Patek Philippe, eine gute Cohiba, ein brasilianischer Hintern, apfelförmig, Renette, und ein Wermut mit einer gefüllten Olive und einem Schuss Gin, der Himmel. Felipe, er war am konsequentesten: Schließlich und endlich ist Sozialismus Reichtum, Wohlstand, Knete für jedermann.

Ich höre das plätschernde Gerede des Bauleiters und auch mein ei-

genes, ich sehe sogar die Szene vor mir, den Tag, an dem wir uns auf der Terrasse des Restaurants trafen, ich weiß nicht mehr, wie der Kerl sich vorgestellt hatte, doch ich schaue mit Melancholie auf jene Zeiten der Unschuld zurück. Was wohl aus ihm und seinen auf dem Gerüst zwitschernden Vögeln geworden ist. Das goldene Zeitalter stand unmittelbar bevor, fast konnten wir es mit den Fingerspitzen erreichen, es fehlte nur eine Handbreit, aber die fehlte, und als wir hochsprangen, um es zu berühren, fielen wir auf den Arsch. Jetzt ist alles im Arsch, so ist es gelaufen, das Geld, das vom Himmel fiel (dem guten Bauleiter fiel es von den Gerüsten, ich hatte mehrere Quellen, aus denen es plätscherte), die Massenfressereien, der Koks und die Nutte, die dann die Posaune bläst; und das Paddle und das Squash und das Pilates und der Brunch. Es dauerte, solang es dauerte, es war nicht schlecht, tausend Generationen, die uns vorangegangen sind, haben keinen einzigen solchen Tag gehabt, das ist wahr, und jetzt haben wir einen Kater und Kopfschmerzen, diesen Nagel in der Schläfe (die Freuden des Berufs, es gibt keine Lust ohne Gefahr und kein Glück, das hundert Jahre dauert), denn die Geldkatzen haben nichts bewahrt für die schlechten Zeiten, und gerade jetzt mangelt es nicht nur an Whisky oder französischem Cognac: Es reicht nicht mal für den Saimaza-Kaffee in der Speisekammer, auch nicht für ein paar Lammkoteletts aus der Tiefkühltruhe, ganz zu schweigen von einem frisch gefangenen Seehecht oder einem Zackenbarsch, davon kann man nicht mal träumen, es ist die Stunde des Heulens und Zähneklapperns, der Reue: Wo sind sie hin, die Euros von einst, was ist aus diesen wunderhübschen zartvioletten Scheinen geworden, sie sind schnell gefallen, wie tote Blätter im herbstlichen Wind, und im Matsch verfault, sie sind auf die Spieltische gefallen, auf die Betten der Bordelle, zwischen die Scheren der Hummer und Taschenkrebse, die wir mit den Zangen für Schalentiere knackten (ja, ich war dabei, als Erster. Ein paar Stufen über ihnen, aber genau dasselbe. Den Reis heute nicht einfach im Fischsud, mach ihn saftig mit Hummer, nicht mit Languste, die ist so trocken wie die Hühnerbrüstchen, die meine Frau sich für ihre Diät brät); aufgegangen in weißem Pulver, gestäubt auf die Wasserspeicher der Toiletten (meine Sache waren eher die Wasserbetten, die Spiegel und Löffelchen und Röhrchen aus Geldscheinen oder aus Silber, nicht alles wird gleich sein und ist es auch nie gewesen): die wunderschönen zartvioletten Fünfhunderterscheine, ubi sunt? Wo sind sie hin? Alle Welt sucht sie, und niemand findet sie, wir Unternehmer suchen sie, die Finanzbeamten suchen sie, nichts hier, nichts dort. Durchsucht werden Anwaltskanzleien, Privathäuser, doppelte Böden in Autokarosserien, in den Bäuchen der Jachten, aber die Scheine tauchen nicht auf, sie sind nicht da, sind durch die Abwasserrohre der Bidets geflohen, in denen die Frauen die Spuren dessen wegwuschen, was so teuer zu nähren und zu vergießen war; in den Abflüssen der Waschbecken, in denen du dir diese verräterische Nase wuschst, die wieder zu bluten begonnen hatte, in den Urinoirs der Restaurants, in denen Tonnen von Hochrippensteaks aus Ávila, Galicien, kantabrisches oder baskisches Rind verputzt wurden, ganze Container von frisch geangelten Seehechten, von Spanferkeln aus Segovia und Milchlamm aus Valladolid, von Fischreis mit oder ohne roten Tiefseegarnelen und Hummer; Hektoliter von Wein von der Ribera und Whisky von wer weiß welchem Torfmoor oder wildem Tal in Schottland (auch da entferne ich mich vom allgemeinen Geschmack: Ich bevorzuge Weine und Cognac aus Frankreich). Alles ist durch die Abflüsse, durch die Spülbecken, die Toiletten, durch das Loch der noch kaum erblühten, aber vom vielen Reiben schon mit Hornhaut behafteten Mösen abgegangen. Das Leben selbst, unser Leben, glaub ja nicht, dass das woandershin fließt, die ganze Welt fließt mit dem Abwasser davon, doch wie sehr vermissen wir die Dinge, die niemals wiederkehren. Der Schnee von einst, die Rosen, die heute Morgen aufgeblüht sind und am Abend verblüht sein werden, und wenn erneut die Sonne darauf scheint, werfen sie die Blütenblätter ab, zurück bleiben hässliche trockene Kugeln, kleine Totenköpfe, die zwischen den Fingern knistern, wenn man draufdrückt, die Infanten von Olba, die Damen aus der Ukraine. Wo sind all diese Leute hin, die hastig vor unseren Augen vorbeizogen, wo gingen sie hin, wo sind sie angekommen. Wasser, das der Spülstein schluckt, ein Labyrinth von Ab-

wasserrohren, Kloaken, Filtern und Klärbecken, Rohre, die ins ewige Meer führen.

So ist die Zeit vergangen, die dir auf Erden gegeben ward, mein Freund vom Bau. So ist es auch mir ergangen. Jetzt müssen wir das Leben leben, das nach dem Leben kommt.

Die neuen Zeiten sind nicht mehr so hektisch, die Leute rasen nicht mehr in Autos mit vielen Zylindern von hier nach da, in voll beladenen Lastwagen, in Kleintransportern, die sich mit einer wichtigen Lieferung verspätet haben, es herrscht eine andere Ruhe, mehr Gelassenheit, die Zeiten sind nicht ganz so physisch (es gibt nicht so viel fleischliches Gerammel, die Zimmer des Ladies stehen leer, keiner legt sich auf die rosafarbenen Laken, keiner steht in den Gängen beim Notariat Schlange, um einen Kaufvertrag zu unterzeichnen: der Schmetterlingseffekt) und natürlich auch nicht ganz so von der Chemie bestimmt, Kokain ist rar, und das wenige, das zirkuliert, ist von mieser Qualität und wird von kaum jemandem gekauft. Ausgerechnet für Koks Geld ausgeben! Offensichtlich leben wir weniger verhurt, haben das Gaunerhafte abgelegt, aber vielleicht noch einen Kater davon. Neue Werte liegen in der Luft, franziskanische Tugenden: Man schätzt wieder die Langsamkeit, den geruhsamen Abendspaziergang, der auch gut fürs Herz ist, selbst das Armselige sieht man mit anderen Augen: Ich wage sogar zu behaupten, dass es Mode ist, arm zu sein und mit gepfändetem Haus und Wagen dazustehen (da könnte ich dir was erzählen, mein Freund vom Bau. Ich nehme an, es geht dir mehr oder weniger so wie mir). Bei einer Zwangsräumung wirst du zum Protagonisten von Fernsehreportagen, wenn du von deiner Firma entlassen wirst, macht man dich zum Helden; es ist auch nicht mehr cool, in Misent den Motor aufheulen zu lassen, wenn du an einem Straßencafé auf der Avenida Orts vorbeifährst, damit die Gäste sich nach dir, der du am Steuer des Ferrari Testarossa sitzt, umdrehen, es kommt nicht gut an, wenn die vom Lokalfernsehen dich in einem Fünf-Sterne-Hotel beim Golfen erwischen oder beim Brunch, eine Mischung aus breakfast und lunch (die Nachricht verbreitet sich wie Feuer: Das Arschloch kann weder seine Wechsel bedie-

nen noch all die Familienväter auszahlen, die er in die Arbeitslosigkeit geschickt hat, aber für den Golfklub hat er genug), und wenn du jemanden triffst, um über Arbeit zu reden, dann lass besser den Mercedes 600 in der Garage, es ist zweckmäßiger, den Volvo zu nehmen: Belohnt wird das Bild von Solidität und Unauffälligkeit, der arbeitsame Unternehmer steht höher im Kurs als der Spekulant; es sind, darauf kannst du Gift nehmen, sehr viel langweiligere Zeiten, trauriger auch, kaum vorstellbar. Aber, uff, was ist los, was willst du? Ich werde in meinen Gedanken unterbrochen, Amparo klopft mir auf die Schulter:

»Tomás Pedrós, du bist eingenickt, du schnarchst und sabberst.«

Ich öffne die Augen, merke, dass sie mir mit einem Kleenex über die Mundwinkel und das Kinn wischt, und bin gerührt. Wie sonst kann sich Liebe in diesen schweren Zeiten zeigen als in solchen Kleinigkeiten. Unter den neuen Bedingungen haben wir gelernt, die kleinen Gesten wertzuschätzen. Ich sehe die Fensterfront, hinter der eines dieser riesigen Flugzeuge für die Transkontinentalflüge abhebt. Auf Bodenhöhe schleicht eine andere Maschine Richtung Fluggastbrücke. Auf den Rumpf ist der Umriss des Vogels Garuda gemalt. Amparo wirft das Taschentuch in den Papierkorb neben sich und fragt: Was haben sie dort für eine Währung? Das fragt mich meine geliebte Amparo. Sie ist wirklich eine wunderbare Frau mit ihrem Sinn für die Kleinigkeiten. Real? Sol? Bolívar? Quetzal? Rupie? Ich lächle ihr zu, wie man einem Engel zulächeln könnte: Das ist egal, mein Liebling, Geld hat kein Vaterland, achte du nur drauf, dass du immer konvertible – sagt man so? – Euro oder Dollar in der Handtasche hast, versuche auch, Goldbarren zu horten, das vor allem, denn schau, seit Jahrhunderten ist das Gold beim Tanz dabei, so wie die Juwelen, Brillanten, Rubine, Saphire, Jahrtausende von hier nach dort, und immer noch bewahren sie den Wert, den sie am achten Schöpfungstag hatten, als Eva eine Schlange sah und die Hand nach ihr ausstreckte, weil sie glaubte, das sei ein Smaragdcollier.

Beniarbeig, Juli 2012